Conley Hawkins hat wahrlich »Druckerschwärze im Blut«. Als die preisgekrönte Journalistin ihren sicheren Job bei einer großen Zeitung in Atlanta aufgibt, landet sie überraschend in einem Winzkaff in Florida – ihrer Heimatstadt. Doch anstatt alles daran zu setzen, schnellstmöglich wieder von dort wegzukommen, stellt sie sich ihrer Vergangenheit und der Familientradition des regionalen Zeitungsmachens. Denn auch in der Provinz stehen Korruption und der Kampf um politischen Einfluss auf der Tagesordnung. Umgeben von ihrer exaltierten Großmutter Lorraine, ihrer streitbaren Schwester Grayson und einer schrägen Kolumnistin findet Conley nicht nur ihren Platz im *Silver Bay Beacon* …

Mary Kay Andrews wuchs in Florida, USA, auf und lebt mit ihrer Familie in Atlanta. Im Sommer zieht es sie zu ihrem liebevoll restaurierten Ferienhaus auf Tybee Island, einer wunderschönen Insel vor der Küste Georgias. Seit ihrem Bestseller ›Die Sommerfrauen‹ gilt sie als Garantin für die perfekte Urlaubslektüre.

Weitere Titel der Autorin
›Die Sommerfrauen‹, ›Sommerprickeln‹, ›Weihnachtsglitzern‹, ›Sommer im Herzen‹, ›Winterfunkeln‹, ›Liebe kann alles‹, ›Ein Ja im Sommer‹, ›Mit Liebe gewürzt‹, ›Kein Sommer ohne Liebe‹, ›Auf Liebe gebaut‹, ›Zurück auf Liebe‹, ›Sommernachtsträume‹, ›Zweimal Herzschlag, einmal Liebe‹, ›Liebe und andere Notlügen‹, ›Der geheime Schwimmclub‹, ›Sommerglück zum Frühstück‹, ›Winterträume am Kamin‹

Andrea Fischer hat Literaturübersetzen studiert und überträgt seit über zwanzig Jahren Bücher aus dem britischen und amerikanischen Englisch ins Deutsche, unter anderem die von Lori Nelson Spielman, Michael Chabon und Mary Kay Andrews. Sie lebt und arbeitet im nördlichen Münsterland.

Weitere Informationen finden Sie auf www.fischerverlage.de

Mary Kay Andrews

Hallo, Sommer

Roman

Aus dem amerikanischen Englisch
von Andrea Fischer

FISCHER Taschenbuch

Aus Verantwortung für die Umwelt hat sich der S. Fischer Verlag zu einer nachhaltigen Buchproduktion verpflichtet. Der bewusste Umgang mit unseren Ressourcen, der Schutz unseres Klimas und der Natur gehören zu unseren obersten Unternehmenszielen.

Gemeinsam mit unseren Partnern und Lieferanten setzen wir uns für eine klimaneutrale Buchproduktion ein, die den Erwerb von Klimazertifikaten zur Kompensation des CO_2-Ausstoßes einschließt.

Weitere Informationen finden Sie unter: www.klimaneutralerverlag.de

FSC www.fsc.org
MIX
Papier aus verantwortungsvollen Quellen
FSC® C019821

Deutsche Erstausgabe
Erschienen bei FISCHER Taschenbuch
Frankfurt am Main, April 2023

Die Originalausgabe erschien 2020
unter dem Titel »Hello, Summer«
bei St. Martin's Griffin, New York.

Hedderichstr. 114, D-60596 Frankfurt am Main
Dieses Werk wurde im Auftrag von St. Martin's Publishing Group
durch die Literarische Agentur Thomas Schlück GmbH,
30161 Hannover, vermittelt.

Kapitelvignette: unter Verwendung eines Motivs von iconstore auf Adobe Stock
Satz: Dörlemann Satz, Lemförde
Druck und Bindung: Druckerei C. H. Beck, Nördlingen
Printed in Germany
ISBN 978-3-596-70638-9

In aufrichtiger Bewunderung und
tief empfundener Dankbarkeit allen Journalisten
– besonders denen im Printbereich –
gewidmet, früheren wie gegenwärtigen.

Hört nicht auf, schwierige Fragen zu stellen!

Bleibt beharrlich, trotz allem!

1

Ich hasse so was«, sagte Conley Hawkins und schaute zum gläsernen Konferenzraum der Redaktion hinüber, wo sich gerade die Angestellten sammelten. »Trockener Blechkuchen, lauwarmer Sekt und leere Abschiedsworte. Alles so künstlich. Mindestens ein Drittel der Leute in diesem Raum kann mich nicht leiden. Bei denen, die mir wichtig sind, bin ich längst gewesen. Können wir es nicht einfach dabei belassen?«

Fast war es Conley gelungen, unauffällig zu verschwinden, sie war bis wenige Meter vor den Fahrstuhl gekommen. Doch Butch hatte gemerkt, dass sie sich davonschleichen wollte. »Du kannst nicht deine eigene Verabschiedung schwänzen«, hatte er gesagt. »Alle warten auf dich. Sich jetzt heimlich davonzustehlen käme echt nicht gut an.«

Bevor Conley widersprechen konnte, hatte Butch sich den Pappkarton unter den Arm geklemmt, den sie gerade gepackt und auf ihren Schreibtisch gestellt hatte. Auf ihren *ehemaligen* Schreibtisch im Newsroom der Zeitung *The Atlanta Journal-Constitution*, in den vergangenen vier Jahren Conleys zweites Zuhause.

»Es sind wohl eher zwei Drittel der Leute in diesem Raum, die dich hassen«, bemerkte Butch und führte sie in Richtung Konferenzraum. »Natürlich nicht persönlich. Wohl eher Berufsneid. Abgesehen von Rattigan natürlich. Der hat aber auch einen persönlichen Grund, stimmt's?«

Butch Culpepper war nicht einfach irgendjemand, der in den letzten drei Jahren neben Conley gesessen hatte. Er war ihr soziales Gewissen, ihr selbsternannter »Office Husband«, und er war in fast all ihre Geheimnisse eingeweiht.

Als sie den Namen »Rattigan« hörte, zog Conley den Kopf ein. »Sei leise!«

Butch hob die Augenbraue. »Noch zu früh?«

»Ich hätte wirklich nicht gedacht, dass er es so persönlich nimmt«, sagte Conley. »So ernst war das zwischen uns gar nicht.«

»Ihr habt zusammengewohnt«, erinnerte Butch sie. »Für die meisten Frauen, die ich kenne, wäre das ernst.«

»Das waren nur sechs Wochen, und ich hab ihn bloß einziehen lassen, weil er sich seine Dreizimmerwohnung nicht mehr leisten konnte, nachdem sein Mitbewohner nach Miami versetzt wurde.«

Sie standen vor der offenen Tür zum Konferenzraum. Roger Sistrunk, Conleys Nachrichtenredakteur, winkte sie herein.

»Hawkins! Beweg deinen Hintern hier rüber! Du hast vielleicht nichts Besseres zu tun, aber ein paar von uns müssen heute noch eine Zeitung rausbringen.«

»Oh, nein«, murmelte sie.

Dann knallten die Sektkorken, und Conley bekam eine signierte Zeichnung des politischen Karikaturisten geschenkt. Roger rollte eine Ausgabe des Metro-Teils zu einem provisorischen Megaphon zusammen und setzte zu einer wohlmeinenden Rede an, in der er ausmalte, wie sehr Conley vermisst würde.

»Achtung, Achtung!«, rief er. »Also, unserer geschätzten

Kollegin Conley Hawkins ist es ja irgendwie gelungen, diese Knalltüten in Washington zu überzeugen, ihr doppelt so viel Geld für halb so viel Arbeit zu zahlen«, witzelte er. Seine Glatze glänzte im Licht der Neonröhren.

Ein paar leise Lacher und Buhrufe. Conley lächelte schwach, und ungewollt wanderte ihr Blick zu Kevin hinüber, der mit versteinertem Gesicht in der hintersten Ecke stand. Seine weizenblonden Ponysträhnen fielen ihm auf die Brille. Conleys Finger zuckten, am liebsten hätte sie Kevins Haare zurückgeschoben, seine Brille geputzt und ihm etwas Anzügliches ins Ohr geflüstert, nur um zu sehen, wie sein blasses Sommersprossengesicht knallrot anlief. Kevin bemerkte ihren Blick und schaute schnell zur Seite.

Butch drückte ihr einen Pappbecher in die Hand, und Conley leerte ihn in zwei Schlucken.

Den Rest von dem, was ihr Chef sagte, hörte sie nicht mehr. Tiana Baggett kam zu ihr, legte ihr den Arm um die Schulter und lehnte den Kopf an. »Du wirst mir fehlen, Süße«, sagte sie und schniefte. »Ich fasse es nicht, dass du wirklich gehst und mich allein lässt. Wer soll jetzt die gruseligen Slasherfilme mit mir gucken? Wer schreibt meine Einleitungen um?«

Abgesehen von Butch war Tiana, die Polizeireporterin des Metro-Teils, Conleys beste Freundin in der Redaktion.

»Ach, komm, Tia! Mach mich nicht fertig«, flehte Conley. »Ich hab doch gesagt, sobald ich von einer freien Stelle höre, werfe ich deinen Namen in den Ring.«

Tiana schniefte wieder und streckte den Arm aus, um ein Selfie zu machen. »Ach, Mist!«, sagte sie und schüttelte ihr Handy. »Kein Saft mehr. Gib mal deins!«

Conley holte ihr Telefon aus der Tasche, hielt es vor sich und Tiana und machte schnell drei Fotos. Als sie es wieder einstecken wollte, hörte sie das unverkennbare Fahrradklingeln, das ihr eine neue Nachricht ankündigte.

Tiana sah sich suchend um. »Von wem ist die, von Kevin?« Hoffnungsvoll schaute sie quer durch den Konferenzraum. Sie hatte die beiden miteinander verkuppelt und Conley mehr als einmal vorgeworfen, seit der Trennung herzlos zu sein.

»Nein.« Conley schüttelte den Kopf. »Der guckt mich nicht mehr an. Die Nachricht ist von meiner Schwester.«

»Von Grayson? Die dich angeblich nicht ausstehen kann?«

»Sie kann mich wirklich nicht ausstehen, das weiß ich. Woher die überhaupt meine Nummer hat …« Die Nachricht enthielt einen Link zu einer Eilmeldung auf dem Nachrichtenportal von Bloomberg. Conley tippte darauf und las den ersten Absatz.

Intelligentsia, *der aufstrebende investigative digitale Nachrichtendienst, gab heute bekannt, dass er seinen Betrieb mit sofortiger Wirkung einstellt. Als Grund wird die gescheiterte letzte Runde der Risikokapitalfinanzierung genannt.*

Conley starrte auf die Sätze. Ihr Gehirn und ihre Zunge waren gelähmt. Schweißperlen bildeten sich auf ihrer Stirn.

»Was ist? Jemand gestorben?«

Conley reichte Tiana das Handy.

»Mein lieber Herr Gesangsverein«, murmelte sie. »Macht deine Schwester einen Witz, oder was?«

»Grayson macht keine Witze, dazu ist sie gar nicht fähig«, erwiderte Conley. »Ihr fehlt das Gen für Humor.«

»Glaubst du, das stimmt?«, fragte Tiana. »Das mit *Intelligentsia*? Ich meine, wenn das richtig ist, dann müsstest du doch was gehört haben, oder? Vielleicht ist das nur ein Gerücht.«

»Vielleicht.«

»Am besten rufst du diesen Typen an, diesen Redakteur, wie heißt der noch mal?«

»Fred Ward.« Conley öffnete die Liste ihrer letzten Anrufe, doch es war keiner von Fred Ward dabei, auch hatte niemand mit der Vorwahl von Washington versucht, sie zu erreichen.

»Conley! Schneid den Kuchen an!«, rief ein Sportreporter.

»Genau!«, fiel eine andere Stimme ein. »Wann geht's endlich los? Ich muss noch eine Story fertig machen!«

Sie schaute hoch. Alle Gesichter waren auf sie gerichtet. Conley schluckte und kämpfte gegen die Welle von Übelkeit, die aus ihrem Magen hochstieg. Sauer brannte der Sekt in ihrem Mund.

»Mach's einfach!«, flüsterte Tia.

Roger hielt ihr das Typometer hin, an das ein verblichenes rotes Geschenkband gebunden war. Das Typomaß war ein kurioses Relikt aus einer anderen Zeit, als die Zeitung noch auf der Marietta Street beheimatet gewesen war und die Ausgaben Buchstabe für Buchstabe in der Setzerei im Zentrum an Tischen gesetzt wurden, anders als heute, wo sie in einem klotzigen Rauchglasbau im Gewerbepark vor den Toren der Stadt digital entstanden.

Conley nahm das starre Aluminiumlineal und zog es waagerecht durch den klebrigen weißen Zuckerguss, dann einmal senkrecht, um den Blechkuchen in vier Teile zu schneiden. »Mach du weiter«, sagte sie mit einem gezwungenen Lächeln und gab dem Redakteur das Typometer zurück. »Ich kann keinen Kuchen essen. Hab eine Glutenallergie.«

Seine dunklen Augen musterten Conley. »Seit wann?«

»Lass mich einfach in Ruhe«, erwiderte sie leise. »Es ist was dazwischengekommen, okay?«

»Gut, aber sag Bescheid, bevor du gehst. Das meine ich ernst.«

Während sich die Kollegen und Kolleginnen um den Tisch scharten und sich an Kuchen und Sekt bedienten, ging Conley zur Damentoilette im zweiten Stock. Sie schloss sich in einer Kabine ein und las die Meldung erneut. *Betrieb eingestellt.* Was bedeutete das genau?

Sie rief Fred Wards Namen in ihren Kontakten auf und tippte auf seine Nummer.

Das Telefon klingelte einmal, dann sprang die Mailbox an. Freds sonore Stimme triefte aus dem Handy wie bernsteingelber Rohrzuckersirup. »Hier ist Fred Ward, Chef vom Dienst bei *Intelligentsia*. Ich habe gerade keine Zeit, muss das Blatt ins Bett bringen. Hinterlasst gern eine Nachricht, dann melde ich mich früher oder später.«

»Fred?« Conley versuchte, nicht zu verzweifelt zu klingen. »Hey, hier ist Conley Hawkins aus Atlanta.« Sie lachte nervös. »Ich hab gerade bei Bloomberg was ganz Merkwürdiges gelesen. Da steht, ihr würdet dichtmachen. Ruf mich bitte an, ja?«

Sie legte auf und wartete fünf Minuten. Dann ging sie langsam wieder hoch in die dritte Etage an ihren leer geräumten Platz. Der Schreibtisch in der hinteren Reihe des Newsrooms an einer Fensterreihe, die auf eine Dauerbaustelle auf der Autobahn ging, war in den letzten viereinhalb Jahren ihre Heimat gewesen. Jetzt waren Conleys Habseligkeiten – Bücher, Aktenordner, der angelaufene Kaffeebecher, selbst die Schlüsselbänder mit den laminierten Presseausweisen von Veranstaltungen, über die sie im Laufe der Jahre berichtet hatte – in Pappkartons verstaut, die sich auf der Rückbank ihres Subaru drängten.

Heute war der Tag, auf den sie sich seit der aufregenden E-Mail von Fred Ward gefreut hatte (Betreff: »Wann können Sie anfangen?«). Sarah Conley Hawkins war bereit, den *AJC* und Atlanta hinter sich zu lassen. Die Frage war nun: Wo sollte sie hin?

»Hawkins?« Roger setzte sich auf Butchs leeren Stuhl. Er runzelte die Stirn, und seine gummiartigen Gesichtszüge unter dem grauen Bartschatten legten sich in dicke Falten. »Was ist?«

»Nichts.« Sie zuckte mit den Schultern. »Abschiede sind nicht mein Ding. Wahrscheinlich werdet ihr Spinner mir doch fehlen.«

»Red keinen Blödsinn! Was ist?«

Sie seufzte und zeigte ihm die Textnachricht ihrer Schwester.

Roger sah hoch, und seine Gleitsichtbrille rutschte die Nase hinunter. »Ich nehme an, du hast es gerade erst erfahren?«

Conley nickte.

Er las die Textnachricht erneut. »Deine Schwester ist in eurer Familie die Nachrichtenredaktion? Unten in Florida? Ich dachte, ihr zwei hättet Probleme miteinander?«

»Wir haben mehr Probleme als der *New Yorker*«, antwortete Conley seufzend. »Das ist Graysons Art, mir zu sagen: ätschibätschi, Pech gehabt!«

»Hast du schon mit dem Typen gesprochen, der dich eingestellt hat? Fred Ward?«

»Ich hab ihn angerufen, wurde aber sofort auf die Mailbox weitergeleitet.«

Roger drehte sich um und tippte sein Passwort in Butchs Computer. Er öffnete den Browser, gab »Intelligentsia« ein und schüttelte kurz darauf den Kopf.

»Im *Wall Street Journal* steht, das Ganze ist beschlossene Sache. Der Hauptinvestor ist wohl ein Hedgefondsgenie, das auf einmal der Meinung ist, *new media* sei zu riskant.« Roger verzog das Gesicht. »Gestern Abend wurde der Geldhahn zugedreht. Fünfundsechzig Mitarbeiter kamen heute Morgen zur Arbeit nach Bethesda und standen vor verschlossenen Türen.«

Conley starrte aus dem Fenster, vorbei an den Baukränen

und Hochhäusern. Es war vier Uhr. Auf der I-285 staute sich der Verkehr. Eigentlich wollte sie längst unterwegs sein. In Richtung Washington.

»Hawkins?« Roger legte seine Hand, die für so einen Bär von Mann überraschend klein war, vorsichtig auf ihren Unterarm. »Das tut mir leid.« Er schob die Brille auf der Nase hoch. »Du weißt, dass ich alles für dich tun würde. Ich habe mir wirklich den Hintern aufgerissen, damit sie dir hier ein besseres Angebot machen, aber das Geld ist einfach nicht da. Du weißt, wie unser Budget aussieht.«

Sie nickte. »Du hast ja auch schon eine Nachfolgerin eingestellt. Ich weiß, Roger.«

»Ich könnte ein paar Leute anrufen. Schließlich hast du den Polk Award bekommen, dein Name ist bekannt. Epstein ist jetzt bei der *LA Times*. Er ist kein schlechter Kerl und ist mir was schuldig. Charlene startet gerade in Miami durch, die mochte dich auch immer. Die kann bestimmt ein gutes Wort für dich einlegen.«

»Ja«, sagte Conley, stemmte sich hoch und nahm den letzten Pappkarton. »Das wäre nett, danke.«

Beide wussten, wie es aussah. Die Welt des Printjournalismus schrumpfte. Alle Zeitungen im Land kürzten, schnallten den Gürtel enger, entließen Mitarbeiter. Ehemals florierende Blätter aus Metropolen machten entweder ganz zu oder veröffentlichten nur noch digital. Epstein konnte von Glück sagen, den Job in L.A. bekommen zu haben, und Charlene war von der stellvertretenden Redaktionsleiterin des *AJC* zur Polizeireporterin in Miami geworden und hatte keinen Einfluss mehr auf Neueinstellungen.

»Was hast du jetzt vor?«, fragte Roger. »Kannst du irgendwo unterkommen, bis du dir was überlegt hast?«

»Ja, klar«, log Conley. »Mein Mietvertrag läuft erst Ende des Monats aus.«

»Gut.« Er war erleichtert. »Gott sei Dank. Ich bring dich raus, ja?«

»Nicht nötig. Aber könntest du mir einen Gefallen tun?«

»Klar.«

»Könntest du, ähm, das mit der *Intelligentsia* noch für dich behalten? Ich meine, die anderen kommen natürlich dahinter, aber ich möchte gern dieses Gebäude verlassen, ohne dass ich ihr Mitleid über mich ergehen lassen muss.«

»In Ordnung.«

Conley wartete auf den Fahrstuhl, als Roger noch mal zurückkam.

»Ähm, hätte ich fast vergessen: Die Personalabteilung hat mir ein Memo geschickt, dass du noch deinen Mitarbeiterausweis abgeben musst.«

»Hab ich nicht dabei, Roger.« Die Lüge ging ihr glatt über die Lippen. »Den habe ich gestern eingepackt.«

»Und wie bist du heute Morgen reingekommen?«

»Ich war vorher mit Butch zum Frühstück verabredet. Er hat mich mit reingenommen. Ich schicke ihn dir zu, ja?«

»Okay.«

Kurz sah es aus, als wollte Roger Conley in den Arm nehmen. Zum Glück öffneten sich die Türen des Fahrstuhls, und sie trat schnell hinein, drückte auf die Abwärtstaste und nickte ihrem Chef zum Abschied zu.

Sie war gerade auf die I-85 nach Süden gebogen, als ihr Handy klingelte. Conley sah den Namen im Display: Butch. Er würde nicht locker lassen, bis sie dranging.

»Hast dich doch verdrückt«, sagte er. »Ich dachte, wir wären zum Abendessen verabredet.«

»Roger hat die Meldung im *Wall Street Journal* gelesen. Das ist leider wahr. Sorry. Ich musste raus, bevor es sich herumspricht.«

»Wo bist du jetzt?«

»Auf dem Weg nach Hause.«

»Ich dachte, Kevin hätte den Mietvertrag für die Seventh Street übernommen. Kommt das nicht komisch rüber?«

»Nicht nach Hause in Atlanta. Das andere Zuhause.«

»Ach, du meinst dieses Kuhkaff in Florida?«

»Der Ort heißt Silver Bay. *Sweet Home, Florida.*«

»Im Ernst? Geht es nicht anders?«

»Leider nicht«, antwortete Conley. »Wo soll ich denn sonst hin? Tianas Wohnung ist so groß wie ein Schuhkarton.«

»Ich habe ein absolut annehmbares Sofa und erstklassiges Kabelfernsehen«, bot Butch an.

»Und einen neuen Freund«, ergänzte Conley.

»Das war's also? Du haust einfach so ab?«

»Nur vorübergehend. Roger hat mir versprochen, dass er ein paar Leute anruft, und in der Zwischenzeit schicke ich mal Bewerbungen rum. Das wird schon, glaub mir.«

»Na, Florida ist wahrscheinlich besser, als in einem Pick-up unten am Fluss zu schlafen.« Butch klang nicht überzeugt.

»Viel besser. Ich wohne so lange bei meiner Großmutter. Sie besitzt ein richtiges Herrenhaus. Liegt mir schon seit Monaten in den Ohren, dass ich sie besuchen soll.«

»Ruf mich bitte an, wenn du da bist«, sagte Butch. »Wie heißt der Ort noch mal?«

»Silver Bay.«

Er schniefte. »Noch nie gehört.«

2

Conleys Telefon klingelte wieder, als sie gerade in der Nähe von Columbus auf die I-185 fuhr.

Fred Ward. Sie drückte auf die grüne Taste.

»Ähm, hi, Conley!« Seine durch die Boxen verstärkte Stimme erfüllte das Wageninnere. »Sorry, dass ich mich erst jetzt melde. Hier ist die Hölle los.«

»Also stimmt es, was im *Wall Street Journal* steht? *Intelligentsia* wird zugemacht?«

»Scheiße … Es steht schon im *Journal*?«

»Meine Schwester hatte die Story schon vor drei Stunden. Und die leitet nur eine popelige Wochenzeitung in Florida.« Conley wusste, dass ihre Stimme schrill und panisch klang, doch es war ihr egal.

»Ähm, sorry, dass du es so erfahren musstest«, sagte er. »Waren ein paar ziemlich verrückte Tage hier.«

»Du hättest mir nicht vielleicht vor sechs Wochen sagen können, dass der Verlag abkackt? Als du mir den Job angeboten hast?«

»Vor sechs Wochen dachten wir alle noch, wir würden eine Finanzspritze von zehn Millionen Dollar bekommen«, erwiderte Ward, sofort in der Defensive. »Bis die letzte Finanzierungsrunde platzte, hat der Verlag nirgends durchblicken lassen, wie angespannt die Lage ist. Wenn dir das irgendwie hilft: Ich bin auch arbeitslos. Wir alle.«

Conleys Stimme bebte vor Zorn. »Nein, das hilft mir nicht. Ich habe meine Stelle gekündigt, mit meinem Freund Schluss gemacht, meine Wohnung in Atlanta aufgegeben. Ich habe gut fünftausend Dollar Kaution für meine neue Wohnung in Washington hingelegt.«

»Das tut mir leid«, sagte Fred. »Die Personalabteilung meldet sich bei dir. Sie versucht, unsere Leute zu vermitteln.«

»Na, toll.« Conleys Stimme triefte vor Sarkasmus. »Alles Gute, Fred.«

Sie beendete das Gespräch und sah wieder auf die Straße. Zwei Stunden später erblickte sie eine vertraute Werbetafel: »WELCOME TO FLORIDA. THE SUNSHINE STATE.«

»›Willkommen in der Hölle‹ trifft es wohl eher«, brummte Conley.

Sie wartete mit dem Anruf, bis es sieben Uhr war. Die Cocktailstunde war Lorraine DuBignon Conley heilig, und wehe dem, der sie dabei störte.

»Hallo?«

»Großmama? Hier ist Conley.«

»Wer ist da bitte?«

»Ich bin's, Großmama, Sarah Conley.«

»Du meine Güte! Sarah, was für eine schöne Überraschung! Bist du noch in Atlanta, oder bist du schon nach Washington umgezogen? Ich habe deine Muttertagskarte mit der neuen Adresse bekommen, aber ich habe das Datum vergessen.«

Conley atmete tief durch. »Genau genommen bin ich gerade auf dem Weg zu dir. In anderthalb Stunden könnte ich da sein.«

»Du bist nicht in Washington? Ich dachte, du wärst umgezogen. Das verstehe ich nicht.«

»Kannst du auch nicht. Ist eine lange, traurige Geschichte. Ich erkläre es dir genau, wenn ich da bin. Ist es in Ordnung, wenn ich ein paar Tage bleibe?«

»Ja, denke schon.« Ihre Großmutter zögerte leicht. »Doch, ich glaube, ich habe frische Wäsche in deinem alten Zimmer.«

Lorraine klang nervös. Conley runzelte die Stirn. Normalerweise war ihre Großmutter die unerschütterlichste Frau, die sie kannte. »Du bist schon in The Dunes, oder?«

The Dunes war das großzügige Strandhaus der Familie in Silver Bay, erbaut in den zwanziger Jahren. Jedes Jahr pünktlich zum ersten Mai wurde es geöffnet und bezogen. Und jedes Jahr am Columbus-Day-Wochenende im Oktober wurde es wieder geschlossen. Dann zog Großmama Lorraine zurück in das schmucke viktorianische Cottage auf der Felicity Street, wo sie geboren worden war.

»Ähm …« Es entstand eine kleine Pause. »Ehrlich gesagt, bin ich noch in der Stadt.«

»Ach, ja? Es ist schon Mitte Mai! Ist alles in Ordnung?«

»Mir geht es gut«, erwiderte Lorraine. »Deine Schwester war der Ansicht, ich sollte dieses Jahr ein paar Wochen später rüberziehen. Es ist doch viel Arbeit für Winnie, und sie wird auch nicht jünger.«

»Großmama, Winnie ist nicht viel jünger als du.«

»Werd nicht frech!«, mahnte Lorraine. »Du weißt, dass ich nicht über mein Alter spreche. Wie auch immer, wahrscheinlich werde ich das Haus in einer Woche oder so aufmachen. Hier hat es so viel geregnet, dass Winnie die Feuchtigkeit in die Knochen gezogen ist und ihre Arthritis schlimmer geworden ist. Aber jetzt zu dir. Wann darf ich dich erwarten? Hast du schon etwas gegessen? Winnie ist schon gegangen, aber ich kann dir bestimmt eine Dose Suppe oder so aufwärmen.«

»Mach dir keine Gedanken! Ich halte irgendwo an und hole mir was. Und du musst nicht meinetwegen aufbleiben. Es reicht, wenn du das Licht auf der Veranda brennen lässt. Und hast du vielleicht Bourbon im Haus?«

Lorraines kehliges Lachen glich einem rauen Husten. »Du Dummerchen! Hast du schon mal gehört, dass mir der Bourbon ausgegangen wäre? Jetzt fahr vorsichtig und lass dich nicht von fremden Männern ansprechen!«

Der vertraute Spruch vermittelte Conley zum ersten Mal an diesem sehr langen, sehr schlimmen Tag ein Gefühl von Trost. Ohne nachzudenken, erwiderte sie: »Aber die fremden Männer sind die interessantesten!«

Irgendwann verließ sie die Interstate und fuhr gen Westen auf der zweispurigen Straße, die sich durch Sojabohnen- und Baumwollfelder wand und an endlosen Sumpfkieferwäldern entlangführte. Gelegentlich sah Conley ein altes Bauernhaus, in dem Licht brannte, oder eine Trailersiedlung. In den kleinen Orten mit vernagelten Schaufenstern und den obligatorischen Tankstellen und Ramschläden fuhr sie langsamer.

Viele Ortschaften in dieser Gegend hatten sich nie von Hurrikan Matthew erholt. Sicher waren die kaputten Stromleitungen repariert worden, und die Halden abgebrochener Bäume, zerstörter Dächer, ausrangierter Möbel und Bauschutt hatte man irgendwann abtransportiert, doch die Folgekosten der Zerstörung addierten sich immer weiter.

Conley kam an der stillgelegten Textilfabrik von Verner Brothers vorbei, wo ein verblasstes Schild mit der Aufschrift »INDUSTRIEIMMOBILIE ZU VERKAUFEN« an einem hohen Stacheldrahtzaun hing. Das Dach des roten Backsteingebäudes war eingestürzt, in den Ruinen wuchsen junge Bäume. Die Firma, die früher Jeansstoff produziert hatte, war in den achtziger Jahren pleitegegangen, wie so viele Webereien in diesem Teil des Landes.

Als Conley sich der Ortsgrenze von Silver Bay näherte, verflog ihre düstere Stimmung. Schon hier konnte sie den rot-weiß gestreiften Turm auf dem Gebäude des *Silver Bay Beacon* sehen, dessen Scheinwerfer das Ortszentrum in ein unheimliches gelbes Licht tauchte.

Während der Weltwirtschaftskrise hatte Conleys Urgroßvater Arthur DuBignon den Kirchturm einer finanziell angeschlagenen Gemeinde in Pensacola gekauft. Der Familienlegende zufolge hatte er zwei Männer beauftragt, den Turm mit einem von Mauleseln gezogenen Karren nach Silver Bay zu transportieren. Dann hatte Urgroßvater Dub, wie er genannt wurde, den Turm auf dem Dach des gelben Backsteingebäudes des *Beacon* aufstellen lassen und statt der alten Kirchenglocke einen Leuchtturmscheinwerfer eingebaut.

»Dies ist ein Licht der Hoffnung für die Menschen in unserer Stadt«, erklärte er seiner Frau Mattie Lou, als sie schimpfte, wie töricht die Ausgaben seien. »Die Wirtschaftskrise wird nicht ewig dauern, und wenn sie vorbei ist, haben die Leute im Kopf, dass der *Beacon* aus Silver Bay ein Quell der Wahrheit und Erleuchtung für dieses Land war.«

»Sie werden im Kopf haben, dass Arthur DuBignon mehr Geld als Verstand hatte«, vertraute Mattie ihren engsten Freundinnen an, war aber klug genug, die großen Pläne ihres Gatten nicht zu durchkreuzen.

Ein blaugrauer Wagen vom Sheriff stand im Schatten einer Magnolie vor dem roten Backsteingebäude des Gerichts von Griffin County. In der Mitte der kleinen Grünfläche vor dem

Gericht erhob sich auf einem Granitsockel, von Strahlern beleuchtet, politisch völlig inkorrekt, die Statue eines trotzigen Südstaatengenerals, umgeben von gepflegten Beeten mit roten Geranien, weißen Petunien und blauem Salbei.

Als Conley den Platz umrundete, fiel ihr Blick auf Holy Redeemer, die Kirche der Episkopalen, die sich eine Straßenecke mit dem Gotteshaus der Baptistengemeinde teilte. Auf der anderen Seite des Platzes erhob sich die presbyterianische Kirche von Silver Bay, zu deren Gemeinde Conleys Familie gehörte.

Wie immer, wenn sie ihre Heimatstadt besuchte, staunte Conley über die Zahl der Kirchen. Wer füllte sonntags all die Bänke?

Als sie halb um den Platz herum war, bog sie rechts ab und fuhr zwei Blöcke weiter, bis sie vor dem Haus in der 38 Felicity Street hielt. Sie merkte, dass sie unbewusst die Luft angehalten hatte. Das Licht auf der Veranda brannte, die glänzenden Messinglaternen links und rechts der leuchtend roten Eingangstür glommen einladend. Noch bevor Conley aussteigen konnte, stand Lorraine im rosa Satinmorgenmantel in der Tür und winkte ihre Enkeltochter ungeduldig ins Haus.

Conley hockte sich auf den Rand des Sofas im Fernsehzimmer, damit keine Tomatensuppe auf das hellblaue Seidendamastpolster tropfte.

»Schmeckt super«, sagte sie und zeigte auf ihren leeren Teller. »Seit wann kannst du kochen?«

»Gar nicht«, erwiderte Lorraine. »Die hat Winnie am Samstag gemacht. Mit den restlichen eingemachten Tomaten aus dem Gemüsegarten von letztem Sommer. Kannst du jetzt bitte erzählen, was mit deiner neuen Stelle ist?«

»Es gibt keine neue Stelle«, sagte Conley. »Ich wollte heute gerade den Kuchen auf meiner Abschiedsfeier anschneiden, als meine liebe Schwester mir einen Link zu einem Artikel im *Wall Street Journal* schickte, in dem stand, dass die *Intelligentsia* eingestellt wurde.«

»Einfach so? Und dir hat keiner was gesagt?« Lorraine war fassungslos.

»Genau. Irgendwann hat Fred Ward – das ist der Chef vom Dienst dort – auf meinen Anruf reagiert und zurückgerufen. Angeblich wurden alle von der Nachricht überrascht. Dahinter steckt wohl ein Risikokapitalgeber, der jetzt doch nicht investieren will.«

»Schweinebacken.« Lorraine trank einen Schluck Whiskey aus ihrem Kristallglas.

Ungewollt musste Conley grinsen. Ihre Großmutter schockierte ihr Gegenüber gern mit den Kraftausdrücken, die sie auf dem Mädcheninternat in Atlanta gelernt hatte.

»Mein Redakteur beim *AJC* hat angeboten, seine Fühler auszustrecken. Er hat ziemlich gute Beziehungen.«

Lorraine legte den Kopf schräg und betrachtete ihre Enkeltochter. »Du scheinst nicht viel Hoffnung zu haben.«

»Ich warte erst mal ab, aber tatsächlich gibt es nicht mehr viele Stellen im Journalismus. Es werden keine Leute mehr eingestellt – ganz im Gegenteil, sie werden entlassen, und stattdessen werden junge Reporter genommen, die noch grün hinter den Ohren sind. Gerade du solltest das wissen, Großmama.«

»Der Printjournalismus ist tot? Willst du das damit sagen?« Lorraine ließ die Eiswürfel in ihrem fast leeren Glas klirren.

»Ich hoffe sehr, dass er nicht komplett tot ist«, sagte Conley erschöpft. »Wie läuft es denn beim *Beacon*? Was sagt Grayson?«

»Du kennst ja deine Schwester. Absolut pessimistisch. Bei ihr ist das Glas nicht nur halb leer, es ist auch gesprungen und gehört in den Müll.« Lorraine starrte in ihren Whiskey. »Sie meint, wir sollten die Zeitung verkaufen. Es gibt eine Gruppe in Kansas City, die hat uns schon vor einem Jahr ein Angebot gemacht.«

»Hoffentlich nicht die Massey Group.« Conley war alarmiert. »Bitte sag mir, dass Grayson den *Beacon* nicht an diese Widerlinge verscherbeln will.«

»Die kamen hier in einem Privatflugzeug an«, erklärte Lorraine. »Haben uns zu einem fürstlichen Essen im besten Restaurant von Pensacola eingeladen. Grayson war hin und weg.«

»Grayson lässt sich schnell beeindrucken«, bemerkte Conley. »Zeig ihr einen Mercedes und eine Rolex, und sie folgt dir blind.«

»Das ist nicht sehr nett«, tadelte Lorraine milde.

»Aber es stimmt. Das weißt du auch. Sie kann die Zeitung nicht ohne deine Zustimmung verkaufen, oder?«

»Nein. Ich halte immer noch die Aktienmehrheit. Und du hast ja auch ein Mitspracherecht.«

»Aber nicht so viel wie Grayson.«

Lorraine hielt sich die Hand vor den Mund und unterdrückte ein Gähnen. »Es ist zu spät, um über solche Themen zu sprechen. Du musst doch völlig erschöpft sein. Ich liege sonst auch schon im Bett.«

Conley lächelte. »Was redest du da? Es ist noch nicht mal zwölf Uhr. Wir wissen beide, dass du ein halber Werwolf bist.« Sie stand auf und hielt ihrer Großmutter die Hand hin, um sie hochzuziehen. Doch Lorraine lehnte das Angebot ab, umklammerte die geschnitzten Holzlehnen des Stuhls und stemmte sich langsam ohne Hilfe hoch.

»Ach, es ist alles nicht mehr so einfach wie früher«, sagte sie. »Geh jetzt nach oben. Ich muss noch die Küche aufräumen. Wenn morgen nicht alles an seinem Platz ist, bekommt Winnie einen Anfall.«

Conley schleppte ihre Koffer die Treppe hoch, vorbei an den Ölgemälden, Familienporträts und Landschaften im Goldrahmen, die ein längst vergessener Verwandter produziert hatte. Von der vertrauten grünweißen Blumentapete war fast nichts mehr zu sehen. Am Ende des langen, schmalen Gangs war die Tür zu ihrem Zimmer angelehnt. Conley schob sie mit dem Fuß auf und tastete nach dem Lichtschalter.

Die vertrauten Bilder und Gerüche ihrer Kindheit überwältigten sie. Dort hing ihre Pinnwand mit den Fotos von Britney Spears und den Backstreet Boys. Auf der Mahagoni-Kommode stand eine Schale mit einem verstaubten Duftpotpourri, daneben eine Sammlung längst vergessener billiger Kosmetik und ein fast noch voller Flakon Chanel No. 5, den sie von einem Verehrer auf dem College geschenkt bekommen hatte.

Das Zimmer war tadellos sauber. Dafür hatte Winnie gesorgt. Es war nur muffig, weil es nicht genutzt wurde.

Wann hatte Conley das letzte Mal hier geschlafen? Normalerweise war sie in den letzten Jahren immer im Sommer nach Hause gekommen und hatte dann in The Dunes gewohnt.

Die Klimaanlage lief, doch Conley stellte sich an die Fenster, die auf die Felicity Street gingen, und zerrte am mittleren Rahmen, bis er sich nach oben schieben ließ. Sie beugte sich vor und atmete die schwüle, nach Jasmin duftende Luft ein.

Sie war zu Hause, ob es ihr gefiel oder nicht.

Irgendwann nach Mitternacht hörte sie das leise Klingeln einer Textnachricht. Sie nahm ihr Handy und tippte auf das Nachrichtensymbol.

Hab das mit Intelligentsia *gehört. Was für eine Scheiße!*
Wo bist du? Ruf an, wenn du sprechen willst.

»Ach, Kev …«, stöhnte sie und fing nach kurzem Zögern an zu tippen.

Bin in Silver Bay. Bourbon trinken und Wunden lecken.
Kann noch nicht sprechen. Vllt später. Danke. C.

3

Am nächsten Morgen folgte Conley dem Duft von bratendem Frühstücksspeck die Treppe hinunter durchs Esszimmer in die Küche.

Kurz vor der Tür blieb sie stehen und nahm die vertrauten Eindrücke in sich auf: den Geruch von Kaffee und Biskuits, den typischen Mürbeteigbrötchen, das Gedudel des Lokalradiosenders, untermalt vom Zischen und Knistern des bratenden Bacons. Auf der Fensterbank stand ein Marmeladenglas mit rosa-, orangefarbenen und gelben Zinnien, daneben Winnies uraltes türkises Transistorradio. Der grüne Linoleumboden schien frisch gebohnert zu sein. Alles sah genauso aus wie vor fünf, zehn oder zwanzig Jahren.

Nichts hatte sich verändert. Hier änderte sich nie etwas, dachte Conley.

Winnie stand vor dem mächtigen sechsflammigen Herd und rührte in einer gusseisernen Bratpfanne. Sie schaute sich über die Schulter um und nickte Conley zu, ohne sich über deren Anwesenheit zu wundern. »Hey, Schätzchen. Kaffee läuft. In fünf Minuten sind die Biskuits im Ofen fertig. Setz dich schon mal hin.«

Conley begrüßte die Haushälterin ihrer Großmutter mit einem leichten Armtätscheln. Winnie hielt nicht viel von Umarmungen und Berührungen. Großmama meinte, das läge vielleicht daran, dass Winnie mal im Gefängnis gesessen hatte.

Die Haushälterin war schon vor vielen Jahren eingestellt worden, als Conley noch ein kleines Kind war.

In all den Jahren, die Conley Winnie kannte, hatte sich deren Aussehen kaum verändert. Sie färbte ihre Haare immer im selben rosaroten Ton und trug sie zu einem Zopf geflochten, der ihr fast bis zur Taille reichte. Ihre Augenbrauen waren inzwischen stahlgrau, doch ihr blasses Gesicht überraschend faltenfrei. Wie immer trug sie ein weißes Herrenhemd, das im Gummibund der schwarzen Stoffhose steckte, von der sie sich in den Siebzigern gleich einen ganzen Schwung gekauft haben musste. Ihre schwarzen Schnürschuhe glänzten, und sie schaute durch dickes Brillenglas auf die Bratpfanne.

»Hey, Winnie!«, sagte Conley. »Wie geht's dir?«

»Kann nicht klagen. Willst du Saft? Ist im Kühlschrank.«

Conley nahm einen der Becher, die an Haken unter dem Schrank über der Spüle hingen und zog die zerdellte Aluminium-Cafetiera vom Herd.

»Na, sieh mal einer an!«

Mit der Kaffeekanne in der Hand drehte sich Conley um. Sie hatte ihre Schwester gar nicht bemerkt, die auf der eingebauten Sitzbank mit Blick auf den Garten saß. Grayson hob ihr spöttisch grüßend den Becher entgegen.

»Oh, hallo, Gray!«, sagte Conley. »Was führt dich denn hierher?«

»Bacon und Biskuits führen sie her!«, höhnte Winnie. »Die taucht hier jeden Morgen auf, genau wie die verfluchte Straßenkatze, die eure Großmutter endlich aufhören soll zu füttern! Und deine Schwester nimmt auch kein Gramm zu, genau wie diese alte Katze.«

Conley setzte sich mit ihrem Kaffee auf die Bank gegenüber ihrer älteren Schwester. Grayson trug Bürokleidung. Anders als Conleys Kolleginnen bei der Zeitung in Atlanta, die Jeans und Sneaker bevorzugten, zog sich Grayson Hawkins wie eine Kleinstadt-Rotarierin an (die sie auch war): blauer Hosenanzug, blassrosa Baumwollbluse, Perlenkette.

»Frühstückst du nicht zusammen mit deinem Mann?«, fragte Conley.

»Möglichst nicht! Tony isst zum Frühstück am liebsten eine Schüssel Acai-Beeren und Hanfherzen und spült das Ganze mit diesem ekeligen Kombucha runter.«

»Im Piggly Wiggly gibt's Kombucha? Ich bin beeindruckt.«

»Der Piggly Wiggly hat letzten Sommer zugemacht«, berichtete Winnie. »Jetzt haben wir nur noch den IGA als Supermarkt.«

»Tony bestellt viel im Internet«, sagte Grayson. »Jedenfalls hat Großmama mich gestern Abend angerufen, als sie wusste, dass du hierher unterwegs bist. Ich wollte heute Morgen kurz reingucken, um meine kleine Schwester zu begrüßen.«

Conley beobachtete Grayson argwöhnisch über den Becherrand hinweg. Mit den glatten dunklen Haaren und der olivbraunen Haut bekam ihre Schwester jedes Jahr mehr Ähnlichkeit mit ihrer Mutter, zumindest soweit Conley sich an sie erinnern konnte.

»Hör auf!«, sagte sie. »Du bist nur aus Schadenfreude hier.«

»Stimmt doch gar nicht!«, widersprach Grayson. »Ich habe mich echt erschrocken, als ich die Geschichte im *Wall Street Journal* gesehen habe. Ich meine, *Intelligentsia* war echt eine andere Liga. Du wusstest das doch schon, oder?«

»Nein.« Conley ließ das Wort zwischen ihnen schweben.

Grayson trank einen Schluck. »Und was hast du jetzt vor?«

»Ich dachte, ich ruhe mich mal 'ne Weile am Strand aus, lass mich schön bräunen und verschicke meinen Lebenslauf und ein paar Arbeitsproben. Hab schon meine Fühler ausgestreckt.«

Das war gelogen, und Conley vermutete, dass ihre Schwester das wusste.

»Das ist gut« war alles, was Grayson dazu sagte.

Conley nippte an ihrem Kaffee. »Wieso ist Großmama immer noch in der Stadt? Sie hat mir gestern Abend erzählt, du wolltest nicht, dass sie The Dunes öffnet, weil es zu viel Arbeit für Winnie und sie wäre.«

»Was redest du da?«, rief Winnie. Ihre Gabel mit dem langen Stiel schwebte über der Bratpfanne.

»Ehrlich gesagt, mache ich mir Sorgen um Großmama«, erklärte Grayson mit gesenkter Stimme. »Aber sag ihr bloß nichts davon. Sie ist schon ein paarmal gestürzt. Bis jetzt ist dabei nur eins von Granddads alten Highball-Gläsern kaputtgegangen, aber ich mag mir gar nicht vorstellen, dass die beiden Frauen da draußen allein am Strand sind, fünfzehn Meilen entfernt von der Stadt und einem Arzt, falls etwas passieren sollte.«

Winnie knallte die schwere Eisenpfanne mit dem Bacon und dem Rührei auf den Tisch und stellte ein Körbchen mit Biskuits dazu. »Nur dass du's weißt, wir können auf uns selbst aufpassen«, sagte sie. »Wir kommen schon lange gut allein zurecht.«

»Sagt die Frau, die eine neue Hüfte braucht«, schoss Grayson zurück.

»Sagt wer?« Winnie brachte Teller und Besteck zum Tisch, dann setzte sie sich auf den alten grünen Tritthocker aus Metall, ihren Stammplatz in der Küche.

»Sagt Jack Holloway, dein Arzt. Er ist zufällig auch meiner Meinung, dass Großmama dringend …«

Die Tür ging auf, und Lorraine kam herein.

»Was muss ich dringend?« Sie sah ihre Enkelin streng an. »Und wer behauptet das? Grayson, du weißt genau, dass ich es hasse, wenn man hinter meinem Rücken über mich redet.«

»Irgendwer muss sich aber kümmern«, sagte Grayson kopfschüttelnd. »Jack meint, Großmama hätte eine Vorform von Diabetes. Er hat ihr was aufgeschrieben, aber sie löst das Rezept einfach nicht ein und will auch nicht auf ihren Arzt hören.« Sie schaute ihre Schwester über den Tisch hinweg an. »Vielleicht hört sie ja auf dich.«

»Rutsch mal!«, sagte Lorraine zu Conley.

Die tat, wie ihr geheißen. »Großmama, stimmt das? Das höre ich zum ersten Mal. Grayson sagt, du bist schon ein paarmal gefallen. Und was ist das mit dem Diabetes?«

Winnie kam mit dem Kaffeezubereiter an den Tisch und schenkte ihrer Arbeitgeberin einen Becher voll ein. Lorraine sah ihre beiden Enkelinnen böse an.

»Ich bin gestolpert, weil jemand den Couchtisch verrückt hat, ohne es mir zu sagen.« Nun bekam Winnie Lorraines Zorn zu spüren. »Es war dunkel, und es ist wirklich nichts passiert. Kleine Schramme am Schienbein, mehr nicht.«

»Eine Woche lang hatte sie eine Beule auf der Stirn, die war so groß wie eine Rübe«, berichtete Grayson. »Ich musste sie mit Gewalt ins Auto stecken, damit ich sie zu Jack fahren konnte.«

»Sie hat mich angelogen und behauptet, wir würden zur Spirituosenhandlung fahren«, sagte Lorraine und gab eine Scheibe Schinkenspeck sowie einen Löffel Rührei auf den Teller, den Winnie ihr hingestellt hatte. Gerade wollte sie sich einen Biskuit nehmen, da entzog Winnie ihr geschickt den Korb.

»Hast du heute schon deinen Blutzucker gemessen?«

»Du nicht auch noch!«, stöhnte Lorraine. »Mein Blutzucker

ist völlig in Ordnung. Ich ernähre mich gesund. Jack hat mir einen Essensplan gegeben, damit ich ein bisschen die Übersicht habe, und an den halte ich mich.« Sie wies mit dem Zeigefinger auf Grayson, dann auf Conley und Winnie. »Damit ist die Diskussion zu diesem Thema beendet!«

Grayson verdrehte die Augen. »Sture alte Ziege.«

»Raus!«, rief Lorraine. »Raus aus meiner Küche, sofort!« Grayson grinste, griff nach dem Korb mit den Biskuits und nahm eins heraus, das sie aufschnitt und mit Butter und selbst gemachter Feigenmarmelade bestrich, um ihre Kreation mit Schinken zu krönen.

»Ich bin tief verletzt«, sagte sie und warf einen Blick auf ihre Uhr. »Ups, in einer Viertelstunde habe ich ein Telefonat. Man sieht sich!«

Nach dem Frühstück klappte Conley ihren Laptop auf dem Esszimmertisch auf. Sie hatte keine Lust, auf Jobsuche zu gehen, wusste aber, dass sie ihren Lebenslauf so schnell wie möglich verschicken musste.

»Großmama«, sagte sie, als Lorraine auf dem Weg ins Fernsehzimmer durchs Esszimmer kam. »Wie ist das WLAN-Passwort hier?«

»Oh.« Lorraine runzelte die Stirn. »Das hat Grayson eingerichtet. Warte mal … Es ist was ganz Einfaches, was einem sofort einfällt.«

»Die Adresse hier«, rief Winnie, die mit dem Staubsauger ins Zimmer kam. »Felicity38.«

»Genau!« Lorraines Gesicht leuchtete auf. »Es ist so lange her, als sie das eingerichtet hat, das habe ich vergessen. Ist es zu neugierig, wenn ich frage, woran du arbeitest?«

»Nein, natürlich nicht. Ich dachte, ich verschicke mal ein

paar E-Mails an meine Branchenkontakte. Ein ehemaliger Chefredakteur von mir ist jetzt beim *Miami Herald*, ein anderer ist in L. A. Und ein ehemaliger Kommilitone vom College ist jetzt Büroleiter von Reuters, in London.«

»London!« Ihre Großmutter schien bestürzt. »Du hast doch nicht vor, das Land zu verlassen, oder? Oder eine Stelle drüben an der Westküste anzunehmen?«

»Warum nicht?«

»Das ist zu weit weg«, sagte Lorraine. »Ich meine, Washington ist eine Sache. Winnie und ich hatten uns schon darauf gefreut, dich da zu besuchen, wenn du dich ein bisschen eingelebt hättest. Seit Jimmy Carters Amtseinführung war ich nicht mehr in Washington.«

»Ich nehme jedes Stellenangebot ernst«, erwiderte Conley. »So lange das Gehalt stimmt.«

»Warum bleibst du nicht hier und arbeitest beim *Beacon*?«

Conley lachte. Als sie merkte, dass ihre Großmutter es ernst meinte, hörte sie auf. »Das soll ein Witz sein, oder?«

»Nein, überhaupt nicht. Der *Beacon* ist ein Familienunternehmen, war er immer schon. Aber die Zeitung ist noch mehr. Sie ist dein Erbe, Sarah Conley. Ich weiß, dass du immer sehr ehrgeizig warst, und du hast schon unglaublich viel geschafft, zuerst drüben in Greenville, dann in Charlotte und jetzt bei der Zeitung in Atlanta. Du hast dich doch mehr als bewiesen. Warum kommst du nicht mit all deiner Erfahrung zu uns und setzt sie hier ein, wo du wirklich etwas ändern könntest?«

Conley schluckte und überlegte, wie sie am besten die ganzen Einwände in Worte fassen könnte, die ihr gleichzeitig durch den Kopf gingen.

»Großmama, so einfach ist das nicht. Ich brauche einen Job. Eine richtige Stelle mit richtigem Gehalt. Es ist lieb von dir, dass ich beim *Beacon* arbeiten soll, aber das würde für mich enorme Gehaltseinbußen bedeuten. Und ich muss meine Rechnungen bezahlen.«

»Das ist mir klar«, sagte Lorraine leise. »Aber vergiss nicht, wie viel weniger es kostet, hier in Silver Bay zu wohnen. Und wie viel schöner es ist. Du müsstest ja gar nicht bei mir im Haus leben. Du könntest dir selbst was Günstiges suchen. Oder drüben im Strandhaus wohnen. Den Strand hast du immer schon geliebt. Auch wenn deine Schwester das anders sieht, sind fünfzehn Meilen nicht das Ende der Welt.«

»Nein«, gab Conley zurück. »Selbst wenn ich hierbleiben und beim *Beacon* arbeiten wollte, was ich nicht will, spricht ein einfacher Grund dagegen.«

»Nämlich?«

»Grayson ist beim *Beacon* Herausgeberin und Chefin vom Dienst. Ich habe sie wirklich lieb und hege den leisen Verdacht, dass sie mich auch mag, wenigstens ein bisschen, aber ich garantiere dir, dass sie nicht meine Vorgesetzte sein will.«

Lorraine betastete ihre sorgfältig frisierten Haare und lächelte. Sie war immer noch eine auffallend schöne Frau. Ihr welliges silbergraues Haar hatte einen schlichten, schmeichelhaften Schnitt. Wie immer hatte sie ihren Dior-Lippenstift aufgelegt, ihre Körperhaltung war tadellos. Eigentlich sah sie fast noch genauso aus wie auf dem prachtvollen Porträt, das zusammen mit vielen anderen im Treppenhaus hing. Conleys Großvater hatte es anlässlich von Lorraines Einführung in die Gesellschaft von Mobile in Auftrag gegeben.

»Grayson ist die Herausgeberin, das stimmt. Aber wie ich gestern Abend schon erwähnt habe, besitze ich die Aktienmehrheit und bin immer noch Vorstandsvorsitzende von Beacon Enterprises. Deswegen kann ich dir versichern, Sarah:

Wenn du hierbleiben und für meine Zeitung arbeiten willst, dann sorge ich dafür.«

Sie schnippte mit ihren langen schmalen Fingern. »Das geht rapp-zapp.«

4

Hi, Sloane! Ich hoffe, bei dir und Michele ist alles gut. Vielleicht hast du es ja gehört: Intelligentsia *hat gestern dichtgemacht. Das heißt, ich bin offiziell arbeitslos, ohne dass ich den Job überhaupt angetreten habe. Ich weiß, dass es nirgends besonders rosig aussieht, aber wenn ihr bei der* Trib *zufällig eine kampferprobte, hartnäckige Investigativjournalistin brauchen könnt, bin ich genau die Richtige. Ein Umzug ist natürlich kein Problem. Meinen aktuellen Lebenslauf hänge ich an. Wäre schön, bei Gelegenheit mal wieder zu sprechen, auch über Berufliches. Beste Grüße, Conley*

Sie tippte verschiedene Variationen dieses Briefs und schickte sie raus, an Sloane bei der *Chicago Tribune*, an Epstein bei der *Los Angeles Times*, an Martin bei der *Dallas Morning News* und an Trudy vom *Seattle Post-Intelligencer*, und machte hinter jeden Stichpunkt auf ihrer Liste von Möglichkeiten einen Haken.

Ganz unten stand die *New York Times*. Conley verfasste eine weitere E-Mail, überarbeitete sie einmal, zweimal, vergeblich nach dem richtigen Ton suchend. Der Grund dafür war nicht, dass ihr Arbeitsproben oder das Ansehen für eine Stelle bei der *Times* gefehlt hätten.

Das Problem war ihre Kontaktperson dort, Pete Kazmaryk.

Zwei Jahre hatte sie mit ihm beim *AJC* zusammengearbeitet, ein knappes Jahr war sie mit ihm zusammen gewesen, als er einen Job von der *Times* angeboten bekam. Pete wollte, dass Conley mit ihm nach New York ging. Er war der Ansicht, sie könne sich auch bei der *Times* oder bei einem der anderen halben Dutzend Medienhäuser in New York bewerben. Aber das Timing war mies. Conley recherchierte gerade über ein korruptes Mitglied des Stadtrats von Atlanta und wollte ihr Projekt bis zum Ende durchziehen. Pete hatte ihr vorgeworfen, die Arbeit wichtiger zu nehmen als die Beziehung.

Als sie Pete darauf hinwies, dass er genau dasselbe tat, war er wütend und aggressiv geworden. Schließlich war Pete nach Brooklyn gezogen, der Stadtverordnete aus Atlanta wurde angeklagt, vor Gericht gestellt und wegen Bestechung, Postbetrugs und Unterschlagung verurteilt, und Conley war in die Endauswahl für den Pulitzer-Preis gekommen.

Letzten Endes hatte Conley einen Mann verloren, der ihr wichtig war, und jemand anders – ausgerechnet ein Reporter aus Wyoming – hatte den Preis für eine Reportageserie über Ungleichheit im Bildungswesen bekommen.

Nach dem dritten erfolglosen Versuch, eine lockere Mitteilung an ihren ehemaligen Lover zu verfassen, klappte Conley ihren Laptop zu und ging in die Küche.

Winnie saß in der Essecke, ihr Kuli schwebte über dem Kreuzworträtselheft. Das Radio lief, der Moderator berichtete mit aufgeregt hoher Stimme über einen entgleisten Zug in Varnedoe, einer Stadt in Bronson County, dem Nachbarbezirk von Griffin.

»Ein Krankenwagen ist vor Ort, und die Polizei hat den Unfallort abgesperrt, weil einer der Waggons Chemikalien enthielt«, verkündete der Sprecher aufgeregt. »Bleiben Sie dran,

WSVR hält Sie auf dem Laufenden! Bei uns gibt es die aktuellsten Nachrichten!«

»Wer ist das?« Conley schenkte sich einen Becher Kaffee ein und wies auf das Radio.

»Buddy Bright«, erwiderte Winnie. »Kennst du den nicht mehr? Der ist doch schon ewig bei dem Sender.«

Conley zuckte mit den Schultern und sah sich in der Küche um. »Wo ist Großmama?«

»Im Garten.«

Lorraine stand auf einer rechteckigen Fläche aus dunkelgrünem Gras, in der linken Hand einen Schlauch, den sie auf das lange Blumenbeet vor der Garagenwand richtete. Mit der rechten stützte sie sich schwer auf einen Gehstock. Das Beet erblühte in einem impressionistischen Tumult von bunten Farben. Conley kannte nur die Namen einiger Blumen: Zinnien, Malven, Bellis und die dunkelblauen Gartenhortensien, die Lieblingsblumen ihrer Großmutter.

Opie, der Jack-Russell-Terrier von Großmama, kauerte neben ihr im Gras. Als Conley näherkam, hob er seine ergraute Schnauze und schnüffelte hoffnungsvoll, doch als keine Leckerlis auftauchten, schniefte er, zuckte mit dem Ohr und nahm wieder seine vorherige Pose ein.

»Das sieht wirklich toll aus, Großmama«, sagte Conley, als sie durch den abgezäunten Garten ging. »Wie machst du das nur? Bei mir überlebt nicht mal ein Kaktus.«

Lorraines Gesicht wurde von einem schlaffen, breitkrempigen Strohhut überschattet. »Die anstrengende Arbeit macht Joe.« Das war der Gärtner. Lorraine schüttelte den Kopf. »Ich dachte wirklich, wir wären zu dieser Zeit längst im Strandhaus. Deshalb habe ich dieses Frühjahr noch nicht viel gepflanzt.«

»Was willst du denn noch pflanzen?«, fragte Conley belustigt. »Hier gibt es doch keinen Quadratmeter, der nicht blüht.«

Verständnislos schüttelte ihre Großmutter den Kopf. »Nicht hier. In The Dunes. Ich muss die Tomaten und Paprika da noch diese Woche in die Erde setzen, sonst wird es zu heiß.« Sie wies zur gepflasterten Terrasse im Schatten einer ausladenden Lebenseiche hinüber, wo viele Plastiktöpfe mit rund dreißig Zentimeter hohen Pflanzen warteten. »Ich kann deiner dickköpfigen Schwester einfach nicht klarmachen, warum mir das so wichtig ist.«

Conley fasste einen schnellen Entschluss. »Komm!«, sagte sie und nahm ihrer Großmutter den Gartenschlauch ab. »Die Tomaten müssen umgepflanzt werden. Ich kann's auch nicht erwarten, am Strand zu sein. So viel Aufwand ist das doch nicht. Geh mal nach oben und pack ein, was du mitnehmen willst. Winnie kann nach Hause gehen und ihre Sachen holen, und wenn wir uns beeilen, können wir um zwei Uhr im Auto sitzen. Was meinst du?«

»Vielleicht warten wir besser bis morgen.« Lorraine legte den Kopf in den Nacken und schaute in den Himmel. »In den Nachrichten hieß es, heute Nachmittag könnte ein starkes Gewitter durchziehen.«

»Ein bisschen Regen stört doch nicht«, entgegnete Conley, doch ihre Großmutter blickte besorgt drein. »Es sei denn, du bist wirklich noch nicht so weit, an den Strand zu ziehen. Also, das liegt ganz an dir.«

»Nein, nein, das ist es nicht. Ich scharre schon seit Wochen mit den Hufen, weil ich loswill. Da kannst du Winnie fragen. Es ist nur, weil Grayson so lieb zu mir war. Sie macht sich solche Sorgen um mich. Ich möchte nicht, dass sie meint, ich wäre undankbar oder so.«

Conley musste ihre Ungeduld zügeln. Sie war noch keine vierundzwanzig Stunden in ihrer alten Heimat und bekam jetzt schon Platzangst. »Ist doch egal, dann warten wir eben noch einen Tag. Aber du kannst trotzdem schon mal mit dem Packen anfangen. Dann könnten wir morgens losfahren. Was meinst du?«

»Das ist eine gute Idee.« Lorraine wirkte erleichtert. »Ich gehe rein und mache Winnie mal Feuer unterm Hintern. Sie kann ja so schwerfällig sein. Ich sage ihr, dass wir um neun Uhr morgens aufbrechen und sie dann fertig sein muss, sonst fahren wir ohne sie los.«

»O Gott, nein!« Conley tat entsetzt. »Wenn wir sie zurücklassen, wer kocht uns dann das Essen?«

Lorraine lachte und betastete die Perlenkette, ohne die sie nie zu sehen war. »Du hast absolut recht.« Sie beugte sich vor und gab ihrer Enkelin einen Kuss auf die Wange. »Du kannst deiner Schwester von unserem Plan berichten.«

Conley ging zurück in das provisorische Büro, das sie sich im Esszimmer eingerichtet hatte. Eine weitere halbe Stunde beschäftigte sie sich mit ihren Bewerbungsschreiben, aber sie wurden nicht besser. Auf verschiedenen Journalistenseiten im Internet suchte sie nach Stellenangeboten, doch die Aussichten waren deprimierend, die Wahrheit noch viel mehr.

Sie war eine preisgekrönte Reporterin auf dem Höhepunkt ihres Schaffens, doch ihre Branche war auf dem absteigenden Ast. Erfahrung, Hartnäckigkeit, Talent und Belastbarkeit schienen nicht mehr gefragt zu sein.

»So ein Mist«, murmelte Conley und klappte den Laptop zu.

Ihr war langweilig, denn Untätigkeit und Trägheit waren ihr fremd.

Auf der Suche nach einer Beschäftigung ging sie in die Küche. Winnie saß am Tisch, auf dem der *Beacon* der Vorwoche ausgebreitet war. Auf der Zeitung türmte sich eine beeindruckende Masse von Essbesteck in Sterlingsilber.

»Geben wir eine Party, von der ich noch nichts weiß?« Conley nahm einen Teelöffel in die Hand, um ihr Spiegelbild in der glänzenden silbernen Rundung zu prüfen.

»Nee.« Winnie sah hoch. »Deine Großmutter hat gesagt, wir wollen morgen früh rüber ins Strandhaus.«

»Stimmt.«

»Das heißt, dass ich das Silber noch polieren muss, bevor ich nach Hause gehe.«

»Warum?«

Die ältere Frau zuckte mit den Schultern. »Weil wir das immer so machen. Wenn Lorraine auf eine längere Reise geht oder raus an den Strand zieht, machen wir das ganze Haus fertig. Morgen kommt Joe und putzt alle Fenster. Ich habe schon den Backofen gesäubert und den Kühlschrank ausgeräumt.«

Winnie nahm einen Gegenstand mit einem langen Griff und einem flachen, seltsam geformten, durchlöcherten dreieckigen Löffel in die Hand, rieb mit ihrem Tuch über einen unsichtbaren angelaufenen Fleck und legte das Ding beiseite.

»Was ist das denn?«

»Ein Tomatenlöffel«, erklärte Winnie.

»Ich verstehe ja, warum du den Kühlschrank leer räumst, aber warum polierst du Silber, das niemand in der Zwischenzeit benutzt?« Conley griff zum nächsten Gegenstand. »Und was ist das?«

»Eine Spargelzange.« Winnie nahm sie ihr ab, inspizierte sie und nickte zufrieden.

»Über den Grund haben wir noch nie gesprochen«, gab die

Haushälterin zu. »Aber deine Großmutter wird auch nicht jünger. Es darf zwar niemand wissen, wie alt sie ist, aber ich glaube, sie lässt alles putzen, weil sie jedes Mal denkt: ›Vielleicht ist es das letzte Mal. Wenn ich zurückkomme, liege ich vielleicht im Sarg.‹ Deshalb will sie alles ordentlich und sauber haben. Für den Fall, dass ihre nächste Party ihr eigener Leichenschmaus ist.«

»Apropos Party«, sagte Conley und hielt eine Seite aus dem *Beacon* hoch. »Rowena Meigs? Wir bringen doch wirklich nicht immer noch diese alberne Kolumne von ihr, oder?«

Winnie warf einen kurzen Blick auf die Zeitung. »Ich les das nie, aber deine Großmutter sagt, viele Menschen würden den *Beacon* nur kaufen, weil sie ›Hallo, Sommer!‹ lesen wollen.«

»Hör dir das mal an!« Conley begann, mit übertriebenem Südstaatenakzent vorzulesen.

Letzten Samstag läuteten die Hochzeitsglocken der Methodistenkirche von Silver Bay für ***Miss Katherine Ann Cruikshank und Mr. Frederick Mark Eppington Jr.*** *Die beiden schlossen vor einer Vielzahl von Honoratioren der Gemeinde den Bund fürs Leben.* ***Katherine****, allen bekannt als Kitsy, ist die Tochter von Tinkie und Raymond Cruikshank.* ***Ray*** *Cruikshank ist Inhaber des IGA von Silver Bay, Tinkie eine gefürchtete Gegnerin beim Bridge. Die Braut strahlte in einem schulterfreien Kleid aus zartrosa Duchesse-Satin mit einem von ihr selbst entworfenen handbestickten Perlenoberteil.*

»Was zum Teufel ist Duchesse-Satin?«, unterbrach Conley sich selbst.

»Keine Ahnung, aber klingt edel«, sagte Winnie.

Conley las weiter:

Sie trug einen Schleier aus Alençon-Spitze, befestigt an einer perlen- und strassbesetzten Tiara, ein Familienerbstück, das noch von ihrer Urgroßmutter stammt. Der Brautstrauß bestand aus edelsten Freesien, weißen Orchideen, weißen Sweetheart-Rosen und Schleierkraut. Katherine wurde von einer Schar wunderschöner junger Frauen in aparten Etuikleidern aus Satin mit rosa Farbverlauf begleitet. Rick, der Sohn von Dr. und Mrs. Frederick M. Eppington aus Bonita Springs, trug einen schwarzen Smoking von Hugo Boss, seine Trauzeugen ebenfalls. Der Ballsaal des Country Clubs von Silver Bay war mit wunderschönen Girlanden aus kleinen weißen Lichterketten, Farn und unzähligen weißen Prinzess-Rosen geschmückt. Die Gäste genossen Rinderschmorbraten aus Roastbeef, Crab Imperial und – eine ganz neue Erfindung – eine Bar, an der Martini mit Kartoffelpüree serviert wurde. Die Hochzeitstorte war eine maßstabsgetreue Nachbildung von White Columns, der Vorkriegsvilla von Kitsys Großeltern mütterlicherseits in Thomasville, Georgia.

»Du lieber Himmel! Eine Bar, an der es Kartoffelpüree mit Martini gibt, und eine Hochzeitstorte, die wie das Haus von Scarlett O'Hara aussieht!« Conley konnte sich vor Lachen kaum halten. »Aber warte, das Beste kommt noch!«

Jung und Alt machten die Nacht zum Tage, begleitet von den Klängen von Mickey Mannington und den Moderntones. Kitsy und Rick werden ihre Flitterwochen auf Aruba verbringen und dann in ihre Wohnung in Panama City zurückkehren, wo sie beide auf der Minigolfanlage Pirate's Alley *arbeiten.*

»Die Moderntones!«, kicherte Conley. »Ich meine, die hätten auch bei unserem Abschlussball an der Junior High gespielt.«

»Ich glaube nicht, dass Rowenas Kolumne lustig gemeint ist«, sagte Winnie.

»Das macht das Ganze ja noch tragischer – dass wir sie immer noch drucken!« Conley knüllte die Zeitungsseite zusammen und warf sie in den Müll.

Sie nahm einen großen Servierlöffel von dem Stapel Silberbesteck, um die kunstvollen Ranken und Arabesken um das eingravierte Monogramm zu bewundern. »Wie lange arbeitest du hier schon, Winnie?«

»Hm, mal überlegen. Ich glaube, du warst ungefähr zwei Jahre alt, und Grayson muss vier gewesen sein. Wie viele Jahre sind das?«

»Ich bin jetzt vierunddreißig, Grayson ist sechsunddreißig. Das heißt, du bist zweiunddreißig Jahre hier. Und was meinst du, wie alt war Großmama damals?«

»Keine Ahnung«, sagte Winnie. »Auf jeden Fall älter als ich, und ich werde im September vierundsiebzig. Wenn ich raten müsste, würde ich sagen, sie ist Mitte achtzig. Und immer noch fit im Oberstübchen.«

»Du kanntest meine Mutter, oder? Von früher?«

Winnie rückte befangen auf ihrem Stuhl herum. »Wir waren nicht befreundet, falls du das meinst. Meine Familie … wir hatten wirklich gar nichts. Ich bin auf der falschen Seite der Gleise drüben in Plattesville aufgewachsen, und tja, Melinda halt hier.«

»War sie immer schon verrückt, oder kam das erst später?«

»Dein Großvater sagte immer, sie wäre ›ein Freigeist‹.«

»Tja, hört sich besser an als ›durchgeknallt.‹ Typisch Südstaaten.«

»Ich bin keine Psychologin«, sagte Winnie, »aber sie war immer schon anders. Echt komisch! Man wusste nie, wie sie reagiert. Ich glaube, du hast deinen Humor von ihr. Und es war natürlich kein Nachteil, dass sie sehr gut aussah. Mit den hellgrünen Augen und den dunklen Haaren, so wie Grayson. Die Leute sagten immer, sie sähe aus wie die junge Natalie Wood. Das war wahrscheinlich der Grund, warum sich euer Vater in sie verliebt hat und so lange mit ihr verheiratet war, obwohl sie sich so aufführte.«

»Aufführte«, wiederholte Conley verbittert. »Noch ein hübscher Südstaaten-Euphemismus für ›eine leidenschaftliche Affäre mit einem Typen aus der Autowerkstatt haben‹. Oder für ›die Kinder bei den Eltern absetzen, um zu einem Yogawochenende zu fahren, und sie dann die nächsten sechs Jahre zu vergessen‹.«

Winnie legte das polierte Silber in eine Plastikschüssel und stellte sie in die mit Seifenwasser gefüllte Spüle. Sie wischte sich die Hände am Geschirrtuch ab und drehte sich wieder zu Conley um.

»Hörst du manchmal von deiner Mutter?«

»Schon sehr, sehr lange nicht mehr. Beim letzten Mal wohnte sie irgendwo im Westen. In Oregon? Sie hatte einen Artikel von mir gelesen, den ich für den *Charlotte Observer* geschrieben hatte und der über Associated Press verbreitet wurde. Er stand bei ihr in der Zeitung, und sie schickte mir eine Postkarte an die Adresse des *Observer*. Eine Postkarte! Unglaublich, oder?«

»Sie hat deiner Großmutter so oft das Herz gebrochen. Es ist ein Wunder, dass es noch schlägt«, sagte Winnie traurig. »Und Lorraine glaubt immer noch, dass Melinda eines Tages zurückkommen könnte.«

Winnie deutete auf das schwarze Telefon mit der Wählscheibe, das an der Wand neben der Speisekammer hing, so lange Conley sich erinnern konnte. »Jedes Mal, wenn es klingelt, springt sie auf, weil sie hofft, dass es deine Mutter ist«, erklärte sie. »Dabei rufen übers Festnetz nur noch Betrüger und Abzocker an, die Anteile an Ferienwohnungen in Mexiko verkaufen wollen. Aber erzähl das mal Lorraine.«

Conley nickte. »Kann ich mir vorstellen.«

Sie selbst hatte das Gespräch auf ihre Mutter gebracht, doch auf einmal ertrug sie es keine Minute länger, in der Küche in der Nähe des Telefons und dem gebrochenen Herzen ihrer Großmutter zu sein. Conley sah sich um und entdeckte Opie, der in seinem Körbchen neben dem Entlüftungsventil der Klimaanlage lag und schlief.

Seine Leine hing an einem Haken neben der Hintertür. »Komm, Opie!«, rief Conley und kniete sich vor den Hund. »Wir gehen spazieren.«

Opie öffnete ein blutunterlaufenes Auge, schnüffelte und schlummerte weiter.

»Spazieren?«, höhnte Winnie. »Das Einzige, was diese verwöhnte Töle will, sind Leckerlis und Schlaf.«

»Der bekommt viel zu viel zu fressen.« Conley bohrte ihren Finger in die moppelige Flanke des Tiers. »Jack Russell sollen nicht wie dicke Würste aussehen.« Sie hakte die Leine an sein Halsband und zupfte vorsichtig daran. »Komm, mein Junge, wir gehen!«

Der Hund rappelte sich auf und sah sie erwartungsvoll an. Conley zupfte wieder an der Leine, und er setzte sich auf die Hinterbeine.

»Ohne Leckerli tut der keinen Schritt«, erklärte Winnie. Sie ging zu der Donald-Duck-Keksdose auf der Anrichte, griff hinein und holte einen Hundekeks heraus, den sie Conley reichte. »Zuckerbrot und Peitsche«, sagte sie und nickte in Richtung Opie. »Halt ihm den Keks vor die Nase und geh los. Das funktioniert bei alten Männern, Maultieren und Hunden.«

5

Conley legte mit gleichmäßigen, langen Schritten los, doch sie hatte noch nicht die nächste Nebenstraße erreicht, als Opie streikte. Er ließ sich, alle viere von sich gestreckt, auf den Bauch fallen.

»Komm, alter Junge!« Sie riss an der Leine, woraufhin er den Kopf auf den Bürgersteig legte.

Wieder zerrte Conley an der Leine. »Los, Opie! Weiter geht's!«

Weil ihr nichts Besseres einfiel, hielt sie ihm das Leckerli unter die Nase. Er sah hoch, ein Anflug von Interesse in den dunklen Augen. Conley wedelte mit dem Keks vor seiner Schnauze herum.

»Zuckerbrot und Peitsche, mein Junge«, sagte sie, als er sich aufrappelte. »Zuckerbrot und Peitsche.«

Irgendwann schlossen sie einen Kompromiss. Opie erklärte sich einverstanden, sich in einem quälend langsamen Tempo fortzubewegen, und Conley ließ sich breitschlagen, sein Fortkommen hin und wieder mit einem kleinen Snack zu belohnen.

Ungeduldig ruckelte sie an der Leine, während der alte Hund hinter ihr herzockelte. Conley war ihr Leben lang immer in Bewegung gewesen, ständig kurz vorm nächsten Abgabetermin, dem nächsten Job, der nächsten Beziehung. Sie war es nicht gewöhnt, sich im Schritttempo zu bewegen.

Es war noch nicht mal Mittag, doch die drückende Hitze und die Schwüle von Florida legten sich wie ein stickiger Mantel um ihre Schultern.

Die Gummisohlen ihrer Laufschuhe trafen auf den heißen Asphalt. Das langsame Tempo zwang Conley, die Straße, in der sie den Großteil ihrer Kindheit verbracht hatte, genauer zu betrachten.

Woodlawn war immer schon eine wohlhabende Gegend gewesen, die ihrem grünen Namen mit den Lebenseichen und Kräuselmyrten an den Straßen vollkommen gerecht wurde. Die saftigen Rasenflächen, die Hecken aus blühendem Hibiskus und die hübschen rosafarbenen und weißen Oleander verstärkten den Eindruck. In der Luft lag der Duft des Falschen Jasmins, der an Backsteinmauern emporkletterte und seine Ranken um schmiedeeiserne Säulen und Verzierungen wickelte.

Zwei Blocks hinter dem Haus von Conleys Großmutter arbeitete der Rasensprenger im Vorgarten des schönen zweistöckigen Kolonialhauses, das früher den Snyders gehört hatte. Kristin Snyder war bis zum Beginn des achten Schuljahrs Conleys beste Freundin gewesen. Dann wurde sie auf dasselbe Internat in Virginia gesteckt, das schon ihre Großmutter und ihre Mutter besucht hatten.

Wer da jetzt wohl wohnt, fragte sich Conley und schob Opie mit dem Fuß an, damit er sich wieder in Bewegung setzte.

Ihr Spaziergang entfernte sie immer weiter von Zuhause und brachte sie dem Ortskern näher. Die baumüberschatteten Straßenzüge von Woodlawn wichen allmählich einer etwas schlichteren Bebauung aus einstöckigen Betonblockhäusern auf kleineren Grundstücken. Da es hier kein schattenspendendes Blätterdach gab, spürte Conley die Hitze des Asphalts sogar durch ihre Schuhe.

Sie lotste Opie von der Straße auf den grasbewachsenen Rand, wo er stehen blieb und sich gründlich Zeit nahm, um an einen Telefonmast zu pieseln. Währenddessen grummelte tiefer Donner, und in der Ferne baute sich ein Turm aus dunklen Wolken auf. Dicke warme Regentropfen fielen auf Conleys nackte Schulter, Dampf stieg vom sonnenerhitzten Asphalt auf.

Sollte sie nach Hause laufen? Oder weitergehen? Opie sah erwartungsvoll zu ihr hoch. Conley stellte fest, dass sie nur noch eine Querstraße vom Verlagsgebäude des *Beacon* entfernt war. Sie könnte kurz bei ihrer Schwester reinschauen und ihr persönlich vom neuen Plan ihrer Großmutter berichten. Conley nahm den Hund auf den Arm und lief durch den Regen auf das Bürogebäude der Zeitung zu.

Grayson saß hinter einem überladenen Schreibtisch und sah ihre Schwester finster an. »Das ist die schlechteste Idee, die ich je gehört habe. Kannst du dich erinnern, was ich heute Morgen gesagt habe?«

»Hm?« Conley schaute durch die offene Bürotür in den Redaktionsraum des *Silver Bay Beacon*, dem Vermächtnis ihrer Familie.

Oder was man so als Redaktionsraum bezeichnete. Dort standen immer noch die acht mächtigen Sockeltische aus Metall, die schon so lange da waren, wie Conley denken konnte, doch nur zwei davon schienen benutzt zu werden. Auf den anderen türmte sich kaputte oder altmodische, überholte Büroausstattung von Jahrzehnten – uralte Underwood-Schreibmaschinen, klobige elektrische Schreibmaschinen von IBM,

Bürostühle ohne Rückenlehne oder Rollen, stapelweise Telefonbücher und verstaubte schwarze Wählscheibentelefone.

Conley ließ Opies Leine fallen. Sofort verkroch sich der Hund unter ihrem Stuhl. »Hast du vor, hier ein Museum aufzumachen, Gray?«

»Sehr süß«, erwiderte Grayson. »Du bist echt süß, kleine Schwester. Aber hör auf, das Thema zu wechseln.« Sie ließ sich auf ihren Stuhl sacken. »Ich habe dir heute Morgen gesagt, dass es keine gute Idee ist, Großmama und Winnie an den Strand zu bringen. Winnie wird keinen Mucks sagen, aber ich weiß aus zuverlässiger Quelle, dass sie ständig Schmerzen in der Hüfte hat. Ihr Neffe hat mir ins Gesicht gesagt, dass sie aufhören soll, für Großmutter zu arbeiten, aber Winnie hört nicht auf ihn. Und was Großmama angeht – dir ist schon klar, dass sie über achtzig ist, oder? Sie ist bereits mehrmals gefallen. Bis jetzt hat sie sich zum Glück noch nichts gebrochen, aber das ist nur eine Frage der Zeit.«

»Fünfzehn Meilen sind doch kein Drama, Gray. Und ich bin doch auch da. Wenn eine von den beiden in die Stadt muss, einen Arzttermin hat oder so, übernehme ich das. Außerdem will Großmama in das Haus. Du hättest mal ihr Gesicht heute sehen müssen, als ich gesagt habe, ich würde ihr beim Packen und beim Einzug in The Dunes helfen. Sie hat sich gefreut wie ein kleines Kind, ist rumgehüpft, hat Pläne gemacht. Winnie auch. Sie wünschen sich das. Das machen sie schon ihr Leben lang so. Das kannst du ihnen doch nicht nehmen, nur weil sie älter werden.«

Grayson stützte beide Hände auf den Schreibtisch. »Du bildest dir ein, du könntest hier einfach reingesegelt kommen und alles auf den Kopf stellen, was? Du bist der Augenstern, der für Großmama alles macht, was sie will, und ich bin die zickige

Schwester, die Spielverderberin, die immer Nein sagt. Aber was ist mit den beiden, wenn es dir da draußen zu langweilig wird? Wenn du eine neue Stelle findest? Dann bist du schneller weg, als man gucken kann, und ich bin diejenige, die mitten in der Nacht raus zu The Dunes oder – Gott bewahre – in die Notaufnahme fahren darf.« Graysons glattes olivbraunes Gesicht lief vor Wut rot an. »Wie? Kein Kommentar? Ich dachte, du hättest auf alles eine Antwort.«

»Du hast mir nicht gesagt, dass Großmama krank ist«, erwiderte Conley leise. »Und du hast erst heute Morgen erzählt, dass sie gestürzt ist. Und dass du dir Sorgen um ihre Gesundheit machst. Und um Winnies.«

»Was hättest du denn getan, wenn du es gewusst hättest?«, wollte Grayson wissen. »Hättest du alles stehen und liegen lassen und wärst hergekommen? Das glaubst du doch selbst nicht! Du warst noch nicht mal letztes Jahr Weihnachten da!«

»Ich musste arbeiten.« Das klang schwach, selbst in Conleys Ohren.

»Was musstest du arbeiten? Der Welt beweisen, wie umwerfend du bist? Dass du niemanden brauchst? Kannst du dich erinnern, wann du das letzte Mal länger als ein, zwei Tage bei deiner Familie warst?«

»Bei Dads Beerdigung«, sagte Conley, ohne zu zögern. »Als er starb, war ich eine Woche lang hier. Länger hat mir die Zeitung nicht frei gegeben.«

»Das ist sechs Jahre her«, sagte Grayson. »Dad ist sechs Jahre tot, und seitdem warst du nie länger als ein Wochenende hier.«

Conley wollte protestieren, doch ihre Schwester hatte recht. Sie war nicht hergekommen, und es lag nicht daran, dass sie nicht gekonnt hätte.

Bei jedem Besuch hatten der Schmerz und der Schock nach

dem Tod ihres Vaters, nicht nur der Verlust seiner zuverlässigen, beruhigenden Gegenwart, sondern das Wie und Warum, über das Conley nie mit jemandem gesprochen hatte, sie mit Furcht erfüllt.

Grayson belauerte ihre Schwester, wartete, dass Conley noch eine lahme Entschuldigung vorbrachte. Dann warf sie einen Blick auf ihre Uhr, sprang auf, öffnete die Bürotür und schob den Kopf heraus. »Lillian!«, rief sie. »Michael?« Die Worte hallten durch den hohen Raum. »Mensch, wo bleibt ihr?«

»Hör auf zu brüllen«, antwortete eine kleine, kompakte Schwarze, die aus dem Sekretariat vor dem Redaktionsraum kam. Ihre kurzen Haare waren grau meliert, sie trug ein wallendes, zeltähnliches Kleid mit gelben und schwarzen Streifen.

»Lillian, weißt du zufällig, wo Michael ist?« Grayson warf einen Blick auf die Wanduhr. »War jetzt nicht eine Besprechung angesetzt?«

»Ja«, bestätigte die Sekretärin ruhig. »Aber drüben in Varnedoe ist ein großer Frachtzug entgleist. Ein Chemieunfall, behauptet Buddy Bright. Ich hab's im Radio gehört und Michael angerufen, damit er da schnell hinfährt.«

»Hallo?« Eine Frauenstimme tönte vom Empfang herüber. »Hallooooo! Wo sind denn alle?«

»Jesus, übernimm du«, flüsterte Lillian.

»Huhu, Grayson, Schätzchen! Hier bin ich.« Eine rüstige ältere Frau mit einem Turm schneeweißer Haare kam ins Büro der Chefredakteurin marschiert, den Gehstock unbekümmert gereckt. Sie trug ein hellrosa Polyesterkostüm, das schon bessere Tage gesehen hatte, dazu eine eng anliegende Perlenkette, flache Schnürschuhe und eine Strumpfhose in einem Hautton, den Conley seit den frühen Neunzigern nicht mehr gesehen hatte. In ihrer riesigen strohgeflochtenen Handtasche saß ein Hund mit derselben Frisur wie sein Frauchen.

»Oh, hallo, Rowena!« Grayson zwang sich zu einem Lächeln.

»Hallo, Schätzchen. Hier ist meine Kolumne für diese Woche, pünktlich auf die Minute, wie immer!« Die Frau wedelte mit einem Stoß Papier, bevor sie ihn auf den Schreibtisch legte. Sie sah sich im Büro um. »Wo sind die anderen?«

»Wir haben wohl gerade eine Eilmeldung«, antwortete Grayson. »Wir, ähm, wir müssen die Besprechung verschieben.«

»Eine Eilmeldung? Wie aufregend! Was ist denn passiert?«

»Ein Zug ist entgleist«, berichtete Lillian. »Also, Rowena, eigentlich sind Kolumnistinnen nicht verpflichtet, an Redaktionssitzungen teilzunehmen.«

Grayson räusperte sich und warf Lillian einen vielsagenden Blick zu.

»Aber wir freuen uns natürlich, wenn du vorbeikommst«, fügte Lillian schnell hinzu. Sie nahm den Papierstapel vom Schreibtisch und zog sich zurück. »Ich tipp das mal ein.« Sie schielte zu ihrer Chefin hinüber. »Was machen wir mit dem Zug?«

Grayson stieß einen langen Seufzer aus. »So ein Mist! Buddy Bright wusste vor uns Bescheid? Schon wieder? Wofür haben wir überhaupt Kontakte zur Polizei? Warum nennen wir uns Reporter? Gut. Ruf Michael an und sag ihm, er soll herausfinden, um welche Chemikalien es sich handelt. Wurde die Umgebung evakuiert? Gibt es Verletzte?«

»Buddy sagte, es wären Rettungswagen vor Ort«, berichtete Lillian. »Aber mehr weiß ich auch nicht.«

»Hat Michael die gute Kamera dabei?«

Lillian wies auf eine schwarze Kameratasche, die über der Rückenlehne eines Stuhls hing. »Meinst du die da? Nein, er dachte ja, er würde zur Sitzung im Krankenhaus gehen.«

»Verdammter Mist«, brummte Grayson vor sich hin. »Entschuldigung, Rowena.«

Die Kolumnistin lächelte. »Nun, wenn es keine Besprechung gibt, dann machen Tuffy und ich uns zu unserem nächsten Termin auf. Im Viburnum Garden Club gibt es heute einen Vortrag von jemandem, der extra aus Orlando angereist ist.« Sie wandte sich zum Gehen. »Richte deiner Großmutter viele Grüße aus, Grayson. Ich nehme an, dass ich sie nächste Woche beim Frauenkreis sehe.«

»Mache ich«, antwortete Grayson.

Rowena zeigte mit dem Gehstock auf Conley. »Und wer ist das, meine Liebe? Eine neue Reporterin?«

»Sie erinnern sich wohl nicht mehr an mich«, sagte Conley. »Ich bin Conley Hawkins.«

»Conley?« Die alte Frau runzelte die Stirn. »Tut mir leid, meine Liebe, der Name sagt mir nichts. Kommt Ihre Familie hier aus der Gegend?«

»Ja, Ma'am«, erwiderte Conley belustigt. »Ich bin Lorraines Enkeltochter. Und Graysons Schwester.«

»Als sie hier lebte, hieß sie noch *Sarah*, Rowena«, erklärte Grayson. »Dann zog sie los und bekam eine Stelle bei einer Zeitung in Atlanta. Seitdem nennt sie sich Conley.«

»Natürlich!«, rief die Kolumnistin. »Natürlich bist du eine Hawkins.« Sie beugte sich vor und musterte Conley durch ihre getönten Brillengläser aus der Nähe. »Oha! Du hast sogar die gleiche Nase wie dein Großvater.«

»Hab ich ein Glück«, bemerkte Conley.

»Freut mich sehr, dich wiederzusehen, Sarah«, sagte Rowena und tätschelte Conleys Hand. »Sag deiner Großmutter, sie soll dich mit zum Frauenkreis bringen, ja?«

Conley sah der Kolumnistin nach, die schwerfällig durch den

Redaktionsraum walzte. »Dein Ernst, Grayson? Rowena Meigs schreibt immer noch diese kitschige Kolumne für euch? Sie ist doch mindestens hundertundzwei Jahre alt!«

Lillian, die direkt hinter ihrer Chefin stand, verdrehte dramatisch die Augen und nickte zustimmend.

»Zufälligerweise lieben unsere Leser und Leserinnen diesen Kitsch. Sie lieben Rowena, und sie lieben ›Hallo, Sommer!‹«. Sofort war Grayson im Verteidigungsmodus. »Sie verschlingen die Berichte über Kirchenausflüge, Kaffeefahrten und den ganzen Mist nur so. Sie können gar nicht genug von diesem Tratsch bekommen. Am tollsten finden sie es, wenn ihr eigener Name in der Zeitung steht.«

Conley nahm Rowenas Kolumne vom Tisch und begann, sie mit übertriebenem Südstaaten-Akzent vorzulesen.

»Hallo, Sommer!«, trällerte sie, eine treffende Nachahmung von Rowena.

***Mrs. Myra Womble** hat ihrer wunderbaren Nichte Cheyenne am Samstag in ihrem reizenden Strandhaus SAY LA VIE mit einer Brautparty eine große Freude bereitet. Mrs. Wombles Schwester **Sonya (Mrs. G. W.) Roland** war höchst erfreut, ihre Tochter **Cheyenne Roland** über das Wochenende wieder zu Hause in ihrem ›Nest‹ zu haben. Die jüngeren Leute, die hinzukamen, genossen ein köstliches Essen, unter anderem Krabbenwindbeutel à la Myra, einen geeisten 7UP-Salat und einen Shrimps-Mocktail. Cheyenne und ihr Verlobter, **Jerrod Corley**, werden im Juni in der Methodistenkirche von Silver Bay den Bund fürs Leben schließen … Ein kleines Vögelchen hat der Verfasserin dieser Zeilen gezwitschert, dass der Standesbeamte **Morton Pfansteel** nächste Woche um 19 Uhr mit einer offiziellen Verabschiedung geehrt werden soll. Anschließend gibt es einen kleinen Imbiss. Morton* *hat uns verraten, dass er mit Anita im Wohnmobil bis hoch nach Maine fahren will. Sie wollen einen Zwischenstopp in Sumter, South Carolina, einlegen, um ihre Enkelkinder zu besuchen ... Aufmerksamen Beobachtern mag nicht entgangen sein, dass ein prominenter einheimischer Jurist, der ungenannt bleiben soll, in letzter Zeit deutlich seltener zu sehen ist. Unsere Informanten wissen zu berichten, dass die Frau von besagtem Juristen ihren Mann auf eine strenge Diät aus Salat und ungesüßtem Tee gesetzt hat. Sie wurden sogar vor kurzem morgens beim Joggen im Civitan Park gesehen! ...* **Die Sojouners Sunday School Class** *der Baptisten richtete letzten Sonntag nach dem Gottesdienst ein munteres Sommerbarbecue aus. Für Unterhaltung sorgte das* **Praisesayers Gospel Quartet**, *zu Besuch aus Panama City. Noch eine persönliche Bemerkung: Der Verfasserin dieser Zeilen ist in letzter Zeit eine unsägliche Entwicklung aufgefallen, was die Aufmachung junger Damen betrifft, die sich zum Ausgehen feinmachen. Ihr Aufzug eignet sich bestenfalls für das Schlafgemach, aber nicht für die Öffentlichkeit. Ich meine die geschmacklose Mode der ›Pyjamahosen‹. Die Mütter sollten die Garderobe ihrer Kinder besser im Blick haben! Und wenn ich schon beim Thema bin: Man muss den jungen Männern mal sagen, dass sie ihre Hosen in der Taille mit einem geeigneten Gürtel befestigen sollen. Niemand will ihre Unterwäsche sehen!*

»Das ist noch schlimmer, als ich es in Erinnerung hatte«, sagte Conley schmunzelnd. »Fast schon eine Parodie auf sich selbst. ›Schlafgemach?‹ Wer benutzt noch solche Wörter?«

Grayson riss ihr das Blatt aus der Hand. »Ob's dir gefällt oder nicht: Rowena Meigs ist eine feste Einrichtung in dieser Stadt. Außerdem ist sie eine der ältesten Freundinnen von Großmama.«

»Eine alte Krähe ist das«, warf Lillian ein, die wieder hereingekommen war. »Klar, Grayson, du bist die Chefin vom Dienst, das wissen wir alle. Du bist nicht diejenige, die diesen Sermon in etwas Lesbares umwandeln darf. Die alte Schachtel beherrscht weder Rechtschreibung noch Zeichensetzung, und die Hälfte ihrer Angaben muss ich korrigieren. Sie hält sich für was Besseres als die anderen. Sie glaubt, sie würde rosa Glitzer pupsen.«

Grayson seufzte schwer. »Mir ist klar, dass Rowena keine Pulitzer-Preisträgerin ist, aber was soll's? Sie stammt aus einer anderen Generation.«

Lillian schaute von einer Schwester zur anderen. »Das ist, als würde man auf ein totes Pferd einprügeln. Sag bitte, Grayson, was sollen wir jetzt wegen dieses entgleisten Zugs machen? Ich habe auf Seite eins schon einen Slot für die Story über die Verwaltungsratssitzung des Krankenhauses freigehalten, auch wenn da nie was Spannendes passiert. Soll ich die nach unten schieben und abwarten, womit Michael noch kommt?«

Grayson sah eine Weile aus dem Fenster. »Was ist sonst noch mal auf Seite eins?«

»Mein Beitrag über Naleeni Coombs. Das ist die Kleine aus Plattesville, die ein Vollstipendium fürs MIT bekommen hat. Die Erste in ihrer Familie, die einen Highschoolabschluss gemacht hat, und jetzt noch das College. Ist ein wirklich nettes Mädchen. Gehört zu meiner Gemeinde.«

»Die Wohlfühl-Story bleibt auf Seite eins, unterm Bruch«, entschied Grayson. »Ich würde sagen, fünfzig Zeilen für den entgleisten Zug; wenn wir vernünftige Bilder für die Titelseite kriegen, schieben wir in den Innenteil. Der Krankenhausartikel kommt auch nach hinten. Es sei denn, es gibt Tote, dann bauen wir die ganze Seite noch mal um.«

Grayson griff zur Kameratasche und schlang sich den Riemen über die Schulter, dann nahm sie ihre Handtasche von der Rückenlehne des Schreibtischstuhls.

»Ich muss rüber nach Varnedoe«, sagte sie in der Tür. »Wahrscheinlich kann ich dich nicht davon abhalten, morgen raus an den Strand zu fahren, Conley. Großmama kann ich auf gar keinen Fall aufhalten, jetzt, wo sie dich auf ihrer Seite hat. Achte bloß darauf, dass sie sich nicht übernimmt, ja? Sie denkt immer noch, sie wäre dreißig. Sie übertreibt es, wird krank, und dann kostet es uns richtig.«

»Kapiert«, sagte Conley. »Ich melde mich morgen, wenn wir aus dem Haus sind.«

»Pass auf, dass sie alle Medikamente einpackt«, mahnte Grayson. »Winnie weiß, was sie braucht. Und achte darauf, wie viel Alkohol sie trinkt. Zwei Gläser, dann musst du die Flasche verstecken.«

»Hab ich kapiert, Gray«, wiederholte Conley. »Jetzt fahr zu dem entgleisten Zug, ja? Mit Großmama und Winnie wird nichts passieren. In Silver Bay passiert doch nie irgendwas.«

6

Als Conley nach Hause kam, schleppte ihre Großmutter eine uralte grüne Alu-Kühlbox in die Eingangshalle.

»Was ist das denn alles?«, fragte Conley. Drei Koffer standen am Fuß der Treppe, dazu ein riesiger Picknickkorb, eine geblümte Hutschachtel, ein klobiger Fernseher, eine aus allen Nähten platzende Kleiderhülle, ein platt gelegenes Hundekörbchen und zwei gewaltige Farne in Töpfen.

»Nur ein paar Sachen, die wir am Strand brauchen«, erklärte Lorraine und bückte sich, um Opie hinter den Ohren zu kraulen. »Warst du ein braver Junge?«

Der Hund legte sich hin und rollte sich auf den Rücken.

»Großmama, das passt nicht alles in mein Auto. Bist du dir sicher, dass du das wirklich alles brauchst?« Mit der Turnschuhspitze stieß Conley die Kühlbox an. »Ich dachte, wir kaufen morgen auf dem Weg zum Strand noch ein.«

»Das sind nur Grundnahrungsmittel. Mais, grüne Bohnen und Schwarzaugenbohnen aus dem Garten, die Winnie letztes Jahr eingefroren hat, und ein paar andere Sachen.« Lorraine strahlte ihre Enkeltochter an. »Keine Sorge! Ich habe auch ein paar Liter von Winnies Gemüsesuppe und von ihrem Eintopf eingepackt, dazu einen Pfirsich- und einen Schokoladenkuchen.«

»Das ist ja schön, aber wo soll Winnie sitzen? Und Opie?«

Hilflos wies Conley auf die Koffer. »Und der ganze restliche Kram?«

»Wir fahren mit dem Wagoneer«, sagte Lorraine. »Winnie hat ihn mit nach Hause genommen, damit er morgen früh vollgetankt und fertig ist.«

»Du hast Pops' altes Auto immer noch?«

»Natürlich«, sagte ihre Großmutter. »Das läuft wie ein Schweizer Uhrwerk. Ich mache es genau wie dein Großvater früher: alle dreitausend Meilen einen Ölwechsel, zweimal im Jahr die Reifen wechseln. Lamar von der Tankstelle hat gesagt, er hat noch nie so ein gut gepflegtes Auto gesehen. Er macht immer wieder Andeutungen, dass er es kaufen würde, aber ich kann doch Opas Auto nicht verhökern, oder?«

»Ich hoffe, du fährst nicht mehr damit.«

»Warum denn nicht? So alt bin ich auch wieder nicht, Sarah Conley.«

»Grayson sagt, du siehst nicht mehr gut.«

»Deine Schwester soll sich mal um ihren eigenen Kram kümmern«, gab Lorraine zurück. »Ich fahre, wann ich will. So. Möchtest du was essen? Ich hatte schon etwas Frischkäse mit Tomaten, aber Winnie hat dir noch einen Teller in die Küche gestellt.«

»Essen?« Conley sah auf die Uhr. »Es ist noch keine sechs.«

»Spätes Essen bekommt meiner Verdauung nicht«, erklärte Großmama. Sie steuerte auf die Treppe zu. »Ich muss weiter packen, und um sieben kommt meine Sendung im Fernsehen.«

»Okay.« Conley grinste. »Guckst du immer noch *Glücksrad*?«

»Natürlich. Das hält mich fit im Kopf. Und nur mal unter uns Klosterschülerinnen: Den Moderator kann man sich doch gut angucken, oder?«

»Auf jeden Fall«, bestätigte Conley.

Als sie um kurz nach neun ins Fernsehzimmer ging, lag ihre Großmutter zusammengesackt auf der Seitenlehne des Sofas, den Kopf auf der Schulter, den Mund offen. Sie schnarchte leise im gleichen Rhythmus wie Opie, der bebend schnaufte. Die Fernbedienung hielt Lorraine fest in ihren beringten Fingern.

Das Fernsehzimmer war früher einmal das Arbeitszimmer von Conleys Großvater gewesen. Es war mit Kiefernholz vertäfelt, an den Wänden standen vollgestopfte Bücherregale. Der Fernseher tauchte den Raum in blaues Licht. Es lief Lorraines Lieblingssender, Turner Classic Movies.

Als Conley versuchte, die Fernbedienung Lorraines Griff zu entwinden, wurde ihre Hand plötzlich weggeschlagen.

»Ich gucke das!«, sagte ihre Großmutter und richtete sich schwerfällig auf.

»Du hast tief und fest geschlafen! Komm, ich bringe dich ins Bett.«

»Ich will hierbleiben«, entgegnete Lorraine. »Opie weckt mich, wenn er noch mal aufs Hundeklo muss, und anschließend gehen wir beide nach oben.«

»Wie du willst«, sagte Conley. »Ich denke, ich fahr noch mal ein bisschen herum.«

»So spät?« Lorraine runzelte die Stirn. »Wo willst du denn zu dieser Uhrzeit noch hin?«

Conley zuckte mit den Schultern. »Wenn ich die ganze Zeit im Haus hocke, werde ich verrückt. Ich habe alles gepackt. Mach dir keine Sorgen. Ich bin ein großes Mädchen.«

Lorraine rückte ihre Brille zurecht und sah ihre Enkelin an. »Das erzählst du mir, seit du fünf Jahre alt bist.«

»Und seitdem machst du dir Sorgen um mich«, gab Conley zurück.

»Wir sind hier nicht in Atlanta. So spät abends hat nichts Anständiges mehr auf.«

»Wer sagt denn, dass ich was Anständiges will?« Conley zwinkerte ihrer Großmutter zu, dann gab sie ihr einen Kuss auf die pergamentartige Haut und wunderte sich, als Lorraine ihr die Hand auf die Wange legte und sie flüchtig streichelte.

»Sturkopf«, sagte sie. »Verriegel die Autotüren von innen, ja? Und versprich mir, dass du keine Dummheiten machst.«

»Ich? Dummheiten? Nie!«

Ziellos fuhr Conley durch das ehemalige Geschäftsviertel ihrer Heimatstadt und wurde immer deprimierter. Es machte den Eindruck, als hätte sich Silver Bay nicht wieder erholt, seit der letzte Hurrikan durch die Stadt gefegt war. Die Bürgersteige waren hochgeklappt.

Conley brauchte einen Drink. Aber das einzige halbwegs anständige Restaurant in der Stadt, das Lamplighter mit seiner kleinen Theke, machte um neun Uhr zu. Sie fuhr zur Bowlinghalle, dem Bowl-A-Rama, wo sie im Heimaturlaub nach dem letzten Schuljahr zum ersten Mal die aufregende Erfahrung gemacht hatte, als Minderjährige ein Bier zu bekommen. Der Barkeeper war einer der vielen Verehrer von Grayson gewesen. Mit einem wissenden Grinsen und den ebenso magischen Worten »geht aufs Haus« hatte er eine eisgekühlte Dose über den glänzenden Tresen geschoben. Am nächsten Abend hatte der Typ – er hieß Jeb – Conley angerufen und gefragt, ob sie ihn zum Weihnachtsball begleiten würde, aber sie hatte ihm sofort mit der Begründung abgesagt, sie würde auf keinen Fall mit den Ex-Freunden ihrer großen Schwester ausgehen.

Am anderen Ende herrschte kurz schockiertes Schweigen, dann wurde ohne ein weiteres Wort aufgelegt.

Als Conley das Einkaufszentrum erreichte, in dem das Bowl-A-Rama eine feste Einrichtung war, wurde sie langsamer. Sie erschrak. Die Mall war zwar noch da, doch statt des Supermarkts Publix gab es jetzt einen Pfandleiher namens Pawn World, und wo früher die Bowlinghalle gewesen war, befand sich nur noch eine unkrautbewachsene rissige Asphaltfläche.

»Verdammt«, murmelte sie. »Nicht das Bowl-A-Rama.« Sie zerbrach sich den Kopf über eine gute Alternative.

Was hatte so spät nachts noch auf? Sicher, es gab die Bar im Country Club, den ihr Urgroßvater mitbegründet hatte, aber Tanktop und Jeans würden den Kleidungsvorschriften dort nicht genügen. Außerdem bestand durchaus die Möglichkeit, Grayson und ihre Country-Club-Blase zu treffen, und Conley hatte nach der gereizten Auseinandersetzung heute wirklich keine Lust, mit ihrer Schwester zu versacken.

Soweit sich Conley erinnern konnte, gab es im Umkreis von fünfzehn Minuten, die sie jetzt für Alkohol und Gesellschaft zurücklegen würde, nur noch eine Kneipe.

»Dann halt ins Legion«, brummte sie und fuhr wieder auf die Landstraße.

7

Das American Legion Post 42 lag zehn Meilen außerhalb der Stadt. Der Parkplatz vor dem kastenförmigen Backsteingebäude war halb gefüllt, hauptsächlich standen dort Pick-ups oder moderne Limousinen, vor allem amerikanische Fabrikate, außerdem ein paar Hondas und Kias.

Innen erinnerte das Legion an einen Siebzigerjahrefilm: Holzvertäfelung, Neonschilder mit Bierwerbung, ausgestopfte Barsche und Hirsche an den Wänden, dazu ein Fernseher. Alles war von einer Nikotinschicht überzogen, auch wenn Conley erleichtert feststellte, dass ein großes »Rauchen verboten«-Schild neben der Tür hing. Genauso erleichtert war sie, nicht die einzige Frau im Laden zu sein. Hinter der Theke stand eine Barkeeperin, es waren noch sechs, sieben weitere Frauen da.

Die Jukebox spielte Patsy Cline. Conley hätte schwören können, dass »I Fall to Pieces« auch schon lief, als sie das letzte Mal im Legion gewesen war. An einer Seite des Raumes reihten sich Sitzecken aneinander, zwischen ihnen und der langen Theke standen rund ein Dutzend kleiner Tische für vier Personen.

Conley ergatterte einen leeren Hocker in der Mitte des Tresens. Sie kannte niemanden, aber das war keine Überraschung, da sie das Legion seit mindestens fünfzehn Jahren nicht mehr mit ihrer Anwesenheit beehrt hatte.

»Was darf's sein?« Die Barkeeperin betrachtete sie anerkennend. Sie schien Anfang zwanzig zu sein, trug einen dunkelrot gefärbten Pixie-Schnitt, hatte blasse Haut und von oben bis unten tätowierte, muskulöse Arme. Audrey Hepburn auf Punk.

»Ähm, was für Bourbon habt ihr da?«

»Der Fusel, den wir hier verkaufen, schmeckt dir bestimmt nicht. Das Beste, was ich im Angebot habe, ist ein Four Roses.«

Conley lachte. »Wie kommst du auf die Idee, dass ich keinen Fusel mag?«

»Ich bin Barkeeperin. Ich kann Leute lesen. Die kaputte Jeans, die du anhast, kostet locker hundertachtzig Mäuse, und dein Haarschnitt und die Farbe sind definitiv nicht hier aus der Gegend. Zu Hause trinkst du wahrscheinlich Knob, vielleicht auch eine Edelmarke. Pappy Van Winkle, stimmt's?«

»Ah, jetzt schmeichelst du mir«, sagte Conley. »Aber ein Pappy konnte ich mir nicht mal leisten, als ich noch gearbeitet habe. Jetzt bin ich nur noch eine arbeitslose Reporterin.«

»Also den Four Roses?«

Sie nickte. »Auf Eis und mit Wasser.«

Als die Barkeeperin sich entfernte, legte jemand Conley eine Hand auf die Schulter.

»Na, wen haben wir denn da? Sarah Conley Hawkins! Was verschlägt dich denn hierher?«

Sie löste sich von dem Mann und sah, dass es gar kein Fremder war.

»Skelly?« Jubelnd warf Conley dem schlanken Mann die Arme um den Hals. »Skelly! Das gibt's ja nicht!«

Er erwiderte die Umarmung und rieb seinen ergrauenden Bart an Conleys Wange, bis sie ihn lachend von sich schob.

Sean Kelly wohnte von klein auf zwei Häuser weiter an der Felicity Street. Er war ein Jahr jünger als Grayson und ein Jahr älter als Conley. Sein Vater war Arzt, die Mutter Apothekerin, doch Skelly, wie er seit seiner Kindheit genannt wurde, war in der Schule kein Überflieger gewesen.

Groß und schlank, mit spindeldürren Armen und Beinen, einer aufgeschlossenen Art und wenig berauschenden schulischen Leistungen war Skelly der Clown der Straße gewesen. In der zweiten Klasse war er sitzen geblieben – in der Grundschule einer Kleinstadt, wo praktisch jedes Kind versetzt wurde – und war im nächsten Jahr fröhlich in Conleys Klasse gelandet.

Bis die Pubertät Skelly mit dreizehn Jahren hart traf und er keine Zeit mehr hatte, um Skateboard zu fahren, Telefonstreiche bei den beliebten Mitschülern zu machen oder Zigaretten und Cola im Laden zu klauen, waren sie Kumpel und beste Freunde gewesen.

Er setzte sich auf den Hocker neben Conley. Als selbsterklärter Spätzünder war Skelly irgendwann zum College gegangen und hatte alle, sich eingeschlossen, mit einem super Abschluss überrascht. Dann hatte er doch noch Pharmakologie studiert. Im Laufe der Jahre hatte er etwas zugelegt, seine glatten braunen Haare waren grau meliert. Der ebenfalls ergrauende Bart war etwas länger, und seit Conley ihren alten Freund zuletzt gesehen hatte, hatte er sich eine Brille zugelegt. »Trish, ein Bier für mich!«

Die Barkeeperin schenkte Conleys Whiskey ein, dann griff sie in den Kühlschrank und holte eine Flasche heraus.

»Kennst du den Chaoten?«, fragte sie Conley, als sie die Getränke auf den Tresen stellte.

»Ob sie mich kennt? Von mir hat sie ihren ersten Kuss bekommen!« Skelly trank einen großen Schluck Bier.

»Worauf er sein erstes blaues Auge von mir bekommen hat«, versetzte Conley.

»Aber das ist alles vergeben und vergessen«, schmunzelte

Skelly. »Trish, darf ich dir meine älteste Freundin auf dem Planeten vorstellen: Sarah Conley Hawkins!«

Trish hielt Conley die Hand hin. »Freut mich, Sarah.«

»Nur Conley bitte.«

»Unsere Conley ist inzwischen eine richtig bekannte, preisgekrönte Journalistin aus Atlanta«, verkündete Skelly ein bisschen zu laut. »Aber sie ist ein Eigengewächs aus Silver Bay. Der *Beacon* gehört ihrer Familie.«

»Cool.« Trish war alles andere als beeindruckt.

»Hey!«, rief eine Blondine zwei Hocker weiter. »Spielen wir jetzt, oder was?«

Trish zog ein Kartenspiel aus ihrer Hosentasche und zeigte es Skelly und Conley. »Macht ihr mit?«

»Wobei?«, fragte Conley.

»Screw your neighbor«, erwiderte Trish.

»Von mir aus gern«, bemerkte Skelly und holte sein Portemonnaie aus der Gesäßtasche.

Conley verdrehte die Augen.

»Mitmachen oder Mund halten.« Trish schlug mit der flachen Hand auf den Tresen. Die beiden Stammgäste, die links und rechts von Skelly und Conley saßen, legten jeweils einen Dollarschein auf die Theke. Die Barkeeperin mischte die Karten und gab dann jedem eine.

Skelly tippte Conley auf den Unterarm. »Du weißt noch, wie das geht, oder?«

»Klar«, sagte sie und fischte Geldscheine aus ihrer Jeanstasche. Einen Dollarschein legte sie zu den anderen. »König ist die höchste Karte, As die niedrigste.« Sie hob ihre Karte hoch. Es war eine Herz acht. Conley legte sie mit der Farbe nach unten auf den Tresen und trank einen Schluck Bourbon.

Skelly schaute unter seine Karte. »Passe.« Er gab sie an den milchgesichtigen Schnösel weiter, der auf dem nächsten Hocker saß, und nahm eine neue Karte vom Stapel. Der Schnösel spähte unter seine eigene Karte, zögerte und behielt Skellys Karte, um seine an die Blondine weiterzureichen.

»Und?«, fragte Skelly und sah Conley an. »Was läuft?«

»Nicht viel.« Sie zuckte mit den Schultern. »Ich hab eine Weile frei, da dachte ich, ich komme nach Hause und gucke mal nach Großmama. Grayson macht sich ein bisschen Sorgen um ihre Gesundheit. Und wie ist es bei dir? Wie geht es Danielle?«

Skelly setzte die Flasche an und leerte sie. »Danielle ist vor achtzehn Monaten zurück nach Memphis gezogen.«

»Oh, das tut mir leid. Wusste ich nicht. Das heißt, ihr habt euch wieder offiziell getrennt?«

Skelly hob die linke Hand, wo sich ein Streifen blasser Haut um den sonnengebräunten Ringfinger zog. »Sie sagt, diesmal sei es endgültig.«

»Das sagt sie immer.«

Er strich über die Stelle, wo er seinen Ehering getragen hatte, und sah Conley ins Gesicht. Sein Mund lächelte, doch sie sah die Verletzung in seinen dunklen Augen. »Sie will wieder heiraten, Sarah. Als ich heute in der Apotheke stand und für Jodi Pilgreen das Mittel gegen Sodbrennen gemischt habe, rief Danielle an und teilte es mir ganz nebenbei mit. Damit ich es nicht von anderen höre.«

»Das ging schnell«, bemerkte Conley.

»Ist ein Kollege von der Uni.«

»Scheiße.«

»Und wie«, stimmte Skelly zu.

Die Barkeeperin vor ihnen sah sie erwartungsvoll an.

»Jetzt passt auf!«, sagte Trish und drehte ihre Karte auf dem Tresen um. Es war der Karo Bube. Das Milchgesicht deckte die Karte auf, die er von Skelly bekommen hatte: die Ass neun. Als Nächste war die Blondine an der Reihe. Sie hatte die Kreuz Dame. Skelly hielt die Herz neun in der Hand. Er sah Conley an. Seufzend drehte sie ihre Acht um.

»Gewonnen!«, rief Trish und zog die Geldscheine zu sich herüber. Sie nahm die Bourbon-Flasche und gab einen großzügigen Schuss in Conleys halb leeres Glas.

»Trink aus!«, befahl Skelly.

Conley kippte den Whiskey hinunter. Er brannte unangenehm im Hals.

Wieder teilte Trish die Karten aus.

»Wie lange bleibst du hier?«, fragte Skelly.

»Steht noch nicht fest«, erwiderte Conley zögernd. »Ich hänge sozusagen zwischen zwei Jobs.«

»Du?!?« Er tat schockiert.

»Eigentlich sollte ich nächste Woche bei einer investigativen Internetplattform anfangen, aber dann kam was dazwischen. Da hatte ich meine Stelle beim *AJC* und meine Wohnung aber schon gekündigt, deshalb bin ich hier.«

»Du findest schon einen neuen Job.«

»Das ist der Plan. Bis es so weit ist, ziehe ich mit Großmama morgen ins Strandhaus und hänge am Meer ab.«

»Wann warst du das letzte Mal hier?«, wollte Skelly wissen. »Schon länger her, oder?«

»Wenn ich meiner lieben Schwester glaube, ist es zu lange her«, sagte Conley. Jetzt hatte sie doch Gewissensbisse. Sie griff nach Skellys Arm. »O Gott, Skelly, mir ist gerade dein Vater eingefallen! Ich bin wirklich furchtbar. Ich wollte dir eine Karte schicken und Blumen oder so.«

Er zuckte mit den Schultern. »Schon gut. Grayson hat einen netten Beitrag in die Zeitung gesetzt.« Skelly lachte kläglich.

»Es war so voll, die Gäste konnten nur gruppenweise ins Bestattungsinstitut.«

»Ich weiß ja, dass Doc hart zu dir sein konnte, aber zu mir war er immer furchtbar nett. Er hat mich auf die Welt gebracht, wusstest du das?«

»Ja, dich und die Hälfte der Leute in Griffin County«, sagte Skelly.

»Wollt ihr quatschen oder spielen?« Trish wedelte mit den Karten vor den beiden herum.

»Teil aus!«, forderte Skelly sie auf.

»Ich mache auch mit«, sagte Conley.

Sie spielten sechs weitere Runden, Conley verlor noch zweimal. Die Drinks wurden stärker, sie lachte heftiger und redete lauter als seit sehr, sehr langer Zeit.

»Ich bin erledigt«, sagte Conley, nachdem sie ihren dritten Whiskey hinuntergekippt hatte. »Noch einer, und ich muss im Krankenwagen nach Hause gebracht werden.«

Skelly zeigte auf die handtuchgroße Tanzfläche, wo sich ein einsames Pärchen zu einem melancholischen Countrysong wiegte, den Conley nicht kannte. »Komm, Kleine. Wir tanzen!«

»Skelly, nein! Ich bin ziemlich blau, und du auch.«

Er zog sie vom Barhocker. »'nen besseren Grund gibt's nicht zum Tanzen.«

Skelly ging zur Jukebox, las die Liste durch, nickte und drückte auf mehrere Tasten.

»Komm!«, sagte er und führte Conley zur Tanzfläche. Die letzten Töne des Countrysongs verklangen, dann setzte Skellys Lied ein. Conley erkannte es sofort.

»Nicht das«, stöhnte sie. »Nicht Shania Twain!« Doch sie legte ihm die Arme um den Hals, und er schlang seine um ihre Hüften.

Conley hatte vergessen, wie gut Skelly tanzte. Er war überraschend leichtfüßig, und sie war gerade angeheitert genug, um ihre üblichen Hemmungen abzulegen, sich anzulehnen und führen zu lassen. Elegant schob er sie über die Tanzfläche und summte ihr leise ins Ohr. »*From this moment …* «

»Nein, nein, nein«, murmelte Conley.

»Erinnerst du dich an das letzte Mal, als wir dazu getanzt haben?«, fragte Skelly.

»Meinst du, als deine Mutter dich gezwungen hat, mit mir zum Ball im Country Club zu gehen, weil deine Freundin damals so ein Flittchen war?«

»Steffi? Das war kein Flittchen«, protestierte er.

»Ich bitte dich! Die hat jeden rangelassen! Die war eine richtige Schlampe.«

»Was aus der wohl geworden ist?« Skelly sah Conley in die Augen. »Meine Mutter hat mich nicht gezwungen, dich zu fragen, ja?«

»Anschließend hast du mich nach Hause gebracht, obwohl alle anderen im Strandhaus von Cady Alexander weitergefeiert haben. Am nächsten Tag haben sie mir erzählt, dass du dort dann wieder mit Steffi rumgemacht hast.«

Skelly zog den Kopf ein. »An der Highschool sind Jungs solche Schweine. War mir nicht klar, dass du es wusstest.«

»Sicher wusste ich es«, sagte Conley. »Dafür hat Steffi schon gesorgt.«

»Aber du warst damals mit dem Typen von diesem noblen Internat in Virginia zusammen, also was soll's?«, sagte Skelly. »Wir waren doch nur gute Freunde, oder? Außerdem hätte deine große Schwester mir die Bullen auf den Hals gehetzt, wenn ich irgendwas mit dir angefangen hätte.«

Conley winkte ab. »Vorbei und vergessen.« Sie gähnte mit

offenem Mund, dann fiel ihr Blick auf die Neonuhr über der Theke. »O Mann! Gleich drei Uhr!«

»Ja, und?«

Sie hörte auf zu tanzen und schüttelte den Kopf. »Ich habe Großmama versprochen, dass wir um neun zum Strand fahren! Ich brauche ewig, um den ganzen Kram einzuladen, den Winnie und sie mitnehmen wollen.«

Skelly wollte Conley festhalten, griff aber ins Leere. »Hey, immer mit der Ruhe!«

»Nee, nee. Ich muss los.« Sie zog den Autoschlüssel aus ihrer Tasche, doch Skelly entwand ihn ihr.

»Nichts da«, sagte er entschlossen. »Du bist knülle. Trish hat dir den ganzen Abend Doppelte eingeschenkt.«

Conley wollte sich den Schlüssel wiederholen, griff daneben, stolperte und wäre fast über ihre eigenen Füße gefallen.

»Ups. Ja, vielleicht hast du recht.« Sie lächelte ihn schwach an. »Kannst du mich vielleicht nach Haus bringen?«

Skelly hakte sich bei ihr unter. »Ich glaube, ich kenne den Weg noch.«

8

Der Mann in Schwarz beugte sich zum Mikro vor und gähnte demonstrativ laut und lange, wie er es immer zum Ende seiner Sendung machte. »So, ihr Nachteulen! Jetzt ist Geisterstunde, deshalb reiche ich den Staffelstab weiter an die liebe Mara. Hier ist WSVR, die Stimme von Silver Bay, und das war *Up All Night mit Buddy Bright*!« Er legte einen Schalter um, und sein üblicher Abschlusssong erklang, »In the Midnight Hour« von Wilson Pickett.

Mara, die neben der Tür des teppichverkleideten Studios stand, nickte und rutschte auf den noch warmen Stuhl, den Buddy für sie geräumt hatte. Bevor sie die Kopfhörer aufsetzte, zupfte sie ihre dunklen Haare zurecht.

Buddy suchte seine Siebensachen zusammen – Schlüssel, Zigaretten, Feuerzeug – und ging raus. Es war etwas kälter geworden, dafür war er dankbar. Er zündete sich eine Zigarette an und inhalierte den Rauch tief in die Lunge. Nachdem die Zigarette halb aufgeraucht war, warf er den Stummel auf den Gehsteig und zertrat ihn mit dem Absatz seines Stiefels aus schwarzem Eidechsenleder.

Die Corvette stand hinter dem Studio. Es wäre praktischer gewesen, sie auf dem Parkplatz vorn an der Straße abzustellen, wo der Sender ein Schild mit der Aufschrift »PARKPLATZ

MAN IN BLACK« angebracht hatte, doch dort war einfach zu viel Verkehr. Zu viele Passanten und unachtsame Autofahrer. Buddy entriegelte die Türen und prüfte seinen Wagen von allen Seiten. Er wischte Laub und tote Insekten vom Lack, suchte nach Dellen und Beulen. Nichts. Gut. Die weiße Corvette von 1986 war die einzige Spur, die noch zu seinem alten Leben führte.

Als er sich auf den Fahrersitz setzte, knackten seine Knie. Er wurde zu alt für den Schlitten. Das sagte er sich jeden Abend. Und jeden Morgen. Buddy startete den Wagen und ließ den Motor im Leerlauf tuckern. Anerkennend lauschte er dem tiefen Brummen der kraftvollen Maschine.

Er bog in die Gasse hinter dem Radiosender und von dort auf die Straße. Langsam umrundete er den Platz. Er war wie ausgestorben. Als Buddy am Gerichtsgebäude und am Büro des Sheriffs vorbeikam, vor dem der Streifenwagen stand, spürte er wie immer ein banges Herzklopfen. Die Cops in der Stadt kannten ihn, sie witzelten mit ihm bei den Football- und Baseballspielen herum, gaben ihm Tipps unter der Hand, wenn sich ein schlimmer Autounfall ereignet hatte oder wenn es andere Nachrichten zu vermelden gab. Wenn er die Nachmittagsschicht hatte, schaute er immer beim Sheriff vorbei und ging das Dienstbuch durch, prüfte, ob etwas Berichtenswertes dabei war. Er trank mit den Typen Kaffee, hing mit ihnen ab, blieb aber immer auf der Hut. Bloß nicht nachlässig werden.

Misstrauen war für Buddy nicht nur eine Gewohnheit, es war seine Lebenseinstellung. Deshalb war er immer auf alles gefasst, wenn er am Steuer saß, auch wenn er an der verlassenen Fabrik und der Highschool vorbeifuhr. Mann, war er froh, dass die Schule und damit auch die Baseballsaison vorbei war! Er hasste es, in der hölzernen Pressekabine zu sitzen und sich die Eier wund zu schwitzen, nur um für lächerliche hundert Mäuse pro

Spiel jeden Spielzug zu kommentieren. Trotzdem würde ihm das Geld fehlen, bis im Herbst die Footballsaison losging. Davon bezahlte er Sprit, Zigaretten, Miete. Im Sommer würde er sich ein paar Auftritte suchen müssen, was ihm Angst machte. Bis dahin würde er Zusatzschichten beim Sender einlegen. Schlaf? Völlig überschätzt!

Bald war Buddy auf der Landstraße hinter der Stadtgrenze von Silver Bay. Das Mondlicht ließ den Asphalt silbern glänzen. Buddy fuhr die Fensterscheiben der Corvette hinunter und drückte aufs Gas.

Er fuhr jetzt hundertdreißig. Sein sorgfältig gekämmtes und gegeltes Haar schlug ihm ins schmale, kantige Gesicht, doch das störte ihn nicht. Er war *Buddy Bright, Up all Night*, seine eigene Schöpfung.

Er drückte auf einen Knopf am Armaturenbrett, und Musik scholl aus den Boxen. Buddy hatte einen Sender in Tallahassee entdeckt, der von Studenten der Uni betrieben wurde. Der nervte nicht so wie die Radiofabriken der großen Medienanstalten, die sich in den letzten Jahrzehnten im Äther breitgemacht hatten. Die kleinen Scheißer von der Uni machten gute Musik – alternativen Rock, klar, aber der DJ, der immer nachts da war, ein Typ, der sich Cosmic nannte, spielte Heavy Metal zum Headbangen, so wie Buddy es früher selbst aufgelegt hatte.

»Jetzt kommt was zum Abrocken für den guten alten Buddy drüben auf dem Panhandle«, verkündete Cosmic nach einem langen, deprimierenden Stück von Nirvana.

Buddy drehte die Lautstärke hoch und klopfte zu Van Halens »Dance the Night Away« rhythmisch aufs Lenkrad.

Ehe er sich versah, war er über den gesamten Damm bis an den Strand gefahren. Als er sich der Brücke näherte, wurde er langsamer, weil er wusste, dass die Bullen gern hinter dem jetzt unbeleuchteten Surfladen lauerten, um sich rasende Teenager zu schnappen.

Die Corvette schnurrte zur kleinen Marina am Ende der schmalen Insel. Dann drehte Buddy um und hielt in der Auffahrt einer Baustelle. Er stieg aus, verriegelte das Auto und suchte sich einen Weg durch den Bauschutt runter bis an den Dünenrand.

Er schaute aufs Meer, wo sich der große Mond im ruhigen Wasser des Golfs spiegelte. Nach all den Jahren, die er im Mittleren Westen verbracht hatte, war er noch immer verzaubert von der bloßen Existenz dieses scheinbar endlosen Gewässers. Kurz überlegte Buddy, ob er runter an den Strand gehen sollte, verwarf die Idee aber sofort wieder, als ihm einfiel, dass er seine Lieblingsstiefel trug. Stattdessen sog er die salzige Meeresluft tief ein und stieß sie langsam wieder aus. Ihm wurde klar, dass er nur zu dieser Zeit gern am Strand war. Nachts.

Zurück im Auto fuhr er ziellos umher, einen Arm im Fenster. Es ging über die Brücke, dann auf die Landstraße, vorbei an weiten bewirtschafteten Feldern und Waldbeständen, wo Kiefern mit militärischer Genauigkeit in Reih und Glied standen. Ein Schild teilte ihm mit, dass er sich nun in Bronson County befand. Die Landschaft wurde hügeliger, die Bäume standen dichter. Hier war Wachtelgebiet, das wusste er, weil er die kleinen Vögel schon in zahllosen Nächten gesehen hatte. Buddy fuhr langsamer, erhaschte Blicke auf moosüberzogene Eichen und Pekannussbäume, die die Auffahrten hinter schmiedeeisernen Toren und Backsteinmauern säumten.

Die Namen der Plantagen waren ihm vertraut: Whileaway, Pinehaven, Folley, Buie's Creek. Er erschrak kurz, als er ein anderes Auto sah, das hinter dem Tor zu einer Plantage stand.

Das Landgut hieß Oak Springs Farm. Buddy beobachtete,

wie sich die Tore öffneten und ein glänzend schwarzer SUV mit quietschenden Reifen auf die Landstraße bog. Kaum war der Wagen auf dem Asphalt, raste er los.

Seltsam. Buddy erkannte den Wagen und den Fahrer, einen älteren Mann, den er öfter auf seinen nächtlichen Touren sah.

Die letzte Begegnung lag nur wenige Wochen zurück. Buddy hatte das Waffle House an der Umgehungsstraße betreten und sich auf einen Hocker an der Theke gesetzt. Es war nach zwei Uhr nachts gewesen, er hatte eine Doppelschicht hinter sich gehabt. Kurz darauf ging die Tür auf, dieser Mann war hereingekommen und hatte sich neben ihn gesetzt. Irgendwoher kam er Buddy bekannt vor. Nach kurzer Zeit war es ihm eingefallen, er hatte sich aber nichts anmerken lassen.

Die Kellnerin kannte Buddy und auch den älteren Mann. Sie schenkte Buddy Kaffee ein und hielt die Kanne zögernd über die andere Tasse auf der Theke.

»Wollt ihr was essen?«

»Ich nehm nur Kaffee«, hatte Buddy gesagt.

Der andere bestellte Maisgrütze. Ohne Bacon, ohne Eier, ohne Toast. »Einfach nur Grütze.«

Dann hatte er sich zu seinem Nachbarn umgedreht und ihn neugierig angesehen. »Könnten Sie das noch mal sagen?«

»Was? Ich nehm nur Kaffee?«

Der ältere Mann überlegte kurz. »Ich kenne Ihre Stimme irgendwoher. Aus dem Radio, stimmt's?«

Buddy hatte genickt und ihm die Hand hingehalten. »Buddy.«

Der Alte hatte mit dem Finger geschnippt. *»Up all night mit Buddy Bright.«* Sie gaben sich die Hand. »Ich heiße, ähm, Symmes. Hab Sie schon ein paarmal hier gesehen, oder?«

»Jetzt, wo Sie's sagen, ja, ich kenne Sie auch von hier, aber auch von woanders.«

»Vielleicht von dem Suchplakat in der Post?« Der Alte schmunzelte über seinen eigenen Witz.

Die Kellnerin schob einen dampfenden Teller Grütze mit einem schmelzenden Klecks Butter über den Tresen. Symmes griff zur Gabel, probierte und streute dann großzügig Salz und Pfeffer auf die Grütze.

»Jetzt weiß ich's!«, sagte Buddy. »Sie sind der Politiker. Senator Robinette. Richtig?«

»Abgeordneter Robinette«, berichtigte Symmes. »Aber das wollen wir für uns behalten.«

Buddy lachte lahm. Außer ihnen war kein Gast im Laden. »Wohnen Sie hier in der Gegend? Oder in Washington?«, fragte er.

»Beides. Wir haben ein Haus in Georgetown und natürlich auch eins in meinem Wahlkreis.«

»Wo denn?«

Symmes aß einen Löffel Grütze und schloss verträumt die Augen. »Hm? Ach, ähm, wir haben ein Haus drüben auf Sugar Key.«

Buddy rieb Daumen und Zeigefinger aneinander, Symmes wurde rot. »Wir … ähm … haben es billig bekommen, der Bauunternehmer ist ein alter Freund.«

»Nicht schlecht, reiche Freunde zu haben«, bemerkte Buddy. Symmes rutschte voller Unbehagen auf seinem Hocker herum.

Buddy trank einen Schluck Kaffee und schaute aus dem Fenster auf den SUV, ein neuer Escalade. In den Achtzigern hatte er mal zur Hauptsendezeit für einen Sender in Detroit gearbeitet, deshalb kannte er sich mit Autos aus. Das da draußen war was ganz Hochwertiges. Amerikanisches Fabrikat. Das gefiel ihm.

»Ich muss sagen, ich wundere mich schon ein bisschen, dass ein VIP so spät nachts allein durch die Gegend fährt«, sagte er. »Ich leide unter Schlaflosigkeit, die Folge von jahrelangen Nachtschichten. Aber wieso Sie?«

»Aus demselben Grund«, sagte Symmes. »Ich schlafe momentan nicht gut.«

»Schlechtes Gewissen, was?« Buddy zwinkerte demonstrativ, damit der andere wusste, dass es nicht ernst gemeint war. Dennoch wirkte Symmes getroffen.

»So ähnlich«, brummte er und wandte sich wieder seiner Grütze zu. Er aß noch zwei Bissen, verharrte reglos, nahm einen weiteren Löffel. Dann schob er den Teller von sich.

Sofort war die Kellnerin da. »Stimmt was nicht mit der Grütze?«

»Nein, alles gut. So lecker wie immer«, sagte Symmes.

»Okay.« Sie räumte seinen Teller ab.

Als sie weg war, bemerkte Symmes: »Habe nicht viel Appetit zurzeit.« Er klopfte auf seinen Bauch.

»Sind Sie krank?« Buddy wollte nur höfliche Konversation machen, die Zeit totschlagen, doch Symmes ging auf seine Frage ein.

»Im Vertrauen?«

»Klar«, sagte Buddy.

»Ich bin tatsächlich krank. Ich spreche nur nicht gern darüber, weil sich meine Frau dann aufregt.«

»Verdauungsprobleme?« Buddy seufzte mitleidig. »Hab ich auch. Magengeschwür. Die Ärzte meinen, ich soll keinen Kaffee mehr trinken, aber die können mich mal.«

»Ich habe Krebs«, sagte Symmes leise. Er beugte sich vor. »Non-Hodgkin's-Lymphom.«

»Du Scheiße! Das ist übel, oder?«

»Sagt man jedenfalls«, entgegnete Symmes. Mit der Serviette tupfte er seine Lippen ab. »Das ist nicht öffentlich bekannt, deshalb wäre ich Ihnen dankbar, wenn Sie das vertraulich behandeln.«

Schon bereute Buddy sein Versprechen. Das war eine Nachricht: Der silbergraue Kongressabgeordnete von Silver Bay hatte Krebs!

»Kann man denn nicht operieren? Oder bekommen Sie Chemo? Irgend so was?«

Symmes sah sich um, vergewisserte sich, dass er nicht belauscht wurde. Die Kellnerin träumte in einer Sitzecke neben der Tür, der Koch tippte auf seinem Handy herum.

»Operieren geht nicht. Chemo habe ich schon bekommen, jetzt sagen die Ärzte, sie könnten nichts mehr tun. Aber das ist auch streng vertraulich, ja?«

»Scheiße«, wiederholte Buddy. »Tut mir leid, Mann. Kein Wunder, dass Sie nicht schlafen können.«

Symmes starrte in seinen Kaffee. »Da denkt man über einiges nach, wissen Sie? Man guckt sich an, was man so alles gemacht hat.«

Als Symmes den Kopf hob, das Gesicht blass, die Augen leer, erkannte Buddy, dass nicht nur der Krebs diesen alten Mann von innen zerfraß und ihn nachts wach hielt. Denselben Gesichtsausdruck sah er selbst seit vielen Jahren im Spiegel.

»Wollen Sie damit sagen, dass Sie etwas bereuen?«

Der Kongressabgeordnete sah Buddy lange traurig an. »Sie haben ja keine Ahnung.«

»Jeder hat mal Scheiße verzapft.« Buddy zuckte mit den Schultern.

»Nicht so«, entgegnete Symmes. Er hob den Becher, um zu trinken, doch seine Hände zitterten so stark, dass der Kaffee auf den Tresen schwappte. Symmes zog eine Serviette aus einem Metallhalter auf der Theke und wischte die Flüssigkeit auf. »Ich habe schlimme Sachen gemacht. Privat, beruflich. Hab Menschen verletzt.« Er sah Buddy in die Augen. »Menschen sind gestorben. Wegen dem, was ich getan habe. Oder nicht getan habe.«

»Heißt das, Sie haben Menschen umgebracht?«

»Indirekt.«

»Können Sie das vielleicht irgendwie wiedergutmachen? So wie es die Anonymen Alkoholiker machen? Die haben doch auch so was bei ihren Zwölf Schritten.«

»Ich versuche es«, sagte Robinette. »Aber so einfach ist das nicht. Meine eigene Familie …« Er beendete den Satz nicht, sondern zuckte mit den Schultern. »Wahrscheinlich ist es zu spät, aber ich muss es versuchen, oder?«

Buddy überlegte. »Ich würde sagen, dass Sie erst mal selbst damit klarkommen müssen, was Sie getan haben. Sie müssen sich irgendwie selbst verzeihen. Das ist leichter gesagt als getan.«

Symmes warf einen Blick auf die Uhr. »Ich muss los. Wenn Vanessa aufwacht und merkt, dass ich wieder weg bin, gibt's Ärger. Sie meint, ich soll in meinem … ähm … Zustand nicht mehr Auto fahren. Macht sich Sorgen, verstehen Sie?«

Symmes stand auf und räusperte sich. Die Kellnerin kam herüber. »Noch irgendwas?«

»Nein, danke.« Er legte einen Zwanzig-Dollar-Schein zwischen die beiden Kaffeebecher auf die Theke. »Das müsste reichen für meinen Freund hier und mich.«

Er klopfte Buddy auf die Schulter. »Unser kleines Gespräch hat mir gefallen, Buddy. Aber das ist nicht ihr richtiger Name, oder?«

Buddy erstarrte, sein Magen zog sich zusammen. »Wie meinen Sie das?«

»DJs haben doch immer erfundene Namen, oder? Wolfman Jack zum Beispiel. Ich meine, wer heißt denn wirklich Buddy Bright? Ich habe nur überlegt, wie Sie wirklich heißen könnten. Nichts für ungut.«

»Streng vertraulich?«

Robinette nickte.

»Ich heiße Richard«, sagte Buddy. »Passen Sie auf sich auf, ja?«

Seit jenem Abend war Buddy noch ein halbes Dutzend Mal im Waffle House gewesen, hatte Robinette jedoch nicht wiedergesehen. Bis zu diesem Abend. Der Escalade raste in Schlangenlinien davon, kam immer wieder über die Mittellinie der zweispurigen Fahrbahn.

Buddy ließ sich zurückfallen. Er fragte sich, ob der alte Mann betrunken, durchgedreht oder beides war. Er schielte auf sein Handy. Sollte er jemanden benachrichtigen, irgendwo Bescheid sagen, dass ein Auto mit beeinträchtigtem Fahrer unterwegs war? Was, wenn das jemand vor dreißig Jahren bei ihm getan hätte? Nein, es war sinnlos, über so etwas nachzudenken. Die Vergangenheit war vorbei. Außerdem hatte er schmerzhaft lernen müssen, dass man Menschen nicht vor sich selbst retten konnte.

9

Wir nehmen dein Auto«, verkündete Skelly auf dem Parkplatz. »Ich bitte morgen früh jemanden im Drugstore, mich hierherzufahren, dann hole ich meinen Pick-up ab.«

»Wirklich?«

»Klar.«

Conley lächelte. »Ist mir egal, was Danielle sagt. Du bist ein lieber Kerl, Sean Kelly.«

Er ließ ihren Wagen an und bog auf die Landstraße. Conley lehnte den Kopf an die Kopfstütze und schloss die Augen.

»Was ist mit dir?«, fragte Skelly unvermittelt. »Immer noch ungebunden?«

Sie seufzte schwer. »Ich hab mit jemandem zusammengewohnt. Ein Journalist bei unserer Zeitung. War nicht besonders schlau von mir, mich auf einen Kollegen einzulassen.«

»Und?«

»Und nichts. Ich wäre diese Woche normalerweise nach Washington gezogen. Er fand, meine Karriere sei mir wichtiger als unsere Beziehung.«

»Und, war sie das?«

»Er empfand meinen Erfolg als Bedrohung«, erklärte Conley. »Als wäre es ein Verbrechen, lieber erfolgreich zu sein, als mit ihm in Atlanta zu bleiben.«

Skelly schüttelte den Kopf, aber schwieg.

»Was? Findest du, ich hätte eine einmalige Aufstiegschance für einen Kerl sausen lassen sollen? Typisch Mann!«

Skelly warf ihr einen kurzen Blick zu. »Das habe ich nicht gesagt.«

»Er hätte sich ja auch was in Washington suchen können, wenn ihm die Beziehung so wichtig war. Aber er hat es nicht mal versucht«, schob Conley nach.

»Letzten Endes bist du doch nicht nach Washington gegangen«, bemerkte Skelly. »Was die ganze Diskussion hinfällig macht, oder?«

»Nein.«

Conley konnte ihm nicht erklären, wie das mit Kevin war, denn sie wusste es selbst nicht richtig.

Stattdessen lehnte sie die Stirn gegen die Fensterscheibe und betrachtete die vorbeiziehende Landschaft. In diesem Teil des Countys gab es keine Straßenbeleuchtung, nur der fast volle Mond über ihnen warf einen geisterhaften silbrigen Schimmer auf die grünen Baumwoll- und Sojabohnenfelder, zwischen denen Strauchkiefern und Palmettopalmen wuchsen.

»Was passiert ist, ist passiert«, sagte sie leise. Mitten auf einem niedrigen Maisfeld stand ein Reh, das in aller Ruhe die zarten grünen Stängel fraß. Unweit davon entdeckte Conley zwei Kitze, halb versteckt in einer Baumgruppe.

Sie warf Skelly einen Seitenblick zu. »Schon mal ein Reh geschossen?«

»Wer, ich? Nein. Ich kann nicht schießen.«

»Ich schon.«

»Echt?«

»Einer von meinen Cousins hat mal kurz vor Thanksgiving einen Achtender geschossen. Mein Großvater hat das Foto auf die Titelseite des *Beacon* gesetzt. Man hätte meinen können, er hätte den Nobelpreis bekommen! Da hab ich angefangen, heimlich zu üben ...«

»Scheiße!«, rief Skelly.

Conley schaute gerade noch rechtzeitig nach vorn, um zu sehen, dass etwas auf der Straße lag. Skelly trat auf die Bremse und riss das Lenkrad scharf nach rechts, um einen Zusammenstoß zu vermeiden.

Vor ihnen lag ein Auto auf dem Dach, ein glänzender schwarzer SUV.

Conleys Subaru rumpelte über den Randstreifen und kam an einem Stacheldrahtzaun zum Stehen.

»Ich ruf die 911!«, rief Skelly und tastete nach seinem Handy.

Conley war bereits ausgestiegen und lief zum SUV hinüber. Öliger schwarzer Qualm quoll aus der Motorhaube des verunglückten Wagens. Sie hockte sich neben das Fahrerfenster und spähte hinein.

»Da sitzt einer drin!«, rief sie Skelly zu, der zu ihr gelaufen kam.

Er legte sich flach auf den Asphalt, um besser sehen zu können, dann zog er am Türgriff, vor Anstrengung stöhnend. »Abgeschlossen.«

Conley stürzte auf die andere Seite und zerrte dort am Türgriff, vergeblich. Der Mann auf dem Fahrersitz war vornübergesackt, der Kopf gegen die zersplitterte Windschutzscheibe geprallt. Conley sah einen kahlen Hinterkopf und Blut auf einem weißen Hemdkragen. Ein Arm war seitlich ausgestreckt, am Handgelenk glänzte eine schwere goldene Uhr. Wieder riss sie am Türgriff, noch heftiger als zuvor.

»Hey!«, rief sie und klopfte an die Scheibe. »Sir? Hören Sie mich?«

Keine Antwort. Wieder schlug sie gegen das Fenster. »Aufwachen! Sie müssen da raus!«

»Geh weg!«, schrie Skelly. Er kam hinten um den SUV herum.

»Wir müssen irgendwas tun«, sagte Conley.

»Ich hab schon die 911 gerufen.«

»Die brauchen ewig. Die Feuerwehrwache ist mindestens eine Viertelstunde entfernt.«

»Hast du einen Montierhebel zum Reifenwechseln im Auto?«, fragte Skelly.

»Ja. Unter der Abdeckung der Ladefläche.«

Skelly verschwand und kam kurz darauf mit einem Montierhebel zurück. »Weg da!«, warnte er.

Er zielte auf die Fensterscheibe der Fahrerseite und schlug zu. Das Glas blieb intakt. »Verdammt!«, murmelte er. Er machte einen Schritt zurück, holte aus, um erneut zuzuschlagen, und hielt inne. Unter der Motorhaube züngelten Flammen hervor. »Der brennt!«, rief er.

Conley stand wie angewurzelt da.

»Weg da!« Skelly packte sie am Arm und zog sie an den Straßenrand.

Sie stolperte, fing sich, dann entfernte sie sich langsam rückwärts von dem SUV und sah hilflos zu, wie die Flammen immer größer wurden und Funken in die schwere Nachtluft stoben. Die starke Hitze trieb Conley und Skelly weiter zurück, sie husteten und schnappten nach Luft.

Conley sah Skelly flehend an. Er zuckte mit den Schultern und wollte zum Wagen zurückkehren, doch innerhalb von Sekunden stand das Fahrzeug in wabernden Wolken schwarzen Qualms.

»Komm!«, drängte Skelly Conley und zog sie zu ihrem Subaru. »Diese SUVs haben riesige Benzintanks. Der kann explodieren.«

Unter Würgen entfernten sich die beiden noch weiter. Schließlich hörten sie eine Sirene näherkommen, wahrscheinlich zu spät für den verletzten Fahrer.

»Kennst du das Auto?«, fragte Conley. »Ist das jemand aus der Gegend?«

»Das Kennzeichen ist aus Griffin County.« Skelly zeigte darauf.

»Auf der Windschutzscheibe klebte eine Art Parkerlaubnis, aber verkehrt herum konnte ich sie nicht lesen«, warf Conley ein. »Sie war grün, eine Art Wappen.«

»Der SBCC«, sagte Skelly. »Silver Bay Country Club. Den Aufkleber habe ich auch auf meinem Pick-up.«

»Ah ja. Großmama und Grayson haben den auch.«

Ohne nachzudenken, griff Conley zu ihrem Handy und fing an, Fotos zu machen. Dann scrollte sie durch ihre Kontakte, um die Lokalredaktion des *AJC* anzurufen und Bescheid zu sagen, dass sie gerade einen Autounfall mit einem mutmaßlichen Todesopfer gesehen hatte.

»Was machst du da?«, fragte Skelly.

Conley seufzte und hielt inne. »Arbeiten. Aber gerade ist mir eingefallen, dass ich gar keine Arbeit mehr habe.«

Trotzdem hielt sie das Handy hoch und machte ein Video von dem Inferno und von dem heranbrausenden Feuerwehrwagen, von den Ersthelfern, die heraussprangen und mit einer zum Scheitern verurteilten Rettungsaktion begannen.

Sie kam zu dem Schluss, es sei unwichtig, dass sie keinen Job mehr in Atlanta hatte. Wer auch immer in diesem SUV saß, war auf jeden Fall tot. Schon bald bekäme jemand einen Telefonanruf, und sein Leben würde sich für immer ändern. Es gab eine Geschichte zu erzählen, und genau das tat Conley. Es war ihre Bestimmung. Um alles andere konnte sie sich später kümmern.

»Er ist tot, oder?«, fragte sie, als die Feuerwehrleute ihre Schläuche auf den lodernden Escalade richteten. Sie stellte ihre Kamera aus und lehnte den Kopf erschöpft an Skellys Schulter.

»Ja«, sagte er und rieb ihr geistesabwesend über den Arm. »Mein Gott, was für ein Tod.«

Conley richtete den Blick in die Ferne und wies auf die näherkommenden Fahrzeuge mit dem Blaulicht. »Die Polizei. Besser spät als nie, hm?«

Ein Streifenwagen des Sheriffs von Bronson County hielt hinter dem Subaru. Argwöhnisch sah Conley dem Deputy entgegen. Er war ein Riese von Mann mit einem grobschlächtigen Körper, Stiernacken und breiten Schultern. Seine rechte Hand ruhte auf der Waffe im Holster, mit einer Taschenlampe in der Linken beleuchtete er Conley.

»Ma'am? Haben Sie den Unfall gemeldet?«

»Nein, das war ich«, mischte sich Skelly ein.

Der Cop sah ihn an. »Kenn ich Sie?«

»Glaub nicht.«

Der Bulle leuchtete Skelly ins Gesicht. »Können Sie sich ausweisen?«

Skelly holte sein Portemonnaie heraus und reichte dem Beamten seinen Führerschein.

»Leck mich am Arsch!«, rief der Bulle. »Wusste ich's doch! Sean Kelly! Alter Spargeltarzan!« Er legte seine dicke Pranke auf Skellys Schulter. »Ich bin's, Walter Poppell!«

Er hielt sich die Taschenlampe unters Kinn und beleuchtete seinen massigen Schädel.

»Popps?« Skelly musste zweimal hinsehen. »Ich fass es nicht! Du bist Polizist?«

Poppell zuckte mit den Schultern. »Klar! Ihr habt doch alle immer gewettet, wer als Erstes aus der Mannschaft im Knast landet. Tja, das bin ich! Nur dass ich euch Armleuchter alle einbuchte!« Er wies auf Conley. »Ist das deine Lady?«

»Nein!«, rief Conley.

Der Deputy ließ den Strahl der Taschenlampe über ihren Körper wandern. »Schade.«

»Immer locker bleiben, Popps. Das ist eine alte Freundin von mir. Genauer gesagt, eine Nachbarin«, erklärte Skelly.

»Wir haben uns zufällig heute Abend im Legion getroffen und wollten jetzt nach Hause, und da lag plötzlich der Wagen auf der Straße.« Skelly wies auf den Escalade.

»Habt ihr was getrunken?«, fragte der Deputy streng. »Wer von euch saß am Steuer?«

»Ich bin gefahren, aber ich habe nach zwei Bieren aufgehört«, erwiderte Skelly. »Weit vor zwölf.«

»Geschenkt«, sagte Poppell. »Die Einsatzleitung meinte, im Pkw ist nur der Fahrer, stimmt das? Kein Beifahrer?«

»So weit wir sehen konnten, nicht«, antwortete Skelly. »Es muss passiert sein, kurz bevor wir kamen. Sarah – ich meine Conley – ist noch hingelaufen und hat versucht, die Tür zu öffnen, während ich 911 gerufen habe.«

»Ich habe den Fahrer gesehen. Er war zur Seite gesackt und hatte Blut am Hemd«, berichtete Conley. »Ich habe gerufen und geklopft, aber er hat nicht reagiert. Ich schätze, er war ohnmächtig.«

»Also, wenn der Typ nicht vorher schon tot war, ist er jetzt hinüber. Gut durch.« Poppell schmunzelte.

Conley zog die Schultern hoch und schaute am Deputy vorbei in die Ferne, damit sie irgendetwas anderes sah, nur nicht diesen Cop und das brennende Wrack, das die Feuerwehrleute inzwischen so gut wie gelöscht hatten.

»Die Tür war zu«, erklärte Skelly. »Ich hab versucht, das Fenster mit einem Montiereisen einzuschlagen, aber nach dem ersten Versuch fing das Fahrzeug Feuer. Es war so heiß, wir konnten nichts mehr tun. Ich hatte Angst, der Tank würde explodieren.«

»Und ihr habt den Fahrer nicht erkannt?«, fragte Poppell.

»Nein.«

»Okay«, sagte er. »Dann können wir wohl nur noch warten, bis der Krankenwagen da ist.«

»Können wir nach Hause?«, fragte Conley unvermittelt. Sie wollte nicht erleben, was hier unvermeidlich als Nächstes kam.

»Wüsste nicht, was dagegen spricht«, sagte Poppell. Er knöpfte die Lasche seiner Brusttasche auf und holte ein kleines Notizbuch heraus. »Hier, schreibt eure Telefonnummern und Adressen rein. Wir melden uns, falls wir noch was brauchen.«

Conley schrieb ihre Handynummer auf und reichte das Büchlein an Skelly weiter, der dasselbe tat.

»Was treibst du so, Skelly?«, fragte Poppell.

»Nichts Besonderes. Hab ja den Drugstore.«

Skelly hielt die Beifahrertür auf, Conley stieg ins Auto.

»Wir sehen uns, Popps!« Skelly wandte sich zum Gehen.

»Hey, wir müssen die Jungs mal wieder zusammentrommeln«, sagte der Deputy. »Ein Bier trinken gehen oder so.« Er griff in die Tasche und holte eine Visitenkarte heraus. »Ruf mal an, ja?«

»Klar«, sagte Skelly. Er ließ den Subaru an und steuerte vorsichtig um das qualmende schwarze Wrack herum. Die Feuerwehrleute packten schon wieder zusammen, und aus der Ferne hörte man die Sirene eines näherkommenden Krankenwagens.

Conley lehnte den Kopf an und schloss die Augen. »Woher kennst du diesen Fiesling?«

»Popps? Wir haben zusammen Football in der zweiten gespielt. Er war eins fünfundachtzig und brachte schon in der achten Klasse über hundert Kilo auf die Waage. Musste sich schon in der siebten rasieren. Popps war Left Tackle. Und wenn ich dir sage, dass er dümmer als ein Stück Brot war, dann ist das noch freundlich ausgedrückt.«

»Ich wusste nicht, dass du Football gespielt hast.«

»Es gibt viel, was du nicht über mich weißt«, gab Skelly zurück.

»Und, was meinst du, wann triffst du dich mit dem guten alten Popps, um ein paar Bierchen zu zischen?«, fragte Conley.

»Hm. Ich würde sagen, später bis nie.«

10

Sarah! Sarah Conley. Sarah! Conley! Hawkins!« Die Stimme in Conleys Ohr war leise, aber beharrlich. »Los, wach auf!«

Conley drehte sich auf den Bauch, aber jemand tippte ihr auf die Schulter. Poch, poch. »Sarah!« Poch. »Wach auf!« Poch. »Ich bleibe hier, also steh besser auf, damit wir endlich loskönnen.«

Stöhnend setzte sich Conley auf. Winnie stand mit einem dampfenden Becher Kaffee neben ihrem Bett.

»Schon besser. Wenn du dich jetzt nicht sofort anziehst und nach unten kommst, schwöre ich dir, dass deine Großmutter selbst das Auto belädt und raus an den Strand fährt, und das will niemand, glaub mir«, sagte Winnie.

»Wie viel Uhr ist es denn?«

»Viertel vor neun. Lorraine hat mich um sieben Uhr angerufen und mir gesagt, dass ich spätestens um acht hier sein soll.«

Conley trank einen Schluck Kaffee und gähnte.

»Spät geworden?« Winnie hob fragend die Augenbraue.

»Zu spät.« Conley ging ins Badezimmer. »Sag Großmama von mir, sie soll es langsam angehen lassen. Ich hab schon fertig gepackt. Bin in einer Viertelstunde unten, dann können wir los.«

***

Als Conley in den Flur kam, schleppte Winnie den Farn nach draußen.

»Herrgott nochmal, Winnie! Ich mache das.« Conley stellte ihren Koffer vor die unterste Stufe. »Wo ist Großmama?«

»Die sitzt seit zehn Minuten im Auto. Hast du nicht gehört, wie sie hupt?«

»Ich stand unter der Dusche«, sagte Conley. Sie hob den Farn hoch und brachte ihren Rollkoffer vor die Tür, wo sie von einem lang anhaltenden Hupton begrüßt wurde.

Lorraine saß auf dem Beifahrersitz, die Arme vor der Brust verschränkt, Opie auf dem Schoß.

Conley öffnete den Kofferraum des Wagoneers. Koffer, Kühltaschen, Kleidersäcke, Fernseher und Opies Hundebett füllten die gesamte Ladefläche. Es gelang Conley, den Farn in das Hundebett zu quetschen, dann war, soweit sie sehen konnte, kein Quadratzentimeter Platz mehr im Auto.

Seufzend schüttelte sie den Kopf und ging zum Haus zurück.

Großmama ließ die Scheibe hinunter und schob den Kopf heraus. »Wo willst du hin? Es ist brütend heiß hier drin, und ich werde nicht jünger, ja?«

Conley antwortete gar nicht. Sie drehte zum Auto um und befestigte ihren eigenen Koffer mit zwei Spanngurten auf dem Dach des Wagoneers.

Die ersten zehn Minuten saß Lorraine stumm schmollend auf dem Beifahrersitz.

Conley beschloss, ihre Großmutter zu ignorieren, und führte stattdessen ein angeregtes Gespräch mit der Haushälterin.

»Wie geht es deinen Neffen, Winnie?«

»Wirklich gut. Jesse, der jüngste, ist jetzt raus aus der Army und arbeitet wieder in der Autowerkstatt, fährt den Abschleppwagen.

Er will die Werkstatt von dem alten Widener kaufen. Jason ist unten in Tampa, der arbeitet als Schauermann für die Hafenbehörde. Und Jerry wurde gerade in der Bank zum Chefkassierer befördert. Die sagen, er wird der nächste Zweigstellenleiter.«

»Das ist toll«, sagte Conley. »Nedra wäre so stolz auf sie! Und dir wäre sie dankbar, dass du sie zu so erfolgreichen jungen Männern großgezogen hast.«

»Die Jungs haben mich ganz schön auf Trab gehalten, so viel steht fest«, sagte Winnie.

»Eine Menge graue Haare hast du darüber bekommen«, warf Lorraine ein. »So wie ich letzte Nacht, weil du so spät nach Hause gekommen bist.«

Conley verdrehte die Augen, aber hielt den Mund.

»Gestern Abend war ich kurz davor, beim Sheriff anzurufen und eine Suchanzeige für dich aufzugeben«, sagte Lorraine. »Aber dann bin ich doch eingeschlafen. Wann hast du es denn schließlich nach Hause geschafft?«

»Es war nach drei«, gestand Conley.

»Drei Uhr morgens? Kein Wunder, dass du durch den Wind bist. Wie ich schon immer zu deiner Mutter gesagt habe, geschieht nach Mitternacht nichts Gutes mehr. Wo hast du dich herumgetrieben?«

»Ich war im American Legion. Rat mal, wen ich da getroffen habe!«

»Keinen anständigen Menschen, wette ich.«

»Skelly war da«, berichtete Conley. »Er ist schuld daran, dass es so spät geworden ist. Wir haben uns auf den neusten Stand gebracht und ewig gequatscht.«

Als Lorraine den Namen hörte, wurde ihr Gesicht weicher. »Ich hab den Jungen immer gemocht. So schade, das mit Doc, und dann noch die Sache mit June.«

»Was ist denn mit Skellys Mutter?«, fragte Conley besorgt. »Sag nicht, dass sie auch gestorben ist, Großmama! Davon hast du keinen Ton gesagt.«

»Sie wäre besser tot«, warf Winnie ein. »Die arme Frau hat Demenz. Angeblich hält sie Sean für ihren Mann. Er ist ja wieder zu seinen Eltern gezogen, nachdem seine Frau abgehauen ist. Er hat eine Pflegerin, die jeden Tag kommt und Miss June betreut. Das ist wirklich ein Junge, der seine Mama liebt.«

»Von seiner Mutter hat er gestern nichts erzählt«, bemerkte Conley.

»Hat er denn gesagt, dass er wieder solo ist?«, fragte Lorraine eifrig.

»Ja, das hat er erwähnt.«

»Ich konnte die Frau nie leiden«, ereiferte sich Lorraine. »Sie hat Sean wirklich das Leben zur Hölle gemacht, und dann ist sie auf und davon. Er hat was Besseres verdient.« Sie warf ihrer Enkelin einen bedeutungsschweren Seitenblick zu.

»Vergiss es, Großmama!«, gab Conley zurück. »Skelly ist wie ein Bruder für mich. Und ich habe wirklich keine Lust auf eine Liebesgeschichte.«

»Werden wir ja sehen«, sagte Lorraine. »Du hast aber immer noch nicht verraten, warum du so lange unterwegs warst. Ich wusste nicht mal, dass es bei uns in der Stadt Läden gibt, die bis drei Uhr geöffnet haben.«

Conley atmete langsam aus. Sie näherten sich der Abfahrt zur Strandstraße. Die Erinnerung an das Inferno der vergangenen Nacht stürmte auf sie ein. Ihr Magen rebellierte.

»Wir haben heute Nacht auf der Landstraße einen furchtbaren Unfall gesehen, ungefähr fünfzehn Meilen außerhalb der Stadt«, erklärte sie. »Es muss passiert sein, direkt bevor wir kamen. Ein SUV hatte sich überschlagen und lag auf dem Dach.

Skelly hat sofort die Polizei gerufen, wir sind hingelaufen und haben versucht, den Fahrer rauszubekommen, aber …« Conley erschauderte bei der Erinnerung. »Wir waren zu spät. Der Motor qualmte schon, und die Türen waren verriegelt. Wir haben noch versucht, ein Fenster einzuschlagen, aber dann kamen schon Flammen aus der Motorhaube, und es wurde so heiß und rauchig, dass wir auf Abstand gehen mussten.«

»Ach, du lieber Gott«, sagte Großmama. »Wie schrecklich!«

»Ja, das war es«, bestätigte Conley. »Wir konnten nichts tun. Die Feuerwehr kam so schnell wie möglich, aber eigentlich wussten alle, dass es zu spät war.«

»Weißt du, wer es war?«, fragte Lorraine. »Hoffentlich niemand, den wir kennen.«

»Keine Ahnung. Das Kennzeichen war aus Griffin County, und an der Windschutzscheibe war ein Park-Aufkleber vom Country Club.«

Lorraine war entsetzt. »Was für ein Auto war das, sagtest du?«

»Ein schwarzer Escalade. Sah ziemlich neu aus.«

»Ich kann die Autos heutzutage nicht mehr auseinanderhalten«, gestand Lorraine.

»Ein Escalade ist eine Art Cadillac«, erklärte Winnie.

»Hast du Grayson angerufen und ihr von dem Unfall erzählt?«, fragte ihre Großmutter.

»Ich hatte heute Morgen keine Minute Ruhe, weil es jemand sehr eilig hatte, zum Strand zu fahren. Ich habe es gerade noch geschafft, einen Schluck Kaffee zu trinken und meinen Koffer aufs Wagendach zu schnallen«, gab Conley zurück. »Außerdem weiß ich nicht, ob Grayson sich freut, von mir zu hören. Wir hatten uns gestern ein bisschen in den Haaren, als ich bei der Zeitung war und ihr gesagt habe, dass ich heute mit dir hier rausziehe.«

»Ich rufe sie an, wenn wir im Haus sind.«

»Von mir aus«, sagte Conley. »Du kannst ihr sagen, dass ich mit dem Handy Fotos und Videos von dem Unfall gemacht habe. Falls sie Interesse daran hat.«

»Oh!«, rief Lorraine, als die drei durch das kleine Geschäftsviertel der Insel fuhren. »Halt mal an, Sarah!« Sie wies auf den IGA-Supermarkt. »Winnie und ich müssen noch einkaufen.«

»Großmama, wir bekommen im Moment nicht mal mehr eine Tütensuppe in diesen Wagen. Wir fahren einkaufen, wenn wir ausgepackt haben.«

Fünf Minuten später steuerte sie den Wagoneer in die Gulfview Lane, und eine Minute darauf bog sie in die sandige Zufahrt von The Dunes.

Ihre Großmutter atmete tief durch und drehte sich zu Winnie um. »Das alte Mädchen steht noch.«

»Aber nicht dank des letzten Hurrikans«, bemerkte Winnie.

Überrascht spürte Conley, dass ihr die Tränen kamen, als sie das großzügige Haus sah, das seit sechzig Jahren als Sommerhaus der Familie diente.

Es war in den zwanziger Jahren von einem wohlhabenden Kaufhausbesitzer aus Birmingham gebaut worden, einem Golfkumpan von Conleys Urgroßvater. Nachdem der Mann in den Dreißigern unerwartet gestorben war, hatte Conleys Urgroßvater der Witwe das Haus unbesehen abgekauft.

Seit Jahrzehnten suchten Hurrikane diesen Teil des Florida Panhandle heim, des nordwestlichsten Teils von Florida, der wie ein Pfannenstiel geformt war. Da das Haus jedoch an einem Strandabschnitt stand, der aussah wie aus der geschwungenen Küstenlinie rausgebissen, war ihm das Schicksal anderer Strandhäuser erspart geblieben.

Die mit Zedernschindeln verkleideten Außenwände von The Dunes waren dunkelgrün gestrichen. Die Zierleisten waren weiß, die Eingangstür dunkelgrün. Aufgrund der orkanartigen Winde und der Überflutungsgefahr hatte Conleys Großvater Anfang der sechziger Jahre das Haus anheben und auf Betonpfeiler setzen lassen. Seither fanden darunter vier Pkw Platz, und eine breite, mit Insektengitter geschützte freitragende Treppe führte zur Veranda hoch, die sich einmal komplett um das Haus zog.

Lorraine holte einen großen Messingring aus den Tiefen ihrer Handtasche. Sie schaute auf die Treppe und seufzte. »Weißt du, als Pops vor fünfzehn Jahren unbedingt diesen vermaledeiten Aufzug einbauen wollte, habe ich noch gesagt, es wäre verrückt, so viel Geld dafür auszugeben. Gab doch keinen Grund, dass rüstige, gesunde Leute wie wir nicht die Treppe nehmen. Ich habe gesagt, das würde uns jung halten.«

Conley tat überrascht. »Gibst du tatsächlich zu, dass du dich mal geirrt hast? Hey, Eilmeldung! Alle Druckerpressen anhalten!«

»Schlaumeier!«, sagte Lorraine. »Geh mal mit Opie los, der muss pieseln. Winnie und ich bringen schon die erste Ladung hoch und machen alles auf.«

»Lasst die schweren Sachen unten, die nehme ich«, sagte Conley.

Die Bodendielen auf der vorderen Veranda knarrten bei jedem Schritt. Großmama hatte die Haustür nur angelehnt. Mit einem Koffer in jeder Hand und einem zappelnden Opie unterm Arm stieß Conley die Tür mit der Hüfte auf und trat ein.

Sie setzte den Hund ab, schloss die Augen und atmete tief ein, um die Gerüche des alten Strandhauses in sich aufzunehmen. Es war ein ganz eigentümliches Potpourri, das es nur in diesem abgewohnten, aber geliebten Heim ihres Herzens gab; es roch nach altem Holz, Zitronenöl, Meeresluft und vielleicht ein klein wenig modrig.

Winnie und Lorraine waren bereits beschäftigt, sie zerrten an den von der Wärme verzogenen Rahmen der rund ein Dutzend Fenster, die auf der Vorderseite des Hauses auf die Veranda gingen. Ausgefranste Baumwollvorhänge wehten schwach in der leichten Brise.

»Kannst du als Nächstes die Kühlbox hochholen?«, fragte ihre Großmutter. »Ich möchte gern eine kalte Limonade trinken. Die haben wir doch mitgenommen.«

Eine Stunde später war Conley komplett durchgeschwitzt. Nachdem sie zig Mal vom Auto zu dem kleinen Zweipersonenaufzug und ins Haus gelaufen war, fühlten sich ihre Beine an wie aus Gummi.

Sie ließ sich in einen Korbsessel am Kamin fallen. Leise rieselten Lackflocken auf den Schlaufenteppich unter ihren Füßen. Allein in diesem Zimmer – einer Mischung aus Wohnzimmer, Esszimmer und Bibliothek mit nachgedunkelten Planken aus Kiefernkernholz an den Wänden und abgetretenen Bodendielen – gab es rund zwei Dutzend verschiedene Korbmöbel. Die Sofas, Stühle, Sessel und Tische passten nicht genau zueinander, waren aber alle in demselben blassen Türkiston gestrichen, den Großmama schon seit Jahrzehnten für die Möbel verwendete.

Die verblichenen dunkelgrünen Kissen zierte ein Baststoffmuster aus Farnen und Kaladien. Und Conley wusste, dass ihre Großmutter ihre Schneiderin Jacky beauftragen würde, aus einem riesigen, noch vor Conleys Geburt gekauften Stoffballen ein Set neue Kissenbezüge zu nähen, wenn diese hier gänzlich hinüber waren.

Lorraine kam mit einem Besen in der Hand auf ihre Enkelin zu. Sie hatte bereits ihre Stadtkleidung ausgezogen und trug jetzt eine faltenfrei gebügelte Baumwollbluse mit Blumenmuster und eine pastellfarbene Baumwollhose. Über die Haare hatte sie ein Seidentuch gelegt und festgeknotet, an den Füßen trug sie weiße Keds ohne Schnürsenkel. Das war Großmamas Putzmontur.

»Du schläfst oben im großen Zimmer«, verkündete sie. »Winnie und ich bleiben hier unten.«

»In den Etagenbetten?«

»Da ist es kühler«, beschied Lorraine ihr. »Und Winnie muss mit ihrer schlimmen Hüfte nicht mehr die Treppe hochsteigen und so.« Sie reckte den Besen und begann, die langen Spinnweben zu entfernen, die sich über das Kaminsims und die weiß getünchte Kamineinfassung spannten.

Conley hievte ihren Koffer auf eine Gepäckablage, die sie im Zedernholzschrank des großen Schlafzimmers im ersten Stock gefunden hatte, und versuchte, keine Schuldgefühle zu haben, weil sie das unbestreitbar beste Zimmer im ganzen Haus in Beschlag nahm.

Solange sie denken konnte, war dies das Schlafzimmer ihrer Großeltern gewesen. Anders als die übrigen fünf Schlafzimmer, zwei davon ebenfalls im ersten Stock, hatte dieses ein kleines angeschlossenes Bad mit einer Löwenfußwanne, einer Toilette mit einer Kette zum Abziehen und einem winzigen Waschbecken in der Ecke.

Auf dem schweren Messingbett lag eine weiße Chenilledecke mit blaugrünem Pfauenmuster, das Conley als Kind immer geliebt hatte. Wie Großmama erwähnt hatte, gab es hier oben keine Klimaanlage, nur einen Ventilator unter der Decke, dessen Blätter sich wirkungslos drehten.

Es war stickig, und auf dem Holzboden lagen vertrocknete Reste längst toter Insekten.

Conley zog die schweren Terrassentüren auf und trat auf die Veranda.

Hinter den Dünen lockte das schimmernde türkisgrüne Wasser des Golfs von Mexiko. Es war ruhig, doch Conley hörte, wie die Wellen an den Strand rollten. Sie musste auspacken und das Bett beziehen. Sie musste den Boden fegen und einen Spachtel suchen, um die schweren Schiebefenster aufzubekommen, die sich wieder verzogen hatten. Dann musste sie nach unten gehen und mit ihrer Großmutter einkaufen fahren.

Doch Conley tat nichts dergleichen. Sie schleuderte ihre Flipflops von den Füßen, schälte sich aus den verschwitzten Sachen und zog einen Badeanzug an. Dann lief sie die Hintertreppe hinunter und eilte über den Pfad durch die Dünen. Sie watete in das warme Wasser und tauchte kopfüber in die erste größere Welle, die ihr entgegenkam.

11

Als Conley vom Einkaufen zurückkam, stand der ältere silberne BMW ihrer Schwester unter dem Haus. Conley überlegte kurz, ob sie selbst noch etwas besorgen musste, dann zuckte sie mit den Schultern und parkte neben Graysons Wagen. Sinnlos, das Unvermeidliche hinauszuschieben.

Die drei – Großmama, Winnie und Grayson – saßen auf der hinteren Veranda, die Stühle in einem geselligen Halbkreis aufgestellt, Cocktailgläser in der Hand. Sie schauten in den Himmel, der sich korallenrot, orange und rosa färbte, während die Sonne sich dem Horizont näherte.

An den kalten Gläsern bildeten sich Wasserperlen. Conley war klar, dass die drei den Cocktail tranken, den ihre Großmutter *Sunsetter* nannte: Grapefruitsaft, Wodka, Club Soda und eine Limettenscheibe.

»Oh, hallo, Gray! Bist du extra hergekommen, um dich zu vergewissern, dass ich gut auf Großmama aufpasse?«

Lorraine warf ihr einen tadelnden Blick zu und tippte mit den Fingern auf die zusammengerollte Ausgabe des *Beacon* auf dem Korbtisch neben sich. »Grayson bringt mir meine Zeitung immer persönlich vorbei. Jede Woche.« Sie lächelte ihre ältere Enkeltochter nachsichtig an. »Das ist eine erstklassige Ausgabe. Ich finde, was euer neuer Reporter da über den entgleisten Zug geschrieben hat, ist richtig gut geworden. Wie heißt er noch gleich?«

»Michael Torpy«, antwortete Grayson. »Ist ein guter Mann. Noch jung, aber klotzt auf jeden Fall richtig ran. Und er ist wissbegierig, was viele von den Millennials nicht sind.«

Lorraine nahm die Zeitung in die Hand und fuhr mit dem Finger über die Titelseite, bis sie in der Spalte ganz links verharrte.

»Aber dann das hier!« Sie tippte auf Rowena Meigs' veraltetes Bild über ihrer »Hallo, Sommer!«-Kolumne und seufzte schwer. »Ich sag's nur ungern, aber ich denke langsam, es wird Zeit für Rowena, den Hut zu nehmen.«

»Sehe ich genauso«, warf Conley ein. »Ich weiß, dass Rowena eine Freundin von dir ist, Großmama, aber ehrlich gesagt, ist die Frau ein Dinosaurier. Ihre Schreibe ist unter aller Kanone, sie kann keine Rechtschreibung und hat Ansichten aus dem vorletzten Jahrhundert. Lillian sagt, Rowena vertut sich oft sogar bei den Namen. Sie ist einfach nur peinlich.«

»Ich würde Rowena gern rauswerfen«, sagte Grayson. »Oder ihr kündigen oder was auch immer. Aber so einfach ist das nicht. Sie ist ein ebenso beliebter, unverrückbarer Bestandteil von Silver Bay wie das furchtbare Denkmal auf dem Platz vor dem Gericht. Außerdem arbeitet sie quasi gratis.«

»Da sieht man mal wieder, dass man das bekommt, was man bezahlt«, bemerkte Winnie.

Grayson trank einen Schluck von ihrem Cocktail. »Habt ihr beide vergessen, was das letzte Mal passierte, als wir versucht haben, ›Hallo, Sommer!‹ loszuwerden?«

Lorraine lehnte sich auf ihrem Stuhl zurück und schüttelte den Kopf. »Ja, das hatte ich tatsächlich verdrängt. Schon gut. Das müssen wir nicht alles wieder durchkauen.«

»Was alles?«, fragte Conley.

»Das ist schon Jahre her. Ich kann mich nicht mehr an die Einzelheiten erinnern, nur dass Rowenas Kolumne so furchtbar und beleidigend war, dass Pops Rowena tatsächlich gefeuert hat.«

»Jetzt weiß ich wieder«, sagte Winnie. »Das war der übliche Mist von ihr, Teetrinken bei reichen Tanten und so, aber dann ging es auf einmal um den neuen Jugendseelsorger der Baptisten. Man hätte ihn gesehen, wie er mit der Frau des Pfarrers in einem nigelnagelneuen Cabrio durch die Stadt ›gegondelt‹ wäre.«

Lorraine schüttelte sich. »Lieber Himmel, jetzt erinnere ich mich wieder! Rowena schloss sozusagen daraus, der Jugendseelsorger hätte eine heiße Affäre mit der Frau des Pfarrers! Sie schrieb einen gehässigen Kommentar, der darauf hinauslief, wie der Seelsorger sich bei seinem Gehalt überhaupt so ein teures Auto leisten könne. Sie warf ihm indirekt vor, Geld der Kirche zu unterschlagen.«

Winnie meldete sich wieder zu Wort. »Stellte sich aber heraus, dass das Cabrio dem Schwiegervater des Pfarrers gehörte – oder war es der Vater des Jugendseelsorgers?«

»Egal«, sagte Lorraine. »Es war auf jeden Fall eine sehr unangenehme Geschichte. Pops zwang Rowena, einen Widerruf zu schreiben, den er auf die Titelseite des *Beacon* setzte, dann kündigte er ihr die Zusammenarbeit.«

»Aber sie schreibt doch immer noch ihre Kolumne! Mit demselben weichgezeichneten Foto darüber, das wahrscheinlich schon dreißig Jahre alt ist!«

»Einen Tag, nachdem sie rausgeworfen wurde, kamen die ersten Anrufe. Rowenas Bekannte aus der Kirche. Ihre Mitstreiterinnen vom Frauenkreis, vom Bridgeclub, vom Gartenclub, von den *United Daughters of the Confederacy* und den *Daughters of the American Revolution.*« Lorraine zählte die Punkte an ihren Fingern ab. »Alle drohten damit, ihr Abonnement zu kündigen, wenn Rowenas Kolumne nicht mehr erscheine.«

»Pops hat sich öffentlichem Druck gebeugt?«, fragte Conley enttäuscht. »So viele Freunde und Freundinnen kann Rowena doch gar nicht haben. Ich meine, damals war der *Beacon* die einzige Zeitung hier in der Gegend. Jede Familie hatte ein Abo. Das weiß ich genau, ich hab schließlich mit dem Fahrrad die Zeitungen in unserem Block verteilt.«

»Es ging nicht um die Kündigungen«, sagte Lorraine. »Das hätten wir ausgehalten. Aber zwei Wochen nach der Kündigung kam Sam Greenbaum zu Pops ins Büro und führte ein vertrauliches Gespräch mit ihm. Und was passierte eine Woche später? ›Hallo, Sommer!‹ war wieder da.«

»Sam Greenbaum?« Conley schaute von Lorraine zu Grayson.

»Der Inhaber von Green's Department Store«, erklärte Grayson. »Der größte Anzeigenkunde des *Beacon*. Damals schaltete er vier, manchmal sechs ganzseitige Anzeigen. Jede Woche. Und zum Schuljahresbeginn im September haben wir immer eine Modebeilage in Farbe rausgebracht. Acht Seiten. Weihnachten genauso.«

»Ich kann mich noch an Green's Department Store erinnern«, sagte Conley. »Da haben wir jedes Jahr den Weihnachtsmann besucht. Das heißt, dieser Mr. Greenbaum war auch ein Bekannter von Rowena?«

»O Gott, nein!« Lorraine schmunzelte. »Sam – möge er in Frieden ruhen – war bestimmt kein Fan von ihr. Aber du kannst über Rowena sagen, was du willst: Sie ist vielleicht plemplem, aber sie ist nicht dumm. Nein, Rowena überzeugte all ihre

Freundinnen aus den diversen Clubs, Vereinen und Kreisen, zu Green's zu marschieren und ihm zu drohen, ihre Kundenkarten zu zerschneiden, wenn Sam Greenbaum deinen Großvater nicht dazu brächte, Rowena wieder einzustellen.«

Conley schüttelte den Kopf.

»Conley findet es ganz schlimm, dass Pops dem Druck unseres größten Anzeigenkunden nachgegeben hat«, erklärte Grayson ihrer Großmutter spöttisch. »Wahrscheinlich hat sie nie begriffen, dass von dem Geld ihr teures Internat und die Collegeausbildung bezahlt wurden.«

»Es reicht, Grayson!«, sagte Großmama mit scharfer Stimme. »Sarah ist ein Teil dieser Familie und Mitinhaberin des *Beacon*. Sie hat das Recht, unsere redaktionellen Entscheidungen zu hinterfragen. So wie du das Recht hast, unsere Gründe darzulegen.«

»Okay«, sagte Conley langsam. »Aber Green's gibt es doch schon ewig nicht mehr! Wann haben die zugemacht, in den Neunzigern? Jetzt könnte man Rowena doch vor die Tür setzen, oder?«

»Ja, könnten wir«, pflichtete Grayson ihrer Schwester bei. »Wenn wir unseren Status als öffentliches Organ der Bezirksverwaltung verlieren wollen und wenn die Einnahmen für die amtlichen Bekanntmachungen nicht das Einzige wären, was uns noch vor dem finanziellen Ruin bewahrt.«

»Das verstehe ich nicht«, gab Conley zu. »Ich meine, ich weiß natürlich, dass der *Beacon* das offizielle Amtsblatt von Griffin County ist und dass wir alle Insolvenzanzeigen drucken, alle Anträge auf Schanklizenzen, Todesfälle, Scheidungen und so weiter. Aber was hat Rowena damit zu tun?«

»Nicht Rowena«, erwiderte Grayson mit düsterem Blick, »sondern ihr Enkel Rusty.«

»Moment mal! Ich wusste nicht mal, dass Rowena verheiratet war oder ist«, bemerkte Conley. »Und ein Kind hat sie auch?«

»Lawton Meigs war ein guter Mann«, erklärte Lorraine. »Überall beliebt.«

»Einen Herzinfarkt zu bekommen und tot umzufallen, bevor die Frau ihm das Leben zur Hölle macht, war das Klügste, was er je getan hat«, bemerkte Winnie.

»Rowena hatte eine Tochter, Rebecca«, fuhr Lorraine fort. »Die wurde mit siebzehn schwanger und lief davon. Ein paar Jahre später heiratete sie einen älteren Mann, der ihren Sohn Rusty adoptierte.«

»Und heute ist Rusty Cummings der Urkundenbeamte von Griffin County«, schloss Grayson. »Gleichzeitig sitzt er am langen Hebel und darf bestimmen, welche Zeitung das offizielle Amtsblatt des Countys sein soll.«

»Oh.« Conley nahm die Zeitung in die Hand und fächelte sich Luft zu. »Also entweder ›Hallo, Sommer!‹ oder tschüs, öffentliche Bekanntmachungen.«

»Genau so«, bestätigte Grayson.

»Es gibt noch einen zweiten Grund, warum ich hergekommen bin«, fuhr sie fort. »Großmama hat mich gebeten, ihr Rezept im Drugstore einzulösen.« Sie hielt eine kleine weiße Papiertüte hoch und schüttelte sie. »Eigentlich solltest du die Medizin abholen, bevor ihr heute Morgen an den Strand gefahren seid.«

»Ich hab's vergessen, ja?«, murrte Lorraine. »Manchmal entfällt auch mir mal was. Deshalb bin ich noch lange nicht senil.«

»Nein, du konntest es bloß nicht erwarten, raus an den Strand zu kommen«, warf Winnie ein.

Lorraine sah die Haushälterin strafend an. »Ich habe Grayson angerufen, weil ich was wissen wollte, da hat sie sich netterweise bereiterklärt, meine Medikamente mitzubringen. Und unterwegs noch Wodka zu kaufen.«

Grayson drohte ihrer Großmutter mit dem Zeigefinger. »Ein Sunsetter pro Tag, ja?«

Schulterzuckend wandte Lorraine den Blick ab.

»Da wäre noch was.« Grayson lehnte sich auf ihrem Stuhl zurück. »Als ich mit Skelly plauderte, hat er erzählt, dass ihr gestern diesen Unfall miterlebt habt. Er sagt, du hättest Fotos gemacht?«

Conley nickte und wartete.

»Weiß man inzwischen, wer das Auto gefahren hat?«, fragte Großmama.

»Ich habe Michael in die Redaktion bestellt, um herumzutelefonieren. Als ich herfuhr, hat er sich gemeldet. Noch ist es nicht offiziell, aber es sieht so aus, als ob es Symmes Robinette war.«

»Was?!?« Lorraine ließ das Glas fallen. Es zersprang auf dem Holzboden in tausend Scherben.

»Du meine Güte!« Winnie wurde ganz blass. Sie sprang von ihrem Stuhl auf. »Keiner bewegt sich! Ich hole einen Besen.«

»Symmes Robinette, wirklich?«, fragte Conley, genauso entsetzt wie ihre Großmutter.

Die Rede war vom Kongressabgeordneten Charles Symmes Robinette, langjähriges Mitglied des Repräsentantenhauses aus dem 35. Wahlbezirk von Florida, wozu auch Griffin County gehörte.

In den letzten Jahren hatte sich Conley nicht über die Lokalpolitik auf dem Laufenden gehalten. Als Jugendliche war sie auf ein Internat in Virginia geschickt worden, und seit ihrem Schulabschluss lebte sie nicht mehr in Silver Bay, allerdings hatte sie die Familie Robinette, insbesondere den Sohn C. Symmes Robinette jr. – oder Charlie, wie er sich gern rufen ließ – persönlich und eher unangenehm kennengelernt.

»Das glaube ich nicht«, stieß Lorraine aus.

Grayson ging zum Barwagen und mixte einen Cocktail, den sie Conley reichte. Nach kurzem Zögern goss sie noch einen zweiten für ihre Großmutter ein.

»Ist es sicher, dass es Symmes war?«, fragte Lorraine.

Grayson nickte.

Winnie kam mit Besen und Kehrblech zurück und machte sich daran, die Glasscherben und Eiswürfel zu entfernen.

»Der Unfall ereignete sich tatsächlich direkt jenseits der Countygrenze in Bronson County«, erklärte Grayson. »Der dortige Sheriff hat Michael gesagt, es wäre erst offiziell, wenn der Amtsarzt es bestätigt. Ich nehme an, dass die Leiche ziemlich stark verbrannt ist.«

Conley zog ihr Handy aus der Tasche und öffnete die Galerie. Sie tippte auf das Video, das den brennenden Wagen zeigte. Kurz wurde ihr wieder mulmig zumute, dann reichte sie ihrer Schwester das Handy.

»Du lieber Gott!« Grayson schob das Gerät weg. »Das konnte wirklich keiner überleben.«

»Nein«, bestätigte Conley. »Die Feuerwehr war sicher so schnell wie möglich da, aber es dauerte eine Zeitlang, bis das Feuer gelöscht war. Skelly und mir war nicht danach zumute, dort zu bleiben und die Bergung zu verfolgen.«

»Arme Vanessa«, sagte Lorraine. »Was für eine Tragödie.« Sie seufzte schwer. »Ich nehme mal an, dass der Frauenkreis den Empfang nach der Beerdigung ausrichtet. Ich muss Bunny und die anderen Mitglieder anrufen.«

»Nein!« Grayson legte ihrer Großmutter die Hand auf den

Arm. »Ich meinte: Warte bitte noch! Michael musste versprechen, dass er die Story nicht rausgibt, bis der Bericht des Amtsarztes vorliegt. Das Ganze ist noch nicht offiziell.«

»Aber Vanessa weiß Bescheid, oder?«, fragte Lorraine mit erhobener Augenbraue.

»Laut Polizei wurde sie benachrichtigt«, erwiderte Grayson. »Aber noch mal: Das ist noch nicht für die Öffentlichkeit bestimmt.«

»Ich würde mal sagen, da hast du deine Story für die nächste Titelseite«, bemerkte Conley. »Große Sache, oder?«

»Deshalb wollte ich mit dir reden. Du warst dabei. Du könntest eine packende Reportage in Ich-Form zu den Fotos schreiben.«

»Ich?« Der Vorschlag überraschte Conley.

»Warum nicht? Ist ja nicht so, als hättest du groß was zu tun.«

»Grayson Hawkins!« In Großmamas Ausruf lag scharfer Tadel.

»Vielen Dank auch«, sagte Conley verbittert. »So nicht, Grayson. Mich daran zu erinnern, dass ich keinen Job habe, ist mit Sicherheit nicht die beste Voraussetzung dafür, dass ich dir einen Gefallen tue.«

Grayson hatte genug Anstand, um rot anzulaufen. »Okay, tut mir leid. Wirklich. Aber du hast gerade selbst gesagt, es ist eine große Sache. Symmes Robinette war nicht nur in Silver Bay ein großer Fisch. Mensch, Conley, das ist eine Nachricht von nationaler Tragweite! Ich sage nur: achtzehnmaliger Kongressabgeordneter, hochrangiges Delegationsmitglied aus Florida. Du könntest einen spannenden Artikel über seinen märchenhaften Aufstieg verfassen: Fabrikarbeiterkind aus Varnedoe, die Mutter verwitwet. Ging zu den Marines und musste nach Vietnam, studierte Jura über das GI-Gesetz, so was alles.« Graysons sonst ruhiges Gesicht wurde immer lebhafter. »Bei dem Typ ging es fast immer nur steil bergauf. Als er von der Uni kam, hat er sich gleich mit den richtigen Leuten in der Lokalpolitik angefreundet. Die Demokraten stellten ihn dann fürs Kapitol auf, und er gewann den Sitz.«

»Daran kann ich mich noch erinnern«, sagte Lorraine. »Die Zeitung hat ihn unterstützt. Euer Großvater hatte Bedenken, weil Symmes noch so jung war, aber er fand auch, er sei ein junger Mann mit großer Zukunft.«

»Ich hab mal nachgesehen«, verkündete Grayson. »Der *Beacon* hat Symmes Robinette nur einmal nicht unterstützt, nämlich in den Achtzigern, als er die Partei gewechselt hat.«

»Als er in die *Grand Old Party* eintrat, gab es einen gewaltigen Aufschrei«, sagte Lorraine. »Schwer zu glauben, dass die Demokraten die Politik in diesem Staat mal so im Würgegriff hatten.«

»Von der Landespolitik ging er in den Kongress. Ich sage dir, das ist eine super Story, Sarah!«

»Nein.« Conley schüttelte nachdrücklich den Kopf. »Ich downloade dir das Video und die Fotos, kannst du alles verwenden, aber ansonsten: nein, danke. Kein Interesse.«

»Sarah!«, sagte Großmama. »Warum denn nicht?«

Grayson beugte sich vor, die Hände auf ihren gebräunten Knien. »Wenn's ums Geld geht: Ich zahle dir was dafür. Wir haben nicht viele freie Mitarbeiter, aber das ist jetzt natürlich eine andere Situation. Was hältst du von fünfhundert?«

»Nein, danke. Es geht nicht ums Geld.«

Grayson hob eine dünn gezupfte Augenbraue. »Oh. Aha«, sagte sie leise. »Ich vergaß: Deine Vergangenheit mit Charlie Robinette. Darüber würde ich mir keine Sorgen machen. Die meisten Leute wussten gar nicht, dass ihr zusammen wart.«

»Leck mich, Gray!«, stieß Conley zwischen zusammengebissenen Zähnen hervor.

»Sarah Conley!« In Großmamas Stimme lag ein warnender Unterton.

Grayson presste die Lippen aufeinander und kniff die Augen zu. »Du willst deinen Namen einfach nicht in einer mickrigen Wochenzeitung aus der Provinz lesen, stimmt's? Die große Conley Hawkins ist sich zu gut für den *Silver Bay Beacon*. Zu gut für Silver Bay, richtig?«

»Nein«, erwiderte Conley und versuchte, ruhig zu bleiben. »Ich habe bloß keine Ahnung von Lokalpolitik. Du hast doch einen Reporter – lass ihn den Artikel schreiben! Wie soll sich dieser Michael fühlen, wenn du die größte Story des Jahres deiner Schwester zuschanzt, die gerade erst aufgetaucht ist? Wie hast du dich gestern noch mal ausgedrückt? Dass ich hier einfach so reingesegelt komme und glaube, ich könnte alles auf den Kopf stellen?«

»Meine Angestellten lass mal meine Sorge sein«, fauchte Grayson zurück. »Diese Zeitung und diese Stadt sind dir einfach scheißegal. Unsere Familie auch. Waren sie schon immer.«

»Jetzt reicht es«, unterbrach Lorraine sie. »Es reicht wirklich.«

Sie nahm die Hände ihrer Enkeltöchter, wie sie es schon gemacht hatte, als die beiden noch klein waren und sich darum stritten, wer nun auf dem Beifahrersitz mitfahren durfte oder wer die Fernbedienung bekam.

»Ich will keine Streitereien!«, sagte sie streng. »Wir sind eine Familie, und ich werde bei Gott nicht zulassen, dass ihr zwei euch an die Gurgel geht.« Sie ließ die Hände los. »So, Sarah. Grayson hat ein paar Sachen gesagt, die wirklich unter der Gürtellinie waren. Vor allem diese Bemerkung über Charlie Robinette. Aber ich bin mir sicher, eigentlich wollte sie sagen, sie könne sich niemand Besseren vorstellen, der einen Artikel über diesen tragischen Unfall schreibt. Bestimmt wäre es für sie eine Ehre, den Namen Hawkins wieder unter einem Beitrag in der Familienzeitung zu sehen. Ist doch so, Grayson, oder?«

Ihre Enkelin knibbelte an ihrem rechten Daumen herum, bis es blutete. »Ja«, brummte sie dann. »So ähnlich.«

»Gut«, sagte Großmama. »Wäre das geklärt. Sarah verfasst für die Ausgabe nächste Woche eine Reportage in Ich-Form über den Tod von Symmes Robinette.«

»Was?« Conley wollte protestieren, doch ihre Großmutter brachte sie zum Schweigen: »Praktisch vom ersten Moment an, als du zurück warst, hast du dich gelangweilt und warst unruhig. So kannst du wenigstens etwas Konstruktives mit deiner Zeit anstellen.«

»Aber ich habe keine Ahnung von der Politik in Florida …«

»Dann fang mal besser an zu recherchieren!«, unterbrach Lorraine sie, nahm die Limettenscheibe aus ihrem Glas und nagte das Fruchtfleisch ab.

Conley wusste, dass sie geschlagen war. So viel zu ihrem Plan, am Strand zu liegen und fruchtige Cocktails mit kleinen Sonnenschirmchen zu trinken. »Okay«, sagte sie und stellte ihr Glas ab. »Wenn ihr mich braucht: Ich bin oben in meinem Zimmer und suche Symmes Robinette im Abgeordnetenregister.«

»Ähm, Grayson?«, wandte sich Lorraine an ihr älteres Enkelkind.

»Ja?«

»Du zahlst Sarah tausend Dollar. Für den Artikel selbst und alle Info-Kästen, die ihr beide für nötig erachtet.«

»Tausend?!?«, rief Grayson. »So viel zahle ich allen Mitarbeitern in der Woche zusammen! Was ist, wenn die anderen herausfinden, dass ich meiner Schwester so viel Geld gebe?«

»Werden sie nicht«, entgegnete Lorraine heiter. »Deine Schwester ist klug genug, den Mund zu halten.«

»Okay, aber dann muss sie auch die Polizeiberichte übernehmen«, sagte Grayson auf dem Weg zur Tür.

»Noch eine Kleinigkeit«, rief Lorraine ihr nach. »Ich möchte, dass Sarah von jetzt an Rowenas Kolumnen überarbeitet. Wenn wir sie schon nicht feuern können, kann ›Hallo, Sommer!‹ wenigstens anständig und gebildet klingen.«

Conley stand in der breiten Terrassentür zum Wohnzimmer. »Was? Nein, auf gar keinen Fall! Ich kann doch nicht die alte Dame bevormunden und ihre Texte umschreiben.«

»Das lässt sich Rowena mit Sicherheit nicht gefallen«, warf Grayson ein. »Du weißt, wie sie ist.«

»Dann überleg dir was, damit es sich für sie wie eine große Bereicherung anhört.« Lorraine streckte die Hand mit dem Glas aus und ließ die halb geschmolzenen Eiswürfel klirren. »Aber bevor du gehst, mach mir doch bitte noch einen Sunsetter, Liebes, ja? Der letzte hatte wirklich wenig Wodka drin.«

12

Winnie stand an der großen alten gusseisernen Küchenspüle und schälte Garnelen. Opie lauerte neben ihr, Lorraine saß am Küchentisch und war mit einem Kreuzworträtsel beschäftigt. Im türkisfarbenen Transistorradio auf der Fensterbank liefen die Nachrichten auf NPR.

»Hallo, Schätzchen«, sagte Großmama zu Conley, als sie mit ihrem Laptop in die Küche kam, und wies aufs Radio. »Buddy Bright hat gerade verkündet, dass Symmes Robinette bei einem Unfall in seinem Heimatdistrikt ums Leben gekommen ist. Angeblich sind keine weiteren Informationen verfügbar.«

»Das ging schnell«, sagte Conley. »Hey, haben wir hier WLAN? Ich versuche die ganze Zeit, ins Netz zu kommen.«

»Kein WLAN, kein Kabelfernsehen, keine Spülmaschine«, brummte Winnie und wies auf das rötliche Wasser, das aus dem Hahn kam. »Man könnte genauso gut in einem Planwagen leben.«

»Ich wollte schon fragen, was mit dem Wasser los war, als ich heute Morgen geduscht habe«, sagte Conley. »Oben ist so gut wie kein Druck auf der Leitung, und das wenige Wasser, das rauskommt, sieht irgendwie komisch aus.«

»Dies ist ein altes Haus mit alten Rohren«, sagte Lorraine. »Du bist verwöhnt von Atlanta.«

»Möchtest du was essen?«, fiel Winnie ihrer Arbeitgeberin ins Wort. »Ich wollte dich gerade rufen.« Sie stellte einen Teller mit hartgekochtem Ei, klein geschnittenem Eisbergsalat und einer großen Portion Garnelen auf den Tisch und träufelte blassrosa Cocktailsoße auf den Salat.

»Glaub schon.« Conley setzte sich ihrer Großmutter gegenüber und schenkte sich ein Glas Eistee aus dem Krug ein, der ebenfalls auf dem Tisch stand.

Lorraine legte ihr Kreuzworträtsel zur Seite und sah zu, wie Conley sich Salat auftat und zu essen begann.

»Nimmst du es mir übel, dass ich gesagt habe, du sollst für deine Schwester arbeiten?«

Conley häufte ein wenig Garnelensalat auf einen Cracker und kaute gründlich, bevor sie antwortete. »Ein bisschen schon, ja. Grayson hat was gegen mich. Gegen meinen Erfolg. Ich halte es für keine gute Idee, für sie zu arbeiten.«

»Ich weiß«, sagte Lorraine ruhig.

»Ach, ja?«

»Ja. Deine Schwester ärgert sich darüber, dass sie all die Jahre hier in Silver Bay hockt und einen Job macht, den sie nie haben wollte, dass sie versucht, das Familienunternehmen am Laufen zu halten, und auf eine zänkische Großmutter aufpassen muss, statt Geschäftsessen zu besuchen – was auch immer sie sich darunter vorstellt – und irgendwo für eine führende Anwaltskanzlei zu arbeiten.«

»Zänkisch? Das ist noch milde ausgedrückt«, bemerkte Winnie, die sich zu ihnen an den Tisch setzte.

»Ruhe da!«, sagte Lorraine. »Hör zu«, fuhr sie fort, »eigentlich wollte ich dich nicht damit belasten, aber da du jetzt hier bist und gerade keine Arbeit hast, kannst du es ruhig wissen. Momentan heißt es für den *Beacon*: alles oder nichts. Für uns alle in dieser Branche. Wir – also, Grayson und ich – könnten deine Hilfe wirklich gebrauchen.«

»Wie schlimm ist es denn?«, fragte Conley erschüttert, dass ihre Großmutter sie um Hilfe bat.

Lorraine schob sich eine Garnele in den Mund. »Unsere Auflage war noch nie so niedrig wie jetzt. Grayson tut, was sie kann, aber sie sagt, die junge Generation liest keine Zeitung mehr. Die besorgen sich ihre Nachrichten woanders.«

»Ich weiß«, bestätigte Conley betrübt. »Der Zeitungsjournalismus scheint eine aussterbende Art zu sein. Die Zukunft ist digital. Ist jedenfalls so gedacht.«

»Die Anzeigen sind das Einzige, was uns über Wasser hält«, erklärte Lorraine. »Natürlich nicht annähernd so, wie es früher war. Green's gibt es schon lange nicht mehr, und die Gebrauchtwagenanzeigen sind auch nicht mehr wie früher, dem verdammten Internet sei Dank, aber wir haben noch ein paar treue Anzeigenkunden behalten. Der IGA, der Baumarkt und dann der neue Dollar Holler, die machen hin und wieder mal eine Werbebeilage, das hilft schon.« Sie zeigte auf ihre Enkeltochter. »Egal. Jetzt, wo du schon mal da bist, könntest du auch ein paar Sachen für den *Beacon* schreiben, oder?«

»Glaubst du ernsthaft, dass Grayson irgendwas von dem gefallen könnte, was ich schreibe?«, fragte Conley düster.

»Ja. Sie ärgert sich vielleicht über dich, aber deine Schwester ist auf jeden Fall pragmatisch. Dir gegenüber würde sie es nie zugeben, aber sie weiß, wie gut du bist. Sie hat jedes Wort dieser Serie gelesen, die du für die Zeitung in Atlanta geschrieben hast.«

»Wirklich?«

»Klar. Wir beide. Wir haben ein Internet-Abo für den *AJC*. Hatten wir wenigstens. Sarah, wir waren so stolz auf dich, und als du dann auch noch den Polk Award bekommen hast, ach, da habe ich mir gewünscht, Pops würde noch leben.«

»Meinst du, er hätte die Story auf der Titelseite gebracht?«

Winnie lachte höhnisch. »Der Alte? Du warst immer sein kleiner Liebling. Der hätte eine Sonderausgabe daraus gemacht!«

»Okay.« Conley ergab sich ihrem Schicksal. »Genug geschmeichelt. Ich habe ja gar keine Wahl. Da es hier kein WLAN gibt und der Tod von Robinette jetzt offiziell ist, mache ich mich besser an die Arbeit. Ich fahre in die Stadt und benutze das WLAN zu Hause, in Ordnung?«

»Ja, gut«, sagte Großmama. »Versprich mir nur, dass du nicht wieder erst um drei zurückkommst.«

Auf dem Weg in die Stadt fuhr Conley beim Sheriff von Bronson County vorbei.

Die Kreisstadt Varnedoe war zwar Verwaltungssitz, aber noch kleiner als Silver Bay. Es gab zwei Ampeln und ein Industriegebiet, das aus einem Häuserblock mit Geschäften und Büros bestand, die sich um den Platz vor dem Gerichtsgebäude scharten. Die Freifläche wurde von einer Kanone aus den Zeiten des Bürgerkriegs beherrscht. Sie stand auf einem Marmorsockel, der als Gedenktafel für die Soldaten diente, die in den beiden Weltkriegen gefallen waren. Die Straßenlaternen tauchten die leere Stadt in melancholisches gelbes Licht.

Das Büro des Sheriffs war in einem einstöckigen braunen Backsteingebäude an der Ostseite des Platzes untergebracht, überschattet von einer Magnolie, die das halbe Haus verschluckt zu haben schien.

Ein einsamer Streifenwagen stand vorne am Straßenrand. Conley fand den diensthabenden Deputy hinter einem Schalter, der durch eine schusssichere Glasscheibe vom Eingangsbereich getrennt war.

Der Deputy sah vom Computermonitor auf. »Kann ich Ihnen helfen?«

Er war Anfang vierzig, seine blonden Haare verblassten zu Grau. Das Namensschild an seiner khakifarbenen Uniform wies ihn als W. DuPuy aus.

»Ja«, sagte Conley mit forschem, professionellen Auftreten. »Ich bin Conley Hawkins vom *Beacon*. Ich würde gern Einsicht erhalten in den Bericht über Symmes Robinettes Unfall gestern.«

Der Beamte legte den Kopf schräg und runzelte die Stirn. »Der *Beacon*? Was ist das?«

»Der *Silver Bay Beacon*.«

»Da gibt's noch 'ne Zeitung?« Er lachte über seinen eigenen Witz.

»Zufällig das älteste Wochenblatt im ganzen Bundesstaat«, versetzte Conley. »Ich würde mir gern den Bericht ansehen, bitte.«

»Da muss ich erst den Sheriff fragen, ob so was überhaupt erlaubt ist«, gab DuPuy zurück. »Kommen Sie morgen noch mal wieder.«

»Polizeiberichte sind in Florida eine Angelegenheit von öffentlichem Interesse«, erklärte Conley. »Das Büro des Sheriffs ist gesetzlich verpflichtet, sie zur Verfügung zu stellen – und zwar zeitnah.«

»Ist das so?« Der Deputy hob eine Augenbraue.

Conley kochte innerlich, versuchte aber, sich nicht von dem Kerl ködern zu lassen. »Hören Sie, wir beide kennen das Gesetz. Warum wollen Sie mich schikanieren? Ich mache meine Arbeit, genau wie Sie.«

»Woher wissen Sie das mit dem Kongressabgeordneten?«, wollte DuPuy wissen.

»Es kam im Radio. Und zufälligerweise waren ein Freund und ich die Ersten am Unfallort. Wir haben die Polizei alarmiert und versucht, ihn aus dem Auto zu bekommen, aber als wir da waren, qualmte es schon.«

Das weckte das Interesse des Beamten. »Wie war noch mal Ihr Name?«

»Conley Hawkins«, wiederholte sie. »Vom *Beacon.*«

Er tippte etwas in die Tastatur des Computers. Nach einer Weile nickte er und las stumm das Dokument auf dem Bildschirm.

»Okay. Ich kann hier sehen, dass der Streifenbeamte Sie und Ihren Freund befragt hat. Kelly?«

»Ja. Sean Kelly.«

»Drei Uhr fünfzehn morgens? Was hatten Sie denn um die Zeit noch draußen zu suchen?«

Conley biss sich auf die Innenseite der Wange. »Was hatte der Kongressabgeordnete zu der Zeit draußen zu suchen? Der ist, keine Ahnung, Mitte siebzig?«

»Darum kümmert sich der Sheriff«, sagte DuPuy. »Aber was haben Sie da gemacht?«

»Wieso ist das wichtig? Ich bin eine Medienvertreterin und verlange Einsicht in den Bericht. Die Sie verpflichtet sind zu gestatten.«

»Können Sie sich ausweisen? Ich meine, woher soll ich wissen, dass Sie wirklich diese Frau sind?« Deputy DuPuy schien nun richtig Spaß zu haben.

Conley schob ihren Führerschein durch den kleinen Schlitz unter der Scheibe.

Der Beamte studierte ihn, als sei er ein blutbespritztes Messer und kein laminierter Fahrausweis. »Hier steht, Sie wohnen in Atlanta.«

»Habe ich auch. Bis Anfang der Woche. Jetzt wohne ich in Silver Bay. Dürfte ich nun bitte den Unfallbericht einsehen? Ich habe einen Abgabetermin im Nacken.«

DuPuy sah sie streng an. »Sie müssen sich einen Führerschein für Florida besorgen, verstehen Sie? Weil Sie hierhergezogen sind.«

Ich habe seit meinem einundzwanzigsten Lebensjahr keinen Führerschein für Florida mehr, und ich hole mir auch so schnell keinen wieder, dachte Conley.

»So lange werde ich nicht hier sein, aber danke«, sagte sie ungeduldig. »Das ist eine eher … vorübergehende Lösung. Ich muss jetzt wirklich in den Bericht sehen. In Ordnung?«

»Hier steht, Sie heißen Sarah.« DuPuy gab ihr den Führerschein zurück.

»Das ist mein Vorname, aber ich führe jetzt meinen zweiten Vornamen.« Sie sah ihn an. »Und wie ist das bei Ihnen, Deputy DuPuy? Wofür steht das W?«

Wichser? Waldschrat? Wonneproppen?, überlegte sie.

»Für William. Nicht Will oder Willy. Einfach William.«

»Okay, William. Ich brauche jetzt wirklich diesen Bericht.«

»Für Sie immer noch *Deputy DuPuy, Sarah*!«

Er tippte auf der Tastatur herum, Conley hörte einen Drucker surren. Der Deputy heftete vier Blatt Papier zusammen. »Wir nehmen Gebühren für den Ausdruck. Einen Dollar pro Blatt. Kann sich Ihre Zeitung das leisten?«

Wahrscheinlich nicht.

Conley reichte dem Deputy die Scheine, er gab ihr den Unfallbericht. Gegenüber vom Schalter war eine Holzbank in der Wand verankert. Conley setzte sich darauf und überflog die Blätter.

Es stand nicht viel darin, was sie nicht schon wusste. Den Escalade oder was noch von ihm übrig war, nachdem das Feuer gelöscht und die Leiche geborgen worden war, hatte man zu Wiley's Garage geschleppt. Symmes Robinettes Leiche war ins Gulf Regional Hospital gebracht worden und von dort nach Apalachicola, ins Labor des zuständigen Rechtsmediziners.

Conleys eigener Name und ihre Kontaktdaten – wie die von Skelly – standen mit im Bericht, der von W. R. Poppell unterzeichnet war.

Conley ging noch mal zurück an den Schalter. »Ich müsste mal mit dem Sheriff sprechen. Wann ist das möglich?«

DuPuy sah nicht von seinem Bildschirm auf. »Der Sheriff spricht generell nicht gern mit Reportern.«

»Tja, da muss er diesmal wohl eine Ausnahme machen«, bemerkte sie. »Die Geschichte ist von landesweitem Interesse. Symmes Robinette war eine Person des öffentlichen Lebens.«

DuPuy schüttelte den Kopf. »Sheriff Goggins ist morgen um acht wieder hier. Sie können Ihre Telefonnummer hinterlegen, dann gebe ich sie weiter. Mehr kann ich nicht tun.«

Seit Conley in ihren Anfangszeiten für eine anspruchslose Wochenzeitung in Belvedere, Louisiana, gearbeitet hatte, hatte sie nicht mehr mit dem Polizeialltag zu tun gehabt, doch in der Zwischenzeit hatte sich nicht viel geändert. Bullen waren immer noch zugeknöpft, ja, feindselig gegenüber Pressevertretern. Aber Conley würde den Sheriff anrufen, immer wieder, bis sie durchkam.

Auf dem Rückweg von Varnedoe fuhr sie kurz bei der Polizeiwache von Silver Bay vorbei, um das Dienstbuch der letzten Woche durchzusehen, dann kehrte sie zu Lorraines Haus auf der Felicity Street zurück. Als sie die Tür aufschloss und ins Haus trat, hörte sie nur das laute Ticken der alten Standuhr im schwach beleuchteten Eingangsflur.

Kaum hatte sie ihren Laptop aufgeklappt, blickte sie nervös auf ihren E-Mail-Eingang in der Hoffnung, Antworten auf ihre Bewerbungsschreiben vorzufinden. Nichts.

So schnell geht das nicht, sagte sie sich. *Was bildest du dir ein? Hast du es wirklich so nötig? Du bist echt verzweifelt!*

Sie öffnete ihren Browser und tauchte in das Leben und Wirken des Charles Symmes Robinette ein, das bis vor zwei Tagen offenbar eine bemerkenswerte Kombination von Glücksfällen, gutem Timing und nützlichen Freundschaften gewesen war. Manches wusste sie bereits; anderes war überraschend.

Wie Grayson schon aufgefallen war, hatte Symmes' Geschichte das Zeug zu einem Provinzmärchen. Seiner offiziellen Kongress-Biographie zufolge wurde er 1943 geboren und wuchs in Griffin County auf. Sein Vater hatte im Zweiten Weltkrieg gekämpft und wurde später Fernfahrer.

Conley rechnete kurz nach. Symmes Robinette war mit siebenundsiebzig Jahren gestorben. Sie scrollte zurück und nahm sein Foto vom letzten Wahlkampf kritisch unter die Lupe. Augenscheinlich hatte er in den letzten zwanzig Jahren begonnen, sich die Haare zu färben, und zumindest auf dem Porträt ein professionell angepasstes Toupet getragen. Vielleicht, dachte Conley, hatte er sich auch operieren lassen? Nicht nur alternde Schauspielstars legten sich unters Messer.

Der junge Symmes war erst zehn Jahre alt gewesen, als sein Vater an einer Herzkrankheit starb. Seine Mutter, Marva Robinette, arbeitete als Sekretärin in der örtlichen Textilfabrik, und als Symmes sechzehn wurde, heiratete sie den deutlich älteren Fabrikdirektor.

Symmes spielte Football und Baseball an der Highschool und machte mit achtzehn seinen Abschluss. Er fing ebenfalls in der Textilfabrik an, übernahm verschiedene Stellen als Hilfsarbeiter. Nebenbei belegte er Kurse am Junior College, bevor er sich 1964 bei den Marines einschrieb. Er war zweimal in Vietnam, 1968 kehrte er nach Florida zurück. Durch das GI-Gesetz, das Soldaten den Zugang zur Universität ermöglichte, ging er erst zum College und studierte schließlich Jura an der Florida State University in Tallahassee.

1978 eroberte er seinen ersten Senatssitz in Florida. Nach den Informationen im *Tallahassee Democrat* zu urteilen, wurde er schon damals als potenzieller Kandidat für den Gouverneursposten gehandelt, als der damalige Abgeordnete für den 35. District kurz nach Beginn seiner vierten Amtszeit praktischerweise tot umfiel, was Symmes im Parlament den unschönen Spitznamen »Symmsenmann« einbrachte.

Conley stieß auf einen Artikel in einer alten Lifestyle-Beilage der *Washington Post*, der mit Fotos der Familie Robinette beim Ostereierrollen im Weißen Haus während Reagans Präsidentschaft illustriert war.

Auf dem Foto musste Symmes fast fünfundvierzig Jahre alt sein, und nicht zum ersten Mal fiel Conley auf, wie viel jünger Vanessa Robinette war – vielleicht halb so alt wie ihr Mann.

Mit gerunzelter Stirn betrachtete Conley den flachsblonden Charlie Robinette auf dem Arm seiner Mutter.

»Siehe da, der Kleine Prinz«, murmelte sie.

Conley las noch eine Stunde weiter, machte sich Notizen über Robinettes Laufbahn im Repräsentantenhaus – er hatte im Haushalts-, Landwirtschafts- und im Veteranenausschuss gesessen. Sein Name war sogar kurz als möglicher Vizepräsidenschaftskandidat neben George H. W. Bush genannt worden.

Symmes hatte sich bemüht, seinem Wahlbezirk Vorteile zu verschaffen. Es war ihm gelungen, mehrere zehn Millionen Dollar öffentlicher Gelder für Militärstützpunkte, den Straßenausbau und sogar für eine landwirtschaftliche Forschungsanlage an seiner Alma Mater locker zu machen, die ihm zu Ehren seinen Namen trug.

Ein angesehener Mitbürger, dachte Conley und musste gähnen. Es war fast zwölf Uhr nachts, der Schlafmangel wirkte sich allmählich auf ihre Konzentrationsfähigkeit aus.

Als sie ihren Laptop herunterfuhr, klopfte es leise an der Haustür. Conley spähte an den Gardinen im Esszimmer vorbei und sah, dass ein Mann davor stand, in jeder Hand eine Flasche Bier.

»Ist das der Lieferdienst von Silver Bay?«, fragte sie, als sie die Tür öffnete.

»Ich habe bei meiner Mutter den Müll rausgebracht und gesehen, dass hier Licht brennt«, erwiderte Skelly, dem die Situation leicht unangenehm zu sein schien. »Du hast gesagt, ihr würdet heute ins Strandhaus ziehen, da dachte ich, ich gucke mal nach und vergewissere mich, dass nicht gerade bei Miss Lorraine eingebrochen wird.«

»Bringst du den Einbrechern hier in der Gegend immer ein Bierchen mit?«

»Nur den hübschen.« Er reichte Conley eine Flasche. Sie war eiskalt.

»Willst du reinkommen?«

Skelly machte einen Schritt zurück zur Verandatreppe und schaute auf die leere Straße. »Können wir uns vielleicht nach draußen setzen?«, fragte er und wies auf die Schaukelstühle. »Wenn meine Mutter aufwacht und ich nicht da bin, ist sie ganz durcheinander, läuft herum und sucht mich.«

Sie setzten sich in die Schaukelstühle und öffneten die Biere. Schweigend stießen sie mit den Flaschen an.

»Ist es so schlimm mit ihr?«, fragte Conley.

»Ja«, erwiderte Skelly. »Ist schon seltsam. Manchmal geht es ihr gut. Dann zieht sie ihren Laborkittel an und geht mit mir in den Drugstore. Sie begrüßt alte Kunden, spricht sogar über deren Rezepte. Sie glaubt immer noch, es wäre ihr Laden. An anderen Tagen erkennt sie mich nicht und weiß nicht, wie man Schuhe anzieht. Manchmal hält sie mich für meinen Vater. Dann wieder glaubt sie, ich wäre *ihr* Vater.«

»Ich weiß nicht, was ich dazu sagen soll«, erwiderte Conley.

»Da gibt's nichts zu sagen.« Skelly setzte die Flasche an und trank.

»Hey, hast du das mit Symmes Robinette gehört?«, fragte er. »Das war der Typ im brennenden Auto.«

»Ja. Es sieht sogar so aus, dass Grayson und Großmama sich zusammengetan und mich gemeinsam unter Druck gesetzt haben, damit ich einen Beitrag für den *Beacon* schreibe. Deshalb bin ich hier. Im Strandhaus gibt es kein WLAN, und ich musste dringend recherchieren.«

Skelly lehnte sich zurück und legte ein Bein über das andere. »Echt schade, dass du nicht mehr mit meiner Mutter reden kannst. Sie ist ja mit Toddie zur Highschool gegangen.«

»Wer ist Toddie?«

»Toddie Robinette. Symmes' erste Frau.«

»Was?« Conley setzte sich auf. »Ich habe jetzt ein paar Stunden zu Symmes recherchiert, aber von einer ersten Frau war nirgends die Rede.«

Skelly zuckte mit den Schultern. »Ich würde sagen, die Trennung lief damals sehr diskret ab. Ich weiß nicht viel über Toddie, nur dass Mom jedes Mal leise geflucht hat, wenn Symmes'

Name fiel. Sie hat sich nie für Politik interessiert, aber nach der Scheidung hat sie immer großen Wert drauf gelegt, zur Wahl zu gehen und gegen Symmes zu stimmen.«

»Seeehr interessant«, sagte Conley. »Spannend.«

»Siehst du?«, gab Skelly zurück. »In Silver Bay gibt es jede Menge Mauscheleien. Man muss nur wissen, wo.«

13

Skelly lehnte sich mit dem Rücken gegen die weiß gestrichenen Säulen auf Lorraines Veranda und schaute in den Himmel. Eine Eule heulte in dem alten Pekannussbaum, der die Rückseite des Hauses überschattete. »Echt ein schöner Abend. So klar. In Atlanta gibt es bestimmt nicht solche Nächte. Dafür ist es dort nachts zu hell.«

Conley schielte auf das Profil ihres alten Freunds. Um die Augen hatte er zarte Falten, sein Bart war leicht ergraut.

»Ja«, bestätigte sie und sog den Duft des im Dunkeln blühenden Jasmins ein, der sich um die schmiedeeiserne Verandabrüstung wand. »Um ehrlich zu sein, kann ich mich nicht erinnern, wann ich in Atlanta zum letzten Mal in den Nachthimmel geschaut habe.«

»War alles okay im Strandhaus, als ihr endlich da wart?«, erkundigte sich Skelly.

»Ja, doch. Also, eigentlich war es ein bisschen traurig. The Dunes ist so heruntergekommen, und ich mache mir ein bisschen Sorgen um meine Großmutter. Ich wollte es Gray ja nicht glauben, aber Großmama hat wirklich abgebaut. Sie hat gesagt, sie will mit Winnie dieses Jahr unten in den Zimmern mit den Etagenbetten schlafen. Angeblich wegen Winnies kaputter Hüfte, aber ich glaube, in Wirklichkeit will sie nicht ständig die

Treppe hoch- und runtersteigen. Sie hat darauf bestanden, dass ich ihr altes Zimmer im ersten Stock nehme.«

»Wie alt ist Miss Lorraine?«

»Das ist ein Staatsgeheimnis. Irgendwas in den Achtzigern.«

»Schätz dich glücklich, dass sie noch so gut beisammen ist«, sagte Skelly. »Meine Mutter ist erst achtundsechzig und weiß manchmal nicht mehr, wie sie ihren BH anziehen oder ihre Bluse zuknöpfen soll.«

»Ach, Skelly …« Conley legte ihm die Hand aufs Knie. »Sag nicht, dass du sie auch …«

»Noch nicht, zum Glück.« Er lächelte kläglich. »Ich habe eine Pflegerin eingestellt, die jeden Tag kommt, meine Mutter wäscht und anzieht. Inzwischen habe ich einen Stapel ganz einfache Damenunterhemden gekauft und alle ihre Blusen und Oberteile verschenkt, die mit Knöpfen geschlossen wurden. Sie trägt jetzt T-Shirts, die sie einfach überziehen kann. Und Hosen mit Gummizug.«

»Gar nicht dumm«, sagte Conley.

»Als sie merkte, dass ich ihren Schrank leer geräumt hatte, musste sie weinen«, sagte Skelly. »Jetzt fragt sie mich ständig, wo ihre schönen Sonntagskleider und die hochhackigen Schuhe sind.«

»Deine Mutter war immer die schickste Frau der Stadt«, sagte Conley. »Ich habe ihre Erscheinung immer bewundert.«

»Ich habe drei riesige Müllsäcke mit Klamotten zu Hause, falls du Sonntagskleider brauchst«, gab er zurück. »Ich schaffe es nicht, sie wegzuwerfen.«

»Deine Mutter hatte höchstens Größe 34«, bemerkte Conley. »Selbst wenn ich müsste, könnte ich mich in kein Kleid von ihr zwängen.«

»Das glaube ich nicht.«

»Hör mal.« Conley fand, es sei Zeit, das Gesprächsthema zu wechseln. »Ich bin heute auf dem Weg in die Stadt beim Sheriff von Bronson County vorbeigefahren, weil ich einen Blick in den Polizeibericht zum Unfall von Symmes Robinette werfen wollte.«

»Ach, ja? Und, war er interessant?«

»Nicht so. Ich will morgen früh mit dem Sheriff sprechen. Merle Goggins. Kennst du ihn?«

Skelly schüttelte den Kopf.

»Ich muss herausfinden, ob die Polizei weiß, wie es zu dem Unfall kam. Wir haben ja keine Autos gesehen, die uns entgegenkamen oder wegfuhren, oder?«

»Nee.«

»Dann lautet die naheliegendste Frage: Warum gondelt ein siebenundsiebzigjähriger Mann zu der Uhrzeit in seinem Auto so weit draußen durch die Gegend? Im Polizeibericht steht, Robinette wohnt in ›Sugar Key‹. Was ist das? Habe ich noch nie gehört.«

»Ah, das ist eine neue bewachte Wohnanlage draußen am Ende von Pelican Point. Hat ein Bauunternehmer da hingesetzt«, erklärte Skelly. »Sehr edel. Sehr exklusiv. Bald sollen noch ein Golfplatz mit achtzehn Loch, ein Schwimmbad und ein Tennisplatz dazukommen, aber neun oder zehn Häuser sind schon verkauft. So wie ich gehört habe, liegt die günstigste Immobilie bei rund zwei Mio.«

»Hm. Soweit ich weiß, ist Pelican Point mindestens dreißig Meilen vom Unfallort entfernt«, sagte Conley. »Und das sind verdammt teure Immobilien für so ein Kaff wie Silver Bay. Ich hätte nicht gedacht, dass es in dieser Ecke von Florida so viele Leute mit dickem Geld gibt.«

»Glaub's mir«, versicherte ihr Skelly. »Sie halten sich bedeckt, aber sie sind da. Ich habe gehört, dass der Vorstandsvorsitzende der GulfBanc hier seinen Zweitwohnsitz hat, dazu ein Typ aus Birmingham, der in Risikokapital macht. Der wohnt hier sogar ganz. Und natürlich Miles Schoendienst.«

»Der von der Eisenbahn? Aus Atlanta?«

»Ja. Kennst du ihn?«

»Ich habe von ihm gehört. Er spendet eine Menge Geld, unterstützt sowohl Demokraten als auch Republikaner, je nach Thema.«

»Hm«, machte Skelly. »Also ist das nur Schoendiensts Ferienhaus? Leck mich! Das ist riesig. Hat bestimmt tausend Quadratmeter. Liegt direkt an der Stelle, wo die Bucht in den Golf übergeht. Aber es ist so weit entfernt von der Straße, dass man es nur vom Wasser aus sehen kann. Sieht aus wie ein spanisches Schloss.«

»Du hängst also mit Leuten wie Miles Schoendienst ab?«, fragte Conley, nur halb im Spaß. »Dem Drugstore muss es deutlich besser gehen als den Wochenzeitungen.«

»Nee, nee«, sagte Skelly. »Apotheken in Familienbesitz wie meine sind eine aussterbende Spezies. Mit den großen Ketten wie CVS oder Walgreens können wir nicht mithalten. Von den Online-Apotheken ganz zu schweigen. Ich war genau zweimal in Sugar Key – beide Male, um Medikamente für Symmes Robinette abzugeben, fällt mir jetzt ein.«

»Ihr liefert immer noch aus?«

»Ja, für alte Stammkunden. Mom sagte immer, der Service sei das Einzige, womit wir uns von den Ketten unterscheiden könnten. Wir werben nicht damit, aber ich liefere aus, wenn es gewünscht ist.«

Conleys Interesse war geweckt. »Und was genau hast du zu Symmes Robinette gebracht?«

»Guter Versuch! Aber du weißt, dass wir zu Stillschweigen verpflichtet sind, nicht? Das fällt unter die Privatsphäre des Patienten.«

»Der Patient ist doch tot!«, protestierte Conley.

»Egal. Reden wir über was anderes, ja? Ich hätte nicht mal verraten dürfen, dass er Kunde bei uns war.«

»War er krank?« Conley wusste, dass sie Skelly bedrängte, doch sie konnte nicht anders. »Vielleicht hat er ja deshalb den Unfall gebaut.«

»Kein Kommentar«, sagte Skelly bestimmt.

»Ach, du bist doof.«

»Das hat meine Ex auch immer gesagt.«

»Autsch. Bei meiner Recherche habe ich gesehen, dass Robinette ein Haus in Georgetown hat. Ich hab noch nicht ins Steuerregister geguckt, aber Georgetown ist einer der teuersten Stadtteile von Washington.«

»Worauf willst du hinaus?«, fragte Skelly. »Symmes war Anwalt. Alle Anwälte sind reich, oder?«

»Er hat jahrzehntelang als Volksvertreter gearbeitet. War seit vierzig Jahren nicht mehr juristisch tätig. Also woher hat ein Rechtsverdreher so viel Geld, dass er Immobilien im Wert von mehreren Millionen besitzt?«

»Es ist nicht verboten, als Politiker Geld zu haben. Vielleicht hat er klug in Aktien investiert. Willst du etwa andeuten, Robinette hätte krumme Geschäfte gemacht?«, fragte Skelly.

»Ich will gar nichts andeuten. Ich drehe nur jeden Stein um, wie mein alter Chefredakteur das immer genannt hat. Mal gucken, was darunter hervorgekrabbelt kommt, verstehst du?«

Skelly sah sie streng an. »Wir sind nicht in Atlanta, Conley. Symmes Robinette ist für viele Leute hier ein Held. Mit Ausnahme meiner Mutter. Du musst sehr vorsichtig sein, wenn du in Silver Bay Steine umdrehen willst. Das ist eine kleine Stadt, die Leute nehmen so was echt persönlich.«

»Das heißt, ich soll keine schlafenden Hunde wecken? Willst du mir das damit sagen?«

»Wenn du es so ausdrücken willst.«

»Ich werde diskret vorgehen, aber wenn es was zu finden gibt, werde ich es aufstöbern, Skelly. Das ist mein Job. Das Einzige, was ich kann.«

»Schon gut«, sagte er. »Aber wolltest du nicht eigentlich am Strand entspannen? Mit deiner Großmutter Zeit verbringen?«

»Wer sagt denn, dass ich nicht beides machen kann? Apropos Familie«, versuchte sie, nonchalant überzuleiten, »wie geht es dem Kleinen Prinzen mittlerweile?«

»Charlie? Der arbeitet als Anwalt in der Kanzlei seines Vaters. Ist Kunde bei uns in der Apotheke. Hin und wieder sehe ich ihn im Country Club, auch wenn ich da schon länger nicht war, also, seit Danielle weg ist. Ich weiß, dass er privat mit einigen vom Gericht zu tun hat. Sind was Besseres. Ich glaube, Leute wie ihn nennt man *Senkrechtstarter.*«

»Also ganz der Papa. Ich frage mich …«

»Ach, du Scheiße!« Skelly sprang auf. »Mama?«

Eine zarte geisterhafte Gestalt kam über den Gehsteig in ihre Richtung. Die Frau war barfuß und trug ein übergroßes weißes Unterhemd. Soweit Conley das ausmachen konnte, hatte sie nichts darunter an.

»Patrick?«, rief Skellys Mutter June. Angesichts ihres zierlichen Körpers war ihre Stimme überraschend laut und schrill. Sie blieb an dem schmiedeeisernen Zaun von Lorraines Vorgarten stehen und suchte ihren vor langer Zeit verstorbenen Mann.

Skelly eilte zu seiner Mutter und griff nach ihrem Arm. »Mama, was machst du hier? Was ist mit deinen Sachen?«

»Ich hole ihr eine Decke«, sagte Conley und verschwand im Haus. Sie nahm das Erstbeste, was ihr in die Hand fiel, eine Häkeldecke, die Großmama in einem Korb neben dem Flurschrank aufbewahrte.

Conley hastete die Verandatreppe hinunter und reichte Skelly die Decke, der Mühe hatte, sie seiner Mutter um die Taille zu legen.

»Patrick?« June Kelly sah ihren Sohn streng an. »Ich habe dich die ganze Zeit gerufen. Das Essen ist fertig. Wo bist du gewesen?«

»Tut mir leid, Mama«, sagte Sean. »Ich bin nur kurz rübergegangen. Jetzt gehen wir nach Hause, und ich bringe dich ins Bett. Es ist schon ziemlich spät.«

June schob ihren Sohn beiseite, die Decke fiel ins Gras. Conley gelang es nicht, den Blick abzuwenden. Wo war die stilsichere, patente, hübsche Nachbarin geblieben? June Kellys Gesicht war glatt und faltenfrei, sie hatte ihren roten Lippenstift grotesk verschmiert, ihre dünnen weißen Haare standen vom Kopf ab wie ein Heiligenschein aus Stacheldraht.

»Wer ist das?«, wollte sie wissen und zeigte auf Conley. »Deine neue Freundin?«

Skelly warf Conley einen entschuldigenden Blick zu.

»Das ist Sarah Conley Hawkins, Mama. Du kennst Sarah doch. Die Tochter von Chet und Melinda. Lorraines Enkelin. Sie ist gerade zu Besuch in der Stadt.«

»Lüg mich nicht an, Patrick!« June schlug Skellys Hand fort. »Ist das deine Freundin? Eine von den Schwestern aus dem Krankenhaus? Oder eine von deinen sogenannten Patientinnen? Wie kannst du es wagen!«

June Kellys strahlend blaue Augen huschten suchend über Conleys Gesicht, versuchten, eine Verbindung herzustellen.

Conley dachte daran, wie oft ihre Nachbarin ihr ein Eis gegeben hatte. Sie erinnerte sich an deren makellos weiße gestärkte Laborkittel, die sie über ihren hübschen Kleidern trug und in die ihr Name in Kursivbuchstaben auf die Brusttasche gestickt war: June Kelly, Apothekerin.

»Ich bin's, Miss June«, sagte Conley und nahm den zerbrechlichen Arm der älteren Frau.

»Sarah? Von unten an der Straße?«

»Ja, Ma'am«, bestätigte sie, hob die Decke auf und legte sie Skellys Mutter wie einen Sari um. Das Ende zog sie über Junes Schulter und verknotete es gründlich vor dem Körper, dann trat sie einen Schritt zurück.

Stumm artikulierte Skelly: »Danke.« Er fasste seine Mutter am Arm und drehte sie vorsichtig zur Straße um. »Komm, wir gehen nach Hause, ja? Bin schon ganz gespannt, was du zum Abendessen gemacht hast.«

»Schmorbraten! Dein Leibgericht«, sagte June fröhlich. »Und Kirschkuchen.«

Sie hatten schon die Hälfte des Wegs zurückgelegt, da klang Skellys Stimme durch die warme Abendluft: »Danke, Conley. Ich bringe die Decke morgen zurück.«

Sie ging ins Haus und versuchte, ihre Recherche über Symmes Robinette wiederaufzunehmen. Viele Hinweise zu Robinette konzentrierten sich auf sein politisches Leben, seine Wahlkämpfe, seine Leistungen. Über sein Leben in der alten Heimat Silver Bay war erstaunlich wenig bekannt.

Conley griff zu ihrem Handy und zögerte. Es war schon spät; vielleicht schlief ihre Schwester schon. Statt anzurufen, schrieb sie ihr eine Nachricht:

Hi, Gray. Recherchiere gerade für den Artikel über Robinette. Finde nichts aus dem Beacon *online. Hilfe!*

Kaum hatte sie die Mitteilung abgeschickt, klingelte auch schon ihr Handy.

»Hey, wo bist du?«, fragte Grayson. Conley hörte Stimmen und Gläserklirren. Vielleicht lief auch ein Fernseher.

»Ich bin in Großmamas Haus in der Stadt. Am Strand gibt es kein WLAN. Und wo bist du?«

»Nirgendwo besonders. Du wirst keine Artikel vom *Beacon* online finden.«

»Sind wir nicht digitalisiert?«

»Nein, wir sind nicht digitalisiert. Falls du es noch nicht gemerkt haben solltest, handelt es sich um die Wochenzeitung einer Kleinstadt. Wenn du alte Ausgaben nach Artikeln über Robinette durchsuchen willst, musst du rüber ins Büro gehen und die gebundenen Sammelbände durchblättern.«

»Oh. Das dauert ja ewig. Ich weiß nicht mal genau, wonach ich suche. Also gibt es auch keinen Index, oder?«

»Nee.« Grayson schien sich schon über die Frage zu amüsieren. »Suchst du irgendwas Bestimmtes?«

»Nein, alles. Lokalkolorit. Familie. Hey, wusstest du, dass Symmes Robinette vorher schon mal verheiratet war?«

»Vor was?«

»Vor Vanessa, die übrigens um die zwanzig Jahre jünger ist als der verstorbene Kongressabgeordnete.«

»Kann sein. Keine Ahnung. Da musst du Großmama fragen. Die ist immer auf dem Laufenden, was dieses Gewäsch angeht. Oder, noch besser, sprich mit Rowena.«

»Oh, Rowena … Sag mal, Gray, was weißt du über den Sheriff drüben in Bronson County?«

»Merle? Er ist erst seit zwei Jahren da. Ist aber wohl ganz okay. Er ist schwarz, ja?«

»Und?«

»In Atlanta ist das vielleicht keine Bemerkung wert, hier schon.«

»Kennst du ihn?«

»Mehr oder weniger. Wir sind beide im Rotary Club.«

»Gut. Ruf ihn direkt morgen früh an und bitte ihn, deine neue Starreporterin anzurufen. Seinen Deputy würde ich nicht als besonders hilfreich bezeichnen.«

»Worüber willst du mit ihm sprechen?«

Genervt verdrehte Conley die Augen. »Über Symmes Robinette natürlich. Der Unfall ereignete sich im Zuständigkeitsbereich deines Sheriffkumpels. Ich muss wissen, warum Symmes um drei Uhr morgens dreißig Meilen von seinem schicken Haus am Meer entfernt war, und ich muss wissen, wie die offizielle Todesursache lautet.«

»Vielleicht bin ich ja begriffsstutzig, aber ist er nicht lebendig in einem Unfallwagen verbrannt?«

Ja, du bist begriffsstutzig, dachte Conley. »Das wissen wir doch nicht. Es waren keine anderen Pkw vor Ort. Ich will wissen, was zu dem Unfall geführt hat und ob er noch lebte, als das Feuer ausbrach.«

»Okay, gut. Leuchtet ein«, sagte Grayson.

»Außerdem muss ich mit dem Amtsarzt des Bezirks sprechen. Der ist nicht zufällig auch bei den Rotariern?«

»Nee. Aber George McFall könnte etwas wissen.«

»Der vom Beerdigungsinstitut?«

»Ja, falls die Leiche freigegeben wurde. George McFall hat in seinem Leben wahrscheinlich mehr Tote gesehen als jeder Arzt, den du kennst.«

»Aber was ist, wenn es zum Beispiel strafrechtliche Hinweise gibt?«

»Dann, denke ich, wird sich der Amtsarzt ans staatliche Kriminallabor wenden. Aber du glaubst doch nicht, dass irgendwas an Symmes' Tod nicht koscher ist, oder?«

»Ich weiß es noch nicht. Es ist einfach … seltsam. Meinst du, George würde mit mir sprechen?«

»Er spricht mit dir den ganzen Tag über Football in Florida oder über die Nachteile von Einäscherung im Vergleich zu einer Beerdigung in einem Fünftausend-Dollar-Sarg, aber ich habe keine Ahnung, ob er mit dir darüber sprechen würde, wie Symmes Robinette ums Leben gekommen ist«, sagte Grayson.

»Ist der auch bei den Rotariern?«

»Ja, er ist dieses Jahr Präsident.«

»Super. Wie wär's, wenn du mal die Mitgliederliste der Rotarier durchgehst, all deine guten alten Kumpel in der Stadt anrufst und sie ganz lieb darum bittest, mit deiner Schwester über den Tod von Symmes Robinette zu reden?«

»Inzwischen sind auch viele Frauen bei den Rotariern, hörst du? Nicht mehr nur Männer wie früher.«

Wenn Conley noch viel länger mit ihrer Schwester telefonierte, bekäme sie noch Muskelkater vom Augenverdrehen. Falls es so was gab. Das würde sie George McFall definitiv fragen.

»Gut zu wissen«, sagte sie. »Kannst du mir Rowenas Telefonnummer geben?«

»Klar.«

»Könntest du sie mir bitte schicken?«

»Ja, aber so spät kannst du nicht mehr bei ihr anrufen.«

»Zur Kenntnis genommen«, sagte Conley. »Noch eine Frage: Wann ist Zahltag?«

»Freitag. Aber bei Neueinstellungen halten wir den Gehaltsscheck normalerweise noch zurück.«

»Nicht bei mir, Gray«, mahnte Conley. »Nicht wenn du nächste Woche meinen Namen in der Zeitung lesen willst.«

14

Hallo, Sommer!

VON ROWENA MEIGS

Mai 1986 – *Aus zuverlässigen Quellen wurde bekannt, dass der örtliche Abgeordnete Symmes Robinette die Scheidung von der reizenden, charmanten Emma »Toddie« Sanderson Robinette eingereicht hat, seiner Sandkastenliebe, mit der er seit vierundzwanzig Jahren verheiratet ist.*

Toddie Robinette ist eine beliebte Mitbürgerin von Silver Bay, die sich in verschiedenen Verbänden und in der Presbyterianergemeinde engagiert. Sie war Vorsitzende der Elternvertretung der Grundschule Silver Bay und des Sportverbands der Highschool von Griffin County. Auch wenn keine Details über die Trennung zu erfahren sind, haben Toddies Freundinnen großes Mitleid mit ihr. Das schöne Haus der Robinettes auf der Spruce Street steht zum Verkauf. Im Verlauf des Sommers werden Toddie und die Kinder Hank und Rebecca aufs Land ziehen.

Der Verfasserin dieser Zeilen ist zu Ohren gekommen, dass Symmes Robinette eine besonders enge »Bekanntschaft« zu einer aufgeweckten jungen brünetten Assistentin in seinem Abgeordnetenbüro pflegt. Natürlich werden wir Sie über weitere Erkenntnisse in dieser Sache informieren.

In der Zwischenzeit ist der gute alte Sommer zurückgekehrt, und wie! Mr. und Mrs. V. B. Connors verköstigten am Samstagabend einen Teil der feinen Gesellschaft mit einem Tanzdinner im Country Club von Silver Bay. (V. B. oder Bubba, wie er überall genannt wird, ist der neu gewählte Präsident der staatlichen Anwaltskammer, und seine reizende Frau Suzan ist ein wahres Phänomen auf dem Tennisplatz!) Die Tische waren mit wunderschönen Gestecken aus rosa Chrysanthemen, weißen Teerosen, Schleierkraut und Cymbidium-Orchideen geschmückt. Die Damen trugen die neuste Sommermode, Seide und florale Drucke, ihre Angetrauten elegante weiße Smokings. Gibt es etwas Schöneres als einen Gentleman aus den Südstaaten in einem weißen Smoking? Die Berichterstatterin war hin und weg!

Auf der Suche nach weiteren Geschmacklosigkeiten über die Scheidung von Symmes Robinette blätterte Conley durch die wenigen weiteren Seiten des *Beacon*-Jahresbands von 1986, doch wie es der Zufall wollte, war die Ausgabe die letzte in dem Band, den sie aus dem durchhängenden Bücherregal in der Ecke des überladenen Büros gezogen hatte.

Mit einem Seufzer ging Conley zurück zum Regal, um den nächsten Jahresband zu suchen. Es war ein hoffnungsloses Unterfangen. Der *Beacon* bestand seit über hundert Jahren, daher gab es Dutzende von schweren Büchern mit Ledereinband, jedoch standen sie ohne ersichtliches System in den Regalen. In der nächsten halben Stunde fuhr Conley mit dem Finger über die staubigen Rücken, in die jeweils in Gold die fortlaufende Nummer und die entsprechende Jahreszahl geprägt waren, doch es hatte keinen Sinn.

Vom Eingang hallten Stimmen herüber.

Lillian King und Michael Torpy setzten sich an ihre Schreibtische. Jeder hatte einen Becher mit Kaffee to go und einen Pappteller mit einem Frikadellenbrötchen dabei.

»Arbeitet ihr auch samstags?«, fragte Conley.

»War nicht meine Idee«, antwortete Lillian. »Wir sitzen an einer Sonderbeilage zum Schuljahresende.«

»Echt?«

»Ja.« Michael sah von seinem Computerbildschirm hoch. »Grayson hatte die Idee, den Familien der Schulabgänger Anzeigen zu verkaufen, und jetzt muss ich mir spannende Geschichten über die Schüler ausdenken.«

»Geld stinkt nicht«, sagte Lillian scharf. »Von den Anzeigen leben wir.«

»Hey, Lillian«, sagte Conley. »Ich bräuchte den nächsten Jahresband von 1986, aber es sieht aus, als wäre der verschollen. Irgendeine Idee, wo er sein könnte?«

»Keine Ahnung«, entgegnete Lillian. »Hier kommen ständig Leute rein, die in den alten Ausgaben rumblättern wollen, aber kein Mensch stellt die Bücher wieder in der richtigen Reihenfolge zurück.«

Conley wies auf die Regale, die aussahen, als würden sie unter dem Gewicht der Bücher einstürzen. »Sind das alle?«

Michael rollte mit seinem Stuhl vom Schreibtisch weg. »Ich meine, ich hätte noch irgendwo solche Bände gesehen. Hast du auch in der Abstellkammer geguckt?«

»Nee, okay, ich seh mal nach«, sagte Conley. Sie drückte die Tür zur Kammer auf und knipste das Licht an. An den Wänden hingen Holzregale Marke Eigenbau. Sofort war Conley klar, dass ihr verstorbener Großvater die angebracht hatte. In den Regalen standen Kartons mit Büroartikeln, die ihrer Vermutung nach ebenfalls noch aus der Zeit ihres Großvaters datierten und ihn sowie den modernen Journalismus überlebt hatten: Schreibmaschinenbänder, vergilbte Zeitungspapierstöße, zu Kopierpapier geschnitten, aus der Zeit, als die Mitarbeiter ihre Beiträge noch auf mechanischen und später elektrischen Schreibmaschinen tippten, Stenoblöcke mit Spiralbindung und kartonweise rote Kopierstifte, mit denen früher die Texte der Reporter korrigiert wurden.

Conley entdeckte vier oder fünf Bände, die nach Gutdünken in die Regale gequetscht worden waren, doch alle stammten aus den sechziger Jahren. Laut seufzend ging sie an ihren Tisch zurück.

»Hat noch wer eine Idee, wo die fehlenden Jahresbände sein könnten?«

»Guck in Graysons Büro!«, schlug Lillian vor. »Wenn hier irgendwas fehlt, finde ich es normalerweise in ihrer Räuberhöhle, wenn ich lange genug suche.«

Conley wollte die Tür öffnen. »Ist zu.«

»Hier.« Lillian holte einen Schlüssel aus ihrer Schublade. »Aber erzähl nicht, dass du es von mir weißt. Sie bildet sich gern ein, das Büro sei ihr Heiligtum.«

Auf Graysons Tisch stapelten sich zig alte Ausgaben des *Beacon*, dazu Aktenordner, Umbrüche von bunten Anzeigen, Kaffeebecher und Limonadendosen. In der Ecke stand ein Bücherschrank, aus dem alte Bücher quollen, die früher dem Großvater gehört hatten, jedoch keine Ausgaben des *Beacon*.

Sie überlegte, wie sehr sich Grayson seit ihrer gemeinsamen Kindheit verändert hatte. Conley war immer die unordentliche, kreative von beiden gewesen. Ihr Zimmer hatte einer Müllhalde geglichen, während es ihrer älteren Schwester immer wichtig gewesen war, das eigene Zimmer makellos sauber und ordentlich zu halten. Damals, als sie Kinder waren, konnte man Grayson am verlässlichsten auf die Palme bringen, indem man einfach in ihr Zimmer ging, sich ein Kleidungsstück auslieh und es schmutzig, zerknittert oder zerrissen zurückbrachte.

Der einzige Gegenstand von Interesse im chaotischen Büro ihrer Schwester war in Conleys Augen das Sofa. Das braune Lederpolster war alt und rissig. Ein Kopfkissen und eine leichte Baumwolldecke lagen an einem Ende, über der Lehne hingen eine Yogahose und ein Sport-BH.

»Hu«, machte Conley. Sie öffnete die Tür zu dem kleinen Bad. Auf dem Toilettenkasten balancierte eine Kosmetiktasche, in einem Glas standen eine Zahnbürste und Zahnpasta. An der Tür hingen von innen noch mehr Kleidungsstücke, die Grayson gehörten; tatsächlich sah es nach Kleidung von mehreren Tagen aus. Offensichtlich hatte ihre Schwester im Büro geschlafen. Die Frage war nur: warum?

»Interessant«, murmelte Conley, dann verließ sie den Raum und schloss die Tür wieder ab.

Sie kehrte an ihren Tisch zurück und machte sich daran, die Polizeimeldungen abzutippen. Angesichts der eher unspektakulären »Verbrechen«, die die Stadt in der letzten Woche heimgesucht hatten, verdrehte Conley die Augen.

Donnerstag, 30. April, 16.40 Uhr – *TIERQUÄLEREI – Beamter reagiert auf Meldung wegen Tierquälerei beim Anglergeschäft Smitty's Bait & Tackle in der Marina Silver Bay. Beim Eintreffen stieß er auf die Anzeigenerstatterin Annalisa Sorenson, 19. Ms. Sorenson behauptet, der Betreiber des Köderladens würde lebende Tiere quälen (Köderfische), indem er sie in Becken einpfercht. Der Beamte klärte auf, dass Köderfische nicht unter die aktuelle Gesetzgebung gegen Tierquälerei fallen. Der Betreiber des Ang-*

lerladens verlangte, dass die Anzeigenerstatterin das Grundstück verlässt und aufhört, die Angler zu belästigen.

Freitag, 1. Mai – *DIEBSTAHL AUS PKW – Country Club Silver Bay. Der Anzeigenerstatter gab an, sein Pkw (Mercedes-Limousine, Bauj. 2019), sei zwischen 20 und 23.30 Uhr auf dem Parkplatz des Country Clubs Silver Bay geöffnet worden. Der nicht verschlossene Pkw sei durchwühlt und Wertgegenstände seien entfernt worden, darunter ein Paar Ohrstecker mit Saphiren und dreikarätigen Diamanten, geschätzter Wert 36 500 $, dazu ein Thermokaffeebecher und ein Sicherheitstransponder für die bewachte Wohnanlage des Opfers.*

Sonntag, 3. Mai – *MUTMASSLICHE ÜBERDOSIS – Um 1.40 Uhr wurden ein Polizeibeamter sowie eine Feuerwehr- und Rettungseinheit zum Footballfeld der Highschool Griffin County gerufen. Ein anonymer Anrufer hatte eine offenbar bewusstlose Person auf dem Parkplatz gemeldet. Der Beamte beobachtete mehrere Jugendliche, die sich um das Opfer scharten, doch die Zeugen zerstreuten sich beim Eintreffen der Einsatzfahrzeuge. Das Opfer, weiß, weiblich, geschätzte 15 Jahre, blass und nicht ansprechbar, hatte sich übergeben. Eine Identifizierung des Opfers, das in die Notaufnahme des Northwest Florida Memorial gebracht wurde, war nicht möglich.*

»Okay, ich mach's«, verkündete Conley, nachdem sie die Zeilen zur Korrektur an Grayson geschickt hatte.

»Was?«, fragte Michael gespannt. Der Nachwuchsreporter sah aus wie fünfzehn. Er war hoch aufgeschossen, hatte Sommersprossen und rötliche Haare. Er verfügte über unglaubliche Energiereserven.

»Ich rufe Rowena an und frage sie, was sie über Symmes Robinette weiß.«

»Cool. Ich meine, Rowena hat zwar einen Knall, aber sie weiß wirklich alles, was in der Stadt los ist. Was glaubst du, wie alt sie ist?«, fragte der junge Mann.

»Steinalt«, meldete sich Lillian zu Wort. »Und hinterhältig für zwei.«

»Halloooo!«, flötete die Stimme am anderen Ende. »Hier ist Rowena Meigs. Mit wem habe ich die Ehre?«

»Oh, hallo, Rowena! Hier ist Conley Hawkins.«

»Conley?« Es folgte eine lange Pause.

»Sarah Conley Hawkins.«

»Oh, Sarah. Wie schön!«, trällerte Rowena. »Wie geht es dir? Und wie geht es deiner lieben Großmutter?«

»Mir geht's gut, danke. Großmama auch. Ich rufe an, weil ich mich bereit erklärt habe, für den *Beacon* einen Artikel über Symmes Robinette zu schreiben …«

»Was für ein Schock!«, rief Rowena. »Seit gestern steht mein Telefon nicht mehr still. Ich habe geplant, meine Kolumne diese Woche Symmes zu widmen.«

»Das finde ich toll«, sagte Conley. »Da du ja eine wahre Institution in Silver Bay bist und Symmes und seine Familie so gut kanntest, hat Grayson mir vorgeschlagen, dass ich dich ein bisschen ausfrage, bevor ich mit dem Schreiben beginne.«

»Das halte ich für eine hervorragende Idee«, sagte Rowena. »Möchtest du auf einen Kaffee und Donuts bei mir vorbeikommen?«

»Das wäre wirklich gut«, entgegnete Conley.

»Wunderbar! Ich esse gern die Donuts mit Ahornsirup und Bacon aus dem Corner Café. Und Tuffy nimmt nur den Bacon, wenn du also so lieb wärst, drei von der Sorte mitzubringen, dazu noch das, was junge Frauen wie du heutzutage essen. Dann wollen wir mal nett miteinander plaudern. Du weißt doch, wo ich wohne, oder?«

»Ja«, sagte Conley.

Jeder in der Stadt kannte das Haus von Rowena Meigs. Das Haus der Crispin-Meigs, wie es genannt wurde, war einst ein Prachtbau gewesen, wie Rowena selbst sich ausgedrückt hätte, ein imposantes Herrenhaus im griechischen Stil mit sechs massiven dorischen Säulen vor einem geschwungenen Portal, das auf die moosverhangene Lee Street ging, selbstverständlich benannt nach dem Südstaatengeneral Robert E. Lee, der laut unzuverlässigen lokalen Quellen dort in den lange zurückliegenden Tagen der »Unruhen« einmal eine Nacht verbracht hatte.

Mittlerweile glich das Herrenhaus einer einstürzenden Hochzeitstorte. Jede der sechs Säulen schien sich in eine andere Richtung zu neigen, die Veranda selbst hing durch. Die Azaleenbüsche im schon lange vernachlässigten Vorgarten waren mannshoch gewuchert, die Wurzeln einer riesigen Magnolie hatten den Gehweg angehoben. Die Fassade aus weiß getünchtem Backstein war mit einer dünnen Grünspanschicht überzogen.

Als Conley auf die vordere Veranda trat, erschrak sie über den Anblick eines großen Waschbären, der gemächlich aus einem offenbar mit Katzenfutter gefüllten Blechnapf fraß.

»Sch!«, versuchte sie, ihn zu verscheuchen.

Der Waschbär huschte davon und verschwand im hohen Gebüsch am Ende der Veranda.

Bevor Conley auf die Klingel drücken konnte, ging die Haustür auf.

Rowena trug einen bodenlangen blassrosa Kaftan mit pinkfarbenen Straußenfedern am Saum, ein Aufzug, den Conleys Großmutter als Hauskleid bezeichnet hätte. Rowenas Gesicht war dick gepudert, ihre Lippen mit fuchsiarotem Lippenstift verkrustet. Sie hatte Tuffy fest unter den Arm geklemmt, in der rechten Hand hielt sie einen Gehstock, der heute mit einer kecken rosa Satinschleife verziert war. »Na, Sarah Hawkins!«, flötete Rowena. »Was für eine nette Überraschung!«

»Ähm, du hast mich eingeladen, Rowena, schon vergessen? Ich wollte dich über Symmes Robinette ausfragen.«

»Natürlich, dummes Ding«, sagte Rowena. »Komm doch herein!«

Innen war das Haus düster und nur schwach beleuchtet, aber Conley erkannte verblichene Tapeten und reihenweise Porträts von noch düsterer dreinschauenden Meigses an den Wänden.

»Ich habe einen Tisch im Büro von Richter Meigs gedeckt«, erklärte Rowena und führte Conley in einen dunkel getäfelten Raum mit hoher Decke. Auf einer Seite dominierte ein Kamin, die drei anderen Wände waren mit Bücherregalen aus Mahagoni gesäumt. Es war warm und stickig, das einzige angelehnte Fenster sorgte nur für wenig Frischluft.

»Setzen wir uns doch hierher und plaudern ein bisschen!« Mit ihrem Stock wies Rowena auf eine zierliche, golden abgesetzte Couch mit verblasstem purpurrotem Polster. Sie selbst nahm in einem großen Ledersessel Platz. Ein Teetisch aus Mahagoni stand zwischen ihnen, darauf ein auf Hochglanz poliertes silbernes Teeservice mit zwei zarten Porzellantässchen und Untertassen sowie einem kleinen Glas Instantkaffee.

Conley setzte sich und reichte Rowena den weißen Pappkarton aus dem Corner Café.

»Oh, wie lecker!«, rief die alte Dame, als sie den ersten Donut herausholte. »Bacon und Ahornsirup! Mein Lieblingsdonut! So …« Sie gab den Instantkaffee in eine Tasse und schenkte Wasser aus der Teekanne hinzu. »Jetzt verrat mir mal bitte, warum deine Schwester glaubt, dass ich etwas von Interesse über den guten alten Symmes Robinette wissen könnte.« Sie reichte die Tasse an ihren Gast weiter.

Conley probierte einen Schluck und wünschte sofort, sie hätte es gelassen. Der sogenannte Kaffee war kochend heiß und dick wie Ahornsirup.

Sie stellte die Tasse ab. »Grayson sagt, du kennst alles und jeden in der Stadt.«

»Und ich weiß, wo alle ihre Leichen vergraben haben«, fügte Rowena hinzu und brach ein Stück vom Donut ab, um es Tuffy zu geben, der zusammengerollt auf ihrem Schoß lag. Krümel rieselten an Rowenas rosa Kaftan herunter, der kleine Hund verputzte alles gierig.

»Genau«, sagte Conley. »Ich habe zur Recherche einige deiner Kolumnen in alten Ausgaben des *Beacon* gelesen …«

»Wie nett!« Rowena wies auf das Porträt eines streng blickenden Mannes mit weißem Bart über dem Kamin. »Das ist mein Schwieger-Urgroßvater, Richter Culver W. Meigs. Ein höchst einflussreicher Mann. Hat für die Legislative von Florida gearbeitet. Die Partei wollte, dass er für den Kongress kandidiert, aber seine Frau Lilla, die Urgroßmutter meines verstorbenen Gatten, sprach ein Machtwort und sagte, sie sei nicht bereit, den Richter nach Washington ziehen zu lassen, um dort mit wer weiß was für Leuten zu verkehren. Wusstest du das?«

»Nein«, erwiderte Conley.

»Oh, ja!«, sagte Rowena. »Bei den Meigses waren immer alle dem öffentlichen Dienst verpflichtet. Und ich bilde mir gern ein, dass ich diese Familientradition auf gewisse Weise fortführe. Ich halte den Journalismus für eine edle Berufung, du auch, Sarah Hawkins?«

»Auf jeden Fall!«, bestätigte Conley. »Ich habe deine Kolumne von 1986 gelesen, in der du bekannt gemacht hast, dass sich Symmes von seiner ersten Frau scheiden ließ. Ich kann mir vorstellen, was für Schockwellen das damals ausgelöst haben muss.«

»Das schlug ein wie eine Bombe!«, frohlockte Rowena. »Absolut aufregend! Alle anderen Reporter in Florida waren stocksauer, dass eine kleine Gesellschaftskolumnistin aus Silver Bay ihnen den Knüller weggeschnappt hatte. Dein Großpapa hatte riesige Angst, dass ich von den Zeitungen in Jacksonville oder St. Petersburg abgeworben würde.«

»Kann ich mir vorstellen«, bemerkte Conley.

»Natürlich hätte ich nicht im Traum dran gedacht, Silver Bay zu verlassen, schließlich leben die Meigses schon seit Generationen hier, aber das wusste dein Großpapa nicht. Ich sagte ihm nur, dass ich eine kräftige Lohnerhöhung bräuchte, wenn ich beim *Beacon* bleiben wollte, und am Ende bekam ich nach elendig langem Herumgedruckse zehn Dollar mehr pro Woche.«

»Wow!«, sagte Conley. Die alte Dame war eine erstklassige Erpresserin.

»Dadurch wurde ich zur bestbezahlten Mitarbeiterin der Zeitung«, berichtete sie selbstgefällig.

»Woher wusstest du das mit der Scheidung?«, erkundigte sich Conley.

Rowena biss wieder vom Donut ab und kaute. Den Rest des Gebäcks tunkte sie in ihre Tasse und rührte damit herum, bis sich der Teig im heißen Kaffee aufgelöst hatte, den sie daraufhin austrank.

Schließlich lächelte sie verschlagen. »Eine gute Journalistin gibt niemals ihre Quellen preis«, sagte sie mit einem übertriebenen Zwinkern.

»Das ist fast vierzig Jahre her. Und Symmes Robinette ist tot«, bemerkte Conley.

»Nun jaaa …« Rowena sah eine Weile an die Decke. Conley folgte ihrem Blick und stellte fest, dass der riesige Kristalllüster über ihr mit dem Staub und den Spinnweben von Dekaden überzogen war.

»Sie ist eh vor ein paar Jahren gestorben, also gehe ich davon aus, dass ich niemandes Vertrauen missbrauche, wenn ich dir verrate, dass es Myrtis Davis war.«

»Ich glaube, der Name sagt mir nichts.«

»Sie hat hier jahrelang in Immobilien gemacht«, erklärte Rowena. »Ich meine, sie war mit Toddie in einer Studentinnenverbindung an der Universität von Mississippi. Oder waren sie in Auburn? Myrtis war reizend. Eine wahre Draufgängerin. Jedenfalls traf ich sie zufällig eines Tages in der Stadt, sie war ganz erschüttert. War gerade bei den Robinettes gewesen. Toddie hatte sie angerufen und erklärt, sie würde das Haus verkaufen, weil Symmes und sie sich scheiden ließen. Ob Myrtis nicht rüberkommen und ihr einen Anhaltspunkt geben könne, was es ungefähr wert sei.«

»Hat Toddie ihr den Grund für die Trennung genannt?«

Rowena sah Conley abschätzend an. »Wie alt bist du, Sarah?«

»Also, ich nenne mich *Conley*, wenn es dich nicht stört. Und ich bin vierunddreißig. Warum?«

Rowena schüttelte den Kopf und ließ wieder ihr perlendes Lachen ertönen. »Hach, es fällt mir nur schwer zu glauben, dass eine junge Frau in deinem Alter sich nicht denken kann, warum ein verheirateter Mann mittleren Alters, der allein in einer Stadt wie Washington lebt und in einem Sündenpfuhl wie dem Repräsentantenhaus arbeitet, auf die Idee kommt, seine langweilige Frau ebenfalls mittleren Alters weit draußen auf dem Land in den Wind zu schießen.«

»Gab es eine andere?«

»Wie bist du denn *darauf* gekommen?« Rowena nahm den zweiten Donut, biss hinein und verdrehte entzückt die Augen. »Das sind doch wirklich die leckersten Donuts der Welt, oder?«

»Kann sein.«

»Als Symmes in Washington war, musste er nicht lange suchen, um eine neue, jüngere Freundin zu finden«, fuhr Rowena fort. »Vanessa war … wie alt? Vierundzwanzig? Arbeitete als parlamentarische Assistentin in seinem Büro. Meine Spione erzählten mir damals, sie sei in Wirklichkeit nur eine bessere Tippse.«

»In einer Kolumne, die du damals geschrieben hast, ist von einer ›aufgeweckten Brünetten‹ die Rede. War das Vanessa?«

»Genau«, bestätigte Rowena. »Symmes, der Bösewicht, versuchte nicht mal zu verbergen, dass er was mit ihr hatte. In Washington war es ein offenes Geheimnis. Die arme Toddie hatte natürlich keine Ahnung. Merk dir das, Sarah: Die Frau erfährt es immer als Letzte.«

»Und deshalb haben die zwei sich getrennt? Weil er eine Affäre hatte?«

»Nun ja …« Rowenas blaue Augen blitzten boshaft. »Über einen kleinen Flirt hätte Toddie vielleicht hinweggesehen. So was passiert. Aber als Vanessa mit einem unehelichen Kind von Symmes schwanger war, konnte Toddie die Augen nicht mehr verschließen.«

15

Rowena lehnte sich in ihrem Sessel zurück und wartete auf Conleys Reaktion auf ihre Bombe. Träge zupfte sie den Bacon vom letzten Donut und fütterte die Stückchen Tuffy, der es sich auf ihrem Schoß gemütlich gemacht hatte. Die rosa Schleife in seinem Schopf streifte das Kinn der alten Dame.

»Wow«, sagte Conley schließlich. Sie musste die Information erst einmal verdauen. Charlie Robinette war ein uneheliches Kind? Das leuchtete ein, wenn sie darüber nachdachte. »Ein außereheliches Kind von der Assistentin des amtierenden Kongressabgeordneten?«, sagte sie schließlich. »Während er noch mit seiner ersten Frau verheiratet war? So was ist heutzutage nicht allzu ungewöhnlich, aber damals muss das in Silver Bay wirklich ein Skandal gewesen sein.«

Rowenas fuchsiaverkrustete Lippen formten ein mädchenhaftes Schnütchen. »Wäre es gewesen, aber dein sturer Großvater wollte es nicht drucken. Der größte Knüller in meiner Laufbahn, und er kam nie ans Licht.«

»Mein Großvater?« Das entsetzte Conley noch mehr als das uneheliche Kind von Symmes Robinette. »Ich kann mir nicht vorstellen, dass er absichtlich eine Story zurückhält, nur um einen ortsansässigen Politiker zu schonen.«

»›Wir sind nicht der *National Enquirer*, Rowena‹«, zitierte die Kolumnistin ihren ehemaligen Chef und formte mit den Fingern Anführungsstriche. »Das hat er zu mir gesagt. ›Wir drucken keinen ordinären Tratsch und anzüglichen Gerüchte.‹«

»Das klingt allerdings sehr nach Granddaddy«, musste Conley zugeben. Ihr Großvater war immer ein Prinzipienreiter gewesen.

»Aber es war kein Tratsch!«, beharrte Rowena. »Ich habe mich dahintergeklemmt, eine Kopie der Geburtsurkunde aufzutreiben. Bin mit einem Greyhoundbus bis nach Washington gefahren und habe die Fahrkarte von meinem eigenen Geld bezahlt, nur weil ich mich vergewissern wollte. Charles Symmes Robinette jr. wurde am 15. Februar 1986 geboren. Er wog vier Komma drei Kilo. Vanessa konnte also kaum behaupten, dass er zu früh gekommen war.«

Rowenas Kinn zitterte vor Empörung bei der Erinnerung an den Knüller, der ihr versagt worden war.

»Drei Monate später wurden Vanessa und Symmes getraut – und zwar vom Kaplan des Repräsentantenhauses persönlich. Einen Tag, nachdem die Scheidung von Toddie rechtskräftig wurde.«

Conley versuchte, diese Informationen mit dem in Einklang zu bringen, was sie bereits über Symmes Robinettes persönliche Daten herausgefunden hatte. »Das heißt, in der Stadt war das nicht bekannt? Das mit dem Baby?«

»Es wurde natürlich geredet«, räumte Rowena ein. »Am Bridge-Tisch und auf Cocktailpartys. Du weißt ja, wie die Leute in einer Kleinstadt wie Silver Bay tratschen.«

Conley lächelte ungewollt. Sie kannte die zersetzende Wirkung von neugierigen Blicken, geflüsterten Andeutungen und den Fragen nach dem Wie und Wo ihrer eigenen Mutter nur zu gut, von immer denselben Bridge-Spielerinnen und Cocktailpartygästen in Worte aufrichtiger Sorge verpackt.

»Nachdem Toddie verschwunden war, hörte das Gerede auf«, sagte Rowena. »Sie hat nie mit jemandem darüber gesprochen. Eines Tages setzte sie sich einfach mit den Kindern in ihren Kombi und fuhr weg.«

»Wohl kaum«, sagte Conley. »Menschen verschwinden nicht einfach, schon gar nicht Frauen und Kinder von bekannten Politikern.«

Rowena schniefte. »Ich nehme an, dass sie irgendwem erzählt hat, wo sie hinwollte, aber selbst Myrtis als ihre Maklerin hatte keine Ahnung, wohin Toddie und die Kinder gezogen waren.«

»Vanessa hat sich doch ziemlich unauffällig ins Leben hier eingefügt, oder? Ich meine, sie ist Mitglied in Großmamas Kirche und so weiter.«

»Die Frau ist wirklich geschmeidig in die Gemeinschaft von Silver Bay hineingerutscht.« Rowena wackelte mit den struppigen Augenbrauen, die zwei haarigen weißen Raupen glichen. »Manche Leute haben kein gutes Gedächtnis. Ich schätze, für die gute alte Toddie galt: aus den Augen, aus dem Sinn.«

Conley warf einen kurzen Blick auf die Uhr. Sie musste noch mit mehreren Leuten reden, bevor sie den Artikel für den Abgabetermin am Dienstag verfassen konnte.

»Ich habe schon genug von deiner Zeit in Anspruch genommen, Rowena. Ich frage mich nur die ganze Zeit: Was hat Symmes so weit weg von zu Hause zu dieser Uhrzeit zu suchen gehabt?«

Rowena verputzte auch noch den dritten Donut, weg war er. Conley fiel auf, dass ihre Gastgeberin sie gar nicht aufgefordert hatte, auch einen zu nehmen.

»Ich kann es wirklich nicht sagen. Aber ich habe so meine

Quellen, und wenn ich etwas herausfinde, werde ich das in *meiner* Kolumne schreiben, das kannst du mir glauben.«

Conley griff zu ihrem Rucksack und wollte gerade gehen, da sagte Rowena: »Ich habe ein Buch geschrieben, wusstest du das?«

»Nein. Das muss ja aufregend gewesen sein«, versuchte Conley, Interesse zu heucheln.

»Oh, ja! Das war das … das Konstruktivste, was ich je gemacht habe«, sprudelte es aus Rowena heraus. »Möchtest du ein Exemplar?«

»Nein, nein«, beeilte sich Conley zu sagen. »Ich meine, ich würde es gern lesen, aber ich will dir keine Umstände machen.«

Die alte Frau hievte sich aus dem Sessel und schlurfte zum Bücherregal hinüber. Sie öffnete eine Schranktür, hinter der reihenweise Hardcover mit einem schreiend rosa Schutzumschlag zum Vorschein kamen. Sie nahm ein Buch heraus.

»Bitte sehr«, sagte sie fröhlich und drückte es Conley in die Hand. Auf dem Cover war dasselbe stark retuschierte Foto von Rowena Meigs abgebildet, das sie für ihre Kolumne im *Beacon* verwendete: die blonde Turmfrisur ein architektonisches Meisterwerk, dazu ein Augenaufschlag unter langen falschen Wimpern. Rowena lächelte kokett in die Kamera, eine rosa Federboa locker um ihr üppiges Dekolleté drapiert. Armgelenke, der Hals und die Ohrläppchen waren schwer mit Diamanten behängt – wenn sie denn echt waren. Der Buchtitel zog sich in geschwungenen pinkfarbenen Lettern über das Cover: *Rowenas Erinnerungen: Die Geheimnisse von Silver Bay.*

»Das ist eine Sammlung meiner Kolumnen aus dem *Beacon*«, erklärte sie. »Es hat mir unglaublich viel Spaß gemacht, sie zusammenzustellen. So viele wunderbare Erinnerungen.« Sie seufzte schwer. »Alle sagten, es sei das Unterhaltsamste, was sie je gelesen hätten. Ich finde, es war die krönende Leistung meiner Laufbahn als Journalistin.«

»Ich kann kaum erwarten, es zu lesen«, log Conley.

»Darin erfährst du alles, was man über diese Stadt wissen muss. Symmes und Toddie werden auch mehrmals erwähnt. Zu ihrer Zeit waren sie wirklich ein wundervolles Paar. Bevor diese *Frau* ins Spiel kam.«

»Darauf werde ich besonders achten«, versicherte Conley und wollte das Buch in ihrem Rucksack verstauen.

»Das wären dann vierzig Dollar, meine Liebe«, flötete Rowena. »Du kannst dir nicht vorstellen, wie viel es kostet, ein Buch mit so vielen Fotos zu machen.«

Eine Stunde später war Conley noch einmal am Unfallort. Das Gras und der Asphalt waren durch das Feuer schwarz verkohlt, am Straßenrand lagen noch Glassplitter und Metall.

Sie hielt auf dem Randstreifen, stieg aus und lief über den einsamen Straßenabschnitt, hin und her, ohne eine Vorstellung zu haben, was sie suchte. Zu beiden Seiten erstreckten sich Felder, eingefasst von einer Randbepflanzung aus Kiefern und Palmettopalmen hinter einem Stacheldrahtzaun. Ein einsamer Habicht flog über ihr, sein Schrei der einzig schrille Ton in dieser ländlichen Idylle. Hier war nichts auffällig, außer dass an dieser Stelle vor zwei Tagen ein Mensch zu Tode gekommen war.

Die Innenstadt von Varnedoe war noch verschlafener als zuvor. Deputy DuPuy führte Conley mürrisch ins Büro des Sheriffs, wo Merle Goggins hinter seinem Schreibtisch saß und über seine Halbbrille auf den Computerbildschirm schaute.

»Das ist die Reporterin, von der ich dir erzählt habe«, sagte der Deputy und wandte sich zum Gehen.

»Ihre Schwester hat mir gemailt und schon mal angedroht,

dass ich von Ihnen höre, aber sie hat nicht erwähnt, dass Sie heute schon bei mir auf der Matte stehen«, bemerkte der Sheriff.

»Ich habe Ihnen mehrmals auf die Mailbox gesprochen«, sagte Conley mit Nachdruck.

Merle Goggins war ein gepflegter Mann, ungefähr Anfang fünfzig. Er trug eine gestärkte Uniform mit einem Messingabzeichen an der Brust. Sein argwöhnisches Lächeln verriet nicht die Spur von Bedauern.

Das Büro wirkte ebenso spartanisch wie sein Bewohner. An den sterilen weißen Betonwänden hingen ein Schwarzes Brett mit den üblichen Sicherheitsbestimmungen und Bekanntmachungen. In einer Vitrine waren Dutzende bestickter Abzeichen von verschiedenen Polizeistationen ausgestellt. Auf dem Schreibtisch standen lediglich ein Computer, ein beiges Telefon und ein Bilderrahmen.

»Setzen Sie sich!« Goggins wies auf den Stuhl mit der Holzlehne gegenüber seinem Schreibtisch.

Er zog eine Aktenmappe aus der obersten Schublade und schlug sie auf. »Grayson meinte, Sie schreiben einen Artikel über den Abgeordneten Robinette. Was möchten Sie denn wissen?«

»Zunächst einmal die Todesursache.«

»Steht noch nicht fest. Sie waren ja selbst in der Nacht am Unfallort, also wissen Sie, in welchem Zustand die Leiche war.«

»Okay«, sagte Conley. »Das heißt also, es gibt keine Chance, einen Blutalkoholwert oder Ähnliches zu bekommen?«

Goggins zuckte unverbindlich mit den Schultern.

»Können Sie mir überhaupt irgendwas über den Unfall sagen? Ich meine, es war ein milder Frühlingsabend – kein Regen, Vollmond, kein Verkehr, soweit wir gesehen haben.«

»Ist bekannt«, sagte Goggins.

»Gibt es überhaupt irgendwelche Hinweise?«

»Nein.«

Conley entschied sich für eine andere Strategie. »Robinette war ja weit über siebzig. Haben Sie sich seine Krankengeschichte angesehen?«

»Wir haben die Akte angefordert.«

»Wo?«

»Das kann ich Ihnen nicht sagen.«

Conley hatte noch kein einziges Wort in den Notizblock auf ihrem Schoß geschrieben, weil Goggins schlicht und einfach nichts herausrückte. »Haben Sie mit den Angehörigen gesprochen? Mit seiner Frau und seinem Sohn?«

»Wir haben mit dem Sohn gesprochen, er ist Anwalt.«

Goggins spreizte die Hände und legte sie flach auf die offene Akte. »Wir lassen Mrs. Robinette Zeit zum Trauern. Aus Respekt vor dem Vermächtnis des Kongressabgeordneten.«

Conley beugte sich vor und betrachtete das Foto auf dem Schreibtisch. Es zeigte einen deutlich jüngeren Merle Goggins in der blauen Uniform der Marines, daneben seine Braut, die ein kurzes weißes Hochzeitskleid trug. Conley stand auf und studierte die gerahmten Diplome an der Wand. Eins stammte von einer FBI-Akademie, wo Strafverfolgungsbeamte aus dieser Ecke von Florida an diversen forensischen und investigativen Fortbildungen teilnahmen, wie Conley wusste. Daneben hing ein Collegediplom über einen Bachelor in Politikwissenschaft von der Oklahoma State University.

Sie setzte sich wieder. »Was machen Sie hier?«, fragte sie den Sheriff.

»Ich? Meine Arbeit. Ich schütze die Gesellschaft.«

»Nein, ich meine *hier*. Wie sind sie in diesem Kaff im letzten Winkel von Florida gelandet?«

Goggins grinste leicht. »Meine Frau ist eine Cowart. Die Hälfte der Menschen in diesem Bezirk ist mit ihr verwandt. Deshalb wurde ich gewählt. Nachdem unsere Tochter kam, wollte Elise unsere Kinder in der Nähe der Familie aufziehen. Deshalb sind wir hier. Und was genau haben Sie hier zu suchen, Sarah Conley Hawkins, ehemalige Mitarbeiterin der *Atlanta Journal-Constitution*? Warum arbeiten sie für eine kleine Wochenzeitung in einem Kaff mitten im Nirgendwo?«

»Aus demselben Grund«, entgegnete Conley. »Grayson hat Ihnen bestimmt gesagt, dass ich gerade keine Arbeit habe. Ich bin hergekommen, um nach meiner Großmutter zu sehen, und da hat mir meine Schwester solche Schuldgefühle gemacht, dass ich jetzt aushelfe und einen Artikel schreibe.«

»Kein besonders spannender Auftrag, verglichen mit dem, was Sie sonst gemacht haben. Tödlicher Unfall mit einem Toten. Kein Hinweis auf weitere Beteiligte.«

Conley schrieb ihre Nummer auf ein Blatt in ihrem Notizblock, riss es heraus und reichte es dem Sheriff.

»Ganz im Gegenteil. Ich finde diese Geschichte faszinierend. Und ich wäre Ihnen dankbar, wenn Sie mich anrufen, sobald es etwas Neues gibt.«

»Mal sehen«, sagte Goggins.

Conley war draußen auf dem Parkplatz und wollte gerade in ihren Wagen steigen, als sie ihren Namen hörte: »Hey, Sarah! Warte mal!«

Es war der Deputy, den sie nachts am Unfallort gesehen hatte. Er eilte auf sie zu. Der Mann trug verschwitzte Sportkleidung, eine enge schwarze Radlerhose und ein ärmelloses rotes Shirt. Conley hatte seinen Namen vergessen.

»Oh, hallo, ähm ...« Sie lächelte ihn entschuldigend an. »Tut mir leid, mir ist Ihr Name entfallen. Skellys Freund, nicht wahr? Popp?«

»Walter. Poppell. Aber heutzutage nennen mich alle *Walt*. Wie geht es dir? Viel zu tun?«

Er legte die Hand auf die offene Fahrertür. Seine Gegenwart war aufdringlich, ebenso der Geruch von Schweiß und sein Kiefernduft-Deo.

»Alles gut.« Conley trat einen Schritt nach hinten.

»Du siehst wirklich gut aus heute.« Poppell ließ seinen Blick über sie wandern.

»Besser als in der Nacht draußen auf dem Highway jedenfalls«, sagte sie.

»Tja. Das war übel, nicht?«

Conley nickte und schlüpfte ins Auto. »Hat mich gefreut, Deputy. Ich muss jetzt los. Müssen ja alle pünktlich zur Arbeit.«

Er rührte sich nicht von der Stelle, die Hand immer noch auf der Autotür. »Was machst du hier denn? Ich meine, du wohnst doch drüben in Silver Bay, oder?«

»Momentan ja. Ich wohne bei meiner Familie. Tatsächlich habe ich mich gerade beim Sheriff nach dem Unfallopfer erkundigt.«

»Warum das?«

»Das ist sozusagen mein Job«, erklärte Conley. »Ich schreibe einen Artikel für die Zeitung.«

»Cool. Also eine Geschichte über den Unfall, was? Dann weißt du bestimmt schon, dass es dieser Senator war.«

»Genau genommen saß er im Repräsentantenhaus, aber ja, über den will ich schreiben. Falls ich jemanden überreden kann, mit mir zu sprechen.«

Poppell schaute über die Schulter zum Eingang des Büros hinüber. »Der Sheriff hat nicht mit dir geredet?«

»Doch, hat er schon, nur hat er nichts erzählt, was ich nicht schon wusste.«

»Was denn?«

»Zum Beispiel die Todesursache.«

Poppell schnaufte verächtlich. »Der Typ ist quasi frittiert worden! Du warst doch dabei.«

Skelly hatte recht, dachte Conley. Walter Poppell war wirklich nicht die hellste Kerze am Weihnachtsbaum.

»Ich frage mich nur, was überhaupt zu dem Unfall geführt hat. Als wir ankamen, war kein anderes Auto zu sehen.«

»Ja, stimmt.« Poppell zuckte mit den Schultern. »Wenn ich was höre, kann ich dich ja anrufen.«

»Das wäre super«, sagte Conley, schob den Schlüssel in die Zündung und wollte sich anschnallen, doch Poppell nahm die Hand nicht von der Tür.

»Vielleicht können wir mal was essen gehen, was trinken oder so«, schlug Poppell vor und schenkte Conley sein gewinnendstes Lächeln.

Machte er sie etwa an? »Ich bin momentan ziemlich mit dieser Geschichte beschäftigt und helfe zu Hause bei der Pflege meiner Großmutter«, flunkerte sie, um nicht unhöflich zu sein.

»Aber essen musst du trotzdem, oder? Wir haben hier eine echt geile Pizzeria, die erst vor kurzem aufgemacht hat. Gehört einem echten Italiener aus New York und so.«

»Klingt super«, sagte Conley und zog die Tür mit aller Kraft zu. Widerwillig ließ Poppell los.

»Alles klar«, sagte er. »Und ich halte die Ohren offen, falls ich was Interessantes höre.«

16

Das mit weißem Holz verkleidete viktorianische Haus war eines der schönsten Gebäude der Stadt. Es hatte zwei Türmchen mit roten Dachpfannen, die Conley immer an Zwergenmützen erinnert hatten, dazu glänzend schwarze Fensterläden, Erkerfenster aus Bleiglas und einen üppigen Garten mit Blumenbeeten voll weißer Petunien.

Doch als Conley sich der Tür zum Bestattungsinstitut McFall-Peeples näherte, schnürte sich ihr der Hals zu. Ihre Handflächen wurden feucht, ihr Herz klopfte laut. Wie immer wandte sie den Blick von dem kuriosen alten schwarzen Leichenwagen ab, der früher mal von mehreren Pferden gezogen worden war und jetzt auf dem Rasen neben der geschwungenen Auffahrt stand.

Sei nicht so kindisch! Das ist nur ein Haus. So was passiert. Menschen sterben, und ihre Verwandten und Bekannten brauchen solche Rituale und Abläufe, um den Abschied zu begreifen. Kreislauf des Lebens, das kennt man doch.

Conley zwang sich, die breiten weißen Backsteinstufen hinaufzusteigen. Auch die Veranda war sehr hübsch mit den Schaukelstühlen und den Farnen, die in Töpfen an der Decke hingen. Die Eingangstür war angelehnt. Sollte Conley auf die Klingel drücken? Sie war sich unsicher.

Bevor sie länger darüber nachdenken konnte, stürmte ein kleines Kind aus dem Haus. Conley kannte sich nicht gut mit Kindern aus, aber es schien zwischen zwei und vier Jahren alt zu sein und hatte einen blonden Lockenkopf. Nur eins wusste sie genau: Die kleine Person war ein Mädchen, denn sie war splitterfasernackt.

»Graceanne! Komm wieder rein! Graceanne?« Eine zierliche Frau mit ebenso blonden Ringellocken stürzte auf die Veranda und stieß mit Conley zusammen.

»Entschuldigung!«, sagte die Frau. »Ich glaube, ich habe mein Kind verloren.«

Die Kleine spähte hinter einem Schaukelstuhl hervor und kicherte.

»Ungefähr so groß?« Conley hielt die Hand auf Kniehöhe. »Blonde Haare, keine Kleidung?«

»Ja, genau, das ist der kleine Drachen.«

Conley wies auf den Schaukelstuhl. Das Mädchen warf sich in die ausgestreckten Arme seiner Mutter, die sie hochhob.

»Tut mir leid, dass Sie das mitansehen mussten«, sagte die Frau. »Das ist nicht gerade das Bild von Mitgefühl, Würde und Besonnenheit, das wir normalerweise zu vermitteln suchen. Kann ich Ihnen helfen?«

»Keine Sorge«, sagte Conley lachend. »Bestattungsinstitute stressen mich irgendwie, deshalb war Ihre Tochter eine willkommene Ablenkung.«

»Eine Katastrophe kommt schon eher hin.« Die Frau warf sich das nackte Kind über die Schulter. »Kommen Sie doch rein! Ich ziehe dem kleinen Schelm hier nur schnell was über, dann können wir uns unterhalten. Ich bin übrigens Kennedy McFall.« Die Frau hielt Conley die Hand hin.

»Ich bin Conley Hawkins.«

Die Frau legte den Kopf schräg und lächelte noch breiter. »Ich habe schon gehört, dass du wieder da bist. Aber du kannst dich bestimmt nicht an mich erinnern, oder?«

»Sollte ich?« Conley betrachtete die Frau genauer. Sie war barfuß und trug ein ärmelloses pastellfarbenes Kleid von Lilly Pulitzer.

»Nicht unbedingt. Ich meine, du warst in der Schule schließlich zwei oder drei Jahre über mir.«

Conley folgte Kennedy durch das Foyer ins Haus und blieb jedes Mal stehen, wenn sich Kennedy bückte, um einen Schlüpfer, eine kurze Hose, ein T-Shirt und schließlich zwei Sandalen aufzuheben. All diese Kleidungsstücke waren wie Brotkrumen über die Länge des Flurs verstreut.

»Hier hinein!« Kennedy wies auf eine offene Tür, die in ein kleines, sonnendurchflutetes Büro führte. Das Zimmer passte nicht zu der bedrückend förmlichen pseudo-kolonialen Inneneinrichtung des restlichen Bestattungsinstituts. Kennedys Schreibtisch war eine Glasplatte auf einem Chromgestell. Familienschnappschüsse und fröhliche Buntstiftbilder hingen an den blassrosa Wänden.

Kennedy ließ sich auf eine prall gepolsterte limettengrüne Bank sinken und fing an, das sich windende Kind anzuziehen. »Graceanne!«, sagte sie streng. »Brauchst du noch eine Auszeit?«

»Nein!«, rief das Kind.

»Dann halt still und lass dich anziehen, bevor dein Großvater nach Hause kommt und wir beide eine ganz lange Auszeit bekommen.«

Als es Kennedy gelungen war, ihre Tochter anzukleiden, griff sie hinter ein Sofakissen und holte ein iPad hervor. Das kleine Mädchen nahm sich das Gerät und zog sich hinter die Bank zurück, wo sie schon bald über einen Comicfilm kicherte.

»Von mir aus kannst du mich bei der Polizei anzeigen«, sagte Kennedy McFall seufzend. »Ja, ich stelle mein Kind mit einem Bildschirm ruhig.«

»Wenn's hilft.« Conley zuckte mit den Schultern.

»Am besten sagst du mir, womit ich dir helfen kann, so lange sie ruhig ist.« Kennedy nickte in Richtung ihrer Tochter.

»Eigentlich wollte ich George McFall sprechen. Ist das dein Vater?«

»So wird behauptet. Er ist gerade unterwegs. Nimmst du auch mit mir vorlieb?«

Conley zögerte. »Ich sitze an einem Artikel über Symmes Robinette.«

»Aaah.« Kennedy zögerte. »Für den *Beacon*, oder? Viel kann ich dir nicht sagen. Außerdem war Rowena vor kurzem hier und hat den Nachruf abgeholt.«

»Rowena?«

»Tja.« Kennedy fuhr sich mit der Hand durch die widerspenstigen Locken. »Ich hab mich auch ein bisschen gewundert. Ich meine, Bestattungsanzeigen fallen doch nicht in ihren Bereich. Normalerweise mailen wir sie einfach Lillian ins Büro.«

»Genau«, sagte Conley und erinnerte sich daran, dass Rowena gesagt hatte, sie würde ihre eigene Kolumne über Symmes Robinette schreiben. »Das ist nicht ihre Aufgabe. Könnte sein, dass sie irgendwas verwechselt hat.«

»Meinst du?« Kennedy zwinkerte ihr zu. »Ich finde es ja irgendwie süß, dass Grayson das alte Mädchen noch für sich arbeiten lässt, und ich darf das hoffentlich sagen, aber Rowena dreht wirklich immer mehr ab.«

»Ja, das wissen wir«, sagte Conley kleinlaut. »Aber sie ist eine Institution in der Gegend, hat man mir jedenfalls gesagt.«

»Ich habe ihren furchtbaren kleinen Köter satt«, sagte Kennedy. »Der hat heute tatsächlich nach Graceanne geschnappt!«

»Dafür entschuldige ich mich«, entgegnete Conley. »Das gebe ich an meine Schwester weiter. Ich muss aber wirklich dringend mit deinem Vater über Symmes Robinette reden.«

»Er ist tatsächlich gerade bei Vanessa und spricht mit ihr alles ab. Das wird wohl eine ziemlich große Veranstaltung. Dad meint, das wird der größte Trauergottesdienst, den er je organisiert hat. Aus dem ganzen Land kommen die Leute eingeflogen.«

»Wann findet er statt?«

»Wir hoffen, nächsten Samstag. Am Dienstag gibt es eine Art offiziellen Gedenkgottesdienst im Kapitol in Washington. Die ganze Familie fliegt dazu rüber. Und dann, drücken wir die Daumen, kommt der Gottesdienst hier in der Stadt. Der ist in der presbyterianischen Kirche, anschließend ein Empfang im Gemeindesaal. Die Aufbahrung ist am Abend davor hier bei uns.«

»Das ist eine Menge.« Conley erinnerte sich daran, dass die eher schlichte Beerdigung ihres Vaters vor sechs Jahren für sie eine gefühlt nicht enden wollende Tortur gewesen war. »Das muss sehr schwer sein für seine arme Frau.«

»Für Charlie auch«, bestätigte Kennedy. »Und es ist nicht gerade hilfreich, dass der Amtsarzt die Leiche noch nicht freigegeben hat. Vanessa ist außer sich deswegen.«

»Aha?« Conley tat, als interessiere sie das nicht weiter.

»Das ist doch nicht zu glauben, oder? Ich meine, das war doch ein Unfall, oder?«

»Das habe ich gehört.«

»Was soll dann der Aufstand? Mein Vater sagt, es gäbe ein Gesetz, dass wegen der Todesumstände eine Obduktion vorgenommen werden muss, aber trotzdem. Das weißt du nicht von mir, aber Vanessa hat einen Mordskrach geschlagen. Sie hat überall angerufen, vom Gouverneur bis zum Weißen Haus, und hat ihre Verbindungen spielen lassen, damit der Leichnam freigegeben und die Todesurkunde ausgestellt wird.«

»Und?«

»Soweit ich weiß, hat sich nichts getan. Ich glaube, Charlie versucht so gut wie möglich, sie zu beruhigen, aber wenn du Vanessa kennst, dann weißt du, dass da nichts zu machen ist.«

»Okay«, sagte Conley unverbindlich. Die wenigen Kontakte, die sie in der Vergangenheit mit Vanessa gehabt hatte, waren unangenehm und heftig gewesen. Heftigst unangenehm. »Kennst du Charlie?«

»Ja, wir … ähm … kennen uns näher. Also, wir sind liiert.« Kennedy lächelte und wechselte das Thema. »Wow, du warst wirklich lange weg, nicht?«

»Ja, schon.«

»Hoffentlich höre ich mich jetzt nicht wie der letzte Loser an«, Kennedy errötete leicht, »ich will auch nicht, dass du glaubst, ich hätte dich gestalkt, aber ich habe die ganzen Jahre über verfolgt, was du beruflich machst.«

»Wirklich? Warum?«

»Weil du in der Achten total spitze warst, als ich in die fünfte ging«, gestand Kennedy. »Die Lehrer und Lehrerinnen schwärmten immer, was für eine tolle Schülerin du warst und dass du irgendwann eine richtige Schriftstellerin werden würdest. Ich war eine nerdige kleine Leseratte, die auch irgendwann eine berühmte Autorin sein wollte, deshalb warst du sozusagen mein Vorbild.«

»Mama?« Graceanne schob den Kopf hinter dem Sofa hervor und hielt ihrer Mutter das iPad hin. »Noch mal!«

»Aber nur noch ein Mal«, sagte Kennedy, tippte auf ein Icon und auf die Tastatur, um den Film noch mal abzuspielen. Dann reichte sie ihrer Tochter das iPad zurück.

Conley wurde unfreiwillig rot. »Das ist das Netteste, was jemals jemand zu mir gesagt hat. In der Mittelstufe war ich so ein Loser. Ich wünschte mir nichts sehnlicher, als mit den angesagten Kindern zu spielen, so wie Grayson, aber ich gehörte nicht dazu. Es war fast schon eine Erleichterung, als meine Großmutter darauf bestand, mich auf das Internat in Virginia zu schicken.«

»Ich war das absolute Gegenteil«, sagte Kennedy. »Auf der Highschool gehörte ich tatsächlich selbst zu den coolen Leuten. Ich war Cheerleaderin, war im Hofstaat der Ballkönigin, der ganze Scheiß. Da war Schluss mit der Leseratte.«

»Aber du bist aufs College gegangen, oder?«

»Mehr oder weniger. Alle Freundinnen gingen auf die Florida State. Verstand sich von selbst, dass ich da auch hinwollte. Ich gehörte zur richtigen Studentinnenverbindung, datete die richtigen Typen. Habe einen Abschluss in Marketing gemacht und bin dann mit meinem damaligen Freund nach Orlando. Dort hab ich eine Stelle bei einer Werbeagentur gefunden und den Freund geheiratet.«

»Und was hat dich zurück nach Silver Bay geführt?«, fragte Conley.

Kennedy zeigte mit dem Daumen in Richtung von Graceanne. »Die da. Mein Mann hat sich getrennt. Ist einfach gegangen. Ich hab's versucht als alleinerziehende Mutter, aber das ist echt verdammt hart. Ich habe keine Ahnung, wie andere Frauen das ohne Familie schaffen. Irgendwann hat meine Mom mich überredet, wieder herzuziehen, und ich muss sagen, es war eine große Erleichterung.«

»Glaub ich sofort«, sagte Conley.

»Du findest das bestimmt komisch, ein Kind in einem Beerdigungsinstitut«, sagte Kennedy.

»Wohnst du hier?« Conley bemühte sich nicht, ihre Überraschung zu verbergen.

»Ja, oben. Die Eltern von meinem Vater haben ihn und meine Tanten und Onkel auch hier aufgezogen, und es hat ihnen nicht geschadet. Der gesamte erste Stock ist eine große Wohnung. Deutlich mehr Platz, als wir in unserer mickrigen kleinen Mietwohnung in Orlando je hatten. Und umsonst. Meine Mutter passt auf Graceanne auf, wenn ich arbeite, und verwöhnt sie nach Strich und Faden.«

»Aber was machst du hier? Ich meine, du musst doch nicht wirklich …«

»Was? Leichen waschen?« Kennedy schmunzelte. »Nein, nein. Ich mache das gesamte Marketing, einen Teil der Buchhaltung und alles, was man ohne Bestattungswissenschaft machen kann.«

»So heißt das?« Ungewollt war Conley fasziniert.

»Yep. Mein Großvater und mein Vater haben einen Abschluss an einer Schule in Atlanta gemacht. Dad hat mal so Andeutungen gemacht, dass ich da auch hin soll, aber das habe ich ihm schnell ausgeredet.«

»Und, gefällt es dir? Die Arbeit im Familienbetrieb?«

»Doch«, sagte Kennedy. Sie schien sich selbst über ihre Antwort zu wundern. »Eigentlich schon. Und bei dir?«

»Bei mir?«

»Ja. Wie ist das so, nach Hause zu kommen und für den Familienbetrieb zu arbeiten, nachdem man lange bei einer großen Tageszeitung war?«

»Das ist nur vorübergehend«, erklärte Conley. »Ich hatte

eine Stelle bei einem anderen Verlag angenommen, aber das lief nicht wie geplant. Deshalb bin ich jetzt hier, wohne mit meiner Großmutter am Strand und verschicke Bewerbungen.«

»Und arbeitest für den *Beacon*«, ergänzte Kennedy. »Muss schon eine kleine Enttäuschung sein, oder? Der letzte Skandal, den wir hier hatten, war damals, als der Footballtrainer von der Highschoolmannschaft seine Frau für die Trainerin der Basketballerinnen verlassen hat. Hätte niemanden interessiert, wenn er in dem Jahr nicht ständig verloren hätte. Sonst passiert nie was Spannendes in Silver Bay.«

»Mal sehen«, sagte Conley. »Ich fahre jetzt mal besser. Aber könntest du mir noch einen Ausdruck des Nachrufs auf Robinette geben?«

»Gib mir deine Visitenkarte, dann maile ich ihn dir zu«, bot Kennedy an.

Conley schrieb ihre Kontaktdaten auf eine Seite ihres Notizblocks und reichte sie Kennedy. Dann stand sie auf und spähte hinter das Sofa, wo das kleine Mädchen wieder damit beschäftigt war, Hemd und Hose auszuziehen. »Tschüs, Graceanne!«

»Bye-bye!« Das Kind wedelte zum Abschied mit ihrem kleinen Höschen.

»Ich bringe dich zur Tür«, erbot sich Kennedy. »Wir müssen gleich alles für eine Gedenkfeier heute Nachmittag vorbereiten.« Sie schaute hinter das Sofa und seufzte. »Heiliger Bimbam. Was mache ich nur mit diesem Kind? Bleib da sitzen, Graceanne«, sagte sie streng. »Und zieh die Sachen wieder an! Jetzt, sonst bekommt der nächste alte Knacker einen Herzinfarkt.«

Conley richtete den Blick starr geradeaus, als Kennedy sie zur Eingangstür des Bestattungsinstituts brachte. Trotzdem kamen ihr Bilder in den Sinn, wie sie in einem steifen schwarzen

Kleid, Strumpfhose und hohen Absätzen in einer der Trauerhallen gestanden hatte und Beileidsbekundungen einer nicht enden wollenden Schlange von trübsinnig dreinschauenden Gästen über sich ergehen lassen musste, die ihr die Hand gaben und kondolierten.

»Stört dich das nie, ständig von so viel Tod umgeben zu sein?«, fragte Conley.

»Nö, das seh ich anders«, sagte Kennedy. »Es gibt viel Traurigkeit, das schon, aber wie mein Vater immer sagt, helfen wir Familien, sich von ihren Angehörigen zu verabschieden. Das ist nichts Schlechtes. Ich kann mein Kind hier großziehen und mit meiner Familie arbeiten. Das verstehst du, oder? Du arbeitest ja selbst in einem Familienbetrieb.«

»Kennst du Grayson?« Conley zog eine Grimasse. »Eher nicht so. Meine Schwester und ich sind in vielen Dingen unterschiedlicher Meinung.«

»Wie geht es ihr denn?«, fragte Kennedy. »Ich habe so viel mit der Arbeit und dem Kind zu tun, dass ich schon seit Ewigkeiten nicht mehr im Runzelraum war.«

»Im Runzelraum? Was ist das denn?«

»Weißt du nicht? So nennen wir die Bar vom Country Club. Meistens sind wir dort die einzigen Gäste unter sechzig.«

»Aaah! Witzig. Ich denke, Grayson geht es gut.«

»Grüß sie von mir«, sagte Kennedy. »Und ich sage Dad Bescheid, dass du da warst.«

17

Conley war auf dem Rückweg zum *Beaçon*, als Grayson anrief. »Wo bist du?« Ihre Schwester sparte sich gern die üblichen Höflichkeiten wie zum Beispiel eine Begrüßung.

»War gerade im Bestattungsinstitut«, sagte Conley. »Wo bist du?«

»Im Büro. Eben ist per E-Mail eine Pressemitteilung aus Robinettes Büro zu den Bestattungsarrangements eingetroffen, es sind ein paar abgedroschene Stellungnahmen von Politikern dabei. Soll ich sie dir weiterleiten?«

»Kannst du machen, aber ich bin jetzt eh auf dem Weg ins Büro, ich guck mir das an, wenn ich da bin.«

In der Redaktion fand Conley ihre Schwester am Schreibtisch, wo sie einen Stapel Kontoauszüge durcharbeitete. Das Bettzeug und die Kleidung, die Conley entdeckt hatte, waren verschwunden, genauso wie der Rest des Redaktionsteams. Grayson trug ein ausgeblichenes Tanktop mit der Aufschrift »Griffin County High Marlin« und eine kurze Radlerhose aus blauem Lycra. Ihre Arme waren gebräunt, aber erschreckend dünn. Grayson hatte abgenommen. Und zwar nicht zu knapp.

Als Conley vor dem Schreibtisch stand und ihre ältere Schwester betrachtete, fielen ihr ein paar silberne Strähnen in Graysons Haar auf, und durch die Lesebrille, die ihr fast bis auf die Nasenspitze gerutscht war, sah sie aus wie eine weibliche Ausgabe ihres Vaters.

Conley wurde klar, dass Grayson genau im selben Alter war wie ihr Vater, als Melinda zum ersten Mal verschwunden war.

»Was ist mit Lillian und Michael?«, fragte Conley.

Grayson schob die Kontoauszüge beiseite und deckte sie mit den Druckabzügen der nächsten IGA-Werbebeilage zu. »Hab ich nach Hause geschickt. Noch mehr Überstunden kann ich mir nicht leisten. Lillian hat gestern Abend lange gearbeitet, und Michael berichtet heute Abend über ein Baseballspiel der Minor League in Apalachicola.« Sie deutete auf einen Schreibtisch im Redaktionsraum. »Ich habe Lillian gebeten, dir einen Arbeitsplatz freizuräumen. Und ich habe die Pressemitteilung aus Robinettes Büro ausgedruckt.«

»Danke.«

»Irgendwas Gutes über Robinette rausgefunden?«, fragte Grayson.

»Hängt davon ab, was du unter *gut* verstehst. Kennedy McFall zufolge findet am Dienstag im Kapitol in Washington eine Feier zu Ehren von Robinette statt, die eigentliche Beerdigung ist dann nächsten Samstag hier, vorausgesetzt, die Rechtsmedizin hat die Leiche bis dahin freigegeben. Außerdem habe ich dank meiner Sitzung mit Rowena heute Morgen ein paar pikante Infos.«

»Wie war es?«

»Die alte Wachtel kennt wirklich den ganzen Tratsch«, erwiderte Conley. »Weißt du was? Sie hat mir erzählt, Robinette hätte Vanessa geschwängert, als er noch mit seiner ersten Frau verheiratet war.«

»Du meinst Charlie? Kein Scheiß? Bist du sicher? Ich meine, vergiss nicht, wer dir das erzählt hat.«

»Rowena behauptet, sie hätte die Geburtsurkunde mit eigenen Augen gesehen. Drei Monate, bevor Symmes Robinettes Scheidung von seiner ersten Frau rechtskräftig war, wurde Charlie geboren. Und einen Tag, nachdem die Scheidung rechtskräftig geworden war, haben sich Symmes und Vanessa trauen lassen – in der Kapelle im Kapitol. Vom Kongressgeistlichen.«

»Hammer!« Grayson gluckste. »Ich dachte, der alte Symmes war der Inbegriff christlicher Familienwerte. Warum höre ich zum ersten Mal davon?«

»Granddaddy hat sich geweigert, den Artikel zu drucken, den Rowena über das Kind geschrieben hatte«, erklärte Conley. »Das war für ihn Tratsch und unter der Würde seiner Zeitung.«

»Klingt ganz nach Pops.« Grayson trommelte mit den Fingern auf den Schreibtisch. »Dir ist schon klar, dass wir eine solche Story jetzt nicht bringen können, oder?«

»Warum nicht?«

»Das ist ein alter Hut, Sarah. Das ist vor … wie vielen Jahren passiert? Vierunddreißig? Danach kräht kein Hahn mehr. Und in Anbetracht des vorzeitigen Todes unseres geschätzten Kongressabgeordneten kannst du erst recht nicht darüber schreiben. Glaubst du, der *Beacon* bringt einen Artikel, in dem wir verkünden, dass Charlie Robinette eigentlich ein uneheliches Kind ist? Eine Woche, nachdem sein alter Herr bei einem Autounfall ums Leben gekommen ist? Da könnte man ja gleich eine Tüte Hundekacke anzünden und dem alten Mann aufs Grab legen.«

Conley sah ihre Schwester mit offenem Mund an. »Das ist nicht dein Ernst.«

»Und ob«, sagte Grayson. »Granddaddy hatte recht. Es ist unter unserer Würde, besonders jetzt.«

»Welche Würde? Wir sind eine Zeitung. Wen interessiert

Würde? Wir bringen Nachrichten. Fakten. Egal, ob gut oder schlecht, es sind Fakten. Hör zu, ich weiß, dass die Presse früher weggesehen hat, wenn Politiker sich danebenbenommen haben. JFKs Affären hat man ignoriert, aber mit Bill Clinton hat sich das geändert. Symmes Robinette war ein gewählter Volksvertreter. Falls ich beweisen kann, was Rowena behauptet, dann war Vanessa seine Untergebene, als sie von ihm schwanger wurde, was bedeutet, dass er sie gebumst hat, während sie auf der Gehaltsliste der Regierung stand.«

Grayson stand auf und funkelte ihre kleine Schwester erbost an. »Falls es dir noch nicht aufgefallen ist: Wir sind nicht die *New York Times* oder der *Atlanta Journal-Constitution*. Mensch, wir sind nur der *Silver Bay Beacon*. Wir sind eine kleine, ums Überleben kämpfende Zeitung, und wir haben es geschafft, im Geschäft zu bleiben, weil wir zu dieser kleinen Stadt gehören.« Sie klopfte auf die Druckabzüge, an denen sie arbeitete. »Diese Anzeigen sind für dich vielleicht keine große Sache, aber sie sorgen dafür, dass das Licht brennt und die Druckerpresse läuft. Das Wohlwollen dieser Stadt hält uns am Leben.«

Conley kniff ebenfalls die Augen zusammen, und plötzlich hatte sie wieder das Gefühl, im Wohnzimmer an der Felicity Street zu sein, zwei Teenager, die sich darum zankten, wer den Buick ihres Vaters haben durfte. Conley atmete tief durch und versuchte, ihre Wut zu unterdrücken.

»Was soll das? Willst du vielleicht, dass ich eine Lobeshymne auf Robinette schreibe? Dass ich sämtliche unbequemen Fakten außer Acht lasse, die seinen bis dato tadellosen Ruf beflecken könnten?«

»Keine Lobeshymne«, sagte Grayson. »Nein, halt dich an die Fakten. Den Polizeibericht, die Stellungnahme seines Büros, eine Auflistung seiner Leistungen, so etwas.«

Conley ging zu ihrem neuen Schreibtisch und griff zur Pressemitteilung, die den Briefkopf des US-Repräsentantenhauses trug. Sie überflog das Schreiben, dann ging sie damit zurück in Graysons Büro.

»Hier«, sagte sie, und ihre Stimme triefte vor Sarkasmus. »Hier ist dein Artikel: Symmes Robinette, Kriegsheld, Kämpfer für die Freiheit, Verteidiger der Demokratie, angesehener Kollege, geliebter Ehemann und Vater. Wozu das schöne Geld deiner Zeitung für mich ausgeben? Nimm einfach diesen Text, wortwörtlich. Oder noch besser, lass Rowena den Artikel schreiben. Sie sitzt sowieso schon dran. Hat heute Morgen einen Ausflug zum Bestattungsinstitut gemacht, um den Nachruf abzuholen.«

»Was soll das, Sarah?«, fuhr Grayson auf. »Willst du etwa kündigen?«

»Allerdings«, erwiderte Conley. »Und zum letzten Mal, mein Name ist Conley.«

Sie hatte den Platz erst halb umrundet, und ihre Hände zitterten noch immer vor unterdrückter Wut, da klingelte ihr Handy. Es war ihre Großmutter. Hatte Grayson sie schon angerufen und ihr brühwarm von ihrem Streit erzählt?

»Sarah?«

»Ja?«, fragte sie argwöhnisch.

»Bist du noch in der Stadt?«

»Ja.«

»Oh, gut. Ich wollte dich fragen, ob du ein Medikament für mich abholen kannst. Sean hat angerufen und gesagt, dass es jetzt da ist, und er hat sogar angeboten, es mir zum Strandhaus zu bringen, was sehr lieb von ihm ist, aber ich habe ihm gesagt, dass du es vielleicht abholen könntest.«

»Gern«, sagte Conley.

»Wie kommst du mit der Recherche zu Symmes Robinette voran?«

»Das erzähle ich dir, wenn ich zu Hause bin.« Conley hatte keine Lust, ihrer Großmutter die abrupte Kündigung am Telefon zu erklären.

»In Ordnung«, sagte Lorraine. »Bis nachher.«

Kelly's Drugstore hatte sich über die Jahre kaum verändert. Das große Neonschild in Form von Mörser und Stößel hing noch immer draußen über der Ladentür. Ein Drehständer vorne enthielt Comics und Taschenbücher mit Liebesromanen. Das Café befand sich an der linken Seite des Geschäfts, die Apotheke im hinteren Teil. Der Linoleumboden im schwarz-weißen Schachbrettmuster war mehr als nur ein bisschen abgetreten, und die Preise auf der Speisekarte im Café waren gestiegen, doch sonst hatte sich wenig getan.

»Hallo!«, rief eine Frau aus dem hinteren Teil. Zu Conleys Überraschung entdeckte sie June Kelly hinter dem Apothekentresen auf einem hohen Hocker mit Rückenlehne. »Kann ich Ihnen helfen?«

Conley starrte sie an. June Kelly schien heute ganz die Alte zu sein. Ihr weißes Haar war frisch frisiert, der Lippenstift tadellos aufgetragen. Sie trug ihren gestärkten weißen Kittel mit ihrem Namen über der Tasche.

»Sarah?« Miss June musterte die neue Kundin. »Sarah Hawkins!« Sie eilte um die Theke herum und umarmte Conley herzlich. »Wo bist du denn die ganze Zeit gewesen?«

»Ähm, na ja«, stammelte Conley, um Worte verlegen. »Ich habe gearbeitet.«

»Was macht die Schleimbeutelentzündung von deinem Vater? Nimmt Chet die Medikamente, die Patrick ihm verschrieben hat?«

»Es geht ihm schon viel besser, Miss June, danke«, sagte Conley.

»Was kann ich für dich tun? Wie wäre es mit einem leckeren Eishörnchen? Mit extra Streuseln?«

Sie hielt noch immer Conleys Hand.

Conley sah sich im Laden um. »Ich suche eigentlich Sean.«

Gleich darauf kam Skelly mit einer weißen Papiertüte aus dem Lager. »Ich vermute, du bist wegen der Medikamente deiner Großmutter hier? Es tat mir leid, dass wir sie nicht früher fertig hatten. Hoffentlich musstest du deswegen nicht extra in die Stadt fahren.«

Er kam um die Theke herum, löste die Hände seiner Mutter sanft und führte sie zurück zu ihrem Hocker.

»Kein Problem. Ich war gerade drüben in der Redaktion«, erwiderte Conley. »Hey, wenn du schon Apotheker bist, kannst du mir eine Packung Aspirin verkaufen?«

»Bist du krank?«

»Nein, ich hab bloß furchtbare Kopfschmerzen.«

»Ich gebe dir welches, aber hast du heute schon etwas gegessen?«

»Wenn ich so drüber nachdenke, nein. Aber ich glaube, die Kopfschmerzen kommen eher von der Anspannung als vom Hunger.«

»Mom, meinst du, du kannst eine Weile auf den Tresen aufpassen, während ich Sarah etwas zu essen mache?«, fragte Skelly. »Im Moment ist nicht viel los, aber wenn du Ginny brauchst, sie ist hinten und packt die Ware aus.«

»In Ordnung«, sagte June gelassen. Sie setzte sich wieder auf ihren Hocker und faltete die Hände im Schoß.

Skelly reichte Conley einen Pappbecher und zwei Tabletten. »Cherry-Cola?«, fragte er, die Hand über der Zapfanlage.

»Ja, bitte.«

Er schaufelte zerstoßenes Eis in einen hohen Plastikbecher, spritzte tiefroten Kirschsirup darauf, fügte dann das kohlensäurehaltige Getränk hinzu und ließ zuletzt eine Cocktailkirsche hineinfallen.

Conley schluckte die Tabletten und spülte sie mit einem Schluck des eiskalten Mischgetränks hinunter.

»Wow«, sagte Conley, »als wäre ich mit einer Zeitmaschine gereist. So eine leckere Cherry-Cola habe ich das letzte Mal getrunken, als deine Mutter mir eine genau hier an dieser Theke gemixt hat.« Conley drehte sich zum hinteren Teil des Ladens um, wo die ältere Frau seelenruhig dasaß und in einem Comicheft blätterte.

»Sie hat mich gerade gefragt, ob mein Vater auch die Medikamente nimmt, die deiner ihm verschrieben hat.«

»Tut mir leid«, sagte Skelly. »Bis jetzt dachte ich, sie hätte einen ziemlich guten Tag erwischt. Sie kommt sehr gern ins Geschäft. Das scheint sie zu zentrieren oder so. Ihr Glücksort, weißt du? Außerdem ist es noch ziemlich früh am Tag. Die Verwirrung und die Unruhe setzen normalerweise erst abends ein. *Sundowning* nennen die Ärzte das. Wie wär's mit einem Mittagessen? Welches Sandwich möchtest du? Grillkäse? Hähnchensalat? Bacon, Salat, Tomate? Ich habe ein paar Tomaten, die sehen lecker aus. Für dich mache ich fast alles.«

Conley brauchte nicht auf die Speisekarte zu sehen. »Ich hätte gern einen Kelly-Burger.«

»Sollst du haben.«

Aus einem Gefrierschrank unter der Theke holte Skelly einen Stapel dicker Burger-Pattys, ordentlich mit Wachspapier voneinander getrennt, und legte zwei davon auf die Bratplatte. Dann hielt er Conley eine Schüssel mit dünn geschnittenen Zwiebeln und eine weitere mit gehackten Champignons hin.

»Ein Kelly-Burger mit allem Zipp und Zapp?«, fragte er.

»Ja, gern?«

»Ich glaube, ich mach gleich zwei. Habe heute auch noch nichts gegessen. Am Vormittag war viel zu tun.«

Er träufelte Öl aus einer Plastikflasche in die Pfanne, und als es zischte, gab er die Zwiebeln und Pilze hinein und rührte kurz mit einem breiten Pfannenwender um.

Conley stützte die Ellbogen auf die rote Resopaltheke, trank ihre Cola und beobachtete, wie geschmeidig sich Skelly dank seiner jahrelangen Erfahrung hinter der Theke bewegte.

Er nahm zwei Hamburgerbrötchen mit Sesam aus einer Tüte auf einem Regal über dem Herd, schnitt sie auf, legte sie neben die Pattys auf den Grill und drückte sie mit dem Pfannenwender an. Dann bestrich er beide Pattys mit orangefarbener scharfer Käsecreme, wartete einen Moment und verteilte das gebratene Gemüse darauf.

Schließlich servierte er seine Kreation. Er ließ die Brötchen auf zwei Teller gleiten und versah jedes mit einem Burger. »Mit allem Zipp und Zapp, richtig?«

Conley nickte. Skelly wischte sich die Hände an einem Geschirrtuch ab, dann fügte er noch eine saftige rote Tomatenscheibe hinzu und streute zerkleinerte Salatblätter darüber. Zuletzt legte er die oberen Brötchenhälften auf und durchbohrte das Ganze mit je einem langen Zahnstocher, auf dem eine Scheibe eingelegter Okraschote steckte. Neben die Burger häufte er Kartoffelchips und präsentierte Conley ihren Teller mit schwungvoller Geste.

»Es ist angerichtet!«

Sie biss von ihrem Burger ab, kaute und seufzte zufrieden. »Jetzt kann ich den ganzen eingebildeten Mädchen aus der Achten sagen, dass ich mit Sean Kelly aufs Ganze gegangen bin!«

Skelly verschluckte sich an seinem Burger, dann lachte er. »Von wegen.«

Sie verzehrten ihr Mittagessen und tauschten dabei lachend Erinnerungen an ihre Kindheitserlebnisse aus.

»Was machen die Kopfschmerzen?« Skelly verputzte den letzten Kartoffelchip auf seinem Teller. »Besser?«

»Ein bisschen. Der Burger war ein gutes Gegenmittel für die Kopfschmerzen, aber mein Hauptproblem ist eine Nervensäge namens Grayson Hawkins.«

»Habt ihr euch wieder gestritten? Was hat Grayson diesmal getan?«

Conley erzählte ihm vom Widerstand ihrer Schwester gegen den Artikel, den sie schreiben wollte.

»Ich finde, Grayson hat nicht ganz unrecht«, sagte Skelly. »Vielleicht war Robinette kein Heiliger, na und? Jetzt ist er tot. Warum lässt du es nicht auf sich beruhen?«

Conley trank ihre Cherry-Cola aus und dachte über seine Frage nach. Warum konnte sie es nicht auf sich beruhen lassen? Warum musste sie immer wieder Steine umdrehen und in Problemen stochern?

Ehe sie eine Antwort formulieren konnte, kam June Kelly herüber und rutschte auf den Barhocker neben Conley.

»Worüber unterhaltet ihr zwei euch?«, fragte sie. »Ihr guckt so ernst.«

Skelly zuckte mit den Schultern. »Sarah arbeitet an einem Artikel für die Zeitung, Mama. Über Symmes Robinette.«

Miss Junes Miene verdüsterte sich, und ihre Augen wurden schmal. »Über den? Was hat er jetzt wieder angestellt?«

»Er ist tot, Miss June. Er ist bei einem Autounfall drüben in Bronson County ums Leben gekommen, Montagnacht«, erwiderte Conley.

»Da bin ich froh«, sagte die ältere Frau. »Geschieht ihm recht für das, was er Toddie angetan hat.«

»Mama!«

»Er war ein gemeiner, bösartiger Mann.« Vor Empörung wurde Miss June lauter. »Er hat ein junges Mädchen geschwängert, dann hat er sich von Toddie scheiden lassen, um dieses Flittchen zu heiraten. Und dann ist Toddie weggezogen und hat die Kinder mitgenommen.« Verwirrt wandte sie sich Skelly zu. »Mein Sohn, wohin ist Toddie verschwunden?«

»Ich weiß es nicht, Mama. Das ist lange her.«

»Vielleicht ist sie auf der Farm«, sagte Miss June. »Die Kinder mögen diese Farm sehr. Hank und Rebecca. Sie hatten Pferde und ein Maultier. Du hast einmal versucht, auf dem Maultier zu reiten, weißt du noch, Seanny?«

»Kann sein«, erwiderte Sean. »Da war ich noch klein, und Toddies Kinder waren alle älter als ich.«

»Wo war Toddies Farm denn, Miss June?«, fragte Conley.

Erneut verdüsterte sich Miss Junes Miene, Tränen traten ihr in die Augen. »Ich vermisse meine Freundin so.«

»Was ist mit der Farm?«, hakte Conley nach.

»Hör auf!«, zischte Skelly leise. »Siehst du denn nicht, dass du sie aufregst?«

Conley wurde rot vor Scham. »Du hast recht. Es tut mir sehr leid.« Sie zückte ihre Brieftasche, um ihr Mittagessen zu bezahlen, doch Skelly winkte ab. »Geht aufs Haus.«

Sie drückte ihm trotzdem einen Fünfdollarschein in die Hand. »Hör mal, Skelly, es tut mir wirklich leid. Ich habe nicht nachgedacht.«

Er zuckte mit den Schultern. »In fünf Minuten hat sie vergessen, dass du hier warst.«

»Wiedersehen, Miss June.« Conley berührte die ältere Frau am Arm. »Bis bald.«

Die Tränen waren ebenso schnell versiegt, wie sie erschienen waren. »Oak Springs!« Miss June lebte wieder auf. »Jetzt erinnere ich mich. Es war Oak Springs. Vielleicht kann Seanny mit mir dorthinfahren. Du kannst auch mitkommen.«

»Das würde ich sehr gern tun«, erwiderte Conley.

18

Mit einem Klingelton kündigte Conleys Telefon eine eingehende E-Mail an. Vielleicht führten all die E-Mails und Lebensläufe, die sie verschickt hatte, jetzt endlich zu einem Jobangebot.

Conley tippte das Mail-Icon an, und ihre Hoffnungen schwanden. Wieder kein Job. Bloß eine Mail von Kennedy McFall vom Bestattungsinstitut: »Hier ist der Nachruf für Symmes Robinette. Die Fotos, die auf Wunsch der Familie mit abgedruckt werden sollen, schicken wir später. Sag Bescheid, falls du noch etwas brauchst. Hab mich gefreut, dich heute zu sehen.«

Nun ruht er in den Armen seines Erlösers: Der geschätzte Abgeordnete im US-Repräsentantenhaus C. Symmes Robinette wurde am Donnerstag in der Nähe von Varnedoe unvermittelt aus dem irdischen Leben gerissen. Symmes, gebürtiger Floridianer, war Veteran des US Marine Corps, ein Kriegsheld, Anwalt und gewählter Volksvertreter, zunächst als Abgeordneter in Florida und dann achtzehn Amtszeiten lang im Kongress. Doch er wäre der Erste gewesen, der gesagt hätte, dass seine wichtigste und von ihm am meisten geschätzte Rolle im Leben die des liebevollen Ehemanns von Vanessa und Vaters von C. Symmes »Charlie« Robinette jr. war.

Im Jahr 1943 als einziges Kind von Marva Franklin und Clyde D. Robinette geboren, verlor er seinen Vater tragischerweise sehr früh. Seine Mutter nahm eine Stelle in der Textilfabrik in Varnedoe an und heiratete später den Geschäftsführer Gordon Pancoast, der Symmes an Sohnes statt aufzog. Mit zweiundzwanzig meldete sich Symmes bei den Marines, diente in Vietnam und erhielt die Bronze Star Medal für heldenhafte Pflichterfüllung im Einsatz. Als Erster in seiner Familie studierte er, ging zur Florida State University, wo er zunächst einen Bachelor in Politikwissenschaft machte und 1974 sein Jurastudium am Florida State University College of Law abschloss.

Unmittelbar danach eröffnete Symmes eine Anwaltskanzlei in Silver Bay, und es dauerte nicht lange, bis führende Bürger der Stadt seine Intelligenz und sein großes Engagement für die Gemeinschaft erkannten. Zum ersten Mal wurde er 1978 in das Abgeordnetenhaus von Florida gewählt, später wurde er Kandidat des 35. Wahlbezirk für den Kongress. Zu seinen bemerkenswerten Leistungen während der vielen Jahre seiner Abordnung gehörten die Bereitstellung von über 40 Millionen Dollar für lokale Straßenbauarbeiten, Wasseraufbereitungsanlagen und 1999 für die Fertigstellung des Veteranenkrankenhauses C. Symmes Robinette in Bronson County, für ihn die Krönung seines Lebens im Dienst der Öffentlichkeit.

Der Pfadfinder Symmes erhielt im Lauf seines Lebens zahlreiche Auszeichnungen, darunter die Ernennung zum Rotarier des Jahres für Florida, den Wirtschaftsförderungspreis der US-Handelskammer, die Berufung zum Botschafter für christliche Familienwerte und den Exzellenzpreis der Anwaltskammer von Florida.

Symmes war Mitglied der Kriegsveteranenvereinigungen Veterans of Foreign Wars und American Legion, der Rotarier von

Silver Bay, des Vereins für Sportförderung Seminole Boosters, des Country Clubs und der presbyterianischen Kirche von Silver Bay.

Auf einen Gedenkgottesdienst im US-Kapitol folgt am Samstag um 14 Uhr eine Trauerfeier in der presbyterianischen Kirche in Silver Bay. Danach gibt es einen Empfang in der Mehrzweckhalle der Baptistengemeinde. Die Aufbahrung findet am Freitagabend im Bestattungsinstitut McFall-Peeples im engsten Familienkreis statt.

Nun ruht er in den Armen seines Erlösers. Conley musste kichern. Bei ihrer ersten Anstellung als Reporterin beim *Belvedere Bugle* in Louisiana gehörte das Sammeln, Umschreiben und Redigieren der von den örtlichen Bestattungsinstituten eingeschickten Nachrufe zu Conleys wöchentlichen Pflichten. Die Todesanzeigen, deren Preis sich nach der Anzahl der Wörter bemaß, waren eine lukrative Einnahmequelle für die Zeitung, deshalb wurden die Bestattungsinstitute und die Hinterbliebenen ermuntert, so blumig wie möglich zu formulieren.

Conley hatte damals eine Aufstellung kitschiger Umschreibungen für den Tod erhalten, die sie in diesen Anzeigen einsetzen sollte, und viel Zeit und Energie darauf verwendet, die Texte möglichst farbenfroh auszuschmücken.

Sie wurde von Engeln hinfortgetragen … Er singt freudig im Chor der Cherubim … Sie wurde in die ewige Herrlichkeit abberufen … schlief in der Wiege des Todes ein … ist ins ewige Leben eingegangen … hauchte ihre Seele in den Armen ihres Erlösers aus … Das waren einige der beliebteren Euphemismen, die Conley in den sorgsam formulierten Todesanzeigen verwendete, doch am besten gefiel ihr ein Ausdruck, den sie nur einmal gesehen hatte, im Nachruf einer trauernden Familie eines

Fischers aus dem Bayou: der geliebte Vater habe »den Anker gelichtet«.

Den Anker gelichtet, dachte sie, das klang angenehm schlicht, doch der Text hatte dem *Belvedere Bugle* – Auflagenhöhe 2617 Exemplare – nicht viel Geld eingebracht.

Conley fuhr um den Platz herum und parkte vor dem ehemaligen Sitz der Sparkasse Silver Bay Savings and Loan. Das zweigeschossige Art-déco-Gebäude aus den 1920ern war in einem geschmackvollen Hellgrau gestrichen und beherbergte jetzt die Kanzlei Robinette.

Sie blieb fünf Minuten im Auto sitzen und suchte nach einem Vorwand, um nicht hineingehen und einem Teil ihrer Vergangenheit gegenübertreten zu müssen, den sie am liebsten vergessen würde. Das war das Dumme daran, wieder in Silver Bay zu sein. Auf jedes schöne Erlebnis wie der Sonnenuntergang auf der Veranda des Strandhauses oder die Cherry-Cola im Café von Kelly's Drugstore kam ein anderes, das sie unvermittelt mit ihrer schmerzhaften Vergangenheit konfrontierte.

An der gläsernen Eingangstür der Kanzlei hing ein feierlicher Kranz aus weißen Lilien, von dem weiße Seidenbänder hinabhingen. Die Tür war verschlossen, aber am Türrahmen befand sich eine unauffällige Klingelanlage.

Conley betätigte die Klingel, gleich darauf fragte eine Männerstimme: »Wer ist da?«

Sie erschrak so sehr, dass sie sich erst fangen musste.

»Ähm, hi. Hier ist Conley Hawkins. Vom *Beacon*.«

Nach einer kurzen Pause sagte die Stimme: »Kommen Sie rein!«

Der Türöffner summte, das Schloss klickte. Der Vorraum der Bank, in der sie mit acht Jahren in Begleitung ihres Vaters ihr erstes Sparkonto eröffnet hatte, war in einen Empfangsbereich umgewandelt worden.

Charlie Robinette erwartete sie gleich hinter der Tür. Er sah aus wie ein Anwalt in der Werbung: glattes blondes Haar, das knapp über die Augenbrauen reichte, Hornbrille, über der Hose getragenes Anzughemd aus blauer Oxfordbaumwolle, Skinny Jeans und auf Hochglanz polierte ochsenblutrote Slipper.

»Hier«, sagte er und gab Conley ein Blatt Papier.

Es war eine Kopie des Nachrufs, den sie gerade im Auto gelesen hatte.

Sie legte den Kopf schräg und wartete. Keine Reaktion. »Du weißt nicht, wer ich bin, oder?«

»Sollte ich? Connie irgendwas, richtig? Von der Zeitung?«

»Nicht Connie. *Conley*«, sagte sie langsam und deutlich. »Sarah Conley Hawkins.«

Er atmete langsam aus. »Heilige Scheiße. Sarah!«

»Genau die.«

Charlie fuhr sich mit der Hand durchs Haar. »O Mann! Das ist verrückt. Ich hätte dich niemals wiedererkannt. Ich meine, du siehst toll aus. Wirklich. Dein Haar gefällt mir. Wie lange ist das her?«

Sie drückte die Schultern durch. »Mal sehen … Ich glaube, das war der Sommer vor meinem Abschlussjahr auf der Highschool.«

Charlie wurde rot und lachte voller Unbehagen. »Tja, das erklärt mein schlechtes Gedächtnis. Ich weiß nicht, wie es bei dir war, aber bei mir verschwindet dieser Sommer größtenteils in einer Wolke aus Jägermeister und billigem Gras. In Rauch aufgelöst, was?«

»Meine Erinnerung an unsere letzte Begegnung ist vermutlich lebendiger als deine«, entgegnete Conley kühl. »Mal überlegen … Zu Beginn des Sommers, als ich aus dem Internat kam, bin ich zwei-, dreimal mit dir ausgegangen. Ich fand dich witzig und süß. Aber als ich mich weigerte, dich ›ranzulassen‹, wie du es formuliertest, hast du aus Rache der ganzen Stadt erzählt, ich hätte – wie war noch diese anschauliche Formulierung für Gruppensex, die du verwendet hast? Ich hätte ›Bumsparade‹ gespielt? So süß und anschaulich.«

»O Mann«, sagte er. »Typisch Teenager, oder? Wenn ich das wirklich getan habe, tut es mir leid.«

»Du hast es wirklich getan. Und noch mehr.« Conley wischte sich die schweißfeuchten Handflächen an der Jeans ab und zwang sich, ruhig zu bleiben und Charlie Robinette nicht anzuschreien. Deshalb war sie nicht hier. Sie hatte etwas zu erledigen. Die Vergangenheit war vorbei. Kalter Kaffee.

Aber der Kerl, der einem die Jugend ruiniert hatte, erkannte einen als Erwachsene nicht einmal wieder und besaß nicht den Anstand zuzugeben, welchen Schaden er angerichtet hatte.

Charlie zuckte mit den Schultern. »Heute würde ich vieles anders machen, wenn ich die Gelegenheit hätte.«

»Tatsächlich?«

»Na klar. Hör mal, du kannst keinen nach dem Mist beurteilen, den er mit achtzehn gebaut hat.«

Conleys Schädel begann zu pochen. Sie musste die Sache auf sich beruhen lassen, musste die Vergangenheit entschieden dahin zurückdrängen, wo sie hingehörte.

»Ich bin nicht hier, um über die Sachen von damals zu sprechen«, sagte sie. »Fangen wir noch einmal neu an, okay? Als Erstes: mein Beileid.«

»Von mir aus.« Charlie war sichtlich verärgert darüber, dass Conley die alte Geschichte wieder ausgegraben hatte. »Du bist wegen des Nachrufs hier, für den *Beacon*? Jetzt hast du ihn.«

»Danke, aber den hat Kennedy McFall mir schon gemailt. Eigentlich hatte ich gehofft, mit dir über einen Artikel zu sprechen, den ich über deinen Vater schreibe.«

Er seufzte theatralisch. »Ich kann dir nicht viel sagen. Wir stehen immer noch unter Schock. Es ist noch gar nicht richtig bei uns angekommen. Was brauchst du noch?«

»Zunächst einmal würde ich gern wissen, ob du irgendeine Ahnung hast, warum der Rechtsmediziner die Leiche noch nicht freigegeben und die Todesursache nicht festgestellt hat.«

»Woher hast du das?«

»Vom Bestattungsinstitut.«

Sein gleichmäßiges Gesicht rötete sich. »Die hatten nicht das Recht, dir das zu sagen. Wir wissen nicht, was der Grund für diese Verzögerung ist. Typisch Bürokratie! Genau das, wogegen mein Vater immer gekämpft hat.«

Sie nickte.

»Mein Vater kam bei einem Autounfall ohne Fremdeinwirkung ums Leben«, fuhr er zunehmend erregt fort. »Im Grunde genommen ist er verbrannt. Alles andere ist nebensächlich, okay? So einen Scheiß können wir nicht brauchen.«

»Mein Beileid«, wiederholte Conley. »Das muss unglaublich schmerzlich sein. Als ich mit Sheriff Goggins drüben in Varnedoe sprach …«

»Warum hast du mit dem Sheriff gesprochen?«

»Weil das zu meinem Job gehört. Dein Vater war eine prominente Persönlichkeit in dieser Stadt, Charlie. In diesem Bundesstaat. Angesichts der Todesumstände …«

»Angesichts der Todesumstände finde ich es völlig unangemessen, dass du mit solchen Fragen in meiner Kanzlei aufkreuzt«, fiel Robinette ihr ins Wort. »Und seit wann bringt eine popelige Wochenzeitung wie der *Beacon* so einen Scheiß?«

Mit geballten Fäusten trat er einen Schritt auf Conley zu. »Was willst du damit andeuten?«

Conley ließ sich nicht einschüchtern. »Ich will gar nichts andeuten.«

»Ich glaube, du gehst jetzt besser«, sagte Robinette. »Ich habe versucht, mich bei dir zu entschuldigen, aber du hast offenbar immer noch irgendein Hühnchen mit mir zu rupfen. Ich warne dich, Sarah, wenn du dir irgendeine miese Geschichte über den Tod meines Vaters aus den Fingern saugst, mache ich dich und diese erbärmliche Zeitung fertig.«

Sie lächelte. »Hat mich auch gefreut, dich wiederzusehen, Charlie.«

19

Zehn Minuten saß Conley auf dem Fahrersitz des Subaru und versuchte, sich nach der Konfrontation mit Charlie Robinette zu beruhigen.

Als er das Gebäude verließ und hinter sich abschloss, saß sie noch immer dort. Sie rutschte nach unten und hoffte, dass er sie nicht entdeckte, doch er ging direkt zu einem Auto am Straßenrand, stieg ein, ließ den Motor an, setzte rasch zurück und brauste davon. Er fuhr einen schwarzen Porsche Cayenne. Als Conley damals mit ihm ausgegangen war, hatte Charlie einen Porsche 911 gehabt, so rot wie ein kandierter Apfel. Immer noch der Kleine Prinz von damals.

Als der Porsche außer Sicht war, machte Conley sich ebenfalls auf den Weg. Neue Fragen schwirrten ihr durch den Kopf. Mit ihrer unverfänglichen Erkundigung nach dem Tod seines Vaters hatte sie einen wunden Punkt bei Charlie berührt. Es war dumm von ihr gewesen, die gemeinsame Vergangenheit zur Sprache zu bringen, doch da Charlie sie damals so tief verletzt und gedemütigt hatte, war die Auseinandersetzung unvermeidlich gewesen. Er hatte sie praktisch aus seiner Kanzlei geworfen. Und sie war nicht einmal dazu gekommen, ihn das zu fragen, was sie am dringendsten wissen wollte: Warum wurden im offiziellen Nachruf Symmes Robinettes übrige Hinterbliebene wie seine erste Frau und ihre gemeinsamen Kinder nicht erwähnt?

Conley hatte eine Menge zu recherchieren, aber für sie kam nicht in Frage, an ihren (sehr) provisorischen Arbeitsplatz in der Redaktion des *Beacon* zurückzukehren, den Grayson ihr zugewiesen hatte. Froh darüber, dass sie ihren Laptop mitgenommen hatte, fuhr sie in die Felicity Street zum Haus ihrer Großmutter.

Nachdem sie ihren Arbeitsplatz am Esstisch eingerichtet hatte, googelte sie den Namen des leitenden Rechtsmediziners des Panhandle Districts.

Theodore Moriatakis, erfuhr sie, war 1995 von Gouverneur Lawton Chiles ernannt worden. Es war Samstag, doch da der Tod sich am Wochenende nicht freinahm, war das Büro des Rechtsmediziners vielleicht trotzdem besetzt. Conley tippte die auf der Website des Countys angegebene Telefonnummer ein und war nicht überrascht, als ihr Anruf auf die Mailbox umgeleitet wurde.

Die sympathische Stimme vom Band führte sie durch mehrere Eingabeaufforderungen für jedes erdenkliche Anliegen. Die letzte gestattete ihr, Namen und Telefonnummer sowie den Grund für ihre Bitte um Rückruf zu hinterlassen.

»Hallo. Hier spricht Conley Hawkins. Ich bin Reporterin beim *Silver Bay Beacon* und möchte mich nach der Todesursache von Symmes Robinette erkundigen. Bitte rufen Sie mich so bald wie möglich zurück.«

Sie legte auf und wandte sich wieder der Browserleiste zu, hauptsächlich, um ihre Neugier zu befriedigen.

Symmes Heirats- und Scheidungsdaten online zu finden dauerte nicht lange. 1962 hatte er im Alter von neunzehn Jahren in Varnedoe die achtzehnjährige Emma Todd Sanderson geheiratet. Das Scheidungsurteil erging im Mai 1986. Wenig überraschend waren Rowena Meigs' Angaben nicht ganz korrekt. Charles Symmes Robinette, dreiundvierzig Jahre alt, hatte Vanessa Renee Monck, fünfundzwanzig Jahre alt, tatsächlich erst zwei Tage nach der Scheidung in Washington D.C. geheiratet.

An Charlies Geburtsurkunde kam sie wie vermutet nicht heran. Als Conley auf der Seite des Personenstandsregisters des District of Columbia nachsah, erfuhr sie, dass nur die betreffende Person selbst, deren Eltern oder ein gesetzlicher Vertreter Zugang zu den Geburtsurkunden erhielten.

Aus einer Eingebung heraus rief sie Charlies Facebook-Seite auf. Sein Profilfoto war ein professionelles Porträt, das ihn in einem konservativen Sakko mit Krawatte zeigte.

Der Kleine Prinz sah seinem Vater frappierend ähnlich. Er hatte dasselbe schmale fliehende Kinn, flache Wangenknochen und eine hohe Stirn. Selbst die Nase hatte Ähnlichkeit mit der seines Vaters.

Man konnte nicht behaupten, dass Charlie auf Facebook aktiv war. Es gab ein paar alte Postings – Charlies Vereidigung vor der Anwaltskammer von Florida mit seinem Vater als stolzem Zuschauer; Charlie inmitten von mehreren Männern in Sweatern einer Studentenverbindung, die bei einem Parkplatz-Picknick in Tallahassee mit Bierflaschen anstießen; Charlie, der in Jägerkleidung neben einem gewaltigen Bock kniete, den er vor drei Jahren geschossen hatte. Seit zwei Jahren hatte er nichts Neues gepostet.

Aus einer Laune heraus gab Conley in der Facebook-Suchleiste den Namen von Vanessa Robinette ein und stellte leicht überrascht fest, dass deren Account privat war.

Was nun? Conley trommelte mit den Fingern auf den Mahagoni-Esstisch und starrte geistesabwesend auf die Blümchentapete.

Was war mit Symmes Robinettes Haus? Skelly, der dort Medikamente ausgeliefert hatte, hatte gesagt, das am Wasser gelegene Anwesen in einer exklusiven geschlossenen Siedlung mit Golf- und Tennisanlagen sei riesig, wahrscheinlich über zwei Millionen Dollar wert. Wieder fragte sich Conley, wie sich ein ehemaliger Provinzanwalt, der auf Berufspolitiker umgesattelt hatte und dessen Abgeordnetengehalt 174 000 Dollar betrug, eine solch edle Villa leisten konnte.

Sie ging auf die Website des amtlichen Grundstückswertschätzers, um zu sehen, ob sie den Wert der Immobilie in Erfahrung bringen konnte. Sie tippte den Namen Robinette in die Suchleiste ein und erhielt als Antwort »KEINE ERGEBNISSE«.

Und jetzt? Conley brauchte Robinettes Adresse. Allerdings war es unwahrscheinlich, dass sie die Privatadresse eines Abgeordneten online fand. Sie erwog, Skelly anzurufen, verwarf die Idee jedoch rasch.

Ohne die Adresse eines Anwohners konnte sie nicht einmal eine Parzellennummer finden, über die sie den Schätzwert der übrigen Häuser in Sugar Key recherchieren könnte.

Was sie brauchte, war etwas, das sie nicht mehr hatte, nämlich eine teure, umfangreiche Datenbank, wie sie von einer Großstadtzeitung unterhalten wurde – zum Beispiel die, bei der Conley noch vor kurzem angestellt gewesen war.

Sie griff zum Telefon und rief ihren ehemaligen »Office Husband« Butch Culpepper an, dessen Nummer sie auswendig kannte.

Als er sich beim vierten Klingeln meldete, war er außer Atem, im Hintergrund hörte sie hallende Schritte, gedämpfte Schreie und Stöhnen.

»Saralein!«, rief er – sein Spitzname für Conley. »Was gibt's?«

»Wo bist du?«, fragte sie. »Klingt, als wärst du in einem Fitnessstudio oder so.«

»Ich bin in einem Fitnessstudio.«

»Kann nicht sein«, gab sie zurück. Butch war so stolz auf seine bewegungsarme Lebensweise wie sonst niemand, den sie kannte. Unter einem Workout verstand er einen Gang zum Kühlschrank, um ein weiteres Eis zu holen.

»Wohl. Bennys Team ist in der NAGVA-Endrunde. Wir sind auswärts in Seattle.«

»Was zum Teufel ist NAGVA?«

»Saralein, das hatten wir doch schon. Das ist die North American Gay Volleyball Association. Benny ist hier der gefeierte Außenangreifer.«

Mehrere lahme Witze gingen ihr durch den Kopf, doch sie hielt den Mund. »Dann besteht wohl nicht die Möglichkeit, dass du in die Redaktion fährst und eine kleine Recherche für mich erledigst, hm?«

»Leider nicht, Schätzchen. Wir kommen erst am Mittwoch zurück. Was gibt's denn?«

»Ich glaube, ich bin einer heißen Story auf der Spur, aber ich lande immer wieder in einer Sackgasse. Ich brauche Zugang zu ein paar Datenbanken.«

»Eine heiße Story in Silver Bay? Wie das? Schiebung beim Ziegen-Rodeo, oder was?«

»Sehr witzig, Butch. Nein, ich habe einen toten Kongressabgeordneten und viele Fragen.«

»Oooh«, stöhnte Butch. »Jetzt hast du mich ganz wuschig gemacht. Apropos, warum rufst du nicht einfach Kevin an?«

»Auf keinen Fall.«

»Jetzt stell dich nicht so an! Der arme Mann ist völlig durch den Wind, seit du weg bist. Wahrscheinlich ist er sogar jetzt in der Redaktion, starrt dein Foto an und schmachtet vor sich hin.«

»Hör auf. Ich kann Kevin nicht einfach mir nichts, dir nichts anrufen und ihn um einen Gefallen bitten. Egal. Ich versuch's lieber bei Tiana.«

»Könntest du, aber ich weiß aus sicherer Quelle, dass sie zur Hochzeit ihrer Cousine in Memphis ist.«

Conley seufzte tief. »Okay. Viel Spaß noch euch beiden.«

»Haben wir«, erwiderte Butch.

Volle fünf Minuten starrte sie ihr Telefon an und zerbrach sich den Kopf, wie sie sonst an die benötigten Informationen kommen könnte. Am Ende scrollte sie durch ihre Kontakte und tippte auf Kevins Namen.

Nach dem zweiten Klingeln nahm er ab. »Conley? Hey.«

»Hey, Kev. Wie geht's dir?«

»Gut. Und dir? Wie ist es in Florida?«

»Anders. Ich arbeite jetzt sozusagen für meine Schwester. Beziehungweise habe gearbeitet.«

»Bei der Zeitung? Wow. Wie kam es denn dazu?«

»Das ist kompliziert. Ich habe auch irgendwie schon wieder gekündigt, aber bin da gerade an einer Story dran und muss noch ein bisschen weitermachen.«

»Du hast dich nicht verändert«, sagte er ohne Groll. »Erzähl! Ich höre.«

Das war eine Eigenschaft, die Conley an Kevin Rattigan gemocht hatte. Deshalb war er in seinem Beruf so gut: Er war ein erstklassiger Zuhörer.

Sie berichtete ihm detailliert von Symmes Robinettes Tod und von der Feindseligkeit, die ihr bei ihren ersten Fragen in Silver Bay entgegengeschlagen war, selbst vonseiten ihrer Herausgeberin und Chefredakteurin.

»Ich meine, ich hätte eine Meldung von Associated Press über den Tod deines Kongressabgeordneten gesehen. Wie kann ich dir helfen?«

»Ich mag dich gar nicht fragen«, antwortete Conley.

»Sag mir einfach, was du brauchst. Ich bin gerade auf dem Weg in die Redaktion.«

»Okay.« Sie wurde mutig. »Ich brauche mehr Infos über Robinette. Ähm, dazu muss ich sagen, dass ich da war – beim Unfall.«

»Echt?«

»Ja. Es war nach drei Uhr morgens, was zu den Sachen gehört, die mich misstrauisch machen. Verstehst du, oder? Ich war mit einem Freund auf dem Rückweg in die Stadt, da lag plötzlich ein schwarzer Escalade auf der Straße. Auf dem Dach. Unter der Motorhaube quoll Rauch hervor, und Skelly hat versucht, die Scheibe mit einem Wagenheber einzuschlagen …«

»Wer ist Kelly?«, unterbrach Kevin sie.

»Ach, ein alter Jugendfreund. Dann fing der Wagen Feuer, und die Hitze war so groß, dass wir zurückweichen mussten …«

»Bist du mit diesem Typen zusammen? Das ging aber schnell. Selbst für deine Verhältnisse.«

»Ich bin *nicht* mit Sean Kelly zusammen. Ich bin mit niemandem zusammen. Himmel nochmal! Ich bin nicht einmal seit einer Woche wieder zu Hause. Wir sind zwei Türen voneinander entfernt aufgewachsen, okay? Ich habe ihn am ersten Abend zufällig in einer Bar getroffen. Ich hatte ein bisschen was getrunken, da hat er angeboten, mich mit meinem Auto nach Hause zu bringen.«

»Geht mich eigentlich auch nichts an«, ruderte Kevin zurück, und Conley wusste, sie hatte ihn verletzt. Wieder einmal.

»Kevin, ich schwöre dir, er ist wie ein Bruder. Genau genommen ist er eher Graysons Freund als meiner. Hör zu, ich weiß, dass das mit uns unschön zu Ende gegangen ist. Das nehme ich auf meine Kappe. Ich hab's vermasselt. Ich habe dich mies behandelt. Und das tut mir leid. Ich bin einfach nicht gut in so was.«

»Das ist die Untertreibung des Jahres«, bemerkte er. »Okay, zur Sache. Sag mir genau, was du brauchst.«

»Unter anderem interessiert mich, wie ein Berufspolitiker sich ein Anwesen leisten kann, das als millionenschwere Villa mit Meerblick beschrieben wird – vom Gehalt eines Kongressabgeordneten.«

»Vielleicht hat er geerbt?«

»Das glaube ich nicht. Bis vor wenigen Jahren hat er in einem netten Haus nicht weit von meiner Großmutter entfernt gelebt. Aber dann kamen vor fünf Jahren ein paar Bauunternehmer in die Stadt, die kauften eine kleine Landzunge. Sie heißt Sugar Key. In meiner Jugend sind wir da immer hin, um uns die U-Boote anzugucken.«

»Hä?«

»Da waren immer Teenager, die billigen Fusel getrunken und auf der Rückbank von Kleinwagen rumgemacht haben«, erklärte sie. »Für uns kamen die Köpfe hoch wie U-Boote. Damals gab es in der Gegend nichts als Kiefern und Palmettopalmen. Und Stechmücken. Jede Menge Stechmücken. Soweit ich gehört habe«, fügte sie hinzu.

»Schon klar.«

»Da wurde nun eine geschlossene Siedlung mit Golf- und Tennisplätzen und ungefähr zehn Grundstücken hingesetzt. Und Symmes besitzt dort ein Haus.«

»Das müsstest du doch einfach online in den Schätzungskarten des Countys nachsehen können.«

»Müsste ich, aber dazu reicht Symmes' Name nicht. Ich brauche eine Adresse. Und an die von einem aktuellen Kongressabgeordneten kommt man nicht so leicht dran.«

»Okay, ich denke, das müsste ich schaffen. Schlimmstenfalls rufe ich jemanden im Washingtoner Büro an.«

»Wo du schon dabei bist, schau doch mal, ob du auch herausfinden kannst, wo Symmes in Washington gewohnt hat. Und wie viel das Haus wert ist.«

»Sonst noch was?«

»Meinen Quellen zufolge war Symmes gut mit dem Bauunternehmer von Sugar Key befreundet. Ich denke, wenn wir herausfinden, wer das ist, bekommen wir vielleicht einen Einblick in die Beziehung der beiden.«

»Glaubst du, ein Bauunternehmer tötet einen Kongressabgeordneten? Durch einen Autounfall auf einer Landstraße ohne weitere beteiligte Fahrzeuge?«

»Ich weiß nicht, was ich glaube«, erwiderte sie. »Ich mache nur das, was ich kann. Steine umdrehen.«

Es gab eine lange Pause. Dann sagte Kevin: »Du verlangst eine Menge, Conley.«

»Ich weiß. Aber ich wittere eine Story, Kev. Ich bekomme sie bloß nicht zu greifen. Und das ist verdammt frustrierend.«

»Verschwindest du im nächsten Kaninchenloch, ja?«

»Nur wenn mir jemand hilft, das Loch zu graben. Und hier macht das bestimmt keiner. Robinette ist wie eine heilige Kuh. Hör zu: Er war verheiratet und hatte zwei Kinder, und mit Mitte vierzig hat er dann eine Mitarbeiterin geschwängert. Während er im Amt war! Irgendwie ist es ihm gelungen, das zu vertuschen, sich von seiner ersten Frau scheiden zu lassen und die Mutter des Babys zu heiraten, die zwanzig Jahre jünger war als er. Und niemand in Silver Bay hat auch nur mit der Wimper gezuckt. Eine Kolumnistin vom *Beacon* – eine uralte Schachtel namens Rowena – bekam damals Wind von der Sache, schrieb einen Artikel darüber, und mein Großvater hat ihn unterdrückt, weil er fand, das sei unter der Würde seiner Zeitung.«

»Wann war das?«

»In den Achtzigern«, sagte Conley. »Aber es könnte genauso gut heute sein, denn meine Schwester meint, dass es immer noch keine Story ist.«

»Hat sie Angst, es sich mit den Angehörigen zu verscherzen? Oder dass sie Abonnenten verliert?«

»Beides. Und dass sie die wenigen Anzeigenkunden vergrault, die wir noch haben. Meiner Großmutter zufolge bietet Grayson die Zeitung zum Verkauf an.«

»Kauft heute wirklich noch jemand Zeitungen? Ich dachte, der Print-Journalismus geht den Bach runter.«

»Ach, das Thema ist zu deprimierend. Meinst du, du kannst mir helfen?«

Kevin stieß einen langen Seufzer aus. »Ja. Mal sehen, was ich tun kann. Du könntest dir in der Zwischenzeit schon mal Robinettes Rechenschaftsbericht über seine Finanzen für den letzten Wahlkampf angucken. Falls da irgendwas faul ist, ist das der richtige Ausgangspunkt.«

Conley schlug sich vor die Stirn. »Uh! Mein Gott. Natürlich. Warum habe ich daran nicht gedacht?«

»Wär dir auch noch eingefallen. Ich rufe dich zurück, sobald ich etwas weiß.«

20

Conleys Handy klingelte. Sie kannte die Nummer nicht, aber da es eine Vorwahl aus der Gegend war, ging sie trotzdem dran.

»Conley? Hey. Hier ist Winnie.« Die Haushälterin klang angespannt.

»Was ist los?«, fragte Conley.

»Ich glaube, du musst herkommen«, sagte Winnie. »Deine Großmutter ist eben gestürzt. Sie hat draußen im Garten gearbeitet, und ich habe ihr gesagt, sie soll ins Haus gehen, raus aus der Hitze, aber als sie reinkam, war sie irgendwie komisch. Sie hat ganz undeutlich geredet, und ihr Gesicht war so weiß wie ein Gespenst. Sie ist in die Küche gegangen und einfach umgekippt.«

»O mein Gott. Ist sie bewusstlos? Musst du einen Krankenwagen rufen?«

»Wollte ich«, erwiderte Winnie. »Ich habe ein feuchtes Geschirrtuch geholt, es ihr auf die Stirn gelegt und sie hingesetzt, und nach ein, zwei Minuten kam sie wieder zu sich. Ihre ersten Worte waren: ›Wag ja nicht, den Notruf zu wählen!‹«

»Wo ist sie jetzt?« Conley schnappte sich ihren Rucksack, packte ihren Laptop und die Notizbücher hinein und holte ihren Autoschlüssel raus.

»Ich habe sie notdürftig verarztet und ins Bett gesteckt, aber sie hat sich die ganze Zeit gewehrt. Sie behauptet, es geht ihr gut, ihr wäre nur ein bisschen zu heiß und schwindelig gewesen, mehr nicht. Ich habe sie gezwungen, etwas zu essen und ein bisschen Wasser zu trinken, und jetzt ist sie eingedöst, deshalb dachte ich, ich rufe dich besser an.«

»Das war gut. Ich bin schon unterwegs«, sagte Conley. »Behalt sie im Auge, ja?«

»Ich sitze auf einem Stuhl vor ihrem Zimmer und gucke alle fünf Minuten nach, ob sie noch atmet.«

»Hat sie sich am Kopf verletzt? Meinst du, sie hat eine Gehirnerschütterung? Vielleicht sollten wir doch ihren Arzt anrufen.« Conley hastete zum Ausgang. »Ich kann mich nicht erinnern, wie er heißt. Moment. Der Name steht auf dem Medikament, das ich heute bei Kelly's abgeholt habe. Ich rufe da an.«

»Lieber nicht«, warnte Winnie. »Dann macht sie dich fertig, und mich auch. Ich musste ihr schwören, dass ich dir nichts sage, aber ich dachte, wir tun einfach so, als wüsstest du von nichts.«

»Okay, dann warte ich noch«, sagte Conley. »Ich komme, so schnell ich kann.«

Sobald Conley den Platz hinter sich gelassen hatte, stieg sie aufs Gaspedal und fuhr über rote Ampeln und Stoppschilder.

Das ist meine Schuld, dachte sie. *Ich habe Gray gesagt, ich würde auf Großmama aufpassen. Ich habe versprochen, mich um sie zu kümmern. Das geht auf meine Kappe. Und falls sie stirbt, bin ich dafür verantwortlich.* Diese Sätze liefen in Endlosschleife in ihrem Kopf ab, unterbrochen nur von Gebeten an einen Gott, von dem sie gedacht hatte, ihn längst vergessen zu haben.

Der Wagoneer ihres Großvaters war so vor dem Strandhaus geparkt, dass die hintere Stoßstange fast dreißig Zentimeter in die Auffahrt ragte. Conley stellte den Subaru daneben und nahm auf der Treppe immer zwei Stufen auf einmal. Laut klapperten ihre Schuhe auf dem abgetretenen Holz.

Winnie saß auf einem Küchenstuhl vor dem Raum mit den Etagenbetten, den Lorraine sich als Schlafzimmer ausgesucht hatte.

»Ist sie wach?« Conley war außer Atem, das Herz schlug ihr bis zum Hals.

»Wer ist da?«, rief ihre Großmutter.

Conley zwang sich, ruhig zu werden. Sie steckte den Kopf ins Zimmer. Großmama setzte sich mühsam auf.

»Ich bin's nur«, sagte Conley. »Wie geht's dir?« Sie trat ein, Winnie folgte dicht hinter ihr.

»Winnie hat dich angerufen und dir gesagt, du sollst nach Hause kommen, stimmt's?« Die Stimme ihrer Großmutter war dünn, fast atemlos. Sie funkelte ihre Haushälterin böse an, die hielt dem Blick stand.

»Herrgott, ja, sie hat mich angerufen.« Conley sank aufs Bett. »Irgendjemand muss ja ein bisschen gesunden Menschenverstand beweisen. Sie hat mir gesagt, dass du gestürzt bist. Ohnmächtig geworden!«

»Das war bloß ein kleiner Schwächeanfall«, widersprach Lorraine. »Kein Grund, sich aufzuregen.«

Auf ihren nackten Unterarmen klebten Pflaster, ebenfalls auf der rechten Wange.

Conley strich ihrer Großmama über den altersfleckigen Arm. »Was ist da passiert?«

»Nur ein Kratzer von der Gartenarbeit«, antwortete Lorraine und schob Conleys Hand weg. »Kein Grund zur Sorge.«

»Sie hat sich verletzt, als sie gestürzt ist«, erklärte Winnie. »Hat so stark geblutet, dass ich dachte, sie stirbt.«

Auf Lorraines Armen bildeten sich bereits große blaue Flecken. »Ich habe wohl versucht, mich irgendwo festzuhalten, als ich diesen Schwächeanfall hatte.« Sie streckte die Arme aus und begutachtete den Schaden. »Diese alte Haut ist wie Seidenpapier«, klagte sie. »Ich bekomme schon blaue Flecken, wenn ich nur irgendetwas leicht streife.«

»Was hast du heute gegessen?«, fragte Conley streng.

»Ich habe gefuttert wie ein Scheunendrescher«, antwortete Lorraine. »Ich habe gefrühstückt …«

»Schwarzen Kaffee und ein Reststück Pekannusskuchen«, vermeldete Winnie und sah Lorraine an Conley vorbei nachdrücklich an. »Ich habe ihr gesagt, dass sie mehr essen muss, aber sie hört ja nicht auf mich.«

»Kümmer dich um deine eigenen Angelegenheiten!«, fuhr Lorraine ihre Haushälterin an. »Ich bin eine erwachsene Frau und kann essen, was ich will.«

»Nein. Kannst du nicht«, widersprach Conley. »Gray zufolge sagt dein Arzt, du hast Prädiabetes. Du darfst nicht so viele Kohlenhydrate essen, stattdessen mehr Proteine. Du musst dich ausgewogen ernähren und viel trinken. Am besten keinen schwarzen Kaffee. Trinkst du überhaupt Wasser? Und hast du heute deine Medikamente eingenommen?«

»Und an welcher Uni hast du Medizin studiert, Madame?«, fragte Lorraine.

»An der Uni für gesunden Menschenverstand.« Conley drückte die knochige Hand ihrer Großmutter mit beiden Händen. »Mensch, Großmama! Das ist nicht lustig. Wenn du nicht endlich vernünftig isst und deine Medikamente nimmst, gehst du vor die Hunde, und dann gibt mir Gray die Schuld. Willst du das auf dem Gewissen haben? Ich nicht. Du bist alles, was ich habe, weißt du?«

Lorraine musterte ihre Enkelin. »Das ist nicht ganz richtig«, sagte sie leise. »Du hast deine Schwester. Und deine Mutter lebt auch noch. Sie ist vielleicht nicht in der Nähe, aber du bist ihr wichtig. Das weiß ich.«

Conley biss sich auf die Lippe und sah aus dem Fenster. Es war spät geworden. Die Sonne näherte sich bereits dem Horizont. Ein Palmwedel raschelte im Wind, und eine kleine grüne Eidechse kroch über das Fliegengitter vor dem Fenster. Die Sonnenstrahlen fielen schräg auf das zerknitterte blau-weiß gestreifte Bettzeug und beleuchteten das Netz feiner Fältchen im schmalen Gesicht ihrer Großmutter.

Sie sieht alt aus, dachte Conley. Nicht mehr unerschütterlich. Gealtert. Alt. Noch nicht gebrechlich, aber auch nicht mehr die unbezähmbare Naturgewalt, die Lorraine DuBignon Conley früher gewesen war.

»Wenn ich Melinda so wichtig bin, warum ist sie dann nicht nach Hause gekommen, als Dad starb? Weißt du überhaupt, wo sie im Moment ist?«

Lorraine schaute zur Seite. »Ich werde versuchen, mich zu bessern«, sagte sie schließlich. Wieder einmal ging sie dem unangenehmen Thema aus dem Weg. Ihre Stimme war gedämpft. »Kein Pekannusskuchen mehr zum Frühstück.«

»Wir müssen mit dir zum Arzt«, nutzte Conley die Gelegenheit. »Und ich gehe mit in den Behandlungsraum, damit ich auch verstehe, was mit dir los ist.«

»Einverstanden«, murmelte Lorraine. Mühevoll setzte sie sich auf und schwang zu Conleys Überraschung die Beine aus dem Bett.

»Was machst du da?«, rief Conley. »Du sollst dich ausruhen.«

»Ich habe mich ausgeruht«, erklärte Lorraine. »Es gibt bald Abendessen. Ich nehme jetzt ein schönes kühles Bad und wasche mir den Schmutz von der Gartenarbeit ab. Danach beabsichtige ich, etwas Gesundes zu essen, wie du verlangt hast, und viel Wasser zu trinken.« Ihre Stimme bekam einen störrischen Unterton. »Und dann werden wir uns unterhalten, du und ich, junge Dame.«

»Worüber?«

»Hilf mir hoch!«, verlangte Großmama und streckte die Hand aus. »Zuerst in die Badewanne. Danach reden wir.«

Lorraine gestattete Winnie, ihr ein Bad einzulassen und saubere Kleidung herauszulegen, dann scheuchte sie die Haushälterin und Conley fort.

»Ich weiß nicht, ob sie nicht doch zum Arzt muss«, sagte Conley besorgt zu Winnie, als sie in der Küche waren.

Die Haushälterin zerteilte das Hähnchen, das sie zuvor gebraten hatte, und richtete es auf einem Bett aus grünem Salat an, dann gab sie dicke dunkelrote Tomatenscheiben und hartgekochte Eier hinzu.

»Ich auch nicht. Aber du hast sie ja gehört. Sie meint, es geht ihr prima. Nur ein Schwächeanfall.« Winnie schüttelte den Kopf. »So eine sture alte Eselin wie die habe ich noch nicht erlebt.« Winnie ging zum Kühlschrank und holte ein Glas ihres hausgemachten Buttermilch-Ranch-Dressings heraus.

»Ich habe eine Idee.« Conley griff nach ihrem Handy. »Er ist kein Arzt, aber sie hat ihn gern, und vielleicht kann er mal gucken, ob sie wirklich einen Arzt braucht. Haben wir genug für eine Person mehr am Tisch?«

Winnie sah sie vielsagend an. »Hast du je erlebt, dass mir das Essen ausgegangen wäre?«

»Ich wollte dich auch gerade anrufen«, sagte Skelly. »Ich hätte dich heute nicht so anfahren dürfen. Ich weiß, du hast es nicht böse gemeint, als du Mama Fragen gestellt hast.«

»Ich hätte aufpassen müssen, dass sie sich nicht so aufregt«, entgegnete Conley. »Manchmal merke ich nicht, wo die Grenzen sind. Du hattest recht mit deiner Mahnung. Tut mir leid, dass ich zu weit gegangen bin.«

»Schon vergessen. Ich wollte dich fragen, ob ich dich zur Wiedergutmachung zum Abendessen einladen darf.«

»Und ich rufe sozusagen aus demselben Grund an. Großmama hatte heute wieder einen Aussetzer. Sie hat bei dieser Hitze draußen im Garten gearbeitet, und als Winnie ihr schließlich gesagt hat, sie solle reinkommen, ist sie in der Küche ohnmächtig geworden.«

»Du liebe Güte! Warst du dabei? Was hast du getan?«

»Ich war noch in der Stadt, muss ich zu meiner Schande gestehen, in der Felicity Street, und habe an diesem vermaledeiten Artikel gearbeitet«, erklärte Conley. »Winnie hat Großmama wieder auf die Beine geholfen und ihr etwas zu essen und zu trinken eingeflößt. Großmama beharrt darauf, dass nichts passiert ist, und hat Winnnie kategorisch verboten, einen Krankenwagen zu rufen oder auch nur mir Bescheid zu geben.«

»Das ist nicht gut, Conley«, sagte Skelly. »Hört sich für mich an, als ob ihr Blutzucker aus dem Gleichgewicht ist.«

»Muss wohl. Das Einzige, was sie heute zu sich genommen hat, waren ein Stückchen Pekannusskuchen und eine Tasse Kaffee zum Frühstück.«

»Was kann ich tun?«, fragte Skelly. »Soll ich mal mit ihr reden? Und versuchen, ihr begreiflich zu machen, wie ernst es ist?«

»Eine Belehrung wird sie sich wahrscheinlich nicht anhören.

Aber wenn du einfach im Strandhaus auftauchst, zum Beispiel zur Cocktailstunde, unter irgendeinem Vorwand, würde sie dich einladen, zum Abendessen zu bleiben, weil sie dich sehr gern hat. Könntest du das irgendwie einrichten?«

»Ich kenne deine Großmutter, sie wird mich durchschauen, aber ich versuche es gern.«

»Oh, warte mal! Was ist mit Miss June? Kannst du sie so lange allein lassen?«

»Die ist versorgt«, sagte Skelly. »Samstags kommt immer ihre Lieblingscousine zu Besuch, um mich zu entlasten, dann machen die zwei sich einen Fernsehabend. Anita bleibt normalerweise über Nacht. Um welche Uhrzeit könnte ich denn ganz unauffällig vorbeischauen?«

»Sobald du kannst. Danke, Skelly. Du hast was gut bei mir.«

Winnie hatte ein Tablett mit Obst, Käse und Crackern vorbereitet.

Conley nahm sich einen Cheddar-Würfel. »Irgendeine Ahnung, worüber Großmama mit mir reden will? Klingt, als müsste ich demnächst in der Hundehütte wohnen.«

»Es geht um diese verdammte Symmes-Robinette-Geschichte«, sagte Winnie und ließ sich auf ihren bevorzugten Hocker sinken. »Deine Schwester hat sich beschwert. Anschließend hat Lorraine ein paar Leute angerufen. Die Menschen hier in der Stadt regen sich auf, weil es ihnen nicht passt, dass du Fragen über ihn stellst.«

»Siehst du das anders?« Conley steckte sich eine grüne Weintraube in den Mund.

Winnie presste die Lippen fest zusammen. »Ja. Leute wie den kenne ich schon mein ganzes Leben.« Sie warf einen Blick durch den Flur zu Lorraines Schlafzimmer. »Er ist der Grund, warum meine Schwester nicht miterlebt hat, wie ihre Kinder groß wurden. Drüben auf dem Friedhof in Plattesville liegen eine ganze Menge Tote, für die er verantwortlich ist. Und es gibt viele, die zwar noch leben, aber seinetwegen innerlich kaputt sind. Von mir aus kann Symmes Robinette in der Hölle schmoren.«

Sie wischte sich die Hände an einem Geschirrtuch ab und stellte die Käseplatte auf ein Korbtablett, zusammen mit den Gläsern, dem Eiskübel und dem Cocktailkrug.

Conley staunte zunächst zu sehr über Winnies Ausbruch, um sofort zu antworten. »Was hat Symmes denn mit Nedras Tod zu tun? Ich dachte, sie wäre an Krebs gestorben.«

»Winnie?« Lorraine stand in der Tür. Sie trug eine blass violette Baumwollhose und eine langärmelige weiße Bluse, die die Wunden und blauen Flecken an ihren Armen verbarg. Um die Schultern hatte sie sich ein Seidentuch mit einem Muster aus blauen, rosa- und lilafarbenen Kreisen gelegt. Ihr schütter werdendes silbernes Haar war noch feucht vom Baden, aber zurückgekämmt und mit einer Silberspange zusammengefasst. Das Hämatom auf dem Wangenknochen hatte sie mit Make-up abgedeckt. Sie war wieder die Königin von The Dunes.

»Ich habe das Getränketablett fertig«, sagte Winnie.

»Aber du bleibst bei Wasser oder Eistee, wenigstens bis wir wissen, woher deine Schwächeanfälle kommen«, sagte Conley.

»Lächerlich«, entgegnete Lorraine. »Winnie, wenn es dir nichts ausmacht, ich habe mit Sarah eine Familienangelegenheit zu besprechen.«

»Ist mir recht.« Winnie schaltete das türkisfarbene Radio ein. »Dann gucke ich mal, ob ich ein Baseballspiel finde, das ich mir anhören kann.«

21

Lorraine wartete, bis beide ihre Plätze auf der Veranda eingenommen hatten. Conley schenkte ihrer Großmutter ungesüßten Eistee ein und machte sich selbst einen Sunsetter.

Unvermittelt zog Lorraine ihr veraltetes Klapphandy heraus und hielt es ihrer Enkelin vor die Nase.

»Sarah, was um alles in der Welt hast du heute getrieben?«

Conley trank einen Schluck von ihrem Cocktail, um sich Mut zu machen. »Wer hat angerufen?«

»Die Frage ist eher: Wer nicht? Ich hatte dieses Telefon den ganzen Nachmittag ständig am Ohr und musste mir Beschwerden über dich anhören.«

»Grayson war dran, stimmt's? Hat sie dir erzählt, dass ich gekündigt habe?«

»Sie hat gesagt, kurz bevor sie dich gefeuert hat, wärst du ihr zuvorgekommen.«

»Ich hab von Anfang an gewusst, dass es nicht funktioniert«, beharrte Conley. »Grayson hört nicht auf mich. Sie will eine reine Lobeshymne zu Symmes Robinettes Tod. Und ich setze meinen Namen nicht unter so eine Lobhudelei.«

»Dazu kommen wir noch. Ich hatte auch einen Anruf von Charlie Robinette. Der war nach deinem Besuch auf hundertachtzig.«

»Großmama, ich habe ihm nur die Fragen gestellt, die ich jedem anderen unter diesen Umständen auch gestellt hätte.«

»Ich bemängele nicht die Fragen, die du gestellt hast, Sarah. Es ist deine Technik. Beziehungsweise der Mangel an Technik. Anscheinend bist du einfach in die Kanzlei eines Mannes gestürmt, der diese Woche seinen Vater verloren hat. Und als Erstes erzählst du ihm, dass du den Tod seines Vaters höchst verdächtig findest! Du sagst ihm, du hättest den Sheriff und das Bestattungsinstitut angerufen und denen alle möglichen suggestiven Fragen gestellt. Was hast du denn geglaubt, wie er darauf reagieren würde?«

Conleys Wangen brannten, denn die Kritik ihrer Großmutter schmerzte nicht nur, sie war gerechtfertigt. Charlie nach all diesen Jahren wiederzusehen, so selbstgefällig und anmaßend, so abschätzig, hatte etwas in ihr ausgelöst. Sie fand das Wort *triggern* furchtbar, aber genau so hatte es sich angefühlt. Sie hatte ihre Objektivität verloren. Wenn sie sich mitfühlend oder sogar unterwürfig gegeben hätte, hätte sie Charlie Robinette so eingelullt, dass er die gewünschten Informationen ohne weiteres preisgegeben hätte.

»Hast du denn in dieser Familie gar nichts gelernt?« Lorraine ließ nicht locker. »Wie oft habe ich dir gesagt, dass man mit Honig mehr Fliegen fängt als mit Essig?«

Conley blickte hinaus auf den Golf. Der helle Türkiston des Wassers war dunkler geworden, eine leichte Brise kräuselte den Seehafer auf den Dünen.

»Du hast recht«, murmelte sie.

»Wie bitte? Sitz aufrecht und sprich laut, mein Kind.«

»Ich habe gesagt, du hast recht. Ich hätte mir mehr Zeit nehmen sollen, hätte Charlie Honig ums Maul schmieren und ganz dick auftragen sollen, was für ein toller Volksvertreter und

Kriegsheld sein Vater war. Und dann erst die Fragen nach dem Totenschein stellen.«

»Mindestens«, sagte Lorraine. »Und du hattest nicht das Recht, ihm zu sagen, dass Kennedy McFall dir Informationen zum Gottesdienst gegeben oder dir das mit dem fehlenden Totenschein gesagt hatte. Du hast das Vertrauen eines Menschen missbraucht, dessen Geschäft von der Diskretion abhängt. Mein Gott, Sarah! Das ist Einführungskurs Journalismus, und ich war nicht mal auf der Journalistenschule.«

»Mit Pops verheiratet zu sein war wohl wie ein Masterstudium in Journalismus«, bemerkte Conley.

»Du als seine Enkelin, die in der Zeitungsbranche groß geworden ist, hattest ähnliche Voraussetzungen«, schoss Lorraine zurück.

»Und was jetzt?«, fragte Conley. »Soll Grayson einfach Rowenas Text bringen und fertig?«

»Mach dich nicht lächerlich«, sagte ihre Großmutter. »Wenn sich hinter Symmes Robinettes Tod wirklich eine Story verbirgt, will ich, dass wir der Sache auf den Grund gehen.«

»Machst du dir keine Sorgen, dass wir seine Familie verärgern, die ganze Stadt vor den Kopf stoßen und Abonnenten verlieren?«

»Natürlich macht mir das Sorgen. Deiner Schwester auch. Aber das ist Graysons Aufgabe. Deine Aufgabe ist es, loszuziehen und die wahre Geschichte aufzudecken. Wie sagst du noch immer?«

»Steine umdrehen und Staub aufwirbeln?«

»Genau. Mir macht allerdings noch etwas Sorgen«, sagte Großmama. »Charlie hat angedeutet, zwischen euch beiden gebe es böses Blut. Er behauptet, du wolltest wegen eines dummen Jugendstreichs eine alte Rechnung begleichen.«

Conley wurde rot. »Er hat gesagt, es war ein dummer Jugendstreich?«

»Ja, genau so. Ich wusste nicht einmal, dass du ihn kanntest. Ich hatte gehört, Symmes und Vanessa hätten ihn auf ein Militärinternat geschickt, weil er sich irgendwie danebenbenommen hatte. Von welchem Streich redet er?«

»Darauf möchte ich nicht näher eingehen«, sagte Conley. »Du musst nur wissen, dass Charlie sich absolut mies benommen hat. Als ich heute anfing, ihm Fragen zu Symmes' Tod zu stellen, hat er gedroht, uns fertigzumachen. Was verrät dir das über ihn?«

»Das verrät mir, dass er etwas zu verbergen hat, aber es sagt mir auch, dass wir hundertprozentig sicher sein müssen und alles, was wir drucken, tadellos recherchiert und faktengecheckt sein muss.«

»Darauf kannst du dich verlassen«, versprach Conley.

Lorraine biss von einem mit Käse belegten Cracker ab. »Warum bist du dir so sicher, dass es da eine Story gibt? Und ich rede nicht davon, dass Symmes mit seiner Sekretärin ein Kind gezeugt hat, während er mit Toddie verheiratet war. Das mag stimmen, aber es ist weder bemerkenswert noch relevant im Hinblick auf seinen vorzeitigen Tod.«

»Es sei denn, es wäre doch relevant«, beharrte Conley. »Weißt du noch, wie Granddaddy uns allen erlaubt hat, *Die Unbestechlichen* zu gucken, damals, nachdem er seinen ersten Videorekorder gekauft hatte?«

»Er wollte, dass ihr Kinder euch eine Geschichte über zwei furchtlose Reporter anseht, die einen korrupten Präsidenten zu Fall bringen, damit ihr die Macht und das Potenzial von hochwertigem Journalismus erkennt«, erwiderte Lorraine. »Ich habe einfach gern Robert Redford angeschaut.« Sie fächelte sich

Luft zu und lächelte. »In *Zwei Banditen* hat er mir besser gefallen.«

»Wem nicht?«, sagte Conley. »Ich werde nie die Szene vergessen, wo der geheime Informant sich in diesem dunklen Parkhaus mit Bob Woodward trifft und ihm sagt: ›Folgt dem Geld!‹ Das habe ich auch vor. Dem Geld zu folgen.«

»Welchem Geld?«

»Symmes Robinette besitzt ein Anwesen auf Sugar Key, wo Häuser mit Meerblick nach allem, was ich höre, bei zwei Millionen anfangen. In Washington hat er ein Haus in Georgetown. Ich habe nachgesehen. Der durchschnittliche Preis für Immobilien in der Gegend liegt bei eins Komma sechs Millionen.«

»Du liebe Güte! Ich hatte ja keine Ahnung. Wie kann sich ein Politiker so was leisten und zu Hause in seinem Bezirk ein weiteres Haus unterhalten?«

»Genau das möchte ich herausfinden. Robinette stammt nicht aus einer reichen Familie, oder?«

»Eigentlich nicht. Symmes war noch ziemlich klein, als seine Mutter Witwe wurde, glaube ich. Sie hat in der Textilfabrik gearbeitet, drüben in Plattesville, aber ihr zweiter Ehemann war der Fabrikdirektor.«

»Wo liegt Plattesville?«, fragte Conley. »Ich höre immer wieder davon, aber ich war noch nie dort.«

»Heute ist nicht mehr viel davon übrig«, erzählte Lorraine. »Aber es war einmal ein blühendes Viertel im Westen von Varnedoe. Es gab dort eine Jeansfabrik und einen großen Rangierbahnhof. Winnie kann dir bestimmt mehr erzählen. Sie ist in Plattesville aufgewachsen. Anfang der Neunziger wurden die meisten Häuser und Kirchen auf staatliche Anordnung abgerissen, weil die Gegend durch die Industrie chemisch verseucht war. Es gab zig Klagen und Gerichtsverfahren wegen krebserregender Stoffe im Wasser.«

»Das hat Winnie also gemeint, als sie sagte, Robinette sei verantwortlich für Nedras Tod?«

Lorraine blickte erstaunt. »Wann hat sie das gesagt?«

»Gerade eben.«

»Winnie spricht fast nie über Nedra oder das, was ihr zugestoßen ist.« Lorraine spielte mit einem Zipfel ihres Tuchs. »Es war ganz furchtbar. Die Bahngesellschaft betrieb in dem Viertel einen riesigen Rangierbahnhof. Jahrzehntelang wurden dort Hunderte von Fässern mit ätzenden Chemikalien eingelagert. Schließlich wurde die Anlage aufgegeben, aber auf dem Gelände befand sich ein Rückhaltebecken, und im Lauf der Jahre sind die Chemikalien in den Boden und ins Wasser gesickert. Winnie hat mir erzählt, dass sich die Abflussgräben durch das ganze Viertel zogen. Winnie, Nedra und die Nachbarskinder haben in diesem Wasser gespielt. Ihre Großmutter hat auf diesem verseuchten Boden Gemüse angebaut.«

»Und davon hat Nedra Krebs bekommen?«

»Es war so schrecklich«, sagte Großmama erschaudernd. »Nedras Mann Ed war ein Nichtsnutz. Mit dreißig zog sie ihre drei kleinen Jungen schon allein auf. Dann wurde sie krank. Ich weiß nicht, welche Krebsart es war, aber es war etwas ziemlich Seltenes. Sie hatte entsetzliche Bauchschmerzen. Als endlich die korrekte Diagnose gestellt wurde, war der Krebs so weit fortgeschritten, dass man nicht mehr viel tun konnte. Wie sich herausstellte, wurden auch bei anderen Leuten, die in Plattesville oder in der Nähe dieser Deponie aufgewachsen waren, ähnliche Krebsarten diagnostiziert.«

»Ein Krebscluster«, sagte Conley.

»Es gab eine junge Rechtsanwältin, die für eine Umweltschutzorganisation arbeitete. Randee irgendwas. Als sie von diesen Krebsfällen erfuhr, half sie den betroffenen Familien, sich zu organisieren, reichte Klagen gegen die Bahngesellschaft ein.«

»Lass mich raten. Symmes Robinette hat die Bahngesellschaft vertreten.«

»Natürlich«, sagte Lorraine. »Er war damals dabei, sich in diesem Teil Floridas einen Namen zu machen. Er war auch schon Abgeordneter im Parlament. Politisch hervorragend vernetzt.«

»Was wurde aus den Klagen?«

»Einige wurden außergerichtlich beigelegt. Die Leute waren arm, die meisten hatten nur wenig Schulbildung. Ihre Angehörigen waren krank und starben, deshalb war es für die Bahngesellschaft ein Leichtes, sie mit ein paar Dollar abzuspeisen.«

»Und in Nedras Fall?«

»Wenn du Winnie stur findest, dann hättest du Nedra kennen müssen! Obwohl sie so krank war, weigerte sie sich, sich mit der Gegenseite zu einigen, denn mittlerweile ging es ihr ums Prinzip. Also spielte Symmes auf Zeit. Er war ein Meister der Verzögerungstaktik. Jedes Mal, wenn der Richter einen Termin für eine Verhandlung ansetzte, behauptete Symmes, er müsse in Parlamentsangelegenheiten nach Tallahassee, und der Richter, der, wie ich vermute, ein Kumpel von ihm war, gewährte ihm Aufschub. Die arme Nedra ist gestorben, ohne einen Prozess zu erleben.«

»Ist das traurig!«, sagte Conley.

»Winnie hat mir erzählt, der Bundesstaat hätte allen Familien eine nominelle Entschädigung für die abgerissenen Häuser gezahlt. Nedra war immer überzeugt, dass sie vor Gericht Recht bekommen würde und nach ihrem Tod für ihre Jungen gesorgt wäre, aber dazu ist es nicht gekommen.«

»Kein Wunder, dass Winnie Robinette hasst«, bemerkte Conley.

Großmama reckte den Hals und sah zur Treppe, um sich zu vergewissern, dass die Haushälterin den nächsten Teil der Unterhaltung nicht hörte.

»Da ist was passiert …«

Sie hörten schwere Schritte auf der Treppe, Lorraine brach ab. Doch als sie sah, wer ihr Besucher war, verzog sich ihr lädiertes Gesicht zu einem Lächeln.

»Sean Kelly! Du meine Güte! Was für eine schöne Überraschung!«

Sean hatte ein altes Marmeladenglas mit leuchtend bunten Zinnien in der einen Hand und eine Flasche Weißwein in der anderen. Er stellte das Marmeladenglas auf den Tisch, beugte sich vor und gab Lorraine einen Kuss auf die dargebotene Wange. »Ich war in der Gegend und dachte, ich schaue mal, ob Conley die Medikamente auch abgeliefert hat.« Er berührte das Hämatom auf Lorraines Wange. »Hast du seit unserer letzten Begegnung Boxtraining genommen, Miss Lorraine?«

»Bloß ein dummer Sturz vorhin. Mir ist nach der Arbeit im Garten zu heiß geworden.« Sie deutete auf einen Korbsessel. »Setz dich da hin und erzähl mir, was es in der Stadt Neues gibt.«

Sean zog den Sessel näher an seine Gastgeberin heran. »Hast du dich bei dem Sturz am Kopf gestoßen?«

»Nicht richtig. Du bleibst natürlich zum Abendessen. Ich weiß, dass Winnie genug für die ganze Stadt vorbereitet hat. Geh doch kurz nach unten und sag ihr Bescheid, dass du mit uns isst.«

»Sie hat mich schon eingeladen, und natürlich habe ich Ja gesagt. Wenn mich jemand zu einem schönen Essen einlädt, lasse ich mir das nicht entgehen. Miss Lorraine, wie ging es dir, bevor du ohnmächtig wurdest? Hattest du Kopfschmerzen? War dir schwindelig? Hattest du etwas gegessen?«

Lorraine musterte ihre Enkelin und Skelly mit wachsendem Argwohn. »Ich hätte es wissen müssen«, sagte sie schließlich. Sie deutete auf Conley. »Du hast ihn angestiftet. Du hast hinter meinem Rücken heimlich …«

»Es war meine Idee«, beeilte sich Skelly zu sagen. »Als Sarah heute Vormittag bei uns im Laden war, hatten wir eine kleine Meinungsverschiedenheit. Ich habe sie angerufen, um mich zu entschuldigen, und sie hat mich zum Essen eingeladen. Es gab keine Hintergedanken, das kann ich versichern.«

»Diese Frau hat immer Hintergedanken«, entgegnete Lorraine. »Sie hat dir von meinem dummen Sturz erzählt und dich gebeten, herzukommen und nach mir zu sehen.«

»Du wolltest nicht ins Krankenhaus und hast mir verboten, deinen Arzt anzurufen. Ich mache mir Sorgen um dich, Großmama«, sagte Conley. »Soll ich Grayson Bescheid sagen, damit sie sich an dieser Unterhaltung beteiligen kann?«

»Das ist nicht nötig«, entgegnete Lorraine kühl. Sie wandte sich an Skelly. »Um deine Frage zu beantworten: Ich habe heute nicht vernünftig gefrühstückt, was sehr dumm von mir war. Ich habe bei dieser Hitze draußen im Garten gearbeitet, und als ich hereinkam, war mir ein bisschen schwindelig, und dann hatte ich einen kleinen Aussetzer. Nein, ich habe keine Kopfschmerzen. Ich weiß, dass ich mir keine Knochen gebrochen habe, denn ich bin ohne Hilfe hier heraufgekommen.«

»Kein Erbrechen und kein komischer metallischer Geschmack im Mund?«, fragte Skelly. »Die Augen sind nicht lichtempfindlich?«

»Nein und nein. Können wir jetzt über etwas Angenehmeres sprechen?«

»Wenn es sein muss«, sagte Skelly. »Die gute Nachricht ist: Ich glaube, es ist keine Gehirnerschütterung. Aber du musst unbedingt zu Dr. Holloway und diesen Vorfall mit ihm besprechen.«

Lorraine deutete in die Ferne. »Jetzt sieh dir an, was du angerichtet hast, Sean. Deinetwegen hätte ich beinahe den Sonnenuntergang verpasst.«

Das stimmte. Die Sonne schwebte nur knapp über dem Wasser und tauchte alles in korallenrotes Licht. Pelikane zogen wie am Band aufgereiht vorüber und zeichneten sich vor dem erlöschenden Licht dunkel ab.

Lorraine hob ihr Glas. »Schnell, Sean! Schenk dir etwas ein. Es bringt Unglück, bei Sonnenuntergang nicht anzustoßen.«

Skelly tat wie geheißen, ließ Eiswürfel in ein Glas fallen und goss sich einen Cocktail ein.

Lorraine stieß erst mit Conley, dann mit Skelly an. »Auf das Licht. Und den Sonnenuntergang.«

»Auf alte Freunde«, fügte Conley hinzu und ließ ihr Glas gegen seins klingen.

»Und auf die Gesundheit«, ergänzte Skelly und berührte sanft Lorraines Glas.

Sie tranken etwas, dann sahen sie zu, wie der letzte goldene Schimmer versank.

»Wie geht es June?«, fragte Lorraine zum Ende des Abendessens.

Skelly schenkte den restlichen Weißwein zuerst Conley und dann sich selbst ein.

»Körperlich geht es ihr gut. Ich habe sie ins Geschäft mitgenommen, und sie hat Conley sofort erkannt, allerdings hatte sie vergessen, dass Conleys Vater und mein Dad schon tot sind.

Heute Abend hat sie ihre Lieblingscousine Anita nicht erkannt, die regelmäßig zum Fernsehgucken kommt. Sie hat Anita für ihre eigene Mutter gehalten.«

»Das tut mir leid, Sean«, sagte Großmama. »Es muss schwer für dich sein, ihren Verfall mit anzusehen. Deine Mutter war so eine kluge, lebenslustige Frau.«

»Für sie selbst ist es am schwersten«, sagte Skelly. »Manchmal ist sie echt frustriert. Sie kommt ins Geschäft, setzt sich hinter den Tresen, und alles ist ihr vertraut. Als Apothekerin hat es ihr am meisten Spaß gemacht, selbst Medikamente anzumischen. Sie sagte immer, das sei wie Kochen. Jetzt sieht sie die Geräte an und kann sich nicht mehr erinnern, wie man sie benutzt.«

Behutsam legte Skelly die Gabel auf den Teller. »Das war das beste Essen seit langer, langer Zeit. Meine Junggesellenkochkünste lassen sehr zu wünschen übrig.«

Winnie kam aus der Küche und begann abzuräumen. »Da müssen Sie mal was von ihr probieren«, sagte sie und nickte in Richtung Lorraine. »Kann nicht mal Rührei machen, ohne dass es anbrennt.«

»Das stimmt«, gab Großmama zu. »Ohne Winnie würden wir alle verhungern.« Sie strich ihrer Enkelin über die Hand. »Das Einzige, was meine Mutter je zu essen gemacht hat, waren Brühwürstchen mit Bohnen, wenn die Köchin ihren freien Abend hatte. Aber Sarah ist eine ziemlich gute Köchin, stimmt's«

»Ich komme zurecht«, sagte Conley.

»Einmal hat sie Urlaub in Italien gemacht, danach hat sie Ossobuco gekocht. Aus dem Gedächtnis! Und sie ist eine wunderbare Bäckerin, stimmt's, Sarah? Liebe Güte, kann sie Plätzchen und Kuchen backen! Früher hat sie ihrem Vater zum Geburtstag immer Schokomousse-Torte gemacht …«

Conley stand vom Tisch auf und begann, die restlichen Teller einzusammeln. »Komm, Skelly. Gehen wir Winnie zur Hand.«

»Nein, nein«, widersprach Lorraine. »Ich helfe Winnie. Es ist dein erster Abend am Strand, Sarah, ihr jungen Leute solltet euch ein bisschen vergnügen.«

Conley sah Skelly an und verdrehte die Augen. »Bilde ich mir das nur ein, oder versucht meine Großmutter, uns zu verkuppeln?«

Skelly grinste. »Wenn du mir eine Schokomousse-Torte backst, könnte es klappen.«

22

Derart aus der Küche verbannt, standen Conley und Skelly betreten auf der Veranda.

»Wohin sollen wir gehen?«, fragte Skelly. »Wieder ins American Legion?«

»O Gott, nein!« Conley schauderte es bei der Erinnerung.

»War nur ein Witz. Wir müssen nirgendwohin, wenn du nicht willst. Ich meine, deine Großmutter kann uns nicht zu einem Date *zwingen.*«

»Du meinst so, wie deine Mutter dich damals *gezwungen* hat, mich zu diesem Tanzabend im Country Club einzuladen?«

»Zum letzten Mal …«

»War nur ein Witz.« Conley klopfte ihm scherzhaft auf den Arm. »Du hast gesagt, du glaubst nicht, dass Großmama eine Gehirnerschütterung hat, aber ich bleibe besser in der Nähe.«

»Wir wäre es mit einem Strandspaziergang?«

»Klingt gut.«

Am Rand der Dünen zogen beide die Schuhe aus und folgten dem ausgetretenen Pfad hinunter zum Wasser.

Skelly watete hinein, bis das Wasser ihm um die Knöchel plätscherte. »Willst du mal was richtig Peinliches hören? Ich glaube, ich war seit mindestens zwei Jahren nicht mal mehr in der Nähe des Strands.«

»Seit Danielle weg ist?«

»Vielleicht schon länger. Sie konnte Sand nicht ausstehen.«

»Das ist doch nicht peinlich. Das ist traurig.« Conley watete zu Skelly ins Wasser. Sie ließ die Füße im weichen Sand einsinken und spürte zahllose kleine Muscheln. »Willst du wissen, was wirklich peinlich ist?«

Er nickte.

»Nachdem ich Großmama neulich beim Umzug hierher geholfen hatte, bin ich schwimmen gegangen. Und das war das erste Mal, dass ich einen Fuß ins Wasser gesetzt habe, seit Dad gestorben ist.«

»Wirklich? Du warst doch immer so gern am Meer. Bist du in all den Jahren, wenn du zu Besuch warst, nie hier rausgekommen?«

»Nein«, sagte sie schlicht. »Wie Grayson mir unter die Nase gerieben hat, komme ich seit Jahren immer nur ganz kurz hereingesegelt und bin gleich wieder weg.«

»Es lebt sich gar nicht so schlecht hier«, sagte Skelly und warf einen anerkennenden Blick zum erleuchteten Strandhaus hinüber.

Sie sahen die Silhouetten der beiden älteren Frauen Seite an Seite an der Spüle stehen, in das weiche Licht der Küche getaucht.

»Darum geht es nicht. Es ist bloß nicht unbedingt ein guter Ort für mich«, sagte Conley. Eine Welle rollte heran und erwischte den Saum ihrer Hose. Schnell ging sie zurück zum Strand.

Skelly folgte ihr, und langsam spazierten sie am Wasser entlang. Als vor ihnen mehrere riesige, dicht zusammenstehende Häuser auftauchten, blieb Conley stehen und betrachtete sie. Es waren vier Gebäude, der Putz rosa gestrichen, leicht orientalisch angehaucht, viergeschossig, mit zig Balkonen, Rotunden und Dachterrassen. Die Swimmingpools hinter den Häusern leuchteten türkis in der hereinbrechenden Dämmerung, Gelächter und Musik wehten herüber.

»Was zur Hölle ist das?«

»Das, meine Liebe, ist Villa Valencia.« Skelly sprach den Namen mit übertriebenem spanischen Akzent aus.

»Wo kommen die dicken Klötze her? Haben da nicht früher die Cooleys gewohnt? Und deine Tante und dein Onkel? Hatten sie nicht so ein süßes gelbes Häuschen, in dem deine Familie immer den Sommer verbracht hat?«

»Nach dem Tod meiner Tante und meines Onkels konnten meine Cousins sich nicht einigen, was sie mit dem Häuschen machen wollten, also haben sie es verkauft. Die Cooleys haben auch verkauft, ebenso wie die Leute, denen dieses gedrungene Häuschen aus Betonblockstein gehörte.«

»Ich weiß, welches du meinst! Das haben wir immer *Scheißhaus* genannt«, sagte Conley.

»Ein Bauunternehmer kam des Wegs, hat alles abgerissen und stattdessen diese ›Villas‹ gebaut.«

»Die müssen ein kleines Vermögen kosten. Sind die riesig!«

»Ich wundere mich, dass Lorraine dir noch nichts davon erzählt hat. Jeder am Strand regt sich über diese Häuser auf.«

»Weil sie das Licht wegnehmen?«

»Das auch. Irgendwie hat der Bauunternehmer das County überzeugt, eine Abweichung von der zulässigen Gebäudehöhe zu genehmigen. Das sind jetzt die höchsten Häuser am Strand, was bedeutet, dass sie den Anwohnern auf der anderen Straßenseite tatsächlich die Sicht versperren.«

»Das würde mich nerven«, bemerkte Conley. »Großmamas Haus ist natürlich auch groß und steht erhöht, aber es hat nur zwei Geschosse und ist schon seit den 1920ern hier.«

»Es ist nicht nur die versperrte Sicht, über die sich die Leute aufregen. Keiner der Eigentümer stammt von hier. Diese Häuser sind reine Investitionsobjekte. Jedes hat zehn Schlafzimmer und zehn Bäder. Sie werden über Airbnb vermietet, was bedeutet, dass am Wochenende und in der Hochsaison die ganze Woche über pro Haus bis zu zehn Autos da sind. Manchmal noch mehr. Die Leute mieten sie für Studentenpartys, Hochzeiten oder Firmenfeiern. Zuweilen sind hundert Gäste oder mehr da, die stehen dann draußen auf den Terrassen, machen Partys im Pool bis zum frühen Morgen, drehen die Musik laut auf und verstopfen die Straßen mit regelwidrig geparkten Autos.«

»O Gott«, stöhnte Conley.

»Die Nachbarn sind zu Recht sauer«, fuhr Skelly fort. »Für sie ist es, als hätte man ihnen Motels mitten in ihre ruhige, beschauliche Straße gesetzt.«

»Und es gibt nichts, was man dagegen tun kann?«

»Der Nachbarschaftsverein hat einen Anwalt engagiert, der hat Beschwerde beim County eingelegt. Es gab ein großes Aufhebens darum, dass sie versuchen wollen, eine Verordnung zu erlassen, die Mehrfamilienhäuser verbietet oder wenigstens festlegt, dass eine Zeitlang keine neuen mehr gebaut werden. Aber die Eigentümer von Villa Valencia haben auch einen Anwalt. Du errätst nie, wie der heißt.«

»Doch nicht Symmes Robinette?«

»Fast. Dieselbe Sippe: Charlie Robinette.«

Conleys Handy vibrierte in der Tasche ihrer Shorts. Sie zog es heraus, sah aufs Display und wandte sich Skelly zu. »Tut mir leid. Da muss ich drangehen.«

»Hi«, meldete sie sich leise. »Danke, dass du mich zurückrufst, Kev.«

»Wo bist du? Höre ich da Wellen?«

»Ich mache einen Strandspaziergang«, sagte sie und unterschlug bewusst, dass sie nicht allein war.

»Klingt nett. Unser Korrespondent in Washington hat sich umgehört und die Adressen von deinem Mann in Georgetown und unten in Florida bekommen. Ich schicke sie dir. Ich habe auch die Namen der Geschäftsführer von Sugar Key Partners, Ltd.«

»Wer ist es?«, fragte Conley begierig.

»Die Namen sagen mir nichts«, erwiderte Kevin kurz angebunden. »Da musst du wohl selbst ein bisschen Laufarbeit machen. Okay, bis dann. Schönen Spaziergang!«

Kevin hatte jedes Recht, einfach so aufzulegen. Aber Conley konnte nicht leugnen, dass es sie verletzte.

Seufzend steckte sie das Telefon wieder ein.

»Beruflicher Anruf?«, fragte Skelly.

»Ja. Ein Freund von der Zeitung. Ich hatte ihn gebeten, mir bei der Recherche zu Symmes Robinette zu helfen.«

Skelly hob eine Augenbraue. »Ein Freund oder mehr?«

»Früher mal mehr. Das war der Mann, von dem ich dir erzählt habe. Kevin Rattigan, mein Ex-Freund. Er hat Zugang zu vielen Datenbanken und Quellen, die ich hier unten nicht habe.«

»Er hilft dir, obwohl du ihm den Laufpass gegeben hast?«

»Das macht man so bei der Zeitung, Skelly. Wir waren Kollegen, bevor wir ein Paar wurden. In unserer Branche hilft man sich untereinander.«

»Kommt mir merkwürdig vor«, sagte Skelly. Er ging weiter, dann blieb er noch mal stehen. »Irgendeine Chance, dass ihr zwei wieder zusammenkommt?«

»Warum die ganzen Fragen zu meiner Vergangenheit?«

»Vielleicht versuche ich, aus dir schlau zu werden. Mehr nicht.«

»Sag Bescheid, wenn du's geschafft hast«, sagte Conley. Sie steckte die Hand ins Wasser und spritzte ihn nass.

Sie ließen die Lichter von Villa Valencia hinter sich und erreichten schließlich das südliche Ende der Insel, die Stelle, wo die Silver Bay in den Golf überging. Eine lange Reihe verwitterter Pfähle ragte ins Wasser, die letzten Überreste des Fisherman's Pier, der Ende der neunziger Jahre von einem Hurrikan hinweggefegt worden war. Auf vielen Pfählen rasteten Pelikane, die Köpfe unter die Flügel gesteckt, als hätten sie sich für die Nacht zugedeckt.

In stillschweigendem Einvernehmen trotteten Conley und Skelly über den weichen, weißen Sand auf eine Bankschaukel am Rand der Dünen zu. Der Wind hatte aufgefrischt, weißer Schaum krönte die Wellen. Der Wind zerzauste Conleys dunkle Haare und fuhr in den Stoff ihrer Bluse.

»Weißt du noch, wie wir früher im Sommer nachts zum Haieangeln rausgegangen sind?« Skelly deutete auf die Überreste des längst verschwundenen Piers und legte den Arm auf die Rückenlehne der Bank.

»War auch mal jemand erfolgreich?«, fragte Conley.

»Ich glaube, einmal hat einer einen kleinen Ammenhai gefangen. Meistens haben wir wohl einfach draußen gesessen, was getrunken und geraucht, bis die alten Männer, die den Köderladen hatten, uns davonjagten.«

Conley hielt das Gesicht in den Himmel und sah zu den Sternen hoch. »Damals dachte ich immer, der Sommer würde ewig dauern. Ich wusste meistens nicht einmal, was für ein Tag es war. Gleich zu Ferienbeginn sind wir raus an den Strand gezogen. Grayson und ich hatten unsere Fahrräder und ein bisschen Taschengeld, wenn wir bei der Hausarbeit geholfen hatten, und wenn wir morgens wach wurden, haben wir gefrühstückt und sind losgezogen, jeden Tag. Großmamas einzige Regel war, dass wir uns mittags bei ihr melden mussten.«

»War bei mir und meinen Cousins genauso. Wir sind zu euch gefahren, zu den LaMonacos, zum Pier und manchmal, wenn wir Geld hatten, in die Spielhalle«, erzählte Skelly. »Und das alles barfuß – übrigens auch ohne Unterwäsche –, von Juni bis September, bis wir wieder zur Schule mussten.«

»Halkyonische Tage«, sagte Conley lächelnd. Bis die Pubertät zuschlug, waren Grayson und sie die einzigen Mädchen in dieser Jungenbande gewesen, zu der auch die Kelly-Cousins gehörten. Dann war Conley ins Internat gekommen, und alles änderte sich. Plötzlich war sie eine Außenseiterin. Und das, wurde ihr klar, war sie bis heute.

»Halkyonisch.« Skelly ließ sich das Wort auf der Zunge zergehen. »Ich habe dieses Wort schon gelesen, aber eigentlich nie gewusst, was es bedeutet.«

»Ich dachte immer, es bedeutet eine Zeit des Wohlgefühls und der Zufriedenheit, glückliche Zeiten, an die man sich erinnert«, sagte Conley. »Aber befragen wir Google.«

Sie zog ihr Handy heraus und tippte das Wort in die Suchmaschine ein.

»Hm«, sagte sie, als sie die Definition las. »Das wusste ich gar nicht.«

»Was denn?«

»Das Wort stammt aus der griechischen Mythologie und bezieht sich auf einen Vogel – genauer gesagt, auf den Eisvogel –, dem die Zauberkraft zugeschrieben wurde, den Wind und die Wellen zur Wintersonnenwende zu beruhigen, damit er in einem Nest, das auf den Wellen trieb, brüten konnte.«

»Halkyonische Tage«, wiederholte Skelly. »Wenn man sie erlebt, bekommt man es wahrscheinlich gar nicht mit und merkt es erst, wenn man Jahre später zurückschaut.« Er überlegte kurz, dann sagte er: »Ich kann mich nicht erinnern: Ist dein Vater im Sommer mit euch ans Meer gekommen, oder ist er wegen der Arbeit in der Stadt geblieben?«

»Bis meine Mutter wegging, war die ganze Familie den Sommer über im Strandhaus. Dad hat in der Bank *Sommerzeit* gemacht, wie er es nannte. Um zwei Uhr hatte er immer Feierabend, dann ist er hergekommen und hat hier übernachtet. Freitags hat er nur einen halben Tag gearbeitet.«

»Mein Vater hat es genauso gehalten«, erzählte Skelly. »Er hat seiner Arzthelferin gesagt, sie soll im Sommer nach zwei Uhr keine Termine mehr vergeben, wenn es sich nicht um einen absoluten Notfall handelte. Dann ist er zum Haus meines Onkels und meiner Tante rausgefahren, hat seine *Stadtkleider*, wie er sie nannte, ausgezogen und ist in seine fadenscheinige orange Bermudashorts geschlüpft, die mit den blauen Flamingos drauf.«

»O mein Gott! An diese Hose kann ich mich erinnern! Ich wüsste nicht, dass ich ihn am Meer jemals in einer anderen gesehen hätte. Die Hose war so ausgeblichen, dass sie rosa aussah.«

»Mom hat versucht, sie vor ihm zu verstecken, aber er hat sie immer wiedergefunden. Es war wie ein Running Gag zwischen den beiden. Einmal hatte sie eine Idee und hat uns Kinder in ihren Komplott eingeweiht. Sie schickte Dad Eis holen, und während er fort war, hat sie die Hose an ein Seil gebunden und es am Fahnenmast vor unserem Häuschen hochgezogen. Als er mit dem Eis zurückkam, standen wir alle auf der Treppe vor dem Haus und haben vor seinen Shorts salutiert. Ich muss noch irgendwo ein Foto davon haben.«

Conley deutete auf die bunten Shorts, die Skelly trug. »Da

du plötzlich so sportlich bist, habe ich mich gefragt … das sind nicht zufällig dieselben Shorts, oder?«

Er lachte. »Nein, aber sie kommen denen schon ziemlich nah. Bin wohl in meinen mittleren Jahren noch sportlich geworden. Wenn ich den ganzen Tag im Geschäft den weißen Kittel anhabe, entspanne ich mich gern in anderen Klamotten. Vielleicht war es bei Dad auch so, nachdem er den ganzen Tag den weißen Kittel getragen hatte.«

»Dein Vater war ein toller Typ«, sagte Conley. »Ich fand immer, er und deine Mutter waren ein gutes Team. Sie haben viel gelacht. Man merkte, dass sie sich mochten.«

»Darüber habe ich noch nie nachgedacht.« Skelly sah Conley an. »Zwischen deinen Eltern lief es wohl nicht so toll, hm?«

Sie zuckte mit den Schultern. »Wir wussten gar nicht, dass es Probleme gab, bis meine Mutter zum ersten Mal verschwand.«

Ihr Telefon kündigte ihr mit einem Klingelton eine eingehende Nachricht an. Froh über die Ablenkung, schaute sie aufs Display, dann stand sie so abrupt auf, dass die Schaukel ihr in die Kniekehlen schlug und sie fast hingefallen wäre. »Ich muss zurück zum Haus.«

»Stimmt was nicht?« Skelly lief ihr nach.

»Die Nachricht war von Kevin. Er hat mir die Informationen geschickt, die ich für meinen Artikel brauche.«

Skelly griff nach Conleys Hand. »Es ist Samstagabend. Wir hatten es doch gerade nett. Du hast mir gesagt, es gibt hier draußen kein Internet. Wozu also die Eile?«

»Der *Beacon* hat am Dienstag Redaktionsschluss. Ich muss diese Robinette-Geschichte dingfest machen, dann kann ich Grayson überzeugen, dass mehr dahintersteckt als der tragische Unfall eines Politikers.«

»Ich dachte, du hättest beim *Beacon* gekündigt.«

»Hab ich auch. Aber Großmama möchte, dass ich die Geschichte zu Ende bringe. Außerdem, wenn das so ein großer Coup ist, könnte die Story mein Ticket für einen richtigen Job bei einer großen Zeitung sein. Wenn sie von landesweiter Bedeutung ist, könnte ich den Artikel der *Times* oder der *Post* anbieten. Oder zumindest meiner alten Zeitung.«

»Und wenn es keine große Sache ist?«, beharrte er. »Was ist, wenn es nur ein stinknormaler Unfall auf einer einsamen Landstraße war? Was dann?«

Sie drehte sich zu ihm um. »Dann finde ich eine andere Story oder, besser noch, einen anderen Job. Ich muss arbeiten, Skelly. Ich bin Journalistin. Das macht mich aus. Darin bin ich gut.«

Skelly sah ihr hinterher, wie sie mit großen Schritten über den Strand auf das Haus ihrer Großmutter zueilte. Er warf einen letzten Blick auf die Überreste des Piers und die dösenden Pelikane. »Halkyonische Tage«, murmelte er.

23

Sie schläft«, vermeldete Winnie, als Conley zurück ins Strandhaus kam. Die Haushälterin hatte wieder einen Stuhl vor Lorrains Schlafzimmer gestellt und saß jetzt dort, selbst halb eingeschlafen, ein zerlesenes Nora-Roberts-Taschenbuch aufgeschlagen im Schoß.

Conley öffnete die Tür und ging auf Zehenspitzen ins Zimmer. Ihre Großmutter saß im unteren Etagenbett, die Kopfkissen in den Rücken geschoben, die Brille auf der Nasenspitze, und schnarchte leise. Das Hämatom auf ihrer Wange zeichnete sich als dunkler Fleck unter der blassen Haut ab. Conley nahm ihr die Brille ab und legte sie auf den Nachttisch, dann beugte sie sich vor und küsste ihre Großmutter behutsam auf die Wange, ehe sie die Leselampe ausschaltete und hinausging.

»Geh du auch ins Bett«, sagte Conley zu Winnie und deutete auf das kleine Schlafzimmer gegenüber. Die Idee, noch zurück in die Stadt zu fahren, hatte sie bereits aufgegeben, zumal nach Großmamas Sturz heute. Skelly hatte recht. Die Story würde warten müssen.

Als sie ein leises Klopfen an der Haustür hörte, lief sie rasch die Treppe hinunter und öffnete.

Skelly stand davor, in der Hand Conleys Sandalen, die sie am Strand vergessen hatte.

»Ich dachte, vielleicht braucht Aschenputtel ihre Pantoffeln.« Er reichte sie ihr.

Sie schaute auf ihre sandigen Füße. »Huch.«

»Soll ich dir in die Stadt hinterherfahren?«

»Es hat eine kleine Planänderung gegeben. Ich bleibe heute Nacht hier«, sagte Conley und kam nach draußen. »Wenn Großmama sich morgen gut fühlt, fahre ich in die Stadt.«

»Wieso hast du dich umentschieden?«, fragte er sichtlich überrascht.

»Ich schätze, deinetwegen. Ich kann heute Abend nichts mehr tun, was ich nicht auch morgen erledigen könnte. Und wenn in der Zwischenzeit irgendwas passieren würde, wenn Großmama noch einen Aussetzer hätte, würde ich mir nie verzeihen, dass ich nicht da war.«

»Du solltest am Montag ihren Arzt anrufen und ihm erzählen, was los ist«, sagte Skelly.

»Das mache ich«, versprach sie. Dann legte sie ihm die Hände auf die Schultern, stellte sich auf die Zehenspitzen und küsste ihn mitten auf den Mund.

Er trat einen halben Schritt zurück und sah sie fragend an.

»Das war für Aschenputtels Pantoffeln«, erklärte sie.

Er verbeugte sich. »War mir ein Vergnügen.«

Conley zog ihren Pyjama an und nahm ihre Sachen mit nach unten. Geräuschlos schlüpfte sie in das Jungenschlafzimmer und kletterte über die von ihrem Großvater gebaute Holzleiter ins obere Etagenbett.

Die Betten mussten Überbleibsel aus den Fünfzigern oder Sechzigern sein. Sie hatten wie Wagenräder gestaltete Kopf- und Fußteile aus Ahornholz, passend zum Einrichtungsstil halb Cowboy, halb Beachboy. Den Wandleuchter über dem oberen Bett zierte ein Pferdekopf aus Messing, die leicht muffig riechenden Chenille-Bettüberwürfe hatten ein Muster aus Muscheln, Wellen und Ankern.

Als Conley am Lichtschalter zog, hielt sie die Messingkette der Lampe in der Hand. Kopfschüttelnd sah sie sich um. Hier hatten diverse Generationen von Cousins geschlafen; Conley hatte den Raum seit Jahrzehnten nicht mehr betreten.

Im trüben Licht des Wandleuchters sah sie große Wasserflecken an der Zimmerdecke. Aus der altersschwachen Klimaanlage tropfte Wasser auf den Boden, die Dielen darunter verzogen sich bereits.

Man merkte dem Strandhaus sein Alter an, und die Wirkung war selbst im Dämmerlicht nicht schmeichelhaft.

Conley nahm ihr Handy und klappte im Licht der Taschenlampen-App das Buch auf, das sie sich als Bettlektüre ausgesucht hatte – der gesammelte Witz und Esprit der Rowena Meigs.

Das Papier glänzte, die Schrift war klein. Offensichtlich hatte der Verlag Rowenas alte Kolumnen nur kopiert, anstatt sie in einer besser lesbaren Type neu setzen zu lassen.

Conley blätterte durchs Buch, bis einer der zahllosen fettgedruckten Namen ihre Aufmerksamkeit erregte.

Hallo, Sommer!

28. Oktober 1984 – *Eine schöne Zeit verbrachten letzten Samstag Freunde und Familie* ***des geschätzten Kongressabgeordneten Symmes Robinette*** *und seiner Frau* ***Toddie*** *auf der* ***Oak Springs Farm****, dem Landgut der Familie in Bronson County, wo ein umwerfendes Erntedankfest gefeiert wurde.*

Toddie, auch diesmal eine unübertroffene Gastgeberin, hatte den rustikalen Pferdestall der Farm unter verschwenderischem Einsatz von Heuballen, Halloween-Kürbissen und Vogelscheuchen in die perfekte Umgebung für eine zauberhafte Party verwandelt, die mit Square Dance, Cocktails für die Erwachsenen sowie Heuwagenfahrten, einem Kürbisschnitzwettbewerb und Apfelschnappen für die lieben Kleinen aufwartete.

Passend zum Partymotto trugen unser gut aussehender und kontaktfreudiger Kongressabgeordneter Symmes und seine Toddie Partnerlook: fesche Jeansoveralls und karierte Flanellhemden. Ihre Kinder im Teenageralter trugen Latzhosen und T-Shirts mit der Aufschrift WÄHLT MEINEN DAD. Ein Vögelchen hat der Verfasserin dieser Zeilen gezwitschert, dass Toddie, die mit einer Nadel ebenso gut umgehen kann wie mit dem Kochlöffel, sämtliche Kostüme der Familie selbst entworfen und geschneidert hat.

Unter den Partygästen war die Crème de la Crème von Silver Bay, unter anderem ***George und Winkie Covington****. George ist Vorsitzender des Komitees »Symmes Robinette for Congress«, und Winkie ist ein Ass auf dem Tennisplatz.* ***Luther und DeeDee Najarian*** *waren beim Square Dance zu bewundern. Luther hat eine leitende Stellung bei der Bahngesellschaft, und DeeDee ist Inhaberin einer entzückenden Boutique in der Innenstadt. Am späteren Abend wurden Symmes und Luther draußen vor dem Pferdestall gesichtet, wo sie zusammen mit dem* ***Ehrenwerten Richter Beckett Martin*** *»Hof hielten« und zweifellos Pläne schmiedeten, wie unsere schöne Stadt vom Fortschritt profitieren kann.*

Eine »Feier zum Fürchten« gab es zum fünften Geburtstag von Tara Torrence, der Großnichte der Verfasserin dieser Zeilen, die auf der ***Piggy Park Bar-B-Q Ranch*** *in der Innenstadt von Silber Bay stattfand. Für Unterhaltung sorgte eine Bluegrass-Gruppe in*

Skelettkostümen, die sich Die Gruften-Fuzzis *nannten. (Erzählt es nicht den Kindern, aber die Verfasserin erkannte im Fiddle-Spieler zufällig Taras talentierten Papa Tommy Torrence.) Die Piggy-Park-Köche servierten den kleinen Gästen zu deren Begeisterung ausgefallene Halloween-Köstlichkeiten wie »Spaghetti mit Augäpfeln«, »Frankensteins Würstchen mit Bohnen«, »Garstig grünen Punsch« und »Schwarze-Katze-Cupcakes« mit Schokoladenüberzug. Am Ende der Feier bekamen Taras kleine Gäste eine Tüte in Kürbisform voller Leckereien mit auf den Weg.*

Conley las noch ein paar von Rowenas Kolumnen, dann schlug sie das Buch zu. Die Oak Springs Farm lag, wie sie nun wusste, in Bronson County. In ihrer Jugend war das ein größtenteils ländliches Gebiet gewesen, wo Plantagen, Rinderfarmen und Wachteljagden vorherrschten.

June Kelly hatte heute gesagt, vielleicht seien Toddie Robinette und ihre Kinder nach der Scheidung dorthingezogen. Womöglich, überlegte Conley, war Toddie noch immer dort. Und falls sie noch dort lebte, hätte sie dann wohl etwas Interessantes über ihren kürzlich verstorbenen Ex-Mann zu sagen? Würde sie ein wenig Licht in die Umstände von Symmes' Tod bringen können?

Conley starrte an die Decke und dachte über ihren nächsten Schritt nach.

Großmamas Atem im unteren Etagenbett ging regelmäßig, von gedämpften Schnarchgeräuschen unterbrochen. Conley merkte, wie sich ihr eigener Atemrhythmus an den ihrer Großmutter anpasste. Als Kind war sie oft aus ihrem Etagenbett geschlüpft, das sie sich mit Grayson teilte, und auf Zehenspitzen die Treppe hinaufgeschlichen, um lautlos unter die Bettdecke zu gleiten und sich mit dem Rücken an ihre Großmutter zu schmiegen. Sie mochte den Duft von Großmamas Nachtcreme und den glatten rosa Satinkopfkissenbezug, den die Großmutter benutzte, damit ihr Haar über Nacht in Form blieb. Wenn Großmamas Atem sie beim Einschlafen im Nacken kitzelte, hatte sie sich sicher gefühlt. Geliebt.

24

Sie trieb im warmen Wasser des Golfs, ihr Körper hob und senkte sich mit den Wellen. Der tintenschwarze Nachthimmel über ihr war mit zahllosen Sternen gesprenkelt, der Mond nur eine schmale Sichel. Ihr Vater rief nach ihr: »Sarah! Sarah! Wo bist du?« Sie drehte sich auf den Bauch, trat im Wasser herum und versuchte herauszufinden, wo er war.

»Dad?« Sie wirbelte herum. »Dad?«

Er rief wieder nach ihr. »Sarah! Wo bist du?«

Sie schwamm los, musste ihn finden. Ihre Schwimmzüge waren ungelenk und hektisch. Eine anmutige Schwimmerin war sie noch nie gewesen. Es dauerte so lange! Conleys Arme und Beine brannten vor Erschöpfung, und sie konnte den Kopf kaum noch über Wasser halten. Langsam versank sie, hinabgezogen vom Gewicht ihres eigenen Körpers. »Dad?«, wimmerte sie.

»Sarah! Sarah!«

Sie setzte sich auf und schnappte nach Luft, abrupt aus einer Welt in eine andere gerissen.

Großmama stand neben ihrem Bett und zog an ihrem Arm. »Sarah Conley Hawkins! Was um alles auf der Welt machst du da oben?«

Conley blinzelte und sah sich im Zimmer um. Fieberhaft

überlegte sie, wie sie das ihrer Großmutter glaubhaft erklären konnte.

»Als ich vom Strand zurückkam, war ich zu müde vom Spaziergang, um nach oben in mein Zimmer zu gehen, deshalb bin ich einfach hier raufgeklettert.«

Lorraine schlug die Bettdecke zurück, die Conley bis zum Hals hochgezogen hatte. »Aber um nach oben zu gehen und deinen Schlafanzug anzuziehen, warst du nicht zu müde, ja?«

»Ertappt«, gab Conley kleinlaut zu.

»Ich habe dir doch gesagt, es geht mir gut. Ich brauche keinen Babysitter oder Leibwächter.« Großmama nahm das Buch mit Rowenas Kolumnen vom Fußende des Betts, wo Conley es vor dem Einschlafen hingelegt hatte. »Wo hast du das denn her?«

»Rowena hat es mir gestern gegeben.«

»Gegeben? Ich habe noch nie gehört, dass diese Frau jemandem etwas schenkt.«

Conley hüpfte vom Bett. »Du hast recht. Sie hat mir vierzig Mäuse dafür abgeknöpft.«

»Also, dieses alte Luder!«, rief Lorraine. »Pops hat die Bücher damals für sie drucken lassen. Ich glaube, wir haben zehn Dollar das Stück genommen. Natürlich haben wir nur etwa zwei Pakete verkauft, hauptsächlich an Verwandte von Rowena.«

Schmunzelnd machte sich Conley auf den Weg nach oben in ihr eigenes Zimmer.

»Du hast nicht zufällig Lust, heute Morgen mit uns in die Kirche zu gehen?«, rief Großmama ihr hinterher. »Danach wollen wir Pfannkuchen essen.«

»Ein andermal vielleicht«, sagte Conley und blieb auf der Treppe stehen. »Moment mal! Du hast doch nicht etwa vor, selbst mit dem Auto in die Stadt zu fahren?«

»Wir gehen hier zur Kirche«, erklärte Großmama. Sie sprach

von dem überkonfessionellen Gottesdienst, der sonntags in Kirby's Karaoke Café abgehalten wurde und den die Familie jahrelang im Sommer besucht hatte. »Grayson holt mich ab. Ich finde, du solltest mitkommen. Ich möchte diese Unstimmigkeit zwischen euch ausräumen.«

»Nein, danke«, sagte Conley und ging weiter. »Ich habe was in der Stadt zu erledigen.«

Oben angekommen, drehte sie die Dusche in der kleinen Badewanne auf und zog den Schlafanzug aus. Doch als sie sich unter den Wasserstrahl stellte, schrie sie vor Schreck auf: Das Wasser war eiskalt. Sie drehte den Temperaturregler auf, stieg aus der Wanne und wartete fünf Minuten. Nichts geschah. Schließlich gab sie auf und duschte so schnell wie noch nie.

In ein Handtuch gehüllt, stöpselte sie ihren Fön ein und schaltete ihn an. Aus der Lampe über ihr sprühten Funken. Conley entdeckte verschmorte Flecken an der Wandsteckdose und erschauerte: Um ein Haar hätte sie einen Stromschlag bekommen. Und das Haus in Brand gesteckt.

Als sie wieder nach unten kam, wartete ihre Großmutter schon auf die Mitfahrgelegenheit zum Gottesdienst. Sie war für ihre Begriffe leger angezogen: ein weites Kleid mit farbenfrohem Blumenmuster, dazu Perlenohrringe, pinkfarbene Ballerinas und am Handgelenk eine Handtasche aus Stroh.

Opie saß zu Lorraines Füßen. Er wusste anhand der Kleidung seines Frauchens, dass Lorraine ohne ihn aus dem Haus gehen würde.

Beim Anblick von Conleys Bekleidung – kurze Sporthose, T-Shirt und Tennisschuhe – rümpfte ihre Großmutter die Nase.

»So willst du in die Stadt?« Sie berührte das noch feuchte Haar ihrer Enkelin. »An einem Sonntag?«

»Ich will arbeiten, Großmama«, sagte Conley. »Niemand wird mich sehen. Übrigens, ist das Heißwassergerät kaputt? Ich musste gerade kalt duschen. Und als ich meinen Fön eingestöpselt habe, ist wohl die Sicherung durchgebrannt.«

»Ach.« Lorraine winkte ab. »Ich hätte dich vorwarnen sollen. Es dauert lange, bis das heiße Wasser oben ankommt. Und ich habe auch geduscht, deshalb ist wahrscheinlich das gesamte heiße Wasser aufgebraucht. Tut mir leid, Liebes.«

»Schon gut. Aber hast du die elektrischen Leitungen in letzter Zeit mal überprüfen lassen?«

Großmama zuckte mit den Schultern. »Ich spreche mit Grayson darüber. Um so was kümmert sie sich.« Dann griff sie in die Tasche und zog einen kleinen weißen Umschlag heraus. »Ich habe etwas für dich.«

Conley nahm den Umschlag und schob den Daumennagel unter die Lasche. Ein Schlüsselring mit einem runden Messinganhänger rutschte ihr in die Hand. »Was ist das?«

»Der Schlüssel zur Redaktion des *Beacon*. Genau genommen Pops' alter Schlüssel.«

Conley drehte den Anhänger um und entdeckte das Monogramm ihres Großvaters. »Warum gibst du ihn mir? Warum nicht Grayson? Sie leitet die Zeitung, nicht ich.«

»Deine Schwester hat ihren eigenen Schlüssel«, sagte Lorraine. »Ich wollte, dass du diesen hier bekommst. Er soll dich an deinen Platz in der Familie und in der Firma erinnern. Ich möchte, dass du begreifst, was auf dem Spiel steht.«

»Du weißt, dass ich nicht auf Dauer in Silver Bay bleiben kann, Großmama. Das ist nur vorübergehend, bis ich wieder einen Job finde …«

»Du meinst, bei einer richtigen Zeitung?«

»Das wollte ich nicht sagen«, widersprach Conley.

Ihre Großmutter sah sie mit ihren blauen Augen durchdringend an. »Etwas Richtigeres oder Besseres als deine Heimatstadt wirst du nirgends finden, Sarah. Und du wirst keine Stadt finden, die eine richtige Zeitung so sehr braucht wie Silver Bay. Hier kannst du etwas bewirken. Wenn ich davon nicht überzeugt wäre, würde ich dich nicht bitten zu bleiben.«

Conley seufzte. »Ach, es ist einfach so, dass ich nicht …«

Draußen ertönte eine Hupe. Opie trottete zur Tür und kratzte am Fliegengitter.

Lorraine spähte durch das Fenster neben der Haustür. »Da ist Grayson. Ich muss gehen. Denk bitte drüber nach, ja? Und Sarah?«

»Ja?«

»Es wäre schön, wenn ich heute keine Anrufe deinetwegen bekäme. Und sei ein liebes Mädchen und nimm bitte Opie mit. Ich glaube, er fühlt sich vernachlässigt.«

Als sie in der Innenstadt den Platz vor dem Gerichtsgebäude umrundete, kamen die Gläubigen nach dem Sonntagsgottesdienst aus den Kirchen der Methodisten, Baptisten und Presbyterianer, die Frauen in geblümten Sommerkleidern, die Männer in kurzärmeligen Hemden, die Sakkos über die Schulter geworfen. Die Kinder hüpften hinterher, in den Händen ihre Kunstprojekte aus der Sonntagsschule. Abgesehen davon war der Platz so gut wie verlassen, nur eine gebrechlich wirkende ältere Frau saß auf einer Bank und fütterte die Tauben in der Nähe der Konföderierten-Statue mit Popcorn.

Conley parkte am Straßenrand vor dem Gebäude des *Beacon* und drehte sich zu dem Jack Russell um, der auf dem Beifahrersitz saß, aus dem Fenster sah und vor Freude über diese unverhoffte Ausfahrt mit der Rute wedelte.

»Na komm, Opie«, sagte sie. Der Hund zögerte erst, dann sprang er aus dem Auto.

In der Redaktion des *Beacon* war es dunkel und still.

Conley machte Licht, packte ihren Laptop und ihre Recherchematerialien aus, setzte sich an den ihr zugewiesenen Schreibtisch und rief Kevins Textnachricht vom Vorabend auf, in der er ihr Symmes Robinettes hiesige Anschrift mitgeteilt hatte: 21 Sugar Key Way.

Diese Adresse gab sie am Laptop in die Browser-Suchleiste ein. Der erste Treffer war das Verzeichnis der grundsteuerpflichtigen Grundstücke des Countys. Dort fand sie heraus, dass das Haus zwei Jahre zuvor an Vanessa Robinette übertragen worden war. Also war der Verkauf nach Robinettes letztem Kongresswahlkampf vollzogen worden.

Laut Verzeichnis hatte der Verkäufer, die Sugar Key Corporation, Ltd., Vanessa Robinette ein rund zweitausend Quadratmeter großes, am Wasser gelegenes Grundstück mit einem 393 Quadratmeter großen Haus mit fünf Schlafzimmern, fünf Bädern, einer Garage für drei Pkw und einem Swimmingpool für 260 000 Dollar verkauft.

»Verdammt. So ein Geschäft würde ich mir auch gefallen lassen«, murmelte Conley.

Opie, der zu ihren Füßen gedöst hatte, sprang auf und wedelte zustimmend mit dem Schwanz.

Zum Vergleich gab Conley die Adressen der Nachbargrundstücke ein.

Das Haus mit der Anschrift 19 Sugar Key Way war sechs Monate vor Robinettes Villa für 1,95 Millionen Dollar verkauft worden, das mit der Hausnummer 23 im November 2018 für 2,1 Millionen.

Als Conley sich Robinettes Rechenschaftsbericht über seine

Finanzen für den Wahlkampf 2016 ansah, stellte sie fest, dass dieser Mann die letzten vierzig Jahre im Dienst der Öffentlichkeit ein beträchtliches Vermögen hatte anhäufen können.

Sein Pensionssparplan hatte einen Kontostand von 3,3 Millionen Dollar, dazu besaß er Aktien, die zum Zeitpunkt des Berichts weitere sechs Millionen Dollar wert waren.

Mit dem Finger fuhr Conley die Liste der Aktien in Symmes' Depot entlang. Ihr fiel auf, dass es größtenteils Standardwerte waren, dazu eine kleine Anzahl Tech- und Bankpapiere, ferner Anteile an einem Unternehmen, das eigenartigerweise Sugar Key Holdings hieß.

Bei seinen Vermögenswerten hatte er unter anderem ein Haus in Silver Bay, 2331 Trinity Street, angegeben, das er 1980 für 32 000 Dollar erworben hatte. Es lag nur wenige Blocks von Großmamas Haus auf der Felicity Street entfernt.

Seiner Vermögensauflistung zufolge besaß Symmes Robinette überdies ein Haus mit 320 Hektar Land in Bronson County, dessen Schätzwert mit zwei Millionen Dollar angegeben war. War das die Oak Springs Farm? Conley notierte sich die Adresse. Falls ja, wohin war Toddie dann nach der Scheidung gezogen? Sie wohnte doch bestimmt nicht bei ihrem Ex zur Miete, oder?

Conley rief die Website des staatlichen Grundstückswert-Schätzers von Bronson County auf und orientierte sich erst einmal. Dann gab sie die soeben notierte Adresse ein. Als das entsprechende Dokument auf dem Bildschirm erschien, musste sie blinzeln und zweimal hinsehen.

Anscheinend hatte Symmes Robinette das Eigentum an dem 320-Hektar-Grundstück mitsamt Haus mit Datum vom 8. Mai für die Summe von einem Dollar »und weitere Leistungen« an Emma Todd Sanderson übertragen, also nicht einmal eine

Woche, bevor er in einem brennenden Autowrack ums Leben kam.

Emma Todd Sanderson musste Toddie Robinette sein, die nach der Scheidung vermutlich wieder ihren Mädchennamen angenommen hatte.

»Leck mich«, flüsterte Conley.

Sie sah sich nach dem Redaktionsdrucker um, dann wurde ihr klar, dass sie gar nicht wusste, wie sie ihn mit dem Laptop verbinden sollte. Stattdessen machte sie einen Screenshot von der Seite.

Ihr Magen knurrte, sie ballte stumm die Faust. So war es immer: Wenn sie an einer Story arbeitete und alles gab, bekam sie riesigen Hunger. Und sie hatte kein Frühstück gehabt. Mittagessen auch nicht.

Conley durchkämmte die verlassene Redaktion nach etwas Essbarem. Der Kühlschrank im Pausenraum war bis auf einen suspekt aussehenden Becher Joghurt und ein halb gegessenes Sandwich enttäuschend leer. Imbissautomaten gab es natürlich keine, und sie wusste, dass am Sonntagvormittag in der Nähe nichts geöffnet hatte.

Ihr Blick blieb an der geschlossenen Tür zum Büro ihrer Schwester hängen. Als Kind hatte Grayson notorisch Snacks gehortet. Winnie hatte sich immer bitter beklagt, wenn sie wieder einmal eine halb leere Tüte Maisflips unter Graysons Matratze oder Snickers-Riegel in ihrer Unterwäscheschublade gefunden hatte.

Glücklicherweise war die Tür zu Graysons Heiligtum unverschlossen. Halb verhungert, wie Conley war, hätte sie das Schloss ohne Gewissensbisse geknackt.

Sie ging direkt zum Schreibtisch und zog die tiefe mittlere Schublade auf. Volltreffer! Zwischen Büroklammern, Haftnotizen und Stiften fand sie eine veritable Auswahl: die obligatorischen Maisflips und Snickers, die Klassiker aus der Kindheit ihrer Schwester, außerdem Müsliriegel, Tüten mit Erdnüssen und sogar die kleinen einzeln verpackten Käsecracker.

Das waren wirklich viele Süßigkeiten, fand Conley. Sie drehte sich mit dem Schreibtischstuhl um und entdeckte unter dem Konsoltisch hinter dem Schreibtisch einen Minikühlschrank. Als sie ihn öffnete, fand sie Kartons mit Orangensaft, Tüten mit Trauben, Babykarotten, mehrere Packungen Putenbrust in Scheiben und winzige, rot verpackte runde Käsetaler.

Ihr fiel ein, dass am Vortag ein Kopfkissen und eine Decke auf dem Sofa gelegen hatten. Conley stand auf und ging zum kleinen Schrank. Das Kissen und die Decke lagen ordentlich gefaltet im Regal, an der Kleiderstange hing eine Plastikhülle aus der Reinigung mit mehreren Kleidern, Röcken, Blusen und Blazern. In einem Wäschesack am Boden befand sich weitere Kleidung, auch Unterwäsche und Sportsachen. Ebenfalls auf dem Boden des Schranks standen vier Paar Schuhe aufgereiht.

Im Bad entdeckte sie Fön und Lockenstab ihrer Schwester sowie einen Kulturbeutel.

Grayson, so wurde ihr klar, lebte hier. In ihrem Büro. Sie machte nicht nur gelegentlich ein kurzes Nickerchen oder schnappte sich schnell etwas zu essen, wenn sie zu viel zu tun hatte, um nach Hause zu Tony zu fahren.

Conley setzte sich aufs Sofa, riss die Verpackung eines Müsliriegels auf und begann hektisch zu kauen.

Was war mit Tony und Grayson los? Conley hatte ihrem Schwager nie sonderlich nahegestanden, obgleich sie der Meinung war, dass Tony, den Grayson im letzten Jahr ihres Jurastudiums an der Stetson University kennengelernt hatte, gut zu ihrer Schwester passte. Auch Großmama billigte die Verbindung, zumal Tony Verständnis dafür gehabt hatte, dass Grayson zurück nach Silver Bay ziehen wollte, um nach dem Tod ihres Großvaters die Zeitung zu übernehmen.

Tony war Anwalt einer Softwarefirma mit Sitz in Texas, deshalb war er beruflich viel auf Reisen, und da er Grayson zufolge nicht so auf »Familienkram« stand, bekam Conley ihn außer bei wichtigen Feiertagen und Familienbegräbnissen kaum zu Gesicht.

Es sah Grayson ähnlich, kein Sterbenswörtchen über den Zustand ihrer Ehe zu verlieren. Sie hatte als Kind nicht nur Süßigkeiten gehortet, sie war auch so verschwiegen gewesen, dass Conley nie gewusst hatte, was im Leben ihrer Schwester vorging.

Was auch dahintersteckte, die Entscheidung, Einzelheiten aus ihrem Privatleben preiszugeben, lag bei Grayson. Conley aß den Müsliriegel auf und wischte ein paar verräterische Krümel vom Sofa, dann ging sie auf Zehenspitzen zurück in die Redaktion.

Als sie sich gerade wieder vor ihrem Laptop niedergelassen hatte, kündigte ihr Handy mit einem Klingelton eine eingehende Nachricht an. Sie war von Skelly.

Mama hat einen guten Tag. Möchtest du zum Mittagessen rüberkommen?

Eine erst halb fertige Idee in Conleys Kopf nahm Gestalt an.

Klar. Und wie wär's anschließend mit einem Ausflug aufs Land?

Sie betrachtete die kleinen Bläschen, die bedeuteten, dass er eine Antwort tippte.

Okay. Was hast du vor?

25

Entschuldige«, sagte Conley, als sie bei Skelly vor der Tür stand. Sie deutete auf Opie, der an der Leine zerrte, weil er ins Haus wollte. »Als du mich eingeladen hast, habe ich ganz vergessen zu erwähnen, dass ich mit Anhang komme.«

»Das macht nichts.« Skelly bückte sich und kraulte Opie hinter den Ohren, und sofort rollte sich der Terrier auf den Rücken, um sich gründlich den Bauch streicheln zu lassen. »Mom liebt Hunde. Sie vermisst Buford schrecklich.«

»Oh, Buford … Das war so ein braves Kerlchen.« Lächelnd erinnerte sich Conley an den Golden Retriever der Kellys. In ihrer Kindheit war der Hund der ständige Begleiter der Kinder gewesen. »Aber er ist schon lange tot, Skelly.«

»Tja, Mama hat das vergessen. Na, komm rein. Das Mittagessen ist fertig. Gibt aber nichts Besonderes.«

Conley folgte Skelly durch den Flur ins Esszimmer. Miss June saß am Mahagonitisch, auf dem eine edle Damastdecke lag. Der Tisch war mit feinem Porzellan, Gläsern und leicht angelaufenem Silberbesteck für drei Personen gedeckt. In der Mitte stand eine Kristallvase mit Zinnien, Kosmeen und Sonnenblumen, in silbernen Kerzenständern brannten rosa Kerzen.

»Hübsch siehst du aus!« Conley beugte sich hinab und gab Miss June einen Kuss auf die Wange.

Skellys Mutter trug ein leuchtend blaues Hauskleid mit Druckknöpfen an der Vorderseite und hatte sich einen Zweig blassblauer Bleiwurzblüten hinters Ohr gesteckt.

»Du siehst auch hübsch aus, Sarah«, sagte Miss June diplomatisch.

»Ups! Tut mir leid, dass ich mich in diesem Aufzug an euren schön gedeckten Tisch setze, aber ich wusste nicht, dass mir so eine schicke Einladung zum Mittagessen ins Haus flattert«, erwiderte Conley.

»Und wer ist das?«, rief Miss June, als sie Opie entdeckte, der an ihren Knöcheln schnüffelte.

»Das ist Großmamas Hund Opie.« Conley nahm den Hund auf den Arm und hielt ihn Miss June hin, die strahlte und sich von dem Jack Russell über die Wange lecken ließ.

»Ist gut, Opie«, sagte Conley gespielt streng. »Ich bringe ihn besser in den Garten, sonst bettelt er die ganze Zeit.«

»O nein, lass ihn hier«, widersprach Miss June. »Er kann neben mir sitzen. Du bist bestimmt ein braver Junge, nicht wahr? Wie heißt er noch, hast du gesagt, liebe Sarah?«

»Opie.« Conley strich über den Rand eines Tellers. »Das Geschirr ist so elegant. Viel zu elegant für jemanden wie mich.«

»Seanny hat den Tisch so schön gedeckt«, sagte ihre Gastgeberin glücklich. »Ich mag es, wenn alles schön aussieht, vor allem sonntags.«

»Das hast du wirklich hübsch gemacht, Seanny«, neckte Conley ihn.

»Hör auf!«, sagte er leise. »Sie hat sich so gefreut, dass wir beim Mittagessen Gesellschaft haben. Kommen dir diese Blumen bekannt vor?«

Sie drehte sich um und betrachtete den Strauß prüfend. »Sind die …?«

»Ich dachte, jetzt, wo deine Großmutter am Meer ist, wird sie ein paar Blumen aus ihrem Garten nicht vermissen. Normalerweise schickt sie Winnie jede Woche rüber, um einen Strauß zu holen.«

»Sie fände es bestimmt gut, dass deine Mutter ihre Freude daran hat.« Conley folgte Skelly in die Küche. »Und, wie kann ich helfen? Habe ich erwähnt, dass ich am Verhungern bin?«

»Du kannst den Salat auf den Tisch stellen. Ist alles fertig. Gibt aber nichts Ausgefallenes hier Chez Kelly. Nur einen grünen Salat und Spaghetti mit Fleischbällchen.«

Er ging zum Herd und nahm den Deckel von einem großen Topf. Sofort erfüllte der Duft von Oregano, Knoblauch und Tomaten die Küche.

»Riecht göttlich.« Conley nahm die Teller, auf denen bereits gemischter Salat angerichtet war.

Eine Stunde später spülte sie in der Küche das Geschirr ab, während Miss June im Wohnzimmer auf einem Sessel saß, Opie streichelte und den Hund mit Leckerlis fütterte.

»Wo hast du gelernt, so eine Tomatensoße zu machen?«, fragte Conley ihren Gastgeber, der die übrig gebliebenen Spaghetti in große Plastikbehälter füllte.

»Während des Studiums hatte ich einen Freund, der aus einer großen italienischen Familie aus New Jersey stammte. Sonntagabends hatten wir immer eine Lerngruppe, und dieser Freund brachte jedes Mal die *Sonntagssoße* seiner *Nonna* mit, wie er sie nannte.«

»Falls du je genug von der Apotheke hast, könntest du mit so einem Rezept vermutlich ein Restaurant eröffnen«, sagte Conley.

»Im Leben nicht«, erwiderte Skelly und stellte den letzten Behälter in den Kühlschrank. »Ich komme nicht oft zum Kochen, aber wenn, dann mache ich das zur Entspannung. Diese Spaghetti koche ich häufig. Sie sind eins von Moms Lieblingsgerichten und lassen sich von ihren Betreuerinnen ganz einfach zum Mittag- oder Abendessen aufwärmen. Es macht ihr nichts, jeden Tag das Gleiche zu essen, weil sie sich nicht daran erinnert, dass sie es schon am Vortag und am Tag davor hatte.«

»Heute wirkt sie doch ganz wach und glücklich.« Conley zögerte. »Was ich fragen wollte – meinst du, wir könnten mit ihr einen Sonntagsausflug aufs Land unternehmen?«

»Das hast du schon in deiner Nachricht geschrieben. Ich kenne dich, Sarah Conley Hawkins. Das hat irgendwas mit Symmes Robinette zu tun, stimmt's?«

»Schuldig«, bekannte Conley. »Ich habe ein bisschen herumgestöbert und mir Robinettes Rechenschaftsbericht über seine Finanzen für den letzten Wahlkampf angesehen. Abgesehen von dem Haus auf Sugar Key habe ich eine Adresse gefunden, von der ich glaube, dass es die Oak Springs Farm ist. Scheint in einem ziemlich ländlichen Teil von Bronson County zu liegen.«

»Warum ist das für deinen Artikel so wichtig?«

»Ich habe mir die Website des Grundstückswert-Schätzers von Bronson County angesehen und konnte nicht fassen, was ich da gefunden habe. Symmes hat das Farmhaus und die 320 Hektar Land an Toddie übertragen.«

»Und?«

»In der Woche vor seinem Tod, Skelly! Er hat seiner Ex-Frau, von der er sich vor vierunddreißig Jahren scheiden ließ, ein Geschenk im Wert von zwei Millionen Dollar gemacht.«

»Okay, aber warum willst du da raus zur Farm?«

»Es ist einfach ein schöner Tag für einen Ausflug aufs Land«, sagte Conley in dem Bemühen, unschuldig auszusehen und zu klingen. »Frische Luft, schöne Landschaft. Deine Mutter kann hinten sitzen und Opie knuddeln, und ich lasse dich sogar ans Steuer!«

»Während du vorne neben mir sitzt und versuchst, irgendwelche üblen Machenschaften beim Tod eines Politikers aufzudecken«, sagte er kopfschüttelnd.

»Genau!«

»Wohin fahren wir?«, fragte Miss June auf dem Rücksitz des Subarus und schaute aus dem Fenster.

»Das habe ich dir doch erzählt, Mama! Wir machen einen Sonntagsausflug«, sagte Skelly.

»Wunderbar!« Seit sie losgefahren waren, stellte Miss June diese Frage zum dritten Mal, dabei hatten sie die Stadtgrenze von Silver Bay kaum hinter sich gelassen.

»Ich habe auf der Website des Countys ein Foto von dem Farmhaus gesehen, das Symmes an Toddie übertragen hat«, berichtete Conley. »Es ist zweigeschossig und hat große, weitläufige Veranden. Sieht aus wie aus einem Hochglanzmagazin. Ein gewaltiger Unterschied zu dem Haus, das ich auf einem anderen Foto gesehen habe und das sie gemäß Scheidungsvereinbarung bekommen haben soll.«

»Inwiefern?«

»Ich vermute, dass sie im Hausmeisterhaus gewohnt hat. Obwohl das auch keine kleine Hütte war! Im Eintrag zur entsprechenden Parzelle stand, das Blockhaus habe hundertvierzig Quadratmeter. Im Vergleich zu dem großen Haus war es bescheiden. Ich wundere mich so darüber, weil ich mich frage, warum er ihr dieses große Haus – und das Land dazu – jetzt geschenkt hat? Sie sind doch schon so lange geschieden.«

»Vielleicht hatte Robinette Schuldgefühle. Damals bei der Trennung hat er seiner Frau ja nicht viel gelassen.«

»Vielleicht«, sagte Conley zweifelnd. »Ich habe mir, wie gesagt, seinen Rechenschaftsbericht für den letzten Wahlkampf angesehen. Der Mann hatte Geld wie Heu. Er hatte sechs Millionen Einlagen und Aktien plus das Anwesen auf Sugar Key, dazu ein Stadthaus in Georgetown in Washington. Und das Land mit der Farm, das er Toddie geschenkt hat.«

»Ich hatte keine Ahnung, dass ein Posten als Kongressabgeordneter so lukrativ ist«, bemerkte Skelly. »Irgendwas habe ich mit meiner kleinen Apotheke falsch gemacht.«

»Ob Robinette Schuldgefühle hatte oder nicht, sei dahingestellt, aber er war in seinem letzten Monat offenbar großzügig drauf«, sagte Conley. »Er hat sein altes Haus – das gleich um die Ecke von euch und Großmama ist – an seinen Sohn Charlie ›verkauft‹, auch für einen Dollar. Es wird auf über eine halbe Million geschätzt.«

»Ich weiß, dass Charlie da wohnt, seit Symmes und Vanessa raus ans Meer gezogen sind«, erzählte Skelly. »Bestimmt hat der alte Mann gedacht, er könnte es seinem Sohn genauso gut schenken.«

»Und wieder frage ich mich: warum jetzt?«

Skelly blickte aus dem Fenster auf die vorüberziehende Landschaft. »Vielleicht … ist er sich seiner eigenen Sterblichkeit bewusst geworden.«

»Oder er wusste, dass er eine unheilbare Krankheit hat, und wollte sein Gewissen erleichtern.«

»Keine Ahnung.«

Conley hatte Skellys Mienenspiel beobachtet und meinte, etwas zu bemerken. »Du weißt *wohl* etwas. Du hast die einzige Apotheke in der Stadt. Falls Symmes Robinette krank war, würdest du es wissen. Auch, wie schlimm es war.«

»Das sind vertrauliche medizinische Informationen«, sagte

Skelly. »Darüber darf ich nicht sprechen. Das widerspricht meinem Berufsethos.«

»Entschuldige«, sagte Conley zerknirscht. »Bevor Großmama heute Morgen mit Grayson zur Kirche gefahren ist, hat sie noch gesagt, dass sie keine neuen Klagen über ihre aufdringliche Enkelin hören will.«

Skelly hatte die Adresse der Oak Springs Farm in die Navi-App seines Handys eingegeben. Sie befanden sich etwa fünfzehn Meilen außerhalb der Stadtgrenzen von Silver Bay, als er plötzlich abbremste und am Straßenrand hielt.

Er deutete auf eine Stelle wenige Meter vor ihnen. Der Asphalt war noch immer mit öligem schwarzen Ruß überzogen, der Randstreifen mit glitzernden roten Plastikscherben der Rücklichter übersät.

»Kommt dir das bekannt vor?«, fragte er.

Conley bekam einen trockenen Mund, und ihr wurde flau im Magen, als sie an die Unfallnacht und das lichterloh brennende Auto dachte. »Ich bin neulich hier vorbeigekommen, aber bei Tageslicht sieht alles ganz anders aus.« Sie schaute aus dem Fenster und entdeckte hinter einer Baumreihe das Dach eines kleinen Hauses. »Das Haus da hinten ist mir bisher noch nicht aufgefallen. Wer da wohl wohnt? Ich frage mich, ob die Bewohner in der Unfallnacht etwas gesehen oder gehört haben«, sinnierte sie.

»Das ist eine gute Frage für die Cops«, sagte Skelly, lenkte den Wagen zurück auf die Straße und fuhr weiter.

»Das Navi sagt, wir sind bald da«, verkündete er einige Minuten später. Sie kamen an einer kleinen Plakatwand vorbei, auf der stand: WILLKOMMEN IN BRONSON COUNTY – LAND DER WACHTELN.

Von hinten ertönte ein leises Geräusch. Conley drehte sich um und sah, dass Miss June eingenickt war, mit Opie auf ihrem Schoß, der ausgestreckt auf dem Rücken lag und ebenfalls schlief.

»Siehst du das?«, fragte sie.

Skelly blickte in den Rückspiegel und lächelte. »Vielleicht solltest du Opie öfter mitbringen.«

Fünf Minuten später tauchte ein langer, weiß gestrichener Zaun auf. »Okay, das ist die Riverdale Farm. Wenn ich mich recht erinnere, ist das die erste der großen Farmen an dieser Straße. Es gibt es noch einige kleinere im ganzen County, aber ein halbes Dutzend von den größten liegt gleich am Anfang.«

»Schön hier!« Conley bewunderte die ordentlichen Zäune, die stattlichen moosbehangenen Eichen und die grünen Wiesen mit Rindern, Pferden und hin und wieder einem Maultier.

»Warst du noch nie hier?« Skelly klang überrascht.

»Glaub nicht. Dad war ja kein Jäger. Und Pops ist eher auf Hirsche als auf Wachteln gegangen. Er meinte, Wachteln zu jagen sei, wie Pferde zu züchten, eine Freizeitbeschäftigung für Reiche.«

»Da hatte er recht«, brummte Skelly. »Nicht viele Farmen gehören noch Leuten hier aus der Gegend. Die meisten sind im Besitz von stinkreichen Tycoons. In der Tauben- oder Wachtelsaison fliegen sie mit ihren Milliardärsfreunden in Privatjets ein, knallen ein paar Wachteln ab, schlürfen ein bisschen Bourbon, dann jetten sie zurück in den Norden.«

»Nett«, kommentierte Conley.

Sie kamen an einer weiteren Farm vorbei. »Ich war seit einer Ewigkeit nicht mehr hier draußen«, sagte Skelly, »aber jetzt, wo ich die Landschaft sehe, fällt mir wieder ein, dass ich als kleines Kind mal mit meinen Eltern auf der Oak Springs Farm war.«

Nachdem sie noch zwei Landgüter, Buie's Creek und River's Edge, passiert hatten, hielt Skelly an einer beeindruckenden Einfahrt. Zwei hohe gemauerte Pfeiler trugen ein kunstvoll verschnörkeltes schmiedeeisernes Doppeltor. Ein dezenteres Schild an einem der Pfeiler verkündete: OAK SPRINGS FARM, ANNO 1902.

»Wow«, sagte Conley und pfiff leise.

Skelly setzte den Subaru ein Stück zurück, dann fuhr er langsam weiter.

»Was machst du da?«, fragte Conley erschrocken. »Warte!«

Er hielt wieder an und deutete auf das Tor. »Du hast gesagt, du willst die Farm sehen. Das hast du jetzt. Wir haben an einem wunderschönen Sonntag einen netten Ausflug aufs Land gemacht. Mama hatte einen Hund auf dem Schoß und konnte ein Nickerchen machen. Das nenne ich eine Win-win-Situation.«

»Ich dachte, wir sehen uns das Haus an«, sagte Conley. »Vielleicht hat deine Mutter ja Lust, ihrer alten Freundin mal Hallo zu sagen.«

»Ich betrete dieses Grundstück nicht unbefugt«, entgegnete Skelly. »Nicht mal dir zuliebe.«

»Das wäre doch nicht wirklich unbefugt«, hakte Conley nach. »Wir könnten einfach zum Haus fahren, an die Tür klopfen und Toddie einen Besuch abstatten. Ich meine, sie war schließlich die beste Freundin deiner Mutter.«

»Toddie?«

Die beiden drehten sich um und stellten fest, dass Miss June wach war. »Wo sind wir?«, fragte sie verträumt. Sie sah sich um, und ehe Conley und Skelly reagieren konnten, öffnete sie die Tür, stieg aus und eilte überraschend schnell aufs Tor zu.

»Mama?«, rief Skelly.

Aufgeregt deutete seine Mutter auf das Schild. »Ich kenne

diese Farm«, sagte sie. »Hier wohnt Toddie.« Sie versetzte dem Eisentor einen Schubs, die Angeln quietschten.

»Mist!« Skelly warf Conley einen verärgerten Blick zu. Er stieg aus und ging zu seiner Mutter.

Mit der Schulter schob Miss June das Tor weiter auf. »Hier wohnt Toddie«, erklärte sie ihrem Sohn noch einmal.

»Nein, Mama, hör zu!«, begann er, doch in diesem Augenblick kläffte Opie begeistert, sprang aus dem Auto und trottete zu seiner neuen Freundin.

»Opie«, rief Conley und stieg ebenfalls aus. »Komm her, Kleiner! Komm her!«

Der Terrier blieb kurz stehen und sah sich um, dann wedelte er begeistert mit dem stummelartigen Schwanz.

»Braver Opie«, rief Conley ermutigend und näherte sich dem Hund langsam. »Komm her, mein Junge!«

Eifrig wedelte der kleine Jack Russell mit der Rute. Dann flitzte er an Miss June und ihrem Sohn vorbei die Auffahrt entlang, so schnell es seine braun gefleckten weißen Beinchen erlaubten –, und für einen ältlichen Hund, dessen übliche Geschwindigkeit der einer Schildkröte glich, war das ziemlich schnell.

»Opie!«, brüllte Conley. »Komm zurück!«

Skelly nahm seine Mutter am Arm, führte sie zum Auto und half ihr auf den Rücksitz, während Conley wieder den Beifahrersitz einnahm.

»Das hast du absichtlich gemacht«, sagte er, ließ den Wagen an und rollte durch das nun offen stehende Tor.

Sie war so klug, ihm nicht zu widersprechen.

26

Die sandige Zufahrt zur Oak Springs Farm schlängelte sich unter einem gewölbten Baldachin aus moosbehangenen Eichen und hoch aufragenden Kiefern dahin, doch Conley nahm das alles nicht wahr. »Fahr dem Hund hinterher!«, wies sie Skelly an. »Wenn Opie was passiert, bringt Großmama mich um. Und danach dich.«

Alle paar Hundert Meter blieb der Hund stehen, um zu verschnaufen. Skelly fuhr langsamer, und Conley sprang hinaus, um sich dem Hund zu Fuß zu nähern, doch jedes Mal, wenn sie nahe genug herankam, um ihn zu packen, lief er davon und spielte mit seinen Verfolgern seine eigene Version von Fangen. Dann war er plötzlich verschwunden. Am Ende der Zufahrt erblickte Conley hinter zwei ausladenden Lebenseichen ein zweigeschossiges weißes Farmhaus mit breiten Veranden.

Auf der vorderen Veranda stand eine weißhaarige Frau und hatte den sich windenden Jack-Russell-Terrier fest im Arm, während ein halbes Dutzend anderer Hunde bellend und winselnd um sie herumlief.

»Gott sei Dank!«, stieß Conley aus. Skelly hatte die Gangschaltung kaum auf Parken gestellt, da sprang sie schon aus dem Auto und lief zum Haus.

»Ist das Ihr Hund?«, rief die Frau. Sie hatte hellblaue Augen und eine wettergegerbte Haut. Über der ausgeblichenen Jeans trug sie schlammverkrustete Arbeitsstiefel und ein marineblaues T-Shirt.

»Opie!« Conley breitete die Arme aus. »Du ungezogener Junge!« Sie wandte sich der Frau zu. »Vielen Dank, dass sie ihn eingefangen haben.« Sie musterte die anderen Hunde. »Die tun ihm doch nichts, oder?«

»Nein, die sind nur neugierig. Stöberhunde sind die lautesten Hunde, die man sich vorstellen kann. Und sie sind ein bisschen eifersüchtig.«

»Schöne Tiere«, sagte Conley. »Was ist das für eine Rasse?«

»Eine Art English Setter. Llewellyn Setter, wenn Sie es genau wissen wollen.« Die Frau hielt ihr die Hand hin. »Achten Sie nicht auf den Dreck oder die Hunde. Ich bin übrigens Toddie.«

»Und ich bin Conley.« Sie deutete auf Skelly und Miss June, die neben dem Auto standen. »Diese beiden kennen Sie vielleicht …«

Toddie fischte eine Brille aus der Brusttasche ihres T-Shirts und setzte sie auf. »Du lieber Gott! Kann das sein? Ist das June Kelly?«

»Ja«, bestätigte Conley.

»Sie sieht … anders aus. Kleiner.«

»Sie hat Demenz«, sagte Conley leise. »Das ist ihr Sohn, Sean. Er führt jetzt die Apotheke, und Miss June hat neulich von Ihnen gesprochen. Da dachten wir … na ja, *ich* dachte, es ist so ein schöner Tag …«

Ehe sie den Satz beenden konnte, ging Toddie mit ausgebreiteten Armen auf das Auto zu. »June Kelly!«, rief sie. »Komm her und lass dich umarmen!«

»Toddie?«, fragte June. Sie sah ihren Sohn an. »Ist das wirklich Toddie? Sie sieht alt aus!«

»Mama!«

»Sie hat recht. Ich sehe wirklich alt aus. Ich *bin* alt.« Toddie schlang die Arme um die kleinere Frau. »Ach, June, meine alte Freundin. Wie ich dich vermisst habe!« Sie löste einen Arm. »Und Sean! Als ich dich das letzte Mal sah, hast du geweint, weil du von meinem Maultier runterwolltest.«

Skelly grinste. »Ich versuche seit dreißig Jahren, darüber hinwegzukommen. Und ich bin immer noch nicht heiß auf ein Tier, das mir gegen den Kopf treten und mich töten könnte.«

»Seanny arbeitet jetzt im Geschäft, Toddie«, verkündete June stolz. »Er ist mir eine große Hilfe.«

»Da bin ich mir sicher«, erwiderte Toddie. Sie sah an den Kellys vorbei zu Conley, die ein wenig Abstand hielt, um das Wiedersehen nicht zu stören.

»Ist das deine Frau, Sean?«

»Äh, nein, Mrs. Robinette, ähm, Toddie. Das ist Sarah Conley Hawkins. Ihre Familie lebt zwei Häuser neben uns. Vielleicht erinnerst du dich an sie?«

»Himmel, ich lebe schon so lange auf dem Land, fern der zivilisierten Gesellschaft von Silver Bay, dass du mir auf die Sprünge helfen musst«, erklärte Toddie.

»Nun, Sarah ist Lorraines Enkelin«, sagte June. »Lorraine Conley. Du weißt doch, Lorraine und Woodrow, ihnen gehört die Zeitung.«

»Natürlich.« Toddie nickte. »Dann sind Sie die Tochter von Melinda und Chet, richtig?«

»Ja, Ma'am«, bestätigte Conley, auf einmal betreten.

»Ich hoffe, Ihren Eltern geht es gut«, sagte Toddie. »Es ist sehr lange her.«

»Melinda ist schon vor langer Zeit verschwunden, und wir wissen nicht, wo sie ist«, erklärte June ungefragt. »Und Sarahs

Vater ist tot. Wie mein Patrick. Wusstest du, dass mein Patrick gestorben ist, Toddie?«

»Nein.« Toddie nickte Conley ernst zu, doch in ihren kornblumenblauen Augen blitzte kurz der Schalk auf. »Mein Beileid euch allen.«

Mit knallrotem Kopf schaute Skelly von Toddie zu Conley. »Tut mir leid. Mom ist in letzter Zeit, ähm, sehr direkt.«

June deutete mit ihrem knochigen Finger auf Toddie. »Was ist aus deinem jämmerlichen Ehemann geworden, Toddie?«

»Nun, er ist mit einem jüngeren Mädchen auf und davon, die ihm nicht so viele Widerworte gegeben hat wie ich«, erwiderte Toddie unbekümmert. »Da habe ich gesagt, gut, dass ich den Kerl los bin.«

»O Gott, Mama!« Skelly zog sie am Arm. »Ich denke, wir bringen dich nach Hause, damit du dich ausruhen kannst.« Er wandte sich an Toddie. »Ich weiß nicht, was ich sagen soll, Toddie. Es ist mir unglaublich peinlich. Wirklich.«

»Mach dir keine Gedanken, Sean!« Toddie legte ihm die Hand auf die Schulter. »Ich habe ein schlechtes Gewissen, weil ich mich so lange nicht bei den Menschen aus meinem alten Leben gemeldet habe. Aber wir haben auf der Farm so viel zu tun, dass ich das Zeitgefühl verliere.«

»Es ist genauso schön hier, wie ich es aus meiner Kindheit in Erinnerung habe«, sagte Skelly.

»Danke. Mein Sohn Hank arbeitet mit mir zusammen, und natürlich lebt Rebecca seit ihrer Scheidung auch hier, im *kleinen Haus*, wie wir es nennen. Ihre Töchter sind schon Teenager, ist das zu fassen? Was ist mit dir, Sean? Hast du Kinder?«

»Nein. Ebenfalls geschieden, leider.«

Er nickte Conley zu und dann nachdrücklich in Richtung Auto. »Wir machen uns jetzt besser auf den Heimweg. Mom kommt gern mal raus und unter Leute, aber wenn sie zu erschöpft ist, weiß man nie, was ihr so rausrutscht.«

»Das war bei meiner Oma auch so, als sie dement wurde«, sagte Toddie. »Einmal hat sie unserem Pfarrer gesagt, er soll die Kollekte rumgehen lassen und sich neue Zähne und seiner Frau ein größeres Kleid kaufen.«

»Autsch.«

»Es war schön, dich wiederzusehen, Sean, und dich natürlich auch, June. Seid ihr aus einem bestimmten Grund den ganzen Weg hierhergekommen?«

»Ich helfe Mama ins Auto«, sagte Skelly. »Conley, ich nehme Opie mit und setze ihn auf die Rückbank.« Er klemmte sich den zappelnden Terrier unter den Arm und führte seine Mutter zum Subaru zurück.

»Es ist ihm peinlich«, erklärte Conley Toddie, sobald Skelly außer Hörweite war. »Ich muss Ihnen wohl gestehen, dass ich die beiden heute unter einem falschen Vorwand hergeschleppt habe.«

Toddie legte den Kopf schräg. »Ach? Inwiefern?«

»Na ja, ich arbeite im Moment für den *Beacon*. Vorübergehend. Und die Sache ist so: Ich sitze an einem Artikel über Ihren Ex-Mann. Über seinen Tod, meine ich.«

Toddies Lächeln erstarb.

Conley sprach schnell weiter. »Mein herzliches Beileid. Es muss ein furchtbarer Schock für Ihre Familie gewesen sein.«

»Meine Familie?« Ihre Stimme war kühl. »Wenn Sie nach einer Geschichte über meinen Ex-Mann suchen, dann wenden Sie sich am besten an seine Frau. Symmes und ich gehen seit über dreißig Jahren getrennte Wege.«

»Vanessa … ich meine, Mrs. Robinette hat dem *Beacon* einen Nachruf geschickt, und es sieht so aus, dass als Hinterbliebene nur Vanessa und ihr Sohn genannt werden. Sie, Toddie, werden darin gar nicht erwähnt, und Ihre gemeinsamen Kinder auch nicht.«

Toddie presste die Lippen fest zusammen. »Das überrascht mich nicht«, sagte sie schließlich. Sie sah zum Subaru hinüber. »Tut mir leid, dass Sie den Ausflug hierher umsonst gemacht haben, Sarah.«

»Ich hätte noch eine Frage«, beeilte sich Conley zu sagen. »Es ist nämlich so: Ich habe bei meiner Recherche gesehen, dass Mr. Robinette Ihnen diese Farm eine Woche vor seinem Unfall übertragen hat. Und das fand ich ungewöhnlich …«

»Ich habe dazu nichts weiter zu sagen. Danke, dass Sie heute mit June hergekommen sind. Aber jetzt müssen Sie mich bitte entschuldigen, ich habe Hunde auszubilden und eine Farm zu führen.«

»Mein Gott, war das peinlich!«, stöhnte Conley, als sie losfuhren.

»Was hat sie noch gesagt?«, fragte Skelly.

»Im Grunde genommen: ›Da ist die Tür, lassen Sie sich nicht aufhalten.‹« Conley drehte sich um und sah, dass Miss June schon eingedöst war und Opie zufrieden auf ihrem Schoß lag.

»Die gute Nachricht ist, dass Toddie schon so lange weg ist, dass sie wahrscheinlich nicht die Telefonnummer deiner Großmutter hat«, bemerkte Skelly.

»Ich muss mich wohl noch mal bei dir entschuldigen«, sagte Conley seufzend.

»Nicht bei mir«, sagte er.

Sie lehnte den Kopf ans Fenster und schloss einen Moment die Augen, doch gleich darauf saß sie kerzengerade da, weil ihr einfiel, was sie seit dem Vormittag schon fragen wollte. »Skelly, weißt du, was mit Grayson und Tony los ist?«

Er hielt den Blick auf die Straße gerichtet und ließ sich Zeit mit seiner Antwort.

»Was meinst du damit?«

»Immer, wenn jemand eine Frage mit einer Gegenfrage beantwortet, habe ich den Verdacht, dass derjenige etwas zu verbergen hat. Ich meine, meine Schwester schläft im Büro. Sie lebt im Grunde dort. Haben die zwei sich getrennt? Hat Grayson Tony aus dem Haus gejagt?«

»Frag sie doch selbst!«, sagte Skelly.

Conley verdrehte die Augen. »Du kennst doch Grayson. Sie ist so … verschlossen. Zugeknöpft. Wir haben eigentlich noch nie über Familienangelegenheiten gesprochen.«

»Überhaupt nicht? Auch nicht, na ja, über deine Mutter?«

»Nö.«

»Erzählst du ihr denn, was in deinem Leben so los ist? Weiß sie, dass du dich von deinem Freund getrennt hast, der sogar bei dir gewohnt hat, bevor du hergekommen bist?«

»Auf welcher Seite stehst du eigentlich?«

»Auf keiner. Ich bin neutral.«

»Das ist doch Blödsinn!«, sagte sie leise.

Mehrere Meilen Weide- und Ackerland zogen an ihnen vorüber, ehe Skelly wieder das Wort ergriff.

»Bevor Danielle endgültig ausgezogen ist, also, als wir noch versucht haben, unsere Ehe zu retten, da sind wir zur Paartherapie gegangen. Und der – übrigens männliche – Therapeut hat etwas gesagt, das mir sofort eingeleuchtet hat«, erzählte er.

»Ich bin gespannt.«

Skelly ignorierte Conleys Sarkasmus. »Er hat gesagt, fünfundsiebzig Prozent der Probleme in Beziehungen – also, warum die Leute in der Therapie landen – entstehen deshalb, weil man einfach Wissen voraussetzt. Man nimmt an, dass der andere dieselben Werte und Ziele hat. Aber das darf man nicht tun. Nicht einmal von der Person, die mir am nächsten steht, kann ich erwarten, dass sie meine Gedanken kennt, es sei denn, ich öffne mich und spreche ehrlich darüber.«

»Und, hat es geholfen?« Conley sah ihn an. »Bei dir und Danielle?«

»Offensichtlich nicht genug, um unsere Ehe zu retten. Als wir endlich anfingen, miteinander zu reden, habe ich gedacht, sie wolle mit mir verheiratet bleiben und in Silver Bay leben, vielleicht sogar Kinder mit mir bekommen. Aber das stimmte gar nicht. Danielle setzte voraus, dass ich weiß, wie gefangen sie sich fühlte – in unserer Ehe, in der Situation mit Mom, im Familienbetrieb, alles.«

»Dann hat es nicht so viel geholfen, dass ihr euch einander geöffnet habt«, sagte Conley.

»Auf eine verdrehte Weise schon. Nicht in der Ehe, aber es hat geholfen, einiges geradezurücken. Ich habe zum Beispiel erkannt, was ich will und was mir wichtig ist. Ich habe erkannt, dass sich zwischen uns selbst dann nichts ändern würde, wenn ich all ihre Wünsche erfüllen würde.« Er warf Conley einen Seitenblick zu. »Wenn du versuchen würdest, richtig mit Grayson zu reden, würdest du dich wundern, was sie zu sagen hat. Die Zeitung herauszugeben und sich um eure Großmutter zu kümmern … Ich weiß aus eigener Erfahrung, dass das manchmal zu viel sein kann.«

»Meine Schwester redet nicht mit mir«, sagte Conley. »Sie hält mich für eine verwöhnte Göre, weil ich es geschafft habe, wegzugehen und den Beruf zu ergreifen, den ich wollte, während sie zu Hause geblieben ist, um den *Beacon* zu retten. Du kennst meine Schwester nicht richtig, Skelly. Sie ist gern Märtyrerin. Sie hätte katholisch sein müssen, nicht presbyterianisch. Die heilige Grayson. Unsere liebe Frau vom immerwährenden Opfer. So heißt meine große Schwester eigentlich.«

»Ist das nicht ziemlich hart?« Skelly hob die Augenbraue. »Falls es in ihrer Ehe kriselt, falls sie und Tony sich getrennt haben, dann ist sie jetzt bestimmt verdammt einsam. Und verletzlich.«

»Grayson Hawkins? Verletzlich?« Conley lachte verächtlich. »Mach mal die Augen auf!«

27

Als Conley am Montagmorgen nach unten kam, fand sie Winnie allein in der Küche, wo die Haushälterin Erdbeeren putzte, in Scheiben schnitt und in ein Sieb gab.

»Wo ist Großmama?«

»Einkaufen gefahren«, sagte Winnie und schüttelte missbilligend den Kopf. »Eine der Damen beim Gottesdienst hat einen Eimer Erdbeeren von ihrer Farm mitgebracht, und jetzt hat Lorraine sich in den Kopf gesetzt, heute Marmelade zu kochen.«

Conley schenkte sich einen Becher Kaffee aus der zerdellten Aluminium-Cafetiera auf der vorderen Kochplatte des Herds ein. »Und du hast sie allein fahren lassen?«

»Ich wollte sie überreden, dass ich fahre und sie wartet, bis du wach bist, aber sie wollte los, bevor es zu heiß ist. Heute Morgen sah sie schon viel besser aus. Der blaue Fleck war fast verschwunden. Jedenfalls wollte sie nur zum Supermarkt, das sind ja nur ein paar Blocks.«

Winnies türkisfarbenes Transistorradio stand auf der Fensterbank. Ein Sprecher verlas gerade die Lokalnachrichten, die, wie Conley feststellte, größtenteils aus dem *Beacon* der letzten Woche stammten. Eine Sitzung des Flächennutzungsausschusses stand bevor; bei der Gefängniserweiterung war Baubeginn.

Die lutheranische Kirche sponserte das Sommerlager für notleidende Kinder, und das Wetter würde voraussichtlich unverändert heiß und sonnig bleiben.

»Aus anderen Quellen erfuhr der WSVR, dass am Dienstag unseres verstorbenen Kongressabgeordneten Symmes Robinette gedacht werden soll, wenn sein Leichnam in der Rotunde des Kapitols in Washington aufgebahrt wird. Unter den zum Gottesdienst erwarteten Würdenträgern sind sämtliche Kongressabgeordnete aus Florida, der Gouverneur von Florida und sein Stellvertreter sowie dem Vernehmen nach der Präsident und der Vizepräsident. Eine Gruppe von Bürgern aus Silver Bay wird dem Gottesdienst ebenfalls beiwohnen, darunter Robinettes Witwe, Mrs. Vanessa Robinette, und sein Sohn Charles Robinette jr.

Seit der tragische Unfall vergangene Woche das Leben des achtzehnmaligen Kongressabgeordneten beendete, herrscht in der ganzen Stadt Trauer …«

Winnie schaltete das Radio aus. »Nicht jeder trauert um den«, murmelte sie.

Conley musterte die Haushälterin über ihre Tasse hinweg. »Darf ich dich etwas fragen, Winnie?«

Die Haushälterin drehte sich um und wischte sich die Hände an einem Geschirrtuch ab. »Über ihn?«

»Ja. Großmama wollte nie sagen, was genau passiert ist, weißt du, damals, als du in Schwierigkeiten geraten bist.«

»Lorraine nennt es gern *einen unglücklichen Vorfall*«, bestätigte Winnie. »Du kennst deine Großmutter. Um unangenehme Sachen redet sie lieber herum.«

»Muss in der Familie liegen«, sagte Conley. »Magst du darüber sprechen? Ich war schon immer neugierig.«

»Da gibt es nicht viel zu erzählen«, sagte Winnie. »Ich habe etwas getan, was ich vom Gesetz her nicht hätte tun dürfen. Dafür saß ich zwanzig Monate im Gefängnis.«

»Was genau hast du denn getan?«

Winnie schaute aus dem Küchenfenster. Strahlender Sonnenschein fiel herein, Möwen schrien, Wellen schlugen an den nahen Strand. Ein typischer Morgen am Meer.

»Du weißt doch, dass meine Schwester Nedra, die Mutter der Jungen, an Krebs gestorben ist, als sie nicht mal dreißig war. An einer Krebsart, die sie sich von diesem Rangierbahnhof drüben in Plattesville geholt hat, wo wir aufgewachsen sind. Die Bahngesellschaft hat da über viele Jahre Fässer mit Chemikalien gelagert, obwohl bekannt war, dass sie Krebs verursachen. Die Fässer sind verrostet, und die Chemikalien sind ausgelaufen, so ist das Gift in den See gekommen, in dem wir früher geschwommen sind. Es wurde in die Abflussgräben gespült, in denen wir immer Kaulquappen gefangen haben, und ist in die Erde gesickert, wo meine Mama ihren Garten hatte.«

»Ihr habt also auf einer Giftmülldeponie gelebt«, sagte Conley.

»Damals wussten wir es nicht besser. Dann wurden die Leute krank. Nasenbluten, Kopfschmerzen, Darmprobleme. Frauen hatten Fehlgeburten. Oder schlimmer.« Sie legte die Hand auf ihren Bauch, eine unbewusste Geste. »Die ersten starben. Sogar kleine Kinder. Niemand hat zwei und zwei zusammengezählt, bis diese Anwältin Randee auftauchte. Sie hatte sich die Statistiken für dieses Viertel angesehen. Hat Nadeln in eine Landkarte gesteckt, um zu sehen, wer wo wohnte und Krebs bekam.«

»Ein Krebscluster. Aber die Bahngesellschaft hat nie die Verantwortung dafür übernommen, stimmt's?«

»Nein. Randee hat ihr Bestes getan. Sie hat Klagen eingereicht, aber die Richter hier in der Gegend … Die steckten alle mit der Bahngesellschaft unter einer Decke. Und natürlich hat die Bahn Symmes Robinette beauftragt, sie vor Gericht zu vertreten. Die besten Richter und Anwälte, die man für Geld bekommen konnte. Welche Chance hatten wir schon? Wir waren ja nur weißer Abschaum vom falschen Ende der Stadt. Die haben Ärzte angeschleppt, die behauptet haben, wir wären vom Rauchen oder Trinken krank geworden, oder einfach so.«

Conley trank langsam ihren Kaffee und sah auf die Uhr über dem Herd. Sie musste zur Arbeit.

»Hat der *Beacon* je darüber berichtet, was damals in Plattesville passiert ist?«

»Nicht, dass ich wüsste«, sagte Winnie. »Aber ich war auch damit beschäftigt, für euch hier zu arbeiten und mich um meine kranke Schwester und ihre Kinder zu kümmern.«

»Wann hast du das letzte Mal mit dieser Anwältin gesprochen?«

»Wahrscheinlich an dem Tag, an dem sie mit mir zum Gericht gegangen ist, um dem Richter auszureden, dass er mich ins Gefängnis steckt«, sagte Winnie. »Hat nichts genützt. Aber das werfe ich ihr nicht vor.«

»Was genau hast du denn getan?«, fragte Conley erneut.

Winnie rieb Daumen und Zeigefinger aneinander, und ihr Gesicht nahm einen verträumten Ausdruck an. »Ich habe früher geraucht. Wusstest du das? Nicht bei euch im Haus, das hat deine Großmutter streng verboten. Hab auch eine ganze Menge getrunken, nachdem Nedra gestorben war. Meistens vermisse ich das nicht. Aber wenn ich an diese finsteren Zeiten denke? Dann bekomme ich irgendwie Lust auf eine Zigarette und ein Bier.« Winnie nahm ihren Kaffeebecher und füllte ihn auf, dann setzte sie sich Conley gegenüber an den Tisch. »Nachdem Symmes Robinette in den Kongress gewählt worden war, hatte ich eines Tages im Radio gehört, er würde aus Washington herkommen, um an der Grundsteinlegung für die neue Veteranenklinik teilzunehmen.

Nedra war seit mehreren Jahren tot, es war eine sehr schwere Zeit. Ich war allein. Und verbittert. Konnte nicht klar denken. Ich habe Jesse mitgenommen. Ich meine, er kam krank aus der Schule, und ich habe ihn mitgenommen, weil ich ihn nicht allein zu Hause lassen wollte.«

»Jesse ist der Jüngste, stimmt's? Und er ist noch hier in der Stadt?«

Winnie nickte. »Ich hatte mehr oder weniger einen Plan, aber ich hatte Angst. Im Auto habe ich zwei Dosen Bier getrunken, wollte mir Mut antrinken. Okay, vielleicht waren es auch drei. Das war falsch von mir. Dass ich getrunken habe, statt auf den kleinen Jungen aufzupassen. Dann habe ich mich mit Jesse ganz nach vorne gedrängt und mir die Reden angehört. Robinette hat eine Rede gehalten, total großkotzig, weil er so viel Geld in seine ›geliebte Stadt‹ gebracht hat. Die ganze Zeit musste ich an Nedra denken, dass die Jungen Waisenkinder waren, wie krank sie am Ende war, wie sehr sie gelitten hat, dass sie gebettelt hat zu sterben. Dann hab ich es einfach getan. Als Robinette zum Händeschütteln von der Bühne kam, habe ich mich zu ihm vorgedrängelt. Er hat Jesse den Kopf getätschelt, und ich habe einfach die Hand in die Handtasche gesteckt, eine schöne große Handvoll Asche rausgeholt und sie Robinette ins Gesicht geworfen.«

»Asche?« Kaum hatte Conley gefragt, wurde ihr klar, was Winnie meinte.

»Nedras Asche. Totenasche hat das Bestattungsinstitut sie genannt. Du hättest Robinettes Gesicht sehen sollen! Es war heiß, und er hat geschwitzt wie ein Schwein, deshalb hat die Asche an ihm geklebt wie Mehl am Brötchen.«

Conley erschauderte.

»Irgendeine Dame hat geschrien, weil sie wohl gedacht hat, ich hätte eine Knarre dabei oder so. Überall waren Cops, einer von denen hat mich gepackt und auf den Boden geworfen.« Winnie ließ den Blick auf ihre Hände sinken, in denen sie den Kaffeebecher hielt. »Sie haben mir Handschellen angelegt. Jesse stand direkt daneben. Er hat den Cop getreten und ihn angeschrien, er soll mich gehen lassen.«

»Ach, Winnie«, seufzte Conley und strich der Haushälterin übers Handgelenk.

»Lorraine und dein Granddaddy sind gekommen und haben mich gegen Kaution rausgeholt, sie haben alles für mich getan, was sie konnten, haben sogar Randee bezahlt, damit sie mich verteidigt, aber der Richter, der mich verurteilt hat, wollte unbedingt ein Exempel an mir statuieren. Außerdem war er ein Kumpel von Robinette. Er hat gesagt, ich hätte ›terroristische Drohungen ausgestoßen‹. Also bin ich ins Gefängnis gewandert. Weißt du, was das Schlimmste daran war? Ed, Nedras nichtsnutziger Ehemann, und seine schreckliche neue Frau haben den Richter dazu gebracht, ihnen die Sorge für die Kinder zu übertragen, solange ich weg war. Die wollten die Kinder aber nur, weil sie dafür vom County Essensmarken bekamen. Die hat Ed dann verscherbelt, um Drogen zu besorgen.«

Den Rest der Geschichte kannte Conley teilweise: Die beiden älteren Jungen waren ihrem Vater davongelaufen, zu Kleinkriminellen geworden und in Floridas berüchtigter Jugendhaftanstalt in Marianna gelandet.

»Ich war im Internat, aber ich weiß noch, wie sehr Großmama sich darüber aufgeregt hat, was mit Jason und Jerry passiert ist«, erzählte sie.

»Es ist ein Wunder, dass sie in diesem Höllenloch nicht untergegangen sind oder getötet wurden«, sagte Winnie. »Du weißt, dass der Staat den Laden vor zehn Jahren dichtgemacht hat. Sobald ich aus dem Gefängnis kam, hat dein Granddaddy mir dabei geholfen, die Jungen zurückzuholen.«

»Trotz allem sind wunderbare junge Männer aus ihnen geworden. Darauf kannst du wirklich sehr stolz sein, Winnie.«

»Nein«, sagte Winnie nachdrücklich. »Alles, was sie aus sich gemacht haben, haben sie geschafft, obwohl ich ihr Leben ruiniert habe. Diese zwanzig Monate, die ich im Gefängnis war … Da waren sie in ihrem eigenen Gefängnis, zuerst bei Ed und dann in Marianna. Das geht alles auf meine Kappe. Weil ich Mist gebaut habe. Meinetwegen mussten sie leiden.« Winnie tupfte sich mit dem Geschirrtuch die Augen trocken. »Jetzt kannst du verstehen, warum ich nicht traurig über Robinettes Tod bin. In der Bibel steht zwar, man soll vergeben, aber sie sagt nicht, *wann* ich das tun muss, stimmt's?«

»Stimmt.«

Sie hörten, wie der Aufzug nach oben fuhr, und als die Tür aufging, kam Lorraine mit einer vollen Einkaufstasche heraus.

»Reg dich bloß nicht auf, weil ich Auto gefahren bin«, drohte sie, als Conley ihr die Tasche abnahm und mehrere Packungen Zucker und Geliermittel sowie Zitronen auspackte. »Überhaupt, müsstest du nicht bei der Arbeit sein?«

»Sollte ich?«

Lorraine nahm eine Schürze von einem Nagel an der Rückseite der Speisekammertür und band sie um.

»Nach der Kirche gestern habe ich Grayson daran erinnert, wie dumm es von ihr wäre, einen so talentierten, fleißigen Menschen wie dich wegen eines kleinen Familienzanks gehen zu lassen«, sagte Lorraine. »So. Sie erwartet dich heute Morgen. Gestern Abend hatte ich keine Gelegenheit, dich nach deinen Recherchen zu fragen. Hast du etwas Interessantes herausgefunden?«

»Ja, und zwar, dass Symmes Robinette als reicher Mann gestorben ist«, erwiderte Conley. »Schon im Rechenschaftsbericht über seine Finanzen für den letzten Wahlkampf stand, dass er vor zwei Jahren sechs Millionen in Wertpapieren hatte. Dazu Immobilien wie sein Haus in der Innenstadt, die Villa mit Golfblick auf Sugar Key und ein Stadthaus in Georgetown, Washington.«

»Meine Güte«, sagte Großmama. Sie holte einen großen blauen Emailletopf aus dem Küchenschrank und gab die Erdbeeren und den Zucker hinein.

»Symmes' Familie war nicht reich. Ich meine, sein Stiefvater war zwar Fabrikdirektor, aber sie gehörten höchstens zur Mittelschicht. Wie ist er so reich geworden?«

Winnie schnaubte verächtlich. »Blutgeld. Das Anwaltshonorar von der Bahngesellschaft, die uns alle vergiftet hatte. Was meint ihr, wie viel es war?«

»Das ist sehr lange her«, sagte Lorraine. »Die ganzen letzten Jahre hat er im Kongress gesessen. Ich glaube nicht, dass Kongressabgeordnete nebenher Geld verdienen dürfen, abgesehen von Vortragshonoraren und so. Er hatte also nur sein Gehalt, richtig?«

»Und das betrug etwa 174 000 Dollar jährlich«, fügte Conley hinzu.

»Die Reichen werden immer reicher«, warf Winnie ein. »Bestimmt hat er jedes Mal, wenn er mit diesen Lobbyisten in Washington essen war, Aktientipps bekommen.«

»Ich habe herausgefunden, dass er seiner Ex-Frau eine Woche vor seinem Tod eine Plantage mit einem Farmhaus und 320 Hektar Nutzland übertragen hat.«

»Toddie? Er hat ihr dieses Landgut einfach geschenkt? Oak Springs drüben in Bronson County?« Lorraine legte das Messer aufs Schneidebrett, mit dem sie gerade eine Zitrone geschnitten hatte. »Das sieht dem Symmes Robinette, den ich kenne, gar nicht ähnlich. Der Mann hat auf seinem Geld gesessen. Er wollte nicht einmal eine Anzeige für die Sonderbeilage schalten, die wir immer im Mai bringen, um der Abschlussklasse der Highschool zu gratulieren. Und ich weiß, dass Toddie die Kleidung der Kinder selbst genäht hat – ihre eigene auch –, weil Symmes nicht einsah, Geld für Klamotten auszugeben, wenn Toddie sie so viel billiger selbst machen konnte.«

»Scheinbar hatte er einen Sinneswandel. Laut den Daten des Grundstückswert-Schätzers von Bronson County war das ein Geschenk im Wert von zwei Millionen Dollar. Und das ist noch nicht alles. Etwa um die gleiche Zeit hat er auch Charlie sein altes Haus übertragen – um die Ecke von deinem, Großmama. Das ist über eine halbe Million wert.«

Winnie schaltete die Kochplatte unter dem Topf mit den Erdbeeren ein, fügte Wasser hinzu und rührte mit einem Holzlöffel um. »Hat ja viel von diesem Geld gehabt«, sagte sie mit einem boshaften Funkeln in den Augen. »Wie meine Mama immer gesagt hat, das letzte Hemd hat keine Taschen.«

»Stimmt«, sagte Lorraine nachdenklich und nahm der Haushälterin den Löffel aus der Hand. »Aber jetzt ist Vanessa Robinette eine sehr reiche Witwe. Und da sie fast zwanzig Jahre jünger als Symmes ist, hat sie reichlich Zeit, den ganzen Zaster, den er ihr hinterlassen hat, auszugeben. Und sie weiß auch, wie das geht. Ich sehe sie immer nur in der neuesten Designerkleidung, und ich weiß, dass sie jedes Jahr einen neuen Mercedes kauft.«

»Großmama!« Conley tat schockiert. »Das war jetzt aber sehr gehässig.«

»Nun …« Lorraine besaß den Anstand, ein bisschen beschämt zu wirken. »Sag ruhig, ich wäre eine engstirnige, voreingenommene alte Schachtel, aber ich habe ihr wohl nie verziehen, dass sie mit dem Ehemann einer anderen Frau geschlafen hat. Das geht mir gegen den Strich. Und zwar gründlich.«

28

Kaum hatte Conley die Redaktion des *Beacon* betreten, stand Lillian King neben ihr. »Kleine Vorwarnung: In Graysons Büro wartet jemand auf dich.«

»Wer ist es?«

»Sie ist vor fünf Minuten hier aufgetaucht und hat verlangt, die Geschäftsführerin zu sprechen. Ihren Namen weiß ich nicht, aber sie sieht reich aus. Und sie ist definitiv sauer.«

»Conley?« Grayson streckte den Kopf aus ihrem Büro. »Kommst du mal?«

Die Besucherin saß an einem Ende des Sofas in Graysons Büro. Sie war schlank, trug eine schwarze Stoffhose und ein ärmelloses schwarzes Top mit V-Ausschnitt, das ihre gebräunten, durchtrainierten Arme zur Schau stellte. Seit Conley sie das letzte Mal gesehen hatte, war sie zum Rotschopf mutiert.

Irgendwas hatte sie auch machen lassen, dachte Conley. Die Nase war kürzer, das Kinn glatter, die Lippen deutlich voller, auch wenn die Veränderungen subtil waren. Und teuer. Als Schmuck trug sie lediglich einen Ehering aus Platin und einen Verlobungsring mit einem riesigen Solitärdiamanten.

Grayson war sichtlich nervös. »Conley, du erinnerst dich an Vanessa Robinette, oder?«

»Natürlich.«

»Ich muss die Damen leider allein lassen, ich habe eine Besprechung.« Mit diesen Worten floh Grayson aus ihrem Büro, als sei ein Rudel tollwütiger Hunde hinter ihr her.

»Mein Beileid, Mrs. Robinette.« Conley setzte sich ans andere Ende des Sofas. »Ich bin froh, dass Sie hier sind, ich wollte Sie nämlich heute auch anrufen. Ich arbeite an einem Artikel über den Tod Ihres Mannes …«

»Das hat mein Sohn mir erzählt«, unterbrach Vanessa sie. »Er hat gesagt, sie hätten ihn in der Kanzlei überfallen und würden überall in der Stadt aufdringliche, peinliche Fragen stellen. Da dachte ich, ich schaue mal vorbei und rücke ein paar Dinge gerade.«

»Aufdringlich?« Conley blinzelte. »Meine Fragen waren ziemlich naheliegend.«

»Charlie wegen der Todesursache seines Vaters zu bedrängen? Also wirklich! Symmes ist noch nicht einmal unter der Erde! Ist denn hier jeder Anstand vergessen?«

»Wie gesagt, Ihnen und Ihrer Familie gilt mein aufrichtiges Beileid. Aber Ihr Mann war eine Person des öffentlichen Lebens. Sein Tod und die Begleitumstände sind von öffentlichem Interesse. Ich habe Charlie nur gefragt, ob der Amtsarzt die Todesursache schon offiziell festgestellt hat.«

»Er ist in seinem Auto verbrannt!«, fuhr Vanessa sie an. »Der Sheriff drüben in Bronson hat mir gesagt, dass Sie Zeugin des Unfalls waren. Was verstehen Sie daran nicht?«

»Wie Sie gesagt haben, ich war dort. Den Unfall selbst habe ich nicht gesehen, er muss kurz zuvor geschehen sein. Deshalb verstehe ich nicht, wie es in einer klaren, wolkenlosen Nacht um drei Uhr morgens ohne Fremdeinwirkung zu einem Autounfall kommen konnte«, entgegnete Conley langsam.

Vanessa drehte ihren Verlobungsring so, dass der Stein innen lag. »Er war sehr krank.« Ihre großen braunen Augen füllten sich mit Tränen. »Wir dachten, wir hätten noch mehr Zeit miteinander. Zeit, um alles durchzusprechen. Im September hat er die Diagnose erhalten. Die Ärzte waren vorsichtig optimistisch.«

»Was hatte er denn?«

»Ein Non-Hodgkin-Lymphom.« Vanessa drehte weiter am Ring.

»Aber Sie haben seine Krankheit nicht öffentlich gemacht?«

Vanessas Kopf fuhr hoch. »Warum hätten wir das tun sollen? Das war eine private Familienangelegenheit.«

»Weil er ein gewählter Volksvertreter war? Haben die Wähler hier im Bezirk nicht das Recht zu wissen …«

»Nein. Haben sie nicht«, sagte sie rundheraus. »Symmes wurde im Walter Reed behandelt und ist gleich danach wieder zur Arbeit gegangen. Er hat keine wichtige Abstimmung oder Ausschusssitzung verpasst. Auch während der Chemo nicht. Es war brutal, aber er wollte unbedingt weitermachen. Die meisten Männer in seinem Alter hätten aufgegeben, aber die meisten Männer sind nicht wie mein Mann.«

Conley dachte an die vergangene Woche. »Tagt das Repräsentantenhaus nicht gerade?«

Vanessa funkelte sie böse an. »Er hatte hier etwas zu erledigen. Hören Sie, ich habe versucht, auf Sie zuzugehen, denn immerhin war dies die Zeitung von Symmes' Heimatstadt, aber ich lasse mich nicht weiter so unprofessionell und respektlos behandeln.«

Kurz fühlte sich Conley wie ein Kindergartenkind, das getadelt wurde, weil es jemanden gekratzt oder an den Haaren gezogen hatte.

Vanessa stand auf und strich ihre Hose glatt. »Ich dachte, wenn wir uns persönlich unterhalten, können Sie ermessen, was mein Mann für diese Stadt getan hat. Was er alles erreicht hat. Die Veteranenklinik, der Straßenausbau, sein Kampf gegen die Misshandlung älterer Menschen …«

»Das werde ich natürlich alles erwähnen«, sagte Conley.

»Symmes hat so viel Gutes für die Menschen hier getan.« Wieder kämpfte Vanessa mit den Tränen. »Sie haben ja keine Vorstellung, wie groß sein Engagement war. Bevor er gebeten wurde zu kandidieren, war er ein erfolgreicher Jurist. Er hätte überall eine Kanzlei eröffnen können – in New York, Miami oder L. A. Stattdessen ist er nach Washington gegangen, um sich für seine Mitmenschen in der Heimat einzusetzen.«

»Sie haben sich kennengelernt, während Sie als Assistentin für ihn gearbeitet haben, ist das richtig?«, fragte Conley.

»Ja. Ich war jung und stand noch ganz am Anfang. Symmes war unglaublich freundlich und großzügig. Er hat junge Menschen immer gefördert.«

»Und er war damals verheiratet, nicht wahr?«

Vanessas Tränen versiegten. »Streng genommen, ja. Falls man das zwischen den beiden eine Ehe nennen konnte. Es war schon seit Jahren vorbei. Seine Frau wollte nichts mit Washington zu tun haben. Er war einsam und sehr unglücklich. Seit Jahren bat er um die Scheidung, doch seine Frau weigerte sich, weil ihr das Ansehen gefiel, das der Frau eines Kongressabgeordneten entgegengebracht wird, nur deshalb! Ihr ging es immer ums Geld. Der Kinder wegen bot er ihr eine sehr großzügige Scheidungsvereinbarung an.«

»Aber auch, weil Sie schwanger waren, oder?«, fragte Conley.

»Daraus haben wir nie ein Geheimnis gemacht.« Vanessa klang gelassen, doch ihre Wangen röteten sich. »Wir leben nicht mehr im 19. Jahrhundert. Die meisten Leute haben uns deswegen nicht verurteilt.« Sie ging zur Tür. »Ich muss jetzt wirklich los. Es ist noch einiges vorzubereiten. Morgen ist die Gedenkfeier in Washington.«

»Eine Frage bitte noch.« Conley folgte Vanessa zur Tür. »Der Nachruf, den Sie uns durch das Bestattungsinstitut haben zukommen lassen: Da werden seine Ex-Frau und deren zwei Kinder gar nicht erwähnt.«

Vanessa reckte das Kinn. »Die haben da nichts zu suchen. Sie stehen nicht drin, weil sie nicht Teil von Symmes' Leben waren. Ich weiß doch nicht mal, wie sie heißen. Mein Mann konnte sich bestimmt auch nicht mehr an die Namen erinnern. So sehr hatte er sich von ihnen entfremdet.«

»Und dennoch«, sagte Conley, »hat er Toddie in der Woche vor seinem Tod das Eigentum an der Oak Springs Farm übertragen.«

Vanessas Hand lag schon auf dem Türgriff. Sie stutzte und drehte sich zu Conley um. »Was haben Sie gerade gesagt?«

»Ich habe gesagt, er hat das Eigentum an einem Farmhaus und 320 Hektar Land in Bronson County an seine erste Frau, Emma Todd Sanderson, übertragen – das müsste Toddie sein, oder?«

»Das ist nicht möglich!« Vanessa schüttelte den Kopf. »Er hat sie all die Jahre mietfrei dort wohnen lassen, aus reiner Herzensgüte, aber er hätte ihr niemals das Eigentum daran übertragen. Ich weiß nicht, was diese Frau Ihnen erzählt hat, aber das kann nicht sein. So etwas hätte Symmes niemals getan.«

»Toddie hat sich geweigert, mit mir darüber zu sprechen. Ich habe die Information über die Eigentumsübertragung auf der Website des Grundstückswert-Schätzers gefunden«, erklärte Conley. »Für die Summe von einem Dollar und weitere Leistungen.«

»Falls er das tatsächlich getan haben sollte – und ich sage nicht, dass es so ist –, dann lag das an der Chemo. Er war in letzter Zeit nicht mehr er selbst. Deshalb war er zu Hause. Ich wollte, dass er sich ein bisschen ausruht. Aber er war oft verwirrt und orientierungslos. *Chemo-Brain* haben die Ärzte das genannt. Oft ist er mitten in der Nacht aufgestanden und stundenlang durch die Gegend gefahren. Es war beängstigend.«

»Glauben Sie, dass das auch in der Nacht seines Todes passiert ist?«, fragte Conley.

Vanessa schüttelte den Kopf. »Falls Sie weitere Fragen haben, rufen Sie meinen Anwalt an.« Ihre Augen wurden schmal. »Charlie hat mir erzählt, dass es böses Blut zwischen ihm und Ihnen gibt. Falls Ihr Käseblatt auch nur ein abfälliges Wort über meinen verstorbenen Ehemann druckt, werde ich persönlich dafür sorgen, dass Sie es den Rest Ihres Lebens bereuen.«

Vanessa fegte so forsch an Lillian King vorbei, dass sie die Büroleiterin anrempelte und diese einen Stapel Papier fallen ließ. »Sorry«, sagte Vanessa mit einem knappen Nicken.

Conley kehrte langsam an ihren provisorischen Schreibtisch zurück. Sofort kam Lillian zu ihr.

»Sieht aus, als wäre der Tante eine Laus über die Leber gelaufen«, sagte Lillian. »Wer war das überhaupt?«

»Das war die Witwe von Symmes Robinette«, erwiderte Conley grimmig. »Und ich denke, das ist eine zutreffende Beschreibung ihrer aktuellen Gemütslage.«

Lillian reichte ihr die Zettel, die sie wieder aufgehoben hatte.

»Was ist das?«, fragte Conley.

»Rowenas neuestes Machwerk. Deine Schwester hat gesagt, ich soll es dir zum ›Optimieren‹ geben.«

»Oh, neeeiiin«, stöhnte Conley. »Ich habe meinen eigenen Artikel zu schreiben.«

»Ich bin nur die Überbringerin der Botschaft«, sagte Lillian. »Warte ab, bist du siehst, was sie diesmal verzapft hat.«

29

Hallo, Sommer!

VON ROWENA MEIGS

Amors Köcher muss sich diese Woche mächtig geleert haben, denn die Verfasserin dieser Zeilen hat Kenntnis von nicht weniger als drei neuen Verlobungen erhalten! Weiter wird hier nicht über die Vorbereitungen berichtet werden, da die Bräute in spe bereits seit mehreren Monaten mit ihren Zukünftigen zusammenleben. Der Kolumnistin ist bekannt, dass es sich hierbei um ein Phänomen des modernen Lebens handelt, doch wir beabsichtigen nicht, solche Entwicklungen zu veröffentlichen oder zu fördern.

Wir verkünden allerdings mit Entzücken, dass eine von Silver Bays talentiertesten Schülerinnen, **LizaJane Hooper**, *kürzlich den zweiten Platz im Vortragswettbewerb der* **United Daughters of the Confederacy** *errungen hat. Das diesjährige Thema lautete: »Was Demokratie mir bedeutet«.*

LizaJane kommt nach dem Sommer in die elfte Klasse der Highschool Griffin County. Sie ist die Tochter von Mr. und Mrs. Stephens Hooper. LizaJanes Großmutter mütterlicherseits, **Arthureen Gresham**, *ist stellvertretende Vorsitzende des Regionalverbands Nordflorida der UDC. LizaJanes Preis waren ein Dutzend Rosen von Francine's Florals und eine goldene UDC-Medaille.*

Einen herrlichen Tag erlebten die Gäste der eleganten Soiree, die von den Kindern von **Harkness und Jinxy Westphail** *zur Feier ihres fünfzigsten Hochzeitsjubiläums ausgerichtet wurde. Goldene und silberne Tafelaufsätze mit Chrysanthemen und Margeriten zierten die Tische, die Gäste genossen gebratene Garnelen und Seewolf, Hushpuppies, Krautsalat und eine eigens vorbereitete Hochzeitstorte mit einem Tortenaufsatz, der eine geradezu unheimliche Ähnlichkeit mit dem Jubelpaar aufwies, aus Rice Krispies und farbigem Zuckerguss modelliert von der talentierten Enkelin* **Sonia Castleberry**, *die auch in der Silver Bay Bakery Torten verziert.*

Eine letzte Notiz: Silver Bay ist tief betrübt über den tragischen Tod des langjährigen Kongressabgeordneten **Symmes Robinette** *diese Woche. Die Verfasserin dieser Zeilen wird in der nächsten Ausgabe dieser Kolumne umfassend über die Beerdigung berichten. Unterdessen gilt der Familie unser aufrichtiges Beileid.*

Conley schaute auf Rowenas Text. »Ich kann nicht.« Sie warf die Blätter auf ihren Schreibtisch. »Dafür hatte ich noch nicht genug Kaffee.«

»Es gibt in ganz Kolumbien nicht genug Kaffee, um aus Rowena Meigs' Texten etwas Lesbares zu machen, das kannst du mir glauben«, sagte Lillian. »Aber deine Schwester hat ausdrücklich gesagt, dass das heute erledigt werden muss.«

»Ich schreibe ihn um, wenn ich zurückkomme.« Conley ging zur Tür.

»Zurück woher?«

»Vom Tatort.«

Sie hatte vorgehabt, dem Sheriff von Bronson County einen weiteren Besuch abzustatten, doch als Conley sich der Stelle auf der Landstraße näherte, wo Symmes Robinettes tödlicher Unfall geschehen war, wurde sie langsamer. Um diese Tageszeit herrschte mehr Verkehr, und da ihr ein Pick-up hinten an der Stoßstange klebte, fuhr sie ungefähr hundert Meter weiter auf den Randstreifen. Dort fielen ihr erstmals eine Unterbrechung im Weidezaun aus Stacheldraht und eine schmale unbefestigte Straße auf, die durch die Felder führte.

Conley stellte den Subaru in der Einmündung des Feldwegs ab, stieg aus und ging zur Unfallstelle zurück. Beim Anblick der Brandspuren auf dem Asphalt, auf dem noch immer rote Plastik- und Glasscherben lagen, krampfte sich wie schon in der vergangenen Woche ihr Magen zusammen.

Anscheinend hatte es in diesem Teil des Countys in letzter Zeit nicht geregnet. Auf dem Boden und im Bewuchs des Randstreifens waren mehrere kreuz und quer verlaufende Reifenspuren zu sehen. Vermutlich stammten sie von den Rettungsfahrzeugen, die auf den Notruf reagiert hatten. Als Conley eine Lücke im Verkehr erspähte, überquerte sie rasch die zweispurige Straße. Auf der anderen Seite waren noch mehr Pflanzen flachgedrückt, die Reifenspuren tiefer. Zigarettenkippen und leere Plastikflaschen lagen herum, weitere Spuren der Rettungsteams, die den Fahrzeugbrand gelöscht hatten.

Sie überquerte wieder die Straße zu ihrem Subaru und lehnte sich gegen den Kofferraum, um die Pkw und Lkw vorbeisausen zu sehen. Während sie die Mücken verscheuchte, fragte sie sich, warum sie erneut an diesen unheilvollen Ort gekommen war.

Das Tuckern eines Motors unterbrach ihr Grübeln. Als Conley sich umdrehte, sah sie einen staubbedeckten olivgrünen, allradgetriebenen Ford Ranger näherkommen, wie er von vielen Jägern in der Gegend gefahren wurde. Am Steuer saß eine Frau, auf dem Beifahrersitz ein großer Hund.

»Kann ich Ihnen helfen?«, rief die Frau, als sie sich Conley näherte. Conley sah, dass sie schon älter war, vielleicht Mitte siebzig. Über dem stahlgrauen Haar trug sie ein weißes Sonnenvisier.

»Oh, ähm, nein. Alles in Ordnung«, sagte Conley. Der Geländewagen blieb wenige Schritte von ihr entfernt stehen.

»Sie parken auf meinem Land«, sagte die Frau mit Nachdruck. »Haben Sie Probleme mit dem Auto, oder was?«

Aus nächster Nähe sah Conley, dass es sich bei dem Hund um einen Jagdhund handelte. Er hatte lange Schlappohren, eine ergraute Schnauze und große braune Augen mit herabhängenden Lidern und getrübten Linsen.

»Nein, nein. Mit meinem Auto ist nichts.« Unerklärlicherweise wurde Conley nervös. »Ich … äh … ich bin Reporterin und versuche bloß herauszufinden, was hier letzte Woche passiert ist.«

»In der Nacht, in der dieser arme Mann verbrannt ist?« Die ältere Frau richtete ihren Blick auf die Brandspuren im Asphalt. »Das war furchtbar.«

»Ja«, pflichtete Conley ihr bei. »Wenn das Ihr Land ist, wohnen Sie dann in der Nähe?«

Die Frau deutete unbestimmt auf die Felder hinter sich. »Da hinten. Was ist mit Ihnen? Für welche Zeitung arbeiten Sie?«

»Ich bin Reporterin beim *Silver Bay Beacon*. Conley Hawkins heiße ich.«

Die Frau legte den Kopf schräg und musterte sie. »Verwandt mit Chet Hawkins?«

Conley wechselte mühelos in den Südstaatendialekt, den sie in ihren Jahren in der Großstadt abgelegt hatte. »Ja, Ma'am. Er war mein Daddy.«

»Tja, Ihr Daddy war ein feiner Mann. Als mein Mann noch

am Leben war, hatte er öfter mit der Bank Ihres Vaters zu tun. Er war immer anständig zu uns.«

Das wusste Conley, aber es war schön, es aus dem Mund einer Unbekannten zu hören. Ihr Vater hatte Anstand geschätzt. Er hatte oft darüber gesprochen und versucht, Eigenschaften wie Integrität, Aufrichtigkeit und Loyalität vorzuleben. Für Chet Hawkins waren es nicht nur schöne Worte für einen Wettbewerb der Daughters of the American Revolution gewesen. Conley bildete sich gern ein, diese Eigenschaften geerbt zu haben, zusammen mit dem Aquamarinring ihrer Urgroßmutter und einem Kasten voll angelaufenem Silberbesteck, den sie in einer Lagerbox in Atlanta zurückgelassen hatte.

»Freut mich zu hören«, sagte sie. »Wegen letzter Woche: Haben Sie in dieser Nacht irgendetwas gesehen oder gehört?« Sie schlug nach einer Mücke, die auf ihrem Unterarm gelandet war.

»Es ist glühend heiß hier draußen«, sagte die Frau. »Kommen Sie doch mit rauf zum Haus, dann unterhalten wir uns da. Ihr Auto können Sie ruhig stehen lassen.«

Sie klopfte dem Hund aufs Hinterteil. »Rutsch rüber, Sport. Wir haben Gesellschaft.«

Der Hund öffnete ein Auge, seufzte verdrießlich, dann rutschte er in den Fußraum.

Vor ihnen erstreckte sich ein Acker mit Getreide, das in der heißen Sonne Floridas schon sechzig Zentimeter hoch gewachsen war.

»Ist das alles Ihr Land?«, fragte Conley.

»Ja, aber diesen Teil haben wir an einen Jagdverein verpachtet. Weiter hinten bauen wir Erdnüsse und Sojabohnen an. Na ja, *ich* baue nichts mehr an; meine Söhne und ich haben das Land verpachtet. Ich habe die Landwirtschaft aufgegeben, nachdem Alton gestorben ist.« Sie wandte sich Conley zu und reichte ihr eine wettergegerbte Hand. »Ich bin übrigens Margie Barrett.«

Sie fuhren an einem verfallenden Blockhaus vorbei, dessen vordere Veranda eingestürzt war. Aus dem Blechdach ragten Baumsprösslinge. Durch die offene Tür waren Heuballen zu sehen.

»Das ist das alte Wohnhaus«, erklärte Margie. »Da haben Alton und ich als Frischvermählte gewohnt, aber danach habe ich gesagt, ich ziehe meine Kinder nicht in einem Haus groß, in dem man durch die Dielenbretter sehen kann.«

Man hätte ein schönes, stimmungsvolles Schwarz-Weiß-Foto von diesem Haus machen können, dachte Conley im Vorbeifahren, aber sie musste Margies Einschätzung zustimmen.

Der Ranger rumpelte über die unbefestigte Straße, schließlich näherten sie sich einem adretten Haus aus Betonblocksteinen. Es war blasstürkis gestrichen und hatte eine verkürzte Veranda mit Schaukelstühlen und Farn in Hängekörben. Eine getigerte Katze flitzte in den Garten, als sie das Fahrzeug hörte. Das Haus war von einem gepflegten grünen Rasen umgeben, der von Beeten mit roten, weißen und blauen Blüten gesäumt wurde.

Margie parkte den Wagen, hob den alten Hund behutsam heraus und setzte ihn ins Gras. »Sport ist bald vierzehn Jahre alt. Er kann sich nicht mehr so gut bewegen. Wie ich. Kommen Sie rein, ich hole uns zwei Cola.«

Conley nahm auf einem Sofa in einem holzgetäfelten Wohnzimmer Platz, an dessen Wänden Familienfotos hingen. Die Möbel im amerikanischen Kolonialstil waren aus Ahornholz. Ein abgewetzter brauner Kunstledersessel stand einem Flachbildfernseher gegenüber. Sport ließ sich auf dem flauschigen grünen Teppich neben Conleys Füßen nieder.

»Hier, bitte!« Margie reichte Conley ein Glas. Dann stellte sie eine Schüssel mit Wasser vor den Hund, aber der war bereits eingedöst.

»Wegen letztem Donnerstag«, sagte Conley und zog ihr Notizbuch aus der Tasche. »Ich hatte gefragt, ob Sie etwas gesehen oder gehört haben.«

Zerstreut kraulte Margie den alten Hund hinter den Ohren. »Sport ist fast blind, aber er hört noch ganz gut. Er hat mich weit nach Mitternacht geweckt. Wie spät es war, weiß ich nicht, aber ich erinnere mich, dass ich beim Fernsehen im Sessel eingeschlafen bin. Ich habe Sport zum Pinkeln rausgebracht, aber nach einer Weile ist er hin und her gelaufen, hat geknurrt und gejault, als ob er von der Leine wollte. Nachts leine ich ihn draußen normalerweise an, weil ich Angst habe, dass er irgendwas hört und wegläuft. So blind, wie er ist, und so alt, wie ich bin, finde ich ihn womöglich nie wieder.« Sie kicherte und tätschelte dem Hund den Kopf. »Können doch nicht riskieren, dass du dich verläufst, was, Sport?«

»Hatte er etwas gehört?«, fragte Conley.

Margie nickte. »Zuerst dachte ich, es war wahrscheinlich bloß ein Opossum oder ein Waschbär, aber dann habe ich es selbst gehört. Stimmen. Oben an der Landstraße.«

Sie deutete auf ein großes Fenster, das auf die Felder hinausging. In der Ferne konnte Conley gerade eben das glänzende Dach ihres Autos ausmachen.

»Die Leute, vor allem die aus der Stadt, machen sich nicht klar, wie weit Stimmen hier draußen auf dem Land tragen. Als ich Sport beruhigt hatte, hörte ich zwei Männer. Sie stritten sich, und zwar ziemlich laut.«

Fasziniert beugte Conley sich vor, ihr Stift schwebte über dem Notizbuch. »Konnten Sie etwas verstehen?«

»Eigentlich nicht, aber am Tonfall habe ich gehört, dass sie richtig sauer waren. Nach einer Weile habe ich auch eine Frauenstimme gehört. Die konnte ich etwas besser verstehen, sie hat so laut geschrien. ›Stopp! Hört auf damit!‹ oder so. Dann wurden die Stimmen leiser. Nicht lange danach wurden Autotüren zugeschlagen.«

»Wie viele?«

»Zwei? Drei? Ich bin mir nicht ganz sicher. Mindestens zwei jedenfalls. Dann raste ein Wagen mit quietschenden Reifen los.«

»Hm.« Conley dachte kurz nach und fragte sich, ob dieser Streit etwas mit Symmes Robinettes Unfall zu tun haben könnte.

»Könnten natürlich irgendwelche Betrunkenen gewesen sein, die rechts ran gefahren sind, um was auszudiskutieren«, bemerkte Margie. »Ein Stückchen weiter die Straße rauf ist eine Kneipe mit Jukebox und Tanzfläche, von da kommen öfter mal spätnachts betrunkene Autofahrer. Vor zwei Jahren gab es einen lauten Rums, und als ich nachgeguckt habe, lag mitten auf unserem Weideland ein Auto mit einem Burschen, der von der Straße abgekommen und durch den Zaun gebrochen war.«

»Die Kneipe kenne ich. Das American Legion«, sagte Conley. »Ein Freund und ich waren in der fraglichen Nacht dort, und auf dem Heimweg sind wir auf den Unfall gestoßen.«

»Das gibt's ja nicht!«

»Den Unfall selbst haben Sie nicht mitbekommen?«, fragte Conley.

»Ich denke nicht. Ich habe Sport wieder reingebracht und bin ins Bett gegangen. Mein Zimmer liegt an der Rückseite, ich habe ein Klimagerät im Fenster, das übertönt praktisch alles. Ich bin wieder eingeschlafen, und irgendwann – vielleicht eine

Stunde später? – hat Sport dann die Sirenen von Feuerwehr und Krankenwagen gehört und mich mit seinem Gejaule geweckt.«

»Sie haben überhaupt nichts gesehen oder gehört?«, hakte Conley nach.

»Erst als die Löschzüge kamen«, erwiderte Margie. »Da habe ich mich angezogen und bin mit dem Ranger zur Landstraße gefahren, um nachzusehen, was los ist.« Sie erschauderte. »Hätte ich besser nicht gemacht. Der arme Mann. Hat die Polizei eigentlich gesagt, wie es dazu kam?«

»Bisher nicht. Haben Sie im Büro des Sheriffs von diesen Stimmen und dem Streit erzählt?«

Margie zuckte mit den Schultern. »Bis jetzt hab ich gar nicht darüber nachgedacht. Die haben am nächsten Tag jemanden vorbeigeschickt, einen Deputy, der wissen wollte, ob ich in dieser Nacht irgendetwas gesehen hätte, und ich habe Nein gesagt.«

»Wie sah der Deputy aus?«

»Großer Bursche. Weiß«, sagte Margie.

Conley war sich ziemlich sicher, dass sie diesem Deputy in der Unfallnacht und hinterher noch einmal begegnet war.

Sie schrieb ihren Namen und ihre Telefonnummer auf ein Blatt, riss es aus dem Notizbuch und reichte es ihrer Gastgeberin. »Ich bin auf dem Weg zum Sheriff. Fahre jetzt besser weiter. Falls Ihnen zu dieser Nacht noch irgendetwas einfällt, würden Sie mich dann anrufen?«

»Gern«, sagte Margie. »Ich bringe Sie schnell zurück zu Ihrem Auto.«

Während der Ranger über die unbefestigte Straße rumpelte, entdeckte Conley ein Stück weiter zwei große schwarze Vögel, die über den grünen Stängeln von Sonnenblumen kreisten. Sport, der wieder im Fußraum lag, hob die ergraute Schnauze, schnupperte und schlief weiter.

»Igitt!« Margie deutete auf die Vögel. »Da drüben liegt ein totes Reh, ein großer Bock. Ich bin froh, wenn die Truthahngeier die Knochen sauber abgenagt haben.«

In stummem Entsetzen starrte Conley die Vögel an. Als der Ranger näherkam, entdeckte sie einen braunen Kadaver, der auf der Seite lag. Zwei Geier hüpften drumherum und rissen am Fleisch, während zwei weitere in der Luft darüber immer engere Kreise zogen.

Conley wandte den Blick ab. Sicher, sie war in einer kleinen Stadt in den Südstaaten aufgewachsen und hatte in ihrem Leben schon genug überfahrene Tiere gesehen – seit Atlanta allerdings nicht mehr –, dennoch ertrug sie den Anblick nur schwer.

Das Handy summte in ihrer Jeanstasche. Sie zog es heraus und sah aufs Display. Es war eine Vorwahl aus der Gegend, doch sie kannte die Nummer nicht, daher wies sie den Anruf ab und steckte das Telefon weg.

»Da wären wir«, sagte Margie und hielt neben dem Subaru.

»Danke fürs Bringen und für die Erfrischung.« Conley stieg aus. Dann beugte sie sich vor und kraulte den alten Hund hinter den Ohren. »Mach's gut, Sport.«

30

Conley fuhr gerade auf den Parkplatz hinter dem Büro des Sheriffs, da klingelte ihr Telefon wieder. Es war dieselbe Nummer, die sie zuvor schon gesehen hatte, deshalb ging sie nicht dran. Kaum hatte sie den Anruf abgewiesen, klingelte es erneut. Diesmal wurde eine Nachricht hinterlassen.

Es war Michael Torpy, der junge Reporter des *Beacon*. Er klang atemlos. »Hey, Conley. Ich bin's, Mike. Du sollst Grayson anrufen. Es ist dringend.«

Sie drückte auf Rückruf.

»Hi, Mike. Was gibt's?«

»Tut mir leid, dass ich störe, aber ich komme gerade aus dem Rathaus, und da habe ich etwas gehört, was dich interessieren könnte, und Grayson fand das auch.«

»Okay. Schieß los.«

»Charlie Robinette hat gerade angekündigt, dass er für den Kongresssitz seines Vaters kandidieren will«, berichtete Michael.

»Woher weißt du das?«

»Buddy Bright hat es vor ein paar Minuten gebracht. Als ich ins Rathaus kam, haben alle darüber gesprochen. Ich glaube, damit hat niemand gerechnet. Er hat schon ein Wahlkampfteam zusammengestellt und alles. Aber es wird noch besser. Du errätst nie, wer noch in den Startlöchern steht und für Robinettes Parlamentssitz kandidieren will.« Michael wartete nicht erst auf eine Antwort. »Robinettes Witwe.«

»Vanessa? Sie will für den Kongress kandidieren? Gegen ihren eigenen Sohn? Wo hast du das gehört?«

Michael zögerte, dann sagte er leiser: »Ich, ähm, bin mit einer Frau zusammen, die in der Verwaltung arbeitet. Heute Morgen musste sie für einen Anwalt aus der Stadt etwas kopieren, dabei hat sie ein Telefonat mitgehört.«

»Hmm. Aus dritter Hand. Nicht so verlässlich.«

»Doch. Es stimmt«, beharrte er. »Ich habe mich umgehört. Eine meiner alten Mitstudentinnen an der Florida State arbeitet im Büro des Gouverneurs als Assistentin von Roy Padgetts Kommunikationschef. Der Gouverneur will eine Nachwahl ansetzen lassen, um Robinettes Kongresssitz neu zu besetzen, und Jill zufolge ruft Vanessa Robinette seit Ende letzter Woche im Büro des Gouverneurs an und bittet ihn um seine Unterstützung.«

»Kriegst du jemanden dazu, offiziell zu verkünden, dass sie kandidieren wird?«

»Grayson bearbeitet ihre Kontakte im Rotary Club.«

»Ruf Vanessa an!«, sagte Conley. »Frag sie einfach: ›Kandidieren Sie?‹ Wenn sie Ja sagt, ist das eine Wahnsinnsstory. Oder hat Buddy Bright das auch schon vermeldet?«

»Bis jetzt nicht. Hier in der Redaktion läuft das Radio.«

Conley sah aus dem Autofenster und beobachtete geistesabwesend den Eingang zum Büro des Sheriffs. »Ist Grayson gerade in der Redaktion?«

»Ja.«

»Okay. Leg auf und sag ihr, sie soll mich anrufen, sofort.«

»Gray?«, fragte sie, als ihr Telefon eine Minute später klingelte. »Wenn wir das verifizieren können, ist das eine Wahnsinnsstory.«

»Ich weiß. Hammer, oder?« Ihre Schwester klang zur Abwechslung mal so atemlos wir ihr junger Mitarbeiter.

»Wenn wir diese Story vor allen anderen bringen, vor allem vor Buddy Bright, könnte das eine riesengroße Sache werden«, sagte Conley. »Die Nachrichtenagenturen und die überregionale Presse werden sich darauf stürzen. Aber wir müssen das jetzt in trockene Tücher bringen und durchziehen.«

»Wir gehen erst morgen in Druck«, erinnerte Grayson sie.

»Hat der *Beacon* keine Digitalausgabe?«

»Klar. Aber nur für lokale Veranstaltungshinweise, Highschool-Sportergebnisse, das Haustier der Woche und so.«

»Keine richtigen Nachrichten?«

»Manchmal bringen wir Kurznachrichten, zum Beispiel am Wahltag. Wir haben genug Mühe damit, die echte Zeitung rauszubringen«, verteidigte sich Grayson.

»Ab jetzt machen wir das anders«, sagte Conley. »Gray, das ist wichtig. Wenn wir uns eine Story sichern können, in der steht, dass Symmes Robinettes Witwe für seinen Sitz kandidiert – gegen ihren eigenen Sohn –, ist das irre gut. Das ist ein Knüller in wahrer Shakespeare-Dimension. Selbst wenn wir das zuerst nur auf der Website bringen, ist das die Story des *Beacon*. Nicht die von irgendeinem popeligen Radiosender. *Unsere.*«

»Ich bin mir nicht mal sicher, dass die Leute den digitalen *Beacon* überhaupt beachten«, wandte Grayson ein.

»Das werden sie«, versprach Conley. »Nachdem du heute Morgen weg gewesen bist, hat Vanessa mir gegenüber zugegeben, dass bei Symmes vor Weihnachten ein Non-Hodgkin-Lymphom diagnostiziert wurde. Das wurde vor der Öffentlichkeit geheim gehalten, wahrscheinlich um Charlie zu ermöglichen, klammheimlich eine Wahlkampfkasse aufzubauen, damit er für den Kongresssitz seines Vaters kandidieren kann. Ich bin gerade drüben in Bronson beim Sheriff. Häng du dich schon mal ans Telefon! Falls Charlie schon angefangen hat, Geld zu sammeln, muss er Rechenschaft über seine Finanzen ablegen. Wir brauchen eine offizielle Bestätigung von Vanessa, dass sie ebenfalls kandidieren will. Wenn es stimmt, muss Michael seine Freundin im Büro des Gouverneurs anspitzen, damit sie von Padgett ein Statement bekommt, wen er unterstützen will. Wahrscheinlich versucht er, sich davor zu drücken, will sich nicht zu früh auf einen der beiden festlegen, aber wir brauchen zumindest ein ›Kein Kommentar‹ von ihm.«

»Mal gucken, was ich tun kann«, sagte Grayson vorsichtig. »Mensch, was für ein Vormittag! Wie war es beim Sheriff? Hat Goggins dir weitergeholfen?«

»Er hatte noch keine Gelegenheit, mich auflaufen zu lassen. Bin gerade erst angekommen.«

Merle Goggins setzte eine Lesebrille mit halbmondförmigen Gläsern auf und blickte auf das Dokument auf seinem Schreibtisch. Dann sah er zu Conley Hawkins hoch.

»Sie glauben offenbar, dass der Tod des Kongressabgeordneten irgendwie suspekt ist. Warum?«

»Ich habe Fragen«, sagte Conley. »Das gehört zu meinem Job. Zu Ihrem auch, nehme ich an.«

»Ja, aber ich muss mich auch um die öffentliche Ordnung kümmern, ums Gefängnis und den Finanzausschuss, damit ich genügend Geld bekomme, um meinen Job zu erledigen. Aber stimmt, ich habe auch Fragen. Nennen Sie mir Ihre, und ich beantworte sie nach bestem Wissen.«

»Ohne Scheiß?«

Er lächelte. »Soweit es geht.«

»Okay. Erstens: Hat der Amtsarzt eine offizielle Todesursache festgestellt?«

Goggins klopfte auf das Dokument auf seinem Schreibtisch. »Es ist noch vorläufig, aber es sieht so aus, als hätte Symmes Robinette eine tödliche Kopfverletzung erlitten. Das kann daher rühren, dass sein Fahrzeug sich bei hoher Geschwindigkeit überschlagen hat. Wahrscheinlich ist er mit dem Kopf gegen das Lenkrad oder das Armaturenbrett gestoßen. Wie Sie wissen, hat das darauffolgende Feuer nur wenige Spuren übrig gelassen.«

»Zum Unfall: Irgendeine Idee, wodurch er verursacht worden sein könnte?«

»Noch einmal: Was das Fahrzeug betrifft, hat der Brand nicht viel übrig gelassen, womit wir arbeiten können. Wir haben mit dem Autohändler in Tallahassee gesprochen, der dem Abgeordneten den Wagen verkauft hat. Der Escalade wurde regelmäßig gewartet. Ein hiesiger Mechaniker, der kleinere Wartungsarbeiten erledigt hat, sagte, als Robinette den Escalade vergangenen Monat zum Ölwechsel gebracht hat, sei alles in Ordnung gewesen.«

»Okay. Also: relativ neues Auto. Kein Verkehr in der Nacht. Verstehen Sie, warum ich denke, dass da etwas suspekt ist?«

»Ich habe nicht gesagt, dass in dieser Nacht kein Verkehr herrschte«, protestierte Goggins. »Sie haben einem meiner Männer gesagt, dass Sie keine anderen Autos gesehen hätten, als sie am Unfallort eintrafen. Das heißt nicht, dass da keine waren.«

»Korrekt.« Conley klopfte mit dem Stift auf ihr aufgeschlagenes Notizbuch. »Hat Ihr Deputy mit Margie Barrett gesprochen?«

»Ist das die Witwe, die auf dem Hof in der Nähe der Unfallstelle wohnt?«

Conley nickte.

»Ja, er hat mit ihr gesprochen. Sie hat ihm gesagt, sie hätte weder was gehört noch gesehen. Poppell zufolge steht das Haus ein gutes Stück von der Landstraße entfernt.«

»Ich komme selbst gerade von der Frau«, berichtete Conley. »Zuerst hat sie mir das Gleiche gesagt. Dann fiel ihr ein, dass sie ihren Hund irgendwann nach Mitternacht zum Pinkeln nach draußen gebracht hat und er völlig außer sich geriet. Der Hund ist fast blind, deshalb dachte sie, er hätte ein Opossum oder einen Waschbären gehört. Aber dann hörte sie zwei Männer laut streiten. Und eine Frauenstimme. Danach schlugen Autotüren zu, und ein Wagen raste davon.«

»Das hat sie Ihnen erzählt?«, fragte Goggins streng. »Ich frage mich, warum sie das meinem Mitarbeiter verschwiegen hat.«

»Wir haben uns auf Anhieb gut verstanden«, gab Conley zu. »Es stellte sich heraus, dass sie und ihr verstorbener Mann ihre Bankgeschäfte bei meinem Vater abgewickelt haben.«

Der Lederstuhl knarrte, als der Sheriff sich zurücklehnte und nach dem Handy auf seinem Schreibtisch griff. Er drückte eine Taste. »Poppell? In mein Büro!«

Fünf Minuten später kam Walter Poppell herein, der Deputy, der in der Unfallnacht Conley und Skelly befragt und Conley vor kurzem angebaggert hatte.

Er schaute flüchtig zu Conley hinüber und sah dann ein zweites Mal hin. »Oh, hey«, sagte er grinsend.

»Poppell, erinnern Sie sich an diese Dame? Sarah Conley Hawkins? Sie war Zeugin am Ort von Symmes Robinettes Autounfall«, sagte Goggins. »Und sie ist Reporterin bei der Zeitung drüben in Silver Bay.«

»Ja, Sir«, sagte Poppell. Seine rechte Hand ruhte leicht auf seinem Waffenholster, sein breites Gesicht wirkte nervös.

»Margie Barrett, die alte Dame, die in dem Farmhaus in der Nähe der Unfallstelle wohnt, hat Ms. Hawkins gerade erzählt, dass in der fraglichen Nacht oben an der Landstraße zwei Männer gestritten haben. Eine Frau war auch dabei. Hat Mrs. Barrett Ihnen gegenüber davon irgendwas erwähnt?«

»Nein, Sir.« Poppell schüttelte energisch den Kopf. »Sie hat gesagt, sie hätte geschlafen, als der Unfall passiert sein muss, und das Klimagerät im Schlafzimmer wäre so laut, dass sie gar nichts hören könne.«

»Das mit den Männern war früher«, sagte Conley. »Irgendwann nach Mitternacht.«

Poppell zuckte mit den Schultern. »Mir hat sie nichts in der Richtung erzählt.«

»Schätze, Sie müssen noch mal zu ihr raus und sie erneut befragen«, sagte Goggins streng. »Und achten Sie darauf, dass Sie die Frau nach der gesamten Nacht fragen. Was hat sie vorher gehört? Oder gesehen? Ziehen Sie los und klappern Sie die gesamte Gegend noch mal ab! Klopfen Sie an Türen und stellen Sie Fragen. Finden Sie heraus, ob in der fraglichen Nacht noch jemand zwei Männer streiten gehört oder gesehen hat. Eine Frau könnte dabei gewesen sein.«

»Aber ich hab da draußen schon mit allen geredet«, wandte Poppell ein.

»Dann tun Sie's noch mal! Los!«

»Ja, Sir.« Poppell schlich aus dem Büro und ließ die Tür offen.

»Vollpfosten«, murmelte Goggins und wandte sich wieder Conley zu. »Was noch?«

»Wussten Sie, dass Robinette unheilbaren Krebs hatte?«

Er blinzelte. »Woher wissen Sie das?«

»Das hat mir Vanessa Robinette heute Morgen erzählt, als sie in die Redaktion kam, um sich über meine aufdringlichen

Fragen zu beschweren. Sie sagte, ihr Mann habe unter einem *Chemo-Brain* gelitten und nicht schlafen können, deshalb sei er um drei Uhr morgens durch die Gegend gefahren.«

»Hat sie uns auch erzählt«, sagte Goggins. »Das Syndrom kannte ich noch nicht.«

»Sheriff, haben Sie oder Poppell mit Robinettes übrigen Angehörigen gesprochen?«

»Nur kurz mit seinem Sohn Charlie. Er wollte dabei sein, wenn wir mit seiner Mutter reden. Er hatte nicht allzu viel zu sagen. Verständlicherweise war er über den Tod seines Vaters am Boden zerstört.«

»Ich meinte seine andere Familie«, sagte Conley.

»Ich verstehe nicht, worauf Sie hinauswollen.«

»Auf seine Ex-Frau Toddie und die beiden gemeinsamen Kinder. Die Namen habe ich vergessen. Sie leben nicht weit von hier in Bronson County auf einem zur Wachteljagd genutzten Landgut namens Oak Springs Farm.«

»Die Farm kenne ich«, sagte Goggins vorsichtig. »Die laden mich und meine Abteilung jeden Herbst zur Taubenjagd ein. Nette Leute. Und die Frau war früher mit Symmes Robinette verheiratet? Ich fasse es nicht!«

»Die Ehe ging 1986 in die Brüche, als Robinette seine fünfundzwanzigjährige Assistentin schwängerte«, erzählte Conley.

Goggins hob die Augenbraue. »Das ist die gegenwärtige Mrs. Robinette? Wie kann es sein, dass ich nichts davon wusste?«

»Die Scheidung und die erneute Heirat wurden damals wohl vertuscht«, sagte Conley. »Toddie und die Kinder wurden raus nach Oak Springs verbannt, und Vanessa und ihr Kind kamen nach Silver Bay.«

»Tja, dann ist das kalter Kaffee«, sagte Goggins. »Ich sehe da keinen Bezug zu Robinettes Tod.«

»Sollte man meinen«, pflichtete Conley ihm bei. »Wäre da nicht der merkwürdige Umstand, dass Robinette eine Woche vor seinem Tod seiner Ex-Frau aus heiterem Himmel ein Farmhaus und ein großes Stück Nutzland übertragen hat, für einen Dollar ›und weitere Leistungen‹. Aber bevor Sie mir jetzt sagen, der Kongressabgeordnete habe nur vor seinem nahen Tod seine Angelegenheiten in Ordnung bringen wollen, sollten Sie wissen, dass Vanessa völlig geschockt war, als ich sie heute Morgen danach gefragt habe. Und sauer war sie.«

Goggins lächelte gönnerhaft. »Wollen Sie andeuten, Vanessa Robinette habe etwas mit dem Tod ihres Mannes zu tun? Auf welcher Grundlage? Weil sie sauer war, dass er die Farm seiner Ex-Frau buchstäblich geschenkt hat?«

»Ich glaube, es lohnt sich, das zur Kenntnis zu nehmen«, sagte Conley. »Ich war letztes Wochenende draußen auf Oak Springs. Das ist wie weit weg von hier? Fünf Meilen?«

»Wenn überhaupt.«

Wieder klopfte Conley mit dem Stift auf ihr Notizbuch. »Ich frage mich, ob Symmes versucht hat, sich mit seiner ersten Frau zu versöhnen.«

»Und ich frage mich, wie Vanessa Robinette Ihrer Meinung nach den Tod ihres Mannes bei einem Autounfall ohne Fremdeinwirkung arrangiert haben soll, während sie meilenweit entfernt in ihrem Bett lag und schlief.«

Conley stürzte sich auf die letzte Aussage. »Woher wissen Sie, dass sie zu Hause war?«

»Hat sie mir gesagt. Sobald wir anhand des amtlichen Kennzeichens die Identität des Unfallopfers festgestellt hatten, bin ich selbst zu ihr nach Sugar Key gefahren, um sie zu benachrichtigen.«

»Um wie viel Uhr war das?«

»So gegen acht Uhr morgens.«

»Fünf Stunden nach dem Unfall«, sagte Conley. »Reichlich Zeit, um etwas Suspektes zu tun.«

»Sie bewegen sich auf dünnem Eis«, warnte Goggins. Er schrieb etwas an den Rand des Berichts, den er sich angesehen hatte. »Da Sie schon hier sind, kann ich Sie ja auch was fragen. Nach meinen Informationen beschäftigt Ihre Großmutter eine Frau namens Winifred Churchwell, richtig?«

»Winnie. Ja. Sie arbeitet schon fast mein ganzes Leben für uns. Sie hat geholfen, meine Schwester und mich großzuziehen. Warum fragen Sie?«

Der Sheriff hielt ein Blatt Papier in die Höhe, dann legte er es zurück in die Mappe auf seinem Schreibtisch. »War Ihnen bekannt, dass sie wegen eines tätlichen Angriffs auf den Kongressabgeordneten Robinette eine Haftstrafe in einem Bundesgefängnis verbüßt hat?«

»Ja. Und? Sie wollen doch nicht etwa sagen, Winnie hätte etwas mit Robinettes Tod zu tun, oder? Das ist absurd.«

»Man hat mich nur darauf aufmerksam gemacht, mehr nicht.«

Conley spürte, wie ihr heiß im Gesicht wurde. »Steht in dem Wisch da auch, wie Winnie Robinette ›angegriffen‹ hat?«

»Nein.«

Sie erzählte Goggins von dem Krebscluster, welche unmittelbaren Auswirkungen es auf Winnie, Nedra und ihre Nachbarn gehabt hatte, die in Plattesville inmitten von kontaminiertem Boden und Wasser gelebt hatten, und von Robinettes Rolle als Verteidiger der Bahngesellschaft.

»Als Winnies Schwester an Krebs starb, übernahm Winnie die Erziehung ihrer drei kleinen Neffen. Ungefähr ein Jahr später ging sie bei der Grundsteinlegung für die Veteranenklinik auf Robinette zu und warf ihm eine Handvoll Asche ihrer Schwester ins Gesicht«, erklärte Conley. »Sie wurde festgenommen, er zeigte sie wegen Körperverletzung an. Und dafür hat sie zwanzig Monate im Gefängnis gesessen.«

Goggins verzog das Gesicht. »Wie Sie sagen, es ist interessant.«

»Winnie hatte nichts mit Robinettes Tod zu tun«, sagte Conley. »Ich war bei ihr, als wir die Nachricht hörten, dass das Unfallopfer identifiziert worden war. Sie war genauso erschrocken wie wir.«

»Ich behaupte ja nicht, dass Ihre Haushälterin verdächtig ist. Das behaupte ich von niemandem«, sagte Goggins. »Der Fall ist immer noch Gegenstand von Ermittlungen.«

Conley hörte den Klingelton, mit dem ihr Telefon eine eingehende Textnachricht ankündigte, und sah aufs Display. Grayson hatte geschrieben:

Brauche dich hier, sofort.

»Ich muss los«, sagte sie und verstaute ihr Notizbuch im Rucksack. »Sagen Sie mir Bescheid, falls Poppell irgendwas über die geheimnisvollen Männer in Erfahrung bringen kann, die sich da nachts gestritten haben?«

»Möglich«, sagte Goggins. »Und Sie werden mir gegenüber genauso entgegenkommend sein?«

»Möglich.«

31

Sobald Conley den winzigen Empfangsbereich des *Beacon* betreten hatte, kam Lillian King und nahm sie beiseite. »Heute ist dein Glückstag«, raunte sie. »Heute Morgen Vanessa Robinette und jetzt Rowena Meigs.«

»*Oh no*«, stöhnte Conley. »Warum hat Grayson mich nicht vorgewarnt?«

»Wahrscheinlich hatte sie Angst, dass du das Weite suchst und zurück nach Atlanta fliehst. Sie warten in Graysons Büro auf dich.«

»Was will Rowena denn? Sie hat ihre Kolumne doch heute Morgen schon abgegeben. Ich hatte nicht mal Zeit, sie zu überarbeiten.«

»Nach dem, was ich an Graysons Tür belauschen konnte, hat Rowena eine heiße Info über Vanessa Robinette. Sie will, dass wir das auf der Titelseite bringen.«

Rowena saß Grayson gegenüber, den Rücken zur Tür. Beim Eintreten fing Conley den Blick ihrer Schwester auf, hielt sich den Zeigefinger an die Schläfe und tat so, als würde sie abdrücken.

»Da ist Conley ja«, sagte Grayson ein bisschen zu begeistert.

»Hallo, Sarah Conley«, grüßte Rowena und nickte knapp. Sie

hatte ihren Spitz auf dem Schoß, der protestierend aufheulte und zu Boden sprang.

Rowena trug einen pinkfarbenen Trainingsanzug, blendend weiße Tennisschuhe mit Klettverschluss und ihre übliche Perlenkette.

»Hallo, Rowena«, sagte Conley. »Lillian hat mir gesagt, du hast noch einen Artikel für uns?«

»Ja«, bestätigte Rowena. »Ich habe Grayson gerade erklärt, dass ich meine Exklusivmeldung nur abgebe, wenn sie mir einen Platz auf der Titelseite garantiert, auf der oberen Hälfte.«

»Ach?« Conley holte sich einen Stuhl aus der Redaktion und schob ihn neben den der Gesellschaftskolumnistin. »Was ist das denn für eine große Story?« Sie täuschte Unwissenheit vor.

»Nun, es ist der größte Coup, den diese Zeitung je gelandet hat«, sagte Rowena. »Viel größer als damals, als die Schatzmeisterin der Eltern-Lehrer-Vereinigung den gesamten Erlös aus dem Früchtebrotverkauf der Schule unterschlagen hat, um sich Brustimplantate zu kaufen.«

Grayson lächelte ihre Schwester matt an. »Rowena ist es gelungen, ein Interview mit Vanessa Robinette zu führen.«

»Ein Exklusivinterview«, warf die Kolumnistin ein. »Vanessa will für Symmes' Kongresssitz kandidieren.«

»Wirklich? Das gibt's ja nicht!«, sagte Conley. »Wie hast du das hingekriegt, Rowena, falls ich das fragen darf?«

»Natürlich. Ich bin Vanessa vor nicht einmal einer Stunde bei Mignon über den Weg gelaufen.«

»Mignon? Sollte ich den oder die kennen?«

»*Mignons Salon de Beauté*«, erklärte Rowena. »Die echte Mignon ist natürlich seit Jahren tot, aber ja, meine Liebe, du solltest diesen Salon kennen. Man kann nicht früh genug anfangen, die lästigen grauen Haare verschwinden zu lassen.«

Conley war sich nicht völlig sicher, ob sie gerade beleidigt worden war.

»Auf alle Fälle«, fuhr Rowena fort, »ließ sich Vanessa die Haare machen, weil sie in aller Frühe zu Symmes' Gedenkgottesdienst nach Washington fliegt, und ich saß auf dem Stuhl neben ihr und bekam eine Spülung, da haben wir uns einfach unterhalten. Ich habe ihr gesagt, wie leid mir Symmes' Tod tut, und sie nach ihren Zukunftsplänen gefragt. Ich bin auch Witwe, weißt du, und ich habe Vanessa gesagt, dass ich das Gleiche durchgemacht habe wie sie.«

»Bestimmt war sie dankbar für deine Lebensweisheiten«, sagte Grayson.

»War sie wirklich«, bestätigte Rowena. »Sie hat mir erzählt, dass Symmes unheilbaren Krebs hatte! Ich hatte ja keine Ahnung, ihr etwa?«

»Sie, ähm, sie hat es erwähnt, als sie heute Morgen hier war«, sagte Conley. »Wundert mich nur, dass sie da nicht schon erzählt hat, dass sie für den Kongress kandidieren will.«

Rowena bedachte Conley mit einem mitleidigen Lächeln.

»Ich fürchte, Vanessa mag dich nicht besonders, meine Liebe. Möglicherweise hast du ihr mit deinem aufdringlichen Großstadtgehabe vor den Kopf gestoßen.«

»Großstadtgehabe?«, wiederholte Conley.

Grayson gab ihrer Schwester mit einem warnenden Kopfschütteln zu verstehen, dass sie besser aufhörte.

»Vanessa hat mir erzählt, als Symmes krank wurde, hätte er angefangen, den jungen Charlie auf die Kandidatur für seinen Sitz vorzubereiten. Nur ist Charlie zwar ein sehr lieber Junge, da bin ich mir sicher, aber er ist auch ein bisschen halsstarrig. Symmes kamen Bedenken.«

»Hat Vanessa gesagt, warum?«, fragte Grayson.

»Irgendeine Familienangelegenheit«, antwortete Rowena. »Ich glaube, Vanessa und Symmes waren nicht so begeistert davon, dass Charlie mit dieser jungen Frau herumläuft.« Die ältere Frau senkte die Stimme. »Sie ist frisch geschieden. Und hat ein kleines Kind. Nicht so passend.«

»Müssen die gerade sagen!«, empörte sich Conley. »Als Symmes Vanessa heiratete, war seine Scheidung gerade rechtskräftig geworden, und er hatte *zwei* kleine Kinder!«

»Auf alle Fälle«, fuhr Rowena fort, »hatte Symmes so seine Zweifel, wie Vanessa sagt. Er glaubte, Charlie müsse erst ein bisschen Lebenserfahrung sammeln, bevor er für so einen Posten bereit ist, und Symmes würde seinen Wählern wie auch seiner Familie einen Bärendienst erweisen, wenn er seinen Sohn zu einer Position verhelfen würde, obwohl er noch gar nicht so weit ist.«

»Und Vanessa hat dir auch gesagt, dass sie selbst bereit wäre, diese Verantwortung zu übernehmen?«, fragte Conley.

Rowena zuckte mit den Schultern. »Ja. Warum auch nicht? Ich wundere mich ein bisschen darüber, dass eine Karrierefrau wie du, Sarah Conley, Zweifel daran äußert, wenn eine Frau für den Kongress kandidieren will.«

Conley biss kurz die Zähne zusammen und beschloss, Rowenas Bemerkung zu ignorieren. »Ich kann nichts zu Vanessas Eignung als Kandidatin sagen, Rowena. Grayson und ich müssen bloß ganz sicher sein, dass Vanessa Robinette dir gegenüber wirklich offiziell gesagt hat, dass sie für den Kongresssitz ihres verstorbenen Mannes kandidieren will. Gegen ihren eigenen Sohn.«

»Natürlich«, gab Rowena empört zurück. »Auch wenn du das vielleicht nicht glaubst, aber ich bin eine erfahrene, professionelle Journalistin.«

»Hast du Vanessa gebeten, sich offiziell dazu zu äußern, warum sie für einen Sitz kandidiert, für den ihr Sohn gerade seine Kandidatur bekannt gegeben hat?«, fragte Conley.

Rowena zupfte an einem losen Faden an ihrem Jackenärmel. »Selbstverständlich nicht. Das wäre unhöflich. Ich kann einer Frau, die gerade auf diese Weise ihren Mann verloren hat, nicht eine solche Kränkung zufügen.« Rowena stemmte sich hoch und stützte sich schwer auf ihren Gehstock, der heute mit einer rot-weiß-blauen Schleife geschmückt war. »Ihr habt meine Story.«

Sie schnippte nach dem Spitz, der an den Wänden entlangschnüffelte. »Komm, Tuffy! Mommy muss etwas Wichtiges schreiben.«

Tuffy lief auf die ausgebreiteten Arme seines Frauchens zu, blieb unvermittelt stehen, hob das Bein und pinkelte forsch an Conleys Rucksack.

»Du meine Güte!«, sagte Rowena und hob den Hund hoch. »Unartiger Junge!« Sie holte eine Handvoll Papiertaschentücher aus ihrer Handtasche und tupfte den feuchten Rucksack oberflächlich ab. »So«, sagte sie. »Alles wieder gut.«

32

Exklusiv für den *Silver Bay Beacon*

VON ROWENA MEIGS

Silver Bay, Florida – *Nach dem tragischen Tod ihres Mannes Simms Robinette, Abgeordneter für den 35. Wahlbezirk, in der vergangenen Woche hat Mrs. Vanessa Robinette der Verfasserin dieser Zeilen in einem Exklusivinterview enthüllt, dass sie für die verbleibende Amtszeit ihres Mannes im Kongress kandidieren will.*

Simms Robinette starb vergangenen Donnerstagmorgen bei einem Autounfall ohne Fremdeinwirkung auf der County Road 321.

»Natürlich bin ich untröstlich über den plötzlichen Verlust meiner großen Liebe«, sagte Mrs. Robinette diese Woche dem Beacon. *»Aber der Dienst an der Öffentlichkeit steht seit jeher im Mittelpunkt meines Lebens mit Simms, deshalb halte ich es für den besten Weg, ihn und sein Vermächtnis zu ehren, indem ich seinen Wählerinnen und Wählern weiterhin in Washington diene.«*

Mrs. Robinette sagte, die gesamte Familie werde am Dienstag nach Washington reisen, wo die sterblichen Überreste des Abgeordneten in der Rotunde des Kapitols öffentlich aufgebahrt werden. Zu den bedeutenden Würdenträgern, die zur Ehrung unseres achtzehnmaligen Kongressabgeordneten erwartet werden, gehören der Präsident und die First Lady, der Vizepräsident, der Gouvernör von Florida Roy Padgett, und die First Lady von Florida, Lady Heidi Padgett, sowie die Sprecherin des Repräsentantenhauses.

Die Leitung des Gedenkgottesdienstes hat der Kongressgeistliche. Mrs. Robinette verriet, dass sie zum Gottesdienst ein schlichtes schwarzes Chanel-Kostüm, einen schwarzen Hut mit Schleier und schwarze Pömps von Louboutin tragen wird. Als einzigen Schmuck wird sie den goldenen Ehering ihres verstorbenen Mannes, die Anstecknadel seiner Studentenverbindung an der Florida State University sowie eine edelsteinbesetzte Brosche in den Farben der amerikanischen Flagge tragen, eines der letzten Geburtstagsgeschenke ihres verstorbenen Gatten.

Conley hatte laut vorgelesen. Jetzt brach sie ab. »Du willst diesen Mist doch nicht wirklich bringen, oder?«

Grayson breitete kapitulierend die Hände aus. »Was bleibt mir übrig? Du hast sie gehört. Rowena hält ihren Exklusivbericht für den größten Knüller seit dem Untergang der Titanic.«

»Du kannst diesen Schrott nicht drucken«, beharrte Conley. »Sie kann nicht mal *Symmes* richtig schreiben. Oder *Pumps*. Oder *Gouverneur*. In einem Punkt hat Rowena allerdings recht. Es ist eine große Story. Aber der Clou ist ja wohl untergegangen. Sie erwähnt gar nicht, dass Vanessa gegen Charlie kandidieren will.«

»Was erwartest du von mir?«

»Mach aus ihrem und meinem Artikel einen. Ihr Name kann von mir aus vor meinem stehen. Ausnahmsweise. Ich schreibe einen neuen Aufmacher, irgendwas nach dem Motto, dass wir exklusiv erfahren haben, dass Vanessa gegen Charlie für Symmes' Kongresssitz kandidiert und ihr Sohn schon ein Wahlkampfteam auf die Beine gestellt und mit dem Spendensammeln begonnen hat. Dann muss auf jeden Fall erwähnt werden, dass bei Symmes Ende letzten Jahres Krebs festgestellt wurde, was er vor der Öffentlichkeit geheim gehalten hat.«

»Rowena wird ausrasten, wenn wir das tun«, prophezeite Grayson düster. »Wahrscheinlich überredet sie ihren verdammten Enkel, uns die amtlichen Bekanntmachungen zu entziehen. Ich glaube nicht, dass der *Beacon* überleben kann, wenn wir diese Einnahmen verlieren, Conley.«

»Wenn wir uns diese Story nicht zu eigen machen, wenn wir nicht entschlossen und professionell darüber berichten, haben wir es verdient, die amtlichen Bekanntmachungen zu verlieren«, sagte Conley. »Aber wenn wir den anderen in dieser Sache zuvorkommen, wenn wir der Stadt zeigen, dass wir schonungslosen Qualitätsjournalismus machen, dann werden wir Werbeeinnahmen hinzugewinnen, denke ich. Und Abonnenten.«

»Und wenn dein Plan nicht aufgeht? Für dich ist das kein Problem. Du hast nicht vor, hierzubleiben und das Schiff zu retten. Du bist beim ersten Jobangebot weg, das dir auf den Tisch flattert. Aber ich, Grayson Hawkins, ich bin diejenige, deren Name als Chefredakteurin im Impressum steht. Und ich bin diejenige, die den Kopf dafür hinhalten darf, das Familienunternehmen nach über hundert Jahren in den Sand gesetzt zu haben. Ich werde diejenige sein, die ein Zu-verkaufen-Schild ins Fenster hängt und Lillian und Michael entlassen muss.« Grayson deutete nach oben. »Und die diesen dämlichen Leuchtturm ausschalten muss.«

Grayson schlug die Hände vor den Kopf. Ihre Stimme klang gedämpft. »Das ist alles meine Schuld.«

Conley war erschüttert über die Verzweiflung ihrer Schwester. Sie stellte sich hinter Graysons Stuhl und streichelte ihr linkisch über den Rücken. »Komm schon, Gray«, sagte sie sanft. »So schlimm ist es nicht. Wir schaffen das. Ich helfe dir. Wir schreiben einen umwerfenden Artikel, und wir alle – du, ich, Michael – werden es denen zeigen. Pass auf, sobald Mike ein Statement von Charlie Robinette bekommt, setze ich mich dran.«

Grayson blickte auf. »Das ist lieb von dir, aber ich glaube nicht …«

»Ich hatte noch gar keine Zeit, dir das zu erzählen. Hör zu!«, fuhr Conley fort. »Ich habe mit einer Frau gesprochen, die in der Nähe der Unfallstelle wohnt. Sie hat in der Unfallnacht irgendwann nach Mitternacht Stimmen oben an der Straße gehört. Zwei Männer haben laut gestritten. Und eine Frau hat ihnen gesagt, sie sollten aufhören. Nicht mal der Sheriff wusste das. Und vergiss nicht, ich habe diese Fotos vom brennenden Auto. Verdammt, das hätte ich fast vergessen: Ich habe ein Video!«

»Was soll uns denn ein Video nutzen?«, fragte Grayson.

»Wenn wir heute Abend eine digitale Ausgabe rausbringen, und das sollten wir unbedingt tun, könnten wir das Video vom Brand einbetten. Hast du eine Ahnung, wie viele Menschen sich lieber ein Video als Standfotos ansehen?«

Ihre Schwester zuckte mit den Schultern. »Nee.«

»O Mann«, stöhnte Conley. »Gray, ich liebe dich, und ich will nicht, dass diese Zeitung scheitert. Aber wir müssen dich und den *Beacon* ins einundzwanzigste Jahrhundert hieven.«

»Meinst du nicht, das ist zu … respektlos? Oder zu makaber? Ich meine, Symmes Robinette ist in dem brennenden Wagen gestorben.«

»Zeitungen und Fernsehsender verwenden seit vielen Jahrzehnten Fotos und Videos von tödlichen Unfällen«, erwiderte

Conley. »Denk an die Hindenburg. Oder an den Zapruder-Film vom Attentat auf Kennedy. Das sind Nachrichten. Traurig und tragisch, aber dennoch berichtenswert.«

»Okay«, willigte Grayson widerstrebend ein. »Ruf Michael an und frag ihn, ob er ein Statement von Charlie Robinette hat. Normalerweise bringt Lillian unsere digitalen Kurznachrichten auf den Weg. Ich gebe ihr Bescheid, dass es heute was zu tun gibt.«

Conley kam noch ein Gedanke. »Ihr habt Anzeigen in den digitalen Updates. Richtig?«

»Nein. Daran habe ich noch gar nicht gedacht.«

»Dann denk jetzt dran«, mahnte Conley. »Mach eine Liste mit deinen größten Anzeigenkunden. Vor allem der IGA-Supermarkt, oder? Und Mort's Liquors? Und das Lamplighter? Ruf sie alle an. Oder noch besser: Fahr hin! Biete ihnen ein Kombiangebot an für … Vielleicht für einen Fuffi mehr? Dafür bekommen sie Anzeigenplatz in der Digitalausgabe von heute Abend plus das, was sie sonst in der Printausgabe schalten.«

»Ich bin wirklich unsicher«, sagte Grayson. »Du glaubst nicht, wie schwer es ist, diesen Leuten etwas zu verkaufen. Ich verschenke den Anzeigenplatz sowieso schon fast.«

Conley ging allmählich die Geduld aus. »Schau dir die Online-Ausgaben anderer Zeitungen an, wenn du mir nicht glaubst.« Sie deutete auf Graysons Desktopcomputer. »Los! Ruf die *Tampa Bay Times* auf, den *Tallahassee Democrat*, den *Orlando Sentinel*, den *Miami Herald*. Die verdienen alle Geld mit ihren Online-Ausgaben. Sie nutzen auffällige Graphiken, Videos, ach, alles Mögliche, um das Auge auf ihre Anzeigen zu lenken. Das müssen wir auch tun.«

Grayson tippte etwas ein und blickte auf den Monitor. »Hmm.«

»Mach einfach mal, okay?«

Grayson seufzte tief.

Conleys Magen knurrte vernehmlich. Es war nach zwei Uhr, und sie hatte das Mittagessen verpasst. »Hey«, sagte sie und drehte sich um. »Was ist mit Kelly's Drugstore? Schalten die Anzeigen bei uns?«

»Nein. Haben sie noch nie gemacht, soweit ich weiß.«

»Warum nicht?«

»Wahrscheinlich, weil unsere frühere Anzeigenleiterin keine besonders aggressiven Verkaufsmethoden angewendet hat.«

»Wer war das?«

»Meine Wenigkeit«, sagte Grayson. »Es war mir peinlich, Miss June etwas aufzuschwatzen.«

»Aber wir haben immer geschäftlich mit den Kellys zu tun gehabt. Großmama hat bei ihnen ein Kundenkonto, solange ich denken kann.«

Grayson zuckte mit den Schultern.

Skelly stand hinter dem Apothekentresen. Als Conley das Geschäft betrat, blickte er hoch, und seine Miene hellte sich auf.

»Hey«, sagte er. »Womit kann ich dir helfen?«

»Mit Mittagessen? Ich habe nichts gegessen und bin am Verhungern.«

Er füllte schnell eine cremige weiße Flüssigkeit in eine Flasche, verschloss sie mit einem Deckel und klebte ein Etikett auf. »Ich muss nur das hier eben einpacken und den Patienten benachrichtigen, dann komme ich zu dir rüber ins Café und mache dir was fertig.«

Conley stellte ihren Rucksack auf den Boden, drehte sich auf ihrem Barhocker und schaute zur Imbissecke hinüber, als hätte sie die noch nie gesehen. Nichts hatte sich verändert, seit sie als Kind hergekommen war.

»Was hättest du denn gern?«, fragte Skelly.

»Hm. Habt ihr noch das Pulled Pork mit dieser süß-scharfen Soße?«

Er nickte. »Ja. George räuchert noch jeden Sonntag vier, fünf Schweineschultern für mich. Die Soße macht er nach dem alten Rezept meiner Mutter. Normalerweise ist Donnerstag oder spätestens Freitag alles ausverkauft. Ich habe zwei Dutzend Kunden, die immer vorbestellen und ihre Portion jedes Wochenende auf dem Weg zum Strandhaus mitnehmen.«

»Dann auf jeden Fall Pulled Pork. Und wie macht ihr euren Krautsalat? Doch nicht mit so einer fettigen, mayonnaisegetränkten Soße, oder?«

Skelly tat entsetzt. »Mayo im Krautsalat? Was glaubst du, was das hier für ein Lokal ist? Wir machen ihn süß-sauer mit Essig. Georges Frau schneidet den Kohl und die Zwiebeln noch selbst. Da ist kein fertig geschnittener Supermarkt-Weißkohl drin.«

»Gut, dann Krautsalat. Und Kaffee, falls du welchen hast. Wir haben einen langen Abend vor uns.«

Skelly holte zwei Becher und schenkte ihr und sich selbst Kaffee ein. In seinen gab er Zucker und Kaffeeweißer, dann trank er einen Schluck. »Sonderausgabe, was? Ich habe heute Morgen gehört, wie Buddy Bright von Charlie Robinettes Ankündigung erzählt hat.«

Conley machte ein finsteres Gesicht. »Dieser verdammte Kerl! Der ist echt schnell. Mit Charlies Ankündigung mag er uns zuvorgekommen sein, aber wir haben eine noch bessere Story. Wir bringen heute Abend eine ausschließlich digitale Sonderausgabe.«

»Der *Beacon*? So was macht ihr?«

»Grayson sagt, zu Wahlen oder bei wichtigen Football-Nachrichten hätten sie das schon gemacht, aber diese Story ist zu gut, um sie noch einen Tag zurückzuhalten, von daher: Ja, das machen wir.« Conley klopfte mit dem Finger auf die Theke. »Dabei fällt mir ein: Grayson sagt, Kelly's Drugstore wirbt nicht im *Beacon*. Darf ich fragen, warum?«

Skelly trank noch einen Schluck Kaffee. »Um so was hat sich früher Mom gekümmert. Als ich zurückkam, um hier zu arbeiten, habe ich einfach alles so beibehalten. Ich weiß, dass wir bei diesen billigen Briefwurfsendungen mit Coupons mitmachen, aber ich glaube, das war's auch schon an Werbung.« Er sah sie fragend an. »Jetzt bist du also Starreporterin und auch noch Anzeigenverkäuferin?«

»Unfreiwillig«, erwiderte Conley. »Ich versuche, meiner Schwester die schöne neue Welt der Digitalnachrichten schmackhaft zu machen. Mit Abos verdienen Zeitungen kein Geld mehr. Genau genommen verlieren wir damit sogar. Die meisten Zeitungen hängen an den Anzeigenverkäufen. Wenn wir Anzeigenplatz in Digitalausgaben verkaufen können, ist das eine Win-win-Situation. Mehr Reichweite für deine Anzeige, mehr Geld für uns.«

»Ich könnte es ja mal mit einer Anzeige im *Beacon* probieren. Sag Grayson, sie soll mich darauf ansprechen, ja?«

»Hast du die Graphiken von deiner Anzeige in der Briefwurfsendung?«

»Ja.«

»Mail sie Grayson. Sie kann dir die Anzeigenpreise nennen, und falls du dich dafür entscheidest, kann deine Anzeige in der Online-Ausgabe von heute Abend stehen – und die wird eine Menge Zugriffe bekommen!«

»Wieso?«

Conley zog vielsagend die Augenbrauen hoch. »Ich könnte es dir sagen, aber dann müsste ich dich anschließend umbringen. Nein, im Ernst. Allmählich nimmt diese Story Fahrt auf, und zwar nicht nur so, wie ich dachte.«

»Willst du mir nicht mal einen Tipp geben?«

»Nö. Was ist mit meinem Mittagessen?«

33

Als Conley zurück in die Redaktion kam, war Lillian auf ihrem üblichen Posten am Empfang. Das Radio lief, und sie lauschte Buddy Bright, der enthusiastisch von einer Sitzung des Flächennutzungsausschusses berichtete. Conley stellte das Radio leiser.

»Ich habe genug von diesem Kerl«, sagte sie. »Schläft der eigentlich nie?«

»In meiner Gemeinde ist eine Frau, Melissa, die arbeitet im Waffle House draußen an der Landstraße«, sagte Lillian. »Sie hat mir erzählt, dass Buddy Bright immer da ist, die ganze Nacht durch. Wahrscheinlich ist er wirklich eine Nachteule.«

Conley setzte sich an ihren Schreibtisch und versuchte, einen Aufmacher für den Artikel zu formulieren, der mit Rowenas Exklusivmeldung kombiniert werden sollte. Plötzlich stürzte Michael Torpy herein, in der einen Hand sein Handy, in der anderen eine fettige Papiertüte. Er trug eine ausgeblichene Jeans, ein zerknittertes langärmeliges Hemd, das schon bessere Zeiten gesehen hatte, und offene Converse-Sneakers mit hohem Schaft. Wie immer baumelten ihm die In-Ears für sein iPhone um den Hals.

»Ich habe Charlie Robinette dazu gebracht, mir gegenüber eine Stellungnahme abzugeben«, verkündete er grinsend. »Er hat bestätigt, dass er für die restliche Amtszeit seines Vaters kandidiert. Und sicherheitshalber«, fügte er hinzu, »habe ich das Interview auf Video.«

Er rollte seinen Bürostuhl neben Conleys. »Sieh's dir an.« Er tippte auf das Foto-Icon auf seinem iPhone und hielt es Conley hin.

Charlie Robinette nahm bereits die Rolle des erfahrenen Politikers ein. Sein ordentlich geschnittenes Haar wies an der Schläfe ein paar graue Strähnen auf, die wie strategisch eingesetzt wirkten. Zynisch fragte sich Conley, ob er seinen Friseur angewiesen hatte, sie entsprechend zu färben. Er trug ein weißes Hemd mit einer locker gebundenen rot-weiß-blauen Krawatte und hatte die Ärmel hochgekrempelt, als wollte er dem Wahlvolk zeigen, dass er bereit war, sich in Washington in die Arbeit zu stürzen.

Ruhig blickte er in die Kamera. »Mein ganzes Leben lang habe ich zu meinem Vater aufgeblickt. Er war mein Vorbild. Ich habe mein Leben nach seinem Beispiel gestaltet, habe meinen Juraabschluss an derselben Uni gemacht, habe in der Familienkanzlei gearbeitet und während des Studiums in den Sommerferien als parlamentarischer Assistent in seinem Büro gejobbt. Dad und ich haben oft bis spät in die Nacht über den Dienst an der Öffentlichkeit diskutiert, darüber, wie man den Wählerinnen und Wählern und den sich verändernden Bedürfnissen des Wahlbezirks am besten gerecht werden kann.«

»Ähm, also, heißt das, dass Ihr Vater Sie als seinen Nachfolger herangezogen hat?«, fragte Michael hinter der Kamera.

»Ja. Deshalb habe ich auch im Verlauf des letzten Jahres angefangen, mich mit Dads engsten politischen Beratern zu unterhalten. Auch schon vor seiner Erkrankung hat mein Vater mir immer wieder versichert, dass ich seiner Meinung nach der beste Kandidat für den 35. Wahlbezirk sei. Natürlich hatten wir gehofft, dass ich meine Kandidatur nicht vor seinem Ausscheiden aus dem Amt anzukündigen bräuchte, aber der Krebs macht manchmal auch die besten Pläne zunichte.«

Wieder war Michael zu hören: »Können wir noch einmal einen Schritt zurückgehen? Sie haben gesagt, er wusste, dass sein Krebs unheilbar ist, dass er diese Diagnose aber geheim gehalten hat.«

Robinettes glattes, gebräuntes Gesicht rötete sich. »Wir waren der Meinung, dass es sich um eine Familienangelegenheit handelt. Dad fühlte sich fit genug, um in Washington zu sein und sich im Kongress um die Bedürfnisse der Menschen zu kümmern, und zwar bis zum Ende seines Lebens.«

»Wussten Sie, dass Ihre Mutter ebenfalls beabsichtigt, für den Kongresssitz Ihres Vaters zu kandidieren?«

Robinettes Miene war ausdruckslos. »Nein. Sie hat ihre Entscheidung nicht mit mir abgesprochen, und, soweit ich weiß, auch nicht mit irgendwem sonst aus Symmes' engstem Beraterkreis.«

»Belastet das nicht die Beziehungen innerhalb der Familie?«, fragte Michael.

Robinette zuckte mit den Schultern. »Meine Mutter tut das, was sie für richtig hält. Ich bin natürlich der Meinung, dass man die Entscheidung meines Vaters respektieren sollte, mich für seinen Sitz kandidieren zu lassen, falls er seine Amtszeit nicht beenden würde.«

»Keine Familienfehde also?«

Robinette lächelte und zeigte seine ebenmäßigen weißen Zähne. »An Thanksgiving könnte es ein bisschen komisch werden, aber wir sind eine politische Familie. Mein Vater hat an diesem Feiertag immer zwei Truthähne zubereitet – einen auf dem Smoker, den anderen im Backofen –, damit meine Mutter mit der aufgefangenen Bratenflüssigkeit und dem Truthahnklein ihre berühmte Soße machen konnte. Wir sind es gewohnt, Kompromisse zu schließen.«

Das Video endete. Conley sprang auf und warf dem jungen Reporter die Arme um den Hals. Michael Torpys Gesicht wurde so rot wie sein Haar. »Mike! Das ist phantastisch! Genau das, was wir brauchen.«

»Was ist genau das, was wir brauchen?« Grayson kam herein und hörte noch, wie Conley den Juniorreporter lobte.

»Mike hat von Charlie Robinette nicht nur das offizielle Statement, dass er kandidiert – gegen seine Mutter –, er hat es sogar auf Video.« Conley strahlte vor Stolz.

»Gute Arbeit, Mike«, sagte Grayson. »Du schreibst den Text über Charlies Kandidatur. Länge etwa 100 Zeilen. Besorg ein paar Reaktionen von Symmes' Parteifreunden und schau mal, ob irgendwo Demokraten herumschnüffeln und das Terrain daraufhin sondieren, ob sie einen Gegenkandidaten ins Rennen schicken. Conley, du schreibst den Artikel, den du vorgeschlagen hast, und arbeitest Rowenas Text mit hinein. Schreib ihn als Ergänzung zu dem Stück letzte Woche. Maximal 300 Zeilen.«

Conley nickte, dann wandte sie sich an Lillian. »Grayson sagt, du bist normalerweise für die digitalen Nachrichten-Updates zuständig. Wir haben vor, einen großen aktualisierten Artikel zu Robinettes Tod zu bringen – und darüber, dass sowohl Charlie als auch Vanessa ihre Kandidaturen angekündigt haben –, und zwar bis heute siebzehn Uhr. Das bekommst du hin, oder?«

Lillian schluckte. »Ich schicke die E-Mails mit Wahl- und Football-Ergebnissen raus, aber wir haben schon länger kein Spiel mehr gewonnen. Und Videos habe ich noch nie gemacht.«

Michael öffnete seine Papiertüte und machte sich über einen Chili Dog her. Bevor er zubiss, hielt er inne. »Dabei kann ich dir helfen, Lillian.«

»Ich habe auch Neuigkeiten«, verkündete Grayson. »Ich habe Sean Kelly gerade einen Anzeigenvertrag über drei Monate verkauft, sowohl für die Print- als auch für die digitale Ausgabe. Und ich habe den IGA, Silver Bay Motors und Gulf Coast Orthodontics überzeugt, ebenfalls eine digitale Anzeige zu schalten.«

Zum ersten Mal, seit Conley nach Silver Bay zurückgekommen war, machte ihre Schwester einen lebhaften, ja, aufgeregten Eindruck. Erstmals kam die alte Grayson zum Vorschein.

Lillian fiel das Kinn herunter. »Wir schalten Werbung zu den Meldungen? Wer kann das?«

Grayson legte den Arm um Michael. »Du weißt, wie man digital layoutet, oder?«

»Klar«, sagte Michael. »Ich war Herstellungsleiter bei unserer College-Zeitung. Wir haben ständig Videos, Musik und Werbeanzeigen eingebettet. Kein Problem.«

Conley sah ihren Kollegen bewundernd an. »Wie alt bist du, Michael?«

Michael saß an seinem Schreibtisch, aß matschige Fritten und tippte dabei auf seiner Tastatur. »Dreiundzwanzig.«

»Das haben sie dir alles auf der Journalistenschule beigebracht?«

»Einiges habe ich im Unterricht gelernt, anderes bei Freunden aufgeschnappt, die bei der College-Zeitung mitgearbeitet haben. Aber eine Menge Zeug habe ich mir mit YouTube-Videos selbst beigebracht.«

»Vielleicht kannst du mir das irgendwann mal zeigen«, sagte Grayson. »Aber nicht heute.«

Die nächsten zwei Stunden war Conley mit ihrem Artikel beschäftigt, kombinierte die brauchbaren Details von Rowenas Exklusivmeldung mit ihren eigenen Textteilen, während der hochgewachsene, hagere Michael immer wieder aufsprang, auf und ab lief und eine knisternde Energie verbreitete, die die angestaubte Zeitungsredaktion belebte. Er hatte seine In-Ears drin, und Conley hörte immer wieder Fetzen seiner bevorzugten Rap-Musik.

Alle tippten konzentriert auf ihre jeweiligen Tastaturen ein. Conley empfand die Begeisterung ihres jungen Kollegen als ansteckend und war dankbar für den Adrenalinschub, unter Zeitdruck an einer heißen Story zu arbeiten.

Sie selbst war ihre strengste Kritikerin, immer schon gewesen. Während sie ihren Artikel erneut durchging, ärgerte sie sich wieder, kein Interview mit Vanessa Robinette gemacht zu haben und noch keine Antworten auf ihre quälenden Fragen zu Symmes Robinettes tödlichem Unfall zu haben.

Aber so war es nun einmal mit der Berichterstattung. Die Fragen hörten nie auf, und nie war genug Zeit. Conley kam zu dem Schluss, dass sie vor allem Fotos brauchte, die das schizophrene, komplizierte Privatleben des verstorbenen Kongressabgeordneten illustrierten.

»Lillian?«, rief sie.

Die Sekretärin blickte von ihrem Computer hoch. »Was ist jetzt schon wieder?«

»Kannst du in unserem Fotoarchiv nachsehen, ob wir alte Fotos von Symmes Robinette mit seiner Familie haben? Vielleicht bei einer Einweihungszeremonie? Oder bei irgendeiner lokalen Veranstaltung?«

»Ich sehe mal nach«, erwiderte Lillian vorsichtig. »Aber das Archiv ist in einem schlimmen Zustand. Vor ein paar Jahren hat es mal durchs Dach geregnet, dabei ist ein Teil des Archivs nass geworden, das ist hinüber. Unmöglich zu sagen, was noch da ist.« Sie stand auf und ging langsam zu den uralten grauen Aktenschränken an der rechten Wand der Redaktion.

Am Ende war Conley mit ihrer Arbeit zufrieden – oder jedenfalls so zufrieden, wie sie es je sein würde. Sie gähnte, stand auf, ging durch den Raum und blickte Michael über die Schulter, der noch an seinem Artikel über Charlie Robinettes Kandidatur saß.

»Die hier habe ich gefunden.« Lillian warf zwei Schwarz-Weiß-Fotos auf Conleys Schreibtisch.

Auf dem ersten Foto von 1984 hatte Symmes Robinette noch volles dunkles Haar und stand vor einer amerikanischen Flagge, eine Hand auf einer Bibel, die von einer attraktiven jungen Frau gehalten wurde. Die Frau strahlte ihn an. Auf der Rückseite stand in Maschinenschrift: VEREIDIGUNG DES KONGRESS-ABGEORDNETEN C. SYMMES ROBINETTE AUS SILVER BAY MIT EHEFRAU EMMA TODD (»TODDIE«).

»Das ist perfekt«, sagte Conley. Sie griff zu dem anderen Foto von 1988, das Robinette mit Zeremonienschaufel in einer Gruppe weiterer Männer zeigte. Hier besagte die Bildlegende: US-ABGEORDNETER SYMMES ROBINETTE BEIM SPATENSTICH FÜR NEUE VETERANENKLINIK.

Conley ging auf, dass Winnie Robinette kurz danach eine Handvoll Asche ihrer Schwester ins Gesicht geschleudert haben musste.

»Das ist alles, was du finden konntest?«, fragte sie.

»Ich hatte Glück, überhaupt etwas zu finden«, entgegnete Lillian.

»Wenn ich nur ein Foto von Robinette mit Vanessa und Charlie hätte«, seufzte Conley.

»Oh, da haben wir was«, erwiderte Lillian beiläufig. »Das Bestattungsinstitut hat es zusammen mit dem Nachruf geschickt. Ich habe Kennedy McFall gesagt, dass das 150 Dollar extra kostet, aber sie meinte, Vanessa wolle es so, die Kosten seien ihr egal. Ich maile es dir rüber.«

Sie ging an ihren Schreibtisch, und eine Minute später betrachtete Conley ein schwarz-weißes Hochzeitsfoto, auf dem Symmes und Vanessa Robinette einander glückselig in die Augen schauten. Symmes trug Anzug und Krawatte mit einer weißen Ansteckblume und hatte die Arme um Vanessa gelegt, die ein kurzes weißes Kleid und Blumenschmuck im Haar trug. Den Hintergrund bildete die Rotunde des Kapitols.

»Volltreffer.« Conley rieb sich die Hände. Sie klickte das zweite Foto an, das die Familie Robinette um einen Weihnachtsbaum versammelt zeigte. Charlie war ein schlaksiger Junge von elf oder zwölf Jahren mit Akne und Zahnspange.

Um sechzehn Uhr kam Grayson aus ihrem Büro. »Wie sieht's aus?«

»Ich bin fertig«, sagte Conley. »Ich habe dir den Artikel gerade geschickt.«

»Ich brauche noch fünf Minuten«, vermeldete Michael. »Warte noch auf den Rückruf des Leiters von Charlie Robinettes Wahlkampfteam. Er weiß, dass ich gleich Abgabe habe.«

»Fünf Minuten sind okay«, sagte Grayson. »Ich habe das Layout für die Seite schon fertig. Sobald ich beide Artikel redigiert habe, kannst du mir zeigen, wie man das Video hochlädt.«

Michael nickte und tippte weiter. Dann hob er sein Handy: der erwartete Rückruf.

»Fertig!«, rief Michael fünf Minuten später. »Ich muss nur noch mal überprüfen, ob ich *Miles Schoendienst* richtig geschrieben habe.«

»Schoendienst?« Conley blickte auf. »Er leitet Charlies Wahlkampfteam?«

»Ja. Kennst du ihn?«

»Nicht persönlich«, erwiderte Conley, »aber ich weiß, dass er bis zum Ruhestand Geschäftsführer der Bahngesellschaft war, und er war einer der Bauunternehmer von Sugar Key – er hat die Villa gebaut, die Symmes und Vanessa so absurd günstig gekauft haben.«

Michael sah Grayson an. »Soll ich das in meinen Artikel aufnehmen?«

»Nicht heute Abend«, entschied Grayson. »Wir machen jetzt die Online-Ausgabe fertig, dann kannst du das für die Printausgabe morgen ergänzen. Zuerst musst du in mein Büro kommen und mir bei diesem Videokram helfen.«

»Ich bleibe noch, falls ihr noch Fragen habt«, bot Conley an.

Um kurz nach sechs kamen Grayson und Michael grinsend aus dem Büro der Chefin und klatschten sich ab.

»Fertig«, verkündete Grayson. »Wir haben auf den Knopf gedrückt. Es ist draußen.«

»Heißt das, ich kann nach Hause?« Lillian nahm ihre Handtasche und ging zur Tür. »Mein Mann hat mir schon jede Menge Nachrichten geschickt von wegen, was es zum Abendessen gibt.«

»Na los, ab mit dir!«, sagte Grayson. »Ihr zwei auch!« Sie deutete auf Conley und Michael. »Großartige Arbeit, ihr alle. Das meine ich ernst. Ich wusste nicht, ob wir diese Online-Ausgabe hinbekommen, aber es fühlt sich gut an. Richtig gut.«

»Ähm, wahrscheinlich sollte ich lieber nicht fragen, aber wisst ihr, wie viele Leute unseren Newsletter abonniert haben?«, fragte Conley.

»Etwa sechshundert, als ich das letzte Mal nachgesehen habe«, antwortete Lillian.

»Mehr nicht?« Grayson machte ein langes Gesicht. »Ich dachte, es wären mindestens doppelt so viele.«

»Vielleicht arbeiten wir mal an unserem Social-Media-Marketing«, warf Michael vorsichtig ein. »Ich meine, hat der *Beacon* überhaupt eine Facebook-Seite? Einen Twitter-Account? So was?«

»Nicht so richtig«, gab Grayson zu. »Vor zwei Jahren hatten wir im Sommer eine Praktikantin, die hat damit angefangen, uns eine Facebook-Seite aufzubauen, aber dann fing die Schule wieder an, und niemand kannte das Passwort für den Account.«

»Okaaay«, sagte Michael. »Morgen lösche ich als Erstes unsere alte Seite, dann setzen wir eine neue auf, wo wir alle vier posten können. Und wenn wir mit der Printausgabe in Druck gegangen sind, nehmen wir Twitter in Angriff. Falls du einverstanden bist?«

»Was sein muss, muss sein«, antwortete Grayson resigniert. »Ich habe nur Sorge, dass es viel mehr Arbeit ist, wisst ihr? Ich meine, wer soll das schreiben, was wir da posten? Wer wird es lesen?«

»Jeder von uns kann Posts verfassen«, sagte Conley. »Wenn man sich erst mal umgestellt hat, kostet Social Media gar nicht so viel Zeit. Wir müssen unserer Leserschaft mitteilen, an welchen Artikeln wir sitzen. Was in der Stadt los ist. Und wir müssen herausfinden, was die Leute wissen wollen. Je interaktiver wir sind, desto mehr Leserinnen – und Abonnenten – werden wir bekommen.«

»Mehr Abos bedeutet mehr Werbung«, betonte Michael.

»Vermutlich.« Grayson wirkte nicht überzeugt.

»Hey«, sagte Conley. »Wir haben gerade etwas Tolles geschafft. Wir haben eine echte Online-Ausgabe herausgebracht. Mit einer brandaktuellen Nachricht. Das ist was Besonderes! Wollen wir das feiern, was meint ihr? Michael? Hast du heute Abend schon was vor?«

»Eigentlich nicht«, sagte er.

»Nicht heute Abend«, warf Grayson ein. »Ich muss mich noch um was kümmern.«

»Was denn?«

»Heute Abend passt es bei mir nicht, ja?«, sagte Grayson. »Vielleicht später in der Woche. Und jetzt macht ab nach Hause, alle. Noch mehr Überstunden können wir uns nicht leisten.«

34

Nachdem die Chefin das Gebäude verlassen hatte, wandte Michael sich an Conley. »Soll ich mir das zu Herzen nehmen, dass sie nicht mit mir feiern will?«

»Ich glaube nicht, dass es an dir liegt und sie dir aus dem Weg geht. Eher mir. Rivalität unter Geschwistern, außerdem hat sie, glaube ich, persönliche Probleme.«

Michael nickte. »Du meinst, weil sie jede Nacht im Büro schläft?«

»Das ist dir nicht entgangen, was?«

»Vor ein paar Wochen war ich einmal sehr früh hier, da lag sie auf dem Sofa. Sie hat sich schnell eine lahme Ausrede ausgedacht von wegen, sie hätte bis tief in die Nacht gearbeitet. Aber das war nicht das erste Mal. Trotzdem schräg, dass sie es nicht mal ihrer eigenen Schwester erzählt, wenn sie Probleme hat.«

»Du hast offensichtlich keine Schwester«, sagte Conley lachend.

»Ich habe zwei Brüder, aber die sind viel älter als ich.«

»Grayson und ich stehen uns nicht besonders nah«, gestand Conley. »Was auch daran liegt, dass meine Großmutter sie im Prinzip gezwungen hat, mich einzustellen. Deshalb ist sie sauer, aber sie ist auch sauer, weil sie weiß, dass ich nur vorübergehend hier bin.«

»Du bist also wirklich aktiv auf Jobsuche, ja?«

Conley seufzte. »Ja. Ich habe von Anfang an klargestellt, dass das hier nur ein temporärer Auftritt ist. Und Grayson hat klargestellt, dass sie mich hier nicht haben will. Es war die Idee unserer Großmutter. Sie dachte, Grayson würde dankbar für die Hilfe sein, und wenn ich mich erst eingelebt hätte, würde ich bleiben wollen. Aber ich bin zu alt, um bei meiner Großmutter zu wohnen, und von der Arbeit beim *Beacon* kann ich nicht leben.«

Michael begann, Papiere in seinem Rucksack zu verstauen. »Schade! Tja, egoistischerweise wünsche ich mir, dass du bleibst. Heute war toll. Wahnsinn! Aber ich versteh das schon. Nachdem du für eine große Zeitung geschrieben hast, ist es bestimmt ein ziemlicher Abstieg für dich, für die popelige Wochenzeitung deiner Familie zu arbeiten.«

Conley lächelte wehmütig. »Weißt du was? Als wir heute an dieser Robinette-Story saßen und so richtig Gas geben mussten, als das Adrenalin durch die Schädeldecke ging, ja? Das war cool. Das hat mich daran erinnert, warum ich in dieser Branche bin.«

»Das freut mich. Dann gehe ich jetzt mal nach Hause, schnappe mir ein Bier und schaue mir das Spiel an. Sehen wir uns morgen?«

»Vielleicht gehe ich ein bisschen raus und mache einen Strandspaziergang. Vielleicht mixe ich mir sogar einen Cocktail und sehe mir den Sonnenuntergang an. Aber morgen bin ich hier. In aller Frühe«, versprach sie.

Doch Conley fuhr nicht zum Strand. Nicht sofort. Ihre Schwester hatte eindeutig ein Problem. Zuerst war sie beschwingt, ja, überschwänglich gewesen – für Graysons Verhältnisse –, dann war ihre Stimmung abrupt gekippt, und Grayson war wieder distanziert und ausweichend.

Grayson und Tony lebten in einem zweigeschossigen Haus im Colonial-Revival-Stil in einer Siedlung namens Bay Manor. Sämtliche aus den 1960er Jahren stammenden Häuser waren Variationen ein und desselben Themas: helle Backstein- oder Holzbauten mit beeindruckenden, von Bleiglasfenstern flankierten Haustüren und Erkerfenstern, Doppelgaragen und kleinen, aber gepflegten Rasenflächen.

Langsam fuhr Conley an Graysons Haus auf dem Jasmine Way vorbei. Kinder radelten auf den Gehwegen und wichen den Rasensprengern aus, Frauen standen in den Einfahrten, tratschten miteinander oder schlürften Cocktails aus Plastikbechern. Im Vorgarten gegenüber von Tonys und Graysons Haus spielte ein Vater mit seinem Sohn Fangen.

Doch auf Graysons Grundstück war nichts zu sehen. An einem normalen Tag hätten jetzt sowohl Tonys Lexus als auch Graysons BMW in der Einfahrt gestanden – die Garage war zu klein für zwei so große Autos. Doch die Einfahrt war leer, beide Garagentore waren geschlossen. Im Haus brannte kein Licht. Vor allem aber war der Rasen hoch, und die Sträucher wucherten wild.

Das war wirklich merkwürdig. Tony war regelrecht manisch, was seinen Garten betraf – jedes Wochenende mähte er den Rasen, schwang den Laubbläser, pflanzte und beschnitt seine Büsche. Auf Tony Willinghams Rasen war kein verirrtes Blatt sicher.

Conley war klar, dass ihr Schwager fort war. Sicher, er musste dienstlich viel reisen, doch so viel er auch unterwegs war, war Tony sehr stolz darauf, dass sein Garten im Viertel mehrmals als Garten des Monats ausgezeichnet worden war, und zwar so oft, dass seine Nachbarn ihn offiziell für »außer Konkurrenz« erklärt hatten.

Was trotzdem kein Grund für Grayson war, im Büro zu schlafen.

Conley musste an Kennedy McFalls Bemerkung denken, sie habe Grayson in der Bar des Country Clubs gesehen – im Runzelraum, wie sie den Laden genannt hatte.

Conley fuhr zum Silver Bay Country Club. Der Golfplatz erstreckte sich zu beiden Seiten der von moosbehangenen Eichen gesäumten Straße. Die Sonne ging allmählich unter, der Himmel nahm einen tieferen Blauton an. Ein paar Nachzügler steuerten mit ihren Golfmobilen zum Clubhaus, und als Conley auf den Parkplatz einbog, standen dort zwei Dutzend Autos, darunter auch Graysons BMW.

»Dringender Termin, schon klar«, murmelte Conley. Sie hatte nicht schlecht Lust, das Auto abzustellen, in die Bar zu marschieren und Grayson zur Rede zu stellen, damit sie endlich erzählte, was mit ihrer Ehe los war.

Doch Conley wusste, dass sie das nicht tun würde. So was machte man nicht bei den Hawkins'. In ihrer Familie wurde über so etwas nicht gesprochen. Trennung, Betrug, Entfremdung, Depression? So etwas existierte bei ihnen nicht. Und falls doch, wurden die entsprechenden Gefühle sofort unterdrückt. Tief vergraben.

Conley machte am IGA Halt, um einzukaufen. Das Weinangebot war bescheiden: billiger Sauvignon blanc, saurer Pinot grigio und ein derart süßer Riesling, dass einem beim ersten Schluck die Zähne verfaulten. Immerhin entdeckte sie einen passablen Chardonnay, von dem sie drei Flaschen in den Einkaufswagen stellte, dann ging sie hinüber in die Feinkostabteilung, wo sie ein paar Pita-Chips und ihren Lieblingskäsedip besorgte. Vielleicht würde sie wirklich ein kleines Sonnenuntergangspicknick am Strand machen.

»Ich bin zu Hause«, rief sie, als sie die Treppe zum Strandhaus hinaufgestapft war. Sie fand Großmama und Winnie in der Küche, wo sie einander am großen Tisch gegenübersaßen, ein tausendteiliges Puzzle zwischen sich.

»Was soll das sein?«, fragte Conley und beugte sich vor, um ihrer Großmutter einen Kuss auf die Wange zu geben.

Winnie hielt den Puzzlekarton in die Höhe. »Entweder Venedig oder Florenz. Hab vergessen, was was ist.«

Conley deutete auf eine Gondel. »Das ist Venedig.«

»Du kommst spät«, sagte Lorraine. »Braut sich da eine große Story zusammen?«

»Es kommt Fahrt in die Robinette-Sache«, antwortete Conley und packte ihre Einkäufe auf die Arbeitsplatte. »Charlie hat offiziell verkündet, dass er für Symmes' verbleibende Amtszeit kandidieren wird, und dann, Überraschung!, lief Rowena im Schönheitssalon Vanessa über den Weg, die ihr erzählte, dass sie auch kandidieren will!«

»Gegen ihren eigenen Sohn?« Verdutzt blickte Lorraine auf.

»Klingt ganz nach Familie Robinette«, bemerkte Winnie. Sie nahm ein Puzzleteilchen, ließ die Hand über dem Tisch schweben und überlegte, wo es hingehörte.

»Genau. Wusstet ihr, dass Robinette Krebs hatte?«

»Nein! Wo hast du das denn gehört?«, fragte Lorraine.

Im Küchenschrank fand Conley eine Segeltuchtasche. Sie packte ein: Weinflasche, Öffner, Plastikbecher, Chips, Käse-Dip, Streichmesser.

Rasch informierte sie die beiden Frauen über die Entwicklungen des Tages. »Wir haben vorhin eine digitale Ausgabe vom *Beacon* verschickt«, fügte sie hinzu.

Ihre Großmutter war verwirrt. »Digital? Wie im Fernsehen?«

»So ähnlich. Es ist derselbe Inhalt wie in unserer gedruckten Zeitung, aber weil es so eine brandaktuelle, heiße Nachricht ist, haben wir sie übers Internet an unseren Mailverteiler geschickt. Außerdem enthält die Ausgabe ein Video, dank unseres genialen Nachwuchsreporters Michael. Hier. Ich zeige es euch.«

Sie wollte ihr Handy aus der Umhängetasche holen, fand es aber nicht.

»Hab's wohl im Auto vergessen.«

Doch obwohl sie gründlich suchte, lag das Gerät weder in der Mittelkonsole noch auf dem Boden des Subaru.

Als Conley zurück nach oben kam, wartete Großmama an der Küchentür, ihr eigenes uraltes Klapphandy in der Hand. »Sean Kelly hat mich gerade angerufen«, sagte sie. »Du hast deinen Rucksack – und dein Telefon – heute bei ihm im Laden vergessen.«

»Gott sei Dank!«, rief Conley. »Ich wurde schon leicht panisch. Dieses Telefon enthält mein gesamtes Leben. Dann fahre ich wohl besser zurück in die Stadt und hole es.«

»Nicht nötig. Sean hat gesagt, er bringt es dir.« Lorraine zwinkerte ihrer Enkelin bedeutungsvoll zu. »Ich glaube, dieser Junge ist in dich verschossen, Sarah Conley Hawkins.«

»Hör auf mit dem Verkuppeln! Wir sind alte Freunde, Großmama, das ist alles. Dann gehe ich nach oben und ziehe mich um. Sobald Skelly mir das Handy gebracht hat, mache ich einen Strandspaziergang.«

»Zieh was Hübsches an, ein Sommerkleid vielleicht, und mach was mit deinem Haar«, instruierte Großmama sie. »Ich glaube, manchmal vergisst du, dass du eine attraktive alleinstehende Frau bist.«

»La, la, la, la, la, la!« Conley hielt sich die Ohren zu und ging zur Treppe. »Ich kann dich nicht hören.«

»Kommt mir ein bisschen unhöflich vor, einfach das Telefon zu nehmen und ihn wieder nach Hause zu schicken, nachdem er extra hier rausgefahren ist«, merkte Winnie an. »Deine Großmama und ich haben schon gegessen, aber ich kann euch was zum Abendessen aufwärmen, wenn ihr mögt.«

»Du nicht auch noch, Winnie«, stöhnte Conley.

35

Ein Sommerkleid zog Conley nicht an, aber sie suchte eine weiße Shorts heraus, die ihre Beine zur Geltung brachte, dazu ein ärmelloses korallenrosa T-Shirt mit tiefem Rundhalsausschnitt. Sie bürstete sich das Haar, legte silberne Ohrhänger an und trug pfirsichfarbenen Lippenstift auf.

Als sie sich in der Küche ein Glas Chardonnay einschenkte, hörte sie Skellys Schritte auf der Treppe.

»Dein Verehrer ist da«, flüsterte Winnie ihr zu.

»Hör auf!«, schimpfte Conley.

Großmama ging überraschend flink durchs Wohnzimmer zur Haustür. »Sean Kelly, komm herein!«, sagte sie laut.

Sie führte Skelly in die Küche. Er hatte sich Conleys marineblauen Rucksack über die rechte Schulter gehängt und hielt eine Flasche Wein in der Hand.

»Ich wollte gerade den Laden abschließen, da hörte ich so ein komisches Summen. Ich dachte schon, ich werde verrückt, bis ich diesen Rucksack am Tresen entdeckt habe.«

»O mein Gott, danke!« Hastig zog Conley den Reißverschluss auf und wühlte herum, bis sie ihr Handy fand. Das Display war schwarz.

»Ich glaube, auf dem Weg hier raus ist der Akku endgültig leer geworden«, bemerkte Skelly.

»Ich bin einfach froh, dass ich es zurückhabe.« Conley schloss es an ein Ladekabel auf der Küchentheke.

»Ich wette, du hast richtig Hunger nach der langen Fahrt«, sagte Lorraine und strahlte Skelly an. »Setz dich doch, und wir machen dir was zum Abendessen, was meinst du?«

Conley warf ihrer Großmutter einen warnenden Blick zu, der jedoch ignoriert wurde. »Sean muss wahrscheinlich zurück und sich um Miss June kümmern, stimmt's?«

»Tatsächlich bleibt ihre Betreuerin heute Abend da«, sagte Skelly. »Danke für das Angebot, aber ich habe im Laden noch schnell ein Sandwich gegessen.« Er wandte sich an Conley. »Gegen einen kleinen Strandspaziergang hätte ich nichts einzuwenden.«

Conley nahm die fertig gepackte Segeltuchtasche und steckte einen weiteren Plastikbecher hinein. »Du kannst meine Gedanken lesen.«

»Du wirkst sehr ernst«, sagte Conley, als sie über den Pfad durch die Dünen liefen. »Was ist los?«

»Ich habe die Digitalausgabe des *Beacon* bekommen«, antwortete er. »Hat mich schon ein bisschen überrumpelt. Also, Gray hatte mir erzählt, dass ihr diese Sonderausgabe rausbringen wollt, aber meine Güte, Conley, diese Geschichte über Symmes Robinettes ›mysteriösen Tod‹ und all das Zeug, dass er seiner ersten Frau die Farm geschenkt hat und dann noch dass Vanessa gegen Charlie antritt? War das wirklich nötig? Das sind doch Privatangelegenheiten, finde ich.«

»Er hat mehr als dreißig Jahre lang im Kongress gesessen und ist um drei Uhr morgens bei einem Alleinunfall ums Leben gekommen«, sagte Conley. »Und der Rechtsmediziner hat noch nicht über die Todesursache entschieden.«

»Bei dir klingt das so ominös«, sagte Skelly.

»Darüber haben wir doch schon gesprochen, Skelly. Nichts von dem, was Michael und ich geschrieben haben, sind Gerüchte. Das sind keine Mutmaßungen. Es sind Nachrichten. Und bevor du fragst, ja, sie sind relevant. Die ausgesprochen relevante Nachricht lautet, dass die Robinettes Symmes' unheilbare Krebserkrankung letztes Jahr verheimlicht haben, damit er still und leise seinen Sohn als seinen gesalbten Nachfolger aufbauen konnte.«

Es waren dieselben Argumente, mit denen Conley ihre Schwester davon überzeugt hatte, dass diese Story glaubhaft, relevant und wichtig für die Stadt war.

Skelly war nicht überzeugt.

»Bereust du deine Entscheidung für eine Anzeige im *Beacon*?«

»Vielleicht bin ich nur nicht daran gewöhnt, irgendetwas Kontroverses in dieser Zeitung zu lesen«, gestand Skelly ein. »Aber die Anzeige wird Kelly's Drugstore neue Kunden bringen, das gebe ich gern zu. Außerdem: Wenn ich will, dass die Leute vor Ort einkaufen – bei uns statt bei den großen Ladenketten –, dann muss ich wohl auch was dafür tun.«

»Hört sich schon besser an.« Conley klopfte ihm auf die Schulter. »Wenn andere Geschäfte hier eure Anzeige sehen, ziehen sie vielleicht nach.«

Sie hatten den Rand der Dünen erreicht. Conley war bereits barfuß, Skelly zog jetzt auch seine Slipper aus. Dann stellten sie die Stofftasche neben eine Bankschaukel aus verwittertem Zedernholz. Conley entkorkte die Flasche Chardonnay und zeigte sie ihm.

»Wein?«

»Gern.« Skelly hielt ihr seinen Becher hin.

Conley grub die Zehen in den Sand. »Das habe ich in Atlanta vermisst. Barfuß zu gehen. Den Ozean zu riechen.«

»All das, was für uns hier an der Golfküste selbstverständlich ist«, sagte Skelly.

Der Himmel verfärbte sich zu einem sanften Violett, durchzogen von orangen Streifen. Der Golf lag ruhig da, sanfte Wellen rollten an den Strand. Wortlos gingen die zwei nach Norden und wateten gerade so weit ins Meer hinein, dass das warme Wasser ihnen um die Knöchel plätscherte.

Als es dunkler wurde, sahen sie Lichter in den Häusern oberhalb der Dünen.

Nachdem sie etwa eine halbe Meile bis zum Pier gegangen waren, hob Conley ihren leeren Becher. »Wollen wir zurück?«

Skelly nickte, und sie machten kehrt.

In der Familie Hawkins hieß die Gegend mit der Schaukel *Pops' Bucht.* An dieser Stelle hatte Conleys Großvater immer sein »Lager aufgeschlagen«, wie er es nannte, die Picknickdecke ausgebreitet, die Kühltasche mit Getränken, den Korb mit Sandwiches oder Brathühnchen darauf verteilt und die Aluklappstühle aufgestellt.

Im Winter hatten sie hier Feuer gemacht und Apalachicola-Austern gegart, die sie dann auf Salzcracker gestrichen und mit Tabascosoße gewürzt hatten.

An dieser Stelle hatte sich die Familie auch nach Pops' Beerdigung versammelt, genauso wie nach der Beerdigung von Conleys Vater. Später hatte Großmama einen ortsansässigen Schreiner beauftragt, eine ein Meter achtzig breite Schaukel zu bauen, die an zwei a-förmigen Pfosten hing. Eine kleine Messingplakette an der Rückseite tat kund, dass sie der Kunst des »Herumsitzens und Nichtstuns« gewidmet war. Das hatte Conleys Großvater immer als sein einziges Hobby bezeichnet.

Skelly hielt die Schaukel an, während Conley die Becher auffüllte, dann setzten sie sich und sahen in den schon recht dunklen Himmel.

»Ich bin heute auf dem Weg zum Strandhaus bei Grayson vorbeigefahren«, berichtete Conley. »Ich bin mir ziemlich sicher, dass Tony weg ist. Sein Auto ist nicht da, und der Garten sieht ziemlich verwildert aus.«

»Traurig«, sagte Skelly.

»Noch trauriger ist, dass meine Schwester nicht offen zu mir sein kann. Ich habe heute vorgeschlagen, dass wir nach der Arbeit einen trinken gehen, um unser erstes großes digitales Experiment zu feiern, aber Grayson meinte, sie müsste sich noch um was kümmern. Ihr Auto stand auf dem Parkplatz vom Country Club.« Conley schüttelte den Kopf. »Warum kann sie nicht einfach ehrlich sein und sagen, was los ist?«

»Vielleicht ist es ihr peinlich«, sagte Skelly. Er legte den Arm auf die Rückenlehne der Schaukel. »Ich weiß noch, als Danielle zum letzten Mal gegangen ist – also endgültig –, da habe ich niemandem etwas erzählt. Ich dachte immer noch, vielleicht überlegt sie es sich anders. Es ist bescheuert, aber ich habe mir wohl eingeredet, wenn ich nicht zugebe, dass wir uns scheiden lassen, dann passiert auch nichts. Dann müsste ich nicht zugeben, dass unsere Ehe ein Reinfall war. Und ich ein Versager.«

»Verdrängung ist eine starke Kraft«, sagte Conley seufzend. »Das haben wir wohl von der vorigen Generation übernommen. Seit ich ein kleines Kind war, hat mir nie jemand ehrlich gesagt, was mit meiner Mutter los war, wenn sie einfach verschwand.«

»Sie war immer ziemlich lange weg, oder?«, fragte Skelly.

»Ja. Und mit den Jahren immer länger.«

»Wie hat euer Vater dir und Grayson das erklärt?«

»Beim ersten Mal hieß es, sie wolle noch mal studieren. Irgendwo im Westen.«

»Aber das stimmte nicht?«

»Nein. Ich glaube, in Wirklichkeit war sie in einer Entzugsklinik. Aber das hat niemand ausgesprochen. Später, als ich älter wurde, habe ich gemerkt, dass die Ehe nicht funktionierte. Soweit ich weiß, haben sich die beiden nie gestritten. Meine Mutter ist einfach immer nur … verschwunden.«

Skelly legte die Hand auf ihre Schulter, und nach einer kurzen Schrecksekunde merkte Conley, dass seine Berührung ihr guttat. Sie sogar beruhigte.

»Das muss schwer gewesen sein für deinen Vater«, bemerkte er.

»Total schlimm«, bestätigte sie. »Immer, wenn Mom wieder nach Hause kam, war er so glücklich! Dann summte er vor sich hin. Er brachte ihr mitten in der Woche kleine Geschenke mit – Blumen, ihr Lieblingsparfüm, auch mal ein Schmuckstück.« Conley seufzte und trank einen Schluck Wein. »Aber wir anderen, Großmama, Pops und Grayson – sogar Winnie –, wir … wir hielten die Luft an. Alle wussten, dass es bloß eine Frage der Zeit war, bis sie wieder ging. Alle außer Dad. Und dann, wenn sie weg war, wurde er einfach still. Und traurig. So verdammt traurig.«

Skelly hatte ihr den Kopf zugewandt und hörte aufmerksam zu. Er war ein guter Zuhörer, eine Fähigkeit, die Conley bei einem Mann wichtig war. Seine Augen waren von einem dunklen Blaugrün und von kleinen Fältchen umgeben.

»Tut mir leid«, sagte Conley unvermittelt. »Das muss dir schrecklich bekannt vorkommen. Ist sowieso eine alte Leier. Lass uns über was anderes reden.«

»Nein, es ist sogar eine Erleichterung, darüber sprechen zu können. Nachdem Danielle gegangen war, habe ich eine längere Therapie gemacht, aber als sie die Scheidung einreichte, kam mir das wie Geldverschwendung vor. Ich dachte, wenn sie sowieso nicht zurückkommt, wozu dann die vergebliche Liebesmüh?«

»Würdest du sie denn zurücknehmen, wenn sie es jetzt noch einmal versuchen wollte?«

»Nein«, antwortete er schnell. »Es ist zu viel passiert. Nicht nur mit ihr. Auch mit mir.«

»Was zum Beispiel?«

Er wandte den Blick ab und wurde ein bisschen rot. »Willst du das wirklich wissen?«

»Ja.«

»Aber lach nicht! – Du bist wieder da.«

»Ach, Skelly …«

Er legte ihr sanft einen Finger auf die Lippen. »Lass mich ausreden. Als du letzte Woche ins Legion kamst, tillte mein Kopf wie eine Flipperautomat. Endorphine, was auch immer. Und als wir zusammen getanzt haben …«

»Wir hatten beide getrunken«, wandte Conley ein. »Vor allem ich.«

»Nein«, beharrte Skelly. »Ich hatte nur zwei Bier. Das lag nicht am Alkohol. Jedenfalls nicht bei mir.«

»Ich hatte völlig vergessen, was für ein toller Tänzer du warst. Bist«, berichtigte sie sich. Unwillkürlich dachte sie an das einzige Mal, als sie mit Sean Kelly getanzt hatte. Gott, wie hatte sie sich damals auf den Abend gefreut. Sie hatte ihre erste professionelle Maniküre und Pediküre bekommen, hatte Großmama sogar überredet, mit ihr ins Einkaufszentrum nach Tallahassee zu fahren, um ein Kleid zu kaufen. Sie war total verknallt gewesen in Sean Kelly, hatte es aber nie einer Menschenseele verraten.

»Was?«, fragte er und beugte sich weiter zu ihr hinüber. »Bist du immer noch sauer auf mich, weil ich dich früher nach Hause gebracht habe und dann, danach … du weißt schon, mit dieser Steffi … Ich war ein Idiot. Ein junger notgeiler Idiot. Du ahnst ja nicht, wie oft ich mir gewünscht habe, der Abend wäre anders ausgegangen.«

»Ich auch«, sagte Conley nur. Sie trank einen Schluck Wein und dann noch einen. »Da wir gerade dabei sind, uns gegenseitig das Herz auszuschütten, ist jetzt vielleicht der richtige Zeitpunkt, um dir zu sagen, dass du mir an diesem Abend mein kleines Mädchenherz gebrochen hast.«

Er schloss die Augen und vergrub den Kopf in den Händen. »O Gott«, stöhnte er. »Ich war so ein Schwein. So ein Loser.«

»Ich hatte mir den Abend genau ausgemalt«, fuhr Conley fort, beflügelt vom Wein und den Erinnerungen. »Im Internat war ich das einzige Mädchen in der Klasse, das noch Jungfrau war. Okay, vielleicht haben die anderen gelogen, aber ich war überzeugt, die einzige Jungfrau auf der ganzen Welt zu sein. Deshalb beschloss ich, dass es höchste Zeit war, zu … du weißt schon … eine richtige Frau zu werden. Und ich fand, der perfekte Junge dafür war … Sean Kelly. Der süßeste Junge der Welt, gleich nebenan.«

Skelly schaute sie mit einem traurigen Welpenblick an. »Das denkst du dir doch nur aus, um mich zu quälen.«

»Nein«, sagte Conley. Sie hob die Hand und sagte mit ernster Miene: »Großes Ehrenwort!«

»Du machst mich völlig fertig«, stöhnte Skelly.

»Ich hatte alles durchgeplant. Wir würden den Abend durchtanzen. Bei den langsamen Tänzen würdest du mich in die Arme schließen, ich würde mich an deinen starken Oberkörper schmiegen, bis du von Leidenschaft so überwältigt wärst, dass du mich noch auf der Tanzfläche küssen würdest.«

Skelly trank einen großen Schluck Wein. »Erzähl weiter!«

»Das war's eigentlich«, sagte Conley achselzuckend. »Irgendwann an dem Abend bin ich auf die Toilette gegangen, da waren ein paar Mädchen, die hatten einen Flachmann mit Southern Comfort dabei. Ich habe drei, vier Schluck getrunken, aber als ich in den Saal zurückkam, um mit meiner großen Verführung zu beginnen, hast du mit Steffi getanzt. Und deine Hände lagen die ganze Zeit auf ihrem Hintern.«

»Sie hat *mich* zum Tanzen aufgefordert«, verteidigte Skelly sich. »Und nur zu deiner Information: Sie hat sich an mir gerieben wie eine läufige Katze. Und wo du gerade davon sprachst, auch die Jungs haben auf der Toilette irgendwas rumgehen lassen, aber das war kein guter Southern Comfort. Ich schätze, ich war ziemlich knülle, denn wenn ich nüchtern gewesen wäre, hätte ich mich niemals getraut, Steffi Wie-hieß-sie-noch vor den Augen Gottes und den Aufsichtspersonen anzufassen.«

»Du hast mir damals das Herz gebrochen. Ich habe Grayson gesucht und sie angefleht, dass ihr Begleiter mich nach Haus bringt, aber die beiden hatten was anderes vor, also musste ich da sitzen bleiben und zusehen, wie du dich an der größten Schlampe von Silver Bay aufgegeilt hast.«

»Es tut mir leid.« Skelly nahm Conleys Hand in seine. »Junge Männer sollte man nicht frei herumlaufen lassen. Man sollte sie anketten, bis sie ihre Hormone unter Kontrolle haben, und lernen, sich wie anständige Menschen zu benehmen.«

Conleys Gedanken schweiften zu Charlie Robinette und der entsetzlichen Demütigung, die er ihr ein, zwei Jahre nach diesem Abend mit Skelly im Country Club zugefügt hatte. Beide waren sie damals hormongesteuert gewesen, nur mit dem Unterschied, dass Charlie sie mit voller Absicht verletzt hatte.

»Das ist vielleicht ein bisschen extrem, oder?«, sagte sie schließlich und blickte auf ihre verschränkten Hände. »Jedenfalls, im Rückblick betrachtet, war es wahrscheinlich am besten so. Wer weiß, wie lange dieses Kondom, das ich aus Graysons Kommode gemopst hatte, schon da gelegen hatte.«

Skelly bekam große Augen. »Du hattest ein Kondom dabei? Beim Ball im Country Club? Im Ernst?«

»Es war in meiner Abendtasche, zusammen mit meinem Lippenstift, einer Rolle Pfefferminz und einem Vierteldollar fürs Münztelefon. Meine Mutter mag nicht oft da gewesen sein, aber als ich dreizehn wurde, hat sie sich mit mir hingesetzt und mich aufgeklärt«, sagte Conley. »Bevor ich aufs College ging, gab sie mir zwei Ratschläge mit auf den Weg: Ich sollte mir niemals von einem Fremden etwas ausgeben lassen und zum studentischen Gesundheitsdienst gehen, um mir die Pille verschreiben zu lassen.«

»Tja, scheiße«, sagte Skelly. »Einfach nur … scheiße.«

»Ja. Du hast mich nicht mal vor der Tür geküsst. Alle meine Träume sind in dieser Nacht gestorben.«

Skelly lehnte seine Stirn an ihre. »Wenn es nur eine Möglichkeit gäbe, es wiedergutzumachen«, murmelte er und hob Conleys Kinn an. Seine Lippen schwebten vor ihren. »Wenn ich nur wüsste, dass deine große Schwester nicht im Gebüsch lauert und darauf wartet, mich windelweich zu prügeln, sobald ich dich küsse.«

Conleys Mund verzog sich zu einem Lächeln. »Zufällig weiß ich, dass Grayson in der Bar des Country Clubs hockt und ich das Letzte bin, woran sie gerade denkt. Also, probier's aus!«

»Wirklich?«

Sie nahm Skellys Gesicht in die Hände und küsste ihn, lange, innig, bedächtig.

Er löste sich von ihr. »Das ist also ein Ja?«

Zur Antwort schlang ihm Conley die Arme um den Hals und zog ihn näher an sich. »Brauchst du erst eine schriftliche Einladung?«

Sein Kuss war sanft und tastend, wie ein langer Seufzer. Seine Finger betasteten ihr Haar, er küsste ihre Ohrläppchen, dann das Grübchen an ihrem Hals. Seine Küsse bedeckten ihre nackten Schultern und wanderten hoch zu ihrem Mund, um ihre Lippen mit der Zunge zu öffnen.

»Okay?«, fragte er, den Mund auf ihrem.

»Skelly?«

»Hm?«

»Du machst das wunderbar.«

Seine Küsse wurden drängender, Conley erwiderte sie. In stillschweigendem Einverständnis rutschten sie kichernd von der Schaukel in den weichen Sand. Irgendwann bemerkte Conley, dass aus dem hellen Lila am Himmel dunkles Violett geworden war.

»Hey«, sagte sie, setzte sich abrupt auf und deutete hoch. »Die Sonne ist gleich weg.«

Skelly stützte sich auf den Ellbogen und drückte einen Kuss auf Conleys nackte Schulter. Dann beobachtete er, wie der orange Feuerball im Meer versank. »Wunderschön. So wie du.«

»Das habe ich vermisst«, sagte sie.

»Was? Mit dem süßesten Jungen von nebenan am Strand rumknutschen?«

»Nein, die Sonnenuntergänge. Ich kann mich nicht erinnern, dass ich in Atlanta auch nur ein einziges Mal innegehalten hätte, um zu sehen, wie der Himmel diese unglaublichen Farben annimmt. Aber mit dir am Strand rumzuknutschen ist auch nicht übel.« Sie lächelte ihn an.

Skelly setzte sich auf und schlang die Arme um sie, küsste ihren Hals und ihre Schultern, Conley schmiegte sich an ihn. Schließlich war der Himmel blauschwarz und sternenübersät. Eine abnehmende Mondsichel stand über ihnen.

Skelly zog Conley wieder auf den Sand, zupfte an ihrer Kleidung, schob das Knie vorsichtig zwischen ihre Beine. Sie streifte ihm das T-Shirt über den Kopf, schnell verfuhr er mit ihrem Oberteil auf die gleiche Weise. Mühelos half er ihr aus ihrer Shorts. Conley tastete nach seinem Reißverschluss, öffnete ihn langsam und streichelte ihn dabei.

Die beiden legten sich auf die Seite, die Gesichter einander zugewandt, die Beine ineinander verschlungen. Sie berührten, streichelten, küssten sich.

»Ähm, Conley?«

Sie drückte Küsse auf seine Brust, arbeitete sich an seinem Bauch hinab und genoss seinen schweren Atem, je weiter sie nach unten vordrang.

»Hast du zufällig dieses Kondom aufgehoben, das du damals von Grayson stibitzt hast?«

Conley hielt inne. »Vor zwanzig Jahren? Hm. Nein. Aber welcher Apotheker hat nicht für Notfälle wie diesen ein Verhütungsmittel in der Tasche?«

»Ein frisch geschiedener. Einer, der davon überzeugt ist, dass er nie wieder Sex haben wird.«

Sie küsste ihn zärtlich, dann zog sie ihn auf sich. »Zu deinem Glück war ich Pfadfinderin. Ich immer bin auf alles vorbereitet.«

»Wow!«, stieß Skelly aus und legte den Arm um Conley. »Was war in dem Wein drin?«

»Nichts Besonderes«, sagte sie träge.

»Im Gegensatz zu dir.« Er rieb die Nase an ihrem Hals. »Ich kann gar nicht glauben, was gerade passiert ist. Sarah Conley Hawkins ist über mich hergefallen.«

»Irgendwie habe ich in Erinnerung, dass du den ersten Schritt getan hast.« Conley griff nach ihrem Top und zog es an.

»Ich wollte dir den Glauben an die Menschheit zurückgeben. Deine Teenagerträume wahr werden lassen.«

Sie kicherte. »Ich würde sagen, meine Teenagerträume sind mehr als wahr geworden.«

Skelly setzte sich auf und sah sich um. »Vorhin wollte ich nichts sagen, um die Stimmung nicht zu ruinieren, aber eine Zeitlang hatte ich das unheimliche Gefühl, wir würden beobachtet. Ähm … glaubst du, dass deine Großmutter uns vom Haus aus sehen kann? Nein, oder?«

»Auf keinen Fall. Ich kann von meinem Zimmer aus die Bucht sehen, aber Großmama schläft unten. Wie spät ist es denn?«

Er sah auf die Uhr. »Gleich neun.«

»Dann sitzen Großmama und Winnie entweder an ihrem Puzzle in der Küche, oder sie schlafen tief und fest. Ich tippe auf Letzeres.«

»Hoffentlich«, sagte Skelly und zog ebenfalls sein T-Shirt über. »Nicht dass sie mich mit einem Gewehr davonjagt, weil ich ihre Enkelin befleckt habe.«

Conley reichte ihm seine Hose und schlüpfte in ihren Slip und die Shorts. »Übertreib nicht so! Das war gegenseitig. Außerdem liebt meine Großmutter dich abgöttisch. Hat sie schon immer getan.«

Er stieg in seine Hose, dann half er Conley auf die Füße. »Und du?«

Sie wischte den Sand von ihren Beinen, Armen und vom

Hals. »Du liebe Güte! Überall ist Sand! Sogar an Stellen, von denen ich gar nicht wusste, dass ich sie habe.«

»Bei mir auch.« Skelly nahm ihre Hand. »Du hast meine Frage nicht beantwortet.«

»Skelly«, sagte sie gedehnt. »Was willst du von mir?«

»Vergiss es. Was habe ich mir nur dabei gedacht? Wir hatten gerade sprichwörtlich *Sex on the Beach*, aber wie egozentrisch von mir, daraus gleich abzuleiten, du würdest irgendwas für mich empfinden!«

»Ich empfinde ja auch etwas für dich«, gab Conley zurück. »Sonst wäre ich nicht hier. Aber dieses … du und ich? Das ist so neu. Ich bin gerade erst getrennt, du bist frisch geschieden …«

»Hast du diesen Kevin geliebt? Diesen Reporter in Atlanta?«

»Nein«, antwortete sie nachdenklich. »Er war mir wichtig, das ja, aber so weit war es noch nicht gediehen.«

»Tja, und ich bin seit fast einem Jahr geschieden«, sagte Skelly. »Außerdem waren Danielle und ich in den letzten fünf Jahren unserer Ehe mehrmals getrennt. Das war gerade kein Trostsex für mich, Conley.«

»Ach, Skelly«, sagte sie leise. »Lass mir ein bisschen Zeit, ja?«

Er hob seine Schuhe auf und steuerte auf den Trampelpfad durch die Dünen zu. »Mir bleibt nicht viel anderes übrig, oder?«

36

Familiendrama nach mysteriösem Tod von Kongressabgeordnetem Robinette

VON ROWENA MEIGS UND CONLEY HAWKINS

Silver Bay, Florida – *Sowohl die Witwe als auch der Sohn des Kongressabgeordneten Symmes Robinette haben verkündet, dass sie für dessen verbleibende Amtszeit kandidieren werden, eine Entwicklung, die Silver Bay und den 35. Wahlbezirk regelrecht erschüttert.*

Der achtzehnmalige siebenundsiebzigjährige Kongressabgeordnete starb in der vergangenen Woche in den frühen Morgenstunden im ländlichen Bronson County bei einem Brand infolge eines Autounfalls ohne Fremdeinwirkung. Der Sheriff von Bronson County, Merle Goggins, erklärte auf Nachfrage, der Fall sei weiterhin »Gegenstand von Ermittlungen«.

Am Montag bestätigte Robinettes Witwe Vanessa Robinette in einem exklusiven Interview mit dem Beacon, *dass sie bei der Nachwahl im November für den frei gewordenen Sitz kandidieren werde.*

»Natürlich bin ich untröstlich über den plötzlichen Verlust meiner großen Liebe«, sagte Mrs. Robinette zum Beacon. *»Aber der Dienst an der Öffentlichkeit ist seit jeher Mittelpunkt meines*

Lebens mit Symmes, deshalb halte ich es für den besten Weg, ihn und sein Vermächtnis zu ehren, indem ich seinen Wählerinnen und Wählern weiterhin in Washington diene.«

Ebenfalls gab Mrs. Robinette bekannt, dass ihr Gatte im vergangenen September erfahren hat, an einem Non-Hodgkin-Lymphom im Endstadium zu leiden. Obwohl der Kongressabgeordnete im Militärkrankenhaus Walter Reed behandelt wurde, war die Diagnose ein gut gehütetes Geheimnis.

Einige Stunden zuvor hatte Mrs. Robinettes einziger Sohn Charles S. »Charlie« Robinette jr. verkündet, dass er bereits ein Wahlkampfteam unter Leitung von Miles Schoendienst zusammengestellt habe, ehemals leitender Angestellter der Bahngesellschaft und einer der führenden politischen Spendensammler in Nord-Florida.

»Auch schon vor seiner Erkrankung hat mein Vater mir immer wieder versichert, dass ich seiner Meinung nach der beste Kandidat für den 35. Wahlbezirk sei«, erklärte Robinette jr. »Natürlich hatten wir gehofft, dass ich meine Kandidatur nicht vor seinem Ausscheiden aus dem Amt ankündigen bräuchte, aber der Krebs macht manchmal auch die besten Pläne zunichte.«

Charlie Robinette, Teilhaber der Kanzlei Robinette in Silver Bay, ließ durchblicken, dass ihn die Kandidatur seiner Mutter völlig überrascht habe.

»Sie hat ihre Entscheidung nicht mit mir abgesprochen und, soweit ich weiß, auch nicht mit irgendjemand sonst aus Symmes' engstem Beraterkreis … Meine Mutter tut das, was sie für richtig hält. Ich bin natürlich der Meinung, dass man die Entscheidung meines Vaters respektieren sollte, mich für seinen Sitz kandidieren zu lassen, falls er seine Amtszeit nicht beenden würde.«

Dass sich aus den widerstreitenden politischen Ambitionen eine Familienfehde entwickeln könnte, bestritt Robinette.

»An Thanksgiving könnte es ein bisschen komisch werden, aber wir sind eine politische Familie … Wir sind es gewohnt, Kompromisse zu schließen.«

Charlie Robinette verteidigte die Entscheidung seines Vaters, die Wählerschaft nicht in seine Diagnose einzuweihen. »Wir waren der Meinung, dass es sich um eine Familienangelegenheit handelt. Dad fühlte sich fit genug, um in Washington zu sein und sich im Kongress um die Bedürfnisse der Menschen zu kümmern, und zwar bis zum Ende seines Lebens.«

Die sterblichen Überreste von Charles Symmes Robinette, Floridianer in vierter Generation, werden am Dienstag in der Rotunde des Kapitols öffentlich aufgebahrt. Vertreter der Regierung, darunter der Präsident, der Vizepräsident, die Sprecherin des Repräsentantenhauses und der Gouverneur von Florida, Roy Padgett, werden sich dort zusammen mit anderen Würdenträgern versammeln, um Robinette und seinem jahrzehntelangen Dienst an der Öffentlichkeit ihre Achtung zu bezeugen.

Nach der Gedenkfeier in Washington folgt am Samstag ein Gottesdienst in der Presbyterianer-Kirche von Silver Bay. Die Aufbahrung findet am Freitagabend im Bestattungsinstitut McFall-Peeples im engsten Familienkreis statt.

Robinettes plötzlicher Tod hat bisher ungeahnte Risse in der Fassade der Familie des dekorierten Vietnamveterans und Kongressabgeordneten der Konservativen offengelegt, der vorher im Senat von Florida saß.

In dem von Robinettes Witwe, Vanessa Monck Robinette, 59, verfassten Nachruf, der dem Beacon *vorliegt, werden als Hinterbliebene außer Ms. Robinette nur der vierunddreißigjährige Sohn Charles genannt.*

Nicht in der Todesanzeige erwähnt werden Robinettes Kinder aus erster Ehe mit seiner Highschool-Liebe Emma Todd »Toddie«

Sanderson Robinette, die der damals neunzehnjährige Robinette 1962 heiratete. Hank Sanderson ist 52, Rebecca Robinette Bouillotte 50 Jahre alt.

»Die haben da nichts zu suchen«, sagte Vanessa Robinette, auf das Versäumnis angesprochen. »Sie stehen nicht drin, weil sie nicht Teil von Symmes' Leben waren. Ich weiß doch nicht mal, wie sie heißen. Mein Mann konnte sich bestimmt auch nicht mehr an die Namen erinnern. So sehr hatte er sich von ihnen entfremdet.«

Allerdings übertrug Symmes Robinette laut Steuerregisterauszug von Bronson County einen Tag vor seinem tödlichen Unfall das Eigentum an der Oak Springs Farm, einem zur Wachteljagd genutzten Hof mit einem Farmhaus von 325 Quadratmetern Wohnfläche und 320 Hektar Nutzland, auf Toddie Sanderson für einen Dollar »und weitere Leistungen«.

Am selben Tag überschrieb Robinette seinen ehemaligen Wohnsitz in Silver Bay auf Charlie Robinette, der in dem Haus auf der Trinity Street wohnt, seit seine Eltern in die knapp 400 Quadratmeter große Villa mit Meerblick auf Sugar Key zogen, eine geschlossene Siedlung, die 2017 von Miles Schoendienst gebaut wurde, Robinettes langjährigem Geschäftspartner und Wahlkampfspender.

Vanessa Robinette ahnte offensichtlich nichts von der großzügigen Schenkung ihres verstorbenen Ehemanns an seine erste Frau.

»Das kann nicht sein«, sagte sie, auf die Eigentumsübertragung angesprochen. »Ich weiß nicht, was diese Frau Ihnen erzählt hat, aber das ist nicht möglich. So etwas hätte Symmes niemals getan.«

Toddie Sanderson, die seit ihrer Scheidung von Robinette 1986 auf der Oak Springs Farm lebt, wollte gegenüber dem Beacon *keinen Kommentar abgeben.*

Der verstorbene Charles Symmes Robinette war das einzige

Kind von Marva Franklin Robinette und Clyde D. Robinette. Er wuchs in der Gemeinde Plattesville auf, wo seine Mutter nach dem Tod ihres Mannes mit 42 Jahren in einer inzwischen stillgelegten Textilfabrik arbeitete. Dort lernte sie ihren zweiten Ehemann, den Fabrikdirektor Gordon Pancoast kennen, den sie heiratete, als Symmes Robinette zwölf Jahre alt war.

1965 meldete sich Robinette bei den Marines und kehrte 1967 nach einem Einsatz in Vietnam nach Silver Bay zurück. Er studierte erfolgreich Jura an der Florida State University.

1978 wurde er in den Senat von Florida gewählt, 1984 kandidierte er zum ersten Mal für das US-Repräsentantenhaus.

Während seiner Amtszeit im Kongress setzte sich Robinette maßgeblich dafür ein, dass Florida und der 35. Wahlbezirk öffentliche Gelder im zweistelligen Millionenbereich erhielten, unter anderem Mittel für ein neues Abwasserentsorgungssystem, für den Straßenausbau sowie für die Einrichtung und den Bau einer neuen Veteranenklinik in Silver Bay.

Während seiner ersten Amtszeit stellte Symmes Robinette eine »aufgeweckte« brünette Mitarbeiterin namens Vanessa R. Monck als parlamentarische Assistentin ein.

Nach Aussage von Vanessa Robinette entwickelte sich bald eine Liebesgeschichte zwischen dem dreiundvierzigjährigen Abgeordneten und seinem fünfundzwanzigjährigen Schützling. »Ich war jung und stand noch ganz am Anfang. Symmes war unglaublich freundlich und großzügig. Er hat junge Menschen immer gefördert«, erinnerte sie sich diese Woche.

Mrs. Robinette behauptete, die Ehe des Abgeordneten mit Toddie Robinette sei schon »seit Jahren vorbei gewesen. Seine Frau wollte nichts mit Washington zu tun haben. Er war einsam und sehr unglücklich. Seit Jahren bat er um die Scheidung, doch seine Frau weigerte sich.«

Als Vanessa Robinette mit dem Kind des Abgeordneten schwanger wurde, kam es jedoch schnell zur Scheidung. Die beiden heirateten 1986 bei einer privaten Zeremonie in Washington, drei Monate nach der Geburt von Charles S. Robinette jr.

Als Symmes Robinette seine neue Braut und den kleinen Sohn nach Silver Bay brachte, hatte seine erste Frau nach Aussage langjähriger Weggefährten die gemeinsamen Kinder von den örtlichen Schulen genommen und war mit ihnen auf die Oak Springs Farm gezogen, fünfundvierzig Meilen entfernt in Bronson County.

Die Farm befindet sich keine zehn Meilen von dem abgelegenen Abschnitt der Landstraße entfernt, wo Symmes Robinette am vergangenen Donnerstag starb.

Um drei Uhr morgens entdeckten dort zwei Augenzeugen einen schwarzen Escalade SUV neuesten Typs, der sich überschlagen hatte und auf dem Dach lag. Der im Wagen eingeschlossene Fahrer schien bewusstlos zu sein. Die Zeugen meldeten den Unfall umgehend, doch ihre Versuche, den Fahrer zu befreien, waren zum Scheitern verurteilt. Als der Escalade Feuer fing, mussten sie ihre Rettungsversuche aufgeben. Feuerwehreinheiten aus Bronson County reagierten auf den Notruf, doch der später als Symmes Robinette identifizierte Fahrer war nicht mehr zu retten.

Die beiden Augenzeugen sagten aus, sie hätten keine anderen Fahrzeuge in der Nähe gesehen. Das Wetter in jener Nacht war klar. Laut Merle Goggins, Sheriff von Bronson County, ist die Unfallursache weiterhin Gegenstand von Ermittlungen. Obwohl der Kongressabgeordnete massive Kopfverletzungen erlitt, wurde die Todesursache durch das Büro des Amtsarztes noch nicht offiziell bestätigt.

Vanessa Robinette macht für den Unfall ihres Mannes ein sogenanntes »Chemo-Brain« verantwortlich, denn die Krebsbehand-

lung habe ihn »verwirrt und orientierungslos« gemacht. Außerdem sei er in den letzten Wochen des Öfteren mitten in der Nacht aufgewacht und hätte längere Ausflugsfahrten unternommen. »Er war nicht mehr er selbst«, sagte sie. »Deshalb war er zu Hause …, damit er sich ausruhen konnte.«

Ihrer Meinung nach ist diese kognitive Einschränkung der einzige Grund, weshalb ihr Mann eine derart wertvolle Immobilie seiner schon lange von ihm entfremdeten Ex-Frau übertragen haben könnte.

37

Als Conleys Handy um kurz vor sechs am Dienstagmorgen klingelte, schlief sie noch tief und fest. Im Dunkeln tastete sie nach dem Gerät, es fiel auf den Boden. Beim sechsten Klingeln meldete sie sich schließlich.

»Nette Story, Hawkins!« Es war Roger Sistrunk, ihr ehemaliger Redakteur aus Atlanta.

»Roger?« Conley gähnte, immer noch müde von der unruhigen Nacht. »Wovon redest du?«

»Ist das nicht dein Name da im *Silver Bay Beacon*? Es ist sieben Uhr! Habe ich dich geweckt, oder was?«

»Ja, Mann, du hast mich geweckt! Der Florida Panhandle ist in einer anderen Zeitzone als Atlanta. Redest du von der Robinette-Geschichte? Wieso weißt du davon?«

»Google-Alarm«, sagte Sistrunk nur. »Echt starke Story.«

Conley schwang die Beine aus dem Bett. »Ja, hier geht es ganz schön rund mit der Witwe und dem Sohn, die beide für Robinettes Sitz kandidieren wollen.«

»Ich wollte Felker runterschicken, damit er dranbleibt, aber dann dachte ich: Ich frag einfach Conley!«

Jetzt wurde sie wach. »Mich? Ich dachte, ihr hättet einen Einstellungsstopp.«

»Haben wir auch. Ich rede von freier Mitarbeit. Ich würde dir gern einen Auftrag für einen Beitrag in der Sonntagsausgabe erteilen. Sagen wir, 1800 Wörter? Außerdem wollen wir das Video und deine Fotos.«

»Welches Video? Das vom brennenden SUV oder das von Charlie Robinette? Das Auto habe ich gefilmt, weil ich und ein Freund in der Nacht als Erste am Unfallort waren. Das Video von Charlie Robinette ist von meinem Kollegen Michael Torpy.«

»Beide«, sagte Sistrunk. »Das Video zieht die Story. Besonders die Stelle, wo der Sohn sagt, dass seine Mutter ihm Thanksgiving kaputt macht, weil sie gegen ihn antritt. Ihr habt doch die Rechte an dem Film, oder?«

Conley ging zum Wandschrank und zog ein paar Klamotten heraus. Jetzt war sie hellwach, in ihrem Kopf ratterte es. Wenn Sistrunk sie um sieben Uhr aus dem Bett holte, hatte sie eine wirklich heiße Story in den Händen. Sie musste die Ruhe bewahren, um mehr als einen einmaligen Beitrag in der Sonntagszeitung herauszuholen.

»Ja.« Conley legte die Sachen aufs Bett. »Der Film gehört uns. Aber wenn du ihn willst, musst du dafür zahlen. Was schwebt dir so vor?«

»Sagen wir: 750 Dollar. Mach mich nicht fertig, Hawkins! Du weißt, was die Zeitung Freien so zahlt.«

Ihr Handy piepste, ein weiterer Anruf kam herein, ebenfalls mit der Vorwahl von Atlanta.

»Das ist wohl ein Witz«, gab sie zurück. »Warte mal kurz, Roger. Da kommt ein Gespräch rein, das ich annehmen muss.«

Sie drückte auf den neuen Anruf. »Hallo! Hier ist Conley Hawkins.«

»Conley!« Es war eine warme Frauenstimme mit einem leichten Südstaatenakzent. »Hier ist Selena Kwan. Ich glaube, wir haben uns mal vor Jahren im Presseclubforum kennengelernt. Ich bin die Büroleiterin von NBC Atlanta, ich würde gern mit dir über deine sensationelle Robinette-Geschichte sprechen.«

»Ja, ich erinnere mich an dich«, sagte Conley vorsichtig. »Wir haben damals beide über den Betrugsskandal an diesem Internat in Atlanta berichtet, stimmt's?«

»Gutes Gedächtnis!«, lobte Selena. »Ich komme direkt zur Sache. Wir haben großes Interesse an dieser Story über den toten Abgeordneten.«

»Aha.«

»Normalerweise wäre das Ganze zu regional für uns, aber dieser Spin, dass Mutter und Sohn gegeneinander um den Sitz antreten, der ist einfach zu gut.«

»Sehe ich auch so«, sagte Conley.

»Ein paar kurze Fragen: Wer hat die Rechte an dem Video?«

»Das von dem brennenden Auto habe ich selbst gemacht«, erwiderte Conley. »Ich war mit einem Freund als Erste am Unfallort. Also, wir waren die Ersten, von denen wir wissen. Und mein Kollege beim *Beacon*, Michael Torpy, hat das Interview mit Charlie Robinette gefilmt.«

»Gut. Perfekt.«

»Das Ganze ist noch längst nicht zu Ende«, beeilte sich Conley zu sagen. »Vanessa Robinette ist der Meinung, falls Symmes die Wachtelfarm wirklich seiner ersten Frau Toddie überschrieben haben sollte, läge das an den Krebsmedikamenten. Ich würde mich nicht wundern, wenn es hier ziemlich schnell ziemlich hässlich würde.«

»Das wird ja immer besser«, gluckste Selena. »Immer wieder schön, so ein ausgemachtes Familiendrama. Also, unser Vorschlag sieht so aus: Das Büro in Washington schickt ein

Kamerateam zur Gedenkfeier heute ins Kapitol. Hoffentlich bekommen wir ein Bild, wie sich die Witwe und der Sohn am flaggengeschmückten Sarg böse anstarren.«

»Das ist das Mindeste«, sagte Conley. »Du musst wissen, Vanessa ist kein typisches Politikerweibchen, das sich mit Tee und Plätzchen aufhält, und sie ist auch nicht der Typ, der im Hintergrund verschwindet.«

»Aber erst mal«, fuhr Selena fort, »würden wir gern die Rechte an beiden Videos kaufen. Für die einmalige Verwendung kann ich 500 Dollar zahlen, besser für dich wären 1000 Dollar für die exklusive Nutzung im gesamten Kabelnetz auf allen Plattformen für den Rest des Monats.«

Conley zögerte. »Nur das Video?«

»Hast du noch mehr?«, fragte Selena.

»Wie gesagt, die Story nimmt gerade erst Fahrt auf. Die Ursache für Robinettes Unfall wurde immer noch nicht offiziell bestätigt.«

»Hat der Sheriff nicht gesagt, er sei an einer Kopfverletzung oder so gestorben?«

»Ja. Aber wie kam es zu dem Unfall? Ich war ja da. Es herrschte gute Sicht; weit und breit war kein anderes Auto unterwegs. Es war drei Uhr morgens, und er war gute vierzig Meilen von seinem Haus entfernt. Der Escalade war sechs Monate alt.«

Selena schwieg einen Moment. »Darf ich dich was Persönliches fragen?«

Conley wusste, was kam, wartete jedoch geduldig.

»Warum arbeitet ein Profi wie du für eine kleine Wochenzeitung in einem Ort, den ich auf keiner Karte finde? Ich dachte, ich hätte gehört, dass du den *AJC* für einen Job in Washington verlassen hast?«

»Aus der Stelle in D. C. ist nichts geworden«, erwiderte Conley. »Der *Beacon* gehört meiner Familie. Ich war eigentlich hier, um Zeit mit meiner Großmutter zu verbringen und Bewerbungsschreiben zu verschicken, da fiel mir diese Geschichte am zweiten Abend sozusagen in den Schoß.«

»Du Glückspilz!«, sagte die Produzentin. »Gut, hättest du denn Lust, uns bei der Story als Freie zu beraten?«

»Ja, schon, aber ich muss dir der Fairness halber sagen, dass ich gerade mit meinem ehemaligen Chef beim *AJC* gesprochen habe. Er will auch das Video und dass ich zusätzlich einen Beitrag für ihn schreibe.«

»Print interessiert uns nicht, das kannst du ruhig machen«, sagte Selena schnell. »Wir hätten nur gern die Exklusivrechte an dem Video.«

Conleys Handy piepste erneut – noch ein Anruf aus Atlanta.

»Könntest du eine Minute warten, Selena? Da ist noch ein Gespräch, das ich annehmen muss. Bis gleich!«

Sie klickte den neuen Anrufer an. »Hallo, hier ist Conley«, sagte sie.

»Conley Hawkins!« Die Männerstimme war ein wenig zu laut und zu aufgekratzt für die frühe Morgenstunde. »Peter Elkhaly, leitender Produzent bei CNN. Kennen wir uns nicht?«

Auch wenn CNN in Atlanta saß, kannte Conley nur eine Handvoll Journalisten dort. In den vergangenen Jahren hatten sich die meisten alten Schranken und Animositäten zwischen dem Print- und dem Funk- und Fernsehbereich verflüchtigt, doch die finanziellen Barrieren waren noch da. Im Vergleich zu dem, was Fernsehreporter auf einem großen Markt wie Atlanta verdienten, waren Zeitungsjournalisten Bettler.

»Glaube nicht«, gab Conley zurück. »Was kann ich für dich tun, Pete?«

»Peter. Ich mach's kurz. Wir wollen die Robinette-Story, die ihr gestern Abend rausgebracht habt. Vor allem das Video.«

Conley grinste. »Die Sache ist die: Ich habe meinen alten Chef vom *AJC* und die Bürochefin der NBC Atlanta in der Warteschleife. Was bietest du an?«

»Tausend für die Exklusivnutzung.«

»Ist das alles?«

»Was willst du denn noch? Uns gefällt das Video, uns gefällt dieser Kniff mit der Familienfehde, aber ich will ehrlich sein: Dieses Jahr wird gewählt, Conley. Überall schießen die Storys wie Pilze aus dem Boden. Mehr kann ich wirklich nicht anbieten.«

»Schon gut«, sagte sie. »Danke für den Anruf!« Sie legte auf und kehrte zu ihrer vorherigen Gesprächspartnerin zurück in der Hoffnung, dass die Büroleiterin der NBC noch nicht aufgegeben und aufgelegt hatte. »Selena?«

»Am Apparat. Was hältst du von meinem Angebot?«

»Also«, sagte Conley langsam, »gerade hatte ich Peter Elkhaly von der CNN in der anderen Leitung …«

»Den Hohlkopf? Hoffentlich hast du keinen Deal mit ihm gemacht.«

»Ich habe gesagt, ich würde drüber nachdenken«, log Conley.

»Ich konnte eben kurz mit meinem Chef sprechen«, sagte Selena. »Ihm gefällt die Story so gut wie mir, und wir sind uns einig, dass sie sich länger halten könnte und es super für uns wäre, wenn wir dich unten vor Ort hätten, um die neuesten Entwicklungen zu verfolgen. Also, wir könnten dir einen Vertrag als freie Producerin anbieten, und bis dahin würden wir uns gern die Exklusivrechte an beiden Videos sichern. Was hältst du von 2000 Dollar?«

Das waren vier Raten für Conleys Subaru und ein warmer

Regen für Michael Torpy. Wichtiger aber war, dass sich aus dem Auftrag als freie Producerin eventuell ein richtiger Job entwickeln konnte – und eine Fahrkarte raus aus Silver Bay.

»Nicht schlecht«, sagte Conley. »Ich muss noch mit meinem Kollegen sprechen, der das Interview mit Charlie Robinette gefilmt hat, aber ich bin mir ziemlich sicher, dass er einverstanden ist. Und ich muss das Ganze von meiner Chefin vom Dienst absegnen lassen.«

»Mach das«, sagte Selena. »Ich maile dir den Vertrag, sobald die Rechtsabteilung ihn fertig hat. Ach, und noch was, Conley!«

»Ja?«

»Willkommen an Bord! Ich glaube, wir bekommen noch richtig Spaß mit dem Thema.«

Conley stellte zu Roger Sistrunk zurück, doch der hatte aufgelegt.

38

Als Conley in die Küche kam, telefonierte ihre Großmutter konzentriert.

Winnies Transistorradio stand auf der Fensterbank. Buddy Bright berichtete über die bevorstehende Gedenkfeier für Symmes Robinette in Washington.

Conley ging zum Schrank, fand eine Packung Pop-Tarts mit Erdbeergeschmack, riss die Alufolie auf und biss eine Ecke vom Gebäck ab.

»Komm, ich stecke sie dir wenigstens in den Toaster«, schlug Winnie vor, doch Conley wollte nicht.

»Ich mag die so. Das ist noch asiger, als wenn man sie toastet.«

Winnie verdrehte die Augen.

Conley lehnte sich an den Küchenschrank und belauschte schamlos das Telefongespräch ihrer Großmutter.

»Harriet! Harriet! Darf ich dich kurz unterbrechen?«, sagte Lorraine. »Steht in diesem Artikel irgendetwas, das nicht wahr ist? Vielleicht gefällt dir nicht alles, was wir veröffentlichen, aber deshalb ist es noch lange kein Mist. Und deshalb werde ich meine Enkeltochter nicht rauswerfen, die ist nämlich zufällig eine preisgekrönte investigative Journalistin. Und ich werde Grayson bestimmt nicht zwingen, eine Gegendarstellung zu drucken. Sie ist die Chefredakteurin, nicht ich. Und zufälligerweise vertraue ich ihrem Urteilsvermögen vorbehaltlos.«

»Den ganzen Vormittag bekommt sie schon solche Anrufe«, flüsterte Winnie. »Kann nicht mal in Ruhe ihren Kaffee trinken.«

Großmama hörte geduldig zu. »Es tut mir leid, dass du das so siehst. Dem *Beacon* sind alle Leser gleich wichtig, aber wenn du die Zeitung abbestellen möchtest, dann kannst du dein Abo gern kündigen. Dann bekommst du aber auch keine Rabattcoupons zum Einkaufen mehr. Nein, soweit ich weiß, erstatten wir nichts. Ist gut, Harriet. Viele Grüße an Smitty. Wir sehen uns in der Kirche.«

Großmama legte auf und machte Striche auf der Rückseite eines Umschlags. Conley zählte acht.

»Winnie sagt, du hast einen anstrengenden Vormittag?« Conley deutete auf den Umschlag. »Sind das alles Kündigungen?«

»Nein. Das sind die Leute, um die ich von jetzt an einen Bogen machen werde. Harriet Steinmach ist die Einzige, die auch wirklich gekündigt hat.«

»Hm. Danke, dass du hier für die Pressefreiheit einstehst«, sagte Conley und hauchte ihrer Großmutter einen Kuss auf die Wange. »Bist du sauer auf uns, weil wir den Text über Robinette gebracht haben?«

»Natürlich nicht! Die Sonderausgabe, die ihr gestern Abend zusammengestellt habt, ist umwerfend! Sie sorgt dafür, dass die Leute aufmerksam werden und Interesse bekommen. Das war schon lange nicht mehr so. Pops hat immer gesagt, das ist die Aufgabe einer Zeitung – nicht nur Fakten zu berichten, sondern die Leute zum Nachdenken über die Fakten zu bringen, Fragen zu stellen, die Menschen aufzurütteln. Die Werbung fand ich übrigens auch gut, nachdem ich mich an das ganze Flimmern und Blinken gewöhnt hatte.«

»Das macht alles Michael«, erklärte Conley. »Er ist wirklich ein Wunderkind.«

»Tut mir leid, dass ich schon im Bett war, als Sean gestern Abend gefahren ist.« Lorraine griff zu ihrer Kaffeetasse. »Habt ihr einen schönen Spaziergang gemacht?«

Conley schenkte sich selbst einen Kaffee ein und wich dem bohrenden Blick ihrer Großmutter aus. »Ja, doch. Wir haben lange am Strand gesessen, Wein getrunken und den Sonnenuntergang angeschaut.«

»Ich habe gesehen, dass er jetzt endlich auch eine Anzeige geschaltet hat«, bemerkte Großmama. »Vielleicht folgen noch ein paar Geschäfte mehr im Ort seinem Beispiel.«

»Hoffentlich.« Conley trank einen Schluck Kaffee. »Ich fahre mal besser in die Redaktion. Ist noch eine Menge zu tun vor Redaktionsschluss heute Abend.«

»Ob sie Symmes Robinettes Beerdigung wohl im Fernsehen zeigen?«, fragte Lorraine.

»Ich weiß zufällig, dass die NBC heute ein Team bei der Trauerfeier hat«, sagte Conley. »Da fällt mir ein: Wir müssen noch Fotos von der Gedenkfeier von einer Agentur besorgen.«

Sie spülte ihren Kaffeebecher aus und stellte ihn auf die Arbeitsfläche.

»Wann siehst du Sean wieder?«, wollte Großmama wissen.

»Keine Ahnung. Ich habe eine total verrückte Woche vor mir.« Sie überlegte, ob sie ihrer Großmutter von den Deals erzählen sollte, die sie mit der Zeitung in Atlanta und dem Fernsehsender gemacht hatte, beschloss aber, die Angebote erst mit Grayson abzusprechen.

Conley war auf der Main Street auf dem Weg in die Redaktion, als sie einen blau-weißen Streifenwagen von Bronson County vor Kelly's Drugstore sah. Sie parkte neben dem Polizeiwagen, stieg aus und öffnete die Ladentür. Die am Griff befestigten Glocken klingelten.

Skelly stand hinterm Apothekentresen, ins Gespräch vertieft mit dem Deputy, den Conley vom Unfallort und von ihrer anschließenden Begegnung vor dem Büro des Sheriffs kannte: Walter Poppell.

Poppell sah hoch und winkte ihr grinsend zu. Conley setzte sich in die Essecke mit dem Getränkeautomaten, den Rücken den beiden Männern zugewandt. Allerdings konnte sie die beiden im Spiegel hinter der Theke beobachten.

Nach einer Weile stand sie auf, ging hinter den Tresen und schenkte sich ein Glas Wasser ein. Zehn Minuten später verschwand Poppell. Skelly kam langsam zu Conley hinüber und stellte sich hinter den Tresen.

»Was wollte der denn hier?«, fragte sie.

Skelly hantierte mit einem Stapel laminierter Speisekarten herum. »Ich denke, das ist kein Geheimnis. Er hat jedenfalls nicht gesagt, dass es vertraulich ist. Die Polizei will eine Liste mit allen Rezepten aus den letzten zwei Jahren, die die Robinettes bei mir eingelöst haben.«

Conley beugte sich vor. »Echt? Plural? Symmes *und* Vanessa? Hast du sie ihm gegeben? Ich meine, gibt es keine Standesvorschriften, die das verbieten?«

»Poppell meinte, es wäre eine strafrechtliche Ermittlung.«

»Ich weiß, dass du mir nichts über Vanessas Medikamente sagen darfst, aber was ist mit denen von Symmes? Er ist ja nun tot, also gelten die Vorschriften nicht mehr, oder?«

Skelly goss sich einen Becher Kaffee ein. »Du auch?«

»Danke, aber ich bin schon völlig aufgedreht, und zwar nicht von Koffein. Ach, bitte, Skelly!«, bettelte sie. »Vanessa hat mir doch selbst von Symmes' Krebs erzählt und dass er Chemo bekam. Sie hat sogar behauptet, sein ›Chemo-Brain‹ wäre schuld daran, dass er mitten in der Nacht aufstand und durch die Gegend fuhr. Sie meinte, er wäre nicht mehr ganz klar im Kopf gewesen, als er Toddie die Wachtelfarm überschrieb.«

Skelly zupfte sich am Ohr, eine nervöse Geste, die Conley noch aus ihrer gemeinsamen Kindheit kannte.

»Nein.« Er schüttelte den Kopf. »Das fühlt sich nicht richtig an. Es verletzt seine Privatsphäre. Tut mir leid, aber ohne Vanessas Erlaubnis kann ich dir wirklich nichts sagen.«

Conley lächelte kleinlaut. »Hab mir schon gedacht, dass du das sagst, aber ich musste es wenigstens versuchen.«

Er berührte ihre Hand. »Können wir mal kurz über gestern Abend reden? Ich würde wirklich gern die widersprüchlichen Signale verstehen, die ich von dir bekomme. Ich meine, einmal reißt du mir die Klamotten vom Leib und wir wälzen uns im Sand, und fünf Minuten später tust du so, als sei nie was passiert.«

»O Gott, ich hasse diesen Scheiß«, murmelte Conley.

Skelly hob die Augenbraue. »Diesen Scheiß? Über Gefühle zu sprechen? Zugeben, dass man sich was aus jemandem macht und gern mit ihm zusammen sein möchte?«

»Ich hätte dir den ganzen Kram von früher nicht erzählen dürfen, das mit dem Verknalltsein und dem Kondom. Gar nichts. Das war eine jugendliche Schwärmerei.«

»Warum hast du's dann getan?« Skelly sah ihr in die Augen, und Conley wandte den Blick ab, schaute durch das Fenster des Drugstores auf die Menschen, die über den Bürgersteig liefen.

Sie schielte zur alten roten Coca-Cola-Uhr an der Wand hoch.

»Grayson bringt mich um, wenn ich zu spät zur Arbeit komme«, sagte sie. »Heute ist Redaktionsschluss, und wir sitzen immer noch an einer großen Story.«

Skelly nahm ihre Hand. »Kannst du wenigstens meine Frage beantworten, bevor du losläufst, um den nächsten Pulitzerpreis zu gewinnen?«

»Ich weiß es nicht. Vielleicht bin ich sentimental geworden, weil wir über alte Zeiten gesprochen haben.«

»Nee«, sagte er. »Kauf ich dir nicht ab.«

»Gut. Vielleicht war ich neugierig. Darauf, was ich damals nach dem Ball verpasst habe.«

»Das ist doch total lahmer Schwachsinn.« Skelly ließ die Hand auf Conleys liegen.

»Skelly!«, flehte sie. »Ich weiß, dass du mehr willst. Du hast auch mehr verdient. Aber im Moment muss ich mich auf meine Arbeit konzentrieren. Ich wollte eigentlich noch nichts sagen, aber diese Robinette-Story geht richtig ab. Mein alter Chef vom *AJC* hat heute Morgen angerufen und mich gefragt, ob ich darüber einen Beitrag für die Sonntagsausgabe schreiben kann. Während ich mit ihm sprach, rief die Bürochefin der NBC in Atlanta an. Sie will, dass ich regelmäßig über die Entwicklungen berichte. Dann hat sich sogar CNN gemeldet. Das Angebot war scheiße, aber trotzdem …«

Langsam nahm Skelly seine Hand von Conleys. »Was du eigentlich sagen willst, ist, dass diese Story für dich das Ticket raus aus Silver Bay ist. Weg vom *Beacon*. Und von eurem Familiendrama. Und das ist eine einfache Fahrkarte, für eine Person, stimmt's?«

»Kann sein. Weiß ich nicht. Ich weiß nur, dass es momentan keine Stellen im Printjournalismus gibt. Nirgendwo wird eingestellt, zumindest nicht auf meiner Ebene. Ich hatte schon mit dem Gedanken gespielt, zu einer Sendeanstalt zu wechseln, fand das aber nicht besonders realistisch. Jetzt besteht auf einmal die Möglichkeit, dass aus dieser Arbeit für die NBC mehr werden könnte. Vielleicht eine richtige Vollzeitstelle mit so langweiligen Sachen wie einer Krankenversicherung.«

»Und deutlich mehr Ansehen als bei einer Familienzeitung in einem Kaff im letzten Sumpf von Florida«, bemerkte Skelly.

Conley rutschte vom Hocker, nahm ihren Rucksack von der Theke und warf ihn über die Schulter. »Ehrgeiz ist kein Verbrechen, Skelly, und ich lasse mir von dir keine Schuldgefühle einreden, nur weil ich ehrgeizig bin.«

Als sie die Eingangstür aufriss, klimperten die Glocken laut.

»Loyalität auch nicht«, sagte Sean Kelly leise vor sich hin.

Conley wollte auf den Parkplatz des *Beacon* abbiegen, da entdeckte sie den Streifenwagen des Sheriffs von Bronson County erneut einen halben Häuserblock weiter. Er bog links zu einer Autowerkstatt ab. Conley gab Gas und parkte den Subaru am Straßenrand.

Auf dem Hof vor der Werkstatt sammelten sich Relikte aus früheren Zeiten: der rostende schwarze Koloss eines Pick-ups aus den fünfziger Jahren, auf dessen Tür in silbernen Buchstaben AUTOWERKSTATT SILVER BAY stand, noch mit einer aus vier Ziffern bestehenden Telefonnummer, dann ein olivgrüner Mustang mit Fließheck aus den Siebzigern auf vier kaputten Reifen sowie ein orangefarbener VW-Käfer aus den Sechzigern, dessen Türen fehlten. Auf den abgerundeten Stoßstangen des Käfers klebten verblasste rosa und gelbe Blumen, von innen war der Wagen komplett leer. So einen Käfer hatte Conley immer haben wollen.

Ihr Handy summte, sie schaute aufs Display. Eine Nachricht von Grayson:

WO BLEIBST DU? HIER IST DIE KACKE AM DAMPFEN!!!

Conleys Finger flogen über die Buchstaben. *Bin an der Robinette-Story. Melde mich gleich.*

Sie prüfte ihre E-Mails in der Hoffnung, eine Nachricht von Selena Kwan mit dem Angebot der NBC bekommen zu haben. Wieder summte ihr Gerät, eine neue SMS. Sie war von Roger Sistrunk und bestand aus einem Satz:

Haben wir nun einen Deal, oder was?

Conley biss sich auf die Lippe. Sie wollte nicht sämtliche Brücken zu ihrem ehemaligen Chef hinter sich abreißen, aber Sistrunk musste auch ihren Wert erkennen. Sie tippte los:

Ich habe ein Angebot von NBC, aber da ich zuerst mit dir gesprochen habe, ist hier mein Angebot für den AJC: Einmalige Verwendung des Charlie-Robinette-Videos, ein Beitrag für die Sonntagsausgabe, in dem ich meine eigenen Erfahrungen als Erstzeugin am Schauplatz des Brandes schildere, dazu Fotos vom brennenden Auto. Ich bin bereit, für ein noch festzusetzendes Honorar die Entwicklungen weiterzuverfolgen und Artikel darüber zu verfassen. Ich bekomme 1000 $. Mein Kollege Michael Torpy, der das Video gemacht hat, erhält 250 $. Sag mir Bescheid, was du meinst. Beste Grüße, C.

Dann beobachtete sie wieder den Eingang zur Autowerkstatt. Was machte der Deputy des Sheriffs von Bronson County im Nachbarbezirk? Es war mit Sicherheit kein Zufall, dass derselbe Deputy gerade im Drugstore gewesen war und eine Auflistung der Medikamente von Symmes Robinette hatte haben wollen.

Wieder summte Conleys Handy. Sie las die Antwort von Sistrunk und musste grinsen.

Mensch, Hawkins! Abgemacht. 200 Zeilen, 1000 $ bis Do 17 h. Sag Torpy, dass es okay ist. Verbock es nicht, ja?

Nein, tippte sie zurück. *Lieb dich auch. Xoxo.*

Als sie wieder hochsah, kam Poppell aus der Werkstatt. Er hatte eine große braune Papiertüte in der fleischigen Hand, die oben gefaltet und mit knallrotem Band zugeklebt war. Er legte sie auf den Beifahrersitz, schlug die Tür zu und fuhr los.

Conley kannte diese Art von Tüten und das Klebeband aus der Zeit, als sie Dienststellen abgeklappert hatte. Es waren sogenannte Asservatenbeutel, in denen Beweismittel verwahrt wurden.

Jesse Bayless trug einen knittrigen blauen Overall. Er stand neben dem zerdellten Wrack des schwarzen Escalade in einer Arbeitsbucht und wischte seine rußverschmierten Hände an einem Handtuch ab. Conley erkannte den Wagen. Er war für Symmes Robinette zum Scheiterhaufen geworden.

»Hey, Jesse!«, grüßte sie.

Sein Kopf schnellte hoch. »Oh, hi, Sarah! Hab dich gar nicht gesehen.«

Jesse war der jüngste Sohn von Nedra. Er hatte einen gerade geschnittenen, schon leicht ergrauten Pony wie Buster Brown und dunkelbraune Augen mit schweren Lidern. Selbst die Tätowierungen an seinen Armen, die unter den abgeschnittenen Ärmeln hervorschauten, ließen ihn nicht bedrohlich wirken. Conley fand, er sah aus wie ein Bassett in Menschengestalt.

»Bin gerade reingekommen. Direkt, nachdem der Deputy gegangen ist.«

»Ist doch hoffentlich nichts mit Tante Winnie?«

»Nein, nein. Hab sie noch vor einer Stunde zu Hause gesehen. So mürrisch wie immer.«

»Du wärst auch mürrisch, wenn du drei Gestalten wie uns hättest großziehen müssen«, sagte Jesse schmunzelnd.

»Vergiss nicht, dass sie sich nebenbei auch um Grayson und mich gekümmert hat, also waren es fünf Kinder«, sagte Conley. »Hey, was wollte der Deputy aus Bronson County bei dir? Ging es um den da?« Sie wies auf den Escalade.

Jesse nahm ein Werkzeug von der Bank und wischte es mit dem Putzlappen ab. »Ja.«

»Ich hab gesehen, dass er eine Asservatentüte dabei hatte. Was war da drin?«

»Ich weiß nicht, ob ich das sagen darf«, erwiderte Jesse. »Du warst doch in der Nacht da, oder? Mit Sean Kelly?«

»Nicht direkt, als es passierte, aber kurz danach.«

»Glaubst du, Robinette war schon tot? Bevor es brannte? Ich hab diesen Poppell gefragt, aber der meinte, das geht mich nichts an.«

»Er hat sich nicht bewegt«, berichtete Conley. »Sein Kopf war nach vorn gesackt. Ich habe Blut gesehen, aber ob er nur bewusstlos war oder tot, das weiß ich nicht.«

»Ich hoffe ein bisschen, dass er noch gelebt hat.«

Darauf wusste Conley nichts zu sagen. Sie erinnerte sich nur an Winnies heftige Reaktion auf die Nachricht von Robinettes grausamem Tod.

»Ich kann mir wohl vorstellen, was er in der Nacht in Bronson County gemacht hat«, bemerkte Jesse.

Conley hob die Augenbraue. »Ach, ja? Was denn?«

»Irgendeine Schweinerei. Der alte Bock! Er hatte was mit einer jüngeren blonden Frau.«

»Ich bitte dich, Jesse!«, sagte Conley. »Robinette war siebenundsiebzig und unheilbar krebskrank.«

»Wenn ich's dir sage! Ich hab ihn selbst gesehen. Im Waffle House, vor zwei oder drei Wochen. Er war mit einer jüngeren Frau da und hat Händchen gehalten.«

Jesse ging zur Werkbank, nahm sein Handy und scrollte durch seine Fotos, bis er das gesuchte fand. Er hielt es Conley hin, damit sie es betrachten konnte.

Es war verschwommen und von der Seite aufgenommen. Ein eingefallener, älterer Mann mit hohem Haaransatz saß an einem Tisch, eine jüngere Frau ihm gegenüber. Die Hälfte ihres Gesichts wurde von einem Vorhang aus blonden Haaren verdeckt, aber es stimmte, die Hände der beiden lagen ineinander verschränkt auf dem Tisch.

»Und, was beweist das deiner Meinung nach?«, fragte Conley.

»Das sieht man doch!«, sagte Jesse. »Ich war da. Ich hab gesehen, wie er die Frau angeglotzt hat.« Er wischte das Handy an der Rückseite seines Overalls ab und legte es auf die Werkbank zurück. »Und ich bin nicht der Einzige, der das gesehen hat.«

»Du hast immer noch einen Hass auf Robinette.« Das war eine Feststellung, keine Frage. »Hast du das Foto seiner Frau geschickt?«

Der Automechaniker zuckte mit den Achseln. »Wenn er das deiner Familie angetan hätte, was er mit meiner gemacht hat, würdest du ihn auch hassen«, sagte Jesse. »Meine Mom ist fast dreißig Jahre tot, aber ich werde nie vergessen, wie krank sie war, wie der Krebs sie von innen zerfressen hat. Robinette ist mit dem Geld reich geworden, das die Bahngesellschaft ihm für die Vertuschung der ganzen Geschichte gezahlt hat. Und meine Familie? Meine Mutter kam unter die Erde, und Tante Winnie wanderte in den Knast. Ja. *Hass* ist da noch milde ausgedrückt.«

»Kann ich schon verstehen.« Conley wiederholte ihre frühere Frage: »Ich wüsste trotzdem gern, was in der Asservatentüte war, die der Deputy mitgenommen hat.«

»Hä? Ach, so. Da war der Spiegel der Fahrerseite drin. Der war eh halb abgerissen.«

»Hat Poppell gesagt, warum er den haben wollte?«

»Hab nicht gefragt.«

»Warum ist der Escalade überhaupt hier?«, fragte Conley. »Der Unfall war doch in Bronson County.«

»Ja, aber wir haben einen Abschleppvertrag mit dem County. Mit Griffin County auch«, erklärte Jesse. »Nachdem sie die Reste von dem Arschloch vom Polster gekratzt haben, haben sie uns angerufen, und wir haben den Wagen zu uns in die Werkstatt geschleppt.«

Conley musste sich schütteln. »Was passiert jetzt mit dem Auto?«

»Der Deputy meinte, es würde wahrscheinlich für weitere Untersuchungen ins staatliche Labor gebracht. Falls der Staat es nicht abholt, verkaufen wir es für den Schrottwert. Seine Frau will es nicht haben.«

»Hat Poppell noch mehr über den Wagen wissen wollen?«, fragte Conley.

»Er wollte ins Handschuhfach gucken, aber ich hab gesagt, wenn da irgendwas drin war, ist es verbrannt.«

Conleys Handy summte, eine Nachricht von Grayson.

?????

»Ich muss zur Arbeit«, sagte sie und verstaute das Telefon in der Tasche. »Danke, Jesse!« Sie hielt ihm die Hand hin, doch er schüttelte den Kopf. »Nee! Du willst dir doch nicht die Hände dreckig machen!«

Sie griff einfach zu und drückte seine Hand kräftig. »Freu mich immer, dich zu sehen, Jesse.«

Er folgte ihr durch die Werkstatt auf den Parkplatz. Es war kurz nach neun, doch die Luft war schon so schwer und heiß wie Tomatensuppe.

»Hey, Conley«, sagte Jesse, als sie in ihr Auto steigen wollte.

Sie drehte sich um in der Hoffnung, dass ihm noch etwas Wichtiges eingefallen war. »Ja?«

»Der Subaru, verbraucht der viel?«

»Nee, der ist echt sparsam«, sagte sie. »Denk dran, dass du mich anrufst, wenn dir noch irgendwas zu dem Escalade einfällt.«

39

Als Conley noch einen halben Block vom Gebäude des *Beacon* entfernt war, rief Grayson an.

»Hey«, sagte ihre Schwester, »in zehn Minuten gibt Charlie Robinette eine Pressekonferenz im Rathaus. Fahr besser sofort rüber.«

»Worum geht's dabei?«, fragte Conley.

»Keine Ahnung«, erwiderte Grayson. »Wir haben gerade eine Mail von seiner *Pressesprecherin* bekommen. Sie verspricht uns einen Knüller.«

Eine kleine, stetig wachsende Menge hatte sich bereits auf dem Rasen vor dem Gerichtsgebäude versammelt. Conley zählte zwei Übertragungswagen vom Fernsehen am Straßenrand, einen aus Pensacola und einen aus Tallahassee, außerdem natürlich Buddy Brights glänzende weiße Corvette mit dem selbst gemachten Nummernschild, das ihn als Pressevertreter auswies. Die sonst ruhigen Straßen rund um den Platz waren von Autos gesäumt. Conley parkte in einer Lücke vor Kelly's Drugstore, sprang heraus und hastete über die Straße.

Neben dem Konföderiertendenkmal war eine kleine Bühne aus Holzlatten aufgebaut worden. Darauf standen ein mit amerikanischen Flaggen verhängtes Podest und ein Mikrophon.

Die Fernsehreporter mit ihren Kameras auf Stativen hatten sich direkt vor dem Podest aufgebaut, mehrere Dutzend Menschen liefen herum. Die Hälfte, bemerkte Conley, trug knallrote T-Shirts und Baseballkappen mit dem Slogan FÜR CHARLIE – ROBINETTE FOR CONGRESS 2020.

Zynisch wie immer fragte sich Conley, wann die Wahlkampfkleidung wohl bestellt worden war.

Die schweren Glastüren zum Gericht standen offen, drinnen sah Conley Mitarbeiter mit Ausweisen an Bändern um den Hals. Sie reckten sich, um zu sehen, was draußen vor sich ging.

Conley schlängelte sich durch das Publikum und konnte sich zwischen die beiden Fernsehreporter der konkurrierenden Sender quetschen. »Hi!«, sagte sie atemlos zu dem großen Latino, der eine Kamera mit CBS-Logo bediente. »Irgendeine Idee, was da los ist?«

Er zuckte mit den Schultern. »Null Ahnung. Wir haben gerade einen Beitrag über Stranderosion gedreht, da rief der Produzent an und sagte, wir sollten zu dieser Pressekonferenz fahren und filmen. Was ist das überhaupt für ein Typ?«

Bevor Conley antworten konnte, stieg eine zierliche Blondine in einem dunkelblauen Hosenanzug und auf hohen Pfennigabsätzen auf die Bühne, gefolgt von Charlie Robinette in seinem lässigen Wahlkampfoutfit, einem Oberhemd mit hochgekrempelten Ärmeln und gelockerter Krawatte. Conley erkannte die Blondine. Es war Kennedy McFall vom Bestattungsinstitut. Sie klopfte aufs Mikro und ergriff das Wort.

Schnell holte Conley ihr Handy heraus, öffnete die Kamera und begann zu filmen.

»Hallo! Danke, dass Sie alle so kurzfristig gekommen sind! Ich bin Kennedy McFall, Pressesprecherin Ihres hoffentlich nächsten Kongressabgeordneten Charlie Robinette. Charlie möchte eine kurze Stellungnahme abgeben, dann beantwortet er Ihre Fragen.«

Charlie legte Kennedy kurz den Arm um die Taille und nickte der kleinen Presseabordnung zu.

»Ich muss wohl vorab erklären, dass Kennedy auch meine Verlobte ist. Aber deswegen bin ich heute nicht hier. Ich möchte gern über Transparenz sprechen, meiner Meinung nach eine unerlässliche Eigenschaft bei einem Volksvertreter.« Charlie schluckte und fuhr sich durch das tadellos frisierte Haar. »Der Schritt, den ich heute mache, fällt mir nicht leicht. Bisher habe ich mich vor diesem Thema gedrückt, aber ich bin überzeugt, dass die jüngsten Ereignisse mir keinen anderen Ausweg lassen. Wie Sie vielleicht wissen, haben wir letzte Woche meinen Vater verloren, einen hochdekorierten Vietnam-Veteranen und Volksvertreter, der über dreißig Jahre für das Wohl seines Wahlkreises gekämpft hat.«

»Ruhe in Frieden, Symmes!«, rief eine tiefe Männerstimme hinter Conley.

»Ja, genau.« Charlies Gesicht war ernst. »Die meisten von Ihnen werden wohl nicht wissen, dass mein Vater im letzten Jahr die Diagnose Non-Hodgkin-Lymphom bekommen hat. Er war in Behandlung im Walter Reed, aber die Prognose war düster. Dad hat uns gebeten, seine Krankheit als Privatangelegenheit zu behandeln. Er wollte so lange weiter für seinen geliebten 35. Wahlbezirk und seine geschätzten Wähler arbeiten, wie es seine Gesundheit erlaubte. Gleichzeitig ließ Dad durchblicken, dass es sein größter Wunsch sei, dass ich ihm im Amt nachfolge. Nach gründlicher Überlegung fühlte ich mich geehrt, die Herausforderung anzunehmen. Natürlich hofften wir alle, dass es erst nach seinem Ausscheiden aus dem Amt dazu kommen würde, in das er erst vor kurzem wiedergewählt worden war, doch habe ich auf Bitte meines Vaters angefangen, ein Wahlkampfteam zusammenzustellen.«

Kennedy nickte verständnisvoll und berührte Charlie leicht am Arm.

»Dad erfüllte zwar die Pflichten seines Amts in Washington, doch in den letzten Monaten verschlechterte sich sein Zustand zusehends. Vor drei Monaten verlangte meine Mutter gegen den Rat der Spezialisten in Washington, dass Dad zur Behandlung nach Silver Bay kam.«

Charlie zog an seinem Krawattenknoten. »Von da an sorgte meine Mutter dafür, dass mein Vater allmählich von seinen engsten Mitarbeitern und dem Rest der Familie isoliert wurde. Sie verwarf meinen Vorschlag, ihn wieder ins Walter Reed verlegen zu lassen, da die Ärzte dort sehr viel Erfahrung mit Krebspatienten haben, und behauptete, er sei zu krank zum Reisen. Schließlich verbot sie mir, Dad zu besuchen, angeblich, weil sein Immunsystem durch die Chemo zu geschwächt sei. Da meine Eltern in einer bewachten Siedlung wohnen, trug sie den Sicherheitsbediensteten auf, mir keinen Zutritt mehr zu gewähren. Außerdem nahm sie meinem Vater das Handy ab und raubte mir so die einzig verbliebene Möglichkeit, mit ihm zu kommunizieren.« Charlie hielt inne. »So wurde mein Vater letztlich zu einem Gefangenen in seinem eigenen Haus.«

»Wie furchtbar!«, flüsterte eine Frau hinter Conley.

»Tragisch«, stimmte deren Freundin zu.

»Trotz aller Bemühungen meiner Mutter gelang es mir«, fuhr Charlie fort, »zugegebenermaßen mit unlauteren Mitteln, auf die ich nicht weiter eingehen werde, meinen Vater zu sehen. Zwei Wochen vor seinem Tod war ich erschüttert, wie er aussah. Er war so stark abgemagert und wirkte … irgendwie durcheinander. Als ich meine Mutter auf meinen Eindruck und

Dads raschen Verfall ansprach, regte sie sich furchtbar auf, warf mir Illoyalität und Unehrlichkeit vor und teilte mir mit, dass ich aufgrund meines, wie sie sich ausdrückte, ›Ungehorsams‹ meinen Vater nicht mehr sehen oder hören würde. Seitdem redet meine Mutter nicht mehr mit mir. Null.«

Kurz schaute Charlie in die Ferne und blinzelte seine Tränen weg. »Ich habe mit den ältesten, zuverlässigsten Beratern meines Vaters gesprochen und dann einen sehr schwerwiegenden Entschluss gefasst. Aufgrund meiner Sorge, mein Vater könnte das Opfer von Seniorenmissbrauch geworden sein, begangen durch seine Frau, habe ich vor zwei Wochen beim Familienministerium von Florida Anzeige erstattet.«

Man hörte leises kollektives Entsetzen.

»Das ist eine unglaublich schmerzhafte, quälende Entscheidung für ein Kind«, sagte Charlie. »Glauben Sie mir, es hat keinen Spaß gemacht. Doch was wäre ich für ein Sohn, wenn ich zulassen würde, dass mein Vater leidet? Was wäre ich für ein Bürger, wenn ich bei Anzeichen von Missbrauch einfach den Blick abwenden würde? Seniorenmissbrauch nimmt im Staat Florida rasant zu, das ist traurig, aber wahr. In den letzten Jahren gab es allein in unserer Region über zweitausend Anzeigen. Noch trauriger ist, dass fast sechzig Prozent der angezeigten Missbrauchsfälle durch Angehörige begangen wurden.«

Conley drehte sich um und schwenkte ihr Handy im Kreis, um die Reaktionen des überwiegend mittelalten Publikums einzufangen. Die Fernsehleute rechts und links von ihr machten dasselbe.

»Aufgrund meiner Anzeige werden meine Vorwürfe jetzt untersucht«, sagte Charlie. »Mir wurden die Ergebnisse noch nicht mitgeteilt, denn keine zwei Wochen später starb mein Vater bei einem Autounfall ohne Fremdeinwirkung. Die Ursache ist immer noch Gegenstand von Ermittlungen der lokalen Behörden.«

»Heilige Scheiße!«, raunte der Kameramann der CBS vor sich hin.

»Leck mich!«, murmelte die hübsche Blondine von Fox.

»Angesichts dieser Tragödie wäre es leichter für mich, meine Befürchtungen zu verschweigen, und sei es nur, um den Familienfrieden zu wahren. Aber dabei habe ich kein gutes Gewissen. Nicht wenn das Wohlergehen unserer älteren Mitbürger auf dem Spiel steht, von Menschen wie meinem kranken siebenundsiebzigjährigen Vater.«

Charlie faltete die Hände. »Dies ist das Letzte und Beste, was ich für meinen Dad tun kann. Vielen Dank, dass Sie heute gekommen sind.« Er machte einen kleinen Schritt nach hinten, Kennedy umarmte ihn kurz.

»Charlie wird jetzt Fragen beantworten«, kündigte sie an.

»Charlie!«, rief eine hohe Stimme weit rechts vom Podest.

Alle Köpfe schauten hinüber, und die Menge teilte sich für einen ganz in Schwarz gekleideten schmalen Mann. Conley stöhnte. Buddy Bright.

»Charlie, wollen Sie damit sagen, dass Sie Ihre Mutter verdächtigen, etwas mit dem Tod Ihres Vaters zu tun zu haben?«

»Ganz gewiss nicht«, antwortete Robinette mit fester Stimme. »Ich hielt es für meine Pflicht, meine Sorgen über das Wohlergehen meines Vaters bei den Behörden anzuzeigen. Jetzt ist es an ihnen und an den betreffenden Strafverfolgungsbehörden, diese Vorwürfe zu prüfen.«

Conley wollte ebenfalls eine Frage stellen, doch Buddy Bright kam ihr zuvor. »Warum glauben Sie, dass Ihre Mutter Ihren Vater in seinem eigenen Haus gefangen hielt?«

»Ich habe keine Ahnung«, erwiderte Charlie. »Das müssen Sie sie fragen.«

Conley hob den Arm und winkte. »Wann haben Sie Ihren Vater zuletzt gesehen? Und unter welchen Umständen, da Sie ja eben sagten, Vanessa hätte Ihnen den Zugang zu Sugar Key verwehrt?«

Robinette lief leicht rot an. »Darüber werde ich jetzt nicht sprechen.«

Conley schob sofort die nächste Frage nach: »Gestern sagte Vanessa zum *Silver Bay Beacon*, Ihr Vater sei zu dem Schluss gekommen, Sie seien nicht reif genug, um für den Kongress zu kandidieren, und dass er Vanessa deshalb gedrängt hätte, sich um seinen Sitz zu bewerben. Hat Ihr Vater Ihnen selbst mitgeteilt, dass er seine Meinung geändert hatte und nun seine Frau als Kandidatin unterstützte?«

»Nein, mein Vater hat mir nichts dergleichen gesagt«, gab Charlie zurück.

»Heißt das, Ihre Mutter lügt, wenn Sie das behauptet?«, rief der Reporter von CBS.

»Kein Kommentar.«

Kennedy zupfte an Charlies Ärmel und flüsterte ihm etwas ins Ohr. Er nickte, trat noch einmal ans Mikrophon und räusperte sich.

Conley spürte, dass dies ihre letzte Chance war. Schnell rief sie ihm ihre letzte Frage zu: »Was bedeutet das für die Gedenkfeier Ihres Vaters in Washington? Müssten Sie nicht eigentlich längst auf dem Weg dorthin sein?«

Charlie und seine Verlobte flüsterten wieder kurz miteinander.

»Aus Respekt vor dem Andenken meines Vaters und aus dem Wunsch heraus, die würdevolle Stimmung bei dieser Gedenkfeier nicht zu stören, die das Vermächtnis meines Vaters im Dienst an unserem Land würdigt, habe ich mich entschieden, der Zeremonie in der Rotunde des Kapitols nicht beizuwohnen. Selbstverständlich werde ich ihm zusammen mit dem Rest unserer großen Familie meinen Respekt bei dem Gottesdienst erweisen, der am Wochenende hier in seiner Heimatstadt abgehalten wird.«

»Das wäre es für heute«, verkündete Kennedy. »Sie dürfen aber damit rechnen, in den nächsten Wochen und Monaten mehr von Charlie zu hören, wenn der Wahlkampf um den Sitz im Repräsentantenhaus anläuft. Wir danken Ihnen, dass Sie heute gekommen sind.«

Schnell schob sie Robinette zu den Stufen am hinteren Ende der Bühne. Conley wollte den beiden nach, doch die beiden Kameraleute, die ihre Ausrüstung zusammenräumten, versperrten ihr den Weg.

»Macht mal Platz, Mensch!«, knurrte sie den Kameramann der CBS an.

Überrascht drehte er sich um. »Wer sind Sie denn, bitte schön?«

»Ich bin von der Lokalzeitung, und Sie sind mir im Weg«, erwiderte Conley und schlug einen Bogen um ihn, um zu sehen, wohin Robinette verschwunden war.

Am Ende des Platzes angekommen, entdeckte sie ihre Zielperson an der Beifahrertür eines weißen SUV. »Hey, Charlie!«, rief Conley. Er sah hoch, doch als er sie erkannte, zuckte er mit den Schultern, stieg ein und schlug die Tür zu. Der SUV fuhr los.

Conley lief zu ihrem Subaru und rief Grayson übers Autotelefon an.

»Und, war's gut?«, fragte ihre Schwester aufgeregt.

»Charlie Robinette hat sich gerade zusammen mit seiner Verlobten-Schrägstrich-Pressesprecherin, zufälligerweise Kennedy McFall, auf den Platz vor dem Gerichtsgebäude gestellt und verkündet, dass er seine Mutter zwei Wochen vor Symmes' Tod wegen Seniorenmissbrauchs angezeigt hat.«

»Wie bitte?«

»Er hat gesagt, Vanessa hätte seinen Vater in seinem eigenen Haus gefangen gehalten, ihn von all seinen Kollegen, Freunden und Verwandten isoliert. Sie soll ihm das Handy abgenommen und die Sicherheitsleute von Sugar Key angewiesen haben, Charlie nicht mehr aufs Gelände zu lassen.«

»Bitte sag, dass du das gefilmt hast!«, entgegnete Grayson.

»Klar, ich hab alles auf dem Handy!«, versicherte Conley ihr. »Charlie hat behauptet, Vanessa hätte Symmes vor drei Monaten gegen den Rat seiner Ärzte vom Walter Reed nach Hause geholt.«

»Wahn-sinn! Das ist ja super!«

»Es gibt noch viel mehr«, versprach sie. »Den Rest erzähl ich dir gleich!«

40

Nein, Ma'am«, sagte Lillian zum Anrufer. »Wir haben definitiv nichts mit dem *National Enquirer* zu tun. Ja, das weiß ich genau. Okay. Ich werde Ms. Hawkins ausrichten, dass sie in der Hölle schmoren soll, weil sie diesen Artikel über unseren guten christlichen Kongressabgeordneten geschrieben hat. Ja, Ma'am, ihre Schwester auch. Und ihre Großmutter. Ich wünsche Ihnen einen gesegneten Tag, ja?«

Die Telefonistin beziehungsweise Büroleiterin des *Beacon* legte vorsichtig den Hörer auf. »Du schuldest mir was«, sagte sie zu Conley.

»Viel zu tun?«, fragte die.

»Das Telefon klingelt in einer Tour«, erwiderte Lillian. »E-Mails, Anrufe. So viele Reaktionen hatten wir das letzte Mal, als wir die Horoskope eingestellt haben. Alles nur wegen dieses Beitrags von Michael und dir.« Sie reichte Conley einen Stapel rosafarbener Telefonnotizen. »Die meisten Leute wollen nur zurückgerufen werden, damit sie dich persönlich zusammenscheißen können.«

Conley blätterte durch den Stoß. »Mehr nicht? Vierzehn nur? Großmama hatte schon acht Anrufe vor neun Uhr!«

Lillian schürzte die Lippen. »Diejenigen, die anfingen mit ›Hör mal zu, du dumme Kuh‹, sind nicht mitgezählt, weil ich da immer gleich aufgelegt habe. Ich bekomm nicht genug Geld, um mir so einen Scheiß anzutun.«

Conley riss die Telefonnotizen in der Mitte durch und gab sie zurück. »Legst du die bitte zu den Akten?«

***

Grayson war ebenfalls am Telefon. Sie machte ein gequältes Gesicht. Als Conley in ihr Büro kam, schaute sie hoch. »Gut. Darüber kann ich jetzt nicht sprechen.« Sie drehte sich in ihrem Stuhl zur Wand. Mit gesenkter Stimme sprach sie weiter. »Du weißt, dass wir heute Redaktionsschluss haben. Ich ruf dich morgen an, wenn die Zeitung draußen ist.«

Sie schwenkte zu Conley herum und legte ihr Handy mit dem Display nach unten auf den Schreibtisch.

»Mannomann, was für ein Tag!«

»Ja, Lillian hat gerade schon gesagt, jetzt kommen die Neider und Hasser aus den Löchern«, bemerkte Conley.

»War ja nicht alles schlecht«, erwiderte Grayson. »Ich geb's nur ungern zu, aber du hattest recht mit dem Video und der Online-Ausgabe. Die Reaktionen sind unglaublich. Als ich das letzte Mal nachgesehen habe, hatten die Videos schon fast zweitausend Aufrufe. Und Michaels Idee, eine Abo-Rabattaktion zu starten, war genial. Wir haben zweiunddreißig neue Abonnenten. Kaum war er heute Morgen hier, hat er die neue Facebook-Seite eingerichtet und uns alle zu Administratoren gemacht, so dass jede von uns da etwas posten kann.«

»Cool«, sagte Conley. »Ähm, ich wollte noch was mit dir besprechen …«

»Aber wie du eben schon meintest, jetzt kommen die Neider aus den Löchern«, unterbrach ihre Schwester sie. »Bei der letzten Zählung hatte Lillian neun Kündigungen. Und heute Morgen habe ich vor dem Gebäude geparkt, da fuhr ein alter weißer Cadillac ganz langsam an mir vorbei. Das Fenster an der Beifahrerseite ging runter, und zwei alte Knacker beugten sich heraus und zeigten mir einen Vogel!«

»Das ist eine Ehre!«, sagte Conley. »Mein ehemaliger Redakteur beim *AJC*, Roger Sistrunk, meinte immer, wenn eine Zeitung den Leuten nicht vor den Karren fährt, macht sie irgendwas falsch.«

»In einer großen Stadt wie Atlanta ist so was leicht zu sagen, da kennen die Leser nicht deine Adresse und Telefonnummer und haben Hemmungen, dir direkt ins Gesicht zu sagen, was sie von dir halten«, gab Grayson zu bedenken. Dann grinste sie. »Aber ich muss sagen, so viel Spaß wie mit dieser Geschichte hatten wir schon lange nicht mehr.«

»Spannend, oder? Und warte, bis du das Video siehst, das ich heute auf der Pressekonferenz gemacht habe!«

Sie gab ihrer Schwester das Handy und tippte auf den Pfeil, um den Film abzuspielen. Als Grayson Charlie Robinettes Anschuldigungen gegen seine Mutter hörte, bekam sie immer größere Augen.

»Unglaublich«, sagte sie am Ende. »Er ist ja kurz davor, Vanessa zu beschuldigen, etwas mit dem Tod seines Vaters zu tun zu haben. Und ist das unsere Kennedy McFall vom Bestattungsinstitut?«

»Genau die.«

»Hm«, machte Grayson. »Das wusste ich nicht. Sie ist ein paar Jahre jünger als er, oder?«

»Glaube schon. Rowena hat mir erzählt, Vanessa und Symmes wären nicht gerade begeistert von ihr gewesen, weil sie geschieden ist und ein Kind hat. Auch das ist wieder eine unglaubliche Ironie dies Schicksals. Das Ding geht richtig ab, Gray! Da waren heute Kamerateams von Fernsehsendern aus Tallahassee und Pensacola. Und hör zu: Auch wenn dein Kumpel Merle Goggins etwas anderes behauptet, ist die Polizei wohl nicht überzeugt, dass der Unfall wirklich nur ein Unfall war. Skelly musste eine Aufstellung aller Rezepte abgeben, die Symmes bei ihm eingereicht hat – und Vanessa.«

Grayson runzelte die Stirn. »Hat Skelly dir das erzählt?«

»Als ich heute Morgen auf dem Weg in die Redaktion war, habe ich einen Streifenwagen vor dem Drugstore gesehen, da bin ich reingegangen und hab mich vor den Getränkeautomaten gesetzt. Seltsamerweise war es derselbe Deputy, der in der Nacht an den Unfallort kam. Als er weg war, habe ich es Skelly stückchenweise aus der Nase gezogen. Außerdem wurde Robinettes kaputtes Auto zur Autowerkstatt nach Silver Bay geschleppt, wo Winnies Neffe Jesse arbeitet. Und dieser Deputy war auch dort in der Werkstatt. Anschließend hat Jesse mir erzählt, der Typ hätte den Rest des Außenspiegels von der Fahrerseite mitgenommen.«

»Hatte Jesse eine Ahnung, was die Polizei sucht?«

»Nein, aber ich werde jetzt als Erstes den Sheriff anrufen und ihn danach fragen.«

»Gute Arbeit«, sagte Grayson.

»Noch eine Kleinigkeit: Vor zwei oder drei Wochen hat Jesse Symmes im Waffle House gesehen, nicht weit entfernt vom Unfallort. Da hat er mit einer attraktiven Blondine Händchen gehalten. Er hat sogar ein Foto von den beiden gemacht.«

Grayson runzelte die Stirn. »Selbst wenn das stimmt – das können wir auf gar keinen Fall bringen. Foto hin oder her.«

»Sehe ich auch so«, sagte Conley. »Ich fand es bloß interessant.« Sie überlegte und räusperte sich. »Ähm, mein ehemaliger

Chef hat mich heute Morgen angerufen. Er hat gefragt, ob ich als Freie einen Beitrag über Robinette für die Sonntagsausgabe des *AJC* schreiben könnte.«

Graysons Lächeln verschwand.

»Keine Sorge! Zuerst sind meine Artikel für den *Beacon* dran. Er braucht meine Story nicht vor Donnerstagnachmittag.«

»Denke, das ist in Ordnung«, sagte Grayson.

»Es gibt noch mehr. Während ich mit Sistrunk telefoniert habe, bekam ich einen Anruf von der Büroleiterin der NBC in Atlanta. Wir haben uns mal vor Jahren auf einer Veranstaltung des Presseclubs in Atlanta kennengelernt. Jedenfalls hatte Selena meinen Namen über der Kurzfassung gesehen, die an AP rausging, und jetzt hat sie gefragt, ob ich als freie Korrespondentin über die Geschichte berichten könnte.«

»Willst du ins Fernsehen?«

Conley lachte. »Keine Sorge. Ich habe nicht vor, der nächste Anderson Cooper zu werden. Die wollen jemanden von hier, der sich mit der Robinette-Story auskennt und den sie fragen können. Nur hinter der Kamera. Es schadet auch nicht, dass ich den Film von dem brennenden Wagen habe. Den wollen sie exklusiv nutzen.«

»Und was heißt das für den *Beacon*?« Grayson machte ein finsteres Gesicht. »Du hast ein Ass im Ärmel und haust einfach ab, weil Hollywood ruft?«

»Ich hab's dir gerade gesagt: Es ist nicht Hollywood, es ist Atlanta. Und ich haue nicht ab, ich bleibe hier. Ich berichte weiterhin für den *Beacon* über das Thema, aber nebenbei arbeite ich als Freie für den Sender. Und wahrscheinlich auch für den *AJC*, wenn die Story wirklich so groß wird, wie wir glauben. Das machen Printreporter ständig, Grayson, insbesondere wenn es um Meldungen geht, die sich von der Masse abheben.«

»Was zahlen die dir?«

»Das geht dich nichts an. Ich kann dir nur sagen, dass es deutlich mehr ist, als ich hier verdiene.«

»Na, klar. Und dass deine Familie zufällig diese Zeitung *besitzt*? Das bedeutet dir nichts, wie?«

Conley stützte beide Hände auf Graysons Schreibtisch und beugte sich vor. »Darf ich dich an was erinnern? Großmama musste dich zwingen, mich zu nehmen! Und darf ich dich auch daran erinnern, dass du mich direkt rauswerfen wolltest, kaum dass ich mit dieser Geschichte Wellen geschlagen hatte?«

»Und darf *ich dich* erinnern«, gab Grayson zurück, »dass ich dir diesen Job gegeben habe, als du hier unangekündigt aufgetaucht bist, weil du nicht wusstest, wo du sonst hin solltest?«

»Hör zu«, sagte Conley gereizt. »Ich verstehe nicht, warum du deswegen so angefressen bist. Du hast die ganze Zeit gewusst, dass ich nicht vorhabe, beim *Beacon* Karriere zu machen. Das habe ich immer ganz offen gesagt. Und ich spreche auch ganz offen darüber, dass ich als Freie nebenbei Sachen für die NBC und den *AJC* mache. Das erzähle ich dir, weil ich korrekt bin.«

»Und was soll ich jetzt damit anfangen? Ich habe doch keine Wahl!«

»Du könntest zur Abwechslung mal dankbar sein!«, fuhr Conley ihre Schwester an. »Schließlich hast du eine erfahrene Journalistin an Bord, die an dieser Story dransitzt, seit Skelly und ich nachts den brennenden Escalade vor uns hatten. Du könntest dir mal klarmachen, dass du und der *Beacon* durch diese Geschichte die Möglichkeit habt, neue Leser und Anzeigenkunden zu gewinnen, ganz zu schweigen von dem Ansehen, weil ihr dem Rest der Nachrichtenwelt den Knüller vor der Nase weggeschnappt habt, mit diesem Drama von shakespeareschen Ausmaßen, das direkt vor unseren Augen stattfindet. Aber nein, du weißt nicht zu schätzen, was du hast. Du hast schon einen Stock im Arsch, wenn du nur zugeben musst, dass ich recht hatte und weil dein Mann abgehauen ist und dich hat sitzen lassen.«

Grayson wurde blass. »Wer hat dir das erzählt?«

»Niemand, du dummes Huhn! Glaubst du, ich habe nicht gemerkt, dass du im Büro lebst? Dass du deinen Kummer jeden Abend im Runzelraum vom Country Club ertränkst? Mensch, Grayson! Man braucht nicht Woodward und Bernstein zu sein, um darauf zu kommen, dass Tony weg ist. Komm, willst du mir nicht sagen, was dich wirklich so aufregt?« Conleys Gesicht wurde weich. »Ich fühle mit dir, Schwesterherz. Wirklich.«

»Ich brauche kein Mitleid von dir!« Grayson griff zu einem akkuraten Papierstapel und richtete ihn noch ordentlicher aus. »Wir haben gerade Probleme, das ist alles. Das wird schon wieder. Es hat keine Auswirkungen auf deine Arbeit beim *Beacon*.«

»Es geht nicht um die Zeitung. Du bist meine Schwester. Mir ist wichtig, was mit dir los ist. Sprich bitte mit mir!«

Grayson massierte sich die Schläfen. »Hast du eine Vorstellung, wie viel Zeit meines Lebens ich hier verbringe? Die Zeitung ist wie ein riesiger Felsbrocken. Jeden Tag rolle ich ihn den Berg hoch, und in der Nacht rollt er wieder herunter, und ich muss von vorn anfangen. Als Pops noch Verlagsleiter war, hatte er einen Anzeigenverkäufer, einen Vertriebsleiter und einen Büroleiter. Er hatte einen Chefredakteur, der sich auch um das um Layout kümmerte, vier Reporter und zwei angestellte Fotografen. Wir hatten eine eigene Druckerei und Heerscharen von Schülern, die die Zeitung jede Woche mit dem Fahrrad austeilten.

Und jetzt? Bin ich ganz allein. Mit Lillian. Bei dem miesen Gehalt, das ich zahlen kann, kann ich mir nur Leute mit Burnout leisten oder Anfänger frisch von der Uni, die meisten noch grün hinter den Ohren. Die suchen hier nur den richtigen Moment für den Absprung, um zu einer größeren Zeitung zu gehen. Dass es mir gelungen ist, ein Goldstück wie Michael Torpy zu finden, ist schon ein großes Wunder. Ich verkaufe Anzeigen, ich redigiere Beiträge, mache mir Sorgen um die Auflage und gestalte die Seiten. Eine Modernisierung der alten Druckerei konnten wir uns nicht leisten, deshalb fahre ich jetzt, sobald wir die Zeitung zusammen haben, neunzig Minuten zur Druckerei nach Milton. Heute Nacht schlafe ich wahrscheinlich im Auto, damit ich morgen früh die Erste an der Laderampe bin. Sobald ich die Zeitung im Auto habe, fahre ich zurück nach Silver Bay und verteile sie in die Briefkästen.«

Auf dem alten Schrank hinter dem Schreibtisch stand das Hochzeitsfoto von Grayson und Tony in einem silbernen Rahmen. Grayson nahm es in die Hand, betrachtete es und legte es dann mit dem Bild nach unten zurück. »Tony sagt, ich würde von morgens bis abends eh jede Stunde in der Redaktion verbringen und hätte nie Zeit für ihn. Er ist unterwegs, ich arbeite, und wenn ich nicht arbeite, mache ich mir Sorgen. Um die Zeitung. Um Großmama. Ums Geld.« Sie zuckte mit den Schultern. »Irgendwann hatte er es satt. Er hat eine Wohnung in Houston gemietet.«

»Wann ist er ausgezogen?«, fragte Conley.

»Vor gut einem Monat. Ich habe nicht viel Appetit, deshalb esse ich abends meistens nur eine Kleinigkeit im Country Club. Und in das leere Haus zu kommen zieht mich runter, deshalb schlafe ich hier. Noch Fragen?«

Zuerst war Conley zu geplättet, um etwas zu erwidern.

»Warum hast du nichts gesagt? Weiß Großmama, unter welchem Druck du stehst?«

»Sie weiß, dass wir finanzielle Probleme haben. Ich habe davon gesprochen, die Zeitung an eine Kette aus Kansas City zu verkaufen, da ist sie natürlich dagegen. Ich will nicht, dass sie sich Sorgen um mich macht. Und ich wäre dir dankbar, wenn du das mit Tony für dich behältst.«

»Ich werde nicht mit ihr über deine Ehe tratschen«, sagte Conley. »Wenn du mich lässt, packe ich gern mit an und helfe dir bei den anderen Sachen.«

»Da wir gerade alle Karten auf den Tisch legen, muss ich dir wohl auch sagen, dass wir etwas wegen Großmamas Finanzen unternehmen müssen.«

Schockiert sah Conley hoch. »Soll das heißen, sie ist pleite?«

»Nicht komplett, aber sie ist auch bestimmt nicht die reiche Queen Mum von Silver Bay«, antwortete Grayson. »Ich bin mir ziemlich sicher, dass wir eins der Häuser verkaufen müssen.«

»Das ist nicht dein Ernst!«

»Schön wär's! Das Haus auf der Felicity Street ist ganz gut erhalten, aber das Strandhaus ist in einem schlimmen Zustand, der Unterhalt frisst uns die Haare vom Kopf. Der letzte Hurrikan hat dem Dach den Rest gegeben. Ich hab's ausbessern lassen, aber eigentlich muss es komplett neu gemacht werden.«

»Mit dem heißen Wasser stimmt auch irgendwas nicht«, sagte Conley. »Und mit dem Strom.«

»Das Haus ist eine Feuerfalle.« Grayson machte ein düsteres Gesicht. »Ich hab dir ja versucht zu sagen, dass es nicht sicher ist, Großmama da draußen wohnen zu lassen, aber du wolltest nicht hören.«

»Nein, du hast nicht gesagt, es sei nicht sicher«, gab Conley zurück. »Du hast mir nur vorgeworfen, ich käme hier reingesegelt und würde alles auf den Kopf stellen. Was unternehmen wir denn nun? Wenn wir The Dunes verkaufen müssen, bricht es Großmama das Herz.«

»Fürs Erste tun wir gar nichts. Es würde mehrere zehntausend Dollar kosten, das Haus so weit herzurichten, dass man es gut verkaufen kann. Geld, das wir nicht haben.«

»Das tut mir leid, Gray. Hättest du mir das doch gesagt! Das mit Tony. Und dem Haus.«

Ihre Schwester zuckte mit den Schultern. »Dumm gelaufen. Reden wir von was anderem, ja? Tut mir leid, dass ich dich angefahren habe wegen deiner freien Mitarbeit. Ich kann dir keinen Vorwurf machen, nur weil du versuchst, deinen Lebensunterhalt zu verdienen, und an deine Karriere denkst. Ich habe bloß in der letzten Woche ein bisschen Hoffnung geschöpft, dass wir diesen Laden vielleicht doch am Laufen halten können. Ich weiß, das ist nicht realistisch, aber was soll ich sagen? Vielleicht habe ich doch Druckerschwärze im Blut.«

»Willkommen im Club«, sagte Conley.

41

Nach der Werbepause startete Buddy seine Erkennungsmusik und beugte sich zum Mikro vor.

»Hallo, Silver Bay! Es ist nach zehn Uhr, und falls ihr gerade erst einschaltet, ihr seid bei *Up All Night mit Buddy Bright*. Die Telefonleitungen sind freigeschaltet, ich freue mich, wenn meine Lieblingshörer mich anrufen.«

Er tippte auf ein Icon auf dem Monitor, und eine Frauenstimme mit einem schweren Südstaatenakzent dröhnte durch den Raum.

»Hey, Buddy! Ich bin Sonya, höre schon lange zu, aber rufe zum ersten Mal an. Ich hab heute die Pressekonferenz auf Channel 4 gesehen, und ich dachte, mir platzt die Hutschnur. Ich bin verheiratet, habe Kinder und Enkel, aber als ich gehört habe, wie Charlie Robinette all diese Lügen über seine verehrte Mama erzählt hat, da haben sich mir wirklich die Nackenhaare aufgestellt! Am liebsten hätte ich ausgeschaltet! So ein undankbarer Bengel! Ich habe immer Symmes Robinette gewählt, wenn er angetreten ist, der muss sich doch gerade im Grabe umdrehen, weil sein Sohn den Namen der Familie durch den Dreck zieht. Eins steht fest: Egal, wann diese Nachwahl angesetzt wird, ich stimme für Vanessa Robinette. Bis dahin setze ich die Flagge auf meiner Veranda auf halbmast.«

Buddy lehnte sich auf seinem Stuhl zurück und sah aus dem Fenster auf die jetzt dunklen Straßen von Silver Bay. Der Sender hatte ihn angerufen und früher aus dem Haus geholt, damit er zur übereilt einberufenen Pressekonferenz von Robinette fuhr, anschließend hatte er die Nachmittagsschicht drangehängt, weil die Kollegin sich krankgemeldet hatte. Krank? Betrunken kam wohl eher hin.

Ihm war es recht. Zusätzliche Schichten bedeuteten mehr Geld im Umschlag.

Der nächste Anrufer war in der Leitung.

»Hi, Buddy! Hier ist Pu der Bär, drüben aus Bronson County. Meine Frau und ich hören schon deine Sendung, seit wir in Rente sind und runter nach Florida gezogen sind. Jetzt ist mir endlich klargeworden, warum ich dich so gern höre. Ich kenne dich nämlich von früher, vor sieben, acht Jahren. Da hast du unter anderem Namen bei einem Sender oben in Detroit gearbeitet, nicht?«

Buddy erstarrte. Er räusperte sich. »Ähm, ich muss sagen, Pu der Bär, ich habe im Laufe der Jahre in vielen verschiedenen Städten gearbeitet. So ist das in der Radiobranche. Aber Detroit ist die einzige Stadt, wo ich noch nicht war.« Buddy schmunzelte. »Schätze, du verwechselst mich mit einem anderen umwerfend gut aussehenden, genialen Discjockey.«

»Nein«, beharrte der Anrufer. »Ich war letztens im Ort, und da bin ich zufällig am Sender vorbeigegangen, als du auf Sendung warst. Da hab ich dich direkt hinter der großen Glasscheibe sitzen sehen. Du musst wissen, vor zig Jahren war ich mal mit meiner Frau bei einer großen Eröffnung von einem Einkaufszentrum in Bloomfield Hills, und da war ein Moderator, der genauso aussah und dieselbe Stimme hatte wie du.«

Buddy spürte, wie ihm das Blut ins Gesicht schoss. Er musste den Typen aus der Leitung bekommen. »Man sagt ja, dass jeder irgendwo einen Doppelgänger hat, oder? Also, danke fürs Zuhören, Pu der Bär, und danke für deinen Anruf.«

Er würgte den Anrufer ab und startete mit zitternden Händen den nächsten Werbeblock. Jetzt brauchte er dringendst eine Zigarette. Mensch, wie sehr vermisste er die Zeit, als noch nicht die ganzen Gutmenschen und Tabakhasser die Welt regierten.

Neal, der Besitzer des Senders, hatte früher selbst geraucht, und solche Leute waren die schlimmsten. An jeder Wand in dem kleinen Sender hing ein Schild mit der Aufschrift »RAUCHEN VERBOTEN«. Doch jetzt war es nach zehn Uhr, und außer ihm war keiner mehr da.

Buddy klopfte eine Zigarette aus der Packung, zündete sie an und sog den Rauch tief ein. Die Asche schnippte er in seinen Kaffeebecher. Letztlich musste er noch zwei weitere Zigaretten rauchen, ehe er sich weitgehend beruhigt hatte.

Er ging wieder auf Sendung. »Okay«, sagte er. »Dann wollen wir mal sehen, was der Rest von Silver Bay so vom Zustand der Welt hält!«

»Hallo, Buddy! Hier ist Alice. Ich kann's gar nicht glauben, dass ich endlich durchgekommen bin. Hab das Gefühl, ich hätte es ewig versucht. Bin ich jetzt im Radio?«

Er hörte die Rückkopplung in Alices Gerät zu Hause.

»Wenn du dein Radio leiser drehst, Alice, kann ich dich deutlich besser verstehen.«

»Oh!« Sie kicherte. »Gut. Ich stelle es immer laut, weil ich ein bisschen schlecht höre.«

»So ist es besser, liebe Alice. Und, was geht dir so durch den Kopf an diesem schönen Abend?«

»Wirklich, Buddy, in was für einer verkommenen Welt leben wir eigentlich? Wenn mehr Menschen die Heilige Schrift lesen würden, hätten wir bestimmt nicht so viele Probleme. Ich konnte gar nicht glauben, was diese Dame eben sagte, die mit dir gesprochen hat. Ich möchte gern laut und deutlich vermelden, dass ich nie im Leben für eine Frau wie Vanessa Robinette stimmen würde, die eine Ehe zerstört hat, nicht mal wenn sie sich als Hundefängerin bewerben wollte!«

Lillian arbeitete stumm vor sich hin und lauschte dem Radio auf ihrem Schreibtisch. Michael hatte Feierabend gemacht, wollte sich mit Freunden zum Videospielen treffen. Grayson war auch verschwunden, wahrscheinlich Abendessen im Runzelraum.

Obwohl Conley voreingenommen war, wenn es um Buddy Bright ging, musste sie zugeben, dass sie sich an sein lockeres spätabendliches Geplauder gewöhnt hatte. Sie schmunzelte noch immer über die letzte Anruferin.

Lange Tage und anstrengende Arbeit war Conley durchaus gewöhnt – das gehörte zu ihrem Beruf –, doch soweit sie sich erinnern konnte, war dies einer der längsten Tage in ihrem Leben gewesen.

Nachdem Grayson ihr widerwillig erlaubt hatte, als Freie für den *AJC* und den Sender zu arbeiten, hatte sie beide angerufen, um sie über die jüngsten Entwicklungen im Familiendrama der Robinettes zu unterrichten.

Als die Gedenkfeier für Symmes Robinette in der Rotunde des Kapitols im Fernsehen gezeigt wurde und die anderen zusahen, hatte auch Conley kurz aufgehört zu arbeiten. Der flaggenbedeckte Sarg und die ernsten Politiker, die an der blassen Vanessa vorbeidefilierten und ihr die Hand gaben, machten die Veranstaltung angemessen feierlich. Vanessa fiel auf in ihrem schwarzen Dior-Kostüm, in dessen Revers die Anstecknadel der Studentenverbindung ihres verstorbenen Mannes funkelte.

Conley hatte die Story über Vanessas und Charlies konkurrierende Wahlkämpfe an Michael abgetreten, damit sie sich ganz auf den Vorwurf des Seniorenmissbrauchs konzentrieren konnte. Der Großteil des Tages war dafür draufgegangen, sich durch das bürokratische Dickicht im Familienministerium von Florida zu kämpfen, um jemanden zu finden, der bereit war, sich offiziell zu Charlie Robinettes explosiver Behauptung zu äußern.

»Wir können bestätigen, dass ein Mitglied der Familie formal Beschwerde eingereicht hat, können diesen Vorgang aber nicht weiter kommentieren, solange die Untersuchung nicht abgeschlossen ist«, erklärte ihr eine Abteilungsleiterin.

Schließlich war es Conley am späten Nachmittag gelungen, Symmes Robinettes ehemaligen politischen Gönner – gleichzeitig Wahlkampfleiter seines Sohns Charlie – ans Telefon zu bekommen. Miles Schoendienst widerstrebte es offenbar, sich öffentlich zu äußern, doch letztendlich schaffte es Conley, ihn auf ein paar Aussagen festzunageln.

»Stimmt es, dass sie ein direkter Nachbar von Symmes und Vanessa Robinette sind?«, fragte sie. »War Ihnen bekannt, dass Vanessa absichtlich Bekannte und Verwandte vom Kongressabgeordneten fernhielt?«

Schoendienst stieß einen langen Seufzer aus. »Vanessa hat einen großen Beschützerinstinkt. Ehrlich gesagt, fanden meine Frau und ich, dass sie leicht übertrieb. Seit die beiden hierhergezogen waren, hatten wir eine Gruppe von drei, vier Pärchen, die sich samstagabends zum Essen trafen. Ganz locker. Nachdem Vanessa Symmes aus dem Krankenhaus geholt hatte, teilte sie uns mit, er könne keinen Besuch empfangen. Wir dachten, sie hätte eine krankhafte Angst vor Keimen.«

Conley tippte mit, so schnell sie konnte. »Waren Sie verwundert, als er aus Washington geholt wurde, um hier behandelt zu werden?«

»Natürlich, ja«, antwortete Schoendienst. »Die Ärzte am Walter Reed gehören zu den besten in ganz Amerika. Ich habe versucht, Vanessa auf das Thema anzusprechen, aber sie ist sehr starrköpfig. Im Grunde hat sie mir gesagt, ich solle mich um meinen eigenen Kram kümmern. Das habe ich dann gemacht. Trotzdem tat es mir weh zu sehen, wie schnell Symmes abbaute.«

»Wann haben Sie ihn zum letzten Mal gesehen?«

»Vielleicht vor gut einem Monat? Vanessa war in die Stadt gefahren.« Schoendienst schmunzelte. »Er kam in seinem Golfcart zu mir rüber. Wir haben uns hingesetzt, ein Bier getrunken und ein Inning Baseball geguckt. Symmes blieb nicht lange, er wurde schnell müde, außerdem meinte er, der Wachhund sollte nicht mitkriegen, dass er aus der Einzelhaft entflohen war.«

Das Wort »Einzelhaft« tippte Conley in Großbuchstaben. »Er nannte seine Frau einen Wachhund? Und sagte, er sei in Einzelhaft?«

»Ja, das sollte ein Witz sein. Symmes hatte einen etwas schrägen Humor.«

»Wie sah er damals aus?«

»Nicht sehr gut. Er konnte nicht weit gehen, war sofort außer Atem.«

»Wussten Sie, dass Vanessa Charlie verwehrte, seinen Vater zu besuchen und sogar mit ihm zu sprechen?«

»Ich habe mit Charlie darüber gesprochen«, sagte Schoendienst. »Sie wissen vielleicht, dass Symmes mich gebeten hatte,

Charlie bei der Zusammenstellung eines Wahlkampfteams zu beraten. Ich kenne den Jungen von klein auf.«

»Das heißt, Symmes zog seinen Sohn als Nachfolger für den Sitz im Kongress heran?«

»Hören Sie, ich finde das ganze Gespräch respektlos gegenüber Symmes, so kurz nach seinem Tod«, sagte Schoendienst. »Hat mich gefreut, mit Ihnen zu sprechen.« Er legte auf.

Eine Stunde vor Redaktionsschluss klingelte Conleys Handy. Zu ihrer Überraschung war es Vanessa, die sich nicht mit einer Begrüßung aufhielt.

»Ich gehe davon aus, dass der *Beacon* nicht die unverschämten, verleumderischen Anschuldigungen druckt, die mein sogenannter Sohn heute in die Welt gesetzt hat«, begann sie. »Wenn Sie es doch tun, wird mein Anwalt Sie auf den allerletzten müden Dollar verklagen, den Sie noch haben.«

»Leugnen Sie etwa, dass sie den Abgeordneten von der Familie und von Freunden isoliert haben?«, fragte Conley. »Hat sich bei Ihnen ein Sachbearbeiter aus dem Ministerium wegen der Missbrauchsvorwürfe gemeldet?«

»Auf so einen Blödsinn antworte ich noch nicht mal«, sagte Vanessa. »Ich habe meinen Mann geliebt und alles in meiner Macht Stehende getan, damit er die letzten Tage friedlich und schmerzfrei erleben konnte. Von seinen sogenannten Freunden und Verwandten kann man das nicht behaupten.«

Es war das zweite Mal an dem Tag, dass jemand das Gespräch mit Conley einfach beendete. Das nährte ihren Verdacht, dass sie der Wahrheit immer näherkam.

Zehn Minuten später kam Lillian zu ihr und legte ein Fax auf den Schreibtisch. »Das kam gerade rein.«

»Wir haben ein Faxgerät?« Conley war beeindruckt.

»Aham.«

Das Schreiben zierte der Briefkopf einer Alexandra Watters, Pressesprecherin des Wahlkampfteams von Vanessa Robinette.

In unserer Hauptstadt trauerte heute eine Witwe um ihren geliebten Mann, den geschätzten Kongressabgeordneten C. Symmes Robinette, dem sie die letzte Ehre in einer Zeremonie erwies, an der seine Kollegen und Kolleginnen aus dem Repräsentantenhaus und dem Senat teilnahmen, zusammen mit dem Vizepräsidenten, der First Lady und Hunderten von Bürgern, die diesem engagierten Volksvertreter viel zu verdanken haben.

Ausgerechnet an diesem Tag attackierte der mit Mrs. Robinette zerstrittene Sohn seine frisch verwitwete Mutter mit einem vorsätzlich grausamen, ungeheuerlichen Vorwurf.

Dass Charlie Robinette eine private Familienangelegenheit auf derartige Weise ausschlachtet, spricht Bände über seinen Charakter beziehungsweise über seine charakterlichen Defizite.

Vanessa Robinette streitet diese jeder Grundlage entbehrenden Vorwürfe vehement ab. Gleichzeitig freut sie sich auf einen energischen Wahlkampf, in dem sie der Wählerschaft des 35. Distrikts, der sie an der Seite ihres Mannes 34 Jahre lang treu gedient hat, ihre Botschaft vermitteln möchte.

Die endgültige Version von Conleys Artikel umfasste fast 300 Zeilen. Grayson hatte Fotos von der Gedenkfeier in Washington gekauft, auf denen Vanessa neben dem flaggengeschmückten Sarg stand und dem Präsidenten die Hand gab. Auf der Titelseite des *Beacon* hatte sie das Handyfoto von Charlie Robinettes Pressekonferenz direkt neben das Foto der Witwe Robinette gesetzt.

Kaum war Conleys Beitrag redaktionell bearbeitet, rief sie Selena Kwan in Atlanta an.

»Ich habe den Artikel gelesen, der heute über Kabel kam. Diese Story ist echt der Wahnsinn«, sagte Selena. »Wenn ich gewusst hätte, dass der Sohn die Witwe beschuldigt, seinen Vater umgebracht zu haben, hätte ich ein Kamerateam runtergeschickt.«

»Keiner hat geahnt, dass so was kommen würde. Der Reporter von der CBS erzählte mir, er sei nur zufällig wegen einer anderen Reportage in der Nähe gewesen, da hätte sein Redakteur angerufen und ihn nach Silver Bay geschickt, nur für den Fall. Das kam für alle völlig unerwartet«, erklärte Conley. »Ich habe gerade meinen Artikel für die Zeitung abgegeben. Ich habe ein entschiedenes Dementi von Vanessa, sogar die Androhung einer Anzeige, dann die Bestätigung vom Ministerium, dass ein ›namentlich nicht genanntes Familienmitglied‹ Anzeige erstattet hat – auch wenn man dort eine nicht abgeschlossene Untersuchung nicht kommentiert – dazu ein paar pikante Zitate von Symmes' Nachbar, einem seiner ältesten Freunde.«

»Inwiefern pikant?«

»Der Nachbar, Miles Schoendienst, zufällig auch Charlies neuer Kampagnenleiter, hat erzählt, Symmes hätte Vanessa immer als seinen Wachhund bezeichnet. Schoendienst meinte, er hätte Symmes zuletzt vor ungefähr einem Monat gesehen, da sei Symmes ›entflohen‹, während Vanessa außer Haus war. Ich habe ihn gefragt, ob es ihn gewundert hätte, dass Vanessa Symmes heim nach Silver Bay geholt hatte, anstatt ihn weiter im Walter Reed behandeln zu lassen, und seine Antwort lautete: Ja, natürlich. Er sagte, es hätte ihn geschmerzt zu sehen, wie schwach Symmes war, als er sich zu ihm rüberschlich.«

»Okay. Kannst du mir den Artikel schicken, den du gerade abgegeben hast? Und das Video von der Pressekonferenz des Sohnes heute?«

»Ja, mach ich.«

»Super. Ich habe jetzt auch endlich das Okay für deinen Vertrag. Habe ich dir eben gemailt. Unterschreib ihn und schick ihn zurück, dann wirst du hier in der Buchhaltung angelegt.«

Conley spürte ein aufgeregtes Summen in ihrem Körper, wie ein Rennpferd, das endlich aus seiner Box durfte.

Doch als sie gegen Mitternacht im stillen Büro saß, hatte sie keine Energie mehr. Sie steckte den Laptop in ihren Rucksack, warf ihn über die Schulter und schloss ab, um sich auf die lange Fahrt raus an den Strand zu machen. Sie hoffte nur, dass sie die Augen offen halten konnte.

Die Nachtluft war kühler und nicht so schwül. Conley stellte den Rucksack auf den Beifahrersitz ihres Subarus und ließ den Wagen an. Aus einer Laune heraus fuhr sie langsam um den Platz herum. Der Südstaatengeneral auf dem Sockel wurde angeleuchtet, eine einsame Taube hockte auf seiner Schulter. Am Mast vor dem Gerichtsgebäude hing die amerikanische Flagge schlaff auf halbmast, die Flagge von Florida flatterte darunter. Vor Kelly's Drugstore wurde Conley unbewusst langsamer und merkte zu ihrem eigenen Verdruss, dass sie gehofft hatte, vielleicht einen Blick auf Skelly zu erhaschen, der das Licht ausmachte und abschloss, so wie sie es gerade getan hatte.

Conley wurde klar, dass sie sich, so müde sie auch war, nach einer Beziehung sehnte, nach der Möglichkeit, mit jemandem über die Ereignisse des Tages zu sprechen, ihre kleinen Enttäuschungen und etwas größeren Triumphe zu teilen. Ihr fehlte jemand zum Reden. Aber es leuchtete nur noch das Neonschild über dem Drugstore.

42

Um zwölf Uhr nachts begann Buddy zusammenzupacken. Da er schon zwei Sendungen hinter sich hatte, hatte Neal ihm überlassen zu entscheiden, ob er auch noch die Nachtschicht übernehmen wollte. Seit dem verdammten Anrufer aus Detroit war Buddy mit den Nerven am Ende.

Er musste raus aus dem Sender, musste einen klaren Kopf bekommen, nachdenken und seine Lage bewerten. Er war in diesen Fliegenschiss von Ort auf dem Florida Panhandle gekommen, weil hier nichts los war. Bis vor einer Woche hatte das auch gestimmt, dann hatte sich Symmes Robinettes Auto überschlagen und war in Flammen aufgegangen. Durch den Tod des Kongressabgeordneten und das daraus entstehende Tohuwabohu richteten sich die Scheinwerfer des ganzen Landes auf Silver Bay.

War es an der Zeit, einzupacken und weiterzuziehen? Er hoffte es nicht. Nach sechs Jahren war ihm der Ort durchaus ans Herz gewachsen.

Bevor Buddy ging, stellte er das Band einer seiner »Best of«-Sendungen an.

Als er mit der Corvette auf die Main Street bog, entdeckte er vor sich den blauen Subaru, der nicht besonders schnell fuhr. Buddy erkannte den Wagen und die Fahrerin: Conley Hawkins, die Starreporterin, die ebenfalls unter geheimnisvollen Umständen nach Silver Bay gezogen war. Sie war Buddys Konkurrenz. Doch er bewunderte ihre Tatkraft und ihren Biss. Sie erinnerte ihn an sich selbst früher, als er noch jung und hungrig war und vor Ehrgeiz brannte. Vor Detroit.

Einen halben Häuserblock vor dem Drugstore rollte ein schwarzer Ford Pick-up auf die Straße. Er hielt sich leicht zurück, während die Reporterin nur noch langsam weiterrollte. Der Fahrer des Pick-ups bremste und wartete, bis mehrere Autolängen zwischen ihm und der Frau waren.

Buddy kannte sowohl den Pick-up als auch dessen Fahrer, auch wenn er den Namen nicht wusste.

Der Mann war schon mehrmals spätnachts ins Waffle House gekommen, hatte mit den Kellnerinnen geflirtet und in einer Sitzecke herumgehangen, wo er träge auf sein Handy starrte. Er war Buddy auch schon früher am Tag aufgefallen, da hatte er sich während der Pressekonferenz auf dem Platz rumgedrückt. Jetzt war er wieder da und verfolgte offenbar Conley Hawkins.

Der gesunde Menschenverstand sagte Buddy, er solle sich um seinen eigenen Kram kümmern und nach Hause fahren. Doch die Neugier trieb ihn an, und er folgte dem Subaru und dem Pick-up gen Westen, Richtung Strand.

Heute wünschte sich Buddy, ein unauffälligeres Auto als die Corvette zu fahren. Jeder in der Stadt kannte seinen Schlitten mit dem selbst gemachten Kennzeichen. Das hatte ihm immer gefallen, er war gern so was wie eine kleine Berühmtheit in Silver Bay gewesen. Wenn er in der Corvette saß, fühlte er sich wie etwas Besonderes. Doch wenn der Fahrer des Pick-ups jetzt in den Rückspiegel sah, könnte Buddy Probleme bekommen. Probleme, die er nicht gebrauchen konnte.

Als sie den Damm erreichten, der zum Strand führte, wäre Buddy fast umgekehrt. Doch irgendetwas trieb ihn weiter.

Auf der Strandstraße, wo eine Geschwindigkeitsbeschränkung von zwanzig Meilen pro Stunde galt, wurden sowohl der Subaru als auch der schwarze Pick-up langsamer. Zum zweiten Mal kämpfte Buddy gegen den Impuls umzudrehen. Langsam rollte er hinter den beiden Fahrzeugen her, die einzigen, die zu dieser späten Stunde noch unterwegs waren. Die Bremslichter des Subarus leuchteten rot, die Frau bog in eine mit Muschelsplitt befestigte Auffahrt, die zu einem großen alten Strandhaus führte. Der verblasste Schriftzug am Briefkasten besagte: THE DUNES, Anno 1923.

Der Pick-up blieb auf der Straße, aber nur ungefähr einen halben Block weit. Dann wurde er langsamer und verschwand in der sandigen Zufahrt einer Baustelle. Buddy fuhr noch einen Häuserblock weiter, dann wendete er und hielt am Straßenrand, die Motorhaube der Corvette in Richtung Pick-up.

Er beobachtete, wie der andere so weit vorrollte, bis er fast komplett hinter einem Baucontainer verschwand. Der Typ stieg aus und sah sich um, dann verschwand er über einen Pfad in den Dünen.

Buddy wartete, widerstand dem Drang, sich zu verdrücken. Er hatte hier nichts zu suchen, und was auch immer passierte, ging ihn nichts an. Er war müde und musste nachdenken.

Zurück vor seinem hübschen Apartment parkte Buddy die Corvette und ging einmal um den Wagen herum. Er holte die Schutzhülle heraus und breitete sie liebevoll über das Fahrzeug, so wie jeden Abend.

Schnell ging er durchs Apartment und suchte Bücher, Kleidung und seine Plattensammlung zusammen. Im Bad packte er seine Kultursachen in eine wiederverschließbare Plastiktüte.

Etwas streifte ihn am Fuß. Fast hätte er laut geschrien. Doch es war nur Hi-Fi, seine schwarze Katze.

Sie miaute laut und rieb ihr Hinterteil an Buddys Knöchel. Er klappte die Toilette zu, setzte sich auf den Deckel und nahm das Tier auf den Schoß, um es zu streicheln.

»Hast du gedacht, ich lasse dich allein?«, flüsterte er der Katze ins Ohr. Sie schnurrte, er drückte sie an sich. »Würde ich niemals tun.«

Hi-Fi auf dem Arm zu haben beruhigte ihn immer. So konnte er sich besser konzentrieren. Buddy ging ins Wohnzimmer und ließ sich mit dem Tier auf dem Arm in die Sofakissen sinken.

Er sah sich um. Während der Jahre auf der Flucht hatte er seine Besitztümer dezimiert, so dass der Rest nun in den Kofferraum der Corvette passte. Er hatte es so eingerichtet, dass er all seine Habseligkeiten innerhalb von zwanzig Minuten packen konnte. Sämtliche Geschäfte wickelte er in bar ab.

Er könnte jetzt sofort verschwinden, dann wäre er am Morgen schon einige Staaten weiter. Wenn er Silver Bay weit hinter sich gelassen hätte, könnte er sich anonym bei der Zeitung melden und Conley Hawkins vor dem seltsamen Typen warnen, der sie verfolgte. Buddy war gut geworden in der Rolle des anonymen Tippgebers. Vielleicht zu gut.

In einer Woche gab es Geld. Er konnte bleiben, alles beobachten und einfach zuhören. Er würde sich unauffällig verhalten und hoffen, dass niemand sich umdrehte und ihn bemerkte.

43

Am Vormittag kam Grayson strahlend aus ihrem Büro, eine Flasche Sekt in der Hand und Plastikbecher in der anderen.

»Hey, Leute!«, rief sie. »Hört mal alle zu!«

Lillian beendete ihr Telefongespräch. Michael hörte auf, Fotos auf die neue Facebook-Seite zu stellen, und Conley ließ die Hände auf der Tastatur ihres Laptops ruhen. Alle drei wunderten sich über den Anblick ihrer sonst so ernsten Chefredakteurin, die geradezu euphorisch wirkte.

»Was ist los, Chefin?«, fragte Lillian.

»Was los ist? Ich habe gerade die Nachricht bekommen, dass die aktuelle Ausgabe des *Beacon* komplett ausverkauft ist!« Graysons Stimme überschlug sich fast vor Begeisterung. »Ich hab meine Großmutter gefragt, und sie sagt, das hätte es noch nie gegeben. Nachdem wir unsere Abonnenten beliefert hatten, habe ich gesehen, dass jeder Zeitungsautomat in der Stadt leer war. In den Läden, wo der *Beacon* verkauft wird – im IGA-Supermarkt, im 7-Eleven, beim Kwik-Stop, in Kelly's Drugstore, in Tommys Angelladen, bei allen drei Tankstellen im Ort – wir sind überall ausverkauft.«

»Das ist also der Grund«, sagte Lillian. »Ich bin schon den ganzen Morgen am Telefon, weil ständig Leute anrufen, die vorbeikommen und ein Exemplar haben wollen.«

Grayson zeigte mit dem Finger auf sie. »Lils, ruf die Druckerei in Milton an und sag, wir brauchen eine zweite Auflage.«

»Bist du verrückt? Willst du noch mal 1200 Exemplare drucken lassen? Wer soll die denn alle kaufen? Außerdem, hast du mich gerade *Lils* genannt? Das darf keiner, der nicht mit mir verwandt ist.«

»Tut mir leid«, erwiderte Grayson. »Hab mich hinreißen lassen. Gut, dann nur fünfhundert. Aber vorher stoßen wir an.«

Sie öffnete den Drahtverschluss des Sekts, und der Korken schoss quer durch den Raum und prallte gegen das Ölgemälde von Arthur »Dub« DuBignon, dem Gründer der Zeitung, sauertöpfisch, mit steifem weißen Kragen, streng gescheiteltem Haar und einer Nickelbrille.

»Trinkt, Leute!«, sagte Grayson. »Warmer Sekt schmeckt nicht. Und billiger warmer Sekt noch viel weniger.«

Michael sah zu Conley hinüber, die zustimmend nickte. Er stand auf und holte sich einen Becher ab. Conley nahm sich ebenfalls einen und ließ ihn von ihrer Schwester füllen.

Als alle vier einen Sekt in der Hand hatten, hob Grayson ihren Becher.

»Auf uns alle! Die fleißigste Redaktion in ganz Amerika! Auf den Kampf für das Gute, oder wie der alte Dub Bignon gesagt hätte: Auf das Licht der Wahrheit!«

Sie stießen miteinander an und tranken den kalten Schaumwein. Als die Flasche leer war, machten sie sich wieder an die Arbeit.

Conley ging gerade ihre Notizen aus dem Telefonat mit Miles Schoendienst durch, als ihr Handy klingelte. Sie sah die Nummer im Display und meldete sich.

»Hi, Skelly!«

»Hallo«, sagte er. »Du hast bestimmt den Redaktionsschluss im Nacken sitzen oder so, aber hier ist jemand im Drugstore, der gern mit dir sprechen würde. Und ich habe das Gefühl, dass der Wunsch gegenseitig ist.«

»Wer denn?«

Er senkte die Stimme. »Toddie Robinette.«

* * *

Skelly wartete an der Tür. Zwei, drei Kunden waren im Laden, einer wartete am Apothekentresen. »Sie ist hinten im Büro«, erklärte Skelly. »Ich dachte, ihr möchtet lieber in Ruhe miteinander sprechen.«

»Hat sie gesagt, worum es geht?«, fragte Conley. »Ist sie sauer?«

»Sie hat eine große Tasche dabei, aber ich glaube nicht, dass eine Pistole drin ist.« Skelly grinste. »Ich würde nicht behaupten, dass sie sauer aussieht. Eher ernst.«

Er half ihr, sich in den engen, voll gestellten Gängen im Lager zurechtzufinden, und blieb vor der offenen Tür zu einem kleinen Büro stehen. Toddie Robinette saß auf einem Metallklappstuhl vor einem großen ramponierten Stahlschreibtisch. Skelly schaute hinein.

»Conley ist hier. Kann ich den Damen einen Kaffee anbieten oder etwas anderes?«

»Für mich nicht«, erwiderte Conley.

»Nein, danke«, sagte Toddie.

»Dann lasse ich euch mal in Ruhe. Fühlt euch wie zu Hause.«

»Danke, dass Sie nach mir gefragt haben, Mrs. … ähm, Robinette«, sagte Conley und setzte sich hinter Skellys Schreibtisch.

»Ich heiße wieder Sanderson, aber alle nennen mich Toddie«, gab ihr Gegenüber zurück. »*Mrs. Robinette* bin ich schon seit über vierunddreißig Jahren nicht mehr.«

Die Frau hatte sich mit ihrem Äußeren offensichtlich Mühe gegeben. Anders als an dem Tag, als Conley sie auf der Oak Springs Farm überrascht hatte, trug sie eine schicke beige Stoffhose und eine weiße Seidenbluse. Ihre silbergrauen Haare wurden von zwei Perlmuttspangen aus dem Gesicht gehalten, sie hatte sich sogar leicht die Lippen geschminkt. Neben ihr stand eine prall gefüllte Einkaufstasche.

Toddie schlug die Beine übereinander. »Ich weiß, ich habe gesagt, ich würde keinen Kommentar zu Symmes' Tod abgeben, aber nachdem meine Kinder Ihren Artikel im *Beacon* gelesen hatten, meinten sie, ich sollte … keine Ahnung …«

»Einiges klarstellen?«

»Ja, so ähnlich.«

Conley holte ihr Handy heraus und legte es auf den Schreibtisch. »Ist es in Ordnung, wenn ich das Gespräch aufnehme?«

»Ist das wirklich nötig?«

»Wenn Sie dagegen sind, mache ich es nicht«, erwiderte Conley. »Es geht in erster Linie darum, dass ich Sie korrekt zitiere. Ich mache mir auch Notizen.«

Am linken Ringfinger trug Toddie einen breiten goldenen Ring, den sie mehrmals drehte. »Ich denke, das ist in Ordnung«, sagte sie schließlich. »Im Grunde genommen geht es um meine Kinder«, fügte sie hinzu. »Als Vanessa Ihnen erzählte, Symmes hätte keinen Kontakt mit den beiden und könnte sich nicht mal an ihre Namen erinnern, hat das die beiden sehr getroffen. Sie waren so wütend! Besonders Rebecca. Sie hatten gerade ihren Vater verloren. Und dann verbreitet diese Frau solche Lügen …« Toddie schüttelte den Kopf.

»Wollen Sie damit sagen, dass Symmes sich gar nicht von Ihnen entfremdet hatte? Dass Sie eine gute Beziehung zu ihm hatten?«

»Bis vor kurzem hatte er so gut wie keinen Kontakt zu mir und den Kindern, das stimmt. Aber das lag an Vanessa, nicht an den Kindern. Sie hatte Symmes verboten, Kontakt zu den beiden zu halten. Ich hatte immer nur über den Anwalt mit ihm zu tun.«

»Warum hat Vanessa das gemacht?«, fragte Conley.

»Ich denke, sie wollte uns vergessen machen. Damit sie seine einzige, große Liebe ist und sein Sohn Symmes' einziges Kind.«

»Und das hat sich Ihr Ex-Mann gefallen lassen?«

Toddie lächelte bitter. »Haben Sie die Frau mal kennengelernt? Was Vanessa will, bekommt sie auch.«

Conley machte sich Notizen in ihrem Block, weil sie Aufnahmegeräten nicht zu hundert Prozent vertraute und weil sie zusätzlich ihre Eindrücke von Toddie festhalten wollte.

Sie schaute auf. »Darf ich Sie was fragen? Ein paar Personen, die vor der Scheidung eng mit Ihnen befreundet waren, haben erzählt, dass Sie damals Ihre Siebensachen packten und verschwanden. Über Nacht. Ihre ältesten Freunde und Nachbarn haben gesagt, dass Sie quasi untergetaucht sind, und niemand wusste, wo Sie waren und was passiert war.«

»Das war eine Bedingung unserer Scheidungsvereinbarung. Symmes' Anwalt, ein Mann, den ich für einen guten Freund hielt – seine Frau war Hanks Patentante –, kam vorbei und übergab mir ein Papier. Er meinte, es sei ein gutes Angebot. Es umfasste Unterhalt für die Kinder, ihre Collegeausbildung, Krankenversicherung für mich und Alimente für den Rest des Lebens oder so lange, bis ich gegebenenfalls wieder heiratete. Ich konnte mein Auto behalten. Symmes bekam das Haus in der Stadt, das war ihm wichtig, weil es in seinem Wahlkreis lag. Die Kinder und ich sollten in das Farmhaus nach Oak Springs ziehen.«

»Klingt großzügig«, bemerkte Conley.

»Ja, aber ich habe nichts von unseren Geldanlagen und dem Barvermögen bekommen, das er mit Sicherheit vor mir verborgen hat, und auch keine eigene Immobilie. Die Farm war weiter auf ihn eingetragen, außerdem waren die Alimente gedeckelt. Es reichte gerade für die Unkosten. Und die Bedingung war, dass ich sofort unterschrieb, so wie der Vertrag da war. Am wichtigsten war, dass ich den Mund hielt.«

»Und Sie waren einverstanden?«

»Was sollte ich tun? Ich hatte kein eigenes Geld, hätte also keinen Anwalt bezahlen können, der mich vertrat. Seit den Kindern hatte ich nicht mehr gearbeitet, ich hatte nicht mal einen Collegeabschluss.«

»Warum war das so?«

»Symmes war es immer wichtig, dass seine Frau nicht arbeiten muss. Seine eigene Mutter war jung verwitwet, da war er noch ein kleines Kind, und sie musste hier in der Textilfabrik arbeiten. Dafür hat er sich geschämt.«

»Sie waren wie alt, als sie heirateten? Neunzehn?«

»Achtzehn. Symmes war ein Jahr älter. Bevor die Kinder kamen, habe ich einige Abendkurse am Community College belegt, tagsüber habe ich für eine Versicherungsagentur gearbeitet. Eigentlich wollte ich Tierärztin werden. Direkt nach der Hochzeit zogen wir wegen Symmes nach Tallahassee, weil er dort seinen Abschluss machen wollte. Ich habe mir einen anderen Job gesucht, dann wurde ich mit Hank schwanger. Da war Symmes im ersten Jahr Jura. Zwei Jahre später kam Rebecca.«

»Muss hart gewesen sein«, bemerkte Conley.

»Wir waren arm wie Kirchenmäuse«, erwiderte Toddie. »Besonders während seines Jurastudiums. Wir wohnten in einem Studentenwohnheim für verheiratete Paare, und die Studiengebühren wurden über das GI-Gesetz bezahlt. Meine Eltern griffen uns unter die Arme. Sie gaben uns sogar das Geld für unser erstes Haus hier in Silver Bay. Sie liebten Symmes. In ihren Augen konnte er nichts falsch machen.«

»Wie ist er in die Politik gekommen?«, fragte Conley.

»Symmes hatte schon immer ein Händchen dafür, sich mit den richtigen Leuten anzufreunden und seinem Gegenüber das Gefühl zu geben, wichtig zu sein. Seine Anwaltskanzlei in Silver Bay lief von Anfang an gut. Er bekam das Mandat der Bahngesellschaft. Das war eine große Sache für einen jungen Anwalt. Er bewarb sich für eine Restamtszeit im Senat von Florida und gewann ohne Probleme, weil er von Leuten wie Miles Schoendienst unterstützt wurde. Dann war er in der Politik, die Kanzlei florierte, und er verdiente gutes Geld. Zum ersten Mal in unserer Ehe schenkte er mir ein Auto für mich allein.«

Conley hob die Augenbraue. »Ehrlich?«

»Heute klingt das völlig bizarr, aber ich habe damals wöchentlich Geld von ihm bekommen. Ich hatte weder ein eigenes Konto noch eine Kreditkarte.«

»Und dann beschloss er, für den Kongress zu kandidieren«, warf Conley ein. Die Uhr tickte. Sie musste Toddies sentimentale Erinnerungen abhaken und auf die aktuellen Ereignisse zu sprechen kommen.

»Die Leute sagten ihm immer wieder, er sei ein ›aufgehender Stern am politischen Himmel‹. Zum Geburtstag in dem Jahr habe ich ihm einen Brieföffner aus Sterlingsilber geschenkt, in den diese Formulierung graviert war«, sagte Toddie. »Was aus dem wohl geworden ist? Wahrscheinlich hat Vanessa ihn direkt einschmelzen lassen.«

»Was passierte, als er nach Washington ging?«

»Da hatten wir den größten Streit in unserer Ehe. Eigentlich den einzigen. Ich war der Meinung, wir hätten eine gute Ehe. Nicht perfekt, aber gut. Solide. Ich war so dumm.«

»Vanessa behauptet, Sie hätten Washington gehasst und sich geweigert, einen Fuß in die Stadt zu setzen.«

»Auch gelogen«, entgegnete Toddie. »Symmes wollte mich dort nicht haben. Wir hatten ja die Kinder und hatten uns mit Hilfe meiner Eltern gerade das Haus in Silver Bay gekauft. Symmes sagte, wir könnten uns nicht gleichzeitig das Haus hier und eine Wohnung in Washington leisten, die groß genug für die ganze Familie sei. Wir haben uns gestritten, aber er setzte sich durch.«

Mit einem Nicken schrieb Conley mit. »Wann haben Sie das mit Vanessa herausbekommen?«

»Hm.« Toddie überlegte. »Ich wollte zum National Prayer Breakfast nach Washington. Bin extra einen Tag früher hingeflogen, um Symmes zu überraschen. Er wohnte damals in einem ziemlich trostlosen Junggesellenapartment, deshalb hatte ich sogar ein Zimmer im Willard für uns gebucht. Ich dachte, wir machen uns ein schönes Wochenende zu zweit.«

Conley hielt mit dem Schreiben inne, um Toddies Gesicht zu beobachten. Sie wusste, was nun kam.

»Ich hab mir ein Taxi zu seiner Wohnung genommen und den Hausmeister gebeten, dass er mich reinließ, wogegen der sich merklich sträubte. Ich musste ihm erst meinen Führerschein zeigen, damit er glaubte, dass ich wirklich Mrs. Robinette war – das hätte mich misstrauisch machen müssen.«

Conley lauschte gespannt.

»Die Wohnung war total sauber und aufgeräumt – das hätte der zweite Hinweis sein müssen. Symmes war immer unordentlich gewesen. Seine Kleidung war aufgehängt, das Bett gemacht.« Toddies Lippen verzogen sich zu einem verbitterten Lächeln. »Im Bad stand ein Kulturbeutel, und ein dünnes rosa Negligé hing an einem Haken hinter der Tür. Auf dem Nachttisch stand ein Fläschchen mit empfängnisfördernden Vitaminen.«

»Sie müssen erschüttert gewesen sein«, sagte Conley.

Toddie traten Tränen in die Augen. »Entschuldigung«, sagte sie und holte ein Taschentuch aus der Handtasche. »Wissen Sie, es ist das erste Mal seit all den Jahren, dass ich darüber spreche.«

»Haben Sie damals nicht mit Ihren Freundinnen darüber geredet? Oder mit Ihrer Mutter? Ihrem Anwalt?«

»Um Himmels willen, nein! Ich habe mich so geschämt! Im ersten Moment wusste ich nicht, was ich tun sollte. Ich dachte, es müsste irgendeine logische Erklärung geben.«

»Und dann?«

»Bin ich quasi durchgedreht. Ich hab die Sachen in eine Tüte gestopft und bin mit dem Taxi rüber zum Verwaltungsgebäude des Repräsentantenhauses. Da bin ich ohne Voranmeldung in Symmes' Büro spaziert. Seiner Sekretärin fielen fast die Augen aus dem Kopf. Sie sagte sofort, er sei in einer Komiteesitzung, da habe ich ihr klargemacht, dass ich gar nicht zu meinem Mann wollte, sondern dringend etwas mit Vanessa Monck zu klären hätte.«

»Woher wussten Sie den Namen?«

»Der stand auf dem Etikett einer Antibiotikapackung, die direkt neben den empfängnisfördernden Vitaminen lag. Die arme Sekretärin! Sie stammelte herum, Vanessa sei nicht abkömmlich. Ich habe gesagt, dann würde ich warten. Zwei Stunden später tauchte Symmes auf. Er war noch panischer als seine Sekretärin.«

»Hat er versucht, die Affäre zu leugnen?«

»Nicht mehr, nachdem ich ihm das Negligé und die Pillen vor die Füße geworfen hatte«, erwiderte Toddie. »Das war alles so furchtbar und traurig. Er meinte, es wäre sein Fehler, die Geschichte mit Vanessa sei zu weit gegangen. Er würde mich und die Kinder lieben. Aber er wollte anständig zu ihr sein. Ich glaube, er dachte wirklich, er könnte verheiratet bleiben, weiter mich und die Kinder hier unten in Florida haben und in Washington der Daddy für Vanessa und ihr Kind sein.«

»Also auf nichts verzichten, ja?«, sagte Conley. »Ich wundere mich immer noch, dass das keinen größeren Skandal gegeben hat. Ich meine, ein amtierender, verheirateter Kongressabgeordneter schwängert seine Assistentin, die nur halb so alt ist wie er?«

»Das waren andere Zeiten damals. Das war lange vor Bill Clinton. Vor Social Media. Ich bin mir sicher, dass die Washingtoner Presse von dem Kind wusste, so wie sie auch von den Affären anderer Politiker wusste, aber ich nehme an, in der Hinsicht sah man einfach weg.«

Conleys Handy summte. Sie schaute aufs Display. Eine Nachricht von Roger Sistrunk:

Was macht meine Story?

So interessant dieses Gespräch auch war, Conley musste zum Ende kommen.

»Hat Symmes die Kinder nach der Scheidung gesehen? Haben Sie sich das Sorgerecht geteilt?«

»Nicht wirklich. Die beiden waren da schon Teenager. In den ersten beiden Jahren kam er gelegentlich zu uns raus, wenn er in seinem Wahlbezirk war. Brachte den Kindern was zum Geburtstag mit, ging mal mit ihnen essen. Heiligabend kam er mit Geschenken, aber immer allein. Irgendwann wurden die Besuche weniger. Hank tat so, als würde es ihm nichts ausmachen, aber in Wirklichkeit war er so wütend auf Symmes, dass er sich weigerte, mit seinem Vater zu telefonieren oder ihn bei seinen unregelmäßigen Stippvisiten überhaupt noch zu sehen. Darüber ärgerte sich Symmes wiederum. Die Situation machte Rebecca schwer zu schaffen. Sie war immer ein Papakind gewesen.«

»Und dann kam er gar nicht mehr?«

»Ja. Es gab einen Heiligabend, wahrscheinlich Ende der neunziger Jahre, da hatte er am Tag zuvor angerufen und sich angekündigt. Selbst Hank freute sich. Die Kinder warteten den ganzen Tag, und um zehn Uhr abends war schließlich klar, dass er nicht auftauchen würde. Er kam nicht. Kein Anruf, kein Besuch.«

»Sie haben eben gesagt, Ihre Kinder seien von ihrem Vater entfremdet gewesen. Aber das klingt jetzt doch anders …«

»Das änderte sich alles, nachdem letztes Jahr der Krebs bei ihm gefunden wurde«, sagte Toddie.

»Woher wussten Sie von der Erkrankung? Sowohl Charlie als auch Vanessa sagen, es sei ein streng gehütetes Geheimnis gewesen.«

»Charlies Verlobte meldete sich bei mir.«

»Kennedy McFall?«

»Ja. Das war im März. Völlig unerwartet. Sie erzählte von der Diagnose und sagte, sie versuchte die ganze Zeit, Charlie davon zu überzeugen, dass er Symmes' Kindern aus erster Ehe erzählen sollte, wie krank ihr Vater sei.«

»Haben Sie mit Charlie gesprochen?«

»Irgendwann schon. Ich nehme an, er hat auf seine Freundin gehört. Bis zu dem Tag hatte ich nie mit ihm zu tun. Im Laufe der Jahre habe ich natürlich Fotos von ihm gesehen, aber das war alles.«

»Wusste Vanessa, dass Sie Kontakt hatten?«

Toddie lachte verächtlich. »Um Himmels willen! Das hätte sie niemals zugelassen. Wie schon gesagt, Kennedy hat mir über Facebook eine private Nachricht geschrieben, und als ich antwortete, ich sei bereit, mit Charlie zu sprechen, rief er an.«

»Wie lief das?«

»Überraschend gut. Er sagte, seine Halbgeschwister sollten seiner Meinung nach wissen, dass ihr Vater an Krebs erkrankt sei und keine gute Prognose habe. Aber seine Eltern sollten nichts von seinem Anruf wissen.«

»Was haben Sie dann gemacht?«

»Nichts. Ich habe es Hank und Rebecca gesagt. Sie waren traurig, aber ich glaube, es traf sie nicht so sehr, dass Symmes sterben würde. Sechs Wochen später klingelte dann plötzlich mein Handy, und Symmes war dran. Ich war wirklich baff. Es war so lange her, dass ich seine Stimme gar nicht erkannte.«

Sie schob den Ehering an ihrem Finger hinauf und hinunter. »Er erzählte mir, Vanessa hätte ihn zurückgeholt, er wohne jetzt auf Sugar Key. Die Ärzte am Walter Reed seien dagegen gewesen, aber Vanessa sei überzeugt, ihn zu Hause besser pflegen zu können. Dann fragte er mich, ob die Kinder vielleicht bereit seien, ihn zu treffen. Er wolle etwas wiedergutmachen.«

»Wie haben Ihre Kinder darauf reagiert?«, fragte Conley.

Toddie seufzte schwer. »Hank wollte nichts mit seinem Vater zu tun haben. Wir stehen uns wirklich nah. Ich glaube, er hatte Sorge, dass es mich verunsichern könnte. Rebecca hingegen war sofort einverstanden. Charlie bot sich als Vermittler an, um alles in die Wege zu leiten.«

»Wie konnte Symmes das vor Vanessa geheim halten?«

»Am Anfang, als die beiden hier runterzogen, war es nicht so schwer. Symmes dachte sich irgendeinen Vorwand aus, warum er wegmusste, dann traf er sich an irgendeinem abgelegenen Ort mit Rebecca. Sie hat sich so gefreut! Mittlerweile ist sie alleinerziehende Mutter, deshalb hat es ihr unglaublich viel bedeutet, wieder Kontakt zu ihrem Vater zu haben.«

»Und Hank?«

»Der war deutlich schwerer zu knacken. Der Sturkopf!« Toddie lachte. »Aber Rebecca hat ihm ein schlechtes Gewissen gemacht, dann ist er irgendwann einfach mitgefahren. Hank arbeitet mit mir auf der Wachtelfarm, und Symmes war früher ein begeisterter Jäger, deshalb haben sie wohl festgestellt, dass sie etwas gemeinsam hatten.«

Die Minuten verflogen nur so, und Conley hatte noch so viele Fragen.

»Toddie, eins würde ich gern wissen: Wie kam Symmes dazu, Ihnen die Oak Springs Farm zu überschreiben? Und das nur zwei Wochen vor seinem Tod?«

44

Toddie zog den Ehering vom Finger und hielt ihn Conley hin.

»Den habe ich abgelegt, als meine Kinder erwachsen waren. Habe ihn in mein Schmuckkästchen getan. Ich habe mir gesagt, es ist albern, an einem Symbol für eine Ehe festzuhalten, die seit Jahrzehnten vorbei ist. Aber ohne den Ring war meine Hand so nackt! Ich hatte das Gefühl, mein Finger sei an der Stelle verkümmert, wo der Ring saß. Deshalb habe ich ihn wieder angezogen. Inzwischen trage ich ihn, um mich daran zu erinnern, dass die Jahre damals auch zu mir gehören. Dass wir ein gemeinsames Leben und Kinder hatten, und dass *diese Frau* das nicht zunichtemachen kann.«

»Warum hat Symmes Ihnen die Farm überschrieben? Das ist eine ziemlich wertvolle Immobilie.«

»Das macht Vanessa bestimmt wahnsinnig, oder?«

»Sie wollte es nicht glauben, als ich es ihr erzählt habe«, sagte Conley.

»So ein Pech aber auch«, entgegnete Toddie. »Oak Springs Farm ist seit fast hundert Jahren im Besitz meiner Familie. Mein Großvater hat das Anwesen während der Weltwirtschaftskrise gekauft, als keiner Geld hatte, um in dieser Gegend Farmland zu kaufen. Die Farm war der Sehnsuchtsort unserer Familie. In den Ferien haben sich dort immer alle Cousinen und Cousins,

Onkel und Tanten getroffen. Aber in den Achtzigern investierte mein Vater in die falschen Aktien, und meine Mutter wurde krank, da musste er verkaufen. Ich habe Symmes angefleht, dass er die Farm kauft, damit sie in der Familie bleibt.«

Toddie bückte sich und zog ein prall gefülltes Fotoalbum aus der Einkaufstasche. Sie blätterte darin herum, bis sie das verblasste Foto eines jungen Pärchens auf der Veranda einer Blockhütte fand. Toddie hatte blonde Haare, trug ein Bikinioberteil und eine kurz abgeschnittene Jeans. Sie reckte sich auf die Zehenspitzen, um einen unglaublich jungen Symmes mit Koteletten und dünnem Schnauzer zu küssen. Er trug eine enge Jeans und ein offenes Hemd. Toddie tippte auf das Bild. »In dem Sommer haben wir uns verlobt.«

Es gab noch viele weitere Fotos: Symmes im Kampfanzug, Toddie und Symmes auf ihrer Hochzeit, Symmes und Toddie breit lächelnd, während ihr kleiner Sohn die Kerzen auf seiner Geburtstagstorte ausbläst, die ganze Familie in karierten Hemden auf der Blockhausveranda, Symmes und ein Junge von elf, zwölf Jahren auf einem Boot, die eine Leine mit mehreren Fischen in die Kamera halten. Symmes, der den Eid für seine erste Amtszeit im Senat von Florida ablegt. Toddie tippte darauf. »Den Anzug hab ich ihm genäht«, sagte sie. »Auch das Kleid, das ich an dem Tag getragen habe.«

»Könnte ich mir ein paar Fotos für meinen Artikel ausleihen?«, fragte Conley. »Vielleicht das von der ganzen Familie vor dem Blockhaus und das von Ihnen und Symmes im Sommer, als Sie sich verlobten? Ich verspreche Ihnen auch, dass Sie sie zurückbekommen.«

»Na, das ist ja wohl das Mindeste«, bemerkte Toddie. Als sie Conley das Album reichte, flatterte ein Bild heraus, das auf weißem Kopierpapier gedruckt war. Toddie hielt es Conley hin.

Symmes Robinette saß hohlwangig und unrasiert auf einem Schaukelstuhl vor eben jener Blockhütte und schaute direkt in die Kamera. Rechts und links von ihm waren seine erwachsenen Kinder. Rebecca hatte ihren Stuhl zu ihrem Vater herangezogen und hielt seine Hand. Hank stand befangen auf der anderen Seite, ein Jagdgewehr in der Hand.

Toddie stieß einen langen Seufzer aus. »Das ist das letzte Foto, das wir von unserer Familie haben. Das vorletzte wurde vor achtundzwanzig Jahren aufgenommen.«

»Da war Symmes bei Ihnen auf der Farm?«, fragte Conley.

»Ja.«

»Wann war das?«

Toddie zuckte mit den Achseln. »Vielleicht einen Monat vor dem Unfall? Charlie hatte sich als Vermittler angeboten. Er rief an und fragte, ob es in Ordnung wäre, wenn Symmes käme. Es war ein Sonntagmorgen, und ich weiß noch, dass Charlie herumwitzelte, der ›Wachhund‹ sei nicht da, irgendeine Veranstaltung woanders. Ich ging davon aus, dass Charlie seinen Vater bringen würde, doch Symmes tauchte allein auf. Er sah aus wie der Tod auf zwei Beinen.« Sie schaute auf das Foto und legte die Hand darauf.

»Es war schon komisch«, sagte sie. »Ihn nach so vielen Jahren wiederzusehen. Er war immer überlebensgroß gewesen, und an dem Tag wirkte er so kümmerlich. Schmal und krank. Aber er wollte die Farm sehen, die Hunde und das alte Blockhaus. Hank hat ihn auf dem Quad herumgefahren. Ich hatte Mittagessen gemacht, aber er hat nicht viel gegessen. Er schenkte Hank das Gewehr, das er auf dem Foto hält. Das ist irgendwas ganz Besonderes mit Beschlägen aus Sterlingsilber. Wahrscheinlich mehrere Tausend wert. Symmes sagte, er mache sich Vorwürfe, weil er nicht da gewesen sei, als Hank seinen ersten Achtender schoss. Rebecca hat er einen kleinen Diamantring von seiner Mutter geschenkt.«

»Und Ihnen?«

»Als die Kinder weg waren und wir zwei allein, habe ich ihn ein bisschen aufgezogen: ›Dein Sohn hat ein Gewehr bekommen, deine Tochter einen Ring. Hast du auch ein Geschenk für mich?‹ Da verriet er, dass ich die Farm bekomme.«

»Waren Sie überrascht?«, fragte Conley.

»Ich war baff«, antwortete Toddie. »Sie müssen wissen: Symmes war nie ein besonders großzügiger Mensch. Sicher, er hat die Kinder und mich dort mietfrei wohnen lassen, aber die Grundsteuer und die Unterhaltungskosten musste ich selbst tragen. Während unserer Ehe war die Farm nur Nebenerwerb gewesen, aber nach der Scheidung habe ich daraus eine Vollerwerbsfarm für die Wachteljagd gemacht. Hank und ich haben uns den Hintern aufgerissen, damit es was wurde. Sobald die Farm Gewinn abwarf, berechnete Symmes uns Pacht für das Land. Jahrelang habe ich ihn bekniet, mir Oak Springs zu verkaufen, aber er weigerte sich.« Toddie blickte düster drein. »Wahrscheinlich kann ich Vanessa dafür dankbar sein, dass sie den alten Geizhals ein bisschen spendabler gemacht hat. Ihr hat es auf jeden Fall an nichts gefehlt, sie hatte massenweise Schmuck und Klamotten, schicke Autos, das Haus in Georgetown und dann die Villa am Meer.«

»Hat er erklärt, warum er plötzlich so großzügig war?«, wollte Conley wissen.

»Das lag auf der Hand. Er hatte ein schlechtes Gewissen.«

Es klopfte leise an der Tür, dann ging sie auf, und Skelly steckte den Kopf herein. »Entschuldigt die Störung, aber die Pflegerin hat gerade Mama rübergebracht, Toddie. Ich habe ihr gesagt, dass du hier bist, und sie würde dich gern sehen.«

»Ist gut. Wir waren eh so gut wie fertig«, sagte Conley. »Danke, Toddie.«

»Vergessen Sie nicht, mir die Fotos zurückzugeben«, mahnte die ältere Frau, dann verschwand sie hastig durch das Lager.

Skelly wartete, während Conley aufstand und die Bilder in ihrem Rucksack verstaute.

»Und?«, fragte er. »Hast du bekommen, was du für deinen Artikel brauchst?«

»Mehr als genug. Toddie war erstaunlich offen. Ich kann sie nur bewundern. Symmes Robinette ist damals gegangen und hat sie mit zwei Teenagern für eine zwanzig Jahre jüngere Frau sitzen lassen. Als es zur Scheidung kam, verfügte er, ganz klassisch für die damalige Zeit, allein über das Geld, also auch über die Macht. Und trotzdem hat sie es geschafft, erfolgreich zu sein.«

»Toddie Robinette war zwar hübsch, aber nie eine zarte Südstaatenschönheit«, bestätigte Skelly. »Sie konnte beinhart sein, wenn sie musste.«

Conley klopfte auf ihren Rucksack. »Mit diesem Gespräch und den alten Familienfotos habe ich jetzt viel Material, das niemand sonst hat. Sie war eine Goldmine. Danke noch mal, Skelly.«

Er zuckte mit den Schultern. »War ihre Idee.« Als er sich zum Gehen wandte, streckte Conley den Arm aus und berührte ihn am Handgelenk.

»Skelly? Das ist doch furchtbar!«

»Was?«

»Das hier! Wie wir miteinander umgehen. Kann es nicht einfach wieder so sein wie vorher?«

»Du meinst, wie vor der Nacht, als wir am Strand waren und du nicht die Hände von mir lassen konntest? Als wir es so schön zusammen hatten, bis du verkündet hast, dass du längst über mich hinweg bist?«

Getroffen machte Conley einen Schritt nach hinten. »Ich hab nie gesagt, dass ich über dich hinweg bin.«

»Fast hätte ich dir geglaubt«, gab er zurück.

45

Gastbeitrag für den *Atlanta Journal-Constitution*

VON CONLEY HAWKINS

Silver Bay, Florida – *Das Leben des geschätzten Kongressabgeordneten C. Symmes Robinette, 77, mag in der letzten Woche an einem frühen Morgen in einem brennenden Fahrzeug sein Ende gefunden haben, doch sein mysteriöser Tod war Auftakt zu einer schwelenden Kleinstadt-Seifenoper, die* Denver *und* Dallas *in nichts nachzustehen scheint.*

Wenige Tage nach dem Alleinunfall, dessen Umstände noch untersucht werden, erklärten sowohl Robinettes Witwe, eine sechsundfünfzigjährige ehemalige parlamentarische Assistentin, die Symmes vor 34 Jahren kennenlernte und schwängerte, während er noch mit seiner ersten Frau verheiratet war, als auch ihr gemeinsamer Sohn, der nach seinem Vater benannte vierunddreißigjährige C. Symmes »Charlie« Robinette jr., ihre Absicht, bei der anstehenden Nachwahl für die verbleibende Amtszeit des Kongressabgeordneten zu kandidieren.

»An Thanksgiving könnte es ein bisschen komisch werden«, witzelte Charlie Robinette, darauf angesprochen, »aber wir sind eine politische Familie … Wir sind es gewohnt, Kompromisse zu schließen.«

Dann wurde es unschön. Die Einwohner von Silver Bay, immer noch ratlos, ob sie eher Charlie oder seine Mutter unterstützen sollen, waren überrascht, als Charlie Robinette, Teilhaber in der Anwaltskanzlei seines Vaters, bei einer hastig einberufenen Pressekonferenz auf einer Bühne vor dem Gerichtsgebäude von Griffin County verlautbarte, dass er noch vor dem Tod seines Vaters offiziell Anzeige wegen Seniorenmissbrauchs gegen Vanessa Robinette erstattet habe. Er behauptet, seine Mutter hätte seinen todkranken Vater, der an einem geheim gehaltenen Non-Hodgkin-Lymphom litt, vorsätzlich in seinem eigenen Haus praktisch gefangen gehalten, ihn von Freunden und Familienmitgliedern isoliert und ihm qualifizierte medizinische Hilfe vorenthalten.

Conley legte den Kopf auf den Schreibtisch. Es war Freitag, und sie war müde. Ihre Augen brannten, ihre Schultern taten weh. Diese Story war unglaublich vielschichtig. So war es meistens, denn die Nachrichten machten ja keine Pause. Zwischendurch geschah höchstens mal etwas weniger Berichtenswertes und gewährte einen kurzen Moment des Innehaltens, um beobachten, analysieren und formulieren zu können.

Conley drückte auf »Senden«. In dem Moment kam Grayson auf sie zu und knallte ihr einen Stapel maschinengetippter Blätter auf den Tisch. »Wenn du mit deinen Auftragsarbeiten fertig bist, kannst du vielleicht auch mal was für den *Beacon* machen.«

»Oh, neiiin«, stöhnte Conley, als sie den Namen über dem Text sah. »Heute bitte keine Rowena.«

»Wenn ich mich mit ihr herumschlagen muss, kannst du das auch«, gab Grayson zurück.

Conleys Handy klingelte. Es war Roger Sistrunk. Gleich zwei

Chefredakteure, die ihr Druck machten. Kein angenehmes Gefühl.

»Geh deinen Text noch mal durch!«, forderte Sistrunk sie auf. »Der ist zu lang. Zu wortreich und spekulativ. Und nur zu deiner Information: Außer Königshäusern benutzt in diesem Jahrhundert niemand mehr das Wort *verlautbaren*.«

In der nächsten halben Stunde überarbeitete sie die Story für den *AJC*, löschte Wörter, verschob Satzteile und stritt sich über einige Formulierungen mit Sistrunk, der einen bei Hunderten von Reportern wohlbekannten Hass auf Adjektive pflegte.

Schließlich erklärte er den Artikel für druckreif. »Wir sind durch«, sagte er. »Hey, Hawkins, du könntest eine Zukunft in diesem Geschäft haben.« Er kicherte über seinen eigenen Witz und legte auf.

Beklommen wandte Conley ihre Aufmerksamkeit Rowenas jüngster Kolumne zu.

Nach dem tragischen Tod unseres geschätzten und beliebten Kongressabgeordneten ***Symmes Robinette****, Mitglied des Repräsentantenhauses, berief der Frauenkreis der presbyterianischen Gemeinde von Silver Bay diese Woche eine Krisensitzung ein.*

Da man bei der Beisetzung am Samstag mit einer großen Beteiligung rechne, verkündete ***Sylvia Bevin****, die Vorsitzende des Frauenkreises, sei der anschließende Empfang in die deutlich größere Mehrzweckhalle der Baptistengemeinde verlegt worden.*

Gerüchteweise ist zu hören, dass zum Gottesdienst für Symmes Robinette nicht nur ***Roy Padgett, der Gouverneur von Florida****, erwartet wird, sondern zusätzlich der Sprecher des Repräsentantenhauses von Florida, der Generalstaatsanwalt und eine große Abordnung anderer Würdenträger aus Tallahassee.*

Aller Augen werden auf den jungen ***Charlie Robinette*** *gerich-*

tet sein. Mit seiner Ankündigung in dieser Woche, für den Sitz seines verstorbenen Vaters zu kandidieren, vor allem aber mit seinem Vorwurf des Seniorenmissbrauchs gegen seine Mutter, die lebhafte und beliebte ***Vanessa Robinette****, hat er seine Freunde und Angehörige in zwei Lager gespalten.*

Die Verfasserin dieser Zeilen konnte in Erfahrung bringen, dass Charlie Robinette annahm, es sei der Wunsch des verstorbenen Abgeordneten, dass er ihm in den Kongress folge, bis der vierunddreißigjährige Anwalt vor kurzem in Begleitung einer attraktiven alleinerziehenden Mutter bei gesellschaftlichen Ereignissen erschien.

Die frisch geschiedene junge Frau, die eine kleine Tochter hat, fand angeblich keine Zustimmung bei den Eltern von Robinette jr. Vanessa Robinette berichtete Freunden, ihr Ehemann und sie hätten seit einiger Zeit Bedenken, ob ihr Sohn schon bereit für die nationale Bühne sei.

Natürlich wird die Korrespondentin sowohl den Empfang nach dem Gottesdienst als auch das private Dinner für geladene Gäste besuchen, das Mrs. Robinette später am Abend in ihrem großzügigen Anwesen am Meer in Sugar Key geben wird.

Aus zuverlässigen Quellen war zu erfahren, dass ein Name nicht auf der Gästeliste für das Dinner steht, nämlich der von ***Miles Schoendienst****, ehemals leitender Angestellter der Bahngesellschaft und langjähriger Freund der Familie, der die Rolle des Wahlkampfleiters für Charlie Robinette übernommen hat.*

Die Blumenspenden für den Empfang koordinieren ***Agnes Ryan und Babs Tillery****.*

Conleys Gedanken kehrten zu ihrem eigenen Artikel und zu Vanessa Robinettes Behauptung zurück, ein »Chemo-Brain« sei Schuld am Schlafmangel ihres Mannes und an seiner unüblichen Großzügigkeit beim Verschenken der Farm gewesen.

Sie kam zu dem Schluss, wenn Merle Goggins in Bronson County sich dafür interessierte, welche Medikamente Symmes Robinette genommen hatte, dann wollte sie das auch wissen.

Spontan mailte sie Carol Knox, einer alten Freundin vom College, die im zweiten Jahr ihr Hauptfach gewechselt hatte und schließlich Fachkrankenschwester für Onkologie geworden war. Die beiden hatten über all die Jahre Kontakt gehalten, hauptsächlich über Facebook.

Conley wusste, dass Carol jetzt in St. Petersburg lebte.

»Hey, Süße! Kannst du mich mal anrufen? Ich bin gerade an einer ganz heißen Sache und könnte deine Hilfe bei der Recherche gebrauchen«, schrieb sie und setzte ihre Telefonnummer darunter.

Dann widmete sie sich Rowenas Kolumne, überarbeitete und verbesserte sie, bis sie nicht mehr ganz so stark nach Rowena klang. Zum zweiten Mal an diesem Vormittag drückte sie auf »Senden«.

Als ihr Handy klingelte und im Display eine Nummer mit der Vorwahl von St. Petersburg erschien, meldete Conley sich.

»Hallo, Carol! Wie geht's dir? Danke, dass du so schnell zurückrufst.«

»Hab mich gefreut, von dir zu hören«, sagte Carol. »Ich bin tatsächlich gerade am Flughafen und habe nichts Besseres zu tun.«

Sie tauschten ein paar Höflichkeiten aus, berichteten von den neusten Entwicklungen, und Conley versprach, ihre Freundin in St. Pete zu besuchen, während Carol gelobte, Conleys Artikel im Netz zu lesen.

»Woran ich gerade arbeite …«, begann Conley. »Weißt du, wer Symmes Robinette ist?«

»Der Kongressabgeordnete, oder? Da oben aus dem Panhandle. Der vor kurzem gestorben ist, richtig?«

»Genau. Er starb um drei Uhr morgens bei einem Autounfall ohne Fremdeinwirkung, fünfundvierzig Meilen von seinem Haus entfernt. Und nach Aussage seiner Frau hatte er Krebs im Endstadium.«

»Wie alt war er?«

»Siebenundsiebzig. Letzten Herbst wurde bei ihm ein Non-Hodgkin-Lymphom diagnostiziert, er wurde am Walter Reed behandelt, bis seine Frau beschloss, ihn heim nach Silver Bay zu holen.«

»Das ist schon ein wenig seltsam«, sagte Carol. »Aber wenn er Ende siebzig war und der Krebs im Endstadium, ja, dann kann man das machen. War er im Hospiz?«

»Glaube nicht. Seine Frau ließ niemanden zu ihm, selbst den eigenen Sohn nicht, aber das ist eine andere Geschichte. Allerdings hat die zuständige Polizei die Apotheke um eine Auflistung der Medikamente gebeten«, erklärte Conley. »Weshalb ich glaube, dass die Polizei dieselbe Vermutung hat wie ich.«

»Und zwar?«, fragte Carol.

»Dass er bei dem Unfall eventuell beeinträchtigt war. Erstens, warum fährt er in den frühen Morgenstunden durch die Gegend, wenn er eigentlich im Sterben liegt? Seine Frau hat mir gesagt, er hätte wegen der Medikamente unter Schlafstörungen gelitten. Davon sei er mitten in der Nacht aufgewacht und ziellos durch die Gegend gegondelt. Sie nannte das ›Chemo-Brain‹. Ich dachte immer, wenn man Krebs im Endstadium hat, würden die Ärzte einen mit Schmerzmitteln vollpumpen.«

»Hm«, machte Carol. »Also, du kannst mich nicht zitieren, ja? Ich bin keine Ärztin, und ich kenne die Besonderheiten dieses Falls nicht. Ich kann dir nur eine allgemeine Einschätzung geben. Allerdings war mein erster Gedanke: Wenn der Krebs im Endstadium war, bekam er wahrscheinlich keine Chemo mehr. Dann gehen die Ärzte zur Palliativversorgung über. Die ist darauf ausgelegt, dass der Patient möglichst wenig Schmerzen hat.«

»Über welche Mittel sprechen wir da?«

»Vielleicht ein transdermales Pflaster mit Fentanyl oder Buprenorphin. Das sind beides starke Opioide, die oft bei Krebspatienten eingesetzt werden.«

»Wäre er damit nicht vollkommen zugedröhnt?«

»Nicht unbedingt«, antwortete Carol. »Langzeitpatienten, besonders Krebspatienten, verstoffwechseln die Mittel langsamer. Eine Dosis Fentanyl, bei der du oder ich aus den Latschen kippen würden, die vielleicht sogar tödlich wäre, kann auf einen Krebspatienten eine viel schwächere Wirkung haben.«

»Aha«, machte Conley. »Könnte er noch andere Medikamente bekommen haben? Vielleicht was zum Schlafen?«

»Möglich. Aber gerade Buprenorphin kann sehr ernst zu nehmende, negative Wechselwirkungen mit anderen Medikamenten haben, sogar mit Alkohol.«

»Zum Beispiel?«

»Schwindel, Benommenheit, bis hin zum Tod.«

»Können all diese Medikamente hinterher in der Leiche nachgewiesen werden? Auch wenn sie ziemlich stark verbrannt ist?«, fragte Conley.

»Müsste möglich sein«, sagte Carol. »Aber ich bin keine Pathologin. Das ist eine Frage für den Amtsarzt.«

»Ich habe eine ganze Liste von Fragen für den Amtsarzt«, gab Conley zurück. »Aber der ist nicht gerade erpicht darauf, mit Reportern zu sprechen.«

»Ups! Mein Flug wird aufgerufen. Viel Glück!«, sagte Carol. »Und komm mich mal besuchen!«

Nachdem Conley den ganzen Vormittag am Schreibtisch gesessen und geschrieben hatte, wollte sie raus aus der Redaktion. Sie rief Vanessa Robinette an, wurde jedoch direkt auf die Mailbox der Witwe weitergeleitet.

»Hallo, Vanessa«, sagte sie betont freundlich, ja respektvoll. »Ich sitze gerade an einem Artikel über die letzten Einzelheiten zur Beisetzung Ihres verstorbenen Mannes und wäre Ihnen dankbar, wenn Sie mich zurückrufen könnten.«

Das würde Vanessa wahrscheinlich erst tun, wenn es in der Hölle schneite, dachte Conley. Es war an der Zeit, an ein paar Türen zu klopfen.

Zuerst ging sie zu Grayson.

Ihre Schwester las gerade ein Dokument auf dem Bildschirm und schaute hoch. »So ist Rowenas Kolumne schon viel besser. Klingt fast gebildet. Danke.«

»Ich bin mal eine Weile weg«, sagte Conley. »Ich wollte rüber nach Bronson County und mal gucken, ob ich deinen Freund Merle Goggins dazu bewegen kann, ein paar Fragen zu beantworten. Und vielleicht gucke ich noch hier und da vorbei.«

»Apropos Sheriff, du müsstest noch auf der Polizeiwache von Silver Bay vorbeifahren und die Protokolle abholen«, sagte Grayson. »Wäre gut, wenn du die morgen früh zusammenstellen könntest, da du am Samstag ja wahrscheinlich mit der Beerdigung beschäftigt bist.«

»Ach«, sagte Conley. »Kann Mike nicht diese Woche die Polizei übernehmen? Ich bin schon ziemlich dicht.«

»Er auch«, entgegnete Grayson. »Nicht jammern, ja?«

Am Schalter der Polizeiwache von Silver Bay saß eine hellhäutige Schwarze namens Claudette mit tiefen Grübchen und einer Schwäche für Nageldesign. Jedes Mal, wenn Conley bei ihr vorbeikam, um die Kopien der Protokolle abzuholen, hatte sie die Nägel anders lackiert. Heute trug Claudette sie leuchtend blau mit kleinen Sonnenstrahlen an den Spitzen.

»Hey, Claudette«, grüßte Conley.»Geile Nägel!«

»Oh, hallo, Conley«, sagte Claudette. Sie spreizte die Finger und bewunderte sie selbst. »Sue hat sich diese Woche selbst übertroffen, nicht?« Ohne gefragt worden zu sein, nahm sie eine Aktenmappe von einem Ablagefach auf ihrem Schreibtisch und reichte sie rüber. »Hier sind die Protokolle. Hab ich dir kopiert.«

»Wieso bist du so nett zu mir?«

Claudette grinste und präsentierte ihre Grübchen. »Wir Singlefrauen müssen zusammenhalten«, sagte sie lachend.

»Was Gutes dabei?« Conley blätterte durch den Stapel.

»Kein Mord, kein Banküberfall«, erwiderte Claudette. »Derselbe Mist wie immer.«

Nachdem Conley bei der Polizeiwache gewesen war, parkte sie vor der Bäckerei neben dem Baumarkt und kaufte einen Rührkuchen. »Könnten Sie den als Geschenk einpacken?«, fragte sie die Verkäuferin. »In einem Karton mit Bändchen drum?«

Sie nahm den Damm in Richtung Strand, bis sie das diskrete kleine Hinweisschild für Sugar Key entdeckte. Als sie sich der Siedlung näherte, veränderte sich die Landschaft: Wo vorher Strauchkiefern und Palmettopalmen standen, erstreckten sich nun smaragdgrüne Abschnitte mit Bermudagras, Farnen und Oleander. Ein breiter Mittelstreifen unterteilte die Straße in zwei Hälften. Er erstrahlte in einem Farbenmeer aus roten, blauen und weißen Blüten. Schwer zu glauben, dass diese Gegend vor zwanzig Jahren ein unkrautbewachsener, moskitoverseuchter Sumpf gewesen war, den die Jugendlichen des Countys nur als die »Goonies« kannten, ein beliebter Ort zum Kiffen, Trinken und für verschwitztes Gefummel auf dem Rücksitz.

Eine halbe Meile weiter auf der Straße, die jetzt Sugar Key Boulevard hieß, stand in der Mitte ein mit roten Ziegeln gedecktes Wachhäuschen. Rechts davon war die Zufahrt, eine zweispurige Straße. Jede Spur wurde von einem hohen schmiedeeisernen Tor gesichert. Pfeile auf dem Asphalt leiteten die Anwohner auf die eine und Besucher auf die andere Spur.

Conley wurde langsamer und hielt am Randstreifen. Der Pick-up eines Garten- und Landschaftsbauers fuhr an ihr vorbei. Conley beobachtete, wie er abbremste und vor dem Besuchertor hielt. Aus dem Häuschen kam eine Sicherheitsbeauftragte in Uniform und ging auf den Pick-up zu. Der Fahrer schob den Kopf aus dem Fenster und sprach mit der Wachfrau, die nun auf das Klemmbrett in ihrer Hand schaute. Dann gab sie dem Fahrer einen weiß-grünen Ausweis und winkte ihn durch.

Fünf Minuten später rauschte ein Audi Cabrio vorbei und verringerte kaum die Geschwindigkeit, als es sich dem Anwohnertor näherte, das geräuschlos aufschwang.

»Ich probier's einfach«, murmelte Conley.

Sie hielt am Besuchertor und wartete. Die Sicherheitsbedienstete kam auf sie zu. Die zierliche Frau hatte eine militärische Körperhaltung. Ihre weißblonden Haare trug sie als straffen Knoten im Nacken. Ihre Uniform war makellos: eine dunkelblaue Stoffhose mit schnurgeraden Bügelfalten, glänzende schwarze Schnürschuhe, eine weiße Bluse mit goldenen Schulterklappen und Rangabzeichen an den Ärmeln.

»Ja, Ma'am?« Die Wachfrau spähte zu Conley herein und musterte sie gründlich. Wahrscheinlich suchte sie nach versteckten Atomwaffen.

»Hallo! Ich bin Conley Hawkins, und ich möchte Mrs. Robinette besuchen.«

Die Wachfrau runzelte die Stirn. »Werden Sie erwartet? Hat sie einen Besucherausweis für Sie hinterlegt?«

»Ähm, also, nicht direkt. Sie ist Mitglied meiner Gemeinde, und ich wollte ihr einen Kuchen vorbeibringen.«

»Einen Kuchen?« So was schien die Frau noch nie gehört zu haben.

»Ja. Als Kondolenzgeste, um ihr mein Beileid auszudrücken. Nehme an, Aufläufe hat sie schon genug.«

Die Wachfrau lachte nicht über Conleys kleinen Witz, sie verzog keine Miene. Stattdessen hielt sie Conley ihr Klemmbrett hin. »Mrs. Robinette erwartet keine Gäste. Und sie nimmt keine Kondolenzgeschenke an.«

»Ah.«

Die Wachfrau wies auf eine schmale halbkreisförmige Spur direkt hinter dem Tor. »Sie können da wenden und dann die Ausfahrt nehmen.« Sie winkte Conley nicht nach, sondern stand kerzengerade da und verfolgte, wie Conley den Subaru wendete und die Siedlung verließ.

Conley fuhr einige Hundert Meter weiter und hielt wieder am Straßenrand, um sich umzudrehen und das Wachhäuschen zu beobachten. Ihr fiel ein hoher Strommast auf, an dem zahlreiche Kameras hingen. Die blonde Sicherheitsbeauftragte kam wieder aus ihrem Häuschen, stellte sich auf die Straße und sah zum Subaru herüber. Conley winkte und fuhr wieder los.

46

In einer Staubwolke holperte der Subaru über den unbefestigten Weg zu Margie Barretts kleinem türkisfarbenen Cottage. Als Conley ausstieg und auf das Haus zuging, trottete der Hund ihr entgegen. Sie beugte sich vor und kraulte ihn hinter den Ohren. »Hey, Sport«, gurrte sie. »Hallo, mein Junge.«

Die Insektenschutztür ging auf, und Margie Barrett kam auf die Veranda. Im ersten Moment schien sie Conley nicht zu erkennen, dann lächelte sie. »Die Tochter von Chet Hawkins, richtig?«

»Ja, Ma'am. Ich bin's, Conley. Tut mir leid, dass ich Sie noch mal belästige, aber ich wollte Ihnen noch ein paar Fragen über die Nacht stellen, als der Unfall geschah.«

»Sie stören nicht. Ich freue mich über Gesellschaft«, erwiderte Ms. Barrett, dann sagte sie zu ihrem Hund: »Sport, du bleibst jetzt mal draußen und vertrittst dir ein bisschen die Beine.«

Sie kramte herum, gab Eiswürfel in Gläser, goss Cola darauf und erzählte Conley nebenbei, sie hätte ihren Artikel im *Beacon* gelesen. »Ich habe eine Schwägerin drüben in Silver Bay, die hat heute Morgen die Zeitung mitgebracht, als wir Kaffee trinken waren«, erklärte Margie. »Herrje, das ist doch schlimm, wenn der eigene Sohn einen anzeigt, weil man angeblich den

Mann gefangen gehalten hat!« Sie schnalzte missbilligend mit der Zunge. »Und wenn man sich klarmacht, dass er noch zwei andere Kinder hat, die er seit Jahren nicht gesehen hat! Manchmal frage ich mich, was in solchen Männern vorgeht, die zu viel Geld und Macht haben.«

»Die Robinettes sind schon so etwas wie eine politische Dynastie«, erwiderte Conley.

»Was kann ich Ihnen denn noch erzählen, meine Liebe?«, fragte Margie. »Ich meine, ich würde Ihnen gern helfen, aber ich habe in der Nacht wirklich nichts Besonderes gesehen oder gehört.«

»Ich bin einfach neugierig. Nachdem ich hier war, hat sich da der Deputy vom Sheriff noch mal gemeldet oder ist er vorbeigekommen und hat Sie wegen der Nacht befragt?«

»Nein. Vom Sheriff war keiner hier. Aber ich war diese Woche auch ein paar Tage bei meiner Tochter, also vielleicht war jemand da, und ich war unterwegs.«

»Möglich«, sagte Conley. »Also, ich habe gedacht, vielleicht gehen Sie die Nacht einfach noch mal mit mir durch.«

Margie faltete die Hände im Schoß und schloss die Augen. »Es war weit nach Mitternacht, ich war in diesem Sessel hier eingeschlafen. Sport musste raus, um sein Geschäft zu machen, also bin ich mit ihm nach draußen, und er fing irgendwie an zu knurren und zog an der Leine. Er sieht kaum noch was, aber hören kann er noch gut. Nach einer Weile hörte ich Männer herumschreien. Dann rief eine Frau, sie sollten leise sein. Türen wurden zugeschlagen, und ein Auto fuhr mit quietschenden Reifen los.«

»Sie haben gesagt, vom Unfall selbst hätten sie nichts mitbekommen.«

»Nein, gar nichts, bis Sport anfing zu winseln, weil die Sirenen der Feuerwehr und Rettungswagen ihm in den Ohren weh tun. Da bin ich hochgefahren und hab nachgeguckt, was los war.«

Conley trank einen Schluck Cola. Es kratzte an der Insektenschutztür, und Margie hievte sich aus ihrem Sessel.

»Ach, Sport!«, rief sie. »Pfui ist das! Nicht schon wieder!« Sie schlug die Tür zu, und der Hund blieb winselnd davor sitzen.

Der süßliche Geruch von faulendem Fleisch zog in das kleine Zimmer.

»Er ist losgelaufen und hat die Reste von dem toten Reh da oben auf der Weide gefunden und sich darin gewälzt.« Margie hielt die Hand vor den Mund. »Nichts findet diese Töle schöner, als sich so richtig einzusauen. Macht Ihr Hund das auch?«

Conley erinnerte sich daran, dass sie bei ihrem letzten Besuch mit dem Ranger gefahren waren und den Rehkadaver entdeckt hatten, über dem die Geier kreisten.

»Margie, lag das Reh da schon vor der Nacht mit dem Unfall?«

»Weiß ich nicht«, sagte die ältere Frau langsam. »Da muss ich überlegen. Nein, ich glaube nicht.« Sie seufzte schwer. »Ich kann diesen Gestank nicht ertragen. Ich glaube, ich kümmere mich mal darum und wasche den Kram ab.« Sie ging in die Küche und kam mit einem Eimer und einer Flasche Spülmittel zurück.

Conley folgte ihr auf die Veranda und musste sich die Nase zuhalten und sich zusammenreißen, um nicht zu würgen.

»Kann ich Ihnen helfen?«, fragte sie. Tränen schossen ihr in die Augen.

Margie legte dem Hund eine Leine an. »Wir gehen mit ihm an die andere Seite vom Haus, da hängt der Gartenschlauch. Wenn Sie ihn festhalten, kann ich ihn gründlich einseifen.«

Der Hund senkte beschämt seine trüben braunen Augen,

als Conley ihn an den Schultern festhielt, während Margie ihn dreimal nass machte, einseifte und abspülte. Schließlich drehte sie das Wasser ab, und Sport schüttelte sich so heftig, dass die beiden Frauen von oben bis unten nass waren.

Sie nahmen den Hund mit ins Haus, wo Margie ihn abtrocknete und gespielt böse mit ihm schimpfte.

»Margie, meinen Sie, es könnte sein, dass Robinette diesen Unfall hatte, weil er mit dem Reh zusammengestoßen ist?«, fragte Conley. »Kann der Zusammenstoß mit einem Reh zu so einem Unfall führen?«

»Aber sicher! Meinen Söhnen ist das schon öfter auf der Landstraße passiert«, antwortete Margie. »Besonders oft kommt das in der Brunftzeit vor, dann sind die Böcke auf der Suche nach Ricken, wie die weiblichen Rehe heißen, aber nicht nur dann. Vor ein paar Jahren hatte mein älterer Sohn einen Unfall, da kam das Geweih von so einem alten Bock durch die Windschutzscheibe. Er hätte tot sein können.« Bei der Erinnerung schüttelte Margie den Kopf. »Ich komme zweimal am Tag an dem verdammten Kadaver vorbei, wenn ich zu meinem Briefkasten oben an der Straße fahre. Keine Ahnung, warum ich nicht auf die Idee gekommen bin, dass das Reh die Ursache für den Unfall gewesen sein könnte. Erst jetzt, wo Sie fragen.«

»Und ich verstehe nicht, warum noch keiner vom Sheriff hier war und mit Ihnen gesprochen hat«, gab Conley zurück. »Dann hätten sie das Reh vielleicht gesehen.«

Bevor sie fuhr, hockte sie sich neben den noch feuchten Hund auf den Boden. »Sport«, sagte sie und legte die Hand unter seine Schnauze. »Wenn wir recht haben, muss der Sheriff dich zur Zeugenaussage einbestellen.«

***

Der diensthabende Beamte am Schalter brachte Conley nach hinten ins Büro von Merle Goggins. »Hallo, Sheriff!«, grüßte sie.

»Miss Hawkins!« Er nickte ihr zu. »Habe ich was verpasst? Habe ich heute Nachmittag einen Interviewtermin mit Ihnen?«

»Ich war gerade in der Nähe und dachte, ich guck mal vorbei und sag hallo«, erwiderte Conley. Sie stellte den Karton mit dem Kuchen auf den Schreibtisch. »Habe sogar ein Gastgeschenk mitgebracht. Weil ich so ein nettes, anständiges Südstaatenmädchen bin.«

»Da ich weiß, dass Sie aus Griffin County kommen, nehme ich Ihnen das Südstaatenmädchen ab. Aber nett und anständig glaube ich nicht.« Er löste das Geschenkband um den Karton und holte den Kuchen heraus, brach ein Stück ab und probierte es. »Für mich? Das wäre doch nicht nötig gewesen!«

»Um ehrlich zu sein, hatte ich den für Vanessa Robinette gekauft. Aber nach dem, was die Sicherheitsbeauftragte von Sugar Key sagt, empfängt sie keinen Besuch. Und auch keinen Kondolenzkuchen.«

»Wir würden auch gern noch mal mit ihr sprechen, aber sie ist momentan schwer zu erreichen«, sagte Goggins. »Und ich schätze, Sie sind bei ihr auch nicht so gern gesehen.«

Er wies auf den Stuhl vor seinem Schreibtisch. »Wenn Sie schon mal hier sind, können Sie sich auch setzen.«

»Darf ich auch ein Stück von dem Kuchen haben?«, fragte Conley. »Hatte heute kein Mittag.«

»Ich auch nicht, wenn ich's recht bedenke«, sagte der Sheriff. »Kaffee dazu?«

»Wenn Sie einen ausgeben.« Conley wunderte sich über die Gastfreundschaft des Sheriffs.

»Ich würde ihn an Ihrer Stelle mit Kaffeesahne und Zucker

trinken«, riet er. »Sonst schmeckt er wie Bremsflüssigkeit.« Goggins holte zwei Kaffeebecher, zwei Pappteller und ein Plastikmesser aus dem Pausenraum und schnitt Conley ein großzügiges Stück ab. Sie setzten sich, tranken den Kaffee und genossen den Kuchen.

»Nicht leicht, heutzutage guten Rührkuchen zu finden«, sagte Goggins. »Meine Schwiegermutter backt einen echt einmaligen Rührkuchen mit Sauerrahm, der zergeht einem auf der Zunge.«

»Der von unserer Haushälterin Winnie ist auch nicht übel«, sagte Conley. »Sie macht den Guss aus frisch gepressten Orangen.«

»Jetzt mal raus mit der Wahrheit!« Goggins wischte seine Hände an einer Serviette ab und warf den Pappteller in den Müll. »Weshalb sind Sie wirklich hier?«

»Wegen Symmes Robinette«, erwiderte Conley wie aus der Pistole geschossen. »Ich habe ein paar Fragen. Hat der Amtsarzt die Todesursache inzwischen offiziell festgestellt?«

»Wie gesagt: schwere Kopfverletzungen.«

»Und trotzdem habe ich Ihren Deputy Poppell Anfang der Woche in der Stadt gesehen. Er war in Kelly's Drugstore und hat sich eine Liste mit den Medikamenten der Robinettes zusammenstellen lassen. Außerdem war er in der Werkstatt und hat den Außenspiegel vom Escalade des Abgeordneten mitgenommen.«

»Wissen Sie eigentlich nichts Besseres mit Ihrer Zeit anzufangen, als meinen Deputy zu verfolgen?« Goggins klang genervt.

»Nö. Das ist eine große Story.« Conley griff in ihren Rucksack und holte die jüngste Ausgabe des *Beacon* heraus, die sie dem Sheriff über den Tisch zuschob.

»Danke, habe ich schon online gelesen. Immer interessant zu sehen, was für Probleme reiche weiße Menschen so haben.«

»Warten Sie, bis mein nächster Artikel erscheint«, sagte Conley. »Ich hatte heute Morgen ein langes Gespräch mit Toddie Sanderson, der ehemaligen Mrs. Robinette. Sie ist offensichtlich eher gesprächsbereit als die zweite Mrs. Robinette.«

Goggins verschränkte die Hände im Nacken. »Wahrscheinlich bildet sie sich immer noch ein, sie sei die Geschädigte. Auch nach so vielen Jahren.«

»Haben Ihre Deputys mit Toddie gesprochen?«

»Ja, kurz, direkt nach dem Unfall«, erwiderte Goggins. »Hat sie Ihnen irgendwas Wichtiges mitgeteilt?«

Conley grinste. »Kommt jetzt die Stelle, wo ich Ihnen sage, was ich weiß, und Sie mir verraten, was Sie wissen?«

»Nein«, sagte Goggins. »Jetzt kommt die Stelle, wo ich Ihnen sage, dass ich keinen Kommentar zu einer laufenden Ermittlung abgebe.«

Conley versuchte eine andere Taktik. »Bevor ich hergekommen bin, habe ich mehrmals versucht, nach Sugar Key reinzukommen, um mit Vanessa Robinette zu sprechen. Ich habe gesehen, dass das Eingangstor videoüberwacht ist. Haben Sie die Aufnahmen aus der Nacht des Unfalls geprüft?«

»Ja.«

»Ist darauf zu sehen, dass Symmes Robinette wegfährt? Allein?«

»Dazu kann ich nichts sagen.«

»Haben Sie Vanessas Behauptung geprüft, dass Symmes nicht zum ersten Mal mitten in der Nacht aufstand und herumfuhr, weil er unter einem ›Chemo-Brain‹ litt?«

»Wir haben alle Anhaltspunkte geprüft«, sagte Goggins nur.

»Ich frage deshalb, weil Toddie Sanderson mir erzählt hat,

dass sich ihre Tochter in den Wochen vor dem Unfall mehrmals heimlich mit Symmes getroffen hat. Toddie behauptet, er sei sogar zur Oaks Springs Farm gekommen, um ihr zu erzählen, dass er ihr die Immobilie überschrieben hat.«

»Interessant«, sagte Goggins.

»Was ich interessant finde, ist der Umstand, dass Charlie Robinette sich erbot, als Vermittler für dieses Treffen aufzutreten. Als Erstes hatte sich seine Verlobte bei Toddie gemeldet, dann rief er selbst an und erzählte von Symmes' Krebsdiagnose, noch bevor Vanessa ihren Mann nach Sugar Key zurückgeholt hatte. Charlie sagte, seine Halbgeschwister hätten ein Recht zu wissen, dass es nicht gut um ihren Vater stände.«

»Finden Sie es irgendwie schlecht, wenn der Sohn versucht, seinem Vater zu helfen, mit seinen Kindern aus erster Ehe Frieden zu schließen?«, fragte Goggins.

»Charlie hatte Toddie und seine Halbgeschwister noch nie gesehen. Toddie sagte, Vanessa hätte Symmes irgendwann nach der Scheidung verboten, seine Kinder zu besuchen.«

»Traurig. Aber so was hört man oft heutzutage. Worauf wollen Sie hinaus, Miss Hawkins?«

»Nennen Sie mich doch Conley! Ich versuche halt immer noch zu verstehen, was der Grund gewesen sein könnte, dass Symmes Robinette mitten in der Nacht unterwegs war, so weit weg von zu Hause. Ich glaube einfach nicht, dass es Zufall war. Warum gerade Bronson County? Ich glaube, dass er wieder auf der Oaks Springs Farm war.«

»Sie dürfen gern Ihre eigenen Hypothesen aufstellen.« Goggins trank einen Schluck Kaffee.

Conleys konnte ihre Ungeduld kaum noch zügeln. »Hören Sie, als ich das letzte Mal hier war, habe ich gefragt, ob Ihre Deputys noch mal zur Befragung bei Margie Barrett waren, der

Frau, deren Farm direkt neben dem Unfallort liegt. Ich habe sie heute noch mal besucht, und sie meinte, es wäre immer noch keiner von Ihrer Behörde da gewesen.«

»Nein?« Goggins runzelte die Stirn. »Das muss ich prüfen.«

»Ja, tun Sie das!«, bekräftigte Conley. »Sie sollten auch mal nach dem verwesenden Rehkadaver auf der Weide ungefähr eine Viertelmeile vom Unfallort entfernt gucken. Ms. Barrett sagt, der hätte da vor dem Unfall nicht gelegen. Wissen Sie, was ich glaube? Ist natürlich nur eine ›Hypothese‹ von mir. Ich halte es für möglich, dass das Reh auf die Fahrbahn gelaufen und Robinette damit zusammengestoßen ist.«

Goggins stellte den Becher auf den Tisch und griff nach seinem Handy. »Curtis?«, sagte er streng. »Die Leitstelle soll Poppell rufen. Er soll sofort zur Wache kommen. Wenn er da ist, erwarte ich ihn hier in meinem Büro, unverzüglich!« Er sah Conley an und schüttelte den Kopf. »Dieser Hohlkopf.«

»Können Sie das Auto darauf testen?«, fragte Conley. »Ich meine, auf Rehfasern oder so?«

»Das staatliche Kriminallabor kann das«, sagte Goggins mit düsterer Miene. »Aber ich muss den Wagen herschleppen lassen, das hatte ich eigentlich vermeiden wollen. Deshalb hatte ich Poppell rübergeschickt, um den Seitenspiegel zu holen.«

»Hören Sie, Sheriff, da ich Ihnen von dem Rehkadaver erzählt habe, fände ich es nur fair von Ihnen, wenn Sie mir verraten, was Sie an dem Seitenspiegel suchen.«

»Ich meine, ich hätte Ihnen eben gesagt, dass ich keinen Kommentar zu einer aktuellen Ermittlung abgeben kann.«

»Und was ist inoffiziell? Über dem Kadaver kreiste ein ganzer Schwarm Geier. Wenn ich ihn nicht gesehen und Ihnen Bescheid gegeben hätte, hätten sie nur noch ein paar ausgeblichene Knochen zum Untersuchen.«

Statt Conley zu antworten, griff Goggins zum *Beacon* auf seinem Schreibtisch und überflog die Titelseite. »Eine rote Substanz«, sagte er, ohne hochzuschauen. »Irgendwas hat den Escalade seitlich gestreift. Kann ein anderes Fahrzeug gewesen sein, kann das Reh gewesen sein.« Er sah sie an. »Nehmen Sie's nicht persönlich, aber wäre vielleicht besser, wenn Sie mal Ihre Klamotten lüften, die Sie da anhaben. So, Schluss jetzt mit dem Geplauder, Miss Hawkins. Und danke für den Kuchen.«

47

Als Conley am Freitagabend in die Küche des Strandhauses kam, schnitt Winnie gerade Sellerie und Frühlingszwiebeln klein.

»Was gibt's zu essen?«, fragte Conley und fischte eine gekochte Garnele aus der blauen Schüssel auf der Arbeitsfläche.

»Garnelenremoulade«, sagte Winnie und rümpfte die Nase. »Bist du in irgendwas reingetreten?«

»Oh, sorry!« Conley machte einen Schritt zurück. Sie erzählte von ihrem Besuch bei Margie Barrett am Vormittag und von dem alten Hund, der sich in den Resten eines Rehkadavers gewälzt hatte.

»Geh mal besser vor dem Essen duschen«, riet Winnie ihr. »Und steck die Sachen direkt in die Waschmaschine! Lass sie nicht herumliegen, sonst stinkt ja das ganze Haus.«

In dem Moment kam Großmama in die Küche. »Was ist das denn für ein furchtbarer Gestank?«

Wieder berichtete Conley von dem toten Reh in der Nähe des Unfallorts, wo Symmes Robinette sein Ende gefunden hatte.

»Ich werd' nicht mehr!«, rief Winnie. »Willst du damit sagen, dass er durch ein Reh gestorben ist? Irgendwie enttäuschend, wenn du mich fragst.«

»Winnie!«, tadelte Großmama. »Das ist nicht sehr christlich.«

Die Haushälterin blieb stur. »Meine Gefühle für diesen Mann sind auch nicht besonders christlich.«

»Aber in der Bibel steht, man soll seinen Schuldigern vergeben«, mahnte Großmama.

»Ja, da steht bloß nicht, *wann* ich ihm vergeben muss, dass er diese Schweine von der Bahngesellschaft vertreten hat, die meine Schwester umgebracht und die ganze Familie vergiftet haben«, gab Winnie zurück. »Ich glaube, ich bin noch nicht ganz so weit.«

Sie gab den klein geschnittenen Sellerie und die Frühlingszwiebeln zu den Garnelen in die Schüssel und begann mit der Zubereitung der Remouladensoße. Conley sah ihr entspannt über die Schulter zu.

»Du bist heute sehr spät zu Hause«, bemerkte Großmama.

»Tja, so sieht das Leben von modernen Karrierefrauen aus, wie Rowena sagen würde«, entgegnete Conley. »Ich geh mal besser hoch und dusch mich schnell.«

»Ja, bitte«, sagte ihre Großmutter.

Oben blieb Conley in der Tür zu ihrem Zimmer stehen und bewunderte die makellose Schönheit des Raums. Winnie mochte eine kaputte Hüfte und ein loses Mundwerk haben, aber bei Sauberkeit und Ordentlichkeit machte ihr niemand etwas vor.

Der leicht nach Wachs mit Zitrone duftende Holzboden glänzte leicht. Auf dem alten Eisenbett lag eine schneeweiße Tagesdecke, die prallen Federkissen steckten in frisch gebügelten Bezügen. Im Fenster surrte ein eingebauter Ventilator. Die Kleidungsstücke, die Conley in den Korb im Badezimmer geworfen hatte, lagen gewaschen und zusammengefaltet auf der alten Kommode und warteten darauf, weggeräumt zu werden.

In der Wohnung in Atlanta, die sie sich mit Kevin geteilt hatte, herrschte normalerweise das reine Chaos: gelesene Zeitungen und Bücher, leere Essensverpackungen und Wäschekörbe voller Klamotten, die nie zusammengelegt oder eingeräumt wurden, lagen herum. Erst seit einer Woche war Conley in The Dunes, und schon war sie verwöhnt.

Sie ging ins Bad und stellte das heiße Wasser an, damit es schon mal warm wurde. Conley inhalierte den Geruch von Lavendel und Bleichmittel. Dann zog sie sich aus, stieg in die gusseiserne Wanne und zog die Duschvorrichtung nach unten. Wie Margies Hund Sport musste sie sich zweimal einseifen und abspülen, bis sie den Hauch des Todes los war.

Als sie aus dem Badezimmer kam, klingelte ihr Handy. Sie meldete sich und stellte den Anruf auf Lautsprecher.

»Hallo, Conley!«, grüßte Selena Kwan. »Der Sender fand es wirklich super, als du letztens abends mitgeholfen hast. Wir haben vor, ein Kamerateam und einen Reporter auf Robinettes Beerdigung zu schicken. Kannst du uns da unterstützen?«

»Ja, klar.« Conley zog sich eine saubere Shorts an und schlüpfte in ein frisches T-Shirt. »Ich habe einen längeren Artikel für den *AJC* geschrieben, der in die Sonntagsausgabe soll, davon schicke ich euch eine Kurzfassung. Ich finde, euer Team könnte eine hübsche Human-Interest-Story daraus machen – nach dem Motto: das heimliche Familienleben einer öffentlichen Person. Spezieller Fokus auf die frühen Jahre, als er mit seiner Highschool-Liebe verheiratet war, arm, aber stolz, zwei kleine Kinder, dann wird er Politiker in Florida, bei der Vereidigung trägt er einen Anzug, den seine erste Frau für ihn genäht hat, später dann Kongress. Ein paar Jahre später lässt er die erste Frau sitzen, holt sich eine jüngere, es gibt ein neues Kind, Familie Nummer eins rückt in den Hintergrund. Bis er erfährt, dass er im Sterben liegt. Da will er plötzlich was wiedergutmachen.«

»Super«, sagte Selena sofort. »Was haben wir für Bilder dazu?«

»Toddie – die erste Frau – hat mir ein paar alte Familienfotos ausgeliehen, ich habe auch noch Bilddateien vom *Beacon*, die ich dir schicken kann. Das Team könnte vielleicht ein Close-up von dem Tor zur Oak Springs Farm machen. Ich weiß allerdings nicht, woher ihr Bilder von Robinettes Anwesen am Meer bekommen könnt. Das befindet sich in einer bewachten Anlage, und das Sicherheitspersonal dort ist super streng.«

»Wahrscheinlich können wir das Haus mit einer Drohne filmen, wenn du uns die Adresse besorgst«, sagte Selena. »Was ist mit der Beerdigung morgen?«

»Die ist um zwei Uhr in der presbyterianischen Kirche. Es wird mit vielen Besuchern gerechnet, deshalb wurde der anschließende Empfang in die Mehrzweckhalle der Baptistengemeinde gelegt. Ich weiß nicht, ob du wirklich ein Kamerateam in die Kirche schicken willst, aber du kannst natürlich eine Genehmigung beantragen.«

»Falls wir keine bekommen, filmen wir einfach ein paar Trauergäste vor der Kirche und den Leichenzug und so was«, sagte Selena.

»Morgen Abend gibt Vanessa ein Dinner in ihrer Villa für die sogenannten *Würdenträger*. Ich glaube, es werden viele politische Weggefährten von Robinette erwartet, zum Beispiel der Gouverneur von Florida, der stellvertretende Gouverneur und so weiter.«

»Bist du zufällig auch dabei?«

Conley lachte. »Keine Chance. Aber ich kenne jemanden, der wahrscheinlich auf der Gästeliste steht: unsere Gesellschaftskolumnistin Rowena Meigs. Sie ist inzwischen ziemlich dicke mit Vanessa und lässt uns bestimmt gern an ihrem Wissen teilhaben.«

»Okay«, sagte Selena. »Dann haben wir ja wohl genug Material zur Verfügung. Kann sich das Team bei dir melden, wenn es morgen angekommt?«

»Natürlich.«

Sie aßen in der Küche von Großmamas feinen Porzellantellern mit Goldrand, dazu lagen schwere Damastservietten und das polierte Silber »für alle Tage« auf dem Tisch. Kleine Bällchen gekühlter Garnelenremoulade lagen auf grünen Salatschiffchen, dazu gab es knackige Karottenstreifen und kleine scharfe Käse-Biskuits sowie süßen Eistee mit Zitronenachteln in Kristallgläsern.

Opie kauerte sich unter den Tisch in der Hoffnung, dass ein Happen für ihn herunterfiel, doch Großmama war in dieser Hinsicht streng: Hunde bekamen nichts vom Tisch. Ein ganz normales Abendessen unter der Woche – und doch so anders als die Ernährung aus Mikrowellenpopcorn, Lieferpizza und Ramennudeln, von der Conley in Atlanta gelebt hatte.

Diesen Teil ihres Lebens würde sie wirklich vermissen, wenn sie zurück wäre. Nach dem Abendessen räumte Conley den Tisch ab und spülte schnell das wenige Geschirr, um das sich Winnie noch nicht gekümmert hatte.

Conley schenkte sich ein Glas Wein ein und ging auf die Veranda. »Ich mache einen Spaziergang am Strand«, rief sie über die Schulter.

In gemächlichem Tempo schlenderte sie bis zum Pier, wo sie kehrtmachte und so zurückging, dass sie rechtzeitig zum Sonnenuntergang auf der Schaukel saß.

Als ihr Handy klingelte, meldete sie sich aus Gewohnheit. Fünf Sekunden lang wurde schwer in den Hörer geatmet, dann folgten vier Worte, die sich wie Messer in ihr Hirn schnitten: »Du bist tot, Miststück.« Eine Männerstimme, tief, körperlos. Dann wurde aufgelegt. Ohne auf ihr Display zu gucken, wusste Conley, was dort stehen würde: UNBEKANNTER ANRUFER.

Sie spürte, wie ihr Galle im Hals hochstieg. Sie versuchte, ihre Ängste zu vertreiben. Die Robinette-Geschichte war brisant, natürlich. Die Stadt war in zwei Lager gespalten, die Gefühle kochten über. Dass Conley Todesdrohungen bekam, sollte sie nicht völlig überraschen. Als das vor über einem Jahr in Atlanta passiert war, hatte sie sich gesagt, dass die Leute nun mal so waren.

Sie dachte an den Wintermorgen, als sie vor der Haustür eine tote Ratte gefunden hatte, eingewickelt in den *AJC* vom Vortag mit ihrem Artikel auf der Titelseite. Der Zwischenfall hatte Conley so erschüttert, dass sie Roger Sistrunk davon erzählt hatte. Der war damit zur Polizei und zum Sicherheitschef der Zeitung gegangen.

Sistrunk hatte darauf bestanden, dass das Blatt Conley für drei, vier Nächte in einem Motel unterbrachte, doch als keine weiteren Drohungen kamen, war sie nach Hause zurückkehrt, nicht jedoch ohne vorher ein Sicherheitssystem mit Videokamera einzurichten.

Silver Bay war jedoch nicht Atlanta. Conleys Heimatstadt war ein Ort, wo nur wenige Bewohner die Haustür verschlossen, wo man im Supermarkt anschreiben lassen konnte und wo die Medikamente vom Inhaber des Drugstores nach Hause geliefert wurden. Wahrscheinlich will dieser feige Kerl nur Dampf ablassen, dachte sie. Doch wenn sie das nächste Mal auf der Wache von Silver Bay vorbeiging, würde sie Claudette von dem Anruf erzählen. Für alle Fälle.

Die kräftige Nachmittagssonne war schwächer geworden, die Wärme auf Conleys Schultern fühlte sich gut an. Sie lehnte den Kopf an die Schaukel, schloss die Augen und versuchte, die Anspannung loszulassen, die sich immer in ihr aufbaute, wenn sie an einer aufregenden Geschichte saß. Der Wind vom Meer ging durch den Seehafer, Conley schaute hinaus auf die Wellen und bemühte sich, innere Ruhe zu finden. Das war noch nie ihre Stärke gewesen.

»Darf ich mich zu dir setzen?«

Vorsichtig kam Großmama den Weg herunter und blieb unten an den Dünen stehen, um ihre Schuhe auszuziehen. Conley sprang auf, bot ihrer Großmutter den Arm und führte sie zur Schaukel.

»Das ist schön«, sagte Lorraine mit einem tiefen Seufzer. »Pops und ich haben immer Wert darauf gelegt, dass wir abends hier draußen saßen und uns den Sonnenuntergang anschauten. Da haben wir viele gute Gespräche geführt. Bei all den Sorgen heutzutage vergesse ich manchmal, dieses Schauspiel so wie früher zu genießen.«

»Wenn man so was direkt vor der Tür hat, wird es selbstverständlich«, stimmte Conley zu. »Aber nach all den Jahren in Atlanta weiß ich Sonnenuntergänge wirklich wieder zu schätzen.«

Großmama schob ihrer Enkelin eine verirrte Haarsträhne hinters Ohr. »Du weißt ja, so einen Sonnenuntergang könntest du jeden Abend haben.«

Conley verdrehte die Augen.

»Ich mache mir ein bisschen Sorgen um dich, Sarah Conley«,

sagte ihre Großmutter. »Du arbeitest so viel, reibst dich wirklich auf. Früh aus dem Haus, spät zurück. Wann hältst du mal inne und riechst an den Rosen?«

»Ich sitze gerade an einer heißen Sache. Wenn die Geschichte mit Robinette vorbei ist, trete ich wieder kürzer.«

»Und wann ist das?«

Conley zuckte unverbindlich mit den Schultern.

»Grayson hat erzählt, du arbeitest als Freie für die Zeitung von Atlanta und für den Sender? Das finde ich super. Pops wäre unglaublich stolz auf dich.«

Conley lächelte und drückte die Hand ihrer Großmutter. »Du weißt aber, dass mein Abstecher hier zeitlich begrenzt ist, nicht? Ich suche immer noch eine richtige Anstellung mit Krankenversicherung und allem Pipapo. Und wir wissen beide, dass ich die wohl nicht in Silver Bay finden werde.«

Geschickt wechselte Großmama das Thema. »Wie geht es Sean? Hast du ihn seit dem Abend noch mal gesehen?«

»Dem geht's gut. Heute war ich kurz bei ihm. Ich weiß ja, wie gern du Skelly magst. Ich mag ihn auch, aber das, was du dir vorstellst, wird nicht funktionieren.«

»Warum nicht?«, fragte Lorraine unverblümt.

Ihre Enkeltochter starrte auf den orange glühenden Sonnenball, der kurz über dem Horizont schwebte. »Wir haben unterschiedliche Ziele, wir gehen in verschiedene Richtungen.«

»Woher weißt du, was Sean Kelly will?«, fragte Großmama. »Hast du ihn gefragt?«

»Ich weiß es einfach, ja? Deshalb ist auch seine Ehe kaputtgegangen. Seine oberste Priorität ist die Pflege von Miss June und der Drugstore. Das bewundere ich, ich bewundere auch seinen Aufopferungswillen, aber es ist das genaue Gegenteil von dem, was ich vorhabe.«

»Und ihr könnt euch nicht irgendwo in der Mitte treffen?«

»Ich wüsste nicht, wie«, sagte Conley. »Willst du mir sagen, dass ich Kompromisse schließen muss? Hat meine Mutter das nicht auch versucht? Du siehst ja, was daraus geworden ist.«

Lorraine traten Tränen in die Augen, und Conley bekam Gewissensbisse, weil sie ihre Mutter ins Spiel gebracht hatte.

»Dein Vater hat alles getan, um Melinda glücklich zu machen. Chet war wirklich ein herzensguter Mensch. Sie hatte ihn nicht verdient. Er hat nie aufgehört, an Melinda zu glauben. Dass sie zurückkommen und eine gute Ehefrau und Mutter sein würde. Das hat er auch dann noch geglaubt, als ich längst aufgegeben hatte.«

»So hast du noch nie über Mom gesprochen«, bemerkte Conley.

»Na, dann wird es höchste Zeit«, erwiderte Großmama entschlossen. »Ich war lange Zeit blind, wenn es um eure Mutter ging. Ich habe meine Tochter geliebt. Ich liebe sie immer noch, aber ich habe einiges gelesen und gelernt, und heute glaube ich, dass sie eine sogenannte Narzisstin ist, ein Mensch, der nur sich selbst liebt. Sie besitzt leider nicht die Fähigkeit, andere Menschen zu lieben, weil sie nie gelernt hat, selbstlos zu sein. Ich schätze, dafür trage auch ich die Verantwortung.«

»Nein, Großmama!«, widersprach Conley.

»Doch, doch«, sagte Lorraine. »Aber ich habe mir verziehen. Ich habe mein Bestes versucht und dabei Fehler gemacht. Wir hatten uns so sehr ein Kind gewünscht, dass wir ihr alles haben durchgehen lassen. Von klein auf war sie starrköpfig, warf mit ihrer Tasse nach mir, wenn sie wütend wurde und nicht ihren Willen bekam. Es war einfacher für mich, nachzugeben und sie machen zu lassen, was sie wollte. Vielleicht war ich keine perfekte Mutter. Ich hätte dafür sorgen müssen, dass sie es wiedergutmacht, wenn sie etwas vermasselt hatte.«

»So schlimm kannst du nicht gewesen sein.« Conley legte den Arm um die schmalen Schultern der älteren Frau. »Grayson und mich hast du doch echt gut hinbekommen.«

»Ich habe hoffentlich aus meinen Fehlern gelernt«, erwiderte Großmama. »Und weißt du was? Ich bete jeden Abend für Melinda. Ich bete dafür, dass sie sich selbst erkennt, dass sie ihren Platz in der Welt findet und uns wieder zu einem Teil ihres Lebens macht.«

»Mehr kannst du nicht tun.« Conley lehnte den Kopf an die Schulter ihrer Großmutter. Die beiden sahen zu, wie die Sonne sich dem Horizont näherte. Als sie im glitzernden Meer versank, verschlug es Conley den Atem.

48

Freitag, 8. Mai – *HAUSFRIEDENSBRUCH – Gegen sieben Uhr morgens meldeten Anwohner der Sycamore Lane lauten Streit aus dem Haus der Nachbarn. Den diensthabenden Beamten öffnete ein Mann von Anfang vierzig, der ihnen mitteilte, der Lärm stamme nicht von ihm. Der eine Beamte bemerkte starke Verbrennungen im Gesicht des Mannes und nahm Qualm und Brandgeruch aus dem Haus wahr, worauf er sich Zutritt verschaffte. Er fand eine Frau in der Küche vor, die mit einer Dose Miller Lite Beer am Tisch saß und sich ein Kühlpack ans Auge hielt. Die Frau teilte mit, ihr Freund sei wütend geworden, weil sie seine Maisgrütze zum dritten Mal in Folge habe anbrennen lassen. Der Mann behauptete, die Frau hätte ihm den Topf mit der verbrannten Grütze an den Kopf geworfen und dann im Müll versenkt. Der hätte daraufhin Feuer gefangen, worauf der Mann anstößige Bemerkungen über die Kochkünste, das Gewicht und die Mutter der Frau machte. Beide Betroffenen lehnten ärztliche Versorgung ab und weigerten sich, Anzeige zu erstatten. Der Beamte riet zu einer Paartherapie und Instantgrütze.*

Sonntag, 10. Mai – *VERMEINTLICHER EINBRUCH – Der Bewohner eines Hauses am Hibiscus Way meldete um zwei Uhr morgens verdächtige Geräusche vom Dach und verlangte einen bewaffneten Polizisten mit Einsatzwagen. Der angeforderte Beamte ging mit Taschenlampe um das Haus herum und stellte fest, dass das Fenster eines Schlafzimmers im ersten Stock angelehnt war. Der Beamte betrat das Wohnhaus, sah im fraglichen Zimmer nach und fand ein nur teilweise bekleidetes sechzehnjährige Mädchen mit einem siebzehnjährigen Begleiter vor. Der Beamte riet dem jungen Mann, das Haus auf der Stelle zu verlassen, da der Vater des Mädchens im Keller nach einem Gewehr suche. Er informierte die Tochter, dass die Eltern ein hervorragendes Gehör haben.*

Montag, 11. Mai – *RUHESTÖRUNG, TRUNKENHEIT IN DER ÖFFENTLICHKEIT, UNSITTLICHE ENTBLÖSSUNG – Ein Beamter wurde zum Supermarkt Jiffy Stop gerufen, wo er einen lärmenden, vermutlich alkoholisierten sechzigjährigen Bürger vorfand, der lautstark die Marktleitung beschimpfte und leere Bierflaschen gegen die Außenmauer des Gebäudes warf. Der Verdächtige behauptete, das im Supermarkt gekaufte und anschließend verzehrte Bier sei »vergiftet«, da es ihn alkoholisiert habe. Die von ihm verlangte Kostenerstattung hatte die Marktleitung abgelehnt, worauf der Kunde den Markt betrat und auf die Bierwerbung urinierte. Das angeblich vergiftete Bier wurde zur chemischen Analyse beschlagnahmt. Der Verdächtige wurde zur weiteren Beobachtung ins Gefängnis von Silver Bay gebracht.*

Grayson schaute von dem Text hoch, den sie gerade überarbeitet hatte, und nickte ihrer Schwester anerkennend zu. »Das hast du wirklich drauf, weißt du das?«

»Was denn? Die Polizeiprotokolle abholen?« Conley fläzte sich auf den Stuhl in Graysons Büro und wartete auf die kurzfristig einberufene Besprechung.

In Erwartung eines langen Tages hatte sie sich praktisch angezogen. Eine schmal geschnittene schwarze Hose, ein blassgraues Seidenoberteil mit kurzen Ärmeln und schwarze Ballerinas mussten reichen.

»Du weißt genau, was ich meine. Dieser leichte Ton. So was bekommen unsere Leser nirgends sonst. Das ist lokal und originell, das saugen sie nur so auf.«

»Oh. Danke schön«, sagte Conley, die so ein Lob von ihrer großen Schwester nicht gewohnt war. »Wie ist der Plan für die Beerdigung heute? Ach so, das NBC-Büro in Atlanta schickt ein Kamerateam runter, das berichten soll. Ich liefere denen Hintergrundinfos.«

»Warten wir noch auf die anderen.« Grayson schaute auf die Uhr. Es war kurz nach neun Uhr morgens.

* * *

Zehn Minuten später kam Lillian King in die Redaktion gerauscht.

»Du bist eine Viertelstunde zu spät«, bemerkte Grayson.

Lillian legte eine Packung Donuts auf den Tisch der Chefin. »Ich war noch kurz bei Sweet'n'Tasty und hab uns was zum Frühstück geholt. Zwölf Donuts. Das heißt, ich bin nur drei Minuten zu spät, und das ist für LKZ fünf Minuten zu früh. Außerdem ist heute Samstag, und du weißt hoffentlich, dass ich für die ganzen Sachen, die ich an meinem freien Tag mache, Überstunden aufschreibe.«

Conley sah von den E-Mails auf, die sie gerade in ihrem Handy durchging. »LKZ?«

»Lillian-King-Zeit«, sagte Grayson.

Michael Torpy kam herein und nahm sich sofort einen Donut mit rosa Glasur und Streuseln. Mit einem Bissen war die Hälfte des Teils verschwunden. »Was geht, Chefin? Heute Beerdigung?«

»Genau«, sagte Grayson.

»Cool«, gab Mike zurück. Die Zuckerstreusel rieselten auf sein zerknittertes weißes Oberhemd und die schmale schwarze Seidenkrawatte. Er hatte seine störrischen roten Haare mit Gel geglättet und trug dem Anlass entsprechend eine schwarze Jeans. »Hey, ich bin nur zu spät, weil ich an der Kirche vorbeigegangen bin. Echt unglaublich! Da haben zwei Fernsehsender ihr Lager aufgeschlagen. Die Leute stehen vor der Kirche Schlange, als wollten sie zu einem Taylor-Swift-Konzert. Also, wenn alte Leute zu so einem Konzert gingen.«

»Für die Leute hier *ist* das ein Taylor-Swift-Konzert«, sagte Conley. »Hast du Fotos gemacht?«

Michael hielt ihr seine 35 mm-Nikon hin. »Ich habe zwei alte Damen in Klappstühlen drauf. Beide tragen ein T-Shirt mit der Aufschrift ›TEAM VANESSA‹. Dann habe ich noch die Pfadfinder fotografiert, die auf dem Platz den Marsch der Ehrenwache geübt haben, und ein paar Typen, die in einem Pick-up um den Platz herumfuhren und eine große Flagge dabei hatten, auf der ›CHARLIE FOR CONGRESS‹ stand.«

»Hört sich gut an«, lobte Grayson. »Gut, jetzt fehlt nur noch Rowena.«

»Oh, neiiiin«, stöhnten Conley und Michael.

»Ich weiß, dass sie nervt, aber wir brauchen heute wirklich ihr institutionelles Gedächtnis«, erklärte Grayson. »Sie kennt hier alles und jeden. Ich möchte, dass sie ganz vorn in der Kirche sitzt, direkt hinter der Familie.«

»So, wie ich Rowena kenne, quetscht sie sich bei der Familie mit in die Bank«, murmelte Conley.

Die Tür zur Redaktion wurde geöffnet, man hörte den pochenden Gehstock der Starkolumnistin.

»Huhu!«, rief eine zittrige Stimme. »Wo seid ihr denn alle?«

Michael ging ins Großraumbüro und holte einen weiteren Stuhl herein. »Wir sind hier hinten in Graysons Büro, Rowena.«

Rowena Meigs war aufgemacht wie für ein Staatsbegräbnis. Ihre Haare waren in Wellen gelegt, toupiert und zu einem weißblauen Bienenkorb getürmt. Ihr Gesicht trug dick Puder und Rouge, ihre Augenlider hingen unter aufgeklebten falschen Wimpern auf halbmast. Sie trug ein altmodisches schwarzes Kostüm aus Seidenmoiré, dessen strassbesetzte Knöpfe Schwierigkeiten hatten, ihre mächtige Büste zu halten. Der Rock saß so eng, dass man bei jedem ihrer Trippelschritte das Rascheln des Strumpfhalters und der schwarzen Strümpfe hörte, die sie darunter trug. Ihr Gehstock war dem Anlass entsprechend mit einem schwarzen Ripsband umwunden.

»Hierher!«, sagte Michael und nahm ihren Arm.

»Danke, Schätzchen.« Rowena reichte ihm ihre riesige Handtasche, die sich verdächtig bewegte.

Tuffy steckte den Kopf heraus und knurrte den ahnungslosen jungen Reporter zähnefletschend an. Der Haarschopf des Hundes war ebenfalls mit einer schwarzen Ripsbandschleife verziert.

»Ähm, Rowena, du hast doch nicht vor, den Hund mit zur Beerdigung zu nehmen, oder?«, fragte Grayson.

»Und ob!«, fuhr Rowena auf. »Für die meisten Menschen ist die Gegenwart eines Hundes in anstrengenden Zeiten sehr tröstlich.«

Die Chefredakteurin zuckte mit den Schultern und begann mit ihrem Schlachtplan. »So«, sagte sie. »Da jetzt alle da sind, können wir anfangen. Rowena, ich habe den anderen gerade schon gesagt, dass ich dich ganz vorn haben möchte, so nah an der Familie wie möglich.«

»Natürlich.«

»Bist du zu Vanessas Dinner heute Abend eingeladen?«

»Selbstverständlich.« Rowena strich über die dicke dreigliedrige Perlenkette an ihrem Hals.

»Du wirst nicht genug Zeit haben, um deine Kolumne rechtzeitig für die Sonderausgabe zu tippen. Könntest du vielleicht in der Redaktion anrufen und Lillian den Text diktieren?«

»Wie bitte?«, giftete Lillian.

»Ich zahle dir das Anderthalbfache«, sagte Grayson.

»Das Doppelte. Und ich will das Geld für die Donuts erstattet haben«, entgegnete Lillian. »So dicke hab ich's auch nicht, ja?«

»Mike nimmt die gute Kamera mit dem Teleobjektiv mit und macht Bilder vor der Kirche. Beim Empfang danach brauchen wir Fotos von Vanessa mit dem Gouverneur und so«, sagte Grayson. »Und natürlich von Charlie. Wäre super, wenn wir ein Bild von Vanessa und Charlie zusammen bekämen.«

»Keine Chance«, prophezeite Conley.

»Glaubst du, dass Toddie und ihre Kinder auftauchen?«, fragte Grayson.

»Wenn ja, flippt Vanessa aus.«

»Dann hoffen wir das Beste. Ausflippende Menschen sind super für die Titelseite«, sagte Grayson. »Ich denke, dass wir so oder so noch eine zweite digitale Sonderausgabe zusammenstellen. Nicht heute, das wäre wirklich knapp, aber morgen früh.«

»Geil!«, rief Mike und ballte die Faust. Dann wurde er rot. »Ups. Tut mir leid, Rowena. Mein Fehler.«

»Conley, du machst den Springer«, fuhr Grayson fort. »Wir halten uns im Hintergrund, aber wenn du eine gute Fotomöglichkeit siehst, gibst du Mike Bescheid. Wenn es keiner mitkriegt, nimm dein eigenes Handy zum Fotografieren. Du konzentrierst dich auf die emotionale Schiene – die Familienpsychologie und so. Mike, du bist für den politischen Blickwinkel verantwortlich. Guck mal, ob du aus dem Gouverneur herausbekommst, wann er die Nachwahl für Symmes' Sitz im Repräsentantenhaus ansetzen will. Ist vielleicht weit hergeholt, aber vielleicht äußert er sich zur Kontroverse Vanessa-Charlie.«

»Und ich?«, fragte Lillian. »Was soll ich machen? Abgesehen davon, hier herumzusitzen und zu warten, bis ich ein Diktat übers Telefon bekomme?«

»Du rufst beziehungsweise mailst alle Firmen an, die diese Woche zum ersten Mal eine Anzeige bei uns geschaltet haben. Wirb damit, dass wir morgen früh eine neue digitale Sonderausgabe bringen und dass es ihre große Chance ist, zum Sonderpreis dabei zu sein.«

Die Büroleiterin seufzte schwer. »Das wird ein langer Tag.«

»So, Leute, unser Plan steht«, sagte Grayson. »Ihr habt diese Woche schon einmal so richtig gerockt. Das schaffen wir noch mal, oder?«

»Da kannst du einen drauf lassen!«, rief Michael. »Ups, noch mal sorry, Rowena.«

Die ältere Kolumnistin fütterte ihren Hund mit einem Donut. »Schon gut«, sagte sie heiter und sah zu Conley hinüber. »Ist es nicht schön, dass unsere Besprechung so schnell ging? Jetzt hast du noch Zeit, um nach Hause zu fahren und dich für die Beerdigung umzuziehen.«

»Das sind meine Sachen für die Beerdigung, Rowena«, erwiderte Conley.

»Oh«, machte Rowena und strich wieder über ihre Perlenkette. »Oje.«

49

Die pralle Nachmittagssonne schien auf die vor der säulengeschmückten presbyterianischen Kirche versammelten Trauergäste. Conley klebte die Bluse schon jetzt am Rücken, während sie verfolgte, wie immer mehr Leute zum Eingang der Kirche drängten.

Michael trat ungeduldig von einem Fuß auf den anderen und zerrte an seiner schon lockeren Krawatte. »Worauf warten die noch? Warum machen die nicht endlich die Türen auf?«

Der war wohl noch nicht auf vielen Beerdigungen, dachte Conley.

»Wir warten auf den Leichenzug«, erklärte sie. »Großer schwarzer Leichenwagen, Sargträger mit langem Mahagonisarg. So was.«

»Aha. Mein Fehler.«

Eine Viertelstunde zuvor hatten sie Rowena um die Menschenmenge herumbugsiert, dann hatte die Kolumnistin ihre Queen-Mum-Magie an einem Platzanweiser ausprobiert, der an einem Seiteneingang postiert war. Wortlos hatte er die Tür weit geöffnet und Rowena hereingelassen.

»Okay«, sagte Conley und wies auf die Straße, wo eine Stretchlimousine am Straßenrand hielt. »Das müsste Vanessa sein.«

Während Michael in Position ging, blieb sie dicht hinter ihm.

Der Chauffeur sprang heraus, ging um die Limousine herum und öffnete die Tür. Vanessa stieg aus. Als sie die Fernsehteams erblickte, zupfte sie ihr Kleid zurecht und blieb des dramatischen Effekts zuliebe stehen. Ein würdevoller älterer Herr öffnete die Fahrertür, ging um den Wagen herum und nahm Vanessas Arm.

»Wer ist das?«, zischte Mike, während der Verschluss seiner Kamera klickte.

»Das muss George McFall sein. Der Inhaber des Bestattungsinstituts.«

Conley musste Vanessa Robinette zugestehen, dass der Tod ihr gut stand. Ihre roten Haare waren zu einem Knoten gesteckt. Sie trug ein streng geschnittenes schwarzes Kleid mit ellenbogenlangen Ärmeln, offensichtlich Haute Couture, auch wenn Conley den Designer nicht gewusst hätte, da sie bei dem Thema nicht auf dem Laufenden war. Eine kleine Anstecknadel funkelte am Muschelsaum ihres Kleides, das Zeichen von Symmes' Studentenverbindung, erinnerte sich Conley. Vanessas Augen waren hinter einem Schleier verborgen, der an einem kleinen Pillbox-Hut aus Samt befestigt war. Der Look erinnerte sehr an Jackie Kennedy, musste Conley zugeben.

Eine zweite Limousine hielt hinter der ersten. Die Fondtür ging auf, und Charlie Robinette in einem anthrazitfarbenen Anzug stieg aus, gefolgt von Kennedy McFall. Dann beugte sich Charlie noch einmal vor und hob ein sich windendes Kleinkind vom Rücksitz, das er in die ausgestreckten Arme der Mutter legte.

Graceanne trug ein dunkelblaues Kleid mit einem gesmokten Oberteil, Puffärmeln und einem gerüschten Petticoat. Als Charlie sie an Kennedy übergab, musste Conley sich ein Lachen verkneifen, denn sie konnte den nackten Hintern des Kindes sehen. Kennedy merkte es ebenfalls mit einem Schreck und stürzte noch mal zur Limousine, um ein weißes Spitzenunterhöschen, zwei Schnallenschuhe aus schwarzem Lackleder und eine Socke herauszuholen.

Während der Leichenwagen vorfuhr, gefolgt von einer weiteren Limousine, klickte neben Conley in einem fort Mikes Kamera. »Das ist der Gouverneur«, erklärte er. »Geh doch schon mal rein und reservier uns zwei Plätze. Ich bleibe bis zum Schluss hier draußen.«

»Ich suche uns eine Bank auf halber Höhe«, sagte Conley, zog den Kopf ein und fuhr die Ellenbogen aus, um sich entschlossen durch die Menge vor den Kirchentüren zu kämpfen.

In ihrer Kindheit hatte Conley immer den Gottesdienst in dieser Kirche besucht. Es war ein beeindruckendes Gebäude aus der Zeit vor dem Bürgerkrieg mit dick geäderten Marmorböden, Bänken aus Mahagoni und einer hohen Decke, die von zwei Reihen kannelierter Säulen getragen wurde.

Rechts vom Altar saßen ein Streichquartett und eine Harfenistin, die den Organisten begleitete. Conley meinte, ein Stück von Mendelssohn zu hören.

Michael tippte ihr auf die Schulter, und sie rutschte zur Seite, damit er sich neben sie in die bereits volle Bank setzen konnte, was ihr einen bösen Blick von der Frau mittleren Alters zu ihrer Rechten einbrachte.

»Wie sieht's draußen aus?«, flüsterte Conley.

»Die drehen alle durch. Gerade hat ein Deputy eine Dame abgeführt, weil sie ihr Auto mit Behindertenausweis auf dem Bürgersteig geparkt hat. Also, mitten drauf. Er meinte, sie müsste es wegfahren, und sie hat mit der Handtasche nach ihm geschlagen.«

»Hast du aufgenommen, oder?«

Mike grinste und hob seine Nikon an. »Hab voll draufgehalten.«

Die Leute strömten immer noch in die Kirche. Die Kirchenhelfer mit ihren weißen Handschuhen quetschten die Besucher auf jeden noch so kleinen Platz.

Aus der Bank hinter sich hörte Conley ein erschrockenes Luftholen. Sie drehte sich um und sah, wie Hank Robinette in einem schlecht sitzenden Sakko seine Mutter und seine Schwester den Gang hoch bis ganz nach vorn führte. Sie erkannte Robinettes Kinder von Toddies Foto.

Conley schielte zu Mike hinüber, der die Nikon auf dem Schoß hatte. »Das ist Toddie«, flüsterte sie. »Egal, wie du das machst, wir brauchen ein Foto.«

Er drehte sich um und drückte ein halbes Dutzend Mal auf den Auslöser, während Toddie und ihre Kinder vorbeigingen. Dann schaute er wieder nach vorn und legte die Kamera zwischen ihnen auf die Bank. »Erledigt.«

»Bingo«, sagte Conley.

Jemand klopfte Conley leicht auf die Schulter. Als sie hochschaute, ging Großmama den Gang hoch, untergehakt bei Skelly.

Lorraine trug ein schlichtes butterblumengelbes Leinenkleid und ihre bevorzugten türkisfarbenen Perlen. Conleys Großmutter hatte immer schon einen verblüffenden Sinn für klassische Kleidungsstücke besessen, die nie aus der Mode kamen. Sie trug prinzipiell kein schwarz, weil die Natur so viele schöne Farben bereithielt, wie sie immer sagte. Mit einem leichten Schaudern wurde Conley klar, dass ihre Großmutter dasselbe Kleid auf der Beerdigung von Conleys Vater getragen hatte.

Einige Minuten später wurden die großen äußeren Holztüren zum Vestibül geschlossen, und die gewaltige Orgel setzte brausend zum Vorspiel zu »Ein feste Burg ist unser Gott« an. Der Pastor Dr. Phipps kam durch den Mittelgang nach vorn, gefolgt von einem Chor in schwarzen Gewändern, hinter dem sechs Männer die sterblichen Überreste von C. Symmes Robinette in einem Rosenholzsarg trugen.

Als Nächstes ging Vanessa Robinette am Arm von George McFall vorbei, in sicherem Abstand folgten Charlie und Kennedy McFall mit einer jetzt braven Graceanne an den Händen.

Der Gottesdienst begann, doch Conley schien die Stimme des Pastors wie aus weiter Entfernung wahrzunehmen. Trotz der Klimaanlage war es ihr zu warm, ja, geradezu stickig. Ihre Handflächen wurden feucht, ihr Gesicht wurde rot, ihr wurde schwindelig.

Sie merkte erst, dass sie schwer atmete, als Michael sie anstieß. »Alles in Ordnung? Du siehst nicht ganz gesund aus.«

»Alles gut«, flüsterte sie und schloss die Augen, um sich zu besinnen. Diese Kirche und das Beisetzungsritual riefen ihr die Beerdigung ihres eigenen Vaters massiv in Erinnerung.

Der Pastor hatte ein freundliches Gesicht und eine gütige Ausstrahlung. Er überließ das Pult dem Gouverneur von Florida für eine kurze Trauerrede, in der er erzählte, dass er bei Symmes Robinettes letzter Amtszeit in Florida selbst im ersten Jahr Senator gewesen sei und dass Robinette immer ein Quell der Kraft und Inspiration gewesen sei.

Dann übergab er an Charlie Robinette, der schon jetzt ein hervorragender Redner war – charmant, selbstironisch, lustig und berührend. Wenn man ihn nicht kannte. Als Conley seine Stimme hörte, bekam sie einen sauren Geschmack im Mund. Er war immer noch der Kleine Prinz. Der Erbe des Herrenhauses.

Charlie stützte beide Hände auf dem Pult ab. »Ich wollte immer so sein wie mein Vater«, sagte er. »Aber tatsächlich konnte niemand in Symmes Robinettes Fußstapfen treten. Und das meine ich im wahrsten Sinne des Wortes, denn mein Vater hatte Schuhgröße 39. Es war ein Wunder, dass ein Mann von seiner Größe – in Socken maß er ein Meter fünfundachtzig – und von seinem Gewicht – das er niemandem verriet, nicht mal meiner Mutter – auf solch winzigen Kinderfüßen stehen konnte.«

Leises Schmunzeln in den Bänken.

»Doch so klein seine Füße auch waren, hatte mein Vater ein Herz für jeden. Er war nicht perfekt, und er selbst wäre der Erste gewesen, der das zugegeben hätte. Gut, genau genommen hätte meine Mutter das als Erste zugegeben, denn sie war der einzige Mensch, den ich je erlebt habe, der meinen Vater mit einem einzigen vielsagenden Blick zurechtweisen konnte.«

Conley reckte den Hals, sah aber nur Vanessas Scheitel. Die Witwe saß aufrecht da, die Schultern angespannt. Da war jemand nicht besonders amüsiert, vermutete Conley.

»Wir dachten irgendwie alle, Dad würde ewig leben. Er selbst hat es auch geglaubt. Doch im letzten Herbst erhielten wir die erschütternde Nachricht, dass er Krebs hatte. Dad bestand darauf, dass seine Krankheit nicht öffentlich gemacht wurde. Er sagte, er wolle kein Aushängeschild für Krebskranke sein und möge das Mitleid der Menschen nicht, denn er habe ein langes, produktives Leben gehabt. Er hatte noch viel in Washington vor, und die Zeit, die ihm blieb, war endlich.«

Charlie holte tief Luft. »In dem Bewusstsein zog mein Vater Bilanz. In den letzten Monaten redeten wir viel miteinander, es waren gute Gespräche. Das war ein unglaubliches Geschenk, für uns beide. Irgendwann eröffnete er mir spätabends, dass er ein großes Geheimnis habe, etwas, das ihm sehr leidtue und für das er sich zutiefst schäme. Er bat mich, ihm dabei zu helfen, es wiedergutzumachen.«

Vanessa senkte den Kopf noch tiefer, der Rest der Gemeinde setzte sich auf und wartete gespannt auf das, was nun kam.

»Dad verriet mir, dass er eine, wie er es nannte, ›heimliche Familie‹ hatte, von der ich noch nie gehört hatte. Er sagte, er sei verheiratet gewesen, bevor er meine Mutter kennenlernte, und mit der ersten Frau habe er zwei Kinder gehabt.«

Leise schmunzelnd hielt Charlie der dramatischen Wirkung zuliebe inne.

»Verdammt, ist der gut«, flüsterte Mike und betrachtete die gespannten Gesichter der Trauergemeinde. »Er hat die Leute komplett in der Hand.«

»Glaub mir, das ist alles Berechnung«, flüsterte Conley zurück.

»Das hat mich echt aus den Socken gehauen«, sagte Charlie volkstümelnd mit lokalem Akzent. »Es stellte sich heraus, dass diese heimliche Familie – zu der mein Halbbruder Hank und meine Halbschwester Rebecca gehören – für den Großteil meines Lebens keine Stunde von dem Ort entfernt lebte, wo ich aufgewachsen bin.«

Wieder ging eine Welle des Murmelns und Wisperns durch die Kirche.

»Wie sich zeigte, kann es manchmal hohe Wellen schlagen, wenn man etwas wiedergutmachen möchte. Manchmal muss man Entscheidungen treffen, mit denen sich andere, einem nahestehende Personen unwohl fühlen, ja, sogar unglücklich. Ich war bereit, das für meinen Vater in Kauf zu nehmen. Deshalb tat ich in den letzten Monaten alles in meiner Macht Stehende, damit er wieder in Kontakt mit seiner ersten Familie treten konnte.«

Conley musterte die Gesichter um sich herum. Jeder Blick

in der riesigen Kirche war auf Charlie Robinette gerichtet, nur nicht der von Vanessa. Sie schaute auf ihren Schoß.

»Seit über zwanzig Jahren hatte mein Vater seine Kinder nicht mehr gesehen. Unglaublicherweise waren sie bereit, ihm seine Abwesenheit zu verzeihen und seine Entschuldigung und Liebe anzunehmen, wie spät sie auch kamen. Hank, Rebecca und Toddie sind heute hier in dieser Kirche. Ich weiß, dass sie ebenso wie der Rest von uns um meinen Vater trauern. Aber ich weiß auch, dass ihre Anwesenheit heute meinen Vater stolz und glücklich gemacht hätte.«

Wieder holte Charlie tief Luft. »Ich bin kein Priester, ich bin nur ein einfacher Kleinstadtanwalt.«

»Kleinstadtanwalt am Arsch«, murmelte Conley.

»Aber ich glaube, die letzten Monate meines Vaters auf Erden sind ein Anschauungsbeispiel für uns alle. Wenn es jemanden gibt, dem man irgendwie Unrecht getan oder den man verletzt zu haben meint, sollte man die Gelegenheit nutzen, es wiedergutzumachen. Ich weiß, dass ich für meine ganze Familie spreche, wenn ich mich bei Ihnen allen dafür bedanke, dass Sie heute gekommen sind, um dem Leben meines Vaters Respekt zu erweisen.«

Ein Dudelsackspieler begleitete den Chor und die Gemeinde zu »Amazing Grace«, während die Familie mit den Sargträgern durch den Mittelgang hinauszog.

»Los!«, sagte Conley zu Michael, dem es daraufhin gelang, sich an den anderen Kirchgängern in ihrer Reihe vorbei zum Seitenausgang zu schlängeln.

Conley war fast schon an der Hintertür angelangt, als sie in der allerletzten Bank eine vertraute Gestalt entdeckte, wie immer in weißer Bluse und schwarzer Hose gekleidet.

Conley setzte sich neben sie. »Winnie?«

Die Haushälterin sah mit finsterem, aber entschlossenem Blick hoch. Sie las die Frage in Conleys Augen.

»Ich musste es selbst sehen. Als Nedra im Sterben lag, habe ich ihr versprochen, dass ich Symmes Robinette persönlich auf seinem letzten Gang begleiten würde, und das habe ich jetzt getan.«

»Okay«, sagte Conley. »Muss wieder an die Arbeit.«

Als sie endlich die Kirche verließ, standen die Leute immer noch in kleinen Grüppchen auf der Grünfläche davor.

Buddy Bright hatte sich im Schatten einer Magnolie neben dem Übertragungswagen aufgebaut, auf dem in großen Lettern der Name seines Senders stand. Er interviewte in einer Live-Schalte alle Politiker und Politikerinnen, derer er habhaft werden konnte.

Conley entdeckte das Kamerateam der NBC auf der anderen Seite der Grünfläche. Sie ging hinüber, stellte sich und die Hauptakteure des aktuellen Dramas wie Toddie, Hank und Rebecca vor. Die Reporterin Tressa war allerdings schon während des Gottesdienstes in der Kirche gewesen und hatte die Frauen von Symmes Robinette und seine Kinder bereits ins Visier genommen.

»Ihr wisst, wo die Baptistenkirche ist, oder?«, fragte Conley. Sie zeigte über die Straße auf ein eindrucksvolles Backsteingebäude. »In der Halle findet der Empfang statt. Vielleicht habt ihr Glück und bekommt die gesamte Familie auf ein Bild.«

Sie ging zur Kirchentür zurück. In dem Moment kam ihre Großmutter heraus, wieder an Skellys Arm.

»Hallo, ihr beiden!«, sagte sie. »Großmama, wo hast du denn diese stattliche Begleitung her?«

Lorraine machte ein finsteres Gesicht. »Winnie hat sich rundweg geweigert, mich heute herzufahren. Angeblich hätte sie noch ein Hühnchen zu rupfen. Aber als aufgeschlossene Vorsitzende der Altargilde konnte ich dem Gottesdienst heute ja wohl nicht fernbleiben. Also habe ich Sean gefragt, und der meinte, er würde selbst hingehen, und bot sich an, meinen Chauffeur zu spielen.«

Conley sagte nicht, dass sie Winnie hinten in der Kirche gesehen hatte.

»Skelly ist der Ritter in glänzender Rüstung«, sagte Conley. »Geht ihr auch rüber zum Empfang?«

»Ja, wir müssen uns wenigstens mal kurz blicken lassen.« Lorraine warf Skelly einen vielsagenden Blick zu.

»Kein Problem für mich«, sagte er. »Meine Aushilfe ist bis vier Uhr da.«

»Dann sehen wir uns vielleicht gleich noch«, sagte Conley. »Auch wenn eigentlich Rowena für die Zeitung da ist, um sich unters Volk zu mischen, Notizen zu machen und Namen zu notieren, möglichst fehlerfrei.« Sie zupfte Skelly am Ärmel. »Kann ich dich kurz sprechen?«

Er zuckte mit den Schultern und ging mit ihr ein paar Meter beiseite.

»Danke, dass du so lieb zu Großmama bist«, sagte Conley. »Ich weiß, du bist sauer auf mich, aber ich weiß es wirklich zu schätzen, dass du das nicht an ihr auslässt.«

»Ich bin nicht sauer auf dich.« Skelly sah sie milde an. »Vielleicht ist es für uns beide am besten, dass du kein Interesse hast.«

»So ist es ja gar nicht«, widersprach Conley. »Wenn wir beide zur richtigen Zeit am richtigen Ort wären …«

»Sind wir aber nicht«, beendete Skelly ihren Satz. »Ich hab das alles schon mal mitgemacht. Komm, geh arbeiten!«, sagte er erschöpft. »Nach dem Empfang bringe ich deine Großmutter nach Hause. Und das ist kein Gefallen von mir. Das mache ich, weil man das als Nachbar so tut.«

»Okay«, sagte Conley.

Der Mann stand mit Sakko und Krawatte am Rand der Menschenmenge, die Hände in den Taschen, bemüht unauffällig, doch seine Panorama-Pilotenbrille, die soldatische Haltung und seine auf Hochglanz polierten Schnürschuhe verrieten ihn als Gesetzesvertreter.

»Sheriff«, grüßte Conley Merle Goggins und stellte sich unauffällig neben ihn.

»Miss Hawkins!«

»Ich habe Sie doch gebeten, mich Conley zu nennen.«

»Ja, haben Sie.«

»Was machen Sie heute hier?«

»Darf man dem eigenen Kongressabgeordneten bei seinem Heimgang keinen Respekt erweisen?«

»Doch, sicher. Aber ich habe so eine Ahnung, dass hinter Ihrer Anwesenheit noch mehr steckt.«

»Wer bin ich, etwas gegen eine Ahnung zu sagen?«, gab Merle Goggins zurück. »Was auch immer das ist.«

»Ich finde, Sie schulden mir etwas, Sheriff. Und ich glaube, dass Sie mir etwas verschweigen.«

»Es gibt eine Menge, über das ich gar nicht befugt bin zu sprechen, selbst wenn ich wollte, da es sich um eine laufende Ermittlung handelt.«

»Und wenn Sie es mir unter der Hand verraten?«

Er schaute an ihr vorbei. Conley merkte, dass der Sheriff beobachtete, wie Vanessa und die anderen Familienmitglieder für die kurze Fahrt zum Empfang in die Limousinen stiegen. Goggins schien etwas abzuwägen.

»Gestern hatte ich einen Anruf aus dem Büro des Amtsarztes«, sagte er schließlich. »Das ist jetzt komplett inoffiziell, ja?«

»Absolut.«

»Er hat mir gesagt, Symmes Robinette war bereits tot, als das Reh auf die Windschutzscheibe traf.«

»Also hatte ich recht! Er hatte einen Zusammenstoß.«

Goggins nickte kaum wahrnehmbar.

Conley wartete, ob er sich weiter erklären würde, doch er beobachtete die Leute auf dem Platz vor der Kirche. »Woher weiß man, dass er schon tot war?«

»Die Kopfverletzungen haben nicht stark geblutet. Wenn er noch gelebt hätte und sein Herz noch gepumpt hätte, wäre viel mehr Blut da gewesen.«

»Woran ist er dann gestorben?«, fragte Conley.

Der Sheriff lächelte mysteriös. »Immer noch inoffiziell?«

»Ja, natürlich. Verraten Sie es mir jetzt oder nicht?«

»Der Amtsarzt sagt, er hätte eine erhöhte Konzentration von Fentanyl im Blut gehabt. Und einen Blutalkoholspiegel von 0,6 Promille. Ziemlich gefährliche Kombination.«

»Ich habe mit einer Freundin gesprochen, die ist Krankenschwester in der Onkologie. Sie sagte, Krebspatienten mit einem Fentanylpflaster bräuchten eine deutlich höhere Dosis an Opioiden, weil sie sie anders verstoffwechseln. Wollen Sie damit sagen, dass er aus Versehen eine Überdosis bekommen hat?«

»Ich will gar nichts sagen«, erwiderte Goggins. »Weil wir gar nicht miteinander gesprochen haben. Einen schönen Tag noch!«

50

Die Sporthalle der Baptistengemeinde war so gut wie voll. Conley schlängelte sich an Menschengruppen mit Kaffeetassen und Tellern voller Essen vorbei, um zu einer kleinen Tribüne an der gegenüberliegenden Seite des Raums zu gelangen. Sie stieg bis zur halben Höhe und ließ den Blick von ihrem Aussichtspunkt über den Raum mit dem Holzboden schweifen. Unter der großen elektronischen Anzeigetafel war das Buffet aufgestellt, ein langer Tisch mit weißer Decke, auf dem funkelnde Silberleuchter neben einer endlosen Zahl von Silbertabletts mit delikaten Sandwiches, Plätzchen und Kuchen standen. Unterbrochen wurde diese Anordnung von großen Gestecken aus Farn, Palmwedeln, weißen Lilien und weißen Nelken.

Unweit einer Seitentür entdeckte Conley Toddie mit Rebecca und Hank, die Kaffee tranken und sich unwohl zu fühlen schienen.

Nur wenige Meter weiter saß Vanessa an einem runden Tisch, auf dem eine silberne Warmhaltekanne und eine Punschschüssel aus Kristall standen. Sie unterhielt sich mit zwei weißhaarigen Frauen in dunklen Kleidern. Falls Vanessa Toddie und ihre Kinder bemerkte, gelang es ihr erfolgreich, so zu tun, als hätte sie sie nicht gesehen.

Da ging Charlie auf die drei Personen zu und begann ein

Gespräch mit seinen Halbgeschwistern. Kennedy McFall blieb in sicherem Abstand auf neutralem Boden, die dösende Graceanne auf dem Arm.

So sehr Conley auch eine weitere Konfrontation mit dem Kleinen Prinzen fürchtete, brauchte sie für ihren Artikel ein spontanes, nicht vorbereitetes Zitat von ihm.

So schnell sie konnte, stieg sie von der Tribüne, doch bevor sie die wiedervereinten Robinette-Geschwister erreichte, trat George McFall an die drei heran und flüsterte Charlie etwas ins Ohr. Derweil mischten sich Toddie und ihre Kinder unter die Menge, die sie einfach zu verschlucken schien.

Conley arbeitete sich durch die Masse, immer ein Auge auf den beiden Männern. Charlie schüttelte heftig den Kopf und kanzelte den Bestatter mit knappen Worten ab. McFall drehte sich um und hielt noch kurz inne, um mit seiner Tochter zu sprechen, dann kehrte er an Vanessas Seite zurück.

Conley sah ihre Möglichkeit gekommen. »Charlie? Hast du kurz Zeit?«

»Was willst du denn schon wieder?«, fuhr er sie an.

»Das war ja wirklich was Besonderes eben in der Kirche«, sagte Conley. »Wusste deine Mutter, dass du in deiner Trauerrede über Toddie und ihre Kinder sprechen würdest?«

»Momentan nimmt sie nicht ab, wenn ich anrufe.« Er wollte gehen, doch sie lief ihm nach.

»Wenn das irgendein Trost ist: Mit mir spricht sie auch nicht.«

Charlie drehte sich um, und seinem Gesichtsausdruck nach fand er das nicht komisch. »Ich habe diesen armseligen Scheiß von dir im *Beacon* gelesen. Es liegt auf der Hand, dass du immer noch sauer auf mich bist und einen persönlichen Rachefeldzug gegen mich führst. Ich habe dir nichts mehr zu sagen.«

»Keine Rache«, widersprach Conley. »Das Ganze ist rein beruflich, nicht persönlich. Ich bin Journalistin, ich berichte. Ob's dir gefällt oder nicht, aber dein Vater war eine Figur des öffentlichen Lebens. Du kandidierst in diesem Wahlbezirk für den Kongress, deine Mutter ebenfalls, was euch genauso zu Figuren des öffentlichen Lebens macht. Also, was sagst du zu der offiziellen Todesursache deines Vaters?«

Charlie blinzelte. »Der Amtsarzt hat noch keine offizielle Todesursache bekannt gegeben.«

»Nein, aber inoffiziell.«

»Der Sheriff sagt, das Auto sei mit einem Reh zusammengestoßen«, sagte Charlie. »Mehr weiß ich nicht. Hör zu, ich muss mich wieder um die Gäste kümmern.« Er drehte sich zu seiner wartenden Verlobten um.

»Er war schon tot, als er mit dem Reh zusammenstieß«, warf Conley ein.

Charlie schnellte herum. »Du hast doch keine Ahnung, was du da redest.«

»Ich war in der Nacht da. Und ich bin in der Zwischenzeit noch zweimal am Unfallort gewesen. Auf der Straße sind keine Bremsspuren zu sehen. Denk mal darüber nach.«

»Und worauf willst du hinaus? Mein Vater war siebenundsiebzig. Er lag im Sterben. Und falls du es noch nicht gemerkt haben solltest, Sarah, wir bringen ihn heute unter die Erde, deshalb wäre ich dir dankbar, wenn du mich und meine Familie einfach mal in Ruhe lässt!«

Sie überlegte, was sie als Nächstes tun sollte. Die Klimaanlage in der Mehrzweckhalle war nicht für eine so große Menschenmenge ausgelegt. Es war heiß, schwer hing der süßliche Duft von Lilien und Aftershave in der Luft. Conley hielt Ausschau nach Toddie, als plötzlich George McFall neben ihr auftauchte.

»Mrs. Robinette wäre Ihnen dankbar, wenn Sie jetzt gehen würden«, murmelte er und fasste sie am Ellenbogen.

»Wollen Sie mich bei einer Beerdigung rauswerfen?«

»Ihr Artikel in der Zeitung diese Woche war beleidigend und verleumderisch«, sagte McFall streng. »Ich kannte Ihren Großvater, der hätte so etwas niemals gedruckt.«

Conley schoss das Blut in die Wangen. Mit der linken Hand löste sie McFalls Finger von ihrem Arm. »Mein Großvater war Journalist durch und durch, und er hat meiner Schwester und mir beigebracht, dass wir alles berichten, egal was, ohne jeden Vorbehalt.«

»Sarah Conley?« Lorraine hielt ihrer Enkeltochter einen Teller mit einem Stück Kuchen und einem Eiersalatsandwich hin. »Ich dachte, du möchtest vielleicht etwas essen.« Sie sah den Bestatter kühl an. »Gibt es ein Problem?«

»Er will mich rauswerfen«, erklärte Conley. »Mr. McFall ist der Ansicht, mein Artikel sei beleidigend gewesen. Und verleumderisch.«

»Stimmt das, George?«, fragte Großmama.

»Hallo, Lorraine!«, grüßte der Bestatter, sofort versöhnlicher gestimmt. »Ich habe deiner Enkelin gerade erklärt, dass ich es für unglaublich geschmacklos von ihr halte, hier heute aufzutauchen, nachdem sie letzte Woche diesen ganzen alten Kram über Symmes ausgegraben hat. Vanessa möchte, dass sie geht.«

»Ach, ja?«, sagte Lorraine. »Hat sie auch etwas gegen meine Anwesenheit? Ich bin die Vorsitzende der Altargilde der presbyterianischen Kirche. Ich habe bei der Vorbereitung dieser Veranstaltung geholfen, das weißt du.«

»Ich bin mir sicher, dass die Familie deinen Einsatz zu schätzen weiß.« Hilflos ruderte McFall zurück. »Aber diesen niederträchtigen Schmarrn, den ihr da gedruckt habt, den weiß sie nicht zu schätzen. Wirklich, Lorraine, Woodrow Conley hätte so etwas niemals veröffentlicht.«

Mit blitzenden Augen sah sich Großmama um. »Ich kann dir versichern, dass mein Mann diesen Artikel auf jeden Fall veröffentlicht hätte. Als Verlegerin des *Beacon* bin ich unglaublich stolz auf das, was meine beiden Enkeltöchter in der letzten Woche geleistet haben. Und nur für den Fall, George, dass du dich mit Verleumdung nicht richtig auskennst, darf ich dich erinnern, dass eine Tatsachenbehauptung nicht darunter fällt. Kannst du mir einen einzigen Satz in Conleys Artikel nennen, der nicht zutreffend war?«

»Das nicht«, stotterte der Bestatter. »Aber er war unterste Schublade. Und aufrührerisch. Symmes Robinette war ein Kriegsheld. Den Großteil seines Lebens war er Mandatsträger und hat den Menschen in dieser Gemeinde gedient. Herrgott, der Mann ist tot! Er kann sich selbst nicht mehr verteidigen.«

»Wir haben Symmes' Leistungen ausdrücklich erwähnt«, gab Lorraine zurück. »Aber wir wissen beide, dass er kein Heiliger war, und ganz bestimmt war er nicht selbstlos. Conley hat sich die Rechenschaftsberichte über seine Finanzen angesehen, und aus denen geht hervor, dass sich Symmes Robinette in seiner Amtszeit ganz hübsch die Taschen gefüllt hat.«

»Eine Beerdigung ist nicht der richtige Ort für solche Themen«, beharrte der Bestatter.

»Einverstanden.« Lorraine reckte das Kinn gefährlich hoch. »Dann richte doch bitte Vanessa und Charlie aus, dass der *Beacon* zu Conley und ihrer Berichterstattung steht. Und dass wir nicht vorhaben, uns von diesem Artikel zu distanzieren.«

Sie schob ihrer Enkelin den Arm unter. »Furchtbar eng hier drin, oder? Kannst du mich zum Luftschnappen nach draußen bringen?«

Sie fanden eine Bank im Schatten am Rand der Grünfläche.

»Danke für die Unterstützung eben gerade«, sagte Conley zu ihrer Großmutter, als sie sich gesetzt hatten. Mit einem Bissen verschlang Conley das kleine Sandwich. »Du bist echt cool.«

»Ich habe jedes Wort ernst gemeint.«

»Tut mir leid, dass es bald noch heftiger wird«, sagte Conley.

»Wir sind schon mittendrin«, gab Lorraine zurück. »Vivienne Tompkins und Dana Goodman haben mir heute in der Kirchenküche demonstrativ den Rücken zugedreht und sind gegangen. Ich kenne die beiden schon, seit deine Mutter mit deren Töchtern im Kindergarten war.«

»Die haben dich geschnitten? Wegen meines Beitrags? Das tut mir leid, Großmama.«

»Schon gut«, antwortete Lorraine. »So nah standen wir uns auch wieder nicht. Vergiss es! Gibt es neue Entwicklungen in unserem Fall?«

»Ich habe eben mit dem Sheriff gesprochen. Er hat bestätigt, dass die Ursache für Robinettes Unfall der Zusammenstoß mit einem Reh war. Aber laut Bericht des Amtsarztes war Robinette schon vorher tot.«

»Das ist ja verrückt.«

»Er hat mir erzählt – übrigens nur unter der Hand –, dass Robinette eine giftige Mischung aus Fentanyl und Alkohol im Blut hatte.«

»Ist das ein Schmerzmittel, das er wegen seiner Krebserkrankung bekam?«

»Nehme ich an. Das wird der Grund sein, warum der Sheriff Skelly gebeten hat, eine Liste mit Symmes' Medikamenten zu erstellen. Und Vanessas.«

»Oje.«

»Das bedeutet nicht zwangsläufig, dass etwas faul ist«, sagte

Conley. Sie berichtete, was ihr ihre Freundin, die Onkologiekrankenschwester, über die erhöhten Fentanyldosen erzählt hatte, die Langzeitkrebspatienten tolerieren. »Das könnte die Todesursache erklären. Aber es erklärt noch nicht, was Robinette so spät nachts so weit weg von zu Hause zu suchen hatte. Und was oder mit wem er etwas getrunken hatte.«

»So weit entfernt von seinem Haus«, korrigierte ihre Großmutter automatisch ihre Ausdrucksweise. »Ich nehme an, du hast da eine Theorie?« Sie brach ein Stück vom Kuchen ab und aß es.

»Ich denke, er war auf der Oak Springs Farm. Toddie hat mir selbst erzählt, dass Symmes kurz vor seinem Tod bei ihr zu Besuch war. Er hätte die verlorenen Jahre wiedergutmachen wollen, deshalb hätte er ihr Oak Springs überschrieben.«

Als sie Schritte hörten, sahen die beiden hoch. Grayson kam auf sie zu. Sie hatte sich vor der Beerdigung umgezogen und trug ein schwarzes Seidenkleid mit Gürtel und hochhackige Schuhe.

»Rutscht mal!« Sie setzte sich auf die andere Seite ihrer Großmutter.

»Haben sie dich auch rausgeworfen?«, fragte Conley.

»Exkommuniziert kommt schon eher hin«, erwiderte Grayson. Sie sackte in sich zusammen, schlüpfte aus ihren Pumps und seufzte zufrieden. »So viel zum Thema Höflichkeit«, sagte sie. »In der letzten halben Stunde wurde ich nacheinander von drei älteren Damen und dann von Kennedy McFall zusammengefaltet, die damit droht, dem *Beacon* wegen dieses ganzen Brimboriums die Todesanzeigen zu entziehen.«

»Urgs.« Conley zog eine Grimasse. »Das ist nicht gut.«

»Nur leere Drohungen«, versicherte Grayson ihr. »Wir sind die einzige Zeitung in der Gegend. Und vergiss nicht, die verdienen mit den Anzeigen genauso viel Geld wie wir. Die beißen nicht die Hand, die sie füttert.«

»Ich verstehe einfach nicht, was eine nette junge Frau wie Kennedy McFall mit einem fiesen Kerl wie Charlie Robinette will«, sagte Lorraine. »Sie ist doch viel zu gut für ihn.«

»Sehe ich genauso«, pflichtete Grayson ihr bei. »Conley, vielleicht solltest du Kennedy mal zur Seite nehmen und ihr erzählen, was dieses feige Wiesel auf der Highschool mit dir gemacht hat.«

Ungläubig sah Conley ihre Schwester an. »Woher weißt du das? Du warst doch auf dem College!«

»Ich hatte meine Quellen«, erwiderte Grayson. »Bloß war es schon zu spät, als ich von diesem ekelhaften Gerücht hörte, das er in die Welt gesetzt hatte. Ich habe aber dafür gesorgt, dass er sich davor gehütet hat, sich noch mal mit den Hawkins-Mädchen anzulegen.«

»Helft mir mal hoch, Mädels!« Großmama hielt jeder Schwester eine Hand hin. »Ich weiß ja nicht, was mit euch ist, aber ich brauche jetzt einen strammen Drink im Club. Oder zwei. Ich zahle.«

»Ein Glas darfst du, mehr nicht.« Grayson hob drohend den Zeigefinger. »Conley und ich halten uns besser an Wasser. Wir müssen noch eine Zeitung zusammenstellen.«

»Was ist mit Skelly?« Conley sah sich suchend um. »Wir haben keine Zeit, um dich anschließend raus an den Strand zu bringen, Großmama.«

»Ruf ihn an und lad ihn ein mitzukommen«, sagte ihre Großmutter. »Ich bin wirklich schon ganz ausgetrocknet.«

51

In der Zufahrt zum Country Club von Silver Bay wurde Grayson mit ihrem BMW langsamer und winkte dem Wachmann zu, der lässig neben der offenen Schranke stand.

»Seit wann ist denn hier eine Schranke?«, fragte Großmama.

»Keine Ahnung, seit zwei oder drei Monaten vielleicht?«, antwortete Grayson. »Ich glaube, irgendeiner im Vorstand war der Ansicht, das sähe wichtiger aus, aber eigentlich ist es pure Geldverschwendung. Ich habe noch nie gesehen, dass die Schranke unten war, und die Wachleute winken die Mitglieder einfach durch. Ist nicht so, als würden hier die Horden der Ungläubigen aufgehalten oder so.«

»Mich haben sie jedenfalls nicht angehalten, als ich Anfang der Woche hier war«, sagte Conley nachdenklich. »Dabei habe ich nicht mal einen Mitgliedsaufkleber an der Windschutzscheibe.«

»Wirklich Geldverschwendung«, schimpfte Großmama. »Die einzige kriminelle Aktivität, die hier mal stattgefunden hat, war die heimliche Manipulation der Punkte beim Golfen und ein Glücksspiel am Pokertisch, aber mit niedrigem Einsatz.«

»Das stimmt nicht, Großmama«, widersprach Conley. »Gerade letzte Woche stand eine Meldung im Polizeibericht, dass hier etwas aus einem Auto gestohlen wurde.«

»Stimmt«, bestätigte Grayson und manövrierte den BMW in eine Parklücke unweit des Clubhauses. »Das war doch irgendwas Wertvolles, oder? Schmuck oder so?«

»Teure Diamantohrringe. Aber laut Polizeiprotokoll wurde das Fahrzeug gar nicht aufgebrochen, weil es nicht abgeschlossen war«, sagte Conley.

Die Bar des Country Clubs, ehemals »Tap Room« genannt, sollte mit ihrer Einrichtung offenbar an einen Pub in den schottischen Highlands erinnern. Der Boden war mit einem karierten Teppich ausgelegt, an den Wänden war dunkles Walnussholz, überall hingen alte Drucke von der Fuchsjagd und vom Golfen.

»So tot war's hier noch nie!«, stieß Grayson aus, als sie einen Tisch in einer Ecke des fast leeren Raums in Beschlag nahmen. Zwei Golfer saßen an der Theke und teilten sich einen Krug Bier. An einem anderen Tisch tranken mehrere Frauen in Tennisklamotten Margaritas.

»Die wichtigsten Leute sind halt noch auf Symmes' Beerdigung«, bemerkte Conley.

»Bin sofort bei den Damen«, rief der Barkeeper. Kurz darauf erschien er am Tisch, ein stark gebräunter Siebzigjähriger mit einer weißen Kellnerschürze und einer schwarzen Bolo-Krawatte.

»Oh, hallo, Miz Lorraine«, sagte er im Südstaatendialekt. »Schön, Sie wiederzusehen! Ist schon ein Weilchen her.« Er grinste Grayson an. »Diese Dame ist natürlich einer meiner Lieblingsgäste, die sehe ich öfter.«

Großmama gab ihm die Hand. »Ich freue mich auch, Sie wiederzusehen, Artie. Wie geht es Verna?«

»Alles gut. Ist schwer mit den Enkelkindern und der Kirche beschäftigt«, erwiderte er und zeigte auf Conley. »Und wer ist diese junge Dame? Ich meine eine gewisse Ähnlichkeit zu erkennen.«

»Das ist Sarah Conley, meine zweite Enkeltochter«, erklärte Großmama. »Sie arbeitet mit Grayson beim *Beacon*.«

»Vorübergehend«, warf Conley ein.

»Ich schätze, Miz Lorraine, Sie nehmen einen Sunsetter wie sonst auch, und Gray, für dich Tanqueray und Tonic, das ist klar, aber was ist mit Ihnen, Miz Sarah Conley?«

»Nur ein Wasser mit einem Stück Limette, bitte. Ich habe noch einen langen Abend vor mir«, sagte Conley. Grayson seufzte schwer. »Ja, ein Tanqueray mit Tonic ist jetzt die beste Medizin, aber bitte einen ganz leichten, ja?«

Als die Getränke kamen, holte Grayson einen Stift aus ihrer Tasche und fing an, auf der Cocktailserviette herumzukritzeln.

Lorraine spähte über den Tisch. »Was schreibst du da?«

»Hm? Ich überlege nur, was alles in die digitale Ausgabe kommt. Conley und Mike schreiben einen gemeinsamen Beitrag, und wir müssen Platz für Rowenas Kolumne freihalten.«

Großmama rührte ihren Drink um, trank und nickte anerkennend. »Das war was heute auf der Beerdigung, oder, als Charlie Toddie und ihre Kinder begrüßt hat?«

»Ich habe das Gefühl, dass es ihm eine richtig kranke Genugtuung verschafft hat, Vanessa damit zu provozieren«, sagte Grayson.

»Ich habe sie beobachtet, als er diesen Schmu vom Verzeihen erzählte«, warf Conley ein. »Ihr Gesicht konnte ich zwar nicht sehen, sie hat starr vor sich hin geguckt. Charlie hat Symmes mit Sicherheit nicht aus reiner Herzensgüte bei der Familienzusammenführung geholfen.«

»Was steckte denn dann dahinter?«, fragte Grayson. »Irgendeinen Plan muss er doch haben.«

»Ich glaube, es geht um Macht. Der Kleine Prinz will den Sitz seines Vaters im Kongress. Und wer sich ihm in den Weg stellt, der wird niedergemäht. Selbst wenn es die eigene Mutter ist«, sagte Conley.

Ihre Großmutter hob den Kopf und winkte. »Ah, da kommt Sean!«

Skelly hatte seine Krawatte gelöst und sie sich locker um den Hals geschlungen. Er zog sein Sakko aus und hängte es über die Rücklehne seines Stuhls. Kurz darauf kam der Barkeeper mit einem gezapften kalten Bier und einer kleinen Schale Nüsse an den Tisch.

»Danke, Artie«, sagte Skelly und trank einen großen Schluck. Er wischte sich den Mund mit einer Serviette ab. »Mensch, das habe ich gebraucht«, verkündete er. »Wer hatte eigentlich die Idee, den Empfang in einer Kirche abzuhalten, die keinen Alkohol erlaubt?«

»Die Altargilde hatte keine andere Wahl. Die Baptisten haben die größte Halle der Stadt«, erklärte Lorraine. »Und die besten Parkmöglichkeiten.«

»Wieso seid ihr alle so früh gegangen? Ihr habt das Feuerwerk verpasst.«

»George McFall hat mich rausgeworfen, und Gray wurde von einer Meute alter Schachteln verjagt«, antwortete Conley. »Was für ein Feuerwerk? Was ist passiert?«

»War ein Witz«, sagte Skelly. »Nein, mir ist nichts Unangenehmes aufgefallen. Soweit ich das beurteilen kann, hatten Team Vanessa und Team Charlie ihr Territorium auf den gegenüberliegenden Seiten der Mehrzweckhalle abgesteckt, und das Buffet stand in der entmilitarisierten Zone dazwischen. Es war alles ganz zivil.«

»Also, das war schon verdammt seltsam, wenn du mich

fragst«, sagte Conley und trank einen Schluck Wasser. »Die arme Toddie und ihre beiden Kinder wirkten völlig verloren.«

»Ich weiß wirklich nicht, warum die heute aufgetaucht sind«, warf Großmama ein. »Das muss doch total unangenehm für sie gewesen sein.«

»Ich habe kurz mit Toddie gesprochen, bevor sie ging«, sagte Skelly und wies auf Conley. »Sie hat sich ganz schön über dich aufgeregt.«

»Über mich? Was hab ich denn getan?«

»Sie ist offenbar der Meinung, dass du ihr den Sheriff auf den Hals gehetzt hast.«

»Hab ich nicht.« Conley war empört. »Ich habe gegenüber Merle Goggins nur erwähnt, dass Symmes' Unfall nicht weit entfernt von Toddies Farm geschah, und ich habe gesagt, sie hätte mir letztens im Drugstore erzählt, dass Symmes kurz vor seinem Tod bei ihr zu Besuch war und ihr angekündigt hat, dass er ihr die Immobilie überschreiben wolle.«

»Willst du damit sagen, dass Toddie etwas mit dem Unfall zu tun hatte?«, fragte Skelly. »Komm, Conley! Ich kenne sie schon fast mein ganzes Leben. Ich glaube nicht, dass sie zu so etwas fähig ist.«

»Bis zu dem Tag, als ich dich dazu verleitet habe, zur Oak Springs Farm zu fahren, hattest du sie – wie lange? – über dreißig Jahre nicht gesehen?«, erinnerte Conley ihn. »Kannst du mit Sicherheit sagen, dass sie nichts mit Symmes' Tod zu tun hatte?«

»Wir wissen ja nicht mal, woran er gestorben ist«, gab Skelly zurück.

Conley atmete hörbar aus. »Jetzt schon. Er ist mit einem Reh zusammengestoßen.«

»Ein Reh? Herrje! Das war's? Er starb durch ein Reh?«

»Streng genommen nicht. Der Amtsarzt ist der Meinung, dass er schon vor dem Zusammenprall tot war. So wie ich es verstehe, hatte Symmes eine toxische Menge Fentanyl und Alkohol im Blut. Er war entweder tot oder bewusstlos, als das Auto das Tier erwischte.«

Skelly nickte. »Leuchtet ein. Er hatte ja ein Fentanylpflaster, vielleicht gab es Wechselwirkungen mit dem einen oder anderen Medikament.«

»Also hatte er tatsächlich ein Fentanylpflaster«, sagte Conley feixend.

Skelly fluchte leise vor sich hin. »Du hast mich reingelegt.«

»Hab ich nicht.« Conley schaute von ihrer Schwester zu ihrer Großmutter. »Habe ich Skelly gerade reingelegt?«

»Nicht dass ich wüsste«, sagte Grayson lachend. »Diese Information hast du vollkommen freiwillig rausgerückt.«

»Das ist nicht witzig«, erwiderte er. »Ihr dürft mich nicht zitieren! Dafür könnte ich meine Lizenz verlieren. Den ganzen Laden.«

»Mache ich nicht«, beeilte sich Conley zu sagen. »Du hast nur inoffiziell bestätigt, was ich eh schon wusste. Ich schwöre dir, Skelly, ich wollte dich nicht hereinlegen.«

Er trank sein Bier aus und nahm sein Sakko. »Miss Lorraine, kann ich dich raus an den Strand bringen? Ich muss jetzt leider zurück in den Drugstore.«

»Das wäre wunderbar«, sagte Großmama. »Ich falle dir nicht gern zur Last, aber die Mädchen sind kurz vor Redaktionsschluss, und ich weiß nicht genau, was Winnie heute macht.«

»Überhaupt kein Problem«, sagte Skelly und stellte sich hinter Lorraine, um ihren Stuhl zurückzuziehen.

»Ich bringe dich zum Auto«, erbot sich Conley.

»Mach das. Ich pudere mir nur noch kurz die Nase«, sagte Großmama taktvoll. »Wir treffen uns auf dem Parkplatz.«

»Du musst doch wissen, dass ich dir oder deinem Geschäft niemals absichtlich schaden würde«, sagte Conley, als Skelly mit großen Schritten losmarschierte. »Skelly! Hörst du mir überhaupt zu?«

Er drehte sich nicht um. »Ja, ich habe dich gehört.«

Sie griff nach seinem Sakko. »Hey! Warte mal!«

Er hielt inne. Sein Gesicht war ausdruckslos. »Ich habe gesagt: Ich habe dich gehört.«

»Aber du glaubst mir nicht so recht?«

»Ich weiß nicht, was ich glauben soll. Du bist so erpicht darauf, den nächsten Knüller zu landen, dass ich mich schon frage, was du dafür alles tun oder nicht tun würdest.«

»Ich würde niemals das Vertrauen eines anderen Menschen missbrauchen. Oder dem ältesten Freund, den ich auf der Welt habe und der mir sehr wichtig ist, absichtlich weh tun.« Sie sah ihm in die Augen.

Inzwischen waren sie in der Lobby des Clubs angekommen. Jetzt war der Parkplatz voll. Die Mitglieder strömten herein, immer noch in Trauerkleidung. Nach drei qualvollen alkoholfreien Stunden auf der Beerdigung strebten alle entschlossen auf die Bar zu.

»Okay«, sagte Skelly. »Ich glaube dir.«

Conleys Handy klingelte. Sie warf einen kurzen Blick darauf und sah, dass es der anonyme Anrufer war. Sie ließ es klingeln.

»Musst du da nicht drangehen?« Skelly wies auf ihre Handtasche.

»Ist nur ein Telefonstreich.«

»So, fertig!« Großmama kam auf die beiden zu.

Skelly machte einen Diener. »Ihre Kutsche steht bereit, Madame.«

»Ich meld mich mal nach Redaktionsschluss«, sagte Conley, während Skelly und Lorraine die Türen aufdrückten und nach draußen gingen.

52

Wo seid ihr gewesen?«, fragte Lillian, als Conley und Grayson um kurz vor fünf in die Redaktion des *Beacon* kamen. »Den ganzen Nachmittag hat das Telefon geklingelt. Die Leute wollten wissen, wann die Spezialausgabe rauskommt.«

»Wirklich?«, sagte Grayson. »Hast du sie auf die neue Website verwiesen und ihnen geraten, sie zu abonnieren?«

»Ich habe alles getan, was du gesagt hast«, entgegnete Lillian. »Aber die Beerdigung ist schon verdammt lange vorbei.«

»Wir haben noch recherchiert.« Grayson ging an Lillian vorbei in ihr Büro.

Lillian schnupperte. »Die Recherche riecht aber ganz schön nach Gin.«

»Hat Rowena sich schon gemeldet?«, überging Grayson die Anspielung.

»Oh, ja. Vor ungefähr einer Stunde kam sie hier reingeschneit, immer noch in ihrem Schwarze-Witwe-Halloween-Aufzug. Angeblich mit dem nächsten ›Exklusivbericht‹ von Vanessa Robinette.«

»Hat sie was Gutes von ihr bekommen?«, wollte Conley wissen.

»Glaub schon«, sagte Lillian. »Ist alles im Computer. Ich hab's mal ›Vanessa zieht vor den Kadi‹ genannt.«

»Was?«, riefen die Schwestern wie aus einem Munde.

»Wen will sie denn verklagen?«, fragte Conley.

Das Telefon klingelte, Lillians Hand schwebte über dem Hörer. »Angeblich die erste Frau, ihren eigenen Sohn und noch ein paar andere.«

Sie nahm ab. »*Silver Bay Beacon*, das Licht der Wahrheit. Lillian King am Apparat.«

Conley holte ihr Handy aus der Tasche und warf einen kurzen Blick auf ihre E-Mails, um zu sehen, ob sie etwas von Selena Kwan bekommen hatte. Keine neuen Mails, nur eine Nachricht auf der Mailbox.

Auf ihrem Laptop rief sie Rowenas Kolumne auf, gleichzeitig drückte sie geistesabwesend auf den Pfeil zum Abspielen der Nachricht. Eine Männerstimme sprach gedämpft, die Worte jedoch waren klar verständlich: »Du bist tot, Miststück.«

Conley sah sich in der Redaktion um, schüttelte den Kopf und wollte die Nachricht löschen, dann besann sie sich eines Besseren. Sie nahm sich vor, die Anrufe am nächsten Tag bei der Polizei zu melden.

Sie widmete sich wieder ihrem Laptop und las mit wachsender Verärgerung die Kolumne.

»Hey, Grayson!«, rief sie ihrer Schwester zu. »Liest du auch gerade diese Katastrophe, die Rowena verzapft hat?«

Grayson stand in der Tür zu ihrem Büro. »Ja. Und ja, das ist wirklich unlesbar. Kümmerst du dich bitte darum? Michael hat angerufen. Er kommt gleich her, hat ein paar Zitate vom Gouverneur und von Vanessas frisch berufenem Wahlkampfleiter.

Diese Story ist wie ein Ungeheuer mit sieben Köpfen. Kaum hat man sich um einen Strang gekümmert, wachsen der Geschichte sechs neue.«

Hallo, Sommer!

VON ROWENA MEIGS

Heute erfuhr die Verfasserin dieser Zeilen in einem Exklusivinterview mit Mrs. Vanessa Robinette (tragisch verwitwet, nachdem ihr Mann, der Kongressabgeordnete Symmes Robinette, bei einem Autounfall ums Leben gekommen ist), dass die Witwe beabsichtigt, Toddie Sanderson anzuzeigen, die erste Frau des Abgeordneten, denn diese hätte eine »unzulässige Einflussnahme« auf ihren verstorbenen Mann ausgeübt, damit Symmes Robinette ihr den Familienbesitz Oaks Springs Farm in Bronson County überschreibt, obwohl Symmes aufgrund seiner fortgeschrittenen Krebserkrankung nicht vollkommen im Besitz seiner geistigen Fähigkeiten war.

Oak Springs Farm ist eine Plantage mit Wachtelzucht und 320 Hektar Ackerfläche, die laut Vanessa Robinette auf knapp zwei Millionen Dollar geschätzt wird. Wie sie sagt, hätte es die erste Frau von Robinette ausgenutzt, dass ihr Mann kurz vor seinem Tod nicht mehr im Vollbesitz seiner geistigen Kräfte war, und ihn dazu gebracht, ihr die Farm zu schenken.

Vanessa sagte, sie wolle Toddie Sanderson vor Gericht bringen, auch ihren Sohn Charlie Robinette, der ihrem Mann angeblich das mit der Farm, die früher mal Toddies Familie gehört hat, eingeredet hat – aus Schuldgefühlen wegen der Scheidung vor über dreißig Jahren.

In der nächsten halben Stunde überarbeitete Conley Rowenas Kolumne und versuchte, die Fakten zu checken. Sie rief erst Vanessa und dann Charlie an und schrieb ihnen schließlich Nachrichten. Am Ende wählte sie verzweifelt die Nummer von Kennedy McFall, die sich mit deutlich unterkühlter Stimme meldete.

»Ja?«

»Hi, Kennedy. Hier ist Conley Hawkins vom *Beacon*.«

»Was willst du, Conley? Sitzt du an der nächsten Geschichte, in der mein Verlobter als Verbrecher rüberkommt, weil er seinem Vater den letzten Wunsch erfüllt hat?«

»Hör mal, Kennedy«, sagte Conley genervt. »Ich weiß nicht, was Charlie dir erzählt hat, aber ich kann dir versichern, dass ich keinen persönlichen Rachefeldzug gegen ihn führe. Ich bin Reporterin, ich berichte, was passiert ist. Das mag ihm nicht gefallen, aber das ist meine Aufgabe. So wie es meine Aufgabe war, mir eure Pressekonferenz anzuhören und zu berichten, dass er seine Mutter wegen Seniorenmissbrauchs angezeigt hat. Momentan prüfe ich die Fakten in Rowena Meigs' Kolumne.«

»Die alte Schachtel weiß doch gar nicht, was Fakten sind«, sagte Kennedy. »Aber bitte, ich höre.«

»In dem Text steht, Vanessa hätte gesagt, sie wolle Toddie vor Gericht ziehen – Charlie ebenfalls –, und zwar wegen der Überschreibung der Farm. Weißt du irgendwas darüber?«

»Ich weiß, dass Vanessa Charlie jeden Tag zig Nachrichten mit allen möglichen kranken Drohungen schickt«, erwiderte Kennedy. »Ehrlich gesagt, wissen wir gar nicht mehr, worüber sie sich alles aufregt.«

»Weißt du zufällig, wer ihr Anwalt ist?«

»Nein.«

»Charlie auch nicht?«

»Wahrscheinlich schon, aber er hat gerade eine Besprechung mit dem Gouverneur, und dabei werde ich ihn nicht stören, nur damit du ihn wieder niederschreiben kannst.«

Allmählich verlor Conley die Geduld. »Zeig mir bitte einen Satz von mir über Charlie Robinette, der nicht zutrifft! Zitier mir die Stelle, wo ich Rufmord betreibe! Wenn Charlie und seiner Mutter nicht gefällt, was der *Beacon* über die Familie schreibt, müssen sie vielleicht einfach mal in den Spiegel gucken. Denn ich erzeuge die Nachrichten nicht, Kennedy, ich gebe sie nur wieder.«

»Aber du berichtest aus deiner persönlichen Sicht«, gab Kennedy zurück. »Weil du immer noch sauer bist, dass Charlie damals mit dir Schluss gemacht hat, vor – wann war das? – zwanzig Jahren? Das ist eine lange Zeit, um eine Fehde zu pflegen, Conley. Vielleicht müsstest du mal erwachsen werden und drüber hinwegkommen.«

Kennedy legte auf, bevor Conley ihre eigene Version der hässlichen Geschichte mit Charlie Robinette darlegen konnte.

»Aaargh!«, stöhnte sie und schlug die Hände vors Gesicht.

Michael, der an seiner eigenen Story arbeitete, drehte sich um und sah seine Kollegin verständnisvoll an. »Blocken alle ab?«

»Egal, was ich versuche«, antwortete Conley düster. »Ich bekomme Vanessa nicht ans Telefon, und ich komme nicht an Charlie ran. Aber ich brauche nun mal eine Bestätigung für Rowenas Kolumne.«

»Hast du schon versucht, Toddie zu erreichen?«, fragte er.

»Die rufe ich als Nächstes an, aber angeblich stehe ich bei der auch auf der Abschussliste.« Conley seufzte.

»Super, oder?« Der junge Reporter war begeistert. »Immer besser, gehasst als ignoriert zu werden.«

Ungewollt musste sie lachen. »Du hast eine große Zukunft in dieser Branche, Mike.«

Sie rief Toddie auf dem Handy an und hinterließ eine Nachricht auf der Mailbox, als sich niemand meldete. Eine Minute später rief Robinettes Ex-Frau zurück.

»Mit Ihnen habe ich noch ein Hühnchen zu rupfen«, begann Toddie.

»Skelly hat mir erzählt, dass Sie böse auf mich sind, weil ich Ihnen angeblich den Sheriff auf den Hals gehetzt habe«, beeilte sich Conley zu sagen. »Aber das habe ich gar nicht! Ich habe ihm nur erzählt, was Sie mir selbst gesagt haben: dass Symmes Sie kurz vor seinem Tod auf der Farm besucht hat. Goggins meinte, er sei mehrmals bei Ihnen gewesen. Er weiß, dass die Farm nicht weit vom Unfallort entfernt ist.«

»Natürlich kenne ich den Sheriff. Wir laden jedes Jahr alle Mitarbeiter von Feuerwehr und Polizei zum Taubenschießen ein«, entgegnete Toddie. »Aber ich verwahre mich gegen die Anspielung, ich hätte etwas mit Symmes' Tod zu tun. Meine Kinder und ich haben ihm die letzten glücklichen Stunden geschenkt, die er in seinem Leben hatte, und jetzt sieht es dank Ihnen und dieser Frau so aus, als sei das ein Verbrechen.«

Conley musste sich auf die Zunge beißen, um nicht das zu wiederholen, was sie den Leuten schon den ganzen Tag sagte.

»Vanessa hat heute unserer Kolumnistin erzählt, dass sie Charlie und Sie verklagen will, weil Sie angeblich einen unzulässigen Einfluss auf Symmes ausgeübt hätten, der nicht im Vollbesitz seiner geistigen Kräfte war.«

Toddie lachte gehässig. »Soll sie nur! Mir die Farm zu überschreiben ist ganz allein auf Symmes' Mist gewachsen. Vergessen Sie nicht, dass er derjenige war, der Kontakt zu mir aufgenommen hat, nicht andersherum. Ist nicht meine Schuld, dass er ein schlechtes Gewissen hatte und wiedergutmachen wollte, dass er mich damals bei der Scheidung über den Tisch gezogen hat.«

»Haben Sie denn etwas von Vanessas Anwalt gehört?«

»Keinen Mucks«, entgegnete Toddie. »Das ist doch nur ein billiger Trick, um Publicity für ihren Wahlkampf zu bekommen. Für Aufmerksamkeit würde diese Frau alles tun. Mir mit einer Klage drohen? Und ihrem einzigen Kind? An dem Tag, wo sie ihren angeblich über alles geliebten Ehemann zu Grabe trägt? Keine besonders traurige Witwe, oder?«

Conleys Finger flogen über die Tastatur ihres Computers. »Hat Symmes Charlie erzählt, dass er Ihnen die Farm überschreiben will?«

Toddie zögerte. »Woher soll ich das wissen?«

»Charlie war derjenige, der ursprünglich mit Ihnen Kontakt aufgenommen hat, deshalb dachte ich, Symmes könnte seine Absicht ja seinem Sohn mitgeteilt haben.«

Conley hörte eine tiefe Männerstimme im Hintergrund. »Mom? Mit wem redest du da?«

Toddies Stimme klang gedämpft, aber war noch zu verstehen. »Mit der Frau von der Zeitung in Silver Bay. Sie sagt, Vanessa will mich anzeigen.«

»Mach Schluss, Mom!«, sagte der Mann. »Du musst nicht mit ihr sprechen.«

Klick.

Conley ließ ihr Handy sinken. Man hatte sie heute bei einer Beerdigung rausgeworfen, sie war angeschrien und ignoriert worden. Und nun hatte ihre Gesprächspartnerin einfach aufgelegt. Ein ganz normaler Tag im Leben einer Kleinstadtjournalistin.

53

Langjähriger Abgeordneter unter Querelen zu Grabe getragen

VON CONLEY HAWKINS UND MICHAEL TORPY

Silver Bay, Florida – *Der altgediente Kongressabgeordnete des hiesigen Wahlbezirks, C. Symmes Robinette, wurde am Samstag zur letzten Ruhe gebettet – doch ewiger Friede ist den sich bekriegenden Familienmitgliedern und der zurückgelassenen Wählerschaft nicht gegönnt.*

Weiterhin gibt es viele offene Fragen zu Robinettes Tod und den Ungereimtheiten seines Privatlebens.

Der siebenundsiebzigjährige Kongressabgeordnete starb in den frühen Morgenstunden des 11. Mai bei einem Fahrzeugbrand ohne weitere Beteiligte im ländlichen Bronson County, nachdem sein Escalade aus dem Jahr 2020 mit einem Reh zusammengestoßen war. Der zuständige Amtsarzt hat noch keine offizielle Todesursache bekannt gegeben, aber der Beacon weiß aus zuverlässiger Quelle, dass Robinette zum Zeitpunkt des Zusammenpralls bereits tot oder bewusstlos war und dass er eine toxische Dosis von Fentanyl und Alkohol im Blut hatte. Fentanyl ist ein schmerzstillendes Opioid, das Patienten mit Krebs im fortgeschrittenen Stadium häufig verschrieben wird.

Merle Goggins, der Sheriff von Bronson County, sagte dieser Zeitung, der Tod des Abgeordneten sei weiterhin Gegenstand von Ermittlungen. Es bestehe kein Verdacht auf Fremdeinwirkung.

Robinettes Namensvetter und mutmaßlicher Nachfolger für den jetzt leeren Sitz im Repräsentantenhaus, C. Symmes »Charlie« Robinette jr., überraschte am Samstag viele Trauergäste in der bis zum letzten Platz gefüllten Presbyterianer-Kirche von Silver Bay, als er in seiner Traueransprache die »heimliche Familie« seines Vaters begrüßte, darunter Symmes Robinettes erste Frau Emma »Toddie« Sanderson sowie ihre erwachsenen Kinder Hank, 50, und Rebecca Robinette, 48. Die drei saßen nur wenige Bänke von Vanessa Monck Robinette, 59, entfernt, Robinettes Witwe und Mutter von Charlie Robinette, die ebenfalls ihre Absicht verkündet hat, für den Sitz ihres verstorbenen Mannes zu kandidieren.

In seiner Trauerrede sagte Charlie Robinette, sein Vater hätte erst nach der Diagnose des Non-Hodgkin-Lymphoms von der Existenz einer früheren Ehe und daraus hervorgegangenen Kindern gesprochen.

Charlie Robinette erklärte, die Familie habe die Krebsdiagnose des Abgeordneten vor allen geheim gehalten, abgesehen von den engsten Freunden, weil sein Vater kein »Aushängeschild für Krebskranke« habe sein wollen.

Vanessa Robinette berichtete, sie hätte ihren Mann im Frühling nach Silver Bay zurückgeholt, weil sie wollte, dass er seine letzten Monate in tröstlicher heimischer Umgebung verbrachte.

Nach Meinung von Robinette jr. entzog seine Mutter den kranken Kongressabgeordneten jedoch den weltbekannten Ärzten am National Military Medical Center Walter Reed in Washington und brachte ihn nach Silver Bay, wo Vanessa Robinette ihrem Mann jeden Kontakt mit der Außenwelt verwehrte und ihn im großzügigen gemeinsamen Haus mit Meerblick auf Sugar Key praktisch gefangen hielt. Charlie Robinette sagte, in den letzten Monaten seines Vaters hätte seine Mutter das Mobiltelefon des Kongressabgeordneten beschlagnahmt und die Sicherheitsbeauftragten von Sugar Key angewiesen, ihm keinen Zutritt mehr zu der geschlossenen Anlage zu gewähren.

Nach dem Tod von Symmes Robinette hat sich eine erbitterte Familienfehde entwickelt. An dem Tag, als Symmes Robinette mit allen Ehren in der Rotunde des Kapitols in Washington verabschiedet wurde, war sein Sohn nicht anwesend, sondern berief stattdessen eine Pressekonferenz ein, auf der er verkündete, dass er seine Mutter beim zuständigen Amt wegen Seniorenmissbrauchs angezeigt habe.

Heute eröffnete Vanessa Robinette der Kolumnistin des Beacon, *Rowena Meigs, dass sie sowohl Charlie Robinette als auch Toddie Sanderson wegen der Eigentumsrechte an der Oak Springs Farm verklagen werde. Symmes Robinette überschrieb die zur Wachteljagd genutzte, 320 Hektar große Farm in Bronson County zwei Wochen vor seinem Tod seiner Ex-Frau.*

Vanessa Robinette berichtete dem Beacon, *ihr Sohn und Toddie Sanderson hätten unzulässigen Einfluss auf ihren Mann ausgeübt, der nicht mehr im Vollbesitz seiner geistigen Kräfte gewesen sei, damit er Toddie Sanderson die Farm mit einem Schätzwert von 1,8 Millionen Dollar überschrieb. Seit ihrer einvernehmlichen Scheidung vom Kongressabgeordneten hatte Ms. Sanderson, 76, das Anwesen jahrzehntelang von Robinette gemietet.*

Am Samstagabend darauf angesprochen, sagte Toddie Sanderson, es sei Symmes Robinettes Idee gewesen, ihr die Farm, die ursprünglich im Besitz ihrer Familie gewesen sei, für einen Dollar »und andere Leistungen« zu verkaufen, weil er »ein schlechtes Gewissen hatte und es wiedergutmachen wollte, weil er mich damals bei der Scheidung über den Tisch gezogen hat«.

»Gray?« Conley drehte sich auf ihrem Stuhl und schaute hinüber zur offenen Tür des Büros ihrer Schwester. »Ich warte immer noch auf Rückrufe von Charlie und Vanessa Robinette, dann muss ich noch Mikes Material in meinen Artikel einarbeiten. Hat sich Rowena von dem Dinner in Sugar Key gemeldet?«

Grayson kam in das Großraumbüro. »Ja, vor ungefähr einer Stunde. Nachdem Lillian alles eingetippt hatte, habe ich sie nach Hause geschickt.«

»War es so schlimm wie immer?«

»Schlimmer. Wir haben eine ausführliche Beschreibung von der Kleidung der Gouverneursgattin sowie von der Uniform der Caterer und Bediensteten. Wir wissen, welche Blumen im Swimmingpool trieben und wie schick Vanessa angezogen war. Außerdem gibt es verschwommene Fotos vom Krabbensalat auf dem Buffet und von Tuffy, wie er hinter einer Topfpalme auf der Terrasse hervorguckt. Es braucht schon einiges an Können, um aus diesem Haufen Mist einen annehmbaren Text zu machen.«

»Tut mir leid, aber das musst du ausnahmsweise selbst machen. Ich sitze noch mindestens eine Stunde an dem großen Artikel.« Conley schaute zur Uhr an der Wand hinüber.

»Ich? Ich kann nicht schreiben«, protestierte Grayson.

»Und ich kann nicht zaubern. Rowenas Kolumne und den großen Artikel bekomme ich nicht beide heute fertig. Entweder machst du es selbst, oder ich kümmere mich später darum. Dann hast du die Kolumne für die nächste Ausgabe.«

»Ooooh«, stöhnte Gray. »Deshalb habe ich Jura studiert. Damit ich niemals den Fuß in eine Redaktion setzen muss.«

»Und deshalb verdienst du dicke Knete«, sagte Conley. »Mein Tipp? Augen zu und durch.«

54

Veränderung lag in der Luft. Er fühlte es, hatte es schon gespürt, als er am Morgen aufgewacht war – angespannt, verdrossen, nervös. Hi-Fi merkte es auch. Die Katze hatte ihm einen heftigen Kratzer im Gesicht verpasst und sich dann unters Sofa verzogen. Buddy Bright glaubte nicht an Astrologie, Mondphasen und den ganzen Esoterik-Quatsch. Aber er vertraute seinem Bauchgefühl. Und das sagte ihm, dass Veränderungen anstanden.

Der Platz vor dem Gerichtsgebäude war so gut wie leer. Es war nach elf Uhr abends, ging auf Mitternacht zu. Wenn er aufstand und in den kleinen Eingangsbereich des Senders ging, sah er die Lichter in der Redaktion des *Beacon* auf der anderen Seite des Platzes.

Es war auf jeden Fall ein Tag mit vielen wichtigen Neuigkeiten gewesen: Symmes Robinettes Beerdigung und das immer höhere Wellen schlagende Drama um seine Familie. Buddy dachte an die kurzen Begegnungen mit dem Kongressabgeordneten spätnachts im Waffle House und fragte sich, was der Alte wohl von all dem halten würde. Er hatte zu Buddy gesagt, er wolle etwas wiedergutmachen, aber eigentlich hatte er nur Chaos gestiftet.

Die Werbepause näherte sich ihrem Ende. Buddy nahm

einen letzten Zug, dann drückte er seine Zigarette in einem Styroporbecher aus und stellte sein Mikro an.

»Da bin ich wieder, Silver Bay. Hier ist *Up All Night*, und ich bin Buddy Bright. Nicht mehr lange, dann heulen wir den Mond an, wie wär's also mit einem schönen Song von Wilson Pickett, hm?«

Er startete »In the Midnight Hour« und lehnte sich auf dem Stuhl zurück. In der nächsten Stunde spielte er nur Lieder zum Thema Mitternacht, zum Beispiel »Midnight Train to Georgia« von Gladys Knight and the Pips, dann »Midnight Confessions« von den Grass Roots.

»Gleich sind die Leitungen für Anrufer geöffnet«, verkündete Buddy. »Mal sehen, wer noch wach ist und zur Geisterstunde zuhört.«

Die Schalttafel leuchtete auf, er nahm den ersten Anruf entgegen.

»Hey, Buddy«, sagte der Mann. »Ich bin's, Pu der Bär. Erinnerst du dich an mich?«

»Hi, Pu der Bär«, grüßte Buddy. »Hast du ein Geständnis für die Geisterstunde?«

»Das nicht, aber du vielleicht. Weißt du, es hat mir einfach keine Ruhe gelassen, und da habe ich ein bisschen rumgesucht.«

Buddys Hand schwebte über dem Schalter. Er könnte den Anruf abwürgen und behaupten, es liege an der Leitung, aber damit würde er das Unvermeidliche nur hinauszögern.

»Ach, ja?«, sagte er.

»Schon erstaunlich, was man alles im Internet findet, wenn man weiß, wo man suchen muss«, sagte Pu der Bär. »Und ich hab's gefunden. Damals in Detroit, 1992, da hießt du noch Robert ›Robbie‹ Breitweis. Stimmt's?«

Mit zitternden Händen zündete sich Buddy die nächste Zigarette an und sog den Rauch in die Lunge.

»Buddy, bist du noch da?«

»Ja.«

»In Detroit warst du eine ziemlich große Nummer, nicht wahr? Du hattest die beste Sendezeit am Morgen, wenn alle zur Arbeit fahren, du hast Fernsehwerbung gemacht, das richtig große Geld.«

»Wenn du das sagst, Pu der Bär.«

»Fing es da an mit den wilden Partys? Ich hab gehört, Rock-DJs machten damals immer schwer einen drauf. Drogen, Saufen, Weiber, solche Sachen.«

Die Asche fiel auf Buddys Hemd. Er schnippte sie fort. »Worauf willst du hinaus, Pu der Bär?«, fragte er betont gelangweilt. »Es warten noch andere Anrufer in der Leitung.«

»Die Sache ist die: Ich habe alte Zeitungsausschnitte gefunden.« Pu der Bär lachte höhnisch. »Online. Du hast ein Mädchen umgebracht, richtig? Alkohol am Steuer. Kamst in den Knast, aber eines Tages hattest du einen Arbeitseinsatz auf dem Highway, und da bist du auf und davon. Hast dich in Luft aufgelöst. Aber jetzt bist du hier, in Silver Bay, Florida, unter einem anderen Namen. Darauf will ich hinaus, Buddy … Robert, meine ich.«

Buddy würgte den Anrufer ab und startete das nächste Lied auf seiner Liste zum Thema Mitternacht. Er hatte Gregg Allman mal auf Tournee gesehen. Irgendwo hatte Buddy gelesen, dass Allman aus Daytona Beach kam. Buddy mochte Florida, das Wetter, das Gefühl, dass dort alle eigentlich woanders herkamen. Daytona würde sein nächstes Ziel sein, beschloss er.

Während Gregg Allmans gutturale Stimme das kleine Studio füllte, packte Buddy seine Siebensachen in eine Plastiktüte. *»I've* *got to run to keep from hiding*«, sang er mit. Als er den Schlüssel in der Studiotür umdrehte, lief gerade die letzte Zeile des Lieds.

»*Not gon' let them catch the midnight rider*«, flüsterte er.

Die Corvette stand wie immer hinter dem Studio. Buddy ging um den Wagen herum, begutachtete ihn, wischte einen Staubfussel mit dem Ärmel seines schwarzen Hemds fort. Der Motor erwachte zum Leben, Buddy steuerte den Sportwagen langsam um den Platz herum. Das Licht im Leuchtturm oben auf dem Zeitungsgebäude warf seinen gelben Schein auf die dunkle Straße vor ihm. Als er vorbeifuhr, sah er wieder den schwarzen Pick-up. Er stand auf der anderen Straßenseite, hinter dem Lenkrad die schemenhafte Gestalt des Fahrers.

Buddy schaute sich zur Zeitung um und sah die Umrisse von zwei Frauen im Fenster.

Mit den Fingern trommelte er ein hektisches Stakkato aufs Lenkrad. Er könnte anhalten, reingehen und Conley Hawkins warnen, dass sie beobachtet wurde. Er konnte auch bei der Zeitung anrufen, als anonymer Anrufer wie Pu der Bär, und eine unheilschwangere Prophezeiung abgeben.

Oder er fuhr weiter. Buddy drehte noch eine Runde um den Platz, ein zweites Mal an dem Pick-up vorbei. Er stand so da wie zuvor. Der Fahrer wartete, passte den richtigen Augenblick ab. Buddy beschloss, dasselbe zu tun.

55

Hey!« Grayson kam barfuß aus ihrem Büro. »Ich habe gerade auf Senden gedrückt. Jetzt ist die zweite digitale Ausgabe des *Silver Bay Beacon* online!«

»Yeah!« Conley sackte auf ihrem Stuhl zusammen. Sie sah sich im Büro um. Auf Graysons Drängen hin hatte Michael vor einer Stunde Schluss gemacht. Lillian war schon lange gegangen. Nur die Hawkins-Schwestern waren noch im Raum, in dem sich die fettverschmierten Pizzakartons und leeren Dosen Cola Light und Red Bull stapelten und die Mülleimer vollgestopft waren mit zahllosen verworfenen Versionen von Artikeln, die nun an wichtiger Stelle in der Online-Ausgabe des *Silver Bay Beacon* standen.

Conley fühlte sich so schmutzig wie das Büro. Sie wollte nach Hause, duschen, einen Spaziergang am Strand machen, eine ganze Flasche Wein trinken und eine Woche lang schlafen. Aber das musste warten. Conley stand auf, gähnte und streckte sich.

Grayson legte ihrer Schwester den Arm um die Schulter. »Eigentlich müssen wir einen Siegertanz aufführen, oder?«

»Zu müde«, sagte Conley. »Aber das haben wir gut hingekriegt heute Abend, nicht?«

»Wirklich super. Wir alle zusammen. Selbst Rowena, auf ihre Art, die Gute.« Grayson drückte Conleys Schulter. »Ich bin so stolz auf dich, Conley. Ich weiß, das sage ich dir nie, aber es ist so.«

»Danke«, sagte Conley. »Ich bin auch ziemlich stolz darauf, was wir gemeinsam in den letzten Tagen geleistet haben.«

»Okay, dann raus mit dir! Fahr nach Hause und schlaf ein bisschen.«

»Und was ist mit dir? Du kannst nicht ständig auf diesem ollen Sofa schlafen. Und du kannst nicht hier im Büro leben, Gray. Das ist ungesund. Ich fahre heute Abend nicht mehr raus an den Strand. Bin zu müde. Ich schlafe heute in der Felicity Street. Da habe ich wenigstens WLAN, dann kann ich noch an meinem Auftrag für den *AJC* arbeiten und in meinem alten Zimmer schlafen. Komm wenigstens mit mir da rüber, ja?«

»Ich überleg's mir.«

Diese Antwort überraschte Conley. »Echt? Ich dachte, du sagst jetzt, ich soll den Mund halten und mich um meinen eigenen Kram kümmern.«

»Ich komme gleich nach. An der Küste ist es erst neun Uhr. Ich will noch mit Tony sprechen.«

»Super. Was willst du ihm denn sagen?«

»Dass der Rasen gemäht werden muss. Und mein Rücken massiert. Und dass ich mir wünsche, dass wir es noch mal miteinander versuchen, vielleicht sogar mit einem Baby.«

Conley hob die Augenbraue. »Das alles *und* den Rasen mähen? Das ist allerhand, Gray.«

»Ich weiß. Der Mann fehlt mir einfach. Und auch wenn du nicht beim *Beacon* bleibst, weiß ich jetzt, dass wir es irgendwie schaffen können. Ich hab letztens den hilfreichen Tipp bekommen, dass man um Hilfe bitten soll, wenn man welche braucht. Und dass man sie auch annehmen soll. Daran werde ich arbeiten.«

Conley nahm ihre Schwester in den Arm. »Klingt sehr gut. Ich glaube, du bist wirklich die Klügere von uns beiden. Gut, dann fahre ich jetzt rüber. Ich muss dringendst duschen.«

Aus dem Auto rief Conley ihre Großmutter an und hinterließ eine Nachricht auf der Mailbox. Sie wusste, dass Lorraine ihr Handy wahrscheinlich zum Aufladen auf der Arbeitsfläche in der Küche liegen hatte.

»Hi, Großmama! 'tschuldigung, dass ich mich so spät melde, aber wir haben gerade erst die Sonderausgabe fertigbekommen, deshalb schlafe ich in der Felicity Street und versuche noch, ein bisschen zu arbeiten. Wir sehen uns morgen früh!«

Die Luft im Haus war abgestanden und stickig. Bevor Conley zu ihrem ehemaligen Zimmer hochstieg, drehte sie mit nur leichten Gewissensbissen das Thermostat der Klimaanlage herunter. Nachdem sie den Wandschrank und die Kommode durchsucht hatte, fand sie eine pinkfarbene Turnhose und ein übergroßes T-Shirt vom Silver Bay Beach Club, dazu einen Slip, dessen Gummiband schon vor einigen Jahren den Geist aufgegeben hatte.

Sie blieb so lange unter der Dusche, bis jeder Quadratzentimeter gründlich geschrubbt war. Dann trocknete sie sich ab und cremte sich ein, um sich schließlich wieder anzuziehen.

Winnie hatte den Kühlschrank und die Speisekammer für den Umzug an den Strand deprimierend gründlich geleert, doch Conley suchte so lange in der Küche und im Esszimmer-Sideboard herum, bis sie eine vergessene Packung Cracker und eine Flasche Wild Turkey fand, an deren Hals an einem roten Band noch ein Weihnachts-Geschenkanhänger für ihren Großvater baumelte.

Conley gab vier Eiswürfel in eins der altmodischen Kristallgläser ihrer Großmutter und schenkte sich zwei Fingerbreit Bourbon ein. Am Whiskey nippend, begab sie sich ins Esszimmer, wo sie ihren Rucksack abgelegt hatte.

Ihr Handy klingelte. Sie griff danach, doch als sie die Wörter »Anrufer unbekannt« im Display sah, legte sie es wieder beiseite.

Sie öffnete das Wachspapier der Packung und tauchte einen Cracker in den Bourbon. Er schmeckte überraschend gut, sie musste nur darauf achten, dass sie das Gebäck früh genug herausnahm, sonst löste er sich in der Flüssigkeit auf.

Conley mümmelte den zweiten Cracker und überlegte, wie sie den Artikel im *Beacon* für den *AJC* umschreiben sollte, da klingelte ihr Handy erneut. Kopfschüttelnd klappte sie ihren Laptop auf.

Der dritte Anruf des Unbekannten kam weniger als eine Minute später. Es war fast ein Uhr nachts. Genervt stand Conley auf, ging zum Wohnzimmerfenster und schaute in die Einfahrt. Wo blieb Grayson? Conley hatte zwar keine Angst, allein im Haus zu sein, aber wenig Verständnis dafür, dass ihre Schwester offensichtlich wieder freiwillig auf dem Sofa im Büro schlief. Außerdem nervten sie die lästigen Anrufe.

Trotzdem machte Conley eine Runde durchs Haus und vergewisserte sich, dass alle Türen verschlossen waren. Dann nahm sie ihr Handy und wählte die Dienstnummer der Polizeiwache von Silver Bay. Als sie aufgefordert wurde, eine Nachricht auf Band zu sprechen, das zu den Geschäftszeiten abgehört würde, sagte sie:

»Hallo, meine Name ist Conley Hawkins. Ich wohne bei meiner Großmutter Lorraine DuBignon Conley auf der 38 Felicity Street und möchte melden, dass ich mit anonymen Telefonanrufen belästigt werde. Da ich als Reporterin für den *Silver Bay Beacon* arbeite, könnte es ein unzufriedener Leser sein. Gerade waren es drei Anrufe innerhalb von fünf Minuten, alle anonym. Ich bitte um Rückruf unter dieser Nummer, so schnell wie möglich.«

Eine alte weiße Corvette mit dem Wort »PRESSE« auf dem Kennzeichen eignete sich nicht besonders gut für verdeckte Ermittlungen, wurde Buddy klar, als er den schwarzen Pick-up verfolgte. Glücklicherweise schien der Fahrer nicht zu merken, dass er beschattet wurde. Kurz hatte er auf der Felicity Street gehalten, einen Block von dem Haus entfernt, wo Conley Hawkins ihren Subaru geparkt hatte. Als der Pick-up gute fünf Minuten später weiterfuhr, atmete Buddy erleichtert aus. Für alle Fälle blieb er dran. Der Fahrer hielt noch zweimal, einmal beim Drive-In des ATM im Zentrum, dann beim Tankstellenshop Toot'n'Tote.

Buddy hatte seine Corvette auf der anderen Seite der Zapfsäulen abgestellt, damit er nicht bemerkt wurde. Voller Unbehagen rutschte er auf dem rissigen roten Ledersitz herum. Er musste dringend pinkeln, wollte aber nicht riskieren, in den Laden zu gehen. Schließlich sprang er aus dem Auto, hastete hinter einen Container und erleichterte sich dort.

Als er gerade wieder hinterm Lenkrad saß, kam der Fahrer des Pick-ups aus dem Laden. Er trank aus einer Literflasche Bier, in der anderen Hand hatte er eine Papiertüte.

Es war ein großer, massiger Weißer, genau wie Buddy ganz in Schwarz gekleidet: schwarze Outdoorhose, Motorradstiefel und ein schwarzes T-Shirt, dessen Stoff sich über den dicken Bizeps spannte. Anders als bei Buddy stand vorn und hinten auf dem Shirt des Pick-up-Fahrers in vier Zentimeter hohen gelben Buchstaben »SWAT«, die Abkürzung einer speziellen Eingreiftruppe der Polizei.

»Scheiße«, flüsterte Buddy. Es war der Bulle, derselbe, den er schon mal im Waffle House gesehen hatte. Er war nicht aus Silver Bay, denn Buddy hatte es sich zur Aufgabe gemacht, jeden Cop zu kennen, der für Silver Bay oder Griffin County arbeitete.

Der Pick-up fuhr wieder los. Buddy wartete, bis der Bulle auf die Straße bog. Dann folgte er ihm vorsichtig und hoffte, dass diese mitternächtliche Aktion bald zu Ende war. Er musste zu seiner Wohnung, Hi-Fi und seine restlichen Sachen einladen und Land gewinnen. Mit etwas Glück könnte er zum Sonnenaufgang nach Daytona Beach hineinrollen. Er würde sich ein billiges Motelzimmer suchen, ein bisschen schlafen und am nächsten Morgen Ausschau nach einem neuen Job halten.

Um kurz vor zwei Uhr schleppte Conley sich – und ihren Laptop – ins Bett. Sie hatte ihren Beitrag für die Zeitung von Atlanta überarbeitet, stärker den nationalen Blickwinkel betont und auf die bizarre Fehde der Familie Robinette abgehoben. Obendrein hatte sie noch etwas Hintergrund hineingebracht, hatte Symmes Robinettes Rolle als Anwalt der Bahngesellschaft gegenüber den Krebsopfern von Plattesville beleuchtet.

Sie nahm sich vor, rüber nach Plattesville zu fahren und dort im Gericht nach etwaigen Unterlagen über die Prozesse zu forschen, die sich mit der Giftmülldeponie befassten, wenn sich die Aufregung um die Beerdigung gelegt hätte.

Conley konnte sich nicht verkneifen, die neue Facebook-Seite des *Beacon* zu besuchen. Michael hatte Links zu den Online-Ausgaben eingestellt, dazu ein paar Filme, die er vor der Kirche gemacht hatte. Das Material war erst seit wenigen Stunden online, aber hatte bereits fast 800 Aufrufe, 120 Likes und 40 Kommentare. Conley nahm sich vor, sie am nächsten Tag zu lesen.

Ihre Augenlider waren schwer wie Blei. Sie stellte den Laptop auf den Nachttisch und knipste die Lampe aus.

Fast sofort schlief sie ein. Als ihr Handy irgendwann klingelte, tastete sie im Dunkeln danach und meldete sich verschlafen, ohne vorher aufs Display zu schauen.

»Hallo?«

Keine Antwort. Nur schweres Atmen. Dann wieder diese Stimme: »Du bist tot, Miststück.«

Ihre Kopfhaut kribbelte, ihr Puls schlug schneller. Conley setzte sich im Bett auf und sah sich hektisch um.

Sie wusste selbst nicht, wonach. Dieser anonyme Anrufer war offensichtlich ein Troll, der versuchte, sie zu irgendeiner Reaktion zu provozieren. Und es funktionierte. Denn sie hatte Angst.

Diesmal rief sie die 911 und hörte eine andere Stimme vom Band: »Hier ist das Büro des Sheriffs von Silver Bay. Falls dies kein Notfall ist, legen Sie bitte auf und rufen während der Dienstzeiten wieder an. Wenn Sie einen Notfall melden möchten, bleiben Sie in der Leitung. Sie werden zur Leitstelle durchgestellt.«

»Scheiße«, raunte Buddy, als er merkte, dass der Cop zurück zur Felicity Street fuhr. Das war nicht gut. Als sich der Pick-up dem Haus mit dem Subaru in der Einfahrt näherte, löschte der Fahrer die Scheinwerfer und rollte langsam vorbei. Das Licht auf der vorderen Veranda brannte, sonst war das gesamte Haus dunkel.

Buddy stellte die Scheinwerfer der Corvette aus und bog in

die Auffahrt eines Cottages ein, vor dem ein Schild mit der Aufschrift »ZU VERKAUFEN« stand. Anders als die übrigen Häuser in diesem Block hatte es keine Außenbeleuchtung. Der Rasen war hochgewachsen, das Gebüsch unbeschnitten, aus dem verrosteten Briefkasten schauten mehrere vergilbende Zeitungen in Plastikhüllen.

»Und jetzt?«, fragte Buddy laut. Der Pick-up hatte nicht vor dem Haus der Reporterin gehalten und war auch nicht zurückgekommen. Wo war er? Und was sollte Buddy tun?

»Leitstelle der Polizei«, sagte eine Frauenstimme. »Was für einen Notfall möchten Sie bitte melden?«

Conley zögerte. »Ich bin allein im Haus meiner Großmutter, und ich bekomme den ganzen Abend schon bedrohliche anonyme Anrufe. Eben gerade rief ein Mann an und sagte: ›Du bist tot, Miststück.‹ Dann hat er aufgelegt.«

»Adresse und Name?«

»Conley Hawkins, 38 Felicity Street. In Silver Bay. Ich habe mich heute schon mal gemeldet und eine Nachricht auf der Mailbox hinterlassen. Ich habe darum gebeten, dass ich zurückgerufen werde, aber jetzt habe ich doch ein anderes Gefühl.«

»Fühlen Sie sich bedroht?«

»Ja.« Conley schnürte sich der Hals zu.

»Und Sie wissen nicht, wer Sie anruft?«

»Nein.«

»Okay, Ma'am«, sagte die Frau von der Leitstelle. »Ich schicke Ihnen einen Streifenwagen vorbei, dann schauen die Beamten nach dem Rechten.«

»Danke!«, sagte Conley voller Inbrunst. »Vielen Dank. Ich komme mir irgendwie dumm vor.«

»Das ist nicht dumm. Sie sind nur vorsichtig«, entgegnete die Frau. »Wie ist Ihr Name noch mal?«

»Conley Hawkins.«

»Also, Conley Hawkins, es hört sich an, als seien Sie ungefähr so alt wie meine Tochter, deshalb sage ich Ihnen jetzt, was ich meiner Tochter auch immer rate: Bleiben Sie im Haus. Machen Sie niemandem die Tür auf, nur der Polizei. Und wenn Sie mich brauchen, rufen Sie wieder an, ja?«

»Okay«, sagte Conley kleinlaut und blinzelte ihre Tränen zurück. »Mache ich.«

Ein oder zwei Minuten lang saß sie ganz still da, zusammengekauert im Dunkeln auf dem Bett ihrer Kindheit. Sie fühlte sich verletzlich und in die Ecke getrieben, zwei Gefühle, die sie aus ganzem Herzen verachtete.

»Leck mich!«, sagte sie schließlich. »So was macht dieses Arschloch nicht mit mir.« Sie schob die Füße in ihre Flipflops und schaute aus dem Schlafzimmerfenster. Die Straße war leer und verlassen. Conley machte das Deckenlicht an, dann ging sie in den Flur. Schnell öffnete sie die Türen im ersten Stock und knipste überall die Lampen an.

Als sie zur letzten Tür kam, hielt sie inne und lehnte die Stirn gegen den weiß gestrichenen Rahmen. Seit Jahren war sie nicht in diesem Zimmer gewesen. Genau genommen, seit sechs Jahren.

Es war ein warmer Sommerabend wie dieser gewesen. Großmama und Winnie waren schon draußen am Strand. Grayson und Tony lebten frisch verheiratet in Tampa. Conley war heim nach Silver Bay gefahren, weil sie sich Sorgen um ihren Vater machte. Er war nicht ans Telefon gegangen, als sie anrief, und ihrer Großmutter zufolge hatte er deutlich Gewicht verloren.

»Ich glaube, bei ihm auf der Arbeit läuft es nicht gut. Das

große Bankhaus aus Charlotte hat die Filiale geschluckt, jetzt bekommt Chet ständig Berater ins Haus, die ihm sagen, wie er die Bank zu leiten hat, in der er sein ganzes Leben lang Chef war«, sagte Großmama. »Er isst kaum was, und er schläft auch wenig. Die halbe Nacht sieht man Licht unter seiner Tür.«

Conley hatte ihren Überraschungsbesuch auf den Vatertag gelegt und sich besonders viel Mühe mit der Wahl der Geschenke gemacht: eine Biographie von Franklin Roosevelt, von der er mal gesprochen hatte, eine Packung mit den von ihrem Vater bevorzugten schokoladenüberzogenen Kirschen und, ein Running Gag zwischen ihr und ihrem Vater, die hässlichste Krawatte, die sie hatte auftreiben können, gallgrüner Satin mit einem Muster aus rosa Gürteltieren.

An jenem Samstag hatte sie hinter dem Chevy ihres Vaters geparkt und die Haustür mit ihrem eigenen Schlüssel geöffnet. Es war ungewöhnlich still im Haus; in der Küche lief kein Radio, kein Fernseher dröhnte im Fernsehzimmer. Conley lief durch alle Räume im Erdgeschoss und rief nach ihrem Vater.

»Dad? Daddy?« Im Garten war er auch nicht. Sie nahm die Treppe nach oben, überlegte, ob er vielleicht im Bett lag, was völlig ungewöhnlich für ihren Vater gewesen wäre, denn er behauptete immer, tagsüber nicht schlafen zu können.

Conley stand vor seiner Schlafzimmertür. Das war jetzt *sein* Zimmer. Zwar hingen noch Kleider von Melinda im Schrank, es stand auch noch immer das breite Ehebett darin, das sich ihre Eltern geteilt hatten, aber jeder wusste, dass die Frau von Chet Hawkins nicht wiederkommen würde.

»Dad?«, rief Conley und klopfte an die Tür. »Schläfst du?« Als sie keine Antwort bekam, drehte sie am Knauf. Er lag ausgestreckt auf dem Bett, das Gesicht zum Fenster gewandt, die leere Tablettenpackung in den kalten, steifen Fingern.

Mit aufeinandergebissenen Zähnen öffnete Conley die Tür, sah sich kurz um und kippte den Lichtschalter um. Der Raum war leer, abgesehen von ein paar Kartons mit Büchern und alten Bankunterlagen.

Conley schloss die Tür und lief nach unten, um in allen Zimmern das Licht anzumachen. Im Wohnzimmer stellte sie den Fernseher ein, die Lautstärke gab ihr Sicherheit. Sie ging in die Küche und überprüfte erneut die Hintertür.

Ihr Handy war in der Hosentasche ihrer Shorts.

Es war zehn Minuten her, dass sie den Notruf gewählt hatte. Genug Zeit, um einen Streifenwagen zu ihr zu schicken. Warum brauchte der so lange? Conley spürte, wie ihre Anspannung wuchs.

So was Albernes, dachte Conley. Skelly wohnte nur zwei Häuser weiter. Ja, es war eine unchristliche Uhrzeit, um ihn anzurufen, doch Skelly machte sich etwas aus ihr. Wenn sie ihn fragte, würde er kommen, egal zu welcher Zeit.

Conley scrollte durch ihre Kontakte, bis sie den Buchstaben K erreichte.

Als es an der Tür klingelte, erschrak sie so sehr, dass sie das Handy fallen ließ. Sie lief zur Tür, spähte aus dem Fenster und sah einen Polizisten. Er trug eine Panorama-Pilotenbrille und eine Baseballkappe, die sein Gesicht überschattete. Er hielt einen ledernen Ausweis an die Scheibe.

Erleichterung durchflutete ihren Körper, mit zitternden Händen begann sie, die Tür zu entriegeln. Kaum klickten die Zuhaltungen im Schloss, wurde die Tür gewaltsam aufgestoßen. Conley wollte schreien, doch sie bekam keinen Ton heraus.

56

In der Corvette war es stickig – wie in einem Sarg. Buddys Lider wurden schwer, ihm fielen die Augen zu. Schnell setzte er sich auf und schüttelte den Kopf. Wenn er wachsam bleiben wollte, war es besser, wenn er ausstieg und sich ein bisschen die Beine vertrat. Sonst konnte er auch Schluss machen und nach Hause fahren, wie es der Bulle in dem Pick-up wahrscheinlich schon vor einer Viertelstunde getan hatte.

Gerade wollte Buddy den Schlüssel in der Zündung drehen, als er aus dem Augenwinkel eine Bewegung wahrnahm. Er sah hinüber. Eine schattenhafte Gestalt kam aus dem Gebüsch an der Längsseite der Auffahrt, wo Conley Hawkins Subaru stand.

Der Schirm der Baseballkappe verdeckte das Gesicht des Mannes, außerdem trug er eine dunkle Panoramabrille, doch sein aufgepumpter Körper war trotzdem gut zu erkennen. Er beobachtete das Haus mit den erleuchteten Zimmern.

»Scheiße«, murmelte Buddy, als der Polizist langsam Richtung Haus schlich. Er musste etwas unternehmen. Hopp oder top. Diese junge Frau, diese Conley, war in Gefahr. Auf der Suche nach seinem Handy wühlte Buddy in der Ablagekonsole der Corvette herum. Mit einem dumpfen Aufprall fiel etwas in den Fußraum auf der Beifahrerseite. Buddy beugte sich hinüber, um es aufzuheben.

Er tastete im Dunkeln herum, als er plötzlich Holz bersten hörte. Sein Kopf schoss hoch. Die Tür des Hauses war eingetreten, der Cop war drin.

»Scheiße, Scheiße, Scheiße!« Buddy wurde panisch. Sein Handy musste unter den Sitz gerutscht sein. Er stieg aus, lief zur Beifahrerseite herum, riss die Tür auf, kniete sich auf den rissigen Asphalt und tastete nach seinem Telefon.

Schließlich bekam er es in die Finger. Er wählte den Notruf und wartete.

»Komm schon, komm!« Er ließ die Tür des Hauses nicht aus den Augen, wollte nicht verpassen, was geschah.

»Polizei, Leitstelle«, sagte eine Männerstimme.

»Ich möchte einen Einbruch in einem Haus auf der Felicity Street melden«, sagte Buddy.

»Welche Hausnummer?«

»Ähm, weiß ich nicht. Es liegt … ähm … zwischen Liberty und, ach, ich kann das Schild nicht sehen.«

»Können Sie die Situation beschreiben?«

»Ja«, sagte Buddy. »In dem Haus ist eine Frau, und der Bulle hat gerade die Tür eingetreten.«

»Sir? Das ist einer unserer Beamten. Er wurde zu der Adresse geschickt, weil die Bewohnerin um Hilfe gerufen hat.«

»Nein«, beharrte Buddy. »Dieser Typ stalkt diese Frau schon länger. Ich habe ihn beobachtet: Er hat die Frau die ganze Woche verfolgt.«

»Okay …« Der Mann von der Leitstelle klang nicht überzeugt. »Ich sage dem Kollegen Bescheid, der unterwegs zum Tatort ist.«

»Das heißt, es ist schon ein Polizist auf dem Weg hierher?«, fragte Buddy. Er wusste, dass er sich hysterisch anhörte.

»Ja, Sir.«

»Und wo bleibt der? Der Typ hier hat gerade die Tür eingetreten!«

»Er ist unterwegs«, wiederholte der Mann.

Als die Tür aufflog, war Conley hingefallen. Sie starrte die schwarz gekleidete Gestalt an, die sich gerade gewaltsam Zutritt zu ihrem Haus verschafft hatte.

Sie kannte diesen Cop. Popps, der Freund von Skelly. Der Deputy, der in der Nacht an den Unfallort gekommen war, als Symmes Robinette starb.

Er packte sie am Unterarm und riss sie hoch. Conley schrie vor Schmerz auf. »Was soll das?«

Er grinste. Seine strahlend weißen Zähne schimmerten in seinem tief gebräunten Gesicht.

»Hey! Hast du jetzt Lust, was mit mir zu machen?«

Es war die Stimme. Die Stimme vom Telefon.

»Warum?«, brachte Conley hervor, immer noch unter Schock. »Was soll das?«

Er quetschte ihren Arm, wieder schrie Conley laut. »Ich habe dich eingeladen. Höflich. Bildest du dir ein, du bist zu gut für einen Cop?«

»Nein. Warum machst du das? Ich kenne dich doch gar nicht.« Sie sah sich suchend nach ihrem Handy um. Sie hatte Skelly anrufen wollen. War sie verbunden worden?

»Was suchst du?« Poppell entdeckte das Handy auf dem Boden und trat mit voller Wucht darauf. »Sorry, Freund anrufen ist nicht.« Er lachte. »Warum ich das mache?«, fragte er in einem Singsang. »Weil ich wegen dir gefeuert wurde, du Ratte!«

»Das stimmt nicht!«, protestierte Conley.

Poppell griff ihr ins Haar und zog so heftig daran, dass Conley wieder kreischte.

»Du hast Goggins erzählt, ich hätte die Ermittlung im Fall Robinette verbockt.«

»Hab ich nicht!«

»Ich wurde nicht mal suspendiert. Der Wichser hat mich direkt rausgeschmissen. Weißt du, was das für meine Laufbahn heißt? Ich bin am Arsch. Nur deinetwegen!«

»Ich habe dich nicht rauswerfen lassen«, wiederholte Conley.

»Na, dann magst du mich ja vielleicht doch. Geil. Komm, wir machen was zusammen. Aber bei mir.« Vielsagend glitt sein Blick an ihrem Körper hinab. »Wir können auch direkt hier bleiben. Das Schlafzimmer ist oben, nicht?«

»Ich habe den Notruf gewählt.« Conley zwang sich, ruhig zu bleiben. »Direkt nach deinem Anruf. Sie schicken einen Streifenwagen her.«

Poppell zuckte mit den Schultern. »Dann fahren wir zu mir.«

»Nein!«, schrie Conley. »Ich fahr nirgendshin.«

Er sah sich im Wohnzimmer um, registrierte die glänzenden Antiquitäten, dicken Teppiche und goldgerahmten Familienporträts. »Nettes Häuschen. Am Strand habt ihr auch noch ein Haus. Ist deine Großmutter gerade da?«

Eine Welle der Angst überrollte Conley. Poppell hatte sie beschattet. An dem Abend, als sie mit Skelly am Strand gewesen war. Skelly hatte noch Witze gemacht, dass Großmama ihnen vom Fenster aus zusah, doch in Wirklichkeit war es dieser Mann gewesen. Walter Poppell.

»Komm!« Er zog Conley in Richtung Tür. »Fahren wir! Wir können ja im Mondschein am Strand spazieren gehen. Hey, wie wär's, wenn wir's in den Dünen machen?«

Conley wusste mit absoluter Sicherheit, dass sie tot war, falls der Mann sie aus dem Haus bekam. Sie musste Zeit schinden, egal wie.

»Hau ab!«, schrie sie ihn an. »Hau ab und lass mich in Ruhe!«

Er schlug ihr mit solcher Wucht ins Gesicht, dass sie das Gleichgewicht verlor. Ihre Ohren summten, sie spürte, wie ihr warmes Blut über die Wange rann.

»Lass mich in Ruhe!«, schluchzte sie und trat nach ihm.

Poppell riss sie auf die Füße. Wieder schrie Conley. Er hielt ihr den Mund zu und schleppte sie zur Tür.

Sie kniff die Augen zu, öffnete den Mund und biss ihm ihn die Hand. Die Haut platzte auf, sie schmeckte das heiße Salz seines Bluts.

»Schlampe!«, brüllte er und schlug sie erneut, doch Conley ließ nicht los. Sie wehrte sich mit der einzigen Waffe, die sie hatte, wie ein wild gewordener, tollwütiger Hund.

Plötzlich spürte sie kaltes Metall an der Schläfe. Sie öffnete die Augen. Poppell hielt ihr eine Pistole an den Kopf. Mit einem Klicken spannte er den Hahn.

»Ich erschieße dich gleich«, drohte er mit rauer Stimme. »Dann wird dein Gehirn überall in diesem hübschen Häuschen verteilt.«

Er schleppte Conley aus dem Haus auf die Veranda, die Waffe an ihrer Schläfe.

»Du Scheiße!«, murmelte Buddy, als der Cop aus dem Haus kam. Er sah blitzendes Metall. »Du Scheiße, der Kerl hat 'ne Waffe.«

Hektisch sah er die Straße hoch und runter. Absolute Grabesstille. Keine Seele unterwegs. Keine blinkenden Blaulichter. Der älteste Witz der Welt, aber jetzt war er nicht komisch: Wo waren die Bullen, wenn man sie brauchte?

Die junge Frau trat um sich und machte sich schwer, doch das ließ den Bullen offenbar unbeeindruckt. Wo wollte er mit ihr hin? Er musste seinen Pick-up im Block hinter dem Haus geparkt haben und durch den Garten gekommen sein. Wenn er die Frau erst mal im Auto hatte, war nicht mehr absehbar, wohin er fuhr oder was er mit ihr tun würde.

Buddy dachte nicht groß nach. Er startete den Motor und legte den Rückwärtsgang ein. Mit kreischenden Reifen schoss er aus der Auffahrt. Überrascht sah der Bulle hoch, konnte das Geräusch nicht zuordnen.

Auf einmal hatte Buddy wieder Gregg Allmans Text im Kopf: *Scheiß auf Daytona. Not gon' let 'em catch the midnight rider*, schwor er sich. Er würde sich nicht erwischen lassen.

Buddy trat aufs Gas. Die Corvette raste die Straße hinunter. Er schaltete das Licht an und hielt auf das Haus zu, holperte über die Bordsteinkante, mähte durch das dichte Gras, direkt auf den Bullen zu, der das Mädchen verwirrt losgelassen hatte.

Auf allen vieren krabbelte sie panisch rückwärts. *Gut so. Mach Platz*, dachte Buddy grimmig. *Hau ab!*

Der Bulle stellte sich mit gespreizten Beinen hin, knickte in den Knien ein und umfasste die Pistole mit beiden Händen. Er richtete sie direkt auf das Auto.

»Scheiße, Scheiße, Scheiße«, murmelte Buddy. Er ließ den Fuß auf dem Gaspedal, auch als der Schuss krachte. Er sah den Blitz im Mündungslauf und – das Letzte, was er wahrnahm – die berstende Windschutzscheibe seiner Corvette.

Die weiße Corvette schoss geradewegs auf Conley zu. Verzweifelt krabbelte sie zur Seite, so weit weg von dem Sportwagen wie möglich.

Poppell sah ihn ebenfalls kommen, doch anstatt wegzulaufen, nahm er eine Schusshaltung ein und richtete die Waffe mit ausgestreckten Armen nach vorn.

Conley schrie. Sie schrie so laut, dass es sich anfühlte, als würde ihr Hals zerreißen. Sie hörte einen Schuss, zog den Kopf ein und rollte sich zu einer Kugel zusammen wie ein hilfloses kleines Kind.

Sie merkte, dass auch Poppell schrie. Dann verstummte er. Conley hörte, wie die Corvette die Veranda des Hauses rammte, dann das kreischende Bersten von Holz.

Als sie schließlich hochschaute, war die Corvette zwischen zwei schweren Gipssäulen zum Stehen gekommen. Die Säulen waren eingeknickt. Kurz darauf sackte das Dach der Veranda ein und löste sich langsam vom alten Holzständerwerk des Hauses. Wie in Zeitlupe krachte es auf die weiße Corvette. Holz, Schindeln und Gips regneten herab.

Conley hörte nichts mehr, doch irgendwie gelang es ihr, auf die Beine zu kommen und zum Haus zu wanken. Als sie die Front der Corvette mit dem Kennzeichen und der zersplitterten Windschutzscheibe sah, schnappte sie nach Luft.

Sie wandte den Blick von dem auf dem Rasen liegenden Poppell ab und kämpfte sich über Bretter und Gips durch die Trümmer zur Veranda vor.

Der Fahrer der Corvette war zur Seite gekippt, sein Kopf blutüberströmt. Zuerst zögerte Conley, dann machte sie sich klar, dass er nicht gezögert, sondern Gas gegeben hatte und geradewegs in Walter Poppell und seine Kugel hineingefahren war. Sie griff durch das offene Fenster in den Wagen und legte vorsichtig einen Finger an den Hals des Fahrers. Kein Puls.

Conley hörte das Kreischen von näherkommenden Polizeisirenen und sah zur Straße hinüber. Drei Streifenwagen rasten auf das Haus zu.

»Conley!« Die Lichter vor dem Haus waren so hell, dass

sie die Augen zusammenkneifen musste, doch sie kannte die Stimme und lief direkt auf sie zu. Sie warf sich in die offenen Arme von Sean Kelly.

Er drückte sie fest an seine Brust, strich ihr über die Haare und flüsterte ihr ins Ohr: »Es ist vorbei. Alles ist gut. Es ist vorbei, Conley.«

Sie flüsterte in sein Hemd. »Er ist tot, Skelly.« Dann schaute sie zu ihm hoch.

»Poppell? Ja, hab ich gesehen.«

»Nicht der. Buddy Bright. Er ist tot. Er hat mir das Leben gerettet.« Sie erschauderte. »Poppell hätte mich umgebracht. Er hat es selbst gesagt. Er hat mich beobachtet, Skelly. Ich weiß nicht, woher Buddy es wusste, aber irgendwie hat er es mitbekommen. Poppell hat mich aus dem Haus geschleppt. Er wollte mit mir an den Strand und mich da …«

»Schon gut«, sagte Skelly schnell. Er berührte ihre Wange. »Du blutest. Dein Gesicht ist ganz rot und schwillt an. Ich glaube, wir müssen dich ins Krankenhaus bringen.«

»Nein!« Vehement schüttelte Conley den Kopf. »Mir geht's gut, wirklich. Poppell hat mich geschlagen, mehr nicht. Alles in Ordnung.«

»Ma'am?« Eine Männerstimme übertönte das Geheul von weiteren Sirenen in der Ferne. Zwei uniformierte Polizeibeamte aus Silver Bay kamen auf Conley zu. »Sind Sie die Anruferin, die einen Eindringling gemeldet hat? Wir müssen mit Ihnen sprechen, Ma'am.«

Skelly legte ihr schützend den Arm um die Taille.

»Okay«, sagte Conley mit bebender Stimme. »Ich erzähl Ihnen alles. Können wir vielleicht … ins Haus gehen? Das gehört meiner Großmutter. Vielleicht können wir hintenherum in die Küche?«

»Wissen Sie, wer diese Männer sind?«, fragte der andere Beamte und wies auf die beiden Toten.

»Ja«, sagte Conley. »Der Fahrer der Corvette heißt Buddy Bright, und der da auf dem Rasen ist der Deputy des Sheriffs von Bronson County.«

»Er heißt Walter Poppell«, ergänzte Skelly.

Conley sah ihn wieder an. »Ich muss eine Zeugenaussage machen. Könntest du mir einen Gefallen tun? Ruf bitte Grayson an! Sie muss in der Redaktion eingeschlafen sein. Sag ihr, was passiert ist, und bitte sie, Michael Torpy herzuschicken. Und er soll die gute Kamera mitbringen.«

57

Die Küchentür schlug auf. »Conley?«

Grayson kam hereingestürzt und stieß beinahe den Detective von Silver Bay zur Seite, der Conley befragt hatte. »Du meine Güte! Ist alles in Ordnung? Mensch, du blutest ja? Was ist passiert?«

»Setz dich!«, sagte Conley erschöpft und wies auf den einzigen leeren Stuhl am Küchentisch. »Das ist eine lange Geschichte.«

»Ich geb dir einen Kühlbeutel für deine Wange.« Grayson zog eine Schublade auf, holte eine Plastiktüte heraus, füllte sie mit Eiswürfeln und reichte sie Conley. »Drück das darauf! Ich habe ein super schlechtes Gewissen. Ich habe über eine Stunde mit Tony gesprochen, dann muss ich auf dem Sofa eingeschlafen sein. Wenn ich hier gewesen wäre, wäre das alles vielleicht nicht passiert!«

»Das ist nicht deine Schuld«, erwiderte Conley. »Wenn du hier gewesen wärst, hätte er eine andere Gelegenheit abgepasst. Poppell hatte es auf mich abgesehen. Ich bin froh, dass du nicht da warst.«

»Wer ist das überhaupt?«, fragte der Detective genervt und sprach Grayson dann direkt an: »Wir sind hier in einer Mordermittlung, Ma'am, könnten Sie vielleicht später wiederkommen?«

Grayson baute sich zu ihrer vollen Größe von ein Meter sechzig auf. »Ich bleibe hier. Zufällig bin ich die Anwältin der Zeugin.« Als ihr Blick über die angeschlagene Conley wanderte, wurde ihr Gesichtsausdruck weicher. »Und ihre große Schwester.«

»Und meine Chefin«, ergänzte Conley. »Detective Jefferson, das ist Grayson Hawkins, Chefredakteurin des *Silver Bay Beacon.*«

»Alles, was Sie in diesem Raum hören, unterliegt der Schweigepflicht«, sagte Jefferson. »Wenn Ihnen das nicht passt, können wir das Gespräch gern auf der Polizeiwache weiterführen.«

Drei Stunden später erklärte Jefferson endlich, er sei mit der Befragung durch. »Fürs Erste«, warnte er in der Küchentür. »Vielleicht müssen wir uns noch mal melden, wenn wir mit dem Sheriff in Bronson County gesprochen haben.«

»Wo ist Michael?«, erkundigte sich Conley, sobald der Detective außer Hörweite war. »Hat er alles fotografiert? Und hast du Großmama schon angerufen? Ich möchte nicht, dass sie von jemand anderem hört, was passiert ist.«

»Ich hab sie auf dem Weg vom Büro hierher angerufen«, antwortete Grayson. »Sie macht sich Sorgen, aber ich habe ihr versichert, dass es dir gut geht.«

»Von dem Haus kann ich das leider nicht behaupten«, bemerkte Conley traurig. »Du hast meine Frage nach Michael noch nicht beantwortet. Ist er draußen und macht Fotos?«

»Die Polizei hat den gesamten Vorgarten abgesperrt, aber er hat mit dem Teleobjektiv gute Bilder gemacht. Außerdem«, fügte Grayson hinzu und holte ihr Handy hervor, »habe ich einen super Schnappschuss von der Küchentür aus gemacht, als Detective Jefferson dich befragte.«

»Gut! Mike muss jetzt den Hintergrund von diesem irren Poppell recherchieren. Er muss zum Sheriff von Bronson County und herausfinden, warum er Poppell rausgeworfen hat, dann brauchen wir die ganze Geschichte. Ich weiß, dass Poppell auf der Highschool war und mit Skelly Football in der zweiten Mannschaft gespielt hat. Mike soll recherchieren, ob er hier Familie hat, alles.«

»Ruhig Blut!«, sagte Grayson. »Michael macht, so viel und so schnell er kann. Aber du musst mal einen Gang runterschalten und zur Ruhe kommen. Wann hast du zuletzt geschlafen?«

»Freitagnacht ein paar Stunden?«

Grayson beugte sich vor und legte Conley die Hände auf die Schultern. »Ich möchte, dass du jetzt nach oben gehst und versuchst zu schlafen. Wenn du ausgeruht bist, ist diese Story immer noch da.«

»Mir geht's gut«, protestierte Conley.

»Es geht dir nicht gut. Sieh dich mal an! Du hast Schnittwunden, Schrammen und blaue Flecken an Beinen, Händen und Armen. Dein Gesicht ist ganz geschwollen. Ich glaube, wir müssen dich ins Krankenhaus bringen, um dich gründlich untersuchen zu lassen.«

»Auf gar keinen Fall!«, rief Conley. »Ich habe einen Artikel zu schreiben.« Sie dehnte Arme und Beine. »Siehst du? Nichts gebrochen. Ich bin nur ein bisschen ramponiert. Wenn ich geduscht und mich umgezogen habe, bin ich so gut wie neu.«

Die Küchentür ging auf, Skelly kam herein. »Gott sei Dank!«, sagte Grayson. »Sean, kannst du meiner kleinen Schwester vielleicht Vernunft beibringen? Sie hat knapp die Entführung durch einen gemeingefährlichen Irren überlebt, der glücklicherweise von einem Racheengel niedergemäht wurde, und trotzdem glaubt sie, sie müsste ihren Abgabetermin einhalten.«

»Conley?«, sagte er. »Würdest du auf mich hören, wenn ich dir sage, dass du es langsam angehen lassen sollst? Wie deine Schwester gerade sagte, hast du heute einiges mitgemacht.«

»Nein«, gestand Conley. »Ich verspreche euch, dass ich einen Gang zurückschalte. Später. Jetzt brauche ich erst mal zweierlei: ein Handy und ein Auto. Dein Walter Poppell hat mein Telefon zertreten, und ich nehme mal an, dass die Polizei die Einfahrt weiterhin blockiert.«

»Wo willst du denn hin?«, fragte Grayson.

»Buddy Bright hat mir das Leben gerettet. Er hat sich wortwörtlich für mich geopfert. Ich bin es ihm schuldig herauszufinden, was dahintersteckt.«

»Ich bringe dich überallhin, egal, wo«, sagte Skelly.

»Eine alte Freundin von Mama geht immer sonntags mit ihr zur Kirche und anschließend zum Brunch in den Country Club. Du kannst auch mein Handy nehmen, bis du morgen ein neues bekommst.«

Grayson zuckte mit den Schultern. »Ich glaube, ich wurde gerade überstimmt.«

Bis Conley geduscht und eine verschossene Jeans und ein T-Shirt angezogen hatte, war es Skelly gelungen, in der Küche ein Wunder zu vollbringen.

»Zuerst essen wir was«, sagte er und machte ihr ein Zeichen, sich an den Tisch zu setzen. Er öffnete den Backofen und holte eine gusseiserne Auflaufform heraus. Der Geruch von Zwiebeln und Speck erfüllte den Raum.

»Zuerst mal: Woher wusstest du, dass ich Hunger habe?«, fragte Conley. »Und zweitens: Woher hast du die Lebensmittel? Und was ist das für ein magisches Gericht?«

»Du hast immer Hunger.« Skelly stellte zwei Teller auf den

Tisch. »Das ist eine ganz schlichte spanische Tortilla, die ich aus den Resten bei mir zu Hause gemacht habe: Eier, Schinkenspeck, Kartoffeln, Zwiebeln und rote Paprika.«

Conley probierte einen Bissen und verdrehte verzückt die Augen. »Du erstaunst mich immer wieder, Skelly. Wo hast du gelernt, so was zu zaubern?«

»Im Studium«, antwortete er und goss ihr eine Tasse Kaffee ein. »Habe ich doch schon erzählt: Wir haben oft zusammen gelernt, dann hat jeder was zu essen mitgebracht. Eins der Mädchen hat ein Studienjahr in Spanien verbracht, die brachte immer dieses Gericht mit. Ich mag es, weil man alles reintun kann, was man gerade im Kühlschrank hat, und weil man es morgens, mittags und abends essen kann.«

»Auch als Imbiss nach einer apokalyptischen Höllenfahrt«, sagte Conley. »Wer bist du wirklich, Sean Kelly?«

»Nur ein Junge, der das Mädchen beeindrucken will, in das er verknallt ist.«

»Verknallt?«

»Ja. Ganz schön dämlich, was?«

Conley beugte sich über den Tisch und gab Skelly einen Kuss auf die Lippen. »Dämlich ist süß.«

Er nahm ihr Gesicht liebevoll in die Hände und küsste sie innig, bevor er sie losließ.

Conley machte sich wieder über die Tortilla her, Skelly legte seine Gabel zur Seite.

»Kann ich dir was erzählen? Was Ernstes?«, fragte er.

»Natürlich.«

»Als ich heute Nacht sah, wie dieses Auto auf dich zuraste, das war der schlimmste Moment in meinem ganzen Leben. Schlimmer als der Tod meines Vaters, schlimmer als die Diagnose meiner Mutter. Ich dachte, ich würde dich verlieren,

Conley.« Er atmete langsam aus. »Ich dachte, ich hätte dich verloren, aber dann wurde mir klar, dass ich dich nie besessen habe, stimmt's?«

»Red nicht so.« Sie schüttelte den Kopf. »Ich verstehe immer noch nicht, wieso du überhaupt mitbekommen hast, was bei uns los war.«

»Mom hatte keine gute Nacht. Gegen eins hatte ich sie endlich im Bett, und dann konnte ich selbst nicht schlafen, deshalb bin ich rausgegangen und hab mich auf die Veranda gesetzt. Die Ruhe und den Frieden genießen. Wahrscheinlich habe ich gerade zu eurem Haus rübergeguckt, und da stand die Corvette in der Einfahrt von Bennetts altem Haus. Auf einmal heulte der Motor auf, und das Teil schoss rückwärts auf die Straße, wie eine Rakete. Dann raste es mit kreischenden Reifen los, und ehe ich mich versah …« Er trank einen Schluck Kaffee. »Noch nie in meinem Leben hatte ich solche Angst.«

»Ich auch nicht«, gestand Conley. »Es fühlte sich alles so unwirklich an. Ich hatte die 911 gerufen und die Telefonanrufe gemeldet, und die von der Leitstelle sagten, sie würden einen Beamten rüberschicken, der sich das mal anguckt, und ehe ich mich versah, war schon jemand da, der mir die Polizeimarke entgegenhielt. Ich war so erleichtert! Ich wollte die Tür aufschließen, aber er hat sie direkt eingetreten. Als wäre es nichts.«

»Was für Telefonanrufe?« Skelly runzelte die Stirn.

»Das hat erst vor kurzem angefangen. Zuerst dachte ich, es wäre ein unzufriedener Leser. So ein harmloser Telefonstreich. Es war eine Männerstimme, und die sagte: ›Du bist tot, Miststück‹, dann wurde aufgelegt.«

»Ich hätte dich wegen Poppell warnen sollen, nach dem Unfall«, sagte Skelly. »Ich habe gesehen, wie er dich angesehen hat.

Er hat dich angemacht, aber ich dachte, so ist er halt. Popps war immer schon komisch. Damals hat ihn keiner ernst genommen, wenn er unverschämte Sachen zu den Mädchen sagte.«

»Er war schon immer so?«

»Ja! Er hatte schon früher den Ruf, pervers zu sein.«

»Hatte er denn mal richtigen Ärger?«, wollte Conley wissen.

»Ach, das Übliche«, sagte Skelly langsam. »Er wurde aus der Footballmannschaft geworfen, das war seltsam, denn so, wie er aussah ... Er war ein Tier. Ich weiß nicht mehr, was der Grund war.«

»Ich habe ihn noch ein paarmal getroffen, als ich wegen der Robinette-Geschichte beim Sheriff war«, erklärte Conley. »Er wollte mit mir ausgehen, aber ich hab mir nichts dabei gedacht. Hab gesagt, ich hätte keine Zeit, worüber er sich wohl geärgert hat. Und als der Sheriff ihn dann rausgeschmissen hat, hat er mir die Schuld dafür gegeben.«

Sie aß den letzten Bissen der Tortilla und schob den Teller von sich. »Er hat mich gestalkt, Skelly. Hat er selbst gesagt. Er ist mir sogar zum Strandhaus gefolgt. Er hat uns an dem Abend gesehen. Am Strand.«

»Nein! Ich hätte es wissen müssen! Ich hätte dich vor ihm warnen sollen.«

»Hör auf!«, sagte Conley ruhig. »Es ist nicht Graysons Schuld, und es ist nicht deine Schuld. Niemand hat Schuld daran. Poppell hatte ja wohl offensichtlich psychische Probleme.«

»Wie kann so ein Typ eine Stelle bekommen, wo er eine Waffe tragen darf?«, fragte Skelly.

»Das soll Michael herausfinden.«

»Und du kümmerst dich um Buddy Bright?«, fragte Skelly.

»Wenn du mir hilfst?«

»Wohin müssen wir zuerst?«

»Zum Sender. Die kennen ihn, die haben mit ihm gearbeitet, oder?«

Neal Evancho saß zusammengesunken am Tisch im Eingangsbereich. »Das habe ich alles schon den Bullen erzählt«, sagte er und fuhr sich mit der Hand durchs schüttere Haar. »Laut meinen Unterlagen hat er sich hier vor sechs Jahren vorgestellt. Hatte eine gute Stimme, sagte, er wäre schon lange beim Radio, und nachdem er eine Probesendung gemacht hatte, wusste ich, dass er zu gebrauchen war. Also habe ich ihn eingestellt.«

Conley dachte nach. »Haben DJs nicht normalerweise Demo-Tapes, die sie abgeben? Einen Lebenslauf und Referenzen, die Sie prüfen können?«

»Wir waren unterbesetzt«, sagte Evancho. »Meine Nachtbesetzung kam eines Tages einfach nicht zur Arbeit. Ich hab mich selbst ins Studio gesetzt, aber ich bin zu alt für diesen Kram. Buddy tauchte auf wie aus dem Nichts, und ich dachte, was soll's? Er war ein Geschenk des Himmels. Die Hörer liebten in.«

»Darf ich raten?«, fragte Conley. »Er war nicht teuer.«

»Ich würde lieber sagen, sein Gehalt lag im vernünftigen Rahmen. Okay, jetzt, da er tot ist, kann ich es ja verraten: Er war ein Schnäppchen. Hat nicht viel verlangt. Hat jede Schicht übernommen, wenn ich jemanden brauchte, auch Doppelschichten. Nur eins war wichtig: Er wollte sein Geld bar haben.«

»Kam Ihnen das nicht seltsam vor?«, fragte Conley.

»Alles an Buddy war seltsam«, erwiderte Evancho. »Die schwarz gefärbten Haare und dass er immer nur schwarze Klamotten trug … Das Auto mit dem selbst gemachten Presse-Kennzeichen … Er hat nie geschlafen. Wenn seine Nachtschicht zu Ende war, fuhr er durch die Gegend. Ständig meldete er irgendeinen Unfall, den er aufgespürt hatte. Schätze, er war ein alter Schlagzeilenjäger. Wir haben ja beim Sender eine Website, wo alle DJs und DJanes mit Foto und Lebenslauf drinstehen, aber Buddy wollte nicht. Er kam mit irgendeiner Ausrede, eine Ex-Frau, die Alimente von ihm wollte oder so.«

»Wie haben Sie das mit dem Papierkram gemacht, Sozialversicherungsausweis et cetera?«

Unbehaglich rutschte Evancho auf dem Stuhl herum. »Dazu kann ich nichts sagen.«

»Sie haben ihn unter der Hand bezahlt, in bar, es gab nichts Schriftliches, nicht wahr?«

»Das habe ich nicht gesagt.«

»Sie wissen nicht mal, wie er mit richtigem Namen hieß, oder?«

»Niemand heißt mit richtigem Namen Buddy Bright«, protestierte Evancho. »Beim Radio haben viele Leute Künstlernamen.«

»Aber die meisten Vorgesetzten und Besitzer wissen, wie ihre Angestellten wirklich heißen«, bemerkte Conley.

Evancho nestelte an einer Büroklammer herum, bog sie auf und zu. »Sie haben gestern Abend nicht zufällig *Up All Night* gehört, oder?«

»Nein«, sagte Conley. »Ich hatte Abgabetermin beim *Beacon*.«

»Aha«, sagte Evancho. »Die Konkurrenz schläft nie. Egal, normalerweise bin ich nicht so lange auf, aber meine Freundin hatte Enchiladas zum Abendessen gemacht, davon hatte ich fürchterliches Sodbrennen. Zufällig habe ich deshalb zugehört.

Buddy hatte einen Anrufer – der Typ nannte sich Pu der Bär –, und der meinte, er würde Buddys Stimme aus seiner Zeit in Detroit kennen. Buddy tat ganz cool, aber dann meinte der Hörer, er wüsste, dass Buddy nicht sein richtiger Name sei, dass er in Wirklichkeit Robert Breitweis heißen würde. Er hätte ein Mädchen umgebracht und sei aus dem Gefängnis ausgebrochen, seitdem sei er auf der Flucht.«

»Was?«

»Ich kann Ihnen sagen, da war ich plötzlich wach«, erklärte Evancho. »Buddy hat den Hörer abgewürgt, dann hat er seine Schicht frühzeitig beendet. Hat eins von seinen alten Best-of-Bändern reingelegt, und das war's. Er hat sich nicht mal ausgestempelt. Als seine Kollegin heute Morgen kam, war der Sender abgeschlossen, und Buddy war verschwunden.«

Conley schrieb mit, so schnell sie konnte. Sie sah Evancho an. »Haben Sie das auch der Polizei erzählt?«

Der Senderchef nickte und seufzte schwer. »Dieser Detective – hab den Namen vergessen –, der hat den Namen in einer Datenbank auf seinem Handy gesucht und wurde plötzlich ganz aufgeregt. Er meinte, es stimmt, dass Buddy auf der Flucht war. Ich kann das kaum glauben. Finde ich furchtbar, was mit Buddy passiert ist. Er war der geborene Radiomoderator. Davon gibt's nicht viele. Die Leute mochten ihn sehr. Er wird uns fehlen.«

Auch Winnie wäre untröstlich, das wusste Conley. Wie viele andere Menschen.

»Hat er mal über sein Privatleben gesprochen? Über Familie? Freunde?«

»Eigentlich nicht. Er wusste viel über Musik. Alles über die Rockmusik der Sechziger und Siebziger. Darüber hat er meistens geredet. Über Musik. Und sein Auto.« Evancho sah Conley anerkennend an. »Dieser Polizist hat mir erzählt, Buddy hätte

Ihnen das Leben gerettet, indem er diesen Typen überfahren hat und dann ihr Haus gerammt hat. Er muss echt viel von Ihnen gehalten haben, um so was zu tun.«

»Tja«, sagte Conley. »Wer weiß? Ist Ihnen bekannt, wo Buddy wohnte?«

Evancho schrieb eine Adresse auf einen Zettel. »Musste ihm sein Gehalt mal vorbeibringen, als er krank war. Das ist ein kleines Apartment, hinterm Haus.«

58

Skelly wartete im Auto auf dem Parkplatz. »Hast du bekommen, was du brauchst?«

»Mehr oder weniger.« Conley fasste kurz zusammen, was Neal Evancho ihr über die letzten Jahre von Buddy Bright erzählt hatte.

»Das ist echt verdammt komisch«, sagte Skelly. »Was hast du jetzt vor?«

Sie zeigte ihm den Zettel von Evancho. »Wir fahren zu 505 Oleander Trail.«

»Das ist nicht besonders weit. Wer wohnt da?«

»Da wohnte Buddy.«

Es war ein bescheidener blassgelber Bungalow aus Betonblockstein in einer Siedlung mit bescheidenen pastellfarbenen Häusern aus den fünfziger Jahren, die Jalousien vor den Fenstern, Zitronenbäume im Vorgarten und eine Auffahrt aus Muschelsplitt hatten.

»Der Senderchef sagte, das Apartment ist hintenrum«, erklärte Conley.

In der Einfahrt hörten sie das klagende Miauen einer Katze.

»Klingt, als würde Miezi Buddy vermissen«, bemerkte Conley.

Das Apartment war früher mal eine Garage gewesen. Conley drehte am Türgriff. Verschlossen.

»Keine Chance.« Skelly wollte gehen.

Conley hielt ihn am Arm fest. »Nicht so schnell! Lass uns mal hinten gucken.«

Er seufzte wie ein Märtyrer. »Du willst mich zu was Illegalem überreden, nicht?«

»Du kannst auch einfach hierbleiben und Schmiere stehen.«

»Wenn wir beim Einbrechen erwischt werden, nennt man das ›Beihilfe zur Tat‹.«

»Weißt du noch, welchen Spruch wir als Kinder immer hatten?«, fragte Conley.

»Trink, was klar ist, sag, was wahr ist?«

»Ja, und: Lass dich nicht erwischen.«

Die Katze war fast noch ein Baby, ein schwarzes Fellknäuel mit einer weißen Nase und einer hübschen Zeichnung, die aussah, als trage sie einen Smoking. Sie wartete hinter der Insektenschutztür und rieb das Gesicht am Geflecht. Die Tür war mit Haken und Öse geschlossen.

»Hey, Kleine!«, sagte Conley. »Du hast bestimmt Sehnsucht nach Buddy.«

»Ich würde sagen, sie hat Sehnsucht nach Futter.« Skelly machte einen Schritt nach hinten.

»Gib mir mal deine Kreditkarte.« Conley streckte die Hand aus.

»Ich habe meine Kreditkarte noch nie einer Frau gegeben, mit der ich nicht mindestens verlobt war«, bemerkte Skelly.

Conley schnippte ungeduldig mit den Fingern. »Hör auf mit dem Quatsch. Die Bullen sind jeden Moment da.«

Sie zog die Visakarte durch den Schlitz im Türrahmen und konnte den Haken problemlos lösen. Die beiden betraten das Apartment, das Kätzchen jammerte noch lauter und rieb sich an Conleys Beinen.

Sie standen in einem großen Zimmer, das wahrscheinlich keine fünfzig Quadratmeter hatte. Es war in Bereiche zum Kochen, Essen und Schlafen untergliedert. Die Küche bestand aus einem zweiflammigen Herd und einem kleinen Kühlschrank. Außerdem gab es eine Mikrowelle und eine Spüle. Alles war peinlich sauber.

Im Wohnbereich stand ein Sofa, das wie ein Sperrmüllfund aussah, ein kleiner Flatscreen-Fernseher balancierte auf einem Milchkasten aus Plastik. Das Bett war gemacht, daneben ging ein winziges Badezimmer ab.

Drei weitere Milchkästen und ein mittelgroßer Koffer standen in der Mitte des Raums zusammen mit einer Katzenbox. In zwei Kästen waren Schallplatten, im dritten Bücher und Papiere.

Conley sah die Platten durch: Santana, Allman Brothers, Linda Ronstadt, James Taylor. Weitere Alben aus den Achtzigern und Neunzigern. »Von moderner Musik hat er wohl nicht viel gehalten«, bemerkte sie. »Für Buddy Bright ist die Zeit 1998 stehen geblieben.«

Sie kniete sich vor den Koffer und machte ihn auf. Die gesamte Kleidung darin war schwarz. »Er hatte alles für seine Flucht vorbereitet«, sagte sie beeindruckt. »Aber er kam nicht dazu.« Die Katze kehrte zurück, miaute und rieb sich wieder an Conleys Beinen.

Conley schaute in die Schränke in der Küchenecke.

»Du kannst das Apartment nicht einfach durchwühlen, auch wenn der Bewohner tot ist«, wandte Skelly ein. »Und auch nicht, wenn er auf der Flucht vor dem Gesetz ist.«

»Ich durchwühle nichts, ich suche Katzenfutter«, erklärte Conley. In den Schränken fand sie nur eine Dosensuppe, eine Packung Makkaroni mit Käse von Kraft und eine mit Ramen-Nudeln. Sie öffnete die Tür unter der Spüle und entdeckte eine Packung Friskies.

Der Napf der Katze stand neben dem Kühlschrank. Conley gab das Futter hinein, und die Kleine stürzte sich darauf.

»Armes Ding«, sagte sie.

»Okay, jetzt hast du die Katze gefüttert – können wir nun gehen?«, fragte Skelly.

Conley hockte sich neben die Milchkästen auf den Boden und zog mehrere Aktenordner heraus. »*Jetzt* wühle ich herum«, erklärte sie ihrem störrischen Komplizen.

»Das finde ich nicht gut.« Skelly ging zum Fenster und schaute hinaus, erwartete wohl, dass jeden Moment ein Einsatzwagen voll bewaffneter Polizisten das Apartment stürmte.

»Okay«, sagte Conley. »Setz dich schon ins Auto. Ich komme in ungefähr fünf Minuten nach.«

»Meine Mutter hat mich vor Mädchen wie dir gewarnt«, gab Skelly zurück.

Sie blätterte durch einen Ordner mit alten Schwarz-Weiß-Fotos. Sie zeigten einen jüngeren Buddy oder Robert oder wie auch immer er wirklich hieß, Erinnerungen aus der letzten Hälfte des zwanzigsten Jahrhunderts. Auf den Aufnahmen war ein milchgesichtiger Buddy mit einer Beatles-Frisur zu sehen, auf einer anderen hatte er einen Pferdeschwanz und Koteletten aus den Siebzigern oder eine Vokuhila aus den Achtzigern, komplett mit Pornobalken.

»Hm?«, machte Conley.

»Meine Mutter hat mich vor Mädchen gewarnt, die eine fragwürdige Moral haben«, erklärte er.

»Ich habe keine fragwürdige Moral«, gab Conley zurück. »Ich habe feste Grundsätze: Ich schlafe nicht mit verheirateten Männern, ich stehle nicht und betrüge nicht. Und lügen tue ich nur, wenn es absolut notwendig ist.« Sie hielt die Fotos hoch. »Die hier sind von verschiedenen Radiosendern. Überall, wo er war, hat er sich Robby Breitweis oder so ähnlich genannt. Das letzte Foto ist von einem Sender in Detroit.«

»Also kennen wir nun seinen richtigen Namen. Können wir jetzt gehen?«

»Gleich«, versprach Conley.

»Darf ich fragen, was du suchst?«

»Antworten.«

Eine Minute später stand sie auf, klopfte ihre Hose ab und nahm die Katzenbox. »Gefunden!«, sagte sie.

»Was?«

Sie zeigte Skelly einen vergilbten Zeitungsausschnitt aus der *Detroit News* von 1998, den sie vorsichtig faltete und in die Tasche steckte. »Nimm die Katze, und dann nichts wie weg!«

»Die Katze?« Skelly sah ehrlich entsetzt aus. »Wir klauen dem armen Kerl doch nicht die Katze!«

»Er ist tot! Die Katze hat Hunger. Das ist das Mindeste, was wir für ihn tun können.«

»Kannst du sie nicht nehmen?«, fragte Skelly.

»Kann ich, aber wo ist das Problem?«

»Ich habe eine Art Katzenphobie«, erklärte er. »Haben fast alle Kellys, schon seit Generationen. Geht zurück bis nach Irland. Wir sind keine Katzenmenschen.«

»Herrgott noch mal!«, stöhnte Conley. »Dann nimm das Katzenfutter, ja?«

Die Katze hatte ihr Futter inzwischen vertilgt und lag zusammengerollt mitten auf dem Bett. Conley hob sie hoch und setzte sie vorsichtig in die Box.

»Jetzt können wir«, sagte sie zu Skelly und ging mit der Box unter dem Arm durch die Hintertür.

Über die Schulter rief sie ihm zu: »Schisshase!«

»Einbrecherin!«

»Verführer junger Mädchen«, konterte sie.

Unter humorvollen gegenseitigen Beschimpfungen gingen sie zu Skellys Wagen.

»Verführerin mittelalter Männer«, gab Skelly zurück und stellte die Katzenbox auf den Rücksitz.

»Du kannst nicht mittelalt sein«, sagte Conley.

»Warum nicht?«

»Weil ich dann auch mittelalt wäre, und dafür bin ich noch nicht bereit.«

»In Ordnung. Streich das. Du bist eine Katzendiebin.«

»Damit kann ich leben.«

»Wohin als Nächstes?«, fragte Skelly, als sie den Oleander Trail verließen.

»Ich würde sagen, du bringst mich zurück zur Felicity Street. Dann hole ich meinen Wagen und den Laptop und fahre rüber ins Büro, um ein paar Anrufe zu erledigen.«

»Du hast deiner Schwester versprochen, du würdest dich ausruhen«, erinnerte Skelly sie.

»Tu ich auch. Sobald ich diese Anrufe gemacht habe. Ich will jemanden in Detroit aufstöbern, der Buddy beziehungsweise Robert kannte, als er dort arbeitete.«

»Und dann fährst du zur Felicity Street und schläfst, versprochen?«

Conley erschauderte. »Nicht in der Felicity Street.«

»Darf ich fragen, warum nicht? Wegen Poppell?«

Conley schloss die Augen. »Ja. Also, auch.«

»Weswegen noch?«, fragte er. »Irgendwas ist da doch. Ich merke das.«

»Eigentlich liegt es nicht an Poppell«, gab Conley zu. »Als er gestern Abend das letzte Mal anrief und sagte, ich würde sterben, und nachdem ich die Polizei gerufen hatte, bin ich in jedes Zimmer gegangen und habe überall Licht angemacht. Ich habe gedacht, wenn mich jemand belauert, würde er denken, dass ich nicht alleine bin. Und als ich in das ehemalige Schlafzimmer von meinem Vater gegangen bin, da war ich … wie erstarrt.«

»Das ist schwer«, sagte Skelly. »Mama geht auch immer noch nicht in Dads Büro.«

»Ich habe ihn damals gefunden«, erklärte Conley. »An dem Tag. Ich war diejenige, die ihn tot gefunden hat. Sonst war niemand im Haus. Ich wollte ihn nämlich überraschen. Ich bin durchs ganze Haus gegangen, habe ihn gerufen, bin nach oben gestiegen und dachte, na ja, vielleicht schläft er ja.«

Tränen traten ihr in die Augen, und ehe sie sich versah, musste sie weinen. »Er war tot! Das hätte nicht sein dürfen! Sie hätte sterben müssen! Sie war so egoistisch, und er hat sie so geliebt, sie hat ihn umgebracht. Wirklich. Als sie ihn endgültig verließ, hat sie alles mitgenommen.«

Skelly hielt am Straßenrand, nahm Conley in die Arme und ließ sie weinen. Nach fünf Minuten gab er ihr ein Taschentuch, und sie putzte sich die Nase. »Ich weiß, ich bin furchtbar. Aber ich werde meiner Mutter niemals verzeihen, was sie ihm angetan hat. Grayson und ich, wir hatten Großmama und Pops, und natürlich Daddy, aber er war ohne sie so furchtbar einsam. Großmama meinte, er hätte sich zu Tode getrauert.«

»Dein Vater war ein toller Mann«, sagte Skelly.

Conley nickte und holte tief Luft. »Er ist in Wirklichkeit nicht an einem Herzinfarkt gestorben, weißt du?«

»Ja.«

»Woher?« Conley umklammerte Skellys Handgelenk. »Das habe ich niemandem erzählt! Großmama weiß es natürlich, aber wir haben nie darüber gesprochen, auch nicht mit Grayson.«

»Er hat seine Rezepte bei mir eingelöst«, erklärte Skelly. »Nachdem mein Vater in den Ruhestand gegangen war, hatte Chet einen anderen Arzt. Er bekam ziemlich starke Antidepressiva, was ihm nicht gefiel. Er sagte, damit fühle er sie wie ein Zombie. Schlaftabletten nahm er auch. Als er sich das letzte Mal Nachschub holte, habe ich ihn vor den Wechselwirkungen der Medikamente gewarnt. Er hat einen Witz über den ›ewigen Schlaf‹ gemacht, aber ich habe mir nichts dabei gedacht.«

»Du hast es die ganze Zeit gewusst?« Conleys Stimme brach. »Du hast nie ein Wort gesagt.«

»Das war nicht meine Aufgabe«, erwiderte Skelly und strich ihr sanft über die Wange. »Aber das ist ein furchtbares Geheimnis, das du die ganze Zeit mit dir herumträgst.«

»Schon.« Conley schniefte und wischte sich übers Gesicht. »Grayson macht mir ständig ein schlechtes Gewissen, weil ich so selten herkomme. Ich konnte ihr das mit Dad nicht sagen. Ich kann ihr nicht sagen, dass ich jedes Mal Panik kriege, wenn ich an den Abend denke. Und dann war ich im Bestattungsinstitut, und gestern dann, auf Robinettes Beerdigung, in der Kirche, wo auch Dads Trauerfeier war … Ich glaube, da hatte ich eine richtige Panikattacke. Und gestern Abend dann, in seinem ehemaligen Schlafzimmer …« Conley erschauderte.

»Nein, ich gehe nicht zurück in die Felicity Street, Skelly. Nicht nach dieser Nacht.«

Die Katze miaute leise auf der Rückbank.

Conley drehte sich um. »Schon gut, Kätzchen. Du musst auch nicht in die Felicity Street.«

»Darf dein ältester Freund eine Meinung zu dem Thema haben?«, fragte Skelly.

»Klar.« Conley schniefte laut.

»Vielleicht solltest du doch mal mit deiner Schwester sprechen. So wie gerade mit mir. Damit das große, dunkle Geheimnis keins mehr ist. Dann verliert es auch seinen Schrecken.«

»Das kann ich nicht.« Wieder stiegen Conley Tränen in die Augen.

»Mir hast du es auch erzählt.«

»Bei dir ist das anders. Du bist Skelly. Dir kann ich alles sagen.«

Er küsste sie auf die Stirn und seufzte. »Alles, nur das Eine nicht.«

Er fuhr los, zurück zur Felicity Street. Die Polizeiwagen waren fort, der Vorgarten war ruiniert. Tiefe Reifenspuren zogen sich kreuz und quer über den Rasen, Büsche waren umgefahren, ein Abschleppwagen war gerade dabei, die zerstörte Corvette von der Veranda zu hieven.

Conley drehte sich der Magen. »Ich glaube, ich muss mich übergeben.« Sie stieß die Autotür auf, beugte sich vornüber und erbrach sich auf die Straße.

»Ich geh rein und hole deine Sachen«, erbot sich Skelly. »Ich tue alles in dein Auto und fahre es dann hier raus. Ist es in Ordnung, wenn du hier sitzen bleibst?«

»Ja«, stieß Conley aus. »Meine Schlüssel und so sind im Rucksack, oben in meinem Zimmer. Kannst du bitte gucken, was noch von meinem Handy übrig ist? Ich brauche die SIM-Karte.«

»Ich kümmer mich drum«, sagte Skelly.

59

Als Conley in die Redaktion kam, war Michael am Telefon und tippte rasend schnell mit. Er erblickte sie und machte große Augen. »Alles in Ordnung?«, artikulierte er lautlos.

»Ja, ja«, gab sie ihm zu verstehen.

Sie setzte sich an ihren Platz und packte ihren Rucksack aus, stellte den Laptop auf, holte ihre Notizbücher und den Stift hervor und zog den Zeitungsausschnitt aus der Gesäßtasche.

»DETROITER DJ NACH TODESFAHRT VERHAFTET«, lautete die Schlagzeile der *Detroit News.*

Es war ein großer Knüller gewesen. Robert »Robbie« Breitweis war in einer Zeit DJ zur besten morgendlichen Sendezeit während des Berufsverkehrs gewesen, als bekannte Radiomoderatoren in einer Stadt wie Detroit noch eine richtig große Nummer waren. Laut Zeitungsbericht hatte er die meisten Zuhörer der Stadt. Unverheiratet, aber eine feste Größe in den angesagtesten Bars und Clubs.

Er war tief und hart gefallen. Conley öffnete die Suchmaschine auf ihrem Laptop und las Berichte von damals durch. Nach vierzig Minuten hatte sie die nackten Tatsachen zusammen: das Opfer, ein hübsches junges Mädchen, den Namen des Autohauses, wo Buddy eine Livesendung gemacht hatte, Zeugenaussagen, dass er den ganzen Nachmittag getrunken hatte.

Aus den Berichten konstruierte Conley ein Bild von der Tat und der Strafe, doch sie verrieten ihr nicht viel über den Buddy Bright, der in Silver Bay gelandet war.

Sie fand eine DJane namens Kady O'Keefe, die auf seiner vorletzten Station, einem Sender in Madison, Wisconsin, Buddys Kollegin gewesen war. Nach weiteren zehn Minuten Suche entdeckte Conley einen Hinweis auf eine Kady O'Keefe bei einem Ableger des National Public Radio in Columbus, Ohio.

»Nie im Leben arbeitet die am Sonntag«, murmelte Conley, rief aber trotzdem an, dankbar für das Festnetz des *Beacon*.

Sie hörte die erwartete Stimme vom Band, die ihr mitteilte, sie könne eine Nachricht für jeden Mitarbeiter des Senders hinterlassen, indem sie den betreffenden Namen über die alphanumerische Tastatur eingab.

»Hallo«, sagte sie. »Mein Name ist Conley Hawkins. Ich arbeite für eine Zeitung in Florida und würde gern mit Kady O'Keefe sprechen, um mich nach einem ehemaligen Kollegen namens Robert Breitweis zu erkundigen. Es ist schon dringend, deshalb wäre ich sehr dankbar für einen Rückruf.« Conley hinterließ die Nummer des *Beacon* und suchte dann weiter nach Anhaltspunkten im Netz.

Keine fünf Minuten später klingelte ihr Telefon. Sie nahm ab. »*Silver Bay Beacon*, Conley Hawkins am Apparat.«

»Ich möchte eine Connie oder so sprechen.« Die Stimme der Frau war tief und kehlig. Sie erinnerte Conley an Stevie Nicks.

»Hier ist Conley. Sind Sie Kady?«

»Ja. Was ist mit Robbie? Ist er endlich irgendwo aufgetaucht? Ich hab immer gedacht, er wäre längst tot.«

»Waren Sie eine enge Freundin?«, fragte Conley.

»Wir waren ein paar Monate zusammen, aber Robbie war mit jeder Frau zusammen, die er damals kennenlernte.« Sie lachte. »Er hat alles gevögelt, was sich bewegte. Wenn ich's recht bedenke, könnte man das von mir auch behaupten. Jetzt natürlich nicht mehr«, beeilte sie sich zu sagen. »Ich habe Enkelkinder, kaum zu glauben, also zitieren Sie mich bitte nicht mit dem Sexkram.«

»Mach ich nicht«, versprach Conley. »Aber in den letzten Jahren haben Sie nichts von Robbie gehört?«

»Niemand, den ich kenne, hatte noch was mit ihm zu tun, seit er in den Knast gewandert war«, sagte Kady. »Warum erzählen Sie mir nicht erst mal, worum es überhaupt geht?«

»Er ist leider gestorben, aber erst heute Morgen«, berichtete Conley.

»Wollen Sie mich verarschen? Wo denn? Irgendwo in Florida? Wie ist er denn da unten gelandet?«

»Das würde ich gern herausfinden«, sagte Conley. »Er hat hier bei einem kleinen lokalen Radiosender unter dem Namen Buddy Bright gearbeitet. Der Betreiber sagt, er wäre vor ein paar Jahren einfach aufgetaucht und er hätte ihn vom Fleck weg engagiert.«

»Der Typ ist aber nicht auf die Idee gekommen, mal zu prüfen, ob er vorbestraft ist? Ich meine, das war damals schon bekannt, als ihm die Flucht von diesem Arbeitseinsatz gelang. An der Interstate hingen Plakate mit seinem Gesicht drauf.«

»Wie gesagt, das ist ein kleiner Sender in einer Kleinstadt, und Detroit ist weit weg. Wir sind schon verschroben hier, könnte man sagen.«

»Würde Sie mir verraten, wie er gestorben ist?«

Conley berichtete in groben Zügen, was sich in den frühen Morgenstunden ereignet hatte.

»Wow«, stieß Kady aus. »Das ist echt … hammerhart. Soll das heißen, er starb als Held?«

»Kann man so sagen«, antwortete Conley. »Ich bin gerade dabei, eine Story über ihn zu schreiben. Ich weiß Bescheid über die Fahrerflucht, aber ich würde gern besser verstehen, wer er vor dem Unfall war.«

»Ein typischer Rock-DJ«, erwiderte Kady. »Zu der Zeit gab's ja noch keine *political correctness*. Er war großkotzig, sexy, eingebildet. Man konnte gut Spaß mit ihm haben, aber er konnte auch rücksichtslos sein. Man wusste nie, mit welchem Robbie man es gerade zu tun hatte. Auch wenn ich gestehen muss, dass er eine liebe Art hatte, wenn man ihn länger kannte. Hey, hatte er immer noch eine weiße Corvette?«

»Ja«, bestätigte Conley. »Der Inhaber des Radiosenders meinte, er hätte sie behandelt wie ein rohes Ei.«

»Typisch Robbie. Ich meine, dass er in einer Corvette saß, als er das Mädchen überfuhr. War er immer noch ganz in Schwarz gekleidet? Ich habe zwar nie was gesagt, aber mal ehrlich: sich selbst *Man in Black* zu nennen? Wie armselig ist das denn?«

»Ja, er trug immer noch Schwarz«, berichtete Conley. »Nehme an, das war sein Markenzeichen. Zusammen mit der Corvette.«

»Man kann nicht behaupten, der Typ sei unberechenbar gewesen.« Kady schmunzelte. »Andererseits: Welcher Mann ist nicht total berechenbar?«

Conley dachte an Skelly, dem es fast jedes Mal gelang, sie zu überraschen. »Ja«, sagte sie, um des lieben Friedens willen. »Fällt Ihnen noch irgendwas über ihn ein, das ich wissen müsste? Hatte er zum Beispiel Familie?«

»Er hat jedenfalls von keiner erzählt. Ich glaube, für ihn waren die Zuhörer seine Familie. Bei ihm war das kein Blödsinn. Er dachte wirklich so.«

»Gut. Vielen Dank, dass Sie mit mir über ihn gesprochen haben«, sagte Conley. »War mir eine große Hilfe.«

Michael hatte sich an seinem Platz umgedreht und winkte Conley zu, um sie auf sich aufmerksam zu machen.

»Könnten Sie kurz warten, Kady?«

»Okay.«

Conley hielt den Hörer zu. »Was ist, Mike?«

Er hielt ihr den Hörer des Telefons auf seinem Schreibtisch hin. »Da ist eine Produzentin von der NBC dran. Sie sagt, sie versucht schon den ganzen Morgen, dich zu erreichen.«

»Selena Kwan?«

»Genau. Was soll ich ihr sagen?«

»Ob sie noch kurz warten kann. Ich bin hier sofort fertig.« Conley wandte sich wieder an die Anruferin: »Hallo, Kady. Also, ich habe mich sehr gefreut, mit Ihnen zu sprechen. Wenn Ihnen noch irgendjemand sonst einfällt, der sich an Robbie erinnern könnte, sagen Sie mir doch Bescheid, ja?«

»Was ist mit der Katze?«, fragte Kady unvermittelt.

»Welche Katze?«

»Robbie liebte Katzen. Er hatte immer eine. Egal, wo er einen Job fand: Wenn er in eine neue Stadt kam, fuhr er als Erstes zum Tierheim und adoptierte einen Streuner. Hat er mir selbst gesagt. Die Katze musste immer schwarz sein. Weil er ja der *Man in Black* war.«

»Ja, er hatte eine Katze«, erwiderte Conley. »Erzählen Sie es bitte niemandem, aber als mein Freund und ich heute in seinem Apartment waren, war da eine Katze, und wir haben sie mehr oder weniger entführt, weil wir nicht wollten, dass sie im Tierheim landet. Ich weiß noch nicht, was wir mit ihr machen. Wir haben zu Hause einen Hund, und mein Freund behauptet, Angst vor Katzen zu haben. Wir wissen nicht mal, wie das Tierchen heißt.«

»Hi-Fi«, sagte Kady. »Das hat Robbie mir mal erzählt. Alle

Katzen, die er je hatte, waren schwarz und hießen Hi-Fi. Echt berechenbar, oder?«

»Kannst du den Anruf durchstellen?«, fragte Conley Michael.

»Klar. Aber, ähm, ich muss dich vorwarnen. Ich habe losgelegt und einen Artikel über die Ereignisse von heute Morgen verfasst. Ist ja eine große Meldung. Da steht dein Name drin, weil … na ja, du warst halt beteiligt. Der Typ wollte dich entführen. Grayson hat ihr Okay gegeben. Sie meinte, du hättest nichts dagegen.«

»Ah.« Conley wusste nicht, was sie sagen sollte. Im Laufe der Jahre hatte sie Hunderte von Verbrechensopfern interviewt, doch nun stand sie zum ersten Mal auf der anderen Seite. Es war ihre Idee gewesen, dass Michael angerufen wurde, also konnte sie sich kaum darüber beschweren, dass er seine Arbeit gemacht hatte.

»Ich stelle sie durch.«

Conleys Telefon summte, sie nahm den Hörer ab. »Hi, Selena!«

»Conley! Wir haben heute einen Google-Alarm über die Entführung und die Toten in Silver Bay bekommen. Ich versuche schon den ganzen Tag, dich zu erreichen. Ist alles in Ordnung?«

»Ja, bin nur ein bisschen aufgewühlt. Mein Handy ist vorübergehend außer Betrieb.«

»Aha. Dein Kollege Michael hat wirklich unglaubliche Fotos ins Netz gestellt. Das mit dem Auto und dem runtergekrachten Dach. Und das andere mit dem Leichensack im Vorgarten. Wahnsinn.«

»Das ist die Veranda meiner Großmutter«, erwiderte Conley leise. »Und ihr Vorgarten.«

»Du liebe Güte! Das ist ja noch schlimmer!«

»Viel schlimmer als heute Morgen kann es nicht werden«, stimmte Conley zu.

»Ich frage nur ungern, aber bist du überhaupt fit genug zum Arbeiten? Ich habe nämlich ein Team zu euch runtergeschickt. Wir wollen natürlich ein Liveinterview mit dir machen, aber nach dieser Kurzmeldung, die Michael schon ins Netz gestellt hat, weiß ich, dass noch viel mehr an der Story dran ist. Ich meine, jetzt mal ehrlich … Ein abtrünniger Bulle? Und der hat dich gestalkt, wie es klang?«

Conley wurde rot. »Ja.«

»Und dieser DJ, der erschossen wurde und dir das Leben gerettet hat, der war auf der Flucht?«

»Sieht so aus.«

»Ich weiß, ich wiederhole mich, aber die ganze Geschichte ist einfach unglaublich! Und das alles so kurz nach der Robinette-Sache. Als wärt ihr da unten im Bermudadreieck der schlechten Nachrichten.«

»Tja …« Conley dachte an ihre Behauptung, in Silver Bay würde nie etwas passieren.

»Ist jetzt zu spät, um noch einen Flieger in Atlanta zu kriegen, aber morgen komme ich runter. Was ist der nächste Flughafen?«

»Wahrscheinlich Pensacola«, erwiderte Conley.

»Ich schreib dir, wenn ich lande, ja? Moment, du hast gesagt, dein Handy wäre kaputt?«

»Ruf in der Redaktion an, wie eben auch«, riet Conley. »Ich bin hier.«

»Wirklich unglaublich«, wiederholte sich Selena. »Du bist echt meine Heldin. Freue mich, dich morgen zu sehen.«

Sie legte auf.

»Und?« Michael hatte schamlos gelauscht, ein typisches Verhalten in allen Redaktionsräumen, wo Conley bisher gearbeitet hatte.

»Sie kommt morgen her, mit einem Kamerateam«, sagte Conley langsam.

Michael schlug auf den Schreibtisch. »Ich wusste es! Die Story ist dein Ticket hier raus.«

»Hm?«

»Na, dein Ticket, um hier rauszukommen. Zu den großen Blättern. Zuerst die Robinette-Geschichte, und jetzt das! Du hast doch gesagt, dass du nur vorübergehend hier bist, oder?«

»Ja. Aber das heißt nicht, dass ich beim Sender anfange. Das ist ein sehr großer Schritt, weißt du?«

»Nicht für dich«, sagte Michael, optimistisch wie immer.

»Okay, was hast du über Walter Poppell herausgefunden?«, wechselte Conley das Thema.

»O Mann, eine Menge! Zum einen hatte er eine Jugendstrafe.«

»Aha. Mein Freund Skelly hat mit ihm auf der Highschool in der Footballmannschaft gespielt. Er hat mir erzählt, dass Poppell rausgeworfen wurde, aber keiner hätte gewusst, warum. Das wurde vertuscht. Was hat er denn gemacht?«

»Ein Mädchen zusammengeschlagen und sexuell genötigt.«

»Du liebe Güte«, flüsterte Conley. Ihr Magen zog sich zusammen, und sie bekam Angst, sich wieder übergeben zu müssen. Sie schluckte. »Wie kann so was vertuscht werden? Wie konnte er eine Stelle bei der Polizei bekommen?«

»Die Mutter des Mädchens hat damals Anzeige erstattet, dann hat das Mädchen die Aussage widerrufen«, erklärte Michael. »Er wurde wegen einer weniger harten Anklage verurteilt und musste an einem Interventionsprogramm teilnehmen. Hat irgendwo ehrenamtlich gearbeitet, dann wurde seine Vorstrafe gelöscht. Jugendstrafen sind in Florida eh unter Verschluss.«

»Woher weißt du dann von dem Vergewaltigungsvorwurf?«

Michael grinste. »Ich habe so meine Quellen. Die Leute in Silver Bay konnten den Typen echt nicht leiden. Deshalb hat er wahrscheinlich nur in Bronson County einen Job gefunden.«

»Hast du mit Merle Goggins gesprochen?«

»Ich hab ihn angerufen und bin dann rübergefahren. Goggins hat sich nicht gerade gefreut, mich zu sehen, aber als ich ihm erklärt habe, dass eine unserer Mitarbeiterinnen angegriffen worden ist, gab er nach und stand mir Rede und Antwort.«

»Und was hat er gesagt?«

Michael blätterte durch seinen Notizblock. »Schockiert und entsetzt, dass ein ehemaliger Mitarbeiter das öffentliche Vertrauen missbraucht hat. Wurde vor kurzem wegen Pflichtvernachlässigung entlassen. Da Jugendstrafen nicht einsehbar sind, konnte er nichts von Poppells Vergangenheit ahnen. Das war der Tenor.«

»Besser als nichts«, bemerkte Conley und wandte sich wieder ihrer eigenen Arbeit zu.

»Hey«, sagte Michael. »Er hat mir gesagt, ich soll dir ausrichten, dass es ihm leidtut. Das habe ich ihm abgekauft. Ist kein besonders freundlicher Typ, aber er hat ausdrücklich betont, dass du dich melden sollst, falls du irgendwas brauchst. Egal, was. Das ist ein Zitat von ihm: ›Sagen Sie ihr: Egal, was sie braucht, ich bin da.‹«

60

Eine Stimme in der Nacht – Das rätselhafte Leben eines Discjockeys

VON CONLEY HAWKINS

Für Fans wie Winnie Churchwell war der Discjockey Buddy Bright aus Silver Bay ein willkommener Gast in der Küche, wenn er in seiner beliebten Sendung Up All Night mit Buddy Bright *die Lokalnachrichten und den Wetterbericht verlas oder alte Klassiker der Rockmusik aus den Sechzigern und Siebzigern spielte. Beim Highschool-Football und auf der Pressetribüne von Baseballspielen war er der* Man in Black, *eine vertraute Stimme, die die Partien in den vergangenen sechs Spielzeiten live kommentierte.*

Melissa Padgett-Holland, Kellnerin im Waffle House an der State Route 28, kannte ihn als nächtlichen Stammkunden. Wenn sie seinen Oldtimer, eine weiße Corvette mit einem auffälligen Presse-Nummernschild in den frühen Morgenstunden vor dem Restaurant vorfahren sah, machte sie sich schon an seine Bestellung: beidseitig gebratene Eier, knuspriger Bacon und Maisgrütze. »Ein netter Typ«, sagte Melissa. »Konnte man gut mit reden, auch wenn er nie viel über sich selbst erzählt hat. Aber er hat immer nach meinen Kindern gefragt. Hat sich auch mit ein paar anderen Stammgästen unterhalten. Und gab immer mindestens zehn Dollar Trinkgeld.«

Neal Evancho, Senderchef und Besitzer des WSVR, sagte, Bright sei vor sechs Jahren »wie aus dem Nichts« aufgetaucht und hätte genau im richtigen Moment nach einem Job gefragt, da Evanchos bisheriger Abendmoderator ohne Vorankündigung nicht mehr erschienen war. Bright konnte weder Demo-Tapes noch einen Lebenslauf vorweisen, doch Evancho merkte schnell, dass sein neuer Mitarbeiter ein offensichtlich erfahrener Profi war. »Ich habe ihn vom Fleck weg engagiert.«

Wie die meisten Menschen in Silver Bay war Evancho schockiert, als er hörte, dass Bright am frühen Sonntagmorgen auf einem ruhigen Abschnitt der Felicity Street erschossen wurde.

Aus dem Schock wurde Entsetzen, als Evancho erfuhr, dass der freundliche Buddy Bright tatsächlich ein entflohener Häftling namens Robert Breitweis war, ein DJ aus Detroit, der zu einer Haftstrafe verurteilt worden war, weil er unter Alkoholeinfluss ein junges Mädchen aus Michigan bei einem Verkehrsunfall tödlich verletzt und dann Fahrerflucht begangen hatte. Nach Aussagen der dortigen Behörden tauchte Breitweis 2008 bei einem Arbeitseinsatz auf dem Highway spurlos unter.

Während seiner Jahre auf der Flucht wechselte Breitweis von einem kleinen Radiosender im Mittleren Westen und im Süden zum anderen, wo er unter verschiedenen falschen Namen arbeitete, unter anderem als Buddy Bright.

Der achtundsechzigjährige Discjockey starb bei der Rettung einer Frau aus Silver Bay. Ihn traf ein tödlicher Schuss, abgegeben von einem frustrierten ehemaligen Deputy des Sheriffs von Bronson County, der diese Frau entführen wollte.

Diese Frau bin ich. Ich heiße Sarah Conley Hawkins, wurde in Silver Bay geboren und bin dort aufgewachsen, und zwar in eben jenem Haus auf der Felicity Street. Mein Urgroßvater gründete den Silver Bay Beacon, *und ich gehöre zur vierten Generation meiner Familie, die in diesem Unternehmen arbeitet.*

Bis zum frühen Sonntagmorgen, kurz bevor Buddy Bright mir das Leben rettete, hatte ich den Mann, den wir unter diesem Namen kannten, nie zuvor getroffen.

Brittany Michelle Pakowsky begegnete dem Mann, den sie als Robbie Breitweis kannte, nur einmal. Mit siebzehn Jahren ging die Jugendliche aus einem Detroiter Vorort zusammen mit ein paar Freundinnen in eine Hotelbar in Bloomfield Hills, wo sie auf Breitweis trafen, der zuvor eine Livesendung bei einem nahe gelegenen Autohändler gehabt hatte. Es war Dezember 1998, eine Woche vor Weihnachten.

Nach Zeugenaussagen gab Breitweis, der schon fast den ganzen Tag getrunken hatte, den Mädchen Frozen Daiquiris aus und lud sie ein, ihn zu einer Privatparty zu begleiten. Die Jugendlichen lehnten ab und gingen nach draußen auf den Parkplatz. Breitweis folgte ihnen, stieg in seine weiße Corvette und streifte Brittany Pakowsky mit hoher Geschwindigkeit, ohne anzuhalten. Das junge Mädchen starb zwei Tage später.

Marlene Pakowsky, Brittanys Mutter, sagte, sie würde nie aufhören, den Verlust ihrer jüngsten Tochter zu betrauern. Sie wohnt noch immer in dem Haus, in dem Brittany aufwuchs, und hat einen kleinen Plastikweihnachtsbaum in Brittanys Zimmer aufgestellt, den sie jeden Abend leuchten lässt, das ganze Jahr über.

»Nein, ich bin nicht froh, dass er tot ist, denn er hat es viel zu leicht gehabt«, sagte Mrs. Pakowsky. »Seit Jahren bete ich darum, dass er gefasst wird, damit er im Gefängnis schmort. Und jetzt sagen Sie mir, er war in Freiheit und genoss das Leben, während meine Kleine die ganze Zeit im kalten Grab liegt? Da fehlen mir die Worte.«

Conley verfasste den gesamten Artikel in einem adrenalinbefeuerten kreativen Rausch. Sie verwob ihre eigenen eindrücklichen Erfahrungen mit Fakten, Zitaten und Beobachtungen, die nicht in Vergessenheit geraten sollten.

Um vier Uhr tippte sie den letzten Absatz und lehnte sich dann erschöpft auf ihrem Stuhl zurück. Da hörte sie ein schwaches Miauen aus ihrem Rucksack.

Michael schnellte auf seinem Stuhl herum. »Was war das?«

»O Gott! Ich hab sie komplett vergessen!«, rief Conley schuldbewusst. »Sie ist traumatisiert. Ich konnte sie nicht allein in der Katzenbox lassen.« Conley hob ihren Rucksack hoch und holte die sich windende Katze heraus. »Das ist Hi-Fi.«

Michaels sommersprossiges Gesicht strahlte, als er nach dem Tierchen griff. »Ein blinder Passagier!«

»Sie wurde … ähm … gerettet«, stotterte Conley. »Man könnte sagen, dass sie eine Waise ist.«

Sie gestand den faktischen Einbruch in Buddy Brights Apartment und ihre Sorge, dass die Polizei, wenn sie das Apartment irgendwann durchsuchte, die Katze ans Tierheim übergeben würde.

»Ich weiß nicht, was ich mit ihr machen soll. Wegen Opie, dem Hund meiner Großmutter, kann ich sie nicht mit nach Hause nehmen. Und mein Freund behauptet, er hätte eine Katzenphobie.«

»Du hast einen Freund? Cool.«

Conley lief rot an, als ihr klarwurde, wie sie Skelly gerade bezeichnet hatte.

Michael setzte das Kätzchen auf seinem Schreibtisch ab. Sofort rollte es sich zu einer Kugel zusammen und schlief wieder ein. »Kann ich sie haben?«

»Magst du Katzen?« Conley kannte nicht viele Millennials,

die etwas für Katzen übrig hatten, doch Michael belehrte ihre Vorurteile über diese Generation immer wieder eines Besseren.

»Ich liebe Katzen! Wir hatten welche zu Hause. In meiner jetzigen Wohnung darf ich keine Katze halten, aber nächstes Wochenende ziehe ich bei meiner Freundin ein. Wir haben schon länger davon gesprochen, uns eine Katze zu holen, das passt perfekt. Mir gefällt sogar der Name: Hi-Fi. Klingt irgendwie retro, oder?«

»Sehr retro«, bestätigte Conley. »Freut mich, dass du den Namen magst, denn wenn nicht, würde leider nichts aus der Adoption werden.«

Er hob die Katze hoch und kraulte sie unterm Kinn. »Hammer!«

»Na, wen haben wir da?«, sagte Winnie, als Conley schließlich im Strandhaus eintraf. »Gut, dass du hier bist, bevor der Sturm kommt.«

Die Haushälterin und Großmama saßen auf der Veranda und schauten aufs Meer, wo sich in der Ferne dunkle Wolken auftürmten.

»Du hast ja keine Ahnung, wie wahr das ist«, sagte Conley.

»Wir haben dir Abendessen aufgehoben«, verkündete Großmama. »Im Ofen steht ein Teller mit gebratenem Hühnchen und Butterbohnen. Winnies Kartoffelsalat ist im Kühlschrank.«

Conley schüttelte den Kopf. »Danke, aber ich habe keinen Hunger.« Sie setzte sich in einen Korbsessel neben ihre Großmutter. »Tut mir leid«, setzte sie an, doch nun schüttelte Lorraine den Kopf.

»Lass es gut sein«, sagte sie entschieden. »Deine Schwester hat mir Fotos geschickt. Es sieht schlimm aus, oder?«

»Ja.«

»Ich habe meinen Versicherungsvertreter angerufen, der hat schon einen Schadensregulierer rübergeschickt, der sich das Ganze anguckt«, erklärte Lorraine. »Morgen kommt ein Bauunternehmer, der uns einen Kostenvoranschlag für die Reparaturen macht.«

»Das gesamte Dach über der vorderen Veranda ist runtergekommen«, sagte Conley. »Das Auto ist mit Höchstgeschwindigkeit ins Haus gefahren. Wahrscheinlich hat das Fundament auch was abbekommen.«

Großmama wischte Conleys Sorgen mit einer Handbewegung beiseite. »Das Einzige von Wert in diesem Haus steht hier vor mir. Ein bisschen lädiert, aber lebendig. Alles andere ist mir egal, Sarah Conley. Das sind bloß Sachen. Die kann man ersetzen.«

Sie deutete in die Ferne, wo eine steife Brise durch den Seehafer fegte. »Wir können froh sein, dass wir ein Dach über dem Kopf und ein Bett zum Schlafen haben. Apropos«, sagte sie und taxierte ihre Enkeltochter genauer, »deine Schwester meinte, sobald du nach Hause kommst, soll ich dir was zu essen geben und dich ins Bett schicken.«

»Wer hat die eigentlich zum Chef gemacht?«, scherzte Conley. »Bekomme ich jetzt Stubenarrest, weil ich dein Haus und den schönen Garten kaputt gemacht habe?«

»Du bekommst Stubenarrest, weil du zu viel arbeitest. Ich wette, du hast heute nichts gegessen.«

»Stimmt nicht. Skelly hat mir eine riesengroße Tortilla mit Eiern, Bacon und Kartoffeln zum Frühstück gemacht. Und mich gezwungen, sie fast allein zu essen.«

»Ich sage dir eins, Sarah, wenn du dir diesen Mann nicht bald schnappst, klau ich ihn dir unter den Fingern weg«, sagte Lorraine.

61

Es war ein seltsam befreiendes und gleichzeitig beängstigendes Gefühl, nicht an ein Handy gebunden zu sein, fand Conley, als sie am Montagmorgen nach Bronson County fuhr. Immer wieder schaute sie unruhig zur Halterung am Armaturenbrett hinüber, wo das Telefon normalerweise hing.

Auf der Wache bestand sie höflich darauf, dass Merle Goggins mit ihr sprechen wolle, ja, um ihr Kommen gebeten habe. Der Deputy am Eingang schien nicht überzeugt zu sein, doch nach einem kurzen Anruf wurde Conley dann doch in Goggins' Büro geführt.

»Oh, ähm, hi«, sagte der Sheriff. Er deutete auf Conleys Wange, wo sich über Nacht ein blauer Fleck von der Größe einer Hand gebildet hatte. »Ist der von gestern?«

»Ja.« Conley setzte sich.

Goggins zog den Kopf ein.

»Sie schulden mir was«, sagte sie.

»Wie kommen Sie darauf?«

»Sie haben einen psychisch kranken Gesetzeshüter eingestellt. Einen völlig gestörten Brutalo, der mich gestalkt und bedroht hat und mich zum Schluss sogar töten wollte.«

»Zuerst mal habe ich ihn nicht eingestellt. Ich habe ihn von meinem Vorgänger geerbt. Als Sie Bekanntschaft mit ihm gemacht haben, war ich gerade dabei, ihn rauszuwerfen«, entgegnete Goggins.

»Wussten Sie, dass er eine Jugendstrafe hatte? Wegen eines gewaltsamen sexuellen Übergriffs?«

Goggins rieb sich nervös das Kinn. »Sie wissen, dass Jugendstrafen in Florida unter Verschluss sind. Als ich die Geschichte heute Morgen in der Online-Ausgabe des *Beacon* gelesen habe, bin ich aus allen Wolken gefallen.«

»Poppell hat mir die Schuld daran gegeben, dass er gefeuert wurde«, sagte Conley. »Was war der Grund?«

»Offiziell: Pflichtvernachlässigung. Inoffiziell chronische Faulheit und generelle Dumpfbackigkeit.«

»Meine Schwester ist Anwältin, und sie meint, wir sollten Sie persönlich und das County verklagen.«

»Herrje«, brummte Goggins. »Der Staatsanwalt würde mir einen Einlauf verpassen, wenn er wüsste, dass ich gerade mit Ihnen rede.« Er stand auf und ging in dem kleinen Büro auf und ab. Zwischendurch blieb er stehen, um unsichtbaren Staub von einem Bilderrahmen zu wischen. »Ich habe Ihrem jungen Kollegen Torpy gesagt, er soll Ihnen ausrichten, dass mir die Geschichte mit Poppell ehrlich leidtut. Was er Ihnen angetan hat. Ich habe eine Tochter. Sie ist zwar erst fünfzehn, aber wenn der so was passieren würde …« Goggins schüttelte den Kopf. »Bloß, mehr kann ich zu der ganzen Sache nicht sagen. Verstehen Sie? Wenn es vor Gericht geht, wird es echt schlimm.«

»Ich will Sie ja gar nicht verklagen«, sagte Conley.

»Nicht? Wollen Sie nicht Ihren Teil vom Kuchen?«

»Ich habe keine Lust, die schlimmste Nacht meines Lebens jahrelang durchzukauen und ständig neu zu durchleben«, erklärte Conley. »Poppell ist tot. Und ich glaube Ihnen, wenn Sie sagen, sie hätten nichts über seine Vergangenheit gewusst.«

Goggins hob die rechte Hand, den Handteller nach oben. »Ich schwöre bei Gott, wenn ich gewusst hätte, was für ein krankes Schwein das war, hätte ich ihn am ersten Tag im Dienst hochkant rausgeschmissen! Wenn Sie mich nicht verklagen wollen, warum sind Sie dann hier?«

»Weil ich arbeite«, antwortete Conley. »Ich muss wissen, wie weit Sie mit der Robinette-Ermittlung sind. Auf der Beerdigung haben Sie gesagt, der Amtsarzt hätte eine gefährliche Mischung von Fentanyl und Alkohol im Blut von Robinette gefunden. Heißt das, Sie vermuten Fremdeinwirkung?«

»Glauben Sie wirklich, Sie bekommen Informationen im Austausch für das Versprechen, mich nicht zu verklagen?« Goggins schmunzelte. »Wir sind doch nicht auf dem Basar!«

»Nein, nein. Ich bin Journalistin. Sie sind Gesetzeshüter. Der Tod des Kongressabgeordneten Robinette ist von öffentlichem Interesse. Was steckt nun dahinter?«

»Unter der Hand?«

»Offiziell wär mir lieber.«

Goggins zuckte mit den Schultern. »In dem Fall sind die Ermittlungen noch nicht abgeschlossen.«

»Okay, erzählen Sie mir, was schon bekannt ist.«

»Er hatte eine Unmenge Fentanyl im Blut. Aber er bekam ja Schmerzmittel gegen Krebs im Endstadium, er hatte ein Transdermalpflaster, vom Arzt verschrieben.«

»Das weiß ich alles«, sagte Conley. »Sie haben mir schon gesagt, dass er tot war, als er mit dem Reh zusammenstieß. Und dass er einen Blutalkoholgehalt von 0,6 Promille hatte.«

»So steht es im Bericht des Amtsarztes, aber der wurde noch nicht veröffentlicht, deshalb können Sie sich nicht auf mich als Quelle berufen«, mahnte Goggins.

»Wo hat er zu der Uhrzeit Alkohol bekommen?«, fragte Conley. »Vanessa hielt ihn doch angeblich äußerst kurz. Sein Nachbar sagte, Symmes musste sich heimlich aus dem Haus schleichen, nur um ein Bier trinken zu können.«

»Was das anging, war Vanessa Robinette unnachgiebig. Sie sagte, Symmes sei deswegen ganz schön sauer gewesen, aber seine Ärzte hätten ihr nun mal gesagt, er dürfe nichts trinken. Nicht solange er das Pflaster trug«, berichtete Goggins.

»Ich würde wetten, dass die erste Mrs. Robinette nur zu gern den Barkeeper für den alten Mann gespielt hat«, warf Conley ein. »Toddie wollte mir nicht verraten, ob er an dem Abend auf der Farm war.«

»Uns auch nicht«, erklärte Goggins. »Aber wir können es beweisen.«

»Wie?«

»Wir haben sein Handy geortet.«

»Charlie hat gesagt, Vanessa hätte es Symmes weggenommen.«

»Aber er hat ein neues bekommen, von dem seine Frau nichts wusste«, erklärte Goggins. »Wissen Sie was? So eine Familie … reiche Leute … die liefern ihre engsten Verwandten ans Messer, ohne mit der Wimper zu zucken.«

»Ich würde mal vermuten, dass das neue Handy von Charlie war«, sagte Conley. »Nur um seine Mutter zu ärgern. Aber wie hat er es zu Symmes bekommen? Vanessa hatte dafür gesorgt, dass Charlie nicht mehr in die Siedlung hineinkam. Er hat mir gegenüber allerdings angedeutet, er hätte eine Möglichkeit gefunden, das zu umgehen. So ist es ihm ja überhaupt gelungen, Symmes und Toddie wieder zusammenzuführen.«

»Charlie Robinette stand für weitere Befragungen bisher nicht zur Verfügung, aber wir haben uns die Filme aus den Überwachungskameras am Tor zu Sugar Key angesehen«, erklärte Goggins. »In dem Monat, bevor sein Vater starb, war

Charlie ein halbes Dutzend Mal dort. Fuhr einfach durch die Schranke für Anwohner.«

Conley schaute von ihrem Notizbuch auf. »Dann hatte er einen Transponder. Und ich glaube, ich weiß auch, woher er den hatte.«

»Nämlich?«, fragte Goggins.

»Nur so eine Vermutung«, wich Conley aus. »Falls sie stimmt, sage ich Ihnen Bescheid. Noch mal wegen des Alkohols: Hat Toddie Ihnen gegenüber zugegeben, dass Symmes an dem Abend was bei ihr getrunken hat?«

»Nachdem wir ihr klargemacht hatten, dass wir die Handydaten haben, wurde sie etwas kooperativer. Sie bestätigte, dass Symmes kurz vor Mitternacht bei ihr angerufen hat. Er war ganz aufgeregt und wollte mit ihr sprechen. Sie versuchte, ihn zu überreden, bis zum nächsten Morgen zu warten, doch er wusste ja, dass Vanessa ihn mit Argusaugen bewachte. Nach Aussage von Toddie hatte Vanessa eine Schlaftablette genommen und sich gegen elf Uhr ins Bett gelegt.«

»Also hat er eine kleine mitternächtliche Spritztour unternommen«, sagte Conley. »Weswegen war er denn wohl so aufgeregt?«

»Wollte Toddie nicht sagen«, erwiderte Goggins. »Sie stellte es so hin, dass er zu ihr rauskam, die beiden sich unterhielten, und er dann was trinken wollte. Sie hätte versucht, es ihm auszureden, weil er noch zurück nach Sugar Key musste und es schon spät war, aber er hätte nicht lockergelassen. Also hat sie ihm erlaubt, sich einen Dirty Martini zu machen.«

Conley lachte. »Das passt ja.«

»Toddie Sanderson ist nicht gerade die zuverlässigste Zeugin«, bemerkte Goggins. »Zuerst behauptete sie, er hätte nur ein Glas getrunken. Als wir ihr eröffneten, welchen Blutalkoholwert ihr Ex-Mann beim Unfall hatte, waren es auf einmal zwei Martinis. Oder drei, aber auf keinen Fall mehr.«

»Drei Martinis?«, rief Conley. »Wie konnte er danach noch aufrecht stehen? Und sie fand es okay, ihn mitten in der Nacht noch fünfundvierzig Meilen nach Hause fahren zu lassen? Wirklich ein Riesenwunder, dass er in der Nacht nur mit einem Reh zusammengeprallt ist. Das hat schon etwas von Todessehnsucht, oder?«

»Tja, dummes Verhalten ist aber nicht dasselbe wie Fremdeinwirkung«, erklärte Goggins. »Für mich sieht das so aus, als hätte jedes Mitglied dieser verkorksten Familie eine Rolle beim Tod von Symmes Robinette gespielt. Der Sohn trieb Psychospielchen mit seiner Mutter, die Ehefrau sperrte ihren Mann aus lauter Boshaftigkeit ein, und die Ex-Frau füllte ihn so ab, dass selbst ein Elefant in die Knie gegangen wäre, um ihn dann allein im Dunkeln losfahren zu lassen. Ich kann natürlich nichts beweisen, aber ich bin überzeugt, dass es letztlich nur um Geld geht.«

»Und davon hatte Symmes Robinette eine Menge«, warf Conley ein. »Er war mehrfacher Millionär. Wird interessant sein, was bei der Testamentseröffnung herauskommt.«

»An dem Geld klebt Blut.« Goggins Miene war ernst. »Und sein Blut klebt an ihren Händen.«

»Ich muss zurück an die Arbeit«, sagte Conley. »Redaktionsschluss mal wieder.«

»Haben Sie vor, über das zu schreiben, was ich gerade erzählt habe?«, fragte Goggins. »Denken Sie dran, nichts davon ist offiziell!«

»Background-Recherche«, sagte Conley. Sie hielt dem Sheriff ihre verschrammte, noch blaue Hand hin. Er wirkte zwar überrascht, griff aber zu.

»Ich würde ja sagen: Passen Sie auf sich auf, aber dass Sie das können, haben Sie ja schon bewiesen.«

Einen Abstecher wollte Conley noch machen, bevor sie ins Büro des *Beacon* zurückkehrte, wo Grayson bestimmt schon völlig außer sich war und sich fragte, wo ihre kleine Schwester blieb.

Auf dem Parkplatz vor dem Bestattungsinstitut stand nur ein Wagen. Montags war bei den Toten wohl nicht viel los.

Conley hörte Graceannes Kichern durch den hohen Korridor hallen und folgte dem Geräusch, bis sie vor dem Büro der Marketingchefin stand.

Das kleine Mädchen saß auf dem Boden und spielte mit zwei Einhorn-Stofftieren. Kennedy McFall schaute konzentriert auf ihren Bildschirm und kaute auf einem Bleistift. Als sie Conleys Schritte hörte, hob sie den Kopf und runzelte die Stirn.

»Ich möchte nicht unhöflich werden«, sagte Kennedy.

»Dann lass es.« Conley kam ins Büro und setzte sich ohne Aufforderung. Das hätte ihre Großmutter nicht gebilligt. »Ist es ein Hobby von dir, die Autos anderer Menschen aufzumachen und Schmuck zu stehlen?«, fragte sie mit freundlich unbeteiligter Stimme und Miene.

»Ich habe keine Ahnung, wovon du redest«, gab Kennedy zurück. Sie war eine sehr schlechte Lügnerin, was für ihre Zukunft als Politikergattin nichts Gutes verhieß. Aber sie konnte ja Unterricht bei Vanessa nehmen.

»Klar weißt du das! Irgendwann warst du mit deinem Verlobten im Country Club. Da beschwerte er sich darüber, dass seine Mutter ihn nicht mehr zu seinem Vater ließ. Ich nehme mal an, ihr hattet neben einem Auto geparkt, das einen Aufkleber vom Country Club an der Windschutzscheibe hatte. Du hast reingeguckt, und da lag der Transponder im Becherhalter. Das muss für dich die perfekte Gelegenheit gewesen sein. Das Auto war nicht abgeschlossen. Es stand direkt neben dir, niemand war in der Nähe …«

»Das ist ja krank! Wirfst du mir einen Bagatelldiebstahl vor?«

»Das fällt nicht mehr unter Bagatelle. Die Diamantohrringe haben einen Wert von über 30 000 Dollar. Das ist eine schwere Straftat. Ich weiß nicht, was ein Styroporbecher und ein Transponder kosten, aber das kann die Polizei bestimmt herausfinden.«

Kennedy schielte zu ihrer Tochter hinüber. »Hör zu!«, sagte sie leise. »Ich weiß nicht, was du gegen Charlie hast, aber du liegst völlig falsch, was ihn angeht. Und mich. Ich habe keine Ohrringe mitgenommen. Da waren keine.«

»Der Besitzer hat Anzeige erstattet, und in der steht, er hatte Ohrringe im Auto.«

»Dann lügt der Besitzer, ohne rot zu werden«, gab Kennedy zurück. »Ich sage dir, ich habe keine Ohrringe mitgenommen.«

Interessiert schaute Graceanne hoch. »Mommy, wo sind meine Ohrringe? Ich will mich verkleiden.«

»Jetzt nicht, Schätzchen«, sagte Kennedy. »Lauf doch mal schnell in Granddaddys Büro und hol dir Papier aus dem Drucker. Dann kannst du ihm ein schönes Bild malen.«

»Ein Bild von Ohrringen!«, begeisterte sich das Kind.

»Lila Ohrringe.«

»Genau!« Kennedy schickte die Kleine zur Tür. »Worauf willst du hinaus?«, fragte sie, als Graceanne außer Hörweite war. »Was ist so schlimm daran? Ja, ich habe mir den Transponder ausgeliehen. Vanessa war wirklich mies. Charlie wusste, dass sie etwas gegen ihn ausheckte und seinen Vater zu manipulieren versuchte. Er wollte seinen Dad sehen. Mit ihm sprechen, bevor er nicht mehr da war. Ist das denn falsch?«

»Du meinst wohl eher, mit Symmes sprechen und ihm erzählen, er hätte Kontakt zu seiner ersten Frau und den Kindern aufgenommen? Vielleicht ein bisschen Ärger im Paradies machen?«

»Symmes war selig, als er hörte, dass seine Familie mit ihm sprechen wollte. Seit Jahren nagte es an ihm, dass Vanessa ihn gezwungen hatte, die älteren Kinder im Stich zu lassen. Wir wussten, dass er nur noch wenige Wochen hatte. Es war ein Gnadenakt.«

»Glaubst du diesen Schwachsinn wirklich?«, fragte Conley. »Komm, Kennedy! Du bist doch nicht auf den Kopf gefallen. Wann hast du mal gesehen, dass Charlie spontan irgendwas aus reiner Herzensgüte gemacht hätte?«

»Er ist wirklich toll mit Graceanne«, sagte Kennedy. »Und sie himmelt ihn an.«

»Das ist keine Antwort auf meine Frage. Ich beantworte aber deine von eben. Du willst wissen, was ich gegen C. Symmes Robinette jr. habe? Er ist ein Aufschneider. Ein charmanter, privilegierter, bösartiger Aufschneider.«

»Nein. Das mit eurem kindischen Streit, das ist doch Jahrzehnte her! Charlie hat mir davon erzählt. Er hat sich wirklich sehr verändert. Das kannst du gar nicht beurteilen.«

»Mistkerl bleibt Mistkerl, Kennedy. Ich kann dir erzählen, was damals wirklich passiert ist, falls du es hören willst. Ich kam zu den Sommerferien aus dem Internat zurück, im Herbst wollte ich aufs College. Symmes und Vanessa hatten Charlie auf eine Militärschule gesteckt, aus welchen Gründen auch immer, aber ganz bestimmt nicht, weil er so versessen aufs Marschieren und Exerzieren war. Ich kannte ihn eigentlich nicht, aber in dem Sommer war ich immer im Schwimmbad vom Country Club und ich fand ihn ganz süß. Die anderen Mädchen meinten, er wäre ein guter Fang. Er ist zweimal mit mir ausgegangen, aber bei unserem zweiten Date wollte er mir plötzlich an die Wäsche. Ich hab nein gesagt. Er war sauer, blieb aber höflich. Hat mich um neun nach Hause gebracht. Doch ehe ich mich versah, schrieb er all seinen Kumpels Nachrichten, ich hätte eine Bumsparade machen wollen – du weißt, was das heißt, oder?«

Kennedy wurde etwas blasser. »Ja. Gruppensex. Das würde Charlie niemals machen! Oder er dachte, es wäre ein Witz.«

»Das war kein Witz.« Conley sah Kennedy tief in die Augen. »Ständig riefen Typen bei mir an und sagten die ekelhaftesten, perversesten Dinge, die man sich vorstellen kann. Nachts fuhren sie an unserem Haus vorbei und warfen Kondome in den Garten. In den Vorgarten meiner Großmutter, Kennedy! Mein Auto wurde mit einem Schlüssel zerkratzt: Da stand in zehn Zentimeter großen Buchstaben ›NUTTE‹. Ich hatte vorher schon nicht gerade viele Freundinnen im Ort, weil ich aufs Internat ging und die Leute irgendwie dachten, ich wäre eingebildet. Aber als Charlie das Gerücht in die Welt setzte … Da war ich dann eine Schlampe *und* ein Snob. Alle haben das geglaubt. Er hat mir das Leben zur Hölle gemacht, einfach weil er's konnte. Mit so einem Mann bist du verlobt.«

»Das glaube ich nicht.« Kennedys Lippen bebten. Sie blinzelte ihre Tränen zurück.

Graceanne kam herein, einen Stoß Druckerpapier in den pummeligen Händen. Sie legte sich auf den Boden, suchte einen Korb mit Buntstiften und begann zu malen.

»Wie du willst«, sagte Conley leise. »Aber frag dich mal, warum ich wegen so einer Sache lügen sollte. Frag dich, in welches Schlangennest du da reinheiraten willst. Guck dir den Stammbaum mal gründlich an! Symmes Robinette schwängerte Vanessa und verließ Frau und Kinder. Dreißig Jahre später, als er mit seiner eigenen Sterblichkeit konfrontiert wurde, mag ihm das leidgetan haben, aber damals hatte er kein Problem damit, Toddie für das nächste junge Ding sitzenzulassen. Und dann noch Charlies Mutter. Du hast aus erster Hand mitbekommen, wozu sie in der Lage ist.«

»Du hast keine Vorstellung, wie man sich als alleinstehende Mutter in dieser Stadt fühlt.« Kennedy drehte am Verlobungsring mit dem dicken Diamanten an ihrem Finger.

»Und die Robinettes sind reich, nicht? Tja, finanziell reich, aber moralisch bankrott«, erwiderte Conley. »Ich habe Symmes' letzte Rechenschaftsberichte über seine Finanzen gesehen. Das angemessene Wort dafür ist *stinkreich*. Der alte Mann hat seine erste Million als Verteidiger der Bahngesellschaft gemacht, wo sein Kumpel Miles Schoendienst im Vorstand saß. Die Bahn hat Dutzende von Menschen mit Chemikalien vergiftet, die in einem verlassenen Depot in Plattesville gelagert wurden.«

Kennedys Blick schoss hoch. »Was ist mit Plattesville? Da haben meine Tante und mein Onkel gelebt.«

»Sind die an Krebs gestorben?«

»Ja, mein Onkel. Aber der hat auch stark geraucht, und außerdem hat das alles nichts mit Charlie und mir zu tun.«

»Schon gut«, sagte Conley erschöpft. »Ich muss jetzt zur Arbeit. Bin nur aus Höflichkeit hergekommen. Als wir uns hier kennengelernt haben, dachte ich: Die ist aber nett. Klug, witzig – mit so einer ist man gern befreundet. Glaub mir, Kennedy, du bist allein besser dran als mit einem Mann wie Charlie Robinette. Du hast was Besseres verdient. Und deine Tochter auch.«

Conley wollte gehen.

»Bye-bye!«, rief Graceanne, lächelte und winkte mit ihrem violetten Buntstift.

Kennedy brachte Conley zur Tür. »Das mit dem Transponder erzählst du doch keinem, oder? Das könnte sich schlecht auf Charlies Wahlkampf auswirken.«

»Hast du vorher schon mal was gestohlen? Als Erwachsene, meine ich?«

»Nein, nein!«

Conley lächelte mitleidig. »Das meine ich, Kennedy. Wenn man sich lange genug mit Dreck umgibt, färbt das ab. Nicht mehr lange, dann bist du genauso drauf. Ein schönes Leben noch!«

62

Mensch, wo warst du?«, rief Lillian, als Conley in die Redaktion des *Beacon* kam, und griff zu einem Stapel rosa Zettel. »Den ganzen Vormittag rufen Leute für dich an. Kannst du nicht an dein Handy gehen? Glaubst du, ich bin deine Sekretärin, oder was?«

Conley nahm die rosa Zettel entgegen. »Ich habe gearbeitet. Bin Hinweisen nachgegangen. Habe Interviews geführt. Ich kann nicht an mein Handy gehen, weil es gestern zerstört wurde.«

»Warum erzählt mir nie einer was?«, brummte Lillian. »Wie geht's deinem Gesicht?«

»Tut noch weh«, sagte Conley. »Danke der Nachfrage.«

»Hol dir bitte ein neues Handy, ja?«, bat Lillian. »Und deine Schwester will dich sprechen.«

»Werde ich hier vor den Kadi zitiert?« Conley ließ sich auf den Stuhl in Graysons Büro sinken.

»Warum gehst du bei mir immer vom Schlimmsten aus?«, fragte Grayson.

»Vielleicht weil wir in diesem Büro bisher nicht viel Angenehmes miteinander erlebt haben?«

Conley ging die rosa Zettel durch und hielt inne, als sie eine Nachricht von Roger Sistrunk sah, ihrem ehemaligen Chef beim *AJC*. Lillian hatte in Großbuchstaben notiert: »RUF MAL DIESES A … LOCH ZURÜCK! HAT SCHON VIERMAL ANGERUFEN.«

»Heute schon«, versicherte Grayson. »Ich habe heute Morgen deinen Text über Buddy Bright gelesen und muss ehrlich sagen: Ich habe geweint.«

»Du?«

Grayson war bekannt dafür, dass sie nicht weinte. Mit zehn Jahren hatte sie sich den Finger in der Autotür eingeklemmt und sich anschließend so zusammengerissen, dass die Familie erst von ihrem gebrochenen Finger erfuhr, als die Lehrerin der fünften Klasse einen Brief nach Hause schickte.

»Ja. Er war so traurig und ergreifend. Normalerweise kann ich Berichte in der ersten Person nicht ausstehen, die klingen immer so rührselig und kitschig. Aber deiner nicht. Conley, das war einfach sehr …«

»Unschmalzig?«

»Genau: unschmalzig. Ich hab Michael gesagt, dass er ihn auf unsere Website stellen soll. Wir haben schon über sechstausend Likes.«

»Wie das? Wir haben doch nicht ansatzweise so viele Follower.«

»Ich weiß. Aber unser genialer Michael hat ein bisschen auf Social Media gezaubert, hat die *Detroit News* und wer ihm sonst noch so eingefallen ist, im Beitrag markiert. Überall im Land sind die Zeitungen auf diese Story angesprungen.«

»Das erklärt vielleicht die ganzen Nachrichten, die Lillian mir gerade gegeben hat«, sagte Conley.

»Ich weiß nur, dass deine heiße Produzentin von der NBC angerufen hat und ausrichten ließ, sie sei jetzt gelandet und mit dem Kamerateam nach dem Mittagessen hier.«

»Ist das ein Problem für dich?«

»Nein. Warum gehst du immer davon aus, dass ich wütend bin und schimpfe?«

»Weil du das normalerweise tust?«

»Aber jetzt nicht. So furchtbar und traumatisch der Tag gestern für dich war, war er super Werbung für den *Beacon*. Ich wusste gar nicht, dass Buddy Bright so eine große, treue Fangemeinde hatte. Den Leuten geht dein Artikel wirklich nahe. Lillian hatte allein heute Vormittag ein Dutzend neue Abonnenten.«

»Dann ist ja alles gut.« Conley wandte sich zum Gehen.

Grayson legte ihr die Hand auf den Arm und hielt sie zurück. »Nicht wirklich alles. Großmamas Versicherungsvertreter hat eben angerufen. Wir sind zusammen bei den Rotariern.«

»Ich habe mich gewundert, dass sie sich heute Morgen nicht stärker aufgeregt hat, aber sie meinte, das Haus sei versichert, sie würde sich keine großen Sorgen darum machen«, erwiderte Conley.

Grayson machte ein gequältes Gesicht. »Heute Morgen hat sich der Bauunternehmer gemeldet. Als die Verandaüberdachung herunterfiel, hat sie einen Teil der Fassadenverkleidung abgerissen. Conley, der Mann sagt, dass Haus ist völlig zerfressen von Termiten.«

»Aber die kann man doch besprühen oder begasen oder so, nicht?«, sagte Conley.

»Dafür ist es zu spät. Wir haben drei verschiedene Arten im Haus: unterirdische, fliegende und Formosatermiten. Der Bauunternehmer ist durch das ganze Haus gegangen. Er meint, das Fundament gleicht einem Schweizer Käse, die Dachbalken auf dem Speicher zerbröseln, die Fensterrahmen, alles.«

Conley sackte auf den Stuhl. »Weiß Großmama das schon? Was machen wir jetzt?«

»Ja, sie weiß es«, sagte Grayson. »Ich musste ehrlich zu ihr sein. Ich weiß nicht, was wir tun sollen. Der Bauunternehmer meinte, es wäre billiger, das ganze Haus abzureißen und neu zu bauen.«

»Sollen wir uns nicht eine zweite Meinung holen?«

»Können wir, aber ich habe mich mit dem Mann am Haus getroffen, als er anrief. Du kannst mit einem Stock in die Träger des Fundaments bohren, Conley. Oder in die Fensterbänke. Ich glaube, er hat recht. Es ist nur eine Frage der Zeit, bis die ganze Hütte in sich zusammenfällt.«

»Übernimmt das die Versicherung?«

»Bezweifle ich. Großmama sagt, sie hätte früher eine Zusatzklausel für Termitenbefall gehabt, aber die hat sie nach Pops' Tod rausnehmen lassen, weil sie dachte, das seien unnötige Kosten.«

»Wie geht es ihr?«, fragte Conley. »Ich meine, das Haus ist von ihrem Großvater. Sie hat ihr Leben lang darin gewohnt. *Unser* ganzes Leben lang.«

»Ich war viel geschockter als sie«, sagte Grayson. »Bei ihr hat man den Eindruck, als würde sie die Schicksalsschläge einfach wegstecken.«

»Wenn das Haus nicht gerettet werden kann, wird sie wohl ein neues bauen, oder?«

»Sie sagt, nein«, berichtete Grayson. »Angeblich ist sie schon länger der Ansicht, dass zwei Häuser in ihrem Alter einfach zu viel sind. Sie liebt Felicity Street, aber Großmama und Winnie haben immer mehr Probleme mit den Treppen, besonders mit dem Wäschekeller. Im Strandhaus hat sie zumindest einen Aufzug, und der Hauswirtschaftsraum ist auf der gleichen Etage wie die Schlafzimmer.«

»Aber du hast gesagt, das Haus wäre eine Feuerfalle«, erinnerte Conley ihre Schwester. »Die Stromleitungen, das Dach …«

»Ich weiß. Aber wenn sie Felicity Street wirklich verkauft, ist das ein Doppelgrundstück an der besten Straße der Stadt. Der Bauunternehmer heute Morgen hat gesagt, er würde es so kaufen und da Luxusapartments hinsetzen.«

»Conley?« Lillian steckte den Kopf herein. »Draußen ist ein ganzes Kamerateam, das dich sucht. Falls deine Schwester und du nicht zu sehr mit eurem Gequassel beschäftigt seid, könntest du vielleicht rauskommen und mit denen reden.«

»Komme«, sagte Conley.

Auf dem Weg zur Felicity Street erklärte Selena, was sie vorhatte: »Im Grunde genommen möchte ich nur, dass du den Artikel aus der Zeitung mit Leben füllst. Also, der war natürlich super, aber darin hast du dich vom Thema distanziert. Du warst eine Beobachterin, keine Betroffene. Ich möchte, dass du dich ins Wohnzimmer stellst und erzählst, wie es war. Wie du dich in dem Moment gefühlt hast, als der Deputy die Tür eintrat –, war doch so, oder? Ich meine, das ist das Haus deiner Familie, nicht?«

»Hm«, machte Conley. »Ich weiß nicht, ob meine Großmutter die ganze Welt in ihrem Wohnzimmer haben will. Das finde ich überzogen. Und aufdringlich.«

»Aber das zieht den Zuschauer richtig nah ran, zu dir, in die Situation«, sagte Selena. »Ich bekomme schon eine Gänsehaut, wenn ich nur dran denke.«

»Kann sein, aber meine Großmutter ist eine waschechte Südstaatenlady, also nein.«

Frustriert fuhr sich Selena durch ihren Pony aus glänzenden schwarzen Haaren. »Hm, das wirft meine Pläne aber über den Haufen.«

»Ihr könnt gern vor dem Haus drehen«, bot Conley an. »Inzwischen ist mit Sicherheit ganz Silver Bay dran vorbeigefahren, um es sich anzusehen.«

Sie stellte den Subaru am Straßenrand vor dem Haus ihrer Großmutter ab, der Übertragungswagen vom Sender hielt hinter ihr. Einen Tag später sah alles noch viel schlimmer aus. Der samtgrüne Rasen mit den tiefen Reifenspuren vermittelte den Eindruck, als hätte dort ein Stockcar-Rennen stattgefunden. Polizeiwagen und Rettungsfahrzeuge waren durch die sorgfältig gepflegten Beete mit Azaleen, Kamelien und Buchsbaum gefahren. Am schlimmsten fand Conley die zwei tiefen Rinnen, die vor der eingesackten Verandaüberdachung endeten.

Aufgeregt klatschte Selena in die Hände. »Du hast recht! Das ist viel besser. Mein Gott, das sieht aus, als wäre ein Tornado durchgezogen.«

Sie stiegen aus.

»Wann wolltest du dir die Haare machen und dich schminken?«, fragte Selena.

»Hab ich schon«, sagte Conley. »Ich habe geduscht, meine Haare sind frisch geföhnt, ich habe die Augenbrauen nachgezogen, die Lippen geschminkt und meine Klamotten farblich aufeinander abgestimmt. Ich würde sagen, ich bin top gestylt.«

»Moment mal.« Selena ging zum Ü-Wagen, wo die Kameraleute ihr Equipment ausluden, und kam mit einem Rollkoffer zurück, der aussah, als hätte er genau die richtigen Maße fürs Bordgepäck.

»Wir gehen erst mal ins Haus und, ähm, machen dich ein bisschen frisch«, sagte sie.

Conley warf einen letzten Blick auf sich selbst im Schlafzimmerspiegel. Ihre Haare waren auf heiße Wickler gedreht, nach hinten gekämmt und besprüht worden. Selena hatte ihr mit einem richtigen Airsbrush eine dicke Schicht Make-up aufgetragen, danach Gesichtspuder, Rouge, Bronzer und Konturenstifte. Conley trug vier verschiedene Lidschattenfarben, Eyeliner, Kajalstift, Lippenkonturenstift, Lippenstift und mehrere Schichten Wimperntusche.

»So stark war ich das letzte Mal geschminkt, als ich die Trauzeugin meiner Schwester war«, sagte sie zur Produzentin. »Aber die blauen Flecken im Gesicht hast du nicht kaschiert.«

»Nein, die Zuschauer sollen deine Verletzungen sehen«, erklärte Selena. »Ich habe nur das Wichtigste dabei, weil ich weiß, dass die Kolleginnen von den Printmedien eher minimalistisch drauf sind. Wenn du das hier hauptberuflich machen willst, musst du dich daran gewöhnen.«

»Wer sagt denn, dass ich das hauptberuflich machen möchte?«, fragte Conley.

»Darüber unterhalten wir uns nach dem Dreh«, sagte Selena.

Sie positionierten Conley vor der zusammengesackten Veranda, und Selena ging mit ihr die Anweisungen durch.

»Sei ganz entspannt und guck direkt in die Kamera. Fasse kurz zusammen, was passiert ist und wie du dich fühlst. Ich stelle dir ein paar Fragen, aber die Kamera wird sich auf dich konzentrieren.«

Im Laufe der Jahre hatte Conley ein paar Fernsehinterviews gemacht, weshalb das grelle Licht der Kamera nichts Ungewöhnliches für sie war, doch als Opfer befragt zu werden war eine neue, unangenehme Erfahrung.

»Können Sie uns erzählen, wie Sie sich gefühlt haben, als der Mann tot war, der Sie verfolgt und terrorisiert hatte, weil Sie seinen Annäherungsversuchen aus dem Weg gegangen sind?«, begann Selena.

»Also, ich habe mich nicht gefreut. Es war eine furchtbare Geschichte, aber ich wollte nie, dass er stirbt. Nur dass er mich in Ruhe lässt. In erster Linie war ich wohl erleichtert.«

»Nun stand in Ihrer Zeitung, dass der Mann, der Sie angegriffen hat, Deputy Walter Poppell, dass er als Jugendlicher wegen sexueller Nötigung vorbestraft war, ist das richtig?«

»Ja«, bestätigte Conley. »Mein Kollege Michael Torpy hat mit jemandem aus dem Gesetzesvollzug gesprochen, und in dem Zusammenhang wurde bestätigt, dass Poppell an einem Interventionsprogramm teilnehmen musste, nachdem er als Jugendlicher ein Mädchen zusammengeschlagen und genötigt hatte. Anschließend wurde sein Eintrag gelöscht.«

»Trotzdem hat der Sheriff von Bronson County ihn als Deputy eingestellt. Sind Sie der Meinung, dass der Sheriff für die Taten von Deputy Poppell zur Rechenschaft gezogen werden sollte?«

Diese Frage hatte Selena vorher nicht mit Conley abgesprochen.

Sie dachte an Merle Goggins' Sorge um ihr Wohlergehen und an seine abschließenden Worte am Morgen, als er ihre Hand in seiner gehalten hatte.

»Nein«, sagte Conley langsam. »Jugendstrafen sind in diesem Staat unter Verschluss, und der Sheriff hat mir glaubhaft versichert, dass er nichts von Poppells Vergangenheit wusste. Ich bin allerdings der Meinung, dass jeder einzelne Mensch, der wegguckt, wenn ein junger Mann wie Poppell eine sexistische Bemerkung macht oder Fotos von nackten Klassenkameradinnen weiterschickt, dass jeder einzelne Mensch, der nicht hinschaut, Verantwortung trägt. Jeder Trainer, der so einen Typ spielen lässt, obwohl er weiß, dass er ein brutaler Mensch ist, trägt Verantwortung. Ebenso alle Eltern, die ihr Kind für so ein Verhalten nicht bestrafen oder die Augen davor verschließen.

Ich glaube nicht, dass Menschen wie Walter Poppell so auf die Welt kommen. Sie werden dazu gemacht.«

Selena Kwan hüpfte vor Begeisterung auf und ab. »Das war spitze! Ich wusste es. Ich wusste, dass du ein Naturtalent vor der Kamera bist!«

Conley war sich noch nie in ihrem Leben so unnatürlich vorgekommen. Sie war nervös gewesen, hatte geschwitzt und sich nicht wohl in ihrer Haut gefühlt.

»Hm, danke.«

»Glaub mir, das war super! Zum Teil bin ich heute mit hergekommen, weil ich dich selbst erleben wollte, und das habe ich jetzt. Es sieht so aus: Eine meiner Reporterinnen geht bald in Mutterschutz. Wenn du willst, kannst du ihre Stelle haben. Super Timing, oder? Dann wärst du wieder in Atlanta.«

»Ich weiß nicht. Darf ich darüber nachdenken?«

»Was gibt's da nachzudenken?«, fragte Selena. »Ich habe eine ganze Hand voll Bewerberinnen – routinierte Frauen mit Talent vor der Kamera, die sich für diesen Job ein Bein abhacken würden. Du hättest drei Monate Probezeit, könntest berichten und produzieren und viel für den Sender machen, was doch wohl ganz nach deinem Geschmack wäre.«

»Ich fühle mich ehrlich geschmeichelt«, sagte Conley, »aber in meinem Leben ist gerade eine Menge los.«

»Hast du schon ein anderes Angebot bekommen?«, fragte Selena. »Ich kann dir quasi versprechen, dass unser Angebot besser ist als alles, was du in diesem Land je im Printbereich verdienen kannst.«

»Ich hatte heute Vormittag tatsächlich viele Anrufe, nachdem die Story draußen war«, sagte Conley, »aber eigentlich geht's nicht um Geld.«

Die Produzentin schüttelte den Kopf. »Das behaupten die Leute immer, aber in Wirklichkeit geht's doch darum. Immer.«

»Vielleicht bin ich eine Ausnahme.«

Der Kameramann wartete im Ü-Wagen.

»Also, denk drüber nach, ja?«, sagte Selena. »Aber nächste Woche muss ich Bescheid wissen.«

63

Conley ging zurück in das stille Haus. Schon jetzt hatte sich der Geruch von Moder und Verfall wie eine dünne Staubschicht auf alles gelegt. Vielleicht bildete sie sich das aber auch ein. Sie ging in die Küche, ins Wohn- und Esszimmer und strich über das mit Zitronenwachs bearbeitete Mahagoniholz, über die polierten silbernen Kerzenleuchter und die goldgerahmten Familienporträts.

Im Obergeschoss setzte sie sich in ihrem ehemaligen Zimmer aufs Bett und schaute aus dem Fenster auf die Bäume. Sie ging zum Bücherregal in der Ecke und nahm die Lieblingsbücher aus ihrer Kindheit heraus – *Little Women*, weil sie wie Jo immer Schriftstellerin hatte werden wollen, ihre geliebten Betsy-Tacy-Bücher von Maud Hart Lovelace, weil Betsy auch Schriftstellerin werden will, und schließlich *Anne auf Green Gables*, weil sie Anne Shirleys Durchsetzungsvermögen und Ehrgeiz immer bewundert hatte.

Mehr brauchte sie aus diesem Zimmer nicht. Großmama hatte gesagt, dass alles, was sich in diesem Haus befand, nur Dinge waren, Gegenstände, die problemlos ersetzt werden konnten. Doch die Bücher waren Conleys »Busenfreunde« gewesen, wie Anne Shirley sich ausgedrückt hätte.

Sie steckte die Bücher in einen alten Leinenbeutel und ging

noch mal zum Zimmer ihres Vaters. Nachdem sie das Licht angeknipst hatte, trat sie hinein und setzte sich auf eine schwere Holzkiste. Conley wartete auf das vertraute Gefühl der Enge in ihrer Brust. Doch es kam nicht. Es war ein Zimmer wie jedes andere. Conley fühlte sich leichter. Skelly hatte recht gehabt. Und zwar in vielen Dingen.

Vom Telefon auf ihrem Schreibtisch in der Redaktion rief sie Roger Sistrunk an.

»Wird auch mal Zeit!«, sagte er zur Begrüßung. »Machst du dich auf einmal rar? Wir haben alle versucht, dich zu erreichen: Tja, ich, sogar Kevin. Angerufen, geschrieben, gemailt, keine Reaktion.«

»Tut mir leid. Mein Handy wurde bei dem, ähm, Zwischenfall gestern zerstört. Was ist denn?«

»Ich wollte mich nur vergewissern, dass es dir gut geht«, sagte er mürrisch. »Das war schon eine Mörderstory, die du gestern Abend gepostet hast. Echt stark.«

»Danke. Kein Erlebnis, das ich wiederholen möchte.«

»Hey«, sagte Sistrunk, »die Sache ist die: Wir haben eine freie Stelle im Ressort Innenpolitik, und bevor wir die offiziell machen, dachte ich, ich frag dich mal.«

»In der Innenpolitik? Ich mache bisher nur Lokalpolitik.«

Michael Torpy wirbelte auf seinem Schreibtischstuhl herum. Der Typ schämte sich null fürs Lauschen.

»Das wissen wir, aber die Artikel, die du in diesem Nest da verfasst hast, zeigen mir, dass du es absolut draufhast.«

Conley starrte Michael so lange an, bis er sich wieder umdrehte.

»Silver Bay hat immerhin drei Ampelkreuzungen! Wann müsste ich denn anfangen?«, fragte sie.

»Sofort. Du kannst heute noch packen und sitzt morgen wieder an deinem ehemaligen Schreibtisch in Atlanta.«

»Und geldmäßig?«

»Oooh«, stöhnte Roger. »Willst du jetzt auch noch eine Gehaltserhöhung von mir nach allem, was wir gemeinsam durchgemacht haben?«

»Ehrlich gesagt …«, setzte Conley an. Dann schaute sie an Michael vorbei in Graysons Büro. Die Tür stand auf, Conley erhaschte einen Blick auf ihre heftig gestikulierende Schwester, die mit jemandem sprach. Conley reckte sich und sah Rowena Meigs gegenüber von Grayson sitzen, Tuffy auf dem Schoß.

Im Stehen konnte sie auch erkennen, dass Michael an der Website des *Beacon* arbeitete. Er stellte Fotos ein, die er früher am Tag gemacht hatte, einmal von einem Schönheitswettbewerb im ortsansässigen Pflegeheim und von einem Kinderbaseballspiel.

»Conley!«, rief Lillian von der anderen Seite des Großraumbüros. »Mensch noch mal, ich hab wieder zwei Anrufer für dich in der Leitung! Besorg dir ein Handy, ja? Ich habe keine Zeit, mich ständig um deine Privatangelegenheiten zu kümmern!«

»Hawkins?«, hörte sie Sistrunks Stimme im Hörer. »Bist du noch da?«

»Ja, ja, Roger. Aber wenn ich's recht bedenke: nein, danke.«

»Nein, danke zur Gehaltserhöhung? Na gut, wenn du unbedingt die Primadonna spielen willst, kann ich vielleicht fünfzig Dollar mehr pro Woche lockermachen.«

»Nein, danke zum Job, Roger«, sagte Conley. »Es ist total lieb von dir, dass du ihn mir anbietest, ich werde dir auch immer dankbar sein für alles, was ich von dir gelernt habe, aber ich glaube, im Moment kann ich woanders mehr ausrichten.«

»Verdammt, du gehst zum Fernsehen, was? Ich wusste es! Hör zu, Hawkins, es wird nicht lange dauern, dann hängt dir das Fernsehen zum Hals raus …«

Conley ging zu Lillian hinüber und holte sich die Telefonnotizen ab. »Als du eben gesprochen hast, kam ein Bote vorbei und hat etwas für dich abgegeben«, erklärte Lillian.

»Wo?«

»Liegt draußen. Du hast in letzter Zeit vielen Leute in dieser Stadt auf den Schlips getreten. Ich hab nicht vor, von so einer Rohrbombe in die Luft gejagt zu werden!«

An dem Terrakottatopf vor der Eingangstür lehnte ein brauner Umschlag. Er war zu leicht für eine Rohrbombe, deshalb schlitzte Conley ihn mit dem Daumennagel auf und schüttelte den Inhalt heraus. Es war ein Transponder aus Plastik. Ein Begleitschreiben war nicht dabei, doch das brauchte Conley auch nicht.

Rowena marschierte an Conley vorbei und wurde nur kurz langsamer, um sie wütend anzufunkeln, ehe sie den Redaktionsraum verließ.

»Was war denn mit Rowena los?«, fragte Conley, nachdem sie mit ihrem Stuhl bis zur Tür von Graysons Büro gerollt war. »Die hat mich vielleicht böse angeguckt!«

»Sie kam rein und war schon sauer auf mich, weil sie nun doch dahintergekommen ist, dass du ihre Kolumne umschreibst, damit sie überhaupt lesbar wird, und als ich ihr dann gesagt habe, dass jetzt Schluss ist mit dem Diktieren und den maschinengeschriebenen Texten, da wurde sie richtig stinkig. Ich habe sie vor die Wahl gestellt: Entweder lernt sie, mit einem Computer umzugehen, oder sie fliegt achtkantig raus.«

»Alle Achtung, Gray! Du wirst ja noch ein richtig harter Hund!«

»Nee. Ich hab einfach nur die Nase voll. Wie lief der Dreh für den Sender?«

Conley setzte sich vor den Schreibtisch. »Ganz gut. Aber es war schon komisch, vor der Kamera über mich selbst zu sprechen.«

»Gewöhn dich besser dran«, sagte Grayson düster. »Michael hat erzählt, die hätten dir eine Stelle angeboten.«

»Michael muss mal lernen, etwas unauffälliger zu lauschen«, sagte Conley.

»Also gab es ein Angebot, ja?«

»Ja.«

Grayson zuckte mit den Schultern. »Dann mal herzlichen Glückwunsch, oder?«

»Ich habe gesagt, ich denke darüber nach.«

»Und?«

»Nachdem wir mit dem Dreh im Vorgarten fertig waren, bin ich noch mal durchs Haus gegangen. Hab mich in mein altes Zimmer gesetzt und ein paar Kinderbücher aus dem Regal genommen. Und dann bin ich noch in Dads Zimmer gegangen.«

Grayson sah sie fragend an. »Da sind doch gar keine Möbel und nichts mehr drin. Hat Großmama schon vor Jahren ausgeräumt.«

»Ich weiß. In ein paar Kisten sind noch alte Unterlagen von der Bank und ein paar private Akten von Pops, glaube ich.«

»Bist du traurig? Weil wir das Haus wahrscheinlich abreißen müssen?«

Conley schüttelte den Kopf. »Nein. Ich war nur seit Dads Tod nicht mehr in dem Zimmer.«

»Oh.« Grayson seufzte. »Hab ich vergessen. Du hast ihn damals gefunden, nicht?«

»Genau.« Conley schaute auf ihre Hände, dann sah sie wieder ihre Schwester an. »Es ist so, Gray, ich hab es dir nie erzählt. Großmama wusste es natürlich, aber ich habe mit niemandem drüber gesprochen, erst jetzt mit Skelly. Dabei musste ich es gar nicht sagen. Er hat es quasi erraten.«

»Was hast du mir nie erzählt?«

»Dass es kein Herzinfarkt war. Dad … hat sich umgebracht. Er hat eine Überdosis Tabletten genommen.«

Grayson nickte. »Leuchtet ein.«

»Das ist alles?«, rief Conley. »Bist du nicht erschrocken, schockiert oder, keine Ahnung, entsetzt?«

»Nein. Müsste ich vielleicht sein, aber: nein. Damals war ich eventuell sogar ein bisschen erleichtert, auch wenn das egoistisch von mir war.«

»Gray!«

»Er war schon so lange traurig und einsam. Du standest ihm näher als ich. Du warst immer seine Kleine. Als er starb, fingen Tony und ich gerade an, unser gemeinsames Leben aufzubauen, und du hattest eine neue Stelle. Insgeheim habe ich mich immer gefragt, ob er vielleicht doch aufgegeben hatte, auf Mom zu warten, aber ich schätze, ich wollte die Wahrheit einfach nicht wissen.«

»Und ich hätte sie gern nicht gewusst«, gestand Conley.

»Deshalb bist du so gut wie nie nach Hause gekommen, stimmt's?«, fragte Grayson.

Conley nickte. »Ich hatte Angst davor«, flüsterte sie. »In dem Haus zu sein, nur ein paar Meter entfernt von dem Zimmer, wo ich ihn gefunden hatte. Und dann passierte die Geschichte mit Symmes Robinette. Ich musste in dasselbe Bestattungsinstitut wie damals, sogar in dieselbe Kirche. Ich schwöre dir, Gray, als ich am Samstag da in der Bank saß, da dachte ich, ich kippe jeden Moment um. Selbst Michael hat gemerkt, dass etwas mit mir nicht stimmt.«

Ihre Schwester stand auf und kniete sich neben sie.

»Ach, Süße, warum hast du denn nichts gesagt? Warum hast du mir das mit Dad nicht erzählt? Ich bin deine Schwester! Du hättest es mir sagen sollen.«

»Ich dachte, ich wäre schuld. Ich wusste doch, dass er Depressionen hatte, und trotzdem bin ich weggegangen und hab mir eine Stelle in einer anderen Stadt besorgt. Ich hab mir eingeredet, das würde schon gehen. Ich hatte solche Schuldgefühle. Wenn ich öfter da gewesen wäre, hätte ich vielleicht etwas ändern können, dann hätte er immerhin mich gehabt.«

»Nein«, sagte Grayson voller Mitgefühl. »Hättest du nicht. Wir konnten Dad nicht retten, egal, wie lieb wir ihn hatten. Das konnte niemand.«

»Woher willst du das wissen?«

»Weil es so ist! Wie soll man sonst damit leben? Es sieht doch so aus, Conley: Dad ist nicht mehr da. Es ist in Ordnung, um ihn zu trauern, aber du und ich, wir müssen weitermachen. Ich will nicht wie Großmama sein und zu Hause ein Festnetztelefon behalten in der Hoffnung, dass meine Tochter irgendwann doch noch mal anruft und um Verzeihung bittet.«

»Wie macht man das?«, fragte Conley. »Wie soll ich weitermachen, wenn ich immer noch mitten in der Nacht aufwache und seine Stimme höre?«

»Nicht indem du davonläufst«, sagte Grayson.

»Das tue ich nicht«, gab Conley zurück.

Ihre Schwester schien ihr nicht recht zu glauben.

»Ich will nicht zum Fernsehen. Zumindest nicht Vollzeit.

Und ich will auch nicht zurück nach Atlanta und für die Zeitung arbeiten. Hab ich schon gemacht.«

»Sondern?«

»Ich habe nachgedacht«, sagte Conley langsam. »Wie wäre es, wenn wir eine Möglichkeit finden, den *Beacon* wieder solvent zu machen?«

»Wie sollten *wir* das schaffen? Sicher, die letzte Woche war ein toller moralischer Ansporn für uns alle, aber knapp hundert neue Abonnenten und eine Handvoll neuer Anzeigenkunden machen den Kohl noch nicht fett.«

»Wir müssen nach neuen Wegen im Lokaljournalismus suchen«, sagte Conley. »Vielleicht doch Investoren ansprechen, aber keine, an die wir einfach alles verkaufen, sondern vielleicht als stille Teilhaber. Es gibt auch Stipendien. Ich habe von verschiedenen Stiftungen gelesen, die kleinformatige Investigativprojekte fördern. Und wenn wir unser Nachwuchstalent halten können, hilft Michael uns vielleicht, auch auf Social Media Geld zu generieren.«

»Das klingt alles sehr vielversprechend«, sagte Grayson. »Aber ich möchte nicht, dass du aus einem Schuldgefühl heraus denkst, du müsstest jetzt deine Karriere aufgeben, um den *Beacon* zu retten.«

»Und was ist mit dir? Du hast auf eine Laufbahn als Anwältin verzichtet, um nach Hause zurückzugehen und diese Zeitung zu leiten. Du hast alles geopfert, um sie zu retten. Warum bleibst du hier?«

»Weil ich an das glaube, was wir hier tun … Weil es meine Heimat ist und weil ich sie zu einem besseren Ort machen will, wo ich irgendwann meine eigene Familie gründen kann …«

»Heißt das, mit dir und Tony geht es doch noch weiter?«

Grayson sah auf die Uhr. »Er ist eben gelandet. Ich habe ihm versprochen, dafür zu sorgen, dass der Rasenmäher genug Benzin hat und ich heute zum Abendessen zu Hause bin – Redaktionsschluss hin oder her.«

»Klingt vernünftig«, sagte Conley. »Apropos Redaktionsschluss: Ich muss dringend rüber zur Wache und die Protokolle für den Polizeibericht diese Woche abholen.«

»Ist schon erledigt«, sagte Grayson.

»Wer war denn da?«

»Unsere neue Polizeireporterin, Lillian King. Jetzt, wo sie nicht mehr Rowenas Kolumne abtippen muss, hat sie mehr Zeit. Fahr doch raus an den Strand! Ich glaube, angesichts dessen, was du an diesem Wochenende mitgemacht hast, kannst du es mal ein bisschen ruhiger angehen lassen. Ich korrigiere mich: Das ist eine Anweisung. Fahr nach Hause!«

»Danke. Eine Sache muss ich noch erledigen, aber dann fahre ich.«

Von ihrem Platz aus rief sie Skelly an.

»Hi.« Er klang überrascht, von Conley zu hören.

»Selber hi. Ich weiß, es kommt kurzfristig, aber ich habe gedacht, vielleicht hast du Lust, heute Abend etwas mit mir zu essen?«

»Gerne, wenn ich die Pflegerin meiner Mutter überreden kann, länger zu bleiben. Sollte aber kein Problem sein. Wie viel Uhr und wo?«

»Im Strandhaus. Schaffst du es bis sieben Uhr?«

»Klar. Was soll ich mitbringen?«

»Nur dich. Hauptsache, du bist um sieben da.«

64

Die Jagdhunde verkündeten Conleys Ankunft auf der Oak Springs Farm, noch bevor sie aus dem Subaru gestiegen war.

Toddie saß in einem Schaukelstuhl auf der schattigen Veranda und trank aus einem gefrosteten Glas. »Aus!«, brüllte sie. Die drei Hunde hörten auf zu bellen und scharten sich im Halbkreis um ihr Frauchen.

»Hallo!«, rief Toddie Conley zu, als sie die Treppe hochkam. »Was führt Sie denn hierher aufs Land? Hab gehört, Sie haben letzte Woche ganz schön was erlebt.«

»*Erlebt* kann man es auch nennen«, erwiderte Conley und wies auf den Stuhl neben Toddie, die sie nicht aufgefordert hatte, sich zu setzen. »Mir geht da was durch den Kopf, das wollte ich Ihnen mal erzählen«, sagte sie.

»Bitte sehr!«

Conley setzte sich. »Ich habe heute Morgen mit dem Sheriff über Symmes' Todesursache gesprochen.«

»Das verdammte Reh.«

»Ja, das Reh und das Fentanyl. Zusammen mit einer nicht unerheblichen Menge Alkohol im Blut.«

Toddie schaukelte vor und zurück und schlug ein schlankes Bein über das andere. Sie trug noch ihre Arbeitskleidung, eine Jeans und ein Polo-Shirt mit der gestickten Aufschrift »OAK

SPRINGS FARM« über der Brust. Mit ihrer tief gebräunten Haut und dem schneeweißen Haar, das von einem Stirnband zurückgehalten wurde, sah sie aus wie eine Anzeige für die Zeitschrift *Garden and Gun*.

»Haben Sie die ganze Strecke hier raus auf sich genommen, um mir zu erzählen, wie mein Ex-Mann gestorben ist? Das hätte ich ihnen ersparen können, ich habe nämlich selbst heute mit dem Sheriff gesprochen.«

»Nein, ich bin hierhergekommen, weil ich eine Theorie habe – nicht darüber, wie er starb, sondern warum.«

»Symmes starb, weil er ein Non-Hodgkin-Lymphom im Endstadium hatte. Er war alt, und sein Körper war ausgezehrt von den vielen Medikamenten«, sagte Toddie. Sie reckte sich und kraulte das Ohr des ihr nächsten Hunds.

»Ich glaube, es steckte noch mehr dahinter«, bemerkte Conley.

»Aha?«

»Ich kenne einen Mann in Silver Bay, der Symmes Robinette die Schuld am Tod seiner Mutter gibt, und dieser Mann hat mir erzählt, er hätte Symmes vor einiger Zeit in einem Waffle House ganz hier in der Nähe gesehen, und da hätte er mit einer hübschen, deutlich jüngeren Frau Händchen gehalten. Dieser Mann, der gute Gründe für seinen Hass auf Ihren Ex-Mann hat, hat mit dem Smartphone ein Foto von dem Pärchen gemacht. Und weil er annahm, die Frau sei Symmes' neue Geliebte, mailte er das Bild aus lauter Boshaftigkeit an Vanessa.«

»Da ging ihr mit Sicherheit der Arsch auf Grundeis«, schmunzelte Toddie.

»Jep, aber nur, weil sie die Frau als Ihre Tochter Rebecca erkannte, mit der sich Symmes heimlich traf«, sagte Conley. »Wenn Vanessa eins besitzt, dann ist das Intuition, und ich schätze, sie kam ziemlich schnell dahinter, dass der alte Hund sie übers Ohr gehauen hatte.«

»Haben Sie das alles von Vanessa?«

»Nein, aber ich kann ziemlich gut eins und eins zusammenzählen.«

»Sie können offenbar ziemlich gut Geschichten erfinden, das muss ich Ihnen lassen.«

»Es wird noch besser«, versprach Conley. »Vanessa hatte bereits die Daumenschrauben angezogen und die Verbindung zu Charlie gekappt, doch Symmes' nächtliche Ausflüge hatte sie nicht auf der Rechnung. Ich glaube, als sie das Foto sah, stellte sie ihn zur Rede.«

»Ihre Geschichte wird ja immer verrückter«, sagte Toddie. »Klingt wie in einem Roman. Nicht dass ich viel Zeit zum Lesen hätte. Denn anders als die feine Vanessa muss ich mir meinen Lebensunterhalt selbst verdienen.«

»Ja, das gäbe wirklich einen guten Roman, nicht? Egal, ich erzähle mal, wie das meiner Meinung nach ablief. Vanessa muss irgendwie herausgefunden haben, dass Symmes Ihnen die Farm überschrieben hatte. Ich gebe zu, dass ich nicht weiß, *wie* sie das erfuhr. Allerdings würde ich es dem Kleinen Prinzen durchaus zutrauen, es ihr unter die Nase gerieben zu haben.«

»Welchem kleinen Prinzen?«

»Charlie.«

Toddie lachte heiser. »Das passt.«

»Schön, dass wir einer Meinung sind. Es kann natürlich auch sein, dass Symmes es selbst erzählt hat. Ich habe gehört, dass er in seinen letzten Tagen nach Vergebung suchte. Wie auch immer es ablief, in der Nacht muss Folgendes passiert sein: Als Symmes zugab, dass er Ihnen die Farm tatsächlich überschrieben hatte, flippte Vanessa komplett aus. Wie Sie schon sagten, war er krank und schwach. Vielleicht flehte sie ihn an, vielleicht drohte sie ihm, aber ich gehe davon aus, dass Vanessa Symmes so lange bearbeitete, bis er es sich anders überlegte und diese Immobilie im Wert von knapp zwei Millionen Dollar dann doch nicht mehr verschenken wollte.«

Toddie schaukelte weiter und nippte an ihrem Drink. »Hat Ihre Geschichte auch ein Ende? Auf Dauer sind die ganzen Theorien nämlich ziemlich langweilig.«

»Ja, sie endet mit Symmes' Tod durch eine fatale Mischung aus Fentanyl und Dirty Martinis. Danach stößt er mit einem Reh zusammen, sein Wagen geht in Flammen auf, und plötzlich ist ein Sitz im Repräsentantenhaus frei«, sagte Conley. »Und seiner Ex-Frau fällt eine sehr wertvolle Immobilie in den Schoß.«

»Die eigentlich eh ihr gehörte«, ergänzte Toddie.

»Vergessen wir aber nicht den vorletzten Teil der Geschichte. Wir wissen, dass Symmes wartete, bis Vanessa in jener Nacht schlief, um dann einen seiner nächtlichen Ausflüge zu unternehmen. Er kam zu Ihnen, nicht wahr?«

»Das habe ich doch schon dem Sheriff erzählt.«

»Aber erst nachdem der Sheriff ihnen sagte, dass man Symmes' Bewegungen in der Nacht mit Hilfe seines Handys nachverfolgen konnte. Und als der Sheriff Ihnen mitteilte, Symmes hätte Alkohol im Blut gehabt, gaben Sie auch zu, dass Sie die Barkeeperin für ihn gespielt hatten.«

»Vanessa hatte ihn nicht nur von seinen Freunden und seinem Sohn abgeschnitten, er durfte auch kein einziges Glas Alkohol mehr trinken. Aus reiner Bosheit. Ich meine, er lag im Sterben! Was machte da schon ein Martini?«

»Nicht nur einer. Zwei, vielleicht drei«, sagte Conley. »Und ich glaube, Sie wussten genau, wie sich der Alkohol auswirken würde, denn Ihnen war ja bekannt, dass er ein Fentanylpflaster trug.«

»Woher sollte ich das wissen?«, fragte Toddie. »Ich bin doch kein Arzt!« Mit erstaunlicher Behendigkeit für eine Frau ihres Alters sprang sie aus dem Schaukelstuhl. Ihr bis dahin gelassenes Gesicht war rot vor Wut. Die Hunde setzten sich auf, spürten den plötzlichen Stimmungswechsel.

»Aus Respekt vor Ihrer Familie habe ich heute wirklich viel Geduld mit Ihnen gehabt, aber jetzt bitte ich Sie, mein Grundstück zu verlassen, bevor mir der Geduldsfaden reißt.«

»An dem Abend haben Sie mit Sicherheit auch die Selbstbeherrschung verloren, als Symmes Ihnen sagte, er wolle die Farm nun doch nicht Ihnen vermachen.«

»Runter von meiner Veranda!« Toddies Mund verzog sich zu einer Grimasse. Einer der Hunde stieß ein tiefes Knurren aus und robbte so nah an Conley heran, dass er fast ihre Schuhe berührte.

Sie stand auf und beugte sich zu Toddie vor. »Es war nicht schwer, ihm einen Martini zu spendieren, dann zwei, vielleicht drei. Und ihn dann nach Hause zu schicken, durch das Fentanyl und den Alkohol kaum noch zurechnungsfähig. Ich denke, wir können von Glück sagen, dass das einzige Lebewesen, das in jener Nacht starb – abgesehen von Symmes Robinette – ein Reh war.«

»Das werden wir nie erfahren, nicht wahr?«, sagte Toddie. Sie war wieder erschreckend ruhig. Todbringend freundlich. »Denn an dem Abend waren nur zwei Personen anwesend. Eine der beiden ist tot. Vanessa kann sich aufregen und schimpfen, so viel sie will. Von mir aus soll sie mich verklagen. Damals habe ich sie gewinnen lassen, da hatte ich keine andere Wahl.

Ich musste die Kinder groß bekommen und hatte kein eigenes Geld. Das ist jetzt anders.«

»Charlie und Vanessa wollen auf jeden Fall einen Prozess gegen Sie vermeiden, oder?«, fragte Conley. »Bei den politischen Ambitionen.«

»Ich bin die Geschädigte«, sagte Toddie. »Was für einen Eindruck würde es machen, wenn die beiden mich verklagen würden? Mich, eine freundliche, weißhaarige Großmutter, die nur ihren Lebensabend auf ihrer Farm verleben will, mit ihren Hunden und ihrer Familie? Manchmal hat das Alter auch Vorteile, sage ich Ihnen. Man wird fast immer unterschätzt.«

»Auf eigene Gefahr«, bemerkte Conley.

»Sie gehen jetzt besser«, sagte Toddie, »bevor ich noch meine Manieren vergesse.«

Die Hunde folgten Conley zur Treppe. »Bleib!«, rief Toddie. Alle blieben stehen und wedelten einträchtig mit ihren Ruten, als Conley zu ihrem Wagen ging und davonfuhr.

65

Winnie und Großmama hatten ein neues Puzzle auf dem Esszimmertisch ausgebreitet. Es zeigte schneebedeckte Berge, zart vereiste Bäume, verschiedene Vögel und andere Wildtiere.

Conley warf einen Blick darauf. »Wo soll das denn sein?«

»Entweder in den Alpen oder in Maine.« Winnie fügte zwei Eckstücke zusammen. »Diese ganzen kalten Gegenden verwechsele ich immer.«

Großmutter hob den Deckel hoch und hielt ihn ihrer Freundin vors Gesicht. »Das ist Alaska, du Dummerchen. Pass mal auf!«

»Wir haben dich heute Abend im Fernsehen gesehen«, verkündete Winnie aufgeregt. »Du sahst wirklich hübsch aus, nachdem ich drüber weg war, wie furchtbar der Vorgarten auf der Felicity Street zugerichtet wurde.«

»Gray hat gesagt, der Bauunternehmer glaubt nicht, dass das Haus noch gerettet werden kann, der Termitenbefall ist einfach zu stark.« Conley schielte zu ihrer Großmutter hinüber, die an ihrem Drink nippte und das Puzzle betrachtete.

»Ich habe mir genau eine Stunde Zeit gelassen, um darüber zu trauern, dann habe ich beschlossen, dass ich nicht mehr traurig sein will«, erklärte Lorraine. »Die Termiten haben mir nicht nehmen können, was mir am wichtigsten ist. Dann verkaufen wir das Grundstück eben und holen von dem Geld eine Klimaanlage für dieses Haus.«

»Und eine Spülmaschine, dem Herrn sei Dank!«, fügte Winnie hinzu.

»Du sahst wirklich süß aus im Fernsehen«, sagte Großmama. »Solltest deine Haare immer so tragen.«

Sie hielt kurz inne, dann sprach sie weiter. »Ich habe übrigens eben mit deiner Schwester telefoniert. Sie hat gesagt, du hättest mir etwas Wichtiges zu erzählen.«

»Sie kann echt nicht den Mund halten«, stöhnte Conley. »Dann hat sie dir wahrscheinlich auch verraten, dass ich vorhabe, hierzubleiben und für die Zeitung zu arbeiten.«

»Ja, so was in der Richtung hat sie erwähnt«, gestand Lorraine. Sie legte ihrer Enkelin einen Arm um die Taille. »Das ist die beste Nachricht des ganzen Jahres!«

»Es kann aber sein, dass dir nicht alle Artikel gefallen, die ich so schreiben werde«, warnte Conley ihre Großmutter. »Das wird so einige Wellen schlagen, und mancher wird sich ans Bein gepinkelt fühlen.«

»Gut«, sagte Winnie anerkennend. »Das hat diese Stadt auch dringend nötig.«

»Ich könnte deine Hilfe gebrauchen, Winnie«, sagte Conley. »Ich möchte eine große Reportage über dieses Krebscluster in Plattesville und die Weigerung der Bahngesellschaft schreiben, dafür Verantwortung zu übernehmen. Ich würde gern Kontakt zu deiner Familie und anderen aufnehmen, die betroffen sind.«

»Ich gebe dir die Nummer von Randee, dieser Anwältin«, erwiderte Winnie. »Die hat alle Namen und ärztlichen Unterlagen. Sie meldet sich jedes Jahr an Nedras Todestag bei mir.«

»Gut. Das wird mein erstes Projekt, wo ich nun eine gewisse

Jobsicherheit habe. Jetzt mal was anderes: Haben wir was im Kühlschrank, das ich heute Abend kochen könnte?«, erkundigte sich Conley. »Am liebsten etwas Einfaches.«

»Deine Großmutter und ich haben ganz spät zu Mittag gegessen, deshalb habe ich heute nichts zum Abendessen gemacht«, erklärte Winnie. »Aber ein paar Reste müssten noch da sein. Guck mal nach!«

»Bekommst du Besuch?«, fragte Lorraine ganz unschuldig. Sie nahm ein Puzzleteil in die Hand, drehte und wendete es und versuchte, es in eine Lücke zu pressen, wo es offensichtlich nicht hingehörte.

»Ich habe Skelly eingeladen, zum Sonnenuntergang und zum Essen.«

Conley konnte fast sehen, wie die Verkupplungsantennen ihrer Großmutter vibrierten. »Gibt es einen besonderen Grund?«

»Jeder Sonnenuntergang ist besonders, erst recht wenn man dachte, man würde keinen mehr erleben.«

Winnie fügte eine weitere Ecke des Puzzles zusammen. »Ich habe heute Morgen den letzten Babysalat und eine Handvoll süße Kirschtomaten gepflückt. Im Kühlschrank sind noch zwei Rinderfilets. Du musst nur ein paar Schalotten in Butter anbraten, Pilze aus dem Gemüsefach dazutun und eine ordentliche Portion Blauschimmelkäse. Das Ganze löschst du mit Weißwein ab, dann hast du eine richtig schicke Steaksoße für einen Montagabend.«

»Perfekt!«

Lorraine griff zu dem Kristallglas mit dem Rest ihres Sunsetters und klopfte damit auf das unkooperative Puzzleteilchen. »Also, wenn du irgendwann einen Mann finden willst, mit dem du eine Familie gründest, wirst du bald mal lernen müssen, anständig zu kochen.«

»Du hast auch nie kochen gelernt, und ich meine mich zu erinnern, dass du ehemannmäßig gut bedient warst«, gab Winnie zurück und entwand Lorraines Fingern das nicht passende Puzzleteil, auf dem ein Teil des Kopfes einer Bergziege zu sehen war. Winnie legte es an den richtigen Platz auf der anderen Seite des Puzzles, auf den Körper einer Bergziege.

Lorraine funkelte sie böse an. »Die Zeiten haben sich geändert. Mehr sage ich gar nicht.«

Conley nahm ein Puzzleteil vom Rand und hielt es ihrer Großmutter hin. »Und wenn ich dir sage, dass ich schon einen Mann gefunden habe, mit dem ich mich niederlassen würde? Und wenn er zufällig deutlich besser kochen kann als ich?«

Lorraine hielt ihr leeres Glas hoch und ließ die restlichen Eiswürfel klirren. »Dann würde ich sagen, darauf müssen wir anstoßen.«

Er kam noch vor sieben Uhr und hatte einen leicht angewelkten Strauß Zinnien in einem Marmeladenglas sowie eine große braune Papiertüte dabei. Conley konnte sich nicht entscheiden, was sie schöner fand: dass er früher gekommen war oder dass er Lebensmittel mitbrachte.

Großmama beäugte die Blumen argwöhnisch. »Sind die aus meinem Garten?«

»Ja«, gestand Skelly zerknirscht. »Mama wollte zu eurem Haus gehen, und ehe ich mich versah, hatte sie alle Blumen im Garten gepflückt.«

»Na, es wäre ja eine Schande gewesen, wenn sie von einer Planierraupe niedergewalzt worden wären«, erwiderte Lorraine. »Und was ist in der Tüte?«

Skelly überreichte sie. Lorraine griff hinein und zog einen Maiskolben heraus.

Anerkennend roch sie daran. »Hmmm! Frischer Silver-Queen-Mais! Der ist aber nicht aus meinem Garten.«

»Nein. Auf dem Weg hier raus habe ich an einem Hofladen gehalten«, erklärte Skelly.

»Hebt mir einen Kolben auf, den esse ich zum Frühstück.« Großmama erhob sich und gab Skelly einen Kuss auf die Wange.

»Isst du nicht mit uns?«, fragte er.

»Ich wurde nicht eingeladen«, gab sie zurück. »Winnie und ich setzen uns gleich auf die Veranda und sehen uns den Sonnenuntergang an, danach kommen unsere Sendungen im Fernsehen. Ihr könnt euch gern dazusetzen.«

»Nein, danke.« Conley fasste Skelly am Arm. »Wir sind am Strand, falls ihr uns braucht.«

Sie ließen ihre Schuhe unten an der Treppe stehen und gingen barfuß über den Weg durch die Dünen zur kleinen Bucht.

Conley ließ sich auf die Schaukel sinken und klopfte einladend auf den Platz neben sich.

Skelly verschränkte die Arme vor der Brust und legte den Kopf schief. Er versuchte, ihren Gesichtsausdruck zu deuten. »Kein Strandspaziergang vorm Abendessen?«

»Nicht genug Zeit.« Conley wies auf den Horizont, wo der Himmel in lebhaftem Violett, Orange, Lavendel und vielen anderen Farben leuchtete, deren Namen ihr gerade nicht einfielen.

»Guck dir das an!«, sagte sie leise. Das Meer war nicht mehr grün, sondern dunkelblau; still lag es da, fast ohne Wellen, und die untergehende Sonne warf einen orangegelben Streifen auf die Wasseroberfläche.

Skelly setzte sich hin und legte Conley einen Arm um die Schultern. »Ich weiß, wie sehr du Sonnenuntergänge liebst. Aber ist dieser irgendwie besonders?«

»Ich hoffe es«, sagte Conley, nahm seine Hand von ihrer Schulter und drückte einen Kuss auf die Handfläche.

Er war verdutzt. »Sieht aus, als hättest du etwas Wichtiges auf dem Herzen.«

»Ja, sehr wichtig.« Conley lehnte den Kopf an Skellys Schulter und schmiegte sich an ihn.

So verharrte sie und lauschte seinem Atem, betrachtete sein Profil, die leicht ergrauten Bartstoppeln. Dann zog sie ihm die Sonnenbrille von der Nase.

»Was soll das denn?«

»Ich möchte dir in die Augen schauen«, sagte sie.

Skelly blinzelte mehrmals. »Das sind dieselben Augen, die du schon dein ganzes Leben lang siehst.«

Sie waren braun-grünlich mit schwarzen Flecken und dichten Wimpern, was Conley erst vor kurzem gemerkt hatte.

»Du hast recht«, sagte sie. »Vielleicht ist es mein Blick, der sich geändert hat. Vielleicht sehe ich dich nun endlich so, wie ich es die ganze Zeit hätte tun sollen.«

Er gab ihr einen Kuss. »Wird auch mal Zeit. Was war das jetzt mit meinen Augen?«

»Ich möchte sie sehen, wenn ich dir sage, dass ich dich liebe, mehr nicht.«

Er legte ihr die Hände auf die Schultern. »Du liebst mich?«

Conley nickte. »Ja. Vielleicht schon die ganze Zeit. Vielleicht habe ich nur darauf gewartet, dass ich zurück nach Hause komme und endlich erkenne, dass der Mann meiner Träume in Wirklichkeit der Junge von nebenan ist.«

Skelly zog sie an sich und wollte ihr noch einen Kuss geben, da legte sie ihm den Finger auf die Lippen.

»Moment«, mahnte Conley. »Willst du mir nicht noch etwas sagen?«

»Hm.« Er überlegte kurz. »Kommt jetzt der Teil, wo ich dir gestehe, dass ich die ganze Zeit versucht habe, mir einzureden, auch mit jemand anderem glücklich sein zu können, aber gleichzeitig geduldig darauf gewartet habe, dass du endlich nach Hause kommst und dich in den schmalen Kerl zwei Türen weiter verliebst, der dir vor hundert Jahren mal das Herz gebrochen hat, der aber die ganze Zeit heimlich in dich verliebt war?«

Conley lächelte. »Genau.«

Sie schlang die Arme um ihn und lehnte sich an. Dann küssten sie sich. Als Conley eine Weile später hochsah, war die Sonne untergegangen, und tausend kleine Sterne standen am samtdunklen Himmel.

»Wir haben den Sonnenuntergang verpasst«, bemerkte Skelly. Inzwischen lagen sie im Sand, sein Arm wie ein Polster unter ihrem Hinterkopf.

»Ich weiß, aber da kommen noch viele.«

»Heißt das, dass du mich heiratest?«, fragte er.

»Ich glaube, es bleibt mir nichts anderes übrig.« Conley gab ihm noch einen Kuss. »Denn wenn ich es nicht mache, tut es Großmama.«

Epilog

Hallo, Sommer!

VON ROWENA MEIGS

19. Februar 2020 – *Meine Güte, der Februar in unserem reizenden kleinen Ort Silver Bay war bisher ein Monat voller Glück, Herzschmerz, Einweihungspartys und tiefgreifender Veränderungen.*

Im vergangenen Jahr flitzten Cupidos Pfeile nur so durch die Gegend, was zu einer ganzen Reihe von Verlobungen und Eheschließungen führte.

Als Letztes schlossen die aus Silver Bay stammende Starreporterin des Beacon, *Miss Sarah Conley Hawkins, Tochter des verstorbenen Chester W. Hawkins und Melinda Conley Hawkins und Enkelin von Lorraine DuBignon Conley und des verstorbenen Woodrow Conley, und Sean Patrick Kelly den Bund fürs Leben, Sohn des verstorbenen Dr. Patrick Kelly und seiner Frau June Sewell Kelly.*

Sean stammt selbst aus Silver Bay und ist der Geschäftsführer beziehungsweise Inhaber von Kelly's Drugstore, einer festen Einrichtung im Ort. Er wuchs als Nachbar seiner aparten Braut auf, die sich jetzt Conley nennt. Wie viele moderne Karrierefrauen möchte sie ihren Mädchennamen als Tribut an ihren verstorbenen Vater Chet behalten, langjähriger Direktor der nicht mehr existierenden Bank Silver Bay Savings and Loan.

Die Trauung fand am Valentinstag zum Sonnenuntergang am Strand hinter »The Dunes« statt, dem Haus von den Großeltern der Braut. Geleitet wurde die Zeremonie von Branson »Butch« Culpepper aus Atlanta, einem engen Freund der Braut. Sie sah atemberaubend aus in einem wadenlangen Kleid aus Seidenorganza mit edlen handgereihten Perlen auf importierter französischer Spitze, ein Erbstück ihrer Großmutter mütterlicherseits, die die Spitze auf dem Ball zu ihrer Einführung in die Gesellschaft trug. Der Brautstrauß hatte die Form einer Rosette aus kleinen Palmwedeln, weißen Rosen und Gardenien aus dem Garten der Familie. Der Bräutigam trug einen blauen Anzug, dazu eine rote Fliege, die einst seinem verstorbenen Vater gehörte. Die Brautleute waren barfuß!

Die einzige Begleiterin der Braut war ihre ältere Schwester Grayson Hawkins Willingham in einem knielangen Seidenkleid mit Blumenmuster, die ebenfalls einen Strauß aus kleinen Palmenwedeln sowie rosa, gelben und orangefarbenen Rosen trug.

Nach der Trauung versammelten sich die Gäste in einem Pavillon und genossen ein ungewöhnliches Mahl aus gegrilltem Schweinefleisch, Krautsalat, Chiliwürstchen und kleinen Eissandwiches, für den Empfang zubereitet von den Köchinnen und Köchen aus Kelly's Drugstore. Für Musik sorgten Mickey Mannington and the Mellowtones.

Nach den Flitterwochen werden die Frischvermählten im Haus auf der Felicity Street wohnen, in dem der Bräutigam aufwuchs. Die fröhliche Feier hatte leider einen traurigen Beigeschmack, da die Mutter des Bräutigams, June Sewell Kelly, eine geschätzte lebenslange Bürgerin dieser Stadt, nur einen Monat zuvor friedlich im Schlaf dahingeschieden war. Sie wurde sechsundsechzig Jahre alt.

Weiter ist aus der Hawkins-Familie zu vermelden, dass die

Verlegerin des Silver Bay Beacon *und Chefin vom Dienst Grayson Hawkins Willingham und ihr Gatte Tony vor kurzem ihr neues Heim auf dem Grundstück des ehemaligen Hauses ihrer Großeltern auf der Felicity Street fertigstellten, gerade noch rechtzeitig zur Geburt ihrer Zwillinge Lorraine, die von ihrer hingerissenen Familie Lolo gerufen wird, und Chester, genannt Chet. Da Graysons jüngere Schwester Conley nur zwei Häuser weiter wohnt und Urgroßmutter Lorraine ein gern gesehener Gast ist, haben die Zwillinge viele Verwandte zum Herzen und Babysitten.*

Während die Hochzeit Hawkins-Kelly seit einiger Zeit geplant wurde, gibt die Verfasserin dieser Zeilen gern zu, dass sie von der stürmischen Romanze und anschließenden Hochzeit von Kennedy Marie McFall und Davis Whelan aus Panama City, Sohn von Mr. und Mrs. Thomas Whelan, durchaus überrascht war. Die Eheschließung stellt sowohl eine geschäftliche wie eine persönliche Verbindung dar, denn die Familie des Bräutigams, Besitzer einer Kette von Beerdigungshäusern im Nordwesten Floridas, hat das Bestattungsinstitut McFall-Peeples übernommen. Die Braut wird in der neu gebildeteten Geschäftspartnerschaft die Rolle der Marketingleiterin übernehmen. Manche erinnern sich vielleicht noch, dass Kennedy, Tochter von Mr. und Mrs. George McFall, im letzten Jahr kurz mit dem begehrtesten Junggesellen der Stadt verlobt war, Charlie Robinette.

Ja, es sind stürmische Zeiten: Viele waren verblüfft, als Vanessa Robinette vor kurzem heimlich den Privatier Osbert Tracy heiratete, weniger als ein Jahr nach dem Tod ihres ersten Mannes, des Kongressabgeordneten Symmes Robinette. Tracy, 80, ist der milliardenschwere Gründer von PayDay Pawn. Ein Vögelchen hat uns gezwitschert, dass sich die beiden Turteltäubchen über die Online-Datingplattform Silver Singles kennengelernt haben, nachdem Vanessa keinen Erfolg bei ihrer Kandidatur für den Sitz ihres verstorbenen Mannes im Kongress hatte. Die frischgebackene Mrs. Tracy hat ihre Villa am Meer in Sugar Key verkauft; das Paar wird auf dem Anwesen des Bräutigams in Palm Beach wohnen.

Der von Vanessa entfremdete Sohn Charlie Robinette hat ebenfalls lautlos seine Zelte abgebrochen und sein Haus in Silver Bay zum Verkauf angeboten, nachdem er bei der Nachwahl eine unangenehme Niederlage hatte hinnehmen müssen und der Kandidat der Demokraten, der beliebte Sheriff von Bronson County, Merle Goggins, gewonnen hatte. Berichten zufolge hat Charlie eine Stelle bei einer Lobbyistenfirma in Washington angenommen.

Ebenfalls vorübergehend verabschiedet von unserer lieblichen Heimat hat sich der ehemalige Titan der Bahn und vermeintliche politische Königsmacher Miles Schoendienst, der aufgrund einer Haftstrafe wegen Post- und Versicherungsbetrugs in einem Bundesgefängnis einsitzt. Die Strafe wurde verhängt, da Schoendienst im vergangenen Mai eine Falschmeldung bei seiner Versicherung eingereicht hatte, nachdem am Country Club von Silver Bay Gegenstände aus Schoendiensts Mercedes entwendet worden waren. Unter anderem gab er an, aus dem unverschlossenen Fahrzeug sei ein Paar mit Diamanten und Saphiren besetzter Ohrringe im Wert von 36 500 Dollar gestohlen worden, die seiner Frau gehörten. Nachdem die Versicherungsgesellschaft ein anonym eingeschicktes Foto von Miles' umtriebiger Frau Candace Schoendienst erhalten hatte, auf dem sie die »gestohlenen« Ohrringe bei einer Benefizveranstaltung für den Wahlkampf von Charlie Robinette trägt, zeigte die Versicherung Miles wegen Versicherungsbetrugs an.

Und nun, liebe Leserinnen und Leser, ein Abschied in eigener Sache. Die langjährige Verfasserin dieser Zeilen hat beschlossen, die Verantwortung für »Hallo, Sommer!« ihrer geschätzten Kollegin vom Beacon *zu übergeben: Lillian King. Doch keine Sorge! Tuffy und ich treten ein aufregendes neues Kapitel in unserem Leben an und werden Sie weiter mit Neuigkeiten versorgen. Voller Freude darf ich verkünden, dass wir beim lokalen Radiosender WSVR mit unserer brandneuen Sendung »Stadtgespräch mit Rowena und Tuffy« jeden Sonntagabend live über die gesellschaftlichen Ereignisse in Silver Bay berichten werden. Bis dahin: #HDOS! (Das heißt: Haltet die Ohren steif.)*

Danksagung

Auch wenn es sich bei diesem Buch um reine Fiktion handelt, bin ich doch vielen Personen meinen Dank schuldig, die mich bei meiner für die Ausgestaltung der Welt in *Hallo, Sommer* notwendigen Recherche so großzügig mit ihrem Wissen und Sachverstand unterstützt haben.

Silver Bay als kleiner Fleck auf der Landkarte des Florida Panhandle existiert natürlich nur in meiner Phantasie. Der *Silver Bay Beacon* ist ebenfalls ein Produkt meiner Vorstellungskraft und wurde mit Hilfe meiner alten Freunde von der Zeitung zum Leben erweckt. Ein riesiges Dankeschön an Andrew Meacham, dessen faszinierende Nachrufe mich zum Nachdenken gebracht haben. Dianne und Patrick Yost vom *Morgan County Citizen* in Georgia, Bo Emerson vom *Atlanta Journal-Constitution* und Bert Roughton als Emeritus des *AJC* gaben mir unschätzbar wertvolle Einblicke in die Welt des modernen Printjournalismus.

Vielen Dank auch an Albert Oetgen für seine unverzichtbaren Informationen über die Nachrichtenbeschaffung von Sendeanstalten sowie an Mara Davis für ihr Wissen über die Welt von DJs im Radio.

Ein großes Dankeschön geht an die Rechtsmedizinerin Dr. Carol A. Terry aus Gwinnett County und ihre Mitarbeiter, die mir bei allem Medizinischen halfen, außerdem an die Krankenschwester Carol Knox Lavender.

Zusätzlich bedanke ich mich bei der Feuerwehrchefin Toni Washington und ihrer Stellvertreterin Ninetta Violante von der Feuerwehr Decatur für ihren Sachverstand.

Leslie Anne Tarabella war meine spirituelle Führerin durch Fairhope, Alabama, wo ich mir das Kleinstadtleben an der Golfküste ansah. Sie stellte mir den ehemaligen Reporter Cliff McCollum und Lori DuBose vom Radiosender WABF vor.

Vor fast dreißig Jahren ließ ich den Zeitungsjournalismus hinter mir, doch die damals geschlossenen Freundschaften und die erworbenen Fähigkeiten – auf dem Kopf Stehendes zu lesen, zu Redaktionsschluss fertig zu sein, den Unterschied zwischen Raub und Einbruch zu kennen – werde ich immer in Ehren halten. Die Arbeit an diesem Buch zeigte mir noch einmal, wie absolut überlebenswichtig eine starke, unabhängige Presse ist.

Apropos Ehren: Ich danke meinem Verlagsteam: meinem literarischen Agenten Stuart Krichevsky von SKLA, dem Marketingguru Meghan Walker von Tandem Literary, der außergewöhnlichen Pressebetreuerin Kathleen Carter und allen anderen bei St. Martin's Press, vor allem meinen Verlegerinnen Sally Richardson und der unverzichtbaren Jennifer Enderlin. Danke an Jessica Zimmerman, Tracey Guest, Erica Martirano, Brant Janeway und wie immer ein großes Dankeschön an Michael Storrings für ein wieder atmosphärisch wunderschönes Cover.

Mein größter Segen im Leben ist und war schon immer meine unglaublich unterstützende Familie, allen voran mein Mann Tom, meine Tochter Katie, mein Schwiegersohn Mark, mein Sohn Andrew und unsere Augensterne, die Enkelkinder Molly und Griffin.

Mary Kay Andrews
Sommerglück zum Frühstück
Roman

Wenn das kleine Cottage ihrer Großeltern nicht wäre, würde Drue Campbell den neuen Job in der Anwaltskanzlei ihres Vaters nicht aushalten. Überhaupt fühlt sie sich in ihrem Leben gerade etwas verloren. Das Strandhäuschen mit seinem alten Charme und den vielen schönen Erinnerungen gibt ihr Halt. Dann stößt Drue auf finanzielle Unregelmäßigkeiten bei einem Fall, den die Kanzlei betreut hat, und sie macht sich daran, die Wahrheit herausfinden. Viel Zeit für die Liebe bleibt ihr bei all der Aufregung nicht. Aber auch wer nicht sucht, der findet.

Aus dem amerikanischen Englisch
von Andrea Fischer
544 Seiten, broschiert

Weitere Informationen finden Sie auf
www.fischerverlage.de

AZ 596-70637/1

Mary Kay Andrews

Zweimal Herzschlag, einmal Liebe

Roman

Eloise Foley hat es gerade wirklich nicht leicht: Anstatt sich den Traum vom eigenen Antiquitätengeschäft zu erfüllen, muss sie mit ansehen, wie Caroline DeSantos, die neue Frau von Eloises untreuem Exmann, in ihr ehemaliges Zuhause einzieht. Als Caroline eines Tages tot aufgefunden wird, gerät Eloise unter Verdacht. Wie gut, dass ihr ihre beste Freundin BeBe Loudermilk beisteht. Und Daniel, der unwiderstehlich gutaussehende Küchenchef des Sternerestaurants Guale. Zusammen machen sie sich auf, im Küstenstädtchen Savannah die Wahrheit herauszufinden. Wer hat Caroline wirklich auf dem Gewissen? Und was hat die herrschaftliche alte Villa Beaulieu mit allem zu tun?

Aus dem Amerikanischen
von Anke Kreutzer
592 Seiten, broschiert

Weitere Informationen finden Sie auf
www.fischerverlage.de

AZ 596-29781/1